Thea Dorn
Die Unglückseligen

Roman

KNAUS

Der Verlag weist ausdrücklich darauf hin, dass im Text
enthaltene externe Links vom Verlag nur bis zum Zeitpunkt
der Buchveröffentlichung eingesehen werden konnten.
Auf spätere Veränderungen hat der Verlag keinerlei Einfluss.
Eine Haftung des Verlags ist daher ausgeschlossen.

Verlagsgruppe Random House FSC® N001967

2. Auflage
Copyright © 2016 Albrecht Knaus Verlag, München,
in der Verlagsgruppe Random House GmbH
Neumarkter Str. 28, 81673 München
Umschlag und Satz: Oliver Schmitt, Mainz
Umschlagmotiv: Death and the Maiden, © 2015 James C. Christensen.
All rights reserved. Licensed by The Greenwich Workshop, Inc.
Druck und Bindung: GGP Media GmbH, Pößneck
Printed in Germany
ISBN 978-3-8135-0598-6

www.knaus-verlag.de

Dem Andenken meiner Mutter

VORSPIEL

Dein verzweifelt Herz hat dir's verscherzt. Da stehst du, armer Johann, in unwürdigstem Hemde und nennst noch immer dich Ritter. Die Brust, die einst die Welt umspannte, umschlottert wird sie nun von Vögeln, die mit Farben um die Wette kreischen. Der Blick, der in der Tiefe suchte, verliert sich in Regalen, Gängen, Neonlicht. Nach nichts als dem Unendlichen zu fassen, hattest du geschworen. Jetzt tappen deine Hände über Plunder hin – packen Plunder in Tüten, Tüten in Kisten, schleppen Kisten über den Asphalt. Wie Blei zieht dich der Satz hinunter, der deiner Jugend Auftrieb war: *Nur dass Unsterbliches entstehe, darf Hand anlegen der Mensch. Fleiß auf das Vergängliche zu wenden, ziemt ihm nicht, und Schande bringt's ihm, wenn er selbst es ist, der, was er schafft, mit eignem Zahn zernichtet.*

Ach, Ritter. Sehnst dich nach dem Tod und fürchtest den Teufel.

Wenn ich die Angst dir nehmen könnte. Schließe die Augen und sei daheim. Lass deine Seele dich entführen nach dem verwunschnen Pfarrhaus hin. Im Garten sitze unterm Apfelbaum, das Buch im Schoß, das dich als Kind erregte wie nichts Zweites auf der Welt.

Karfunkel leuchtet in der Finsternis. Der Jaspis stillt das Blut. Der Sonnenwendstein blendet das Gesicht, und wer ihn trägt, wird unsichtbar. Der Luchsstein nimmt den Zauber von den Augen. Der Saugfisch hält die Schiffe an. Wer bei sich führt ein Rabenherz, der kann nicht schlafen. Des Wasserfrosches Zunge jedoch macht, dass er im tiefsten Schlafe spricht. Aus Mücken werden Krokodile, aus Krokodilen Elefanten, aus Elefanten Fledermäuse. Nimm einem unbegrabnen Krebs die Füße weg, und fliehen siehst du ein' Skorpion. Zu Pulver stoße die gebratne Ente, und wenn dies Pulver du in Wasser wirfst, entsteht sogleich ein Frosch daraus. Wenn aber du in Mehl die Ente backst und schneidest sie in Stücke dann, die Stücke wiederum an einen unterird'schen Ort verbringst, so springen bald schon Kröten um dich her. Der Fuß des Pelikans nun gar! Gräbst du behutsam ihn in warmen Mist und wartest eine Monatsfrist, so hebt ein neuer Pelikan sein Haupt.

Zum Kirchlein strolchst du, das an des Gartens Vorderpforte liegt. Doch nicht hinein ins kühle, dunkle Schiff strebst du. Vor jenem sonnenwarmen Stein weilst du, der außen an der Mauer prangt und starr und immergleich tut kund, dass nahe hierbei sei gelegt ein Weizenkörnlein, welches ist: des Pastors Johann Wilhelm Ritter zweiter Sohn, der weinend nur das Jammertal betrat und dessen Seele nach zwei Tagen schon GOtt nahm dorthin, wo man in Freuden ewig lobet.

Ins Herz gemeißelt sind die Worte dir, denn nicht allein den Namenlosen kennt der Stein, von einem zweiten Bruder muss er künden, des ird'sche Hülle hier begraben liegt. Noch hallt sein Lachen dir im Ohr, das Lachen Friedrich Benjamins, des Lieblings mit der feinen Seele, der bald erst recht vollkommen ward, da GOtt durch einen Stöckfluss ihn im Alter von zwei Jahren, dreizehn Tagen zu sich nahm.

Die Hand bebt dir, als in den Hosensack du fasst, doch wie den Entenfuß du spürst, beruhigst du dich. Schwarz ist die Erde, die du wühlst, schwarz wie die Nacht und kühler als der Tod. Du weißt, dass nimmer sie gleichet dem Mist, wie nimmer die Ente gleichet dem Pelikan. Allein – was sollst du tun? Kein Pelikan nistet im heimischen Moor, und tauglicher wär's ohnedies, der Brüder Füße zu haben. Was außer Knöchelchen aber möchtst du wohl finden, selbst wenn tiefer du grübest? Drum senkst du flugs, was du hast, in den Grund – und murmelst die magischen Worte: «A Morule, Taneha, Latisten! Rabur, Taneha, Latisten!

Escha, Aladia, Alpha und Omega! Leyste, Oriston, Adonai!
Himmlischer Vater, erbarme dich meiner, erweise an mir, deinem
unwürd'gen Sohn, den Arm deiner Macht …»

Da betritt der Pastor, dein Vater, den Garten. Eilends ver-
scharrst du den Fuß und klopfst dir den Schmutz von den Händen. Wissen will er, was du getrieben, und lügenlos gibst du die
Antwort: «Für die Brüder hab ich gebetet.» Über den Kopf
streicht er dir da – so freut es ihn, ohn' das verbotene Buch dich
zu sehen, das längst in des Apfelbaums Kron' du versteckt.

Ach, Ritter, warum nicht verweilst du in jenem Garten? In
dem alles war eins: Himmel und Hölle, Erkenntnis und Zauber,
Geister und Geist? Warum verlierst du den Glauben, dass deiner
eignen Seele Flügel und keine verruchten Schwingen es waren,
die nach Haus dich getragen?

Du fröstelst, als ginge ein Eiswind. Du schauderst – dein
Leib bäumt sich auf. Ein zottiger Dämon ist's plötzlich, der
mit dir in die Lüfte sich hebt – ein Lindwurm mit dem Kopf
eines Ochsen. Fester krallst du ins leibfarbene Haar dich, das
dem Scheusal wächst zwischen den Ohren. Feuerströme entweichen den Flügeln, die scharf wie die Disteln im Felde. Ein
Kuhschwanz peitscht hinter euch her. Schon ist das Pfarrhaus
entschwunden – über endlose Wälder und Berge jagt ihr dahin.
So kalt wird die Luft, dass du meinst, du erfrörest. So dünn wird
der Äther, dass du meinst, du ersticktest. Doch dero Gräulich-
keit will dich nicht morden, zum Mindsten nicht jetzt, schon
setzt zum jähen Sturzflug ihr an. Äste und Zweige zerhaun dein
Gesicht, du fürchtest den Aufprall, aber tief und tiefer geht es
hinab, wie wenn allen Grund hätt verloren die Erde. Die Bestie
schnaubt und schlägt mit dem Kopfe. Deinen Fingern entglei-
tet das struppige Fell, bis endlich du stürzt – sonder Maßen und
Einhalt und Ziel.

Schrilles Gekreisch sprengt dir den Schädel, fauliger Pest-
hauch nimmt dir den Atem. Ist's dennoch ein Engel, der zürnt?

Warum sonst bedient er sich englischer Worte – geißelt den *slacker, who's not paid to dream*?

Du öffnest die Augen und siehst einen Rachen – einen Rachen mit Lippen wie Blut und Zähnen wie Schlachtreihen. Flehentlich wandert dein Blick in die Höhe, doch auch dort schallen englische Stimmen! Die aber jubeln von *discount* und *deal*.

Huch! Verehrter Leser! Da sind Sie ja! Ich habe Sie gar nicht bemerkt, verzeihen Sie! Sie fassen dies Buch aber auch mit sehr spitzen Fingern an. Nun, ich kann's Ihnen nicht verdenken.

Ach, das ärgert mich jetzt wirklich! Dass Sie mitten in diese Unerquicklichkeiten hineingeraten mussten! So gern hätte ich Ihnen unsern Ritter von Anfang an in voller Pracht gezeigt: kühn, unermüdlich, genial! Je nun. Die Geschichte ist, wie sie ist. Da sind auch mir die Hände gebunden. Aber eins darf ich Ihnen versichern: Nie und nimmer würde ich Ihnen diese traurige Gestalt zumuten, wäre ich nicht voll Zuversicht, dass sie den Harnisch ihrer Trostlosigkeit bald ablegen und sich in frisches, forsches Leben führen lassen wird!

Wo wir gerade noch in den Präliminarien stecken – gestatten Sie mir eine Bemerkung in eigener Sache: Vergessen Sie bitte alles, was Sie über mich zu wissen glauben. *Alles*. Ich bin nichts als ein armer Teufel, der an der Menschheit einen Narren gefressen hat. So leidenschaftlich wie am ersten Tage feuere ich jeden an, der den Schicksalswagen besteigt und furchtlos nach den Zügeln greift. Nur erwarten Sie nicht, mich auf einem der Rösser zu sehen, die jenen Schicksalswagen ziehen. Mein Platz ist am Wegesrand. Und nicht etwa als Wegelagerer lungere ich dort herum, lauernd, dass die Achse bricht, um in schäbiges Gelächter auszubrechen – nein, der bescheidene Logenplatz ist's, den die Geschichte mir zugewiesen hat, und den ich herzlich gern annehme. Da sitze ich also und schaue und lausche und bezeuge. Mein einziger Triumph: Ihr Stolz!

Verehrter Leser, wenn Sie wüssten, *wie* stolz unser Ritter einst gewesen ist! Hätten Sie wie ich das ursprüngliche Feuer gesehen, das in seinen Augen gelodert – weinen würden Sie angesichts der Ruine, die jetzt vor Ihnen glost.

Doch Rettung naht, ich seh's! Ein Wesen, so zäh wie zart, so stur wie blond, kommt über den Ozean geeilt, unsern Ritter aus seiner Verdumpfung zu reißen. Noch weiß sie nichts von ihm, noch weiß er nichts von ihr, doch bald, bald, ich spüre es, werden sich die Bahnen dieser Kometen kreuzen. Und dann – dann Gnade GOtt!!

EINS

I

ohanna starrte den Mann an, der sie anstarrte. Einen Herzschlag. Zwei Herzschläge. Drei Herzschläge. Und noch immer kein Wimpernschlag. Was war los mit dem Kerl? Auch wenn er sie normal angeschaut hätte: Dieses Gesicht war das merkwürdigste, das sie je gesehen hatte. Zumindest in echt. Allenfalls auf uralten, braunstichigen Photos – nein, nicht einmal dort –, in Gemäldegalerien, Abteilung finsterste Ölschinken, mochte ihr so ein Gesicht begegnet sein. Solche Gesichter wurden heutzutage nicht mehr gemacht.

Die schwarzen Augen unter den ebenso schwarzen Brauen starrten sie unverändert an, als wären sie ausschließlich zum Starren gemacht. Die breitflügelige Nase dagegen sah aus, als wollte sie jeden Moment davonfliegen. Was wiederum den beiden Magenfalten den Anschein verlieh, als dienten sie einzig dem Zweck, die Nase an den Mundwinkeln zu verzurren. Der eigentliche Mund war schwierig zu deuten: Dünn und streng lagen die Lippen aufeinander, an den Rändern jedoch strebten sie – unfreiwillig? – nach oben.

Je länger Johanna dieses Gesicht betrachtete, desto stärker wurde ihr Eindruck, dass sie es mit einem Vexierbild zu tun hatte. Ebenso wie es aussichtslos war zu entscheiden, ob dieser Mann der Inbegriff von Verbitterung oder der Inbegriff von Verschmitztheit war, war es aussichtslos, sein genaues Alter zu schätzen.

In der schwarzen Lockenmähne, die im Nacken schlampig zusammengebunden war, konnte Johanna nicht das geringste Grau entdecken. Die dürren Arme, die aus dem viel zu weiten und zum Fürchten bunten Hawaiihemd ragten, waren jedoch von einem schütteren weißen Flaum bedeckt.

War also das Kopfhaar gefärbt? Oder gab es hier in Amerika mittlerweile Menschen, die so verrückt waren, dass sie sich die Armhaare bleichen ließen? Falls es eine Krankheit gab, eine genetische Abweichung, die dafür sorgte, dass bei einem Menschen die Körperbehaarung vergreiste, bevor er auf dem Kopf das erste graue Haar bekam, hatte Johanna jedenfalls noch nie davon gehört. Und wem, wenn nicht ihr, hätte eine solche Abweichung bekannt sein müssen.

Johannas wohltrainiertes Gespür für Alter sagte ihr, dass sie es mit einem Mann jenseits der Sechzig zu tun haben musste. Auch wenn das Gesicht, abgesehen von den Magenfalten, beneidenswert glatt war. Vermutlich geliftet. Einem Senior, der keine Skrupel kannte, mit pechschwarz gefärbtem Pferdeschwanz und knallbunten Papageien auf der Brust herumzulaufen, war alles zuzutrauen. Vielleicht stand er deshalb im Supermarkt an der Kasse und packte Tüten: um seine schmale Rente so aufzubessern, dass sie für die umfangreichen Instandhaltungsmaßnahmen reiche.

Kaum hatte Johanna den gehässigen Gedanken gedacht, bereute sie ihn schon. Welche Lebensumstände auch immer diesen verwitterten Jüngling dazu brachten, sich als *bagger*, als letztes Glied einer ohnehin schon demütigenden Dienstleistungskette, zu verdingen – mit Eitelkeit dürften sie wenig zu tun haben. Und noch etwas ging ihr durch den Kopf: Nur eine winzige Vokalrochade war nötig, und schon wurde der *bagger* zum *beggar* – zum Bettler.

Jetzt erst entdeckte Johanna, dass die braune Papiertüte, die der Mann so fest an sich gedrückt hielt, als wollte er sie um jeden Preis verteidigen, in seinen Händen zitterte. Und im selben Moment begriff sie, warum er in eine derartige Schreckstarre verfallen war: Weil sie ihn ermahnt hatte, ihre Einkäufe doch bitte nicht in Papiertüten, sondern lieber in Plastiktüten zu verpacken.

Obwohl, was hieß da «ermahnt»?

«Excuse me!», hatte sie gesagt und vermutlich sogar noch ein «Sir» hintendrangehängt. «Excuse me, Sir! I would prefer plastic bags.»

Das war doch eindeutig höflich. Und überhaupt – wenn der Kerl so empfindlich war und keine Kritik vertrug: Warum hatte er dann, statt «paper or plastic?» zu fragen, wie es sich gehörte, eigenmächtig entschieden, dass sie *paper* wollte? Bloß weil sie darauf verzichtete, ihren Einkaufswagen bis obenhin mit Zeug vollzuladen, bei dem es sich in Wahrheit nicht um Lebensmittel, sondern um *Lebensverkürzungsmittel* handelte, hieß das noch lange nicht, dass sie ein Öko war. Sie wusste einfach nur, was dieser Mist im Organismus anrichtete: Er verwandelte Blut in Sirup und sorgte dafür, dass die Gefäße, die diesen Sirup transportieren mussten, schneller verkalkten als eine Waschmaschine, die ans Wassersystem einer Tropfsteinhöhle angeschlossen war. Anstelle des aufgekratzten Lautsprechergedudels und der farbenfrohen Werbebanner sollten an diesen Umschlagplätzen des Todes Choräle erklingen und Traueranzeigen hängen: ARIEL JOHNSTONE DIED, AGED 68, OF MEGA CHOCOLATE CHIP MUFFINS. JOSEF HOFFMANN DIED, AGED 75, OF TRIPLE BACON CHEESEBURGER. Immer wieder machte es sie fassungslos, wie unbelehrbar dieses Land – dieses Land, das sie so bewunderte, weil es sich als Letztes von allen zivilisierten Ländern nicht winselnd in die Ecke verkroch, sobald das Wort «Zukunft» fiel –, wie unbelehrbar dieses zuversichtliche, zupackende Land daran festhielt, auf Schritt und Tritt dem Untergang zu frönen.

Johanna atmete durch. Was sollte jetzt diese Tirade. Daheim in Deutschland ernährten sich die Leute trotz grassierendem Biowahn auch nicht viel gesünder. Und schließlich war sie nicht in Amerika, um einen Feldzug gegen den schleichenden Selbstmord im Supermarkt zu führen. Wenn es die Menschheit – rechts und links des Atlantiks! – nicht mehr erleben wollte, wie sie, Johanna Mawet, die Molekularbiologin, die Zellforscherin, die Humangenetikerin, ihr eines hoffentlich nicht allzu fernen Tages die Tore zur Unsterblichkeit aufstieß, dann sollte sich die Menschheit eben weiter zu Tode fressen.

Erstaunt stellte Johanna fest, dass sich beim *beggar/bagger* das Zittern verschlimmert hatte.

Vielleicht war ihr die Bitte um Plastiktüten doch ruppiger herausgerutscht als beabsichtigt. Es kam immer mal wieder vor, gerade hierzulande, dass man sie für unfreundlich hielt, obwohl sie es gar nicht so gemeint hatte. Und jetzt stand der arme Kerl da und schlotterte, weil er glaubte, er hätte es mit einer verärgerten Kundin zu tun und würde deshalb gleich selbst Ärger bekommen. Himmel, kein *paper nor plastic* war eine solche Verzweiflung wert! Irgendwie würde sie die – allerdings tatsächlich komplett unpraktischen, da henkellosen – Papierdinger schon ins Auto und später ins Appartement geschleppt kriegen.

«Never mind», sagte Johanna und gab sich Mühe, diesmal wirklich *super friendly* zu klingen. «It's okay! Please, go on with the paper bags.»

Irgendetwas musste schon wieder verkehrt rübergekommen sein. Weit davon entfernt, sich zu entspannen, stieß der Mann einen Schrei aus, der in keinem Verhältnis zu dem mickrigen Anlass stand – und in keinem Verhältnis zu seiner mickrigen Brust. Er schleuderte die Papiertüte, die er bis eben umklammert hatte, als hinge sein Leben daran, zu Boden, als hätte er plötzlich erkannt, dass sie in Wahrheit sein Verderben war.

Äpfel, Möhren, Paprika und Tomaten rollten heraus und führten auf dem gelben Noppen-PVC ein so faszinierendes Ballett auf, dass Johanna vollständig vergaß, sich über das unmögliche Benehmen des *baggers* aufzuregen. Das Getuschel und Gewisper, das von allen Seiten erklang, bekam sie allenfalls als ferne Geräuschkulisse mit. Auch das mädchenhaft gehauchte: «John, what are you doing?» – es musste von der Kassiererin stammen, die bis zu diesem Zeitpunkt unbeirrt Johannas Selleriestangen, Broccoli, Pecannüsse, Haferflocken, Sojamilch, Getreidekekse und so weiter gescannt hatte – vermochte sie nicht wirklich aus ihrer Trance zu reißen. Erst das «Now, that's it! Enough is enough!», das sich ebenso wütend wie rasch näherte, holte Johanna in die Gegenwart zurück.

Sie sah eine Dame mit viel zu rotem Lippenstift heransegeln. Sie

sah, wie sich der *bagger* panisch in Richtung der gläsernen Schiebe-
türen umblickte. Sie sah, wie die Dame beinahe auf einem der Äpfel
ausgerutscht wäre. Sie sah den *bagger* Reißaus nehmen. Sie hörte:
«John, you're fired!» Sie roch den Angstschweiß, den der *bagger* als
Duftmarke hinterlassen hatte. Sie sah das bebende Schildchen über
der linken Brust, das die Dame, die vor ihr stand, als «Holly Myers,
Assistant Store Manager» auswies. Sie sah, wie der *bagger* mit einer
Geschwindigkeit, die sie ihm nicht zugetraut hätte, auf dem Parkplatz zwischen den dicht geparkten Autos verschwand.

Das alles sah, hörte und roch Johanna mit unbestechlicher Klarheit. Gänzlich unklar jedoch war ihr, woher sie die Gewissheit nahm,
dass jener Mann nicht vor Holly Myers, sondern vor ihr davonlief.

Fluchend, lachend, weinend stolperte er vorwärts. Die wütenden
Hörner, die versuchten, ihn vom Highway zu hupen – willkommene
Begleitung waren sie ihm zu jener Stimme, die in seinem Innern
brauste.

O! Traure tief, meine Seele!
Hülle dich ein, mein Herz! In Asche der Nacht,
Und weine! –
Gewelkt ist deiner Hoffnung letzte Blume;
Gift hat ihren Kelch heimlich beschlichen,
Den zarten Stengel der Wind geknickt;
Ihre Blätter verweht – – –

Ewigkeiten hatte er *ihn* gesucht. Vom einen Ende der Welt zum
anderen war er *ihm* gefolgt, hatte eisigste Höhen erklommen, in
grauseste Schlüfte geblickt, endlose Wüsten durchwandert. Auf
allen sieben Weltmeeren war er umhergekreuzt, jedem Gerücht fol-
gend, wo *er* zuletzt gesichtet worden. Vor vielen Jahrzehnten dann
war's gewesen, dass er die Suche beendet. Im Angesicht des schwärzesten Grauens. Am absoluten Kältepunkt der Hölle, an dem er

begriffen, wie sinnlos vermessen es war, *den* zu suchen, der solches konnte tun.

Und nun – nun hatte *er* ihn gefunden. Und war der altböse Feind, wie er ihm seit Vaters und Mutters Tagen bekannt: das Lufttier; der Erzschelm; der Schalksteufel, zu jedem Schindluder bereit; der ochsenköpfige Riesenwurm; der Gaukler, der Bassgeige spielte auf dem eigenen Leib; das flammrote Eichhörnchen, das sich im Kreise drehte, bis es selbst zum Feuerkreis ward; der Durcheinanderbringer, dem es gefiel, ihn heimzusuchen in jenes Weibes Gestalt.

> Verschwunden ist des lieben Wesens himmlische
>   Verklärung –
> Wo ist sie hin? –
> War es einen Augenblick nur,
> Dass der große herrliche Gott sich dir verkündigte,
> Durch dich mit dem leuchtenden Lichte anderen? –
> Einen allereinzigen nur,
> Dass du er selbst warst;
> Dass, was sich dir nahte,
> Du mit labendem Segen bis ins Tiefste erquickend
>   erschüttertest –
> Erschüttern konntest?

«Fuck you, sicko!» Die schmähenden Worte rauschten so flüchtig an ihm vorbei wie der Wagen, aus dessen Fenster sie gerufen.

Musste es ein höllisch Trugbild sein, das ihn narrte? Was, wenn sie es wirklich war? Wirklich und wahrhaftig sie selbst? Da er sie zuletzt gesehen, war ihr Haar dunkel gewesen. Heut hatte es hell geleuchtet. Doch was wollte dies besagen? In ihren Augen hatten die gleichen Funken wie damals geblitzt, da sie mit klirrenden Sporen von jenem Cabriolet gesprungen, das sie eigenhändig gelenkt, und die einfältige Wirtin vom Roten Krebs sie gefragt: «Junger Kavalier, womit darf ich dienen?»

Es war dieselbe Stimme, die heute ihn um *plastic bags* gebeten, die damals lachend zur Antwort gegeben: «Wein, und vom Besten! Aber servieren Sie ihn auch, wenn ich eine Dame bin?» Bis weit nach Mitternacht hatten sie in der verrußten Gaststube des Roten Krebs' gesessen und getrunken. Sie hatte ihm die wilde Geschichte ihres Lebens erzählt, die – nach allem, was er später erfahren – nicht mehr als eine wilde Geschichte gewesen sein mochte.

Als «Louise de Gachet» hatte sie sich ihm vorgestellt, uneheliche Tochter des Prinzen von Bourbon-Conti und der Herzogin de Mazarin. Bereits in frühester Kindheit habe ein neidischer Halbbruder sie verschleppt, als jungem Mädchen sei ihr gelungen, der Gefangenschaft mithilfe eines fingierten Totenscheins zu entfliehen. Dass sie es verstand, mit Pferden rüstig umzugehen, zu reiten und zu fahren – davon hatte er sich mit eigenen Augen überzeugen dürfen. Ob indes ihre zarten Hände auch im Hufbeschlag und Wagenschmieren so geübt, wie sie es bekannte, und ob sie tatsächlich bereit, es im Stichfechten und Pistolenschießen mit jedem Manne aufzunehmen – dies würden einige bloß ihrer zahlreichen Geheimnisse bleiben. In der Vendée wollte sie mutterseelenallein Hunderten von Bauern Brot in die nächtlichen Verstecke geschmuggelt sowie deren Weiber und Kinder versorgt haben, da die ausgebluteten Männer es selbst nicht mehr vermocht. Bis zu jenem Tage habe sie ihr edles Handwerk betrieben, an dem nur eine Winzigkeit gefehlt hätte, und sie selbst wäre den Schergen der Revolution in die Hände gefallen. Da habe sie den Entschluss gefasst, die schauerhaften Gewitter ihrer Heimat hinter sich zu lassen und künftig die Wissenschaft zu ihrem Freundesstab zu erheben. Also sei sie nach Deutschland gekommen. Denn wo, wenn nicht hier, würde sie die edelsten Geister finden, die kundig und willens waren, sie auf ihrer Reise ins Zauberreich der Natur zu geleiten?

Ein bitteres Lachen begleitete die Erinnerung noch jetzt. O ja! Er, Ritter, war kundig und willens gewesen. Nächtelang hatte er sich mit ihr in seinem Laboratorium – seiner leeren Speisekammer – eingeschlossen. Gemeinsam hatten sie physiziert, chemisiert, batterisiert.

Er hatte sie in die Geheimnisse des Galvanisierens eingeweiht, bis sein Freund Brentano großmäulig in alle Welt hinaus verkündete, Madame de Gachet sei die einzige Französin, die auf der Höhe der deutschen Wissenschaft stehe. Welche Hymnen hatte der Tor nicht auf sie gesungen: Das «herrlichste Mannweib» sei sie, das je die Erde gesehen! Vom «elektrischen Feuer» beseelt! Vom «Weltgeschick» zum «großen Charakter» gereinigt! Selbst seine überspannte Schwester Bettine war da klüger gewesen. Natürlich hatte auch sie sich von diesem «Planeten» unwiderstehlich angezogen gefühlt – und hatte trotzdem gespürt, die Dame möcht am Ende nichts weiter sein denn Lüge und Gespensterwesen.

Über Nacht war sie verschwunden. Kein Wort des Abschieds, kein Brief, kein Gruß. Ausgelöscht die Augenblicke, die sie in innigster Zweisamkeit durchlebt. Seine Seele, die er ihr geöffnet wie keinem Weibe zuvor – doppelt frostig pfiffen der Einsamkeit Winde von Stund an durch sie hindurch.

Was also nahm es ihn Wunder, dass Satan sich der Gestalt dieser Urteufelin bediente, um ihn endlich nun zu holen?

Verehrter Leser, verzeihen Sie, dass ich mich einschalte, obzwar das Geschehen gerade im Begriffe ist, Fahrt aufzunehmen. Doch es sind Dinge gesagt worden, die müssen ins rechte Licht gerückt werden. Zwar ist unser Ritter nicht zu tadeln, wenn er sich Madame de Gachets mit einem gewissen Misstrauen erinnert. Eine Hochstaplerin ist das wackere Kind – das, nebenbei bemerkt, als Sophie-Pétronille Lafontaine, Tochter eines Schankwirts in Boulogne-sur-Mer, geboren wurde – zeit seines Lebens gewesen. Auch mag ich Rittern den Groll nicht verdenken, der aus der Wunde entwachsen, die Madame ihm ins Herz geschlagen. Sie deswegen aber der Teufelei zu verdächtigen, ist eine jener Eskapaden, zu denen er sich deutlich zu lange schon versteigt. Die Gründe für seine Narrheit mag er selbst offenbaren, wenn der Moment dafür gekommen. Ich möchte Ihnen an dieser Stelle nur versichern, dass Louise de Gachet – bleiben wir bei dem Namen, unter dem sie unsern Freund betöret – nach ihrem plötzlichen Verschwinden ein erfolgreiches Weingut am Mittelrhein betrieben hat, um Jahre später eines durch und durch menschlichen Todes zu sterben. Wenn Sie es denn als durch und durch menschlich betrachten wollen, in Russland auf nächtlichen Wegen von einer Räuberbande erschlagen zu werden …

Viel zu pink versank die Sonne hinter den Wäldern. Der Planet sah aus, als hätte ihm jemand Farbstoff ins Essen getan. Wie sie es im Zoo mit den Flamingos machten, damit die genauso knallig leuchteten, wie es die zeichentrickverwöhnten Besucher erwarteten.

Johanna unterdrückte ein Gähnen.

Oder kam ihr der Abendhimmel nur deshalb so verkehrt vor, weil sie unmittelbar am Atlantik entlangfuhr, und die Sonne versank trotzdem nicht im Meer?

Mawet!, rief sie sich selbst zur Ordnung: Zum wievielten Mal bist du jetzt hier an der Ostküste? Zum zwölften, dreizehnten Mal? Und wie oft bist du als Kind an der europäischen Atlantikküste gewesen? Fünfmal? Sechsmal?

Das menschliche Hirn konnte eine bräsige Angelegenheit sein.

Im Rückspiegel warf sie einen Blick auf den geschlossenen Henkelkarton mit den Luftlöchern, der zwischen all den henkellosen Papiertüten mit ihren Lebensmitteln und den drei Weinflaschen stand, die sie zuletzt noch im *liquor store* besorgt hatte. Mehr als ein halbes Glas würde sie heute Abend bestimmt nicht mehr trinken.

Erst jetzt, wo sie am Steuer saß und sich mit dem trägen Feierabendverkehr von der Kleinstadt, in der die Shopping Center waren, nach Dark Harbor treiben ließ – jenen Ort, der im Grunde lediglich aus dem berühmten Campus mit seinem noch berühmteren Laboratory of Cell & Molecular Biology bestand –, spürte sie, dass in dem Land, in dem sie heute noch gefrühstückt hatte, bereits morgen war. Sie würde das Dutzend genmanipulierter Mäuse, das sie aus

Deutschland mitgebracht und glücklich durch den amerikanischen Zoll bekommen hatte, nur kurz dem *mouse boy* übergeben, damit er die Tiere versorgen und sich darum kümmern konnte, dass deren Biorhythmus nicht völlig durcheinandergeriet. Anschließend würde sie gleich weiter zum Gästehaus des Instituts fahren: Gepäck und Einkäufe hochbringen, Koffer auspacken, Rohkostsalat und ab ins Bett. Zwar brannte sie darauf zu erfahren, wie sich die klinische Studie in Sachen Pankreas-Stammzellen entwickelt hatte – eins der heißesten molekularbiologischen Projekte weltweit –, dennoch sollte sie den «LabRatPack-Stammtisch», der sich heute Abend traf und zu dem auch sie eingeladen war, vernünftigerweise auslassen.

«But you promised ... you promised you would come!»

Johanna musste lächeln, wenn sie daran dachte, wie sich Yo-Yos philippinisch-chinesisch-amerikanischer Mund in teils echter, teils gespielter Enttäuschung verziehen würde, sobald ihm klar wurde, dass sie heute Abend nicht mehr auftauchte. Zusammen mit den lustigen Augen ergab der enttäuschte Mund ein mehr als niedliches Gesicht. Was zwang sie, es sich nicht doch noch anders zu überlegen?

«LabRatPack.» Dieses Wort hatte sie bei einem ihrer ersten Besuche in Dark Harbor von Yo-Yo gelernt und ihm im Gegenzug das Wort «Stammtisch» beigebracht. Als sie bei ihrem nächsten Forschungsaufenthalt in den Pub gekommen war, in dem die ganze Clique hockte, hatte Yo-Yo ihr stolz das neue Messingschild präsentiert, das in der Mitte des großen runden Tischs an zwei Laborstativen hing: LABRATPACK-STAMMTISCH. Damals hatte Johanna herzhaft mit ihm und den anderen gelacht. Heute war ihr nicht nach Lachen zumute. Und nach Weiterführendem auch nicht. Seit Yo-Yo geheiratet hatte, war die Sache ohnehin so kompliziert geworden, dass sie sich vernünftigerweise nach einem anderen Lover umschauen sollte.

Mawet!, ermahnte sie sich abermals: Du bist doch nicht etwa eifersüchtig?

Sie war einfach nur müde. Müde und immer noch gereizt, weil ihr die Bürokraten zu Hause verboten hatten, humane embryonale Stammzellen einzuführen. Wie sollte sie arbeiten, wenn ihr das nötige Material verweigert wurde? Es war ihr Lebensprojekt, sämtlichen Zellen im menschlichen Organismus Regenerationskräfte zu verleihen, die weit über das natürliche Maß hinausgingen, damit zugleich die Zellalterung abzuschaffen und also den Weg zur Unsterblichkeit zu ebnen. Und dieses Lebensprojekt war nun festgefahren im Packeis deutscher Bedenklichkeiten, obwohl man sich dort so viel darauf einbildete, im Gegensatz zu den «naiven Amis» alle Fesseln des Christlichen längst gesprengt zu haben. Sicher, hierzulande bekam man es regelmäßig mit Spinnern zu tun, die sich aufführten, als hätte Gott höchstpersönlich sie in den Aufsichtsrat seiner Schöpfung berufen. Dennoch war es *hierzulande* möglich, auf der Höhe der Zeit zu forschen, während die ach so fortschrittlichen Deutschen auf der Notwendigkeit von Alter, Krankheit und Tod beharrten, als handelte es sich hierbei nicht um die drei Erzfeinde des Lebens, sondern die wahre Dreifaltigkeit.

Johanna warf einen weiteren Blick in den Rückspiegel. Soweit aus dieser Perspektive zu beurteilen, herrschte Ruhe im Karton. Gut.

Sie konnte mehr als froh und dankbar sein, dass zwischen dem FHI, dem Ferdinand-Hochleithner-Institut, an dem sie angestellt war, und Dark Harbor eine so enge Zusammenarbeit bestand, dass sie dieses Mal ganze sechs Monate bleiben durfte. Sechs Monate, die sie gut nutzen würde. Die nächsten Wochen gehörten noch den Mäusen. Aber dann war er fällig. Der Schritt zum Menschen.

In der beginnenden Dämmerung sah Johanna, achtzig oder hundert Meter vor sich, eine Gestalt den Highway entlanghetzen. Sie wusste, wer es war, bevor sie das rote Hawaiihemd erkannte. Fürchtete der *bagger*, für seine Entgleisung verhaftet zu werden? Oder war er endgültig verrückt geworden? Nur Verbrecher oder Verrückte kamen in diesem durchmotorisierten Land auf die Idee, einen Highway als Fußweg zu benutzen!

Vorsichtig bremste Johanna, zog das Auto nach rechts auf die Standspur und ließ das Beifahrerfenster herunter. Dabei streifte ihr Blick die Schachtel Doughnuts, die ihr Assistant Store Manager Holly Myers als Entschuldigung für das «outrageous behaviour» ihres ehemaligen Mitarbeiters aufgenötigt hatte. Mit einer knappen Geste wischte sie die Schachtel vom Beifahrersitz in den Fußraum.

«John!», rief sie durch das geöffnete Fenster, sobald sie auf einer Höhe mit dem Flüchtenden war. «John!»

Seine schwarze Lockenmähne fuhr herum, seine Augen funkelten sie noch wahnsinniger an als im Supermarkt.

«John!», wiederholte sie unbeirrt. Sein Name war doch «John» gewesen? «Do you need a lift?»

Erst da wurde ihr bewusst, dass das, was sie tat, mindestens so verrückt war wie das Benehmen des *baggers*. Hatte sie diesem Durchgeknallten ernsthaft angeboten, ihn in ihrem Wagen – ihrem Mietwagen! – mitzunehmen?

Doch schon war der *bagger* stehengeblieben. Und anstatt schleunigst Gas zu geben, brachte Johanna das Auto zum vollständigen Stillstand.

«Apage, Satana!», hörte sie ihn murmeln, während der Verkehr links an ihr vorüberrauschte. «Iudica, Domine, iudicantes me, impugna impugnantes me ...»

Schnell steigerte sich das Gemurmel zu einem regelrechten Gekreisch. «Apprehende clipeum et scutum et exsurge in auditorium mihi ...»

Johanna zuckte zurück. Der *bagger* hatte sich mit beiden Händen ins offene Fenster gestützt und schrie seinen Lateinschwall nun direkt ins Auto hinein. Dieser Akzent! Woher kannte sie diesen Akzent, der jede Silbe einzeln stanzte, anstatt sie landesüblich zu verschleifen?

Bevor es Johanna einfiel, half ihr der *bagger* selbst auf die Sprünge. «Weiche, Satan!», brüllte er. «Erfinder und Lehrmeister jeglicher Falschheit, Feind des menschlichen Heils! Weichet, ihr höllischen

Geister im Namen des Dreieinigen Gottes, des Vaters und des Sohnes und des Heiligen Geistes! Weichet!»

Die Sekunde, die der Atemlose brauchte, um Luft zu holen, nutzte auch Johanna, um sich von ihrem Schrecken zu erholen.

«Sie sind aus Deutschland», stellte sie verblüfft fest.

Und als wäre die ganze Situation nicht absurd genug, entdeckte Johanna im Rückspiegel die Highway Patrol, die sich mit kreisenden Lichtern näherte.

«O Gott, komm mir zu Hilfe!»

Vom Wagen hatte Ritter die Hände gelöst, war auf die Knie gesunken, hatte die Hände gefaltet, zum Himmel gereckt und wusste, dass nichts davon helfen würde. Wann hätte der Himmel je ihm geholfen? Wann hätten die Psalmen je ihm geholfen? Und dennoch brach es mit Inbrunst aus ihm hervor: «*Herr, auf dich traue ich, lass mich nimmermehr zu Schanden werden, errette mich durch deine Gerechtigkeit! Neige deine Ohren zu mir, eilends hilf mir! Sei mir ein starker Fels und eine Burg, dass du mir helfest!*»

«What's going on here? Any trouble, pal?»

Ein Rotschopf in flohfarbener Uniform schaute auf ihn herab. Das heißt – vermuten konnte er bloß, dass der Rotschopf auf ihn herabschaute. Trotz nahender Dunkelheit waren die Augen hinter spiegelnden Gläsern verborgen. So eilig als seine zitternden Knie es gestatteten, richtete Ritter sich auf.

«Sorry, Officer», sagte er und senkte den Blick, um seinem eignen Anblick im Antlitz des Ordnungshalters zu entgehen. «I felt the urge to pray.»

All die Wochen seit Ruthies Tod, in denen er diese tosende Straße jeden Morgen und jeden Abend gewandert war, um seinem ehrlosen Broterwerb nachzugehen – stets war es ihm gelungen, sich im Gebüsch oder hinter einem Stamm zu verstecken, sobald er einen schwarz-weißen Wagen mit blau-roten Lichtern entdeckt. Und ausgerechnet jetzt, da die Hölle ihm einen ihrer grauenvollsten Fürsten auf den Hals gehetzt, musste einer ihrer lästigsten Knechte gleichfalls nach ihm greifen?

Gott, dachte er, dass du mich verlassen, weiß ich längst. Aber verdiene ich, dermaßen genarrt zu werden?

Der Rotschopf hatte sich von ihm abgewandt und war nach des Wagens anderer Seite gegangen, wo die Teufelin bereits ihr blondes Köpfchen aus dem Fenster reckte.

«Officer, I'm so sorry», sagte sie heuchlerisch und wedelte mit einem weinroten Büchlein umher. «I know, I shouldn't have stopped. But my … my uncle's a very religious man.»

Ritter schloss die Augen. War dies das Ende? Wenn es nur das Ende wäre. Endlich das Ende und nicht …

… Schwärzeste Nacht. Ein Lager aus Schimmel und Stroh. Durch rohen Stein dringen die Schreie der Entsetzten. Wasser von den Wänden lecken, um die Wette mit winddürren Ratten. Gütiges Spielgetier gegen den Wurm, der an seinem Herzen nagt … Hihihi … hihihi … Ritterlein … Ritterlein … Weltentdecker … Welterwecker … mach doch auf … au-au-auf … Feuer wolln wir holen gehn … ho-ho-ho-ho-holen gehn … Hinweg! Hinweg! Der böse Feind verfolgt mich. Durch scharfen Hagedorn saust der Wind. Hu! Geh in dein kaltes Bett und wärme dich! Thoms friert. O de de de de de! Gott schütze deine fünf Sinne! Das ist der böse Feind. Flibbertigibbet. Thoms friert. Thoms …

«John, steig ein!»

Zu seiner Seite hin wurde die Wagentüre aufgestoßen. Lächelnd neigte die Teufelin sich herüber. Übers Wagendach maßen ihn die undurchdringlichen Augengläser.

Hölle oder Tartarus?

«John, der Officer ist so nett, uns weiterfahren zu lassen», flötete die Teufelin. «Jetzt komm aber auch, hopp!»

Der Wald stand schwarz und schwieg.

II

großherzige, o mutige Johanna! Ew'ger Ruhm sei dir, dass jenes Scheusal du nicht stramm gepackt und unverzüglich aus dem Wagen hast geworfen! Dass jenen Widerling so sanft du geduldet! Dass auf verlassenen Wegen du zurück ihn gebracht in seine Waldeinsamkeit, in der's seit Jahren ihm beliebt, dem Schuhu gleich sich zu versitzen.

Wahrlich, ich sage dir, die du von allen Weibern mir als trefflichstes erscheinst: Sei weiterhin so unverzagt, und Lohn soll dir werden! In der Asche schürfe tief, und stoßen wirst du dort auf eine Glut, die deiner Menschheit Himmel heller wird erleuchten, denn tausend Sonnen dies vermöchten.

Braune und blaue Punkte tanzten vor ihren Augen. Die braunen waren deutlich in der Überzahl. Eigentlich müsste sie sich freuen. Es war der Beweis, dass das Protein, das sie in monatelangen Versuchsreihen manipuliert hatte, tatsächlich so hyperaktiv war, wie von ihr erhofft. Obwohl sie der Maus umfangreiche Gewebeproben entnommen hatte, hatte das Tierchen, das in frühestem Embryonalzustand ein genetisches Upgrading mit Stammzellfaktoren von Zebrafischen genossen hatte, beste Aussichten, dass seine Wunden ungewöhnlich rasch verheilten und es die armselige Lebensspanne, die ihm die Natur zugestand, signifikant überdauern würde.

Johanna nahm die brennenden Augen vom Okular. Warum freute sie sich nicht? Sie stand vor dem größten Schritt ihrer wissenschaftlichen Laufbahn: In absehbarer Zeit würde sie wissen, ob sich menschliche embryonale Stammzellen in derselben Weise genetisch verbessern ließen. Zwar war es von dort immer noch ein weiter Weg bis zu jenem Tag, an dem sie ganze menschliche Embryonen genetisch so verändern konnte – und durfte! –, dass diese im späteren Leben die Aussicht hatten, dreihundert, vierhundert Jahre oder älter zu werden und sich nicht mit den lächerlichen einhundertzwanzig Jahren begnügen mussten, die das bedenkentragende Heer der Kollegen daheim der Gattung Mensch als «natürliches Maximum» bescheinigte. Aber es war ein entscheidender Schritt nach vorn. Dass sie, um die Krone der Schöpfung gegen vermeintlich unheilbare Krankheiten und den «ganz normalen» Altersverschleiß besser zu immunisieren, auf die Gene von Zebrafischen oder auch von Schwanzlurchen und Wimperntierchen – allesamt Organismen, die über erstaunliche Regenerationskräfte verfügten – zurückgreifen musste, störte Johanna nicht im Geringsten. Im Gegenteil: Sie war überzeugt, dass die Natur nichts dagegen hatte, wenn der Mensch ihr bei der Perfektionierung half. Jeder Fortschritt, den die Menschheit seit ihren Anfängen erzielt hatte, kam daher, dass sie ihre gesellschaftlichen Gesetze immer wieder neu überprüft und korrigiert hatte. Warum sollte sie just dort, wo es um die natürlichen Gesetze ging, diese Korrekturarbeit der Evolution allein überlassen?

Johanna hatte gerade einen neuen Glasstreifen mit transgenem Mausgewebe in ihr Mikroskop gelegt, als ein Blitz ihr linkes Gesichtsfeld zerriss. Sie fuhr herum. Und sah nichts als die Rücken der Kollegen, einträchtig gekrümmt über Gelkammern, Teströhrchen und Petrischalen. Offensichtlich kein Unfall, keine Explosion. Von überallher hörte Johanna leises Klicken, Klappern. Irgendwo surrte eine der Neonröhren, oder war es die Lüftung?

Und wieder zuckte es. Doch außer Johanna schien niemand die Blitze zu bemerken. Das ganze Laborrattenrudel arbeitete ungerührt weiter, blind für die Aureole, die den großen Inkubator umgab und flackernd erstarb.

Pumm ... pumm ... pumm ...

Johanna fasste sich an die Schläfen. Woher kam dieses dumpfe Pochen, mit dem sie heute Morgen bereits erwacht war? Sie war doch kein Migränemädchen, das auf jeden Ortswechsel oder sonstige Erschütterungen mit einem Anfall reagierte. Ob sie ausnahmsweise einen richtigen Kaffee trinken sollte? Aber wenn sie nicht alles täuschte, war der Kaffee, der draußen aus dem Automaten kam, ohnehin so schwach, dass sie keinen Koffeinschub erwarten durfte.

Yo-Yo, der am anderen Ende des Labors herumhantierte, schaute kurz herüber, spreizte zwei Finger zum Victory-Zeichen und tauchte wieder ab.

Gestern Abend waren sie zusammen essen gewesen. Johanna hatte erwartet, Yo-Yo würde ihr eröffnen, dass sie im Kampf gegen Diabetes den entscheidenden Durchbruch erzielt hätten, weil es ihm und seinem Team gelungen war, die Stammzellen, die im menschlichen Pankreasgewebe sinnlos vor sich hin dösten, aus dem Dornröschenschlaf zu wecken und damit die Zahl der Insulin produzierenden Zellen in der erkrankten Bauchspeicheldrüse zu erhöhen. Stattdessen hatte er, vergnügt an seinem Steak säbelnd, gesagt: «Dead end. Game over.» Die klinische Studie, die sie hier in Dark Harbor im Frühjahr begonnen hatten, hatten sie wenige Tage vor Johannas Ankunft in Phase II abbrechen müssen. Das Medikament hatte bei den Patienten, denen es tatsächlich verabreicht worden war, keine andere Wirkung gezeigt als die Kochsalzlösung, die den restlichen Teilnehmern der Studie gespritzt worden war. Und jetzt durften Yo-Yo und seine Mitstreiter weder die Dosis erhöhen, noch durften sie weiter untersuchen, warum das neue Medikament nicht wirkte. «Failed is failed», hatte Yo-Yo gesagt und das Stück Steak, das er sich gerade in den Mund geschoben hatte, mit einem Schluck Bier hinuntergespült.

Es war Johanna unbegreiflich, wie er seine Niederlage so ruhig hinnehmen konnte. Jahrelang hatte er Tag und Nacht geforscht. Und jetzt hieß es: Alles zurück auf Anfang. Weil die Natur, die bisweilen ein verschlagenes Biest sein konnte, nicht bereit war, jene Zellmanipulation, die bei Mäusen so blendend funktioniert hatte, auch beim Menschen zuzulassen.

Pumm ... pumm ... pumm ...

Gern hätte Johanna behauptet, dass sie die gut gelaunte Emsigkeit bewundere, mit der sich das Rudel daranmachte, den kunstvollen Bau, den die kalte Wirklichkeit mit einer einzigen Woge hinweggespült hatte, neu zu errichten. In Wahrheit jedoch war es eben jene gut gelaunte Emsigkeit, die ihr den Schädel dröhnen ließ. Wie ein Fremdkörper fühlte sie sich inmitten all dieser Dulder, die sich, ohne das Schicksal zu verfluchen, abermals für Wochen, Monate und Jahre über ihre Gelkammern, Teströhrchen und Petrischalen beugen würden und glücklich waren, wenn es ihnen gelang, ein einziges Transkriptionsfaktor-Gen zu klonieren. Die einmal im Monat ihr schales Glück feierten, indem sie beim Stammtisch zu viel Bier tranken, ganz gleich, ob die Natur ihnen gerade ins Gesicht gespuckt oder die äußerste Spitze des kleinen Fingers gereicht hatte. Keiner der versammelten Molekularbiologen, Genetiker und Physiologen hier glaubte, dass die Erde eine Scheibe war, und dennoch kam es Johanna so vor, als ob sie alle auf großen flachen Tellern lebten, über deren Ränder sie nur hinausschauten, um sich des nächsten Tellerrandes zu vergewissern. Wer von ihnen würde je einen Pub betreten, wie es einst James Watson und Francis Crick getan hatten, um der Welt zu verkünden: «Wir haben das Geheimnis des Lebens enthüllt!»

Mutige Väter der Doppelhelix! Helft eurer Tochter, dass sie eines Tages verkünden kann: «Ich habe das Geheimnis der Unsterblichkeit enthüllt!»

Der nächste Blitz ließ Johanna zusammenfahren. Und diesmal blickte auch das Rudel auf – rechtzeitig, um zu sehen, wie die Fensterscheiben, durch die den ganzen Tag keiner von ihnen geblickt hatte, vom Donner erschüttert wurden.

«Whoa», kam es aus einer der Ecken. «That was a big one!»

Aus einer anderen Ecke kicherte es.

Johanna hielt es nicht länger aus. Die Kopfschmerzen, die auch mit dem Gewitter zu tun haben mussten, trieben sie aus dem Labor. Yo-Yo warf ihr einen fragenden Blick zu, doch sie winkte ab, keine Begleitung, keine Nachfragen und bloß keine weiteren Gespräche.

Draußen in dem Gang – an dessen Wänden die zehntausendfach vergrößerten, in allen Neonfarben leuchtenden Aufnahmen hingen, die ein Multiphotonenmikroskop von Zell-Zell-Kontakten, Kernkörperchen oder Zytoskeletten gemacht hatte – beruhigte sich Johanna wieder.

Seit wann glaubte sie an *Gewitterkopfschmerzen*? Der Verrückte, der da draußen in seinem Wald hockte und vermutlich noch immer überzeugt war, der Teufel höchstpersönlich habe ihn heimgefahren, mochte an einen solchen Quatsch glauben.

Johanna warf einen Blick auf ihre Armbanduhr. Kurz vor fünf. Wenn sie Glück hatte, erwischte sie drüben im Verwaltungsgebäude noch jemanden, der ihr eine ordentliche Campus-ID ausstellen konnte. Mit dem vorläufigen Ausweis, den ihr die Institutssekretärin am ersten Tag in die Hand gedrückt hatte, kam sie nicht in den Gym, in dem sie sich später am Abend dringend eine Runde aufs Spinningrad setzen wollte.

In dem engen, stickigen Gästebüro nahm Johanna ihre Jeansjacke vom Garderobenständer und ihre Handtasche vom Schreibtisch, auf dem ihr Vorgänger ein unverschämtes Chaos aus Papieren, Zeitschriften und leeren Keksschachteln hinterlassen hatte.

Hatte sie ihren Pass, den sie benötigte, um die ID zu bekommen, überhaupt dabei? Johanna konnte sich nicht erinnern, dass sie ihn aus ihrer Handtasche genommen hätte. Allerdings konnte sie sich auch nicht erinnern, ihn heute oder gestern in der Tasche gesehen zu haben.

Mit aufsteigender Panik begann sie zu wühlen: Geldbeutel, Smartphone, die alte Bordkarte, Taschentücher – aber kein Pass. Ein wildes Durcheinander aus Schlüsseln, Münzen, Kugelschreibern, Halspastillen und Lippenstiften ergoss sich auf den ohnehin schon zugemüllten Schreibtisch. Kein weinrotes Büchlein dabei.

Im Auto! Jetzt fiel es Johanna wieder ein. Sie hatte den Pass zuletzt in der Hand gehabt, als sie von dem Officer kontrolliert worden war – an jenem Abend, an dem ihre Menschenfreundlichkeit sie so grotesk in die Irre geführt hatte.

In Windeseile war Johanna unten im Erdgeschoss, noch schneller wehte der Sturm sie über den Parkplatz hinter dem Institutsgebäude. Wasser, das waagrecht angeflogen kam, klatschte ihr in den Rücken, Haarsträhnen klebten ihr im Gesicht. Unter dem Vordach, unter dem sich sonst die allerletzten Raucher versammelten, obwohl auch dies mittlerweile verboten war, standen zwei Möwen und lachten. Bis auf die Haut durchnässt, schlüpfte Johanna ins Auto. Wohin sie sich beugte, tropfte es von ihr herab: Sitze, Ablagen, Handschuhfach, Fußräume – bald war alles ebenso nass wie sie. Doch nirgends ein Pass.

Dieser Hund. Dieser Wahnsinnige. Dieser Endbekloppte. Er musste ihren Pass gestohlen haben.

Das Gewitter war vorüber, wie die Jahre verflogen waren, in denen er bei jedem Unwetter vor die Tür getreten, in der Hoffnung, der Blitz möge ihn erschlagen. Durfte er's dem Himmel verübeln, dass dieser sein Flammenschwert kein zweites Mal an ihm stumpfschlagen wollte? Wo er selbst, der seiner eignen Verworfenheit doch am allermüdesten, es aufgegeben hatte, Hand an sich zu legen?

Ritter schloss die Augen und bot sein Gesicht dem Regen dar, der schwer und weich aus dem Blätterdach tropfte, das seine Hütte schirmte.

Selige Tage des Leichtsinns, da er mit dem Tode auf traulichstem Fuße gestanden. In denen das Leben ihm als unterirdischer Gang erschienen war, durch den geheime Hände ihn verbundenen Auges führten, und kaum, dass er hindurch war, die Binde fallen und Gott in all seiner Herrlichkeit vor ihm stehen würde – und er selbst dürfte sich, ähnlich einem Stern, dem Himmel gleich geworden fühlen. Kinderglaube. Verwelkt. Verstaubt. Zerschlissen.

So viele hatte er sterben sehen: sein Brüderlein, das sie namenlos ins Grab gesenkt, weil damals auch der Vater im Fieber darniedergelegen und zu schwach zum Taufen gewesen; seinen liebsten Bruder, seinen Benjamin, der, ehe er's recht gelernt, mit ihm über den Rasen zu tollen, unter diesem schon verschwunden; seine Mutter, die am fünften Sonntage nach Ostern entschlafen; die Kameraden auf blutigem Schlachtfelde; die Kameraden im eisigen Meer; die Kameraden im ewigen Schnee; sein teures, treues Weib, das durch ihn mehr gelitten, denn je zu verzeihen; den falschen Freund, der ihm sein teures, *treues* Weib abspenstig gemacht; die wenigen echten Freunde, die er im Leben besessen, allen voran jenen Kostbaren, jene Blüte, die von den Motten zerfressen, bevor sie ihren Kelch vollends entfaltet.

Freunde schien der Himmel mir zu geben,
Einen gab er endlich wirklich mir;
Aber kaum, dass er ihn mir gegeben,
Nahm er wieder ihn hinweg von mir!
Traurig Los! Wenn alles nur beginnet,
Dass es fast beginnend noch zerrinnet ...

Wehmütig entsann Ritter sich des fremden Selbst, dessen Schmerz bei solchem Wortgeklöppel Trost gefunden. Im Leben hatte er sterben, im Tode leben wollen. Jetzt wusste er weder, was das eine noch das andere war. Erloschen die Hoffnung auf den Tag, an dem die Geister der Lieben ihm die Hand reichen und ihn hinaufgeleiten würden dorthin, wo dem bösen Feind der Zutritt auf ewig verwehrt. *Die Welt ist bloß die Porte-Chaise, die uns aus dem Himmel in die Hölle bringt. Die Träger sind Gott und der Teufel; der Teufel geht voran* ... Ein eitler Geck war er gewesen. Nicht, was seine äußere Erscheinung anbetraf – die irdische Hülle hatte er stets bloß für eine Anmerkung gehalten, die der Schöpfer zum geistigen Text gemacht, zuletzt zu lesen, beliebig zu überblättern. Aber sein Geist war hoffärtig gewesen. Selbst auf dem, was er in verzweifeltem Irrtume für sein Sterbebett gehalten, hatte er schreiben müssen, obgleich die

Feder seinen kranken Händen häufiger entglitten, als er sie aus eigner Kraft aufzuheben vermocht.

War dies nicht das Erste in der langen Kette seiner Verbrechen gewesen? Seine Ursünde? Dass er den Himmel angefleht, er möge ihn kurze Zeit noch auf dieser Erde lassen? Ein paar Monate, Jahre noch – nur so viel Frist als nötig zu vollenden, was er begonnen? Wer immer es gewesen – er hatte ihn erhört. Ihm die irdische Hülle zum Spott gelassen und alles andere genommen. Glaube, Liebe, Wissenschaft: dahin. Von seinem einstmals so üppig wuchernden Geist nicht mehr geblieben als das tote Geäst, in dem die Gedankenkrähen einander zausten.

Ritter schüttelte sich den Regen aus den Haaren und trat in die Hütte zurück. Durch die schmutzigen Fensterscheiben sickerte letztes Tageslicht. Seit Ruthie nicht mehr lebte, hatte die Ödnis auch hier Einzug gehalten. Vor wenigen Tagen hatten sie ihm nun auch den Strom abgestellt.

Was galt's? Ohnehin saß er lieber bei Kerzenlicht. Und obendrein: Woher hätte er wissen sollen, wie man heutigen Tags Rechnungen bezahlte? Damals schon, da selbige noch mit Louisdors und Talern beglichen wurden, hatte er's nie recht gewusst. Und seit er sich im Lande der Greenbacks niedergelassen, hatte sich stets aufs Neue eine gastfreie Wirtin gefunden, die ihn der Notwendigkeit enthoben, sich um geldliche Angelegenheiten zu bekümmern ... Martha ... Deborah ... Georgina ... Pamela ... nein, zuerst Pamela, dann Georgina ... Sarah ... und zuletzt: Ruthie ... Sollte er abermals sein Bündel schnüren und losziehen, im festen Vertrauen, dass in den hiesigen Wäldern noch viele einsame Herzen hausten, die darauf warteten, dass ein andrer Einsamer daherkam und bei ihnen anklopfte?

Wenn er nur nicht so müde, so gliederlähmend müde wäre.

Sein Blick fiel auf den Stapel mit Briefen, die nach wie vor in der roten Box, die vorn an der Wegesmündung stand, für Ruthie eintrafen, und die er beiseitegelegt hatte, um damit später im Jahr, sobald die Abende gar zu kalt, den Ofen anzuheizen.

Past due ... Electric Service Termination Notice ... Selbst wenn er mit Bankgeschäften vertraut gewesen wäre, womit hätte er die geringste Rechnung nur bezahlen sollen? Acht Dollar fünfundsiebzig hatte er für jede Stunde ausgehändigt bekommen, die er zuhinterst am Fließband gestanden und die heranschaukelnden Waren in Tüten gepackt hatte. Und selbst die acht Dollar fünfundsiebzig waren nun Vergangenheit.

Er sollte mindestens hinausgehen und Holz sammeln. Wozu? Dann fror er eben. Frieren konnte er. Hungern und dursten auch – die einzigen Künste, in denen er Meister geblieben.

Holly, Ruthies liebe, gute Kirchenfreundin, die nach deren Tod so gütig gewesen, ihm den erniedrigenden Job im Supermarkt zu verschaffen und ihn nun zu feuern – *holy Holly*, *churchy Holly,* hatte ihm und den anderen Tütenbettlern erlaubt, all jene Lebensmittel nach Hause zu tragen, die ihr peinlich strenger Blick als nicht mehr verkäuflich ausgemustert. Wie köstlich indes hatten ihm, Rittern, die schwarz gefleckten Tomaten und die grünlich schillernden Koteletts geschmeckt! Wenn der brave Justinus Kerner hätte sehen können, mit welchem Appetit er das verdorbene Fleisch ins Feuer gehalten und vom Spieß genagt hatte! Alles hätte der Schwabendoktor widerrufen müssen, was er je über die Wurstvergiftung behauptet.

Warum lächelte er? Durfte einer lächeln, der einen Herbst und Winter vor sich sah, in denen er weder Feuer noch Essen haben würde? Sei's drum. Dass er nimmer erfrieren und nimmer verhungern würde – das hatte er gelernt auf jenem Schiffe, mit dem er einen lichtlosen Winter lang im Eise eingeschlossen und dessen sämtliche Mannschaft elendig erfroren, verhungert und verreckt. Sämtliche außer ihm. Wärme und Nahrung, was waren sie ihm anderes denn sentimentalische Gewohnheit, sinn- wie zweckentleerte Annehmlichkeiten, bei deren Genusse er sich selbst einheucheln konnte, er sei ein Mensch – ein Mensch wie alle!

Erregt begann Ritter, die Hütte zu durchmessen, alle zwanzig Schritte, die er von der Eingangstüre nach der hinteren Wohnstube benötigte, und wieder zurück. Am Boden entdeckte er die Schachtel, die ihm die Fremde hinterhergeworfen, da sie ihn hier abgeliefert. Ein letzter, mit Zuckerguss geweißter Teigkringel lag darin.

Dumm, abscheulich dumm hatte er sich betragen. Da war ihm ein menschliches Wesen begegnet, das ihm wohlgesinnt, ein junges, frisches Weib noch dazu und – ihr gütigen Seelen, verzeiht! – keins der Silberlöckchen, bei denen er die letzten Jahrzehnte Zuflucht gefunden! Und er hatte sich nicht anders zu benehmen gewusst denn als Narr.

Sorry, Officer, but my uncle's a very religious man ...

«Onkel» – warum tat dies Wort so weh in der Brust! Warum? Weil's schon einmal geschehen, dass ein Weib – *ein* Weib? *sein* Weib! seine über alles geliebte Catharina! – ihn für einen «Onkel» deklariert!

Wilhelm! Wir haben uns beraten. Um eurer alten Freundschaft willen ist Gotthilf bereit, dich in seinem Hause zu dulden. Oben im Kämmerchen magst du wohnen. Doch nicht bilde dir ein, unter diesem Dache je als «Gemahl» oder «Vater» begrüßt zu werden. «Vetter Hans», «Onkel Hans» bist du fürderhin. Johann Wilhelm Ritter ist tot. Jener Tag, da du die Kinder wissen lässt, wer leibhaftig vor ihnen steht, sei dein letzter hier in diesem Hause ...

Kalt tropfte es auf seine Hand herab. Er blickte zur Decke empor und konnte keine undichte Stelle entdecken. Tränen? Wo kamen die her?

Schöpfungsauswurf, Höllenrotz war er! Endlich vom Antlitz dieser Erde zu tilgen, wie sich's lange schon gehört hätte! Dort an der Wand hing Ruthies Jagdgewehr, ein alter, solider Stutzen. Oftmals hatte er ihn aus der Halterung genommen und wieder zurückgehängt, weil ihn im letzten Augenblick ein klägliches Zaudern befallen. Aber jetzt? Er weinte. Was weinte, konnte sterben. Zwei Kugeln: ein Ziel! Herz oder Hirn? Noch nie hatte er gewagt, die edelsten aller Organe direkt zu attackieren.

Und wenn sein vermaledeiter Leib ihn abermals foppte?

Ritter, ermanne dich! Seit Ewigkeiten sind Herz und Hirn dir zerspellt, was soll ihnen Ärgeres noch widerfahren?

Es würde eine klare Nacht geben, das spürte er. Sobald der Mond über dem See aufging, wollte er hinunter. Mondenschein in der Nacht seines Todes. Das hatte er sich immer gewünscht. Und zuvor ein paar Astern pflücken. Das brachte Glück.

Ohne die Waffe aus der Hand zu legen, entnahm Ritter der Schachtel den letzten Teigkringel. Zucker und Fett zerschmolzen auf seiner Zunge. O süße Henkersmahlzeit! Schöne Unbekannte, die du behauptet hast, eine Johanna zu sein – ich danke dir. Lebendig wird man, wenn das Leben endigt.

Ritter, Ritter, Ritter, was soll dies nun wieder werden? Zerfließt in Selbstmitleid und willst gar noch der Lappen sein, der sich aufwischt mit eigner Hand? Wie angstverblödet kann ein Mann denn werden! Erinnerst dich nicht mehr, wie lustig du auf Kerners Turm gebrannt, nachdem der Blitz dich dort getroffen? Wie dir der Schädel wollte platzen, nachdem auf Sonnenstein den Hals so zierlich durch die Schlinge du gesteckt? Wie's krachte im Geripp', da du zu Nürnberg hast den Fenstersturz erprobt? Doch wenn ein Tor aus Schaden nicht will lernen, so muss er weiter wohl ins eigne Tor sich schießen. In diesem Sinne, Ritter, wünsch ich: Waidmannsheil!

Dieser Wald war Urwald. Johanna ließ das Fahrerfenster hinuntergleiten. Eine feuchte, grüne Hölle, die ihr Lust machte, die Machete zu schwingen. Heuschrecken, Grillen, oder was immer es waren, surrten lauter als jede Hochspannungsleitung. Aus allen Wipfeln trillerte, zwitscherte, krächzte und kreischte es. Freuten sich die Waldvögel daheim auch so laut, wenn ein Gewitter vorüber war? Obwohl Johanna, Ferdinand Hochleithner und dem nach ihm benannten Institut sei Dank, seit zwei Jahren an einem oberbayerischen Alpensee lebte, war sie ewig nicht spazieren gewesen. Ihr reichte die Erinnerung an jene Ausflüge, die sie in ihrer Kindheit jeden Sonntag mit den Eltern – und solange die Großeltern noch lebten, auch mit diesen – hatte machen müssen. Dabei hätte sie nichts lieber getan, als in ihrem Zimmer zu bleiben: über ihren Büchern, ihrem Chemiebaukasten und ihrem ersten eigenen Mikroskop, das ihr die Schulleiterin als Anerkennung für «hervorragende Leistungen in den naturwissenschaftlichen Fächern» überreicht hatte. «Ausflug?», hatte sie regelmäßig geschrien. «Ausflug nennt ihr das? Trotten ist das! Trotteltrotten!» Jede Diskussion mit ihren Eltern war sinnlos gewesen. Bis heute wollten sie nicht begreifen, warum ihre Tochter sich erst dann für Natur zu interessieren begann, sobald diese feinstgeschnitten auf einem Objektträger lag.

Langsam wurde es dunkel. Als Johanna den Highway verlassen hatte, war sie sicher gewesen, dass sie die richtige Abfahrt in diesen Dschungel erwischt hatte. Aber je länger ihr Auto über den schmalen, ungeteerten Weg rumpelte, desto größer wurden ihre Zweifel. War sie nicht an anderen einsamen Hütten vorbeigekommen, als sie den Wahnsinnigen nach Hause gebracht hatte?

In der Dämmerung trollte sich etwas Großes, Schwarzes von der Fahrbahn. Ob es in diesem Urwald Bären gab? Hatte ihr Yo-Yo, der sich auf der Instituts-Homepage als «Outdoor Enthusiast» bezeichnete und tatsächlich jeden freien Tag in der Natur verbrachte, nicht von einem Campingabenteuer erzählt, das mit eigenwilligen Lauten begonnen und einem zerfetzten Zelt geendet hatte? Yo-Yo. Sie durfte weder an ihn noch sein Debakel noch den unerträglichen Langmut denken, mit dem er dasselbe hinnahm, wenn sie nicht sofort gegen einen Baum fahren wollte.

Endlich sah sie, nur wenige Meter vom Weg entfernt, ein zweistöckiges Blockhaus. Auf der Veranda stand ein roh geschnitzter Grizzly, von dessen erhobener Pranke etwas herabhing, das sie vor drei Tagen, als es noch dunkler gewesen war, für ein überdimensioniertes Schnäuztuch gehalten hatte. Jetzt reichte das Licht gerade noch, um zu erkennen, dass es die amerikanische Flagge war.

An dieser Stelle hatte der Verrückte beim letzten Mal sein einziges Wort während der ganzen Fahrt gesprochen: «Schlange.»

Johanna hatte wenig Erfahrung mit Psychotikern, Schizophrenen oder sonstigen Irren. Während ihres Studiums war ein Kommilitone in den Wahnsinn abgedriftet. Aber jenen Patrick/Stefan/Sven hatte sie ausschließlich von der gemeinsamen Arbeit gekannt und sich nichts weiter dabei gedacht, als er ihr eines Nachts im Labor eröffnet hatte, die *Drosophila* habe ihm verraten, der Schlüssel zur Embryonalentwicklung liege in der Asymmetrie. Im Gegenteil. Insgeheim hatte Johanna ihn beneidet und darauf gehofft, dass die Fruchtfliegen irgendwann auch zu ihr sprechen würden.

Ein zweites Haus tauchte auf, tiefer im Dickicht gelegen, aus dem Kamin stieg Rauch. Was brachte Menschen, die nagelneue, funkelnde SUVs fuhren, dazu, in einer solchen Wildnis zu hausen? Ein Durchgeknallter wie John – wenn er denn wirklich so hieß – gehörte hierher, wo er ungestört Vögeln predigen und sich von Wölfen in den Schlaf heulen lassen konnte. Aber was machten ganz normale, nette Leute hier, wie es diejenigen, hinter deren Fenstern der Fernseher flimmerte, bestimmt waren? Wahrscheinlich waren sie Jäger. Und nach Feierabend schauten sie Tierfilme.

Der Weg wurde abschüssig, und jetzt erinnerte sich Johanna: Gleich hinter der Senke dort musste die Bruchbude kommen, vor der sie den Verrückten abgeladen hatte.

Da sie weder beabsichtigte, länger als ein paar Minuten zu bleiben, noch damit rechnete, dass sich in dieser Zeit ein weiteres Fahrzeug in die Gegend verirrte, stellte Johanna ihren Wagen einfach auf dem Waldweg ab.

Die Tür zur Hütte war offen. Wenige Meter daneben parkte ein Pick-up-Truck, der ihr beim letzten Mal nicht aufgefallen war, obwohl er – so staub- und laubbedeckt, wie er war – dort bereits gestanden haben musste.

«Hallo?», rief sie und schickte für alle Fälle ein «Hello?» hinterher.

Keine Antwort. Zögernd trat Johanna über die Schwelle. In der Hütte herrschte bereits Nacht. Ein Geruch von Schimmel, Schmutz und Verwesung empfing sie. Sie musste sich zusammenreißen, dass sie nicht auf der Stelle umkehrte.

«Hallo?», rief sie noch einmal lauter. «Hello?»

Johanna griff nach ihrem Smartphone, berührte die Taschenlampen-App und leuchtete in den Raum hinein. Sie sah ein Spülbecken, in dem sich dreckiges Geschirr stapelte. Einen Wasserhahn, der den Dreck stetig betropfte. Einen Holztisch mit Kerzen darauf. Ein paar ramponierte Stühle. Einen gusseisernen Ofen. An einer Wand hing ein Kalender, der eine blühende Maiwiese zeigte, obwohl sie doch kurz vor dem Indian Summer standen. Darüber: ein riesiger Fisch, ausgestopft. Daneben: ein Bild. Eine Photographie.

Johanna schluckte ihren Ekel hinunter und trat näher. Ein Mann und eine Frau lachten sie an, beide nicht mehr jung. Ohne Weiteres hätten sie in der Apothekenzeitschrift Reklame für Venensalbe oder Gingkotabletten machen können. In der einen Hand hatte die Frau eine Angel, stolz gereckt wie einen Speer, mit der anderen Hand half sie dem Mann, den schweren Fisch dem Kameraauge hinzuhalten. Der Mann trug ein rotes Hawaiihemd mit Papageien darauf.

Johanna trat noch einen Schritt näher. Unter dem ausgefransten Strohhut schaute eine Glatze hervor, die Gesichtszüge des Mannes waren so großflächig und fleischig, wie Johanna es bislang nur an echten amerikanischen Männern beobachtet hatte. Wer immer dieser Mann war – der Verrückte war es nicht. Wer aber dann? Und wieso hatte der Verrückte, als sie ihn getroffen hatte, das Hemd dieses Mannes getragen?

Unwillkürlich wich Johanna zurück und trat auf etwas, das knirschend nachgab. Sie richtete den Lichtkegel auf den Boden, der über und über mit Unrat besät war. Ihr linker Fuß stand in einer weiß-grünen Schachtel. Einer Doughnuts-Schachtel, die sie zu kennen glaubte.

Und dann fiel ein Schuss. Nicht weit entfernt.

In den Nachhall mischte sich animalisches Geschrei, von dem Johanna hoffte, dass es sich tatsächlich nur um das Geschrei von Vögeln, Waschbären oder sonstigen tierischen Waldbewohnern handelte.

Abhauen! Sofort abhauen!

Der Verrückte hatte das rüstige Rentnerpaar ermordet und sich anschließend selbst in dessen Hütte breitgemacht! Trug die Hemden des Mannes! Ließ den Ort vermüllen! Und jetzt ballerte er in der Gegend herum!

Wie hatte er den Schmerz vergessen können? Aus seiner linken Schulter zuckten Blitze bis nach den Fußspitzen hinab. Dass ein kleines Stück Blei seinen abgestumpften Leib nochmals so auflodern ließ!

«Wie schwach du bist, Kamerad! Willst's mit der Hölle aufnehmen und kannst nicht das bisschen glühend Eisen vertragen?»

Da lachte sie wieder, die schwarze Gestalt, wie sie einst auf dem Schlachtfelde gelacht, da er, vom gleichen Schmerz gepeitscht, ihr entgegengekrochen – durch die anderen Zerschlagenen, Zerquetschten, Zerschmetterten hindurch, ihr tausendfaches Geheul im Ohr.

«Helft, Kamerad!», rief er mit letzter Kraft. «Seht ihr denn nicht? Ich trage die nämliche Uniform! So helft doch! Ich flehe euch an!»

Ungerührt verharrte der schwarze Jäger auf seinem Stein, das Leichenmeer weithin überblickend. «Weißt du», sprach er schließlich, «worum du flehst?»

«Erlösung von meiner Qual! Rette mich!»

«Warum dich? Gibt's nicht tausend andere, die der Rettung nicht minder verzweifelt bedürfen? Wer bist du, dass du so zu flehen wagst?»

«Ich bin ...», stieß er zähneklappernd hervor. «Ich bin ... der Ritter!»

Da erfasste ein neuerliches Lachen die Gestalt, und unter dem grässlichsten aller Gelächter versank der Jäger mitsamt dem Steine, auf dem er gesessen. Doch kaum, dass die Erde über jenem sich geschlossen, hörte Ritter es heranfahren wie eine Windsbraut. Der gesamte Blutacker bebte. Gleißendes Licht brach durch die Äste. Frisches Blut quoll aus der Tiefe und sprudelte in einem schäumenden Strome zusammen. Immer stärker, immer höher wogte der Fluss, sodass Ritter schon meinte, er müsse ertrinken. Da hob aus dem zischenden, gärenden Blute ein Lindwurm sein entsetzliches Haupt. Bald tauchte der schuppige Leib aus den Wellen, und mit den schwarzen Fittichen rauschend, bis die Wälder sich vor dem mächtigen Orkane beugten, griff die Bestie nach ihm.

«Himmel, hilf!», schrie Ritter da in gellendem Entsetzen. «Ich flehe dich an! Erbarme dich meiner!»

Doch wie Posaunen schallte es durch des Sturmes Brausen von oben herab: «Wer bist du, dass du so zu flehen wagst?»

Was, zum Teufel, war das!

Keine drei Sekunden nachdem Johanna mit durchdrehenden Reifen gestartet war, torkelte etwas Spilleriges, Zweibeiniges aus dem Unterholz, um nur wenige Meter vor ihrem Auto, mitten auf der Schotterpiste, zusammenzubrechen.

Das jüngste Opfer des Wahnsinnigen?

Johannas rechter Fuß schnellte vom Gaspedal auf die Bremse hinüber, während der andere gewohnheitsmäßig die Kupplung treten wollte, sich aber lediglich am linken Rand des überbreiten Bremspedals verhakte: Automatik, Trottel! Erst im nächsten Moment erkannte sie die schwarze Lockenmähne, das bleiche Gesicht und das rote Hawaiihemd – das allerdings nicht mehr kreischbunt gemustert, sondern fast vollständig in ein tiefdunkles, beinahe schwarzes Rot getaucht war.

Blut! Und zwar so viel Blut, dass es kaum von einem anderen Lebewesen stammen konnte, sondern der Wahnsinnige selbst das Opfer sein musste!

Ohne nachzudenken, sprang Johanna aus dem Auto – wo war das nächste Krankenhaus, Dark Harbor? –, ging neben dem Bewusstlosen in die Knie – wer um alles in der Welt hatte geschossen, wenn es nicht der Wahnsinnige selbst gewesen war? –, fühlte mit zwei Fingern den Puls – was, wenn als Nächstes der Verfolger aus dem Gebüsch krachte? –, der zwar extrem beschleunigt war, aber beruhigend stark. Dennoch brauchte der Mann sofort medizinische Versorgung. So viel Blut hatte Johanna lange nicht mehr gesehen. Ach was: noch nie gesehen. Jede Pathologie war im Vergleich zu dem hier eine unblutige Angelegenheit.

Sie riss sich ihre Jeansjacke herunter, faltete diese so kompakt wie möglich und drückte sie dort gegen die blutende Schulter, wo sie die Schusswunde vermutete. Gleichzeitig lauschte sie in den Wald hinein: Gezirp, Geschimpf, Gekrächz. Kurz vermeinte sie, in der Ferne eine Sirene zu hören, aber auch das war wohl wieder nur ein Vogel.

Wo hatte sie ihr Smartphone hingesteckt, und konnte sie überhaupt einer Menschenseele erklären, wo sie selber steckte? Mawet, Handys lassen sich orten! Nein, nein, nein, bitte nicht – die Jackentasche! Bei ihrer Flucht aus der Hütte hatte sie das Smartphone in die Jackentasche gesteckt! Mit einer Hand drückte Johanna gegen die pulsierende Wunde, während sie mit der anderen in dem blutigen Jeansklumpen herumfingerte. Da! Da war etwas Hartes, Flaches! Hastig nestelte sie das Smartphone hervor und holte erleichtert Luft, als sie den Knopf am unteren Ende des Displays drückte und das Gerät erwachte, obwohl es blutverschmiert war. Die Erleichterung dauerte nur einen Moment: Ihr smartes Telefon, das sich jederzeit in eine Taschenlampe verwandeln, jeden beliebigen Satz ins Japanische übersetzen und Johanna sagen konnte, ob sie sich heute schon genug bewegt hatte – etwas konnte es nicht: Hilfe herbeirufen, wenn es kein Funknetz gab.

Der Verletzte stöhnte auf.

«John!», sprach Johanna ihn an. «John! Hören Sie mich?»

Er murmelte etwas Unverständliches.

«John! Was ist passiert?»

Ganz nah beugte sie sich an die flüsternden Lippen heran.

«ee ... ii ... uu ...»

Bei ihrer letzten Begegnung hatte der Mann schon nicht angenehm gerochen. Jetzt stank er so, dass Johanna ihre gesamte Selbstüberwindung aufbieten musste, sich nicht abzuwenden.

«John», sagte sie. «Sprechen Sie deutlicher, ich verstehe Sie nicht.»

«Wer ... bist ... du ...», wisperte er, «... flehen ... wagst ...»

Die wächsernen Augenlider flatterten einmal kurz und schlossen sich wieder. Abermals wunderte sich Johanna, wie faltenfrei dieses Gesicht war.

«John», sagte sie laut. «Sie sind verwundet. Wir müssen Hilfe rufen. Haben Sie ein Telefon im Haus?»

«Flibbertigibbet ... Thoms friert ...»

«Lassen Sie den Quatsch!»

«Aaatsch! Aatsch!», kam es aus einem Wipfel zurück.

Auch ohne das tierische Echo war Johanna erschrocken, dass sie den Verletzten so harsch angefahren hatte. Mit ziemlicher Sicherheit war es jetzt nicht sein Wahnsinn, der ihn irres Zeug reden ließ, sondern der Schock, den er erlitten hatte.

Endlich öffnete er die Augen. Blinzelnd. Suchend. Langsam – langsam begann der Blick, sich auf Johannas Gesicht zu fokussieren. Sie zählte bis drei, bevor sie mit entschiedener, aber freundlicher Stimme sagte: «John, Sie verbluten. Ich will Ihnen helfen. Haben Sie ein Telefon?»

«So schön im Strahlenkranz ... *heilige Johanna* ...»

«John, gibt es hier irgendwo ein Telefon?»

Ohne zu antworten, ließ er den Kopf zur Seite rollen. Seine Augen schlossen sich mit einer Abgeklärtheit, die Johanna nicht gefiel.

«John? *John?*»

Sie war kurz davor, ihn an der unverletzten Schulter zu packen und zu schütteln, da lallte er: «We don't need no telephone here!»

46

Und als wäre ihm eingefallen, dass er mit ihr Deutsch sprechen konnte, fügte er ebenso verwaschen hinzu: «Wir brauchen hier kein Telefon nicht!»

Unsanft ergriff Johanna seine Rechte und führte diese zu dem starren, verklebten Bündel, das einmal ihre Jeansjacke gewesen war.

«Können Sie das halten? Sie müssen drücken. Kräftig dagegendrücken.»

Die Hand, die kühl und schlaff unter der ihren lag, machte keinerlei Anstalten, sich anzustrengen.

«Drücken», wiederholte Johanna streng. «Ich stehe jetzt auf. Wenn Sie nicht selbst gegen Ihre Wunde drücken, verbluten Sie.»

«Nicht weggehen, nicht!»

War das die Stimme eines erwachsenen Mannes? Kinder, die Angst vor Gespenstern hatten, riefen so, wenn sie nicht wollten, dass die Mutter sie alleine ließ.

«Ich fahre bloß zum nächsten Haus», beruhigte Johanna ihn. «Hilfe holen.»

«Nicht weggehen, nicht!»

Blitzschnell erwachte die fremde Hand, die sich eben noch wie ein totes Reptil gegen die Jeanskompresse hatte drücken lassen, und umklammerte nun ihrerseits Johannas Hand. Eine erstaunliche Kraft hatte der Kerl.

«John», versuchte Johanna, dem Verwundeten den Ernst seiner Lage Silbe für Silbe klarzumachen. «Wenn – Sie – mich – nicht – ge – hen – las – sen – ster – ben – Sie!»

Offensichtlich hielt er ihre Sprechweise für nichts weiter als einen lustigen Einfall. Jedenfalls gab er im selben Tonfall zurück: «Was – weißt – du – schon – vom – Ster – ben – Kind!»

– – –

Als Johanna um Mitternacht endlich wieder am Steuer saß, war sie dankbar, dass vor ihr im Scheinwerferlicht eine Piste aus Sand und Schotter lag und sie nicht wie Hänsel und Gretel auf Brotstückchen angewiesen war, um den Weg nach Hause zu finden. Das erregte Vogelgekrächz und -gekreisch war verstummt. Die langgezogenen, hohlen Rufe, die nun durch die Dunkelheit hallten, machten sie nicht weniger nervös. Während sie versuchte, ihre verspannten Schultern zu lockern, wurde Johanna klar, dass sie über den Menschen, den sie noch bei Sonnenuntergang am allerbesten auf der Welt zu kennen geglaubt hatte, neu nachdenken musste.

Erstens: Thema Geduld. Seit sie sich erinnern konnte, hatten ihre Mitmenschen, allen voran ihre Mutter, geschimpft: «Johanna, sei nicht so ungeduldig!» Johanna hatte Löcher in Wollstrumpfhosen getreten, weil sie keine Geduld gehabt hatte, sie ordentlich anzuziehen. Wenn heute ein Anlass bevorstand, der Nylons erforderte, kaufte sie diese gleich im Zehnerpack, um sicher zu sein, dass sie die heikle Mission laufmaschenfrei hinter sich brachte. Den Stickrahmen, den ihr ihre Großmutter einmal geschenkt hatte, hatte sie gleich am ersten Nachmittag in die Ecke geworfen, weil sie keine Geduld gehabt hatte, die Wollfäden durch die Nadel und die Nadel durch den Stramin zu führen, um den vorgedruckten Pferden Stich für Stich ein Fell zu verleihen. In der Schule hatte es geheißen: «Johanna, setz dich wieder hin!» Beim Essen hatte es geheißen: «Johanna, schling nicht so!» Nach dem einzigen Seminar, das sie je gegeben hatte, hatte der Professor, an dessen Institut sie damals angestellt gewesen war, zu ihr gesagt: «Frau Dr. Mawet, als Forscherin sind Sie großartig, aber mit den Studenten müssen Sie eindeutig mehr Geduld haben.»

Bislang war ihre Umwelt also davon ausgegangen, dass sie es bei Johanna Mawet mit einer zutiefst ungeduldigen Person zu tun hatte. Und Johanna Mawet hatte keinen Anlass gesehen, ihrer Umwelt zu widersprechen. Dass sie ungeduldig war, bedeutete ja nicht, dass sie keine Ausdauer hatte. Im Gegenteil. In den Fällen, in denen sie es für sinnvoll hielt, hatte Johanna schon immer eine unglaubliche Ausdauer entwickeln können: damals im Kinderzimmer, wenn es darum gegangen war, das geheime Leben, das sich in Zwiebelhäuten oder in Froschlaich abspielte, unterm Mikroskop sichtbar zu machen; später im Labor, wenn es darum gegangen war, eine Polymerase-Kettenreaktion zu optimieren; im *Drosophila*-Raum, wenn es darum gegangen war, Hunderte betäubter Fruchtfliegen unterm Stereomikroskop einzeln zu betrachten und zu sortieren; heute im Institut, als es darum gegangen war, die Ki67-positiven Zellen im transgenen Mäusegewebe zu quantifizieren.

Johanna kam an dem Blockhaus vorbei, in dem die Menschen wohl noch immer vor ihren Tierfilmen hockten.

Geduld ließ sich von der Ahnung, dass jegliches Tun sinnlos war, nicht aus der Ruhe bringen. Ausdauer drängte ans Ziel. Geduld ließ sich vom Geschehen treiben. Ausdauer stürmte nach vorn, auch wenn sie dies mit einer Geschwindigkeit tat, die dem unbewaffneten Auge als Stillstand erscheinen musste. Geduld sang den Choral der Unterwerfung. Ausdauer war Zorn in Zeitlupe.

Was war es nun, das sie während der letzten Stunden an den Tag gelegt hatte?

Die Antwort verwirrte Johanna.

Zweitens: Thema Vernunft. Seit sie denken konnte, war sie stolz darauf, dass sie denken konnte. «Unser Klugscheißerchen» hatte die Verwandtschaft sie bereits vor ihrer Einschulung getauft. «Das ist nicht logisch!» Die Bedeutung dieses Satzes war Johanna klar gewesen, bevor sie hätte erklären können, was sich hinter dem Begriff «logisch» genau verbarg. Auf der Konfirmandenfreizeit hatte sie Pfarrer Strothmann bei Butterbrot und Hagebuttentee in einen Streit verwickelt, weil es ihr unlogisch erschienen war, dass auch die Tiere der verdammten Sterblichkeit unterworfen waren, obwohl sie im Paradies doch gar nicht vom verbotenen Baum gefressen hatten. Später hatte derselbe Pfarrer, der auch an Johannas Gymnasium den Religionsunterricht gab, sie des Klassenzimmers verwiesen, nachdem sie gesagt hatte: «Ein Gott, der Vernunft für Erbsünde hält, kann mir gestohlen bleiben.» Der Philosophielehrer wiederum, bei dem sie ihren zweiten Leistungskurs neben Biologie belegt hatte, war vermutlich bis heute enttäuscht, weil seine Vorzeigeschülerin, die sich im mündlichen Abitur über Platon, Heidegger und die Frage: «Heißt philosophieren sterben lernen?» hatte prüfen lassen, ihm unmittelbar nach der Prüfung erklärt hatte, dass sie in Wahrheit auch die Philosophie für ein komplett unvernünftiges Fach halte – denn schließlich komme es nicht darauf an, über die Welt zu quatschen, sondern sie zu verändern, weshalb sie, das Fräulein Mawet, frei nach Karl Marx in jedem Fall Molekularbiologie und vielleicht noch Medizin, keinesfalls aber Philosophie studieren werde.

Was jedoch sagte ihre kostbare Vernunft dazu, dass sie heute Abend mutterseelenallein zu einem schwer Gestörten in den Urwald aufgebrochen war?

Was sagte die Vernunft dazu, dass sie diesem schwer Gestörten, nachdem er plötzlich auch noch zu einem schwer Verletzten geworden war, eigenhändig Erste Hilfe geleistet hatte?

Was sagte die Vernunft dazu, dass sie anschließend in einer Klitsche, deren Wände einzig von Dreck zusammengehalten wurden, bei Kerzenlicht, mit einem Taschenmesser, das sie in der Flamme nicht wirklich hatte sterilisieren können, aus einer Schusswunde unklarer Herkunft eine Kugel herausoperiert hatte?

Was sagte die Vernunft dazu, dass sie all dies getan hatte, obwohl sie das Medizinstudium nach dem vierten Semester abgebrochen hatte, obwohl diese vier Semester zwanzig Jahre zurücklagen, und obwohl das Emergency Kit im Kofferraum ihres Mietwagens von Schutzhandschuhen nichts wusste?

Was sagte die Vernunft dazu, dass sie sich von ihrem «Patienten» hatte überreden lassen, ihn in seinem Drecksloch auf der Couch liegen zu lassen, und zwar einzig und allein aufgrund seines Arguments, dass er seinen «Leib» selbst am besten kenne und wisse, dass «Heilschlaf» alles sei, was er zum «Restaurieren» benötige?

Was sagte die Vernunft dazu, dass sie ihm nichtsdestotrotz versprochen hatte, niemandem etwas von dem Vorfall zu erzählen, und also auch an jenem Blockhaus vorbeifuhr, vor dem der Grizzly mit dem Sternenbanner Wache schob, anstatt anzuhalten, anzuklopfen und die Bewohner zu bitten, dass sie einen Krankenwagen samt Polizei zu dem entlegenen Nachbarn schickten?

Was sagte die Vernunft dazu, dass sie des Weiteren versprochen hatte, morgen früh wiederzukommen – ein Versprechen, das der Gestörte lediglich mit einem unwirschen Laut quittiert hatte?

Was sagte die Vernunft dazu, dass sie, zwar nicht blutüberströmt, aber blutig genug, um verdächtig auszusehen, gleich auf denselben Highway einbiegen würde, auf dem sie schon einmal kontrolliert worden war?

Und, diese Frage stellte Johanna vor das größte Rätsel, was sagte die Vernunft dazu, dass ihr Reisepass, sobald sie im mitternächtlichen Wald wieder ins Auto gestiegen war, in aller Unschuld aus der Ritze zwischen Beifahrersitz und Beifahrerlehne hervorgelugt hatte?

III

n sehr frühen Zeiten, da noch eine Burg auf dem Zobtenberge stand, wohnte dort eine Fürstin, die einen zahm gemachten Bären zu ihrem Zeitvertreib unterhielt und ganz frei umhergehen ließ. Dieser Bär ward einst krank, und man riet der Fürstin, ihm einen Hecht zu essen zu geben, dann würde er wieder gesunden. Die Fürstin, welche mit ihrem armen Kranken ein großes Mitleiden hatte, schickte bald eine von ihren Mägden nach Zobten, um den Hecht zu holen. Währenddem lief der Bär fort und traf das Mädchen mit dem Hechte am Wege, vom Städtchen Zobten heraus, fiel sie an und biss ihr den Kopf ab. Da eilten Leute herbei und erschossen ihn.»

«Frau Mutter, haben die Zobtener den Bären wirklich erschossen?»

«Shhhh ... mein kleiner Hannes ... nicht so laut. Du weißt, der Vater hat's nicht gern, wenn ich dir Märchen erzähl.»

Wozu dies heidnische Gewäsch? Kennt unsere Heilige Schrift nicht Geschichten genug, die Kinderherzen frommen?

«Frau Mutter, bitte, erzählt mir noch einmal von dem Bären!»

«In sehr frühen Zeiten ...»

«Frau Mutter, warum beißt der Bär der Magd den Kopf ab? Er war ihr doch sonst immer gut?»

«Ich weiß es nicht, mein Hannes. Der Bär ist krank. Mag sein, dass der Schmerz ihn böse gemacht hat.»

«Werd auch ich böse jetzt?»

«Nein, mein Hannes. Dein Fieber vergeht.»

«Gebt Ihr mir denn keinen Hecht nicht zu essen?»

«Trink von dem Tee!»

«Ist's wieder Bitterklee?»

«Und Engelsüß.»

«Frau Mutter, muss auch ich dorthin, wo die Brüderlein sind?»

«Sei ohne Furcht! *Gott ist und bleibt getreu. Er tröstet nach dem Weinen, er lässt nach trüber Nacht die Freudensonne scheinen. Der Sturm, der Kreuzessturm, geht ja gar bald vorbei – sei, Seele, nur getrost! Gott ist und bleibt getreu.*»

«Ach, Frau Mutter, Eure Hände sind so kalt auf meiner Stirn.»

«Das macht das Fieber.»

«Erzählt mir von dem Pflaumenbaum, der Goldstücke trug! Erzählt mir vom wandernden Schuh! Erzählt mir vom Fenixweiblein! Erzählt mir von Hans mit den Zauberfingern! Erzählt mir ...»

«Hannes, du sollst ruhen!»

«*Vogel und Fisch, Mensch oder Baum – alles, was lebt, einigt ein Traum ...*»

«Frau Mutter, sind's die Schwestern, die dort draußen singen? Ihre Stimmen klingen so viel rauer als sonst. Lieg ich in meinem Bette noch? Mir ist's, wie wenn Ihr mich hinaus in die gleißende Sonne führtet.»

«Hannes, ich muss fort.»

«Frau Mutter! Frau Mutter! Dort! Am Waldesrand! Dunkle Schatten seh ich dort! *Es zieht sich herunter in düstern Reihn, und gellende Hörner schallen darein, erfüllen die Seele mit Grausen ...* Frau Mutter, nehmt Eure Hand nicht weg! ...... Frau Mutter! .... Mutter? .... Vogel und Fisch .... Mensch oder Baum .... alles .... alles ... was ....*»

«Schaff er mir den Kerl vom Tisch! Der ist hin.»

«Major Oberstabschirurg, er atmet noch!»

«Atmet noch! Atmen tun viele, wenn der Tag lang ist. Gleich kommt ein Dutzend zerschossener Kürassiere herein. Schaff er ihn raus, wir brauchen jeden Tisch.»

«Major Oberstabschirurg, es ist einer von den Lützowern. Sehen Sie nicht? Die schwarze Uniform.»

«Hol der Teufel diese Tintenkleckser! Haben hier ohnehin nichts verloren, sollen da oben in ihren Wäldern bleiben. Mit solchem Geschmeiß gewinnt sich kein Krieg.»

«Gestatten, Major Oberstabschirurg, es sind nicht minder tapfre Soldaten als jeder Kürassier. *Frisch auf, mein Volk! Die Flammenzeichen rauchen, hell aus dem Norden bricht der Freiheit Licht. Du sollst den Stahl in Feindes Herzen tauchen …*»

«Herrgott, Buckwitz, geb er schon die Säge her und leg er die Aderpresse fester an!»

Da liegt er nun, unser Ritter. Und fiebert sich vergnügt durch Raum und Zeit. Verehrter Leser! Sie sind mein Zeuge: Hab ich ihn nicht gewarnt, dass auch dieser Schuss nach hinten gehen wird? Aber bitte, unser Kauzkopf wusst's ja besser. Verdient hat er's, dass er jetzt im eigenen Schweiße schmort. Ich hoffe bloß, der Schmerz zwackt ihn recht ordentlich.

Doch Sie, verehrter Leser, nicht tut's die geringste Not, dass Sie gleichfalls leiden, allein weil dieser Vernagelte durch seine Torheit die Handlung vorübergehend zum Erliegen gebracht hat. Gestatten Sie mir also, dass ich Ihnen – und mir! – die Zeit verkürze, bis unser Tölpel wieder auf die Beine kommt, indem ich ein Buch hervorhole, in welchem ich bereits in jenen Tagen, da Ritter sich die erste Kugel seines Lebens eingefangen, mit vorzüglichstem Gewinne gelesen habe.

Vollständiges Lehrbuch
über die

Verwundungen

mit besonderer Rücksicht
auf

Militärchirurgie

nach Dupuytren's theoretisch-praktischen Vorlesungen,

unter Mitwirkung
des
Königl. Preuß. Geheimenraths und Generalstabsarztes der Armee
Dr. C. F. von Graefe,
ordentl. Professors der Medicin und Chirurgie
an der Universität zu Berlin,
ordentl. Mitgl. der Kaiserl. und Königl. Academieen zu Paris,
Padua, Neapel, Moscau,
so wie auch der Universitäten zu Pesth, Wilna und Charcow,
Commandeurs I. Classe und Ritters Preuß., Russ.,
Französ., Schwed., Dänisch., Baiersch., Hannöversch.

und Kurf. Heff. Orden u. f. w.

Wie, verehrter Leser? Sie sind nicht mehr geübt darin, Fraktur
zu lesen, sagen Sie? Das tut mir leid! Indes ein wahrer Jammer
wär's, wenn jene Perle der militärchirurgischen Literatur Ihnen
wegen solch geringfügiger Unzulänglichkeit entgehen sollt.

Halt! Mir fällt was ein!

Herr Setzer, schönen, guten Tag, bin so frei, Sie kurz bei der
Arbeit zu stören: Hätten Sie die Güte zu schauen, ob Sie unser
kleines Frakturproblem lösen können?

Danke, das ist wirklich *zutiefst* liebenswürdig von Ihnen, meinen alleruntertänigsten Dank.

Und, ach, wo ich Sie ohnehin gerade aufhalte, dürfte ich noch eine kleine Bitte vorbringen? Wären Sie so freundlich, stracks zu jenem Paragraphen zu blättern, der von «komplizierten Gelenkverletzungen bei Schusswunden» oder dergleichen handelt? Sie wissen ja – des heut'gen Lesers Ungeduld ...

XII. Kapitel. § V. Behandlung der mit Gelenkverletzungen complicirten Schußwunden.

Ist eine Kugel durch ein großes Gelenk vollständig hindurchgegangen und hat sie durch die knöchernen und spongiösen Enden einen glatten, wie ausgeschnitten erscheinenden, Kanal gebohrt, so kann man durch Verhütung der Synovial-Entzündung und Eiterung mittelst kräftiger Antiphlogistica noch das Glied zu erhalten hoffen. Solche Wunden heilen nach einer mehr oder weniger ergiebigen Eiterung, mit mehr oder weniger behinderter Beweglichkeit und oft mit Bildung einer vollständigen Aukylose. Hat hingegen eine Kugel beim Eindringen in ein Gelenk die Ligamente in weitem Umfange zerrissen, ihren Weg zwischen die Oberflächen der Knochen hindurch genommen und sie in mehrere Stücke zerbrochen, so treten bald nachher die heftigsten entzündlichen Erscheinungen ein, welche in der Regel den Kranken tödten; und nur durch die schleunig angestellte Amputation des Gliedes oder – wo es sich thun läßt – durch die Resection der Gelenkenden gelingt es zuweilen, den Patienten zu retten.

Herrlich, nicht wahr, verehrter Leser, ganz und gar ergötzlich! Das nenn ich kühle, klare Wissenschaft! Mit eigenen Worten könnt ich nicht trefflicher beschreiben, welch garstige Verwüstungen unser Dummerjan in seinem Leibe angerichtet hat. Doch schauen wir, wie's dort zugeht in der Matrazengruft. Vielleicht gelingt es ja den ersten Strahlen der Vernunft, in diese schmerzensblinde Nacht zu dringen.

«Kamerad, schläfst du? Mir ist so bang. Unter meinen Verbänden pocht's, als ob tausend Teufel drinsteckten, die alle hinauswollen und's nicht können!»

«Ruhig, Kamerad, du weckst die andren.»

«Durst! Grausamer Durst! So gebt uns doch zu trinken!»

«*Die Wunde brennt, die bleichen Lippen beben. Ich fühl's an meines Herzens mattrem Schlage, hier steh ich an den Marken meiner Tage. Gott, wie Du willst! Dir hab ich mich ergeben.*»

«Hola! Heda! Wärter! So bringt uns doch Wasser!»

«*Viel goldne Bilder sah ich um mich schweben; das schöne Traumlied wird zur Totenklage. Mut! Mut! Was ich so treu im Herzen trage, das muss ja doch dort ewig mit mir leben.*»

«Kamerad, lass das verflixte Lied! Wir brauchen Wasser! Wasser! Hört uns denn keiner? Kamerad, was tust du? Bleib liegen!»

«Nur ruhig, Kamerad, mir ist ganz wohl. Hab ja noch den einen Arm. Will hinaus» .... will hinaus .... und ....
.... Mutter! .... Frau Mutter? Seid Ihr's? ....
.... erzählt mir noch einmal .... erzählt ....
.... wie? .... Ich selbst soll mir erzählen? ....
.... war einmal ....
.... Es war einmal ....
....

Es war einmal ein Arm. Der flog hinaus auf den Mist, auf dem schon mancherlei Glieder lagen. Wie der Abend kam, wurde ihm die Zeit lang, und so beschloss er, sein Glück auf der Wanderschaft zu suchen. Doch kaum hatte er die ersten Schritte auf Fingerspitzen getan, da hörte er's hinter sich rufen: «Arm! Lieber Arm! Lass uns nicht zurück! Wir wollen mit dir gehen!» Und ehe er sich's versah, hatten sich drei Beine, zwei Unterschenkel, vier Hände und ein weiterer Arm seiner Wanderschaft angeschlossen. Der bunte Haufe trippelte und hüpfte durch verbrannte Felder, Wälder, Wiesen und Auen, und ein jeder schwatzte munter von den Abenteuern, die er im Kriege bestanden. Wie es Nacht ward, kamen sie in einen dicken Wald, den der Krieg bishin verschont. Müde, wie sie waren, beschlossen sie, unter einer alten Buche zu rasten. Doch kaum waren sie in Schlafe gesunken – dem Arm träumte von seinem Gefährten, der so wacker das Bajonett geschwungen; den Beinen erschienen die Rösser, denen sie bei Sonnenaufgang noch die Sporen gegeben; die Hand tätschelte noch einmal den Kolben, den sie zuletzt gehalten –, da hörten sie es neben sich im Unterholze wispern: «Gesellen, ihr werdet kein Glück haben in der Welt. Ich will meinen Vater, den Erzzauberer, bitten, dass er euch hilft.» Wer aber so gesprochen, war ein Eichhörnchen mit flammend rotem Schweif. Noch einmal lugte es durch die Zweige hindurch, dann sprang es eilends davon. Nicht lange dauerte es, da wurden den Gliedern die Träume noch schwerer. Sie sahen einen Mann mit Augen wie glühende Kohlen. Kein anderer war's als des Eichhörnchens Vater, der Erzzauberer selbst. Eine unheimliche Säule ragte hinter ihm auf, aus der tausend Drähte hervorkrochen. An jedes der Glieder nun legte der Zauberer zwei dieser Drähte, worauf den Schlafenden ward, wie wenn reines Feuer sie durchströmte! Sie zuckten und hüpften und tanzten, dass es eine Freude war, und brauchten keinen Fiedler, der ihnen aufspielte, die ganze Nacht. Doch wie der Morgen kam und die liebe Sonne die Wanderbuben wecken wollte, fand sie unter der alten Buche nichts als nackte Knochen und Knorpel und Kugeln aus Blei.

Verehrter Leser, ich kapitulier: Dies Kapitel ist und bleibet ein Ragout. Ob's daher rührt, dass es das dritte ist? Nie konnt ich ihr was abgewinnen – dieser *Drei*. Doch sind wir eben mal darin gefangen. Drum wundern Sie sich bitte nicht, dass *drei* der Möglichkeiten just ich seh, wie dies Schlamassel wir mit Anstand meistern.

Eins: Sie halten es wie ich und gönnen Ihrem Geiste eine weitere Erquickung, indem Sie sich in den rein sachlichen – wiewohl äußerst farbenfrohen – Bericht vertiefen, den die Herren Dupuytren und von Graefe vom Hospitalbrande zu geben wissen.

Zwei: Sie sind ein wahrlich treuer Kamerad und setzen sich abermals zu Rittern an die Bettkante, in dessen Schädel auch heute Nacht der Hospitalbrand zu toben scheint, obgleich er doch meilenweit von jedem Hospital entfernt in seiner Klause liegt.

Drei: Sie pfeifen auf die restlichen Seiten, bauen darauf, dass es im vierten Kapitel – hörst du, Johanna! – wieder rüstig vorwärts geht, und nutzen die gewonnenen Minuten, um ein paar Nachrichten aus aller Welt zu überfliegen oder ein paar Freunden mitzuteilen, was zum Nachtmahl zu speisen Sie gedenken.

XIV. Kapitel. Vom Hospitalbrande.

Der Hospitalbrand ist ein eigenthümliches, schwer und nur durch die Aufzählung seiner Hauptsymptome zu definirendes Leiden, eine Art von feuchtem Brande, welcher Wunden überhaupt, besonders aber die durch Geschosse veranlaſsten, befällt, meistens epidemisch herrscht und Personen afficirt, welche an einem ungesunden Orte, namentlich in Hospitälern – woher auch der Name *Hospitalbrand* – zusammen leben. Er entwickelt sich an allen Körperstellen und ergreift Wunden jeglicher Art. Die Ursachen, unter deren Einfluſs er auftritt, sind: Mangel an Körperreinigung, Ueberfüllung der Säle mit Verwundeten, die Nähe von Infectionsheerden, Feuchtigkeit, verdorbene Luft. Die Hauptsymptome sind: Die Wunde wird sehr schmerzhaft und bedeckt sich mit einem viscösen, weiſslichen Ueberzuge, der sich aus grauen oder schmutzig weiſsen – den Aphthen oder den venerischen Geschwüren ähnlichen – Flecken bildet, welche sich allmälig vermehren, ausbreiten, einander nähern und endlich vereinigen, so daſs die Verletzung bald ein gleichförmig aschgraues Ansehen erhält. Dabei erscheinen die afficirten Stellen oft blutig, hart, mitunter auch geschwollen und stets von einem rothen, ödematösen Hofe umgeben. Zuweilen beschränken sich diese Veränderungen nur auf einen Theil der Wunde, während der andre vernarbt. Andre Male aber machen sie, wenn sich die Krankheit nicht von selbst begrenzt – oder durch die angewendeten Heilmittel in Schranken gehalten werden kann –, furchtbare Fortschritte. In solchen Fällen werden dann die Ränder der Wunde härter, stülpen sich nach aufsen um; die Umgegend schwillt in Folge der Entwicklung einer Menge von Gas, womit die Gebilde infiltrirt zu sein scheinen, an; das Fleisch löst sich in Form von weichen, graurothen – einem verfaulten Fötusgehirn ähnlichen – Brandschörfen ab; eine reichliche, jauchige und stinkende Absonderung stellt sich ein; und so dehnen sich diese Zerstörungen weithin in die Breite und Tiefe aus, gehen auf alle Organe ohne Ausnahme über: auf die Haut, die Aponeurosen, die Sehnen, die Muskeln, die Gefäfse, die Nerven und selbst auf die Knochen und die Eingeweide, so dafs oft die schrecklichsten localen Verheerungen auf diese Weise angerichtet werden. Unter solchen Umständen wird auch das Allgemeinbefinden des Patienten in hohem Grade gestört: Es bildet sich Fieber aus; die Zunge wird trocken; es stellen sich Angst, Schlaflosigkeit, so wie Störungen aller Functionen ein; und wenn dem Uebel nicht Einhalt gethan wird, erfolgt der Tod, welcher vorzüglich durch die Resorption der putriden Stoffe bedingt zu sein scheint.

Was war das? Welcher Schatten nahte sich seinem Lager? Falschheit, dein Name ist Weib! Hattest du nicht gelobt, kein Sterbenswort zu verraten von dem, was hier im Walde du gesehen? Hinweg! Hinweg! Hebe dich fort!

Aber nein. Da war ja nichts. War nur eines rauschenden Baumes Schatten, der ihn genarrt. War ja allein mit seiner Schmerzen Wut......
.... allein und ohne jeden Kameraden ....
.... allein und ohne ....
....

«Zum Teufel, Buckwitz, wo steckt er?»
«Zu Befehl, Major Oberstabschirurg!»
«Sieht er nicht, was hier vor sich geht! Das gesamte Lazarett afficirt! Wir brauchen Brechmittel, Purgauzen, Emetica, Aroma-

tica, Tonica, Chinapulver, Höllenstein, Quecksilber. Wo bleibt der Nachschub?»

«Die Nachschubwege sind abgeschnitten, Major Oberstabschirurg!»

«Abgeschnitten! Der ganze Haufe verreckt uns, wenn wir nicht schleunigst Chlorkalk und Salpetersäure heranschaffen. Wir müssen räuchern! Diese Brandhölle samt und sonders ausräuchern!»

«Major Oberstabschirurg, haben Sie den Lützower heut schon gesehen?»

«Lass er mich in Frieden mit seinem Lützower!»

«Der schwarze Jäger ist als Einziger nicht afficirt.»

«Nicht afficirt?»

«Seine Wunde heilt.»

«Hol ihn der Teufel!»

IV

ohanna fuhr nun jeden Tag in den Wald hinaus, um nach ihrem Patienten zu sehen. An sich selbst beobachtete sie erstaunliche Veränderungen: Sie putzte. Sie lüftete. Sie wusch ab. Sie kochte Kräutertees und Gemüsebrühen. Sie wechselte Verbände und Laken. Sie vernachlässigte ihre Arbeit, wie sie es nicht einmal tat, wenn sie selbst krank war und ins Bett gehört hätte. Zwar wuchs ihr kein Schwesternhäubchen auf der Stirn, aber die Geschwindigkeit, mit der ihr Patient sich erholte, schien ihr sagen zu wollen, dass sie neuerdings in Sachen Krankenpflege ungleich erfolgreicher war als in Sachen Genmanipulation.

Johanna wunderte sich, dass die Schusswunde bereits am dritten Tag begonnen hatte, die entzündliche Phase hinter sich zu lassen. Noch mehr wunderte sie sich allerdings darüber, wie gut es ihr selbst ging. Und das, obwohl ihr Patient, der immer noch behauptete, «John» zu heißen, keinerlei Anstalten machte, sich freundlicher zu benehmen oder gar Dankbarkeit zu zeigen. Mit einer Sturheit, die Johanna fast schon Respekt abnötigte, bestand er darauf, dass sie weiterhin niemanden informierte: kein Krankenhaus und erst recht keine Polizei. Noch immer wusste sie nicht, wer auf ihn geschossen hatte. «Der's getan hat, hat recht getan. Auch wenn's ein feiger Hundsfott ist.» Das war die einzige Antwort, die sie ihm hatte entlocken können. Ihre gesamten Versuche, etwas über seine Herkunft zu erfahren, waren gescheitert. Sie hatte lediglich herausbekommen, was es mit der Hütte und dem Hawaiihemd auf sich hatte: Beides war ihm angeblich von einer «Ruthie» vermacht worden, der Dame auf dem Anglerbild, die ihn nach dem Tod ihres Mannes vor vielen Jahren bei sich aufgenommen habe. Sie selbst sei erst vor wenigen

Monaten gestorben. Als Johanna behutsam ihren ursprünglichen Verdacht andeutete, dass er, John, etwas mit dem Tod der alten Dame zu tun haben könnte, war er ihr trotz seiner Verletzung fast an die Gurgel gegangen. «Der Krebs war's!», hatte er gerufen. «Der Krebs hat Ruthie geholt!» Johanna hatte darauf verzichtet nachzufragen, ob er damit tatsächlich die Krankheit meinte.

Zur nächsten Gewalttätigkeit wäre es beinahe gekommen, als John entdeckt hatte, dass Johanna sein rotes Papageienhemd, zerfetzt und blutgetränkt wie es war, in den Müll geworfen und diesen auch sofort entsorgt hatte. In dem begehbaren Kleiderschrank, der sich im Schlafzimmer befand – welches John, wie er erklärte, jetzt, wo Ruthie tot war, «nimmer nicht» betreten werde –, war Johanna auf eine stattliche Sammlung weiterer Hawaiihemden gestoßen. Doch erst einen Wut- und Schreianfall später hatte John akzeptiert, dass sie ihm ein frisches Hemd – hellgelb mit Hibiskusblüten – holte und anzog, was sich wegen der bandagierten Schulter als schwierige Aufgabe erwies. Zum Glück musste Ruthies Gatte deutlich größer und breiter gewesen sein als sein Wie-auch-immer-Nachfolger.

Dass John – oder John William Knight, wie er sich einmal mit vollem Namen genannt hatte – ursprünglich aus Deutschland stammte, daran hatte Johanna keinen Zweifel mehr, auch wenn er einen Akzent sprach, den sie keinem der ihr bekannten deutschen, Schweizer oder österreichischen Dialekte zuordnen konnte. Was hingegen sein Alter anging, tappte sie von Tag zu Tag tiefer im Dunkeln. Sein Bindegewebe war so, dass ihn jede Vierzigjährige darum beneidet hätte. Am ganzen Körper – zumindest an denjenigen Teilen, die sie mittlerweile zu Gesicht bekommen hatte – hatte sie keinen einzigen Altersfleck entdeckt. Die schwarze Lockenmähne musste in der Tat Natur sein, denn erstens war der dichte Bart, der mittlerweile seine untere Gesichtshälfte verbarg, ebenso schwarz wie das Haupthaar; zweitens hatte Johanna nirgends in der Hütte Haarfärbemittel gefunden – im Bad war sie lediglich auf Reste jener Silver Shampoos gestoßen, mit denen ältere Damen versuchten, den

Gilb in ihrem Haar zu bekämpfen; und drittens war die Vorstellung ohnehin absurd, dieser offensichtliche Verächter der Körperhygiene würde sich die Haare färben. Die gespenstische Vision, jener Mann könne am Ende sogar jünger sein als sie selbst, war jedoch jedes Mal verblasst, sobald Johanna den Verband wechselte: Die spärlichen Haare auf der verschwitzten Brust ringelten sich ebenso weiß, wie es die Haare auf den Armen taten. Welche Farbe seine Beinbehaarung hatte, hatte Johanna noch nicht herausgefunden. Als es ihr am vierten Tag endlich gelungen war, ihn zu einem Hosenwechsel zu bewegen, hatte er sie gezwungen, sich nicht nur umzudrehen, sondern die Hütte zu verlassen, in deren offenem Wohnbereich er nach wie vor auf der Couch lag.

Ein «alter» Mann. Aber konnte er so alt sein, wie er sein musste, wenn Johannas Vermutung richtig war, dass er Deutschland – als Kleinkind? – auf der Flucht vor jenen Massenmördern verlassen hatte, die in zwölf Jahren so viel Unheil angerichtet hatten, dass sich das Land bis heute nicht davon erholt hatte? Warum lehnte er es so hartnäckig ab, einen Arzt zu sehen? Warum hatte er auf dem Highway eine solche Angst vor dem Officer gehabt, dass er lieber zu ihr in den Wagen gestiegen war, obwohl er sie damals doch für Satan höchstpersönlich gehalten hatte? Warum faselte er permanent von der Hölle? Und warum weigerte er sich, über seine Vergangenheit zu reden?

Johanna blickte von dem Tisch mit der bordeaux-mintgrün karierten Decke auf, der in der Mitte ihres Appartements stand. Bei ihren letzten Aufenthalten hier hatte sie sich in den Institutswohnungen stets wohlgefühlt, die mit ihren tiefflorigen Teppichböden, Deckenventilatoren, ausladenden Lampenschirmen und überdimensionierten Sofakissen nach allen Regeln von *Home Sweet Home* eingerichtet waren. Jetzt hatte sie das Gefühl, in einer Filmkulisse zu sitzen, in der sie nicht das Geringste zu suchen hatte.

Aus dem rattanumflochtenen Spiegel, der an der Wand gegenüber hing, schaute sie ein blasses Gesicht mit müden Augen an, die Falte zwischen den Augen erschreckend tief gefurcht. Johanna tauchte ihren Löffel in die Möhren-Ingwer-Suppe, die ihr Patient früher am Tag verschmäht hatte, und schob sie zur Seite.

Fluch, Ritter! Fluch sei deinem Schlaf! Wie lange noch willst du dich suhlen in jener Brühe aus Vergangenheit, die giftig brodelnd dir das Hirn umwabert, das wahrlich du zu Besserem itzt bräuchtst? Kipp sie zurück in jenen Orkus, in dem sie weiter Blasen werfen mag!

Was soll dein armes Liebchen denken? Schlafloser als zehn Geister huscht sie durch den Park. Schwingt sich aufs – wie hat sie's genannt? –, aufs *Spinningrade*, um sich dort die wunde Seele aus dem Leib zu strampeln. Fährt in den tiefsten Keller dann hinab, zu schaun nach ihren Mäusekindern, in deren Trank sie wundersamen Balsam träuft.

Siehst du sie stehen, Ritter, wie sie verschwitzt das Haar sich aus dem Antlitz streicht und bangt, die Kindlein mögen bald nun schlafen? O diese Mümmler, wie sie saugen! War's einst nicht auch dein Lebenszweck, zu spielen Katz und Maus mit der Natur? Und willst dich heut damit begnügen, zu jagen jenen Rattenschwanz, den die Erinnerung dir flicht?

Schau es dir an, das Liebchen, wie nun mit Schritten viel zu schwer den Fahrstuhl sie betritt, der sie hinauf zur Arbeit trägt. Wie sie das nächtliche Labor durchmisst. Wie sie aus einem zauberischen Kasten zwei Scheiben dünnsten Glases hebt. Wie sie sich müht, das zarte Spinngweb, das zwischen jenen Scheiben sich gebildet, behutsam mit der Nadel aufzunehmen. Doch ach! Es reißt!

Und wessen Schuld ist's, Ritter, denn die deine? Du hast dem armen Weib den Sinn zerstückt. An dich allein bloß kann sie denken, mit jeder Faser spürt das Rätsel sie, das du in deinem Innern birgst. Wann endlich willst du dich enthüllen?

Fluch, Ritter! Fluch sei deinem Schlaf!

Wie er erwachte, war sein Hemd blutig. Das frische Blütenhemd, das sie ihm aus der Kammer geholt! Gestern war sie nicht gekommen. Was, wenn sie nimmer wiederkam?

Stöhnend richtete Ritter sich auf von seiner Couch. Das Laken, das Johanna vor zwei Tagen zuletzt glatt gestrichen – heillos mit der Wolldecke verknäuelt lag es am Boden. Er blickte auf seine Rechte und sah die rostigen Krusten an den Fingerkuppen und unter den Nägeln. Selbst musste er sich die Wunde im Schlafe aufgekratzt haben, denn heruntergerissen hing der Verband. Warum hatte er Johanna verboten, die Nägel ihm zu stutzen, da sie dies angeboten?

Barfüßig schleppte Ritter sich zur Küche hin. Durch die Fensterscheiben fielen die Sonnenstrahlen, die das Blätterdach hindurchließ, so schön herein, wie er sie durch diese Scheiben noch nie hatte leuchten sehen. Ruthie war eine derart gute Seele gewesen, dass es ihr niemals eingefallen wäre, die Reinheit mit dem Putzlappen zu suchen.

Ritter streckte sich, um das Fenster über dem Spülstein zu öffnen. Unten am See stießen die *loons* klagende Schreie aus. War er kräftig genug hinunterzugehen und nach ihnen zu schauen? Immer wieder geschah es, dass einer der Vögel von einem Waschbären oder Dachs angegriffen ward. Vortrefflich zu Wasser. Miserabel zu Lande. Die Tiere mit dem erlesenen schwarz-weißen Gefieder und den rubinroten Augen, die so klug aus den schwarzen Köpfen hervorfunkelten, waren seit Ruthies Tod seine einzigen Gefährten gewesen.

Was, wenn Johanna nimmer wiederkam?

Auf der eigentümlich leeren Ablage neben der Spüle stand eine Flasche mit scharlachroter Flüssigkeit. Er kannte dies Getränk von seiner Arbeit im Supermarkt. «VITAMINWATER revive fruit punch», las er auf dem Etikett. «Do you believe in zombies? No? Really? Then why don't you buy a second bottle of *revive* and sprinkle it around a cemetery? Then we'll see who doesn't believe in zombies, tough guy.»

Hatte Johanna ihm diese giftig aussehende Limonade absichtsvoll hingestellt? Nicht sicher war er sich, ob er genau wusste, was
hinter dem Ausdruck «zombie» sich verbarg. In jedem Falle schien
es ein Wesen zu sein, welches mehr zu den Toten denn zu den Lebenden gehörte. Doch warum riet ihm das Etikett, eine zweite Flasche
zu kaufen und deren Inhalt auf einem Gottesacker zu versprengen?

Das kurze Lachen, das Ritter entfuhr, verzerrte sich zu einem
Schmerzenslaut. Ob er's aus alleiniger Kraft vollbringen mochte,
den Verband zu wechseln? Doch wozu die Mühe? Bedurften *zombies* eines Verbandes?

Witternd hob er sein Haupt. Nein, keine Einbildung war's! Ein
Fahrzeug nahte! Ihr Fahrzeug! Wohlvertraut war ihm der Klang!
Johanna kehrte zurück!

Hurtig ging Ritter zur Couch, sich niederzulegen. So gut als eben
möglich versuchte er, den Verband zu richten, damit sie nicht mit
einem Blicke sah, was letzte Nacht er angerichtet.

Der Wagen rollte heran; der Motor erstarb; die Wagentüre ward
geöffnet; die Wagentüre zugeschlagen. Musik. Musik in seinen
Ohren!

Ritter schloss die Augen.

«John?»

Schon federten leichte Schritte über den Boden. Ein guter Ritter
wollte er sein. Freundlich. Dankbar. Offenen Herzens. Ihr sagen, wie
sehr er sie vermisst, auch wenn's nur zwei Tage und Nächte gewesen,
die sie fern geblieben.

«John, machen Sie die Augen auf! Ich weiß genau, dass Sie wach
sind.»

Mutter, werd auch ich böse jetzt?

«John!», schimpfte sie ihn weiter. «Hören Sie auf, sich wie ein
Kleinkind oder wie ein Irrer zu benehmen! Sagen Sie mir endlich,
was mit Ihnen los ist!»

Heilige Johanna! Was war geschehen? Hatte er nicht eben noch
sich ausgemalt, wie sie sich zu ihm setzte, behutsam, zuäußerst an

den Rand der Couch, wie sie sanft ihre Hand an seine Stirne führte, zu fragen ihn: «Wie geht es heute? Besser, hoff ich doch?» Wie er sich daraufhin langsam erheben würde, ihre Hand ergreifen, um in die Augen blickend ihr zu sagen: «Danke, Johanna! Von Herzen möcht ich Ihnen danken.»

Mit einem Ruck wurde die Wurstelei aus Laken und Decke hinfortgezogen, unter der er sich notdürftig versteckt.

«Was ist das? Sie bluten ja wieder.»

Weg von ihr, zur Rückenlehne hin, musste er das Gesicht wenden, damit sie ihn nicht lächeln sah. O köstliche Besorgnis, die sich heimlich nun in ihre Stimme geschlichen – köstlicher denn Mimosenduft!

«Es tut mir leid», flüsterte er ins Polster, doch laut genug, dass sie ihn hören sollte. «Schlecht geträumt hab ich.»

Da senkte sich ein schweres, ach was: Ein federleichtes Gewicht senkte sich zu ihm nieder.

«John!», flehte es an sein Ohr. «Reden Sie mit mir!»

Zoll für Zoll wandte er den Kopf ihr zu.

«Ritter», flüsterte er und erbebte. «Nennen Sie mich – Ritter!»

Wie lange war es her, dass ihm *dieser* Name über die Lippen gekommen! Johannes Guilelmus Equestris war er gewesen ... Jean Guillaume Chevalier ... Juan Guillermo Caballeros ... Jan Willem Ridder ... João Guilherme Cavaleiro ... John William Knight ...

Was wollte die steile Falte zwischen ihren Augen bedeuten? Die war doch sonst nicht dort gewesen?

«Ritter heiß ich», wiederholte er eindringlich. «Johann Wilhelm Ritter.»

«Okay. Und weiter?»

«Ritter ist Ritter und wir sind nur Knappen.»

War wirklich dieser Satz ihm entfleucht? O Seliger, verzeih!

«Habe ich nicht gesagt: Schluss mit dem Quatsch?»

Quatsch! Was herrschte sie ihn mit diesem hässlichen Worte an, während er sie ins Innerste seiner Seele wollte blicken lassen!

«Er war mein Freund. Der Einzige, den je auf Erden ich hatte. Beleidigen Sie ihn nicht!»

«Wer war Ihr Freund?»

«Novalis.»

«Novalis?»

«Friedrich Freiherr von Hardenberg.»

Nun begann sie zu lachen. Doch kein freundliches Lachen war's. «Der mit der *blauen Blume*? Mit dem sie uns im Deutschunterricht gequält haben? Alles klar. Ist zwar seit ein paar hundert Jahren tot – aber macht ja nix.»

Die Augen musste er schließen.

Rascher, als sich das Gewicht auf seinem Lager niedergelassen, schnellte es jetzt in die Höhe. «Wissen Sie was?», höhnte es herab. «John – Johann – Ritter – Rumpelstilzchen oder wie immer Sie heißen: Ich lasse mich von Ihnen nicht länger verarschen. Binden Sie diese Geschichte einem Bären auf. Ich gehe.»

Er lauschte. Keine Schritte. Nur Atem, der zornig angehalten ward. Doch dann – sie ging!

«Johanna», rief er in höchster Erregung aus. «Bleiben Sie! Was glauben Sie denn, wer ich bin?»

So misstrauisch als eine Katze kam sie nach der Couch zurück.

«Ich glaube, dass Sie in Deutschland Schreckliches erlebt haben», ließ sie ihn wissen. «Ich glaube, dass Sie vor langer Zeit nach Amerika geflohen sind, vermutlich mit Ihren Eltern. Ich glaube, dass Sie unverändert Angst haben. Ich glaube, dass Sie, obwohl Ihnen diese Hütte angeblich vermacht worden ist, hier illegal leben.»

Er starrte sie an. So nahe stand sie der Wahrheit – und begriff sie noch immer nicht!

«Schauen Sie mich an!», forderte er. «Für wie alt halten Sie mich?»

Ein Schwall gereizter Luft war alles, was ihrem Munde entwich.

«Anfang siebzig?»

Nun war es an ihm zu lachen.

«Ende siebzig?»

Lauter zu lachen. Gleichgültig ward er gegen den Schmerz, der von seiner Schulter durch den ganzen Brustkorb hindurchflammte. Wie hatte er es geliebt, mit seinen Schwestern, damals im Samitzer Pfarrhaus, *Himmel, Bindel, Bindelstock, wie viel Hörner hat der Bock?* zu spielen. Wie hatten sie aufgequiekt, wenn ihnen der große Bruder die Augen mit einem schwarzen Tüchlein verbunden, den kindischen Vers heruntergeleiert und seine Finger in die Rücken gestupst!

«Achtzig?»

Bisweilen hatte er, um die Schwestern zu necken, heimlich einen Finger hinzugefügt oder fortgezogen. Doch selbst wenn er sie nicht hinters Licht geführt, hatten sie besinnungslos mit Zahlen um sich geworfen.

«Neunzig?»

Bis eines Tages Friederike, die Älteste, herausgefunden, dass der Bruder sie zum Besten hielt. Nie wieder hatten sie da mit ihm spielen wollen.

Ritter hörte auf zu lachen und blickte auf die Frau, deren Zornesfalte ihm steiler noch entgegenblitzte als zuvor.

«Siebzehnhundertsechsundsiebzig», sagte er ruhig. «Siebzehnhundertsechsundsiebzig, da ward ich geboren.»

Johanna konnte sich nicht entscheiden, ob sie heulen, lachen oder schreien sollte.

«Das ist unmöglich», gab sie schließlich zurück und bemühte sich, ebenso ruhig zu klingen wie er. «Kein Mensch ist bislang älter geworden als einhundertzweiundzwanzig.»

«Und Adam war hundertunddreißig Jahr alt und zeuget einen Sohn und hieß ihn Seth und lebet darnach achthundert Jahr und zeuget Söhne und Töchter, dass sein ganzes Alter ward neunhundertunddreißig Jahr. Und Seth war hundertundfünf Jahr alt und ...»

Woher kannte der Verrückte nun ausgerechnet diese Stelle aus dem Alten Testament, die sie selbst gern zitierte, wenn sie sich wieder einmal mit religiösen Eiferern herumschlagen musste?

«Ersparen Sie mir die Bibelstunde!», schnitt Johanna ihm das Wort ab. «Ich bin Wissenschaftlerin. Ich weiß, dass kein Mensch länger gelebt hat als einhundertzweiundzwanzig Jahre.»

Was war los mit ihr? Seit wann klang sie wie eine jener Bedenkenträgerinnen, deren Hundertzwanziger-Mantra sie doch sonst bei jeder Gelegenheit attackierte? Dieser Wahnsinnige war drauf und dran, sie selbst um den Verstand zu bringen ... Siebzehnhundertsechsundsiebzig – das hieße, er wäre ziemlich genau zweihundert Jahre älter als sie? ... Es wurde höchste Zeit, dass sie diesen Quatsch hier beendete und sich wieder ihrer Arbeit widmete. Zurück ins Labor. Einen neuen Western Blot machen, nachdem der letzte so peinlich misslungen war. Zurück zu ihren Proteinen. Gel gießen. Einen Tropfen der blauen Lösung in die Kammer träufeln. Verfolgen, wie das Blau nach unten sickerte. Elektrisches Feld anlegen. Warten.

«Johanna, ist Ihnen nicht wohl?»

Erst als der Verrückte sie ansprach, merkte sie, dass sie in den schäbigen Ohrensessel gesunken war, der einen oder zwei Meter von seiner Couch entfernt stand.

«Da, trinken Sie das!»

Bevor sie ihn daran hindern konnte, hatte er sich von seinem Lager hochgerappelt, ein Bein auf den Boden gesetzt und streckte ihr eine Flasche des scharlachroten VITAMINWATER entgegen, das sie selbst gekauft hatte.

«Da, trinken Sie!»

Das hellgelbe Hibiskushemd, das sie ihm letzte Woche angezogen hatte, war bis zum Bauchnabel hinunter aufgeknöpft. Die schwarzrote Rosette, die links oben die weißen Blüten überdeckte, nahm Johanna nur am Rande wahr. Ohne den Blick von der Haut zu wenden, die sich am Bauch in zahlreiche Fältchen gelegt hatte –

Sitzfältchen, wie sie es ausschließlich bei magersten, straffsten Bäuchen gab! –, griff sie nach der Flasche und trank.

«Besser?»

Beinahe schüchtern lächelte er sie an. Mehrere Strähnen hatten sich aus dem, was den Namen «Pferdeschwanz» seit Tagen nicht mehr verdiente, gelöst und hingen ihm wild ins Gesicht. Ein Hippie. Ein höchstens dreißigjähriger Hippie, der sich im Jahrzehnt – im Jahrhundert! – geirrt hatte.

«Siebzehnhundertsechsundsiebzig also», sagte Johanna. Sie hatte die Flasche halb leer getrunken, obwohl sie wusste, dass das Gesöff aus nichts als Wasser und wertlosen Zusatzstoffen bestand. «Haben Sie die Haare damals auch schon so getragen?»

Das Lächeln verschwand, als hätte Johanna es ausgeknipst.

«Warum begehren Sie die Wahrheit zu wissen, wenn Sie nicht glauben wollen?»

Da war er wieder. Dieser beleidigte Flunsch, den sie mittlerweile viel zu gut kannte.

«John», setzte Johanna an und korrigierte sich: «Lieber Herr *Ritter*. Ich glaube an sehr vieles. An mehr, als es die meisten meiner Kollegen tun. In der Tat glaube ich an alles, was *möglich* ist. Trotzdem habe ich ein klares Bewusstsein davon, dass es die Grenze zum *Unmöglichen* gibt.»

«Sie wollen Anspruch an den Rang einer Wissenschaftlerin machen?», kam es verächtlich zurück. «Wo doch einzig Philister sich erfrechen, die Grenze zwischen dem Möglichen und dem Unmöglichen sei mit dem Linienholze zu ziehen?»

Das VITAMINWATER flog an die Wand. Befriedigt verfolgte Johanna, wie der scharlachrote Rest an der hellgrünen Tapete hinunterlief und sich auf dem schmutzig beigen Teppichboden ausbreitete. Doch anstatt sich aufzuregen, dass nun auch sie begann, seine Hütte zu versauen, brach der Verrückte in ein hysterisches Kichern aus.

«Do you believe in zombies?»

«Hören Sie auf!»

Endlich hatte die Partei, die vor Minuten schon hätte schreien wollen, in Johanna die Oberhand gewonnen.

«Hören Sie auf!», brüllte sie gleich noch einmal, weil ihr erster Wutschrei lediglich bewirkt hatte, dass er umso verrückter kicherte.

«Nein, Sie hören mir *zu*, Johanna!»

Mit einer Behändigkeit, die nicht im Entferntesten dazu passte, dass er vor zwei Wochen noch nahezu verblutend auf einem Waldweg gelegen hatte, sprang er von der Couch und baute sich bebend vor Johanna auf.

«Sie stellen mir einen Trunk in die Küche, der *zombies* ins Leben zurückrufen soll. Und itzt halten Sie mir den abgeschmacktesten Vortrag, was möglich und unmöglich sei?»

«Sie – sind – wahn – sin – nig! Voll – kom – men – wahn – sin – nig!»

Während Johanna sich selbst beide Hände gegens Brustbein drückte, um sich zu beruhigen, schlurfte der Verrückte zu der Flasche am Boden und bückte sich.

«Da, lesen Sie!», verlangte er mit schmerzverzerrter Stimme. «Lesen Sie selbst!»

Johanna ging zu ihm, um zu sehen, was er meinte.

«Warum haben Sie dies verspritzt?» Er begann zu schluchzen. «Glauben Sie, hier sei ein Gottesacker?»

«John», sagte Johanna und stellte die leere Flasche auf dem Couchtisch ab, nachdem sie das Etikett überflogen hatte. «Das mit den *zombies* ist nichts als ein bescheuerter Werbegag.»

Das Schluchzen wurde lauter.

«John. Johann ... es ... es tut mir leid.»

«Johann», schluchzte er – oder war es jetzt plötzlich wieder ein Kichern? «*Johann*! Nie hat mich jemand bei *diesem* Namen genannt.»

Sie fasste ihn an der unverletzten Schulter. «Komm! Legen Sie sich bitte wieder hin. Sie müssen sich schonen.»

Doch schon war er ihr um den Hals gefallen und drückte sie mit seinem gesunden Arm so fest an sich, dass sie kaum noch Luft bekam.

«Shhhh», machte Johanna und versuchte, sich wenigstens so weit zu befreien, dass sein Bart sie nicht mehr kratzte. «Alles ist gut. Alles ist gut.»

Tätschelte sie ihm tatsächlich den Rücken? Dürr wie ein Vögelchen war er. Ein Vögelchen, dessen Herz so aufgeregt schlug, dass Johanna Angst bekam, es würde jeden Augenblick tot von der Stange plumpsen.

«Legen Sie sich wieder hin», sagte sie und schob sich mit der Last um ihren Hals vorsichtig in Richtung Couch. «Warten Sie, ich helfe Ihnen. Hier ... ja ... so ist es gut. Soll ich Ihren Verband wechseln?»

Sein Blick verriet ihr, dass sie alles tun sollte, bloß nicht von der Sofakante aufstehen.

«Gut.» Johanna hob die verfilzte Wolldecke vom Boden und breitete sie über ihm aus. «Gut. Sie sind also siebzehnhundertsechsundsiebzig geboren.»

«Den sechzehnten Dezember», fügte er hinzu, als hätte es mit diesem Datum eine besondere Bewandtnis.

«Okay. Und dann?»

«Sie glauben mir immer noch nicht.» Sein Blick wandte sich von ihr ab und wanderte zur Zimmerdecke hinauf.

«Doch», bemühte Johanna sich, so überzeugend wie möglich zu versichern. «Ich glaube Ihnen. Aber es wäre schön, wenn Sie mir irgendeinen Beweis geben könnten. Sie haben nicht zufällig einen Ausweis hier, auf dem Ihr Geburtsdatum steht?»

Himmel, was redete sie da! Dachte sie ernsthaft, dass dieser Penner eine Driver Licence oder eine andere offizielle ID-Card besaß, die auf den Namen «Johann Wilhelm Ritter» – oder ihretwegen auch «John W. Knight» – ausgestellt war? Date of Birth: 12-16-1776?

Aber er schien ihre bescheuerte Frage ohnehin überhört zu haben.

«Beweise», sagte er und starrte weiter die Decke an. «Auch ich vermeinte einst, Beweise führen zu müssen. *Beweis, dass ein beständiger Galvanismus den Lebensprozess im Tierreich begleite. Nebst Versuchen und Bemerkungen über den Galvanismus.*» Ein versonnenes Lachen folgte.

Was halluzinierte er jetzt wieder zusammen?

«O ja, ich habe bewiesen», fuhr er schwärmerisch fort. «Dass es sie wirklich und wahrhaftig gibt – die *eine* Kraft, die alles durchglüht: die Vulkane entzündet und Berge erschüttert; die die atmende Brust hebt und senkt; die den Embryo des Frosches wie den der Mimose ins Leben ruft – das große Band, das Körper und Seele und All einigt.» Endlich hörte er auf, ins Leere zu starren. «*Weltseele* hat Schelling es genannt.» Er ergriff Johannas Hand und blickte sie so verzweifelt um Zustimmung heischend an, dass sie es nicht übers Herz brachte, irgendetwas zu erwidern. «Aber den Gedanken hatte er von mir! Ich war berühmt! Herder, Humboldt, Schlegel, Arnim, Brentano, der Herzog von Gotha – allesamt haben sie mich bewundert! Selbst Goethe suchte meinen Rat! *Ein wahrer Wissenshimmel auf Erden, dieser Ritter*, schrieb er an Schiller.» Er lachte, als hätte er einen dreckigen Witz erzählt. «Auch wenn er sich sträubte wie ein Ross gegen die Kandare, durch mich musste Goethe einsehen, dass es unsichtbare Strahlen jenseits des Farbenspektrums gibt!»

Johanna brauchte eine Weile, um zu begreifen, dass dieser Verrückte allem Anschein nach behaupten wollte, er habe die Infrarot- und UV-Strahlung entdeckt. Sie hatte gedacht, es wäre ihr gelungen, die freundlich interessierte Maske beizubehalten, zu der ihr Gesicht gefroren war, doch offensichtlich war ihr die Skepsis – Skepsis? Fassungslosigkeit! – deutlich anzusehen, denn der Verrückte drückte ihre Hand noch fester und fuhr hastig fort: «Gewiss, vor mir bereits hatte Herschel gefunden, dass ein Thermometer am höchsten stieg, wenn es auf jenen merkwürdigen Punkt einen halben Zoll außerhalb des Spektrums vom Rot fixiert ward. Diese Erkenntnis gebührt ihm.

Die zwingende Weiterführung indes, dass – wenn es jenseits des
Rots Strahlen gab, deren Gegenwart, obgleich dem menschlichen
Auge verborgen, untrüglich nachzuweisen war –, die zwingende
Annahme, dass Natur in ihrer ewigen Polarität auch Strahlen ans
andere Ende des Farbenbildes, an die Seite des Violetts, entsenden
würde –, diese Annahme geschah erst durch mich!» Triumphierend
blickte er Johanna an und fügte ebenso stolz wie verschmitzt hinzu:
«Ich ersann ein einfaches Experiment: Ich überstrich einen Streifen
starkes, weißes Papier mit frischem Hornsilber und ließ im dunklen
Zimmer das reinliche Spektrum des Prismas auf seine Mitte fallen.»

Spaß am Entdecken ... Unwillkürlich musste Johanna daran denken, wie sie im verdunkelten Kinderzimmer gesessen und atemlos verfolgt hatte, wie sich ein banaler Regenwurm in ein bläulich
schimmerndes Glühwürmchen verwandelte, nachdem sie ihn in der
Luminollösung aus ihrem Chemiebaukasten gebadet hatte.

«Es verhielt sich ganz so, wie ich erhofft: Da ich den Streifen
aus der Brechungsebene herausnahm, fand ich die stärkste Schwär-
zung einen guten halben Zoll vom äußersten Violett entfernt. Weiter nach außen hin nahm sie ab und hörte in einer Entfernung von
reichlich anderthalb Zoll vom äußersten Violett ganz auf. Ebenso
nach der anderen Seite: Durch das Violett und das Blau hindurch
nahm sie stetig ab, bis sie sich im Grün verlor, was mir der untrüg-
liche und endgültige ...»

«Johann», unterbrach Johanna den Laborbericht. «Sie sind
müde. Ruhen Sie sich aus.»

Ja, sollte er wieder seinen Flunsch ziehen. Sie hatte damals auch
geheult, als ihre Mutter ins Zimmer gekommen war, mit einem
Ruck die Vorhänge geöffnet und ihr befohlen hatte, den leuchtenden Regenwurm in der Toilette hinunterzuspülen.

– – –

Zurück in ihrem Appartement, setzte sich Johanna unverzüglich
an den Laptop. Sie nahm sich nicht einmal die Zeit, die Windjacke
auszuziehen, mit der sie herumlief, seit ihre Jeansjacke in fünf Müll-

säcken verschwunden war, die sie Schicht für Schicht zu einem nicht mehr zu öffnenden Paket verklebt hatte.

«Johann Wilhelm Ritter», tippte sie in das kleine Fenster oben rechts und drückte die Entertaste.

Erstaunlich! Es gab ihn wirklich. Sogar einen Eintrag im amerikanischen Wikipedia hatte er.

«JOHANN WILHELM RITTER (16 December 1776 – 23 January 1810) was a German physicist and philosopher. He was born in Samitz (Zamienice) near Haynau (Chojnów) in Silesia (then part of Prussia, since 1945 in Poland), and died in Munich.»

Physiker und Philosoph also, deshalb die Vorträge!

Das Bild neben den biographischen Daten glich eher einer Kinderkritzelei, als dass es sich um ein brauchbares Porträt gehandelt hätte. Dennoch, je länger Johanna es anstarrte, desto bekannter kam ihr das scharf geschnittene, von schwarzen Locken gerahmte Gesicht vor, das sie kalt und spöttisch vom hochgeschlossenen Kragen einer Uniform herab anblickte.

Sie ignorierte den leichten Schwindel, der sie erfasst hatte, stand auf und begann, im Zimmer auf und ab zu gehen, wie sie es stets tat, wenn auf dem Bildschirm eine Information erschien, die sie verwirrte.

Es gab ihn also wirklich, jenen Johann Wilhelm Ritter. Beziehungsweise *hatte* ihn gegeben. Vor über zweihundert Jahren war er in München gestorben. Im Alter von – Johanna sprintete zum Laptop hinüber –, im Alter von vierunddreißig, nein gerade einmal dreiunddreißig Jahren. So weit, so klar. Aber wie um alles in der Welt kam dieser Bekloppte da draußen im Wald auf die Idee, er sei eben jener Ritter? Von Leuten, die sich für Jesus oder Napoleon oder Johnny Depp hielten, hatte sie schon mal gehört. Wer aber war so bekloppt, sich für einen komplett vergessenen Physiker zu halten – selbst wenn es dieser komplett vergessene Physiker erstaunlicherweise zu einem eigenen Wikipedia-Eintrag gebracht hatte? Und wie war die verflixte Ähnlichkeit zwischen dem Bekloppten und dem Kritzelporträt zu erklären?

Johanna fasste sich an die Stirn. Hatte sie Fieber?

Die Zeichnung, Graphik oder was auch immer war so unbeholfen und grob, dass man sie vermutlich nur lange genug anstarren musste, um in ihr das Abbild jedes x-beliebigen mageren, schwarz gelockten Mannes kaukasischer Abstammung zu sehen.

Und dennoch! Dieses Gesicht! *Dieses Gesicht!* Hatte sie nicht gleich bei ihrer allerersten Begegnung das sichere Gefühl gehabt, dass mit diesem Gesicht etwas nicht stimmte? Und die weißen Haare auf den Armen und an der Brust!

Quatsch! Dieser Physiker dort war tot! Seit über zweihundert Jahren tot!

Johanna stampfte mit dem Fuß auf – eine hilflose Geste, die ihr schon lange nicht mehr unterlaufen war. Kopfschüttelnd kehrte sie an den Laptop zurück. Vielleicht verriet ihr die deutsche Wikipedia-Seite etwas, aus dem sie schlauer wurde.

«Ritter ist Ritter und wir sind nur Knappen. – Novalis an Caroline Schlegel, 20. 01. 1799

Rittern habe ich gestern bei mir gesehen, es ist eine Erscheinung zum Erstaunen, ein wahrer Wissenshimmel auf Erden. – Goethe an Schiller, 28. 09. 1800»

Johanna lachte. Der Verrückte musste den Artikel auswendig gelernt haben! Waren es nicht exakt diese beiden Zitate gewesen, mit denen er vorhin versucht hatte, Eindruck zu schinden?

«Dies war eine der herrlichsten Naturen, die vielleicht je von ihrer Zeitteufelei sind vernichtet worden. – Clemens Brentano an Joseph Görres, Anfang 1810

Er hat uns eine unauslöschliche Sehnsucht zurückgelassen. – Friedrich August Heinrich von Schlichtegroll, Oktober 1810»

Görres? Schlichtegroll? Nie gehört. Nur Brentano sagte ihr etwas. Irgendein Ururur-und-so-weiter-Enkel des Dichters war mit ihr zur Schule gegangen.

«Im April 1796 schrieb sich an der Universität Jena ein Student namens Johann Wilhelm Ritter ein. Er vermerkte im Matrikel, dass er am 16. Dezember 1776 im schlesischen Samitz geboren sei.» Aha. Schlesien also. Hatte er sich deshalb diesen merkwürdigen Akzent zugelegt? «Bis zu seinem 14. Lebensjahr besuchte er in Samitz die Lateinschule, anschließend wurde er Lehrling in einer Liegnitzer Apotheke, in der er auch einige Jahre als Provisor tätig war. In der thüringischen Universitätsstadt nun betrieb Ritter keineswegs ein geregeltes Studium der damals üblichen Art. Er verblieb lieber in seinem kleinen Zimmer und stellte sich selber wissenschaftliche Aufgaben, etwa über die ‹wirkliche Gegenwart der Kalkerde in rohen Knochen›. Schließlich geriet er ins Fahrwasser des seinerzeit allgemeinen Interesses am Galvanismus. Seine erste entsprechende Abhandlung waren ‹zehen Bogen der interessantesten Bemerkungen› zu Alexander von Humboldts Werk über gereizte Muskel- und Nervenfasern.»

Johanna runzelte die Stirn. Hatte der Verrückte nicht auch von Galvanismus gefaselt? Von «Galvanismus im Tierreich», der gleichzeitig die «Weltseele» sein sollte? Das Einzige, was ihr im Zusammenhang mit Galvanismus einfiel, war Metallveredelung. Doch irgendwie schien es hier um Elektrophysiologie zu gehen – einen Teilbereich der Neurophysiologie, von dem sie nicht die geringste Ahnung hatte.

«Am 29. Oktober 1797 referierte Ritter vor der Naturforschenden Gesellschaft in Jena ‹Ueber den Galvanismus: einige Resultate aus den bisherigen Untersuchungen darüber, und als endliches: die Entdeckung eines in der ganzen lebenden und todten Natur tätigen Princips›. Seine Ausführungen fanden große Resonanz, aber als er das Manuskript dem renommierten Mediziner Johann Christian Reil in Halle zum Abdruck in dessen *Archiv für Physiologie* übersandte, erhielt er die Arbeit zurück mit der Notiz, dass eine ‹solche Bemerkung zu dreist sei und anderes dergleichen mehr›.»

Zum zweiten Mal musste Johanna lachen. Sie war also nicht die Erste, die einen allumfassenden Weltseelen-Galvanismus für Spinnerei hielt. Wie sagte man hierzulande? *It takes one to know one.* Offensichtlich hatte sich der Verrückte da draußen für sein Wahn-Ich treffsicher einen der verrücktesten Physiker herausgesucht, der sich in der deutschen Geschichte finden ließ.

Während sie sich selbst noch lachen hörte, durchfuhr es Johanna wie ein Stich. Wie kam sie dazu, auf einen Wissenschaftler, der kühne Gedanken wagte, ebenso borniert und selbstgefällig zu reagieren, wie es das Pack der – wie hatte er sie genannt? –, das Pack der *Philister* tat? Litt sie selbst nicht immer noch unter jenem Brief, mit dem die deutsche Ethikkommission vor wenigen Wochen ihr wissenschaftliches Projekt, ihr Lebensprojekt, abgekanzelt hatte? Die wenigen – in ihrer Knappheit doppelt verletzenden – Sätze hatten sich ihr so tief ins Gedächtnis eingeprägt, dass sie den unsäglichen Schrieb gar nicht mehr brauchte, um ihn Wort für Wort vor sich zu sehen: «Sehr geehrte Frau Dr. Mawet, zu unserem Bedauern müssen wir Ihnen mitteilen, dass wir Ihrem Antrag auf Einfuhr und Verwendung humaner embryonaler Stammzellen (hES-Zellen) nicht stattgeben können. Das Forschungsvorhaben, das Sie in Ihrem Antrag skizzieren, genügt nicht dem in § 5, Abs. 1 StZG (Stammzellgesetz) formulierten Kriterium, medizinische Kenntnisse bei der Entwicklung diagnostischer, präventiver oder therapeutischer Verfahren zur Anwendung beim Menschen zu erweitern. Ihr Projekt, die physiologische Regeneration weit über das gattungsspezifische Maß hinaus zu aktivieren und gleichzeitig die Zellseneszenz zu retardieren bzw. vollständig zu unterbinden, stellt kein ethisch vertretbares Forschungsziel dar. Altern gehört zu den Grundgegebenheiten menschlicher Existenz und ist in diesem Sinne nicht als Krankheit zu betrachten. Mit freundlichen Grüßen ...»

Nicht als Krankheit zu betrachten. Hatte das Arschloch, das ihr diesen Brief geschrieben hatte, irgendeine Ahnung, was es da von sich gab? Wusste es nicht, dass bereits bei einem Zwanzigjährigen, bei einem normalen, gesunden Zwanzigjährigen, jeden Tag zehntausend Nervenzellen im Gehirn abstarben, für die der Körper von Jahr zu Jahr weniger Ersatz produzierte? Dass spätestens beim Dreißigjährigen der gesamte Muskelapparat mit dem schleichenden Abbau begann, ganz egal, wie diszipliniert jener zum Sport ging? Dass selbst der vitalste Neunzigjährige mit höchstens siebzig Prozent seiner jugendlichen Muskelmasse herumlief, während sein Herz froh sein durfte, wenn es noch die Hälfte der früheren Leistung erbrachte? Dass der Leistungsabfall der Lungen ebenfalls über fünfzig Prozent betrug? Dass die Nieren schon beim Siebzigjährigen weniger als halb so viel Blut filterten wie früher? Dass die Leber nach und nach ihren Dienst quittierte? Die Knochen versprödeten? Die Adern verkalkten? Die Seh- und Hörkraft schwanden, während mit jedem Jahr die Bereitschaft des Organismus stieg, unkontrolliertes Zellwachstum, sprich: Krebs, zuzulassen? Dass gleichzeitig das Immunsystem so dramatisch verfiel, bis jedes dämliche Erkältungsvirus den Tod bedeuten konnte? *Grundgegebenheit menschlicher Existenz!* War diesem Schreibtischtäter bewusst, dass auf der ganzen Welt jeden Tag hunderttausend Menschen an dieser *Grundgegebenheit ihrer Existenz* verreckten – doppelt so viele wie in derselben Zeit durch alle Kriege, Attentate, Unfälle, Epidemien, Hungersnöte, Wirbelstürme, Erdbeben und Flutkatastrophen zusammen?

Johanna drückte sich die Tränen aus den Augen, die ihr zuverlässig kamen, sobald sie sich in dieses Thema hineinsteigerte.

Lag es an der Flennerei, oder blickte das Kritzelgesicht sie tatsächlich nicht mehr ganz so kalt und spöttisch an, sondern hatte einen milderen, ja beinahe mitleidigen Zug um die Mundwinkel bekommen?

Entschlossen zog Johanna die Nase hoch. Der Verrückte da draußen war *eine* Sache. Aber jener tote Physiker hier hatte es nicht verdient, dass sie sich über ihn lustig machte.

Immer noch durch einen leichten Tränenschleier blinzelnd, las Johanna weiter, was Wikipedia über Johann Wilhelm Ritter zu berichten hatte: «Der junge Wissenschaftler ließ sich nicht entmutigen, vertiefte mit neuen Experimenten weiter sein Wissen über die galvanischen Vorgänge. Im thüringischen Raum war Ritter bald als Naturforscher anerkannt, wobei er sich freilich immer wieder mit den von Universitäten und Akademien bestätigten Wissenschaftlern rieb. Viele von Ritters zahlreichen Entdeckungen sind bis heute nahezu unbeachtet. Schuld daran hatte er auch selbst, denn er bediente sich einer weitschweifigen Darstellungsweise, die an die Schriften der Romantiker erinnert, mit denen er in Jena verkehrte. Aufgestellt hat er als Erster das heutige sogenannte ‹Volta'sche Spannungsgesetz› im Mai 1801, also Monate bevor es der spätere Namensgeber mangelhaft formulierte. Im selben Jahr erfand er die Trockensäule, und zwei Jahre später konstruierte er mit seiner Ladungssäule die Vorform des Akkumulators. 1802 entdeckte er am Ende des Spektrums des sichtbaren Lichtes die Ultraviolettstrahlen.»

Der Laut, den Johanna diesmal ausstieß, hatte nichts mehr von einem Lachen. Eher glich er einem Winseln.

«Im Herbst 1804 erhielt Ritter endlich die ersehnte feste Anstellung und die damit verbundene offizielle wissenschaftliche Anerkennung, allerdings durch die Bayerische Akademie der Wissenschaften, die ihn als ordentliches Mitglied aufnahm und ihm die Möglichkeit zur Fortsetzung seiner Forschungen gab. (Das Bild zeigt ihn möglicherweise in einer bayerischen Uniform.) Ab 1806 wandte er sich der sogenannten ‹unterirdischen Elektrometrie›, der Rutengängerei, zu. Ausgiebig betrieb er entsprechende Experimente, wodurch sein wissenschaftlicher Ruf bei den Fachkollegen natürlich nicht gefestigt wurde. Im Jahre 1808 brachte er ein erstes und letztes Heft über Siderismus (siehe auch Wünschelrute) heraus, um dann über ein System der Naturkräfte nachzudenken, in dem alle denkbaren Phänomene erfasst sein sollten. Er kam jedoch nur zu Ansätzen, denn kaum 33 Jahr alt verstarb er am 23. Januar 1810 in München, mitverursacht durch die an seinem Körper durchgeführten galvanischen Selbstversuche.»

Johannas Augen tränten immer noch, als sie über den Laptop hinweg in den Campus-Park schaute, auf dessen Grün sich zwei Möwen um etwas zankten, das sie nicht erkennen konnte. Eine Muschel? Einen Fisch? Eine tote Maus? An den Ahornen, die älter sein mussten als der Campus selbst, leuchteten die ersten Blätter feuerrot. Hoffentlich dachte der *mouse boy* mittlerweile zuverlässiger daran, ihren Zöglingen zweimal am Tag das Antibiotikum, das er ihnen verabreichen sollte, ins Trinkwasser zu tun.

«Johann Wilhelm Ritter», murmelte Johanna, während sie aufstand und den Laptop zuklappte. «Vermutlich warst du ein Spinner. Trotzdem warst du ein mutiger Mann.»

V

ohann Wilhelm Ritter ist tot.»

... Catharina ... innig geliebtes Weib ... so höre doch ... den Arm haben sie im Kriege mir genommen ... und nun wollt ihr mir alles nehmen, was geblieben ... die Kinder! ... dich! ... Catharina ...

«Hallo! Aufwachen!»

Mit einem Schrei fuhr Ritter von seinem Lager empor. Wer? Was? Ach, sie war es. Seine Johanna. Seine ungläubige Johanna.

«Was haben Sie da?» Argwöhnisch musterte er das schmale Konvolut, mit dem sie vor seinem Gesicht umherwedelte.

«Tun Sie nicht so, als ob Sie das nicht erkennen würden. Das ist Ihr Eintrag bei Wikipedia.»

«Wikipedia?»

«Haha», gab sie gallig zurück, und mit derselben Verachtung, mit der man einem Hund halb verweste Knochen hinwirft, warf sie ihm die Blätter in den Schoß.

Ehe die Kränkung bis zu seinem Herzen vorgedrungen, erkannte Ritter sein Konterfei, und seiner Kehle entfuhr ein jähes: «Das bin ja ich! Wo haben Sie mein Bild her?»

«Tja, wo habe ich Ihr Bild her? *Irgendwer* wird es wohl ins Netz gestellt haben.»

Die Überraschung war zu groß, als dass er sich beim Ärger über ihren Ton hätte aufhalten wollen. «München!», rief er. «Aus München ist's! Da ich in die Akademie aufgenommen ward! Ein jeder musste sich abkonterfeien lassen.»

Gott, wie lange er dies Bild nicht mehr gesehen hatte! Dies einzige Bild, das je von ihm angefertigt!

«Lesen Sie, was da steht! Gleich in der ersten oder zweiten Zeile!»

«Finden Sie, dass ich gut getroffen bin?», fragte er mehr sich selbst denn sie. «Ich fürchte, der Künstler war ein rechter Einfaltspinsel.»

«Da steht, dass Johann Wilhelm Ritter am dreiundzwanzigsten Januar achtzehnhundertzehn gestorben ist.»

Der garstig vorgetragene Hinweis brachte ihn dazu, sich von dem Bildnis loszureißen und zu schauen, was der Text über ihn verraten mochte.

Um einen lexikalischen Eintrag schien es sich zu handeln. «Wikipedia, die freie Enzyklopädie», las er ganz oben auf dem Blatte. Nie zuvor hatte er von dieser Enzyklopädie gehört. Ob sie so bedeutend sein mochte als jene *Encyclopédie*, die er gar zu gern besessen hätte – und nie sich hatte leisten können?

«Lateinschule ... Liegnitzer Apotheke ... Naturforschende Gesellschaft in Jena ...» Unfasslich war's, wie akkurat dieser Artikel über sein Studieren und Wirken zu berichten wusste! Doch plötzlich fasste es ihn an mit eisiger Hand. Reil! Johann Christian Reil!

Was hatte jener Erzdämon in seinem Eintrag dort zu schaffen?

... Um den Kranken zu unterjochen, muss man ihm zuvörderst jede Stütze rauben, damit er sich durchaus hilflos fühle ... Wenn der Kranke bis zum äußersten Grade sinnlos ist, so müssen einige rohe Züge durchs Nervensystem gewagt werden ...

Reil! ... *Er* war es gewesen, der seinen ersten Text so schnöde abgelehnt! Wie hatte er das jemals vergessen können! *Rhapsodien über die Anwendung der psychischen ...*

«Hallo? Alles in Ordnung bei Ihnen?»

Reil! Jene Ausgeburt der Hölle! Jener Menschenschinder, der auf solch leisen Pfoten dahergeschlichen kam! Jener Folterhannes, der vorgab, *heilen* zu wollen, während er dich kalten Lächelns aufs Schafott schickte! Reil ...

«Schluss jetzt!»

Seinen zitternden Händen wurden die Blätter entrissen.

«Das können Sie lesen, wenn ich weg bin. Jetzt erklären Sie

mir lieber, warum Sie behaupten, Johann Wilhelm Ritter zu sein, obwohl hier steht, dass Johann Wilhelm Ritter vor über zweihundert Jahren gestorben ist.»

Durfte er es wagen, sich zu offenbaren? Endlich zu offenbaren? Just jenem Weibe, das ihn so misstrauisch anblitzte, wie es weder Ruthie noch Georgina noch Debbie noch je einer anderen in den Sinn gekommen wäre? Just jenem Weibe, das keine Hausfrau, keine Köchin, keine Army Nurse war, sondern selbst Naturforscherin?

... Herr Collega, stellen Sie sich vor, auf welch interessanten Fall ich heut gestoßen bin! Hartnäckigste Vertiefung in fixen Wahn, infauste Teufelsobsession, rezidivierende Paroxysmen von Tobsucht, gesteigert bis hin zum Zwang, die Wut im eignen Blute zu kühlen ... Schweigt, ihr schwarzen Dämonen in den weißen Kitteln, schweigt!

Auch wenn's so zornig auf ihn hinabblickte, wie wenn's jeden Augenblick dem Orkane gleich lostoben wollte, lag in jenem Gesicht – als Erstem in der endlosen Reihe von Gesichtern, die an ihm vorübergezogen – nicht die unausgesprochene Verheißung: Ich bin's, die dich erlöst? Und wär's nicht des Himmels größtes Geschenk, wenn er einmal noch jenes Hochgefühl empfände, das ihn seit Ewigkeiten nicht mehr durchströmt: das Gefühl, vertrauen zu dürfen?

«Johanna», sagte Ritter mit Nachdruck, gleichwohl seine Stimme kaum mehr denn ein Flüstern war. «Nehmen Sie Platz in jenem Fauteuil dort. Alles will ich Ihnen dann erzählen.»

Was war das jetzt für eine feierliche Ankündigung? Johanna glaubte keine Sekunde, dass der scheinbare Gesinnungswandel etwas anderes als weitere Hirngespinste zutage bringen würde. Aber egal, sie war schon lange nicht mehr im Kino gewesen. Und seine Darstellung des Ahnungslosen, der aus einer Zeit stammte, in der man das Netz nicht etwa zum Googeln benutzte, sondern einzig und allein, um Fische oder Schmetterlinge zu fangen, war oscarreif gewesen. Vielleicht bekam sie zumindest gute Unterhaltung geboten.

«Es ... es war ein schlimmer Winter», begann er stockend. «Johanna, schwören Sie mir, dass Sie keiner Menschenseele etwas von dem verraten, was ich Ihnen nun erzähle!»

Johanna hob ihre Rechte, ohne genau zu wissen, wohin damit. Aufs Herz? Drei Finger in die Höhe?

«Bei meiner Ehre», sagte sie so pathetisch, wie es sich für großes Kino gehörte.

«Bei Ihrer Ehre», wiederholte er ebenso pathetisch. «Bei Ihrer Ehre.»

Ihretwegen könnte der Film jetzt langsam beginnen.

«Es war ein schlimmer Winter», setzte er von Neuem an. «Seit Monaten lag ich siech darnieder, matt wie eine Fliege. Konnt nichts arbeiten, nichts schreiben, ja nicht einmal etwas Ernsthaftes konnt ich lesen, ohne sogleich erschöpft zu sein. Ein gewaltiger Husten quälte mich, rachitische, rheumatische Schmerzen erst in der Brust, dann im ganzen Leib. Gliederreißen. Hämorrhoiden. Diarrhee ...»

Da schau her: Wie kunstvoll dieser Mann erröten konnte!

«Verzeihen Sie», sagte er und räusperte sich. «Alle Morgen erwachte ich in einer wahren Sündflut von Schweiß. Des Nachts musste ich mich zwei-, dreimal umbetten, um wieder ins Trockene zu kommen. Dazu war ich arm wie eine Kirchenmaus. Auch wenn uns der Krieg in München nicht direkt abgebrannt, hatte ich von der Akademie seit Frühjahr keinen Kreuzer Gehalt mehr gezogen. Und das Leben ward von Tag zu Tag teurer. Selbst meine mühsam zusammenerrungenen Bücher musste ich verkaufen, um wenigstens den Hauszins zahlen und mit meiner Familie notdürftig weiterleben zu können. Wie das Geld nicht einmal mehr hierfür reichte, war ich gezwungen, sie fortzuschicken. Mein Weib und alle vier Kinder. Mein jüngster Knabe – mein Liebster! mein Augenstern! mein August! – lag selbst an der Lungenentzündung, bereits fast ohne Hoffnung der Wiedergenesung. Ich schickte sie nach Nürnberg, zu einem *Freund*.»

So verächtlich, wie er dieses Wort ausspuckte und eine bebende Pause folgen ließ, erwartete Johanna, dass sie sich als Nächstes eine längere Tirade über jenen Freund anhören durfte.

«Ich stand am Abgrund. Die Ärzte hatten mich aufgegeben – so es mir überhaupt gelungen war, ein paar Gulden zusammenzubetteln, um sie der gierigen Meute in den Rachen zu werfen.»

Fehlanzeige. Die *Leiden des jungen Ritter* gingen weiter.

«Am Schluss lag ich mutterseelenallein in meiner Kammer, krank bis ins Mark, verlassen von allen, nicht einmal ein Füderchen Holz zum Heizen war mir geblieben. Kleidung, die warm oder gar schicklich genug gewesen wäre, um winters vor die Tür zu gehen, besaß ich ohnedies schon lange keine mehr.»

Johanna warf einen Blick zur Decke. Der Ventilator stand so still, wie es sich für einen gehörte, dem seit Wochen oder Monaten der Strom abgedreht war. Fast war sie enttäuscht. Zu dem, was sie hörte, hätte gepasst, dass ein Ventilator begann, mit anmutigen Flügelschlägen durchs Zimmer zu flappen. Ein Bär hätte zur Tür hereinkommen und ein paar Tanzschritte machen sollen, ein Eichhörnchen die Küchenschürze umbinden und fragen, ob es den Tee servieren dürfe.

«So elend ich war – zu sterben war ich nicht bereit. Bildete mir ein, ich hätt ein Werk zu vollenden.»

Der Verrückte stieß einen Laut aus, von dem Johanna nicht zu sagen vermochte, ob es sich um Lachen oder Schluchzen handelte.

«Wollte erst gehen, wenn ich auf meinen Grabstein setzen lassen könnte: *Vici*. Da mich die Krankheit überfiel, hatte ich zu Beginn noch die kühnsten Experimente durchgeführt, hatte mir Mimosen aus dem Hofgarten kommen lassen, hatte aus schierem Trotz zu Leidner Flasche und Elektrisiermaschine gegriffen und versucht – so recht plump ins Wesen hinein –, ob ich auch hier die polarischen Erfolge bekäme, wie ich sie von meinen Fröschen kannte. Bloß um mich gleichsam am Schicksal zu rächen. – Die Rache gelang über alle Ahndung schön.» Ein versonnenes Lächeln huschte über sein Gesicht. «Alles traute ich diesen herrlichen Pflanzenfröschen, diesen phantastischen Pflanzensomnambülen zu. Das Geheimnis des Organischen würden sie mir offenbaren, wenn ich sie nur eindringlich genug befragte.»

Johanna kämpfte gegen den Drang, die Augen zu schließen. Im muffigen Ohrensessel einschlafen – im Labor aufwachen und schmunzeln über den bizarren Traum.

«Aber dazu musste ich fort. Fort aus dieser verpesteten Kammer. Fort aus dieser verpesteten Stadt, an die mich nichts band denn Bitterkeit und Ekel. Ich hoffte, wieder so intensiv und extensiv tätig sein zu können als früher, wenn ich endlich befreit wäre von dieser ewigen Unruhe – dieser Dependenz von Klatscherei, Schikane und Unverstand, wie sie mir in München vom ersten Tage an begegnet. Ich sehnte mich nach Einsamkeit ...»

Diesmal war es eindeutig ein Lachen.

«Nun, über Mangel an Einsamkeit durfte ich in jenem heimtückischen Winter wahrlich nicht klagen. Ich sehnte mich nach Einsamkeit *und* Natürlichkeit, nach Einfachheit! Einmal noch wollte ich das Glück der völligen Mirselbstgehörigkeit genießen ...»

Ein kleiner schwarzer Vogel mit roten Gefiederspitzen war hinter dem Fenster gelandet und schaute herein, als würde er dem, was der Mann auf der Couch erzählte, andächtig lauschen.

«Johanna!»

Sie zuckte zusammen.

«Keinen Begriff haben Sie von der Wildnis und Ratlosigkeit, in der ich bis zu meinem einundzwanzigsten, zweiundzwanzigsten Jahre aufwuchs.»

Johanna nickte und schaute wieder zu dem Vogel hinüber. Sonderbares Tier. War es eine Amselart? Ein Zwergrabe? Oder doch eher ein Specht?

«Bis zum Niewiederabgewöhnen war ich daran gewohnt, auf niemanden zu hören denn einzig auf mich. Bei allen äußeren Anstößen, die ich in Liegnitz beim alten Apotheker, in Jena an der Universität erfahren, spürte ich stets, dass ich meines Lebens Bildung niemandem überlassen durfte denn mir selbst. Zu diesem absoluten Mirselbstgehören musste ich zurückfinden, wollt ich noch einmal etwas Rechtes bewegen auf der Welt.»

Komm, kleiner Vogel! Lass uns hinausflattern in den Wald. Etwas Besseres als – wie hatte er sich ausgedrückt? –, etwas Besseres als Klatscherei, Schikane und Unverstand finden wir überall.

«Tag und Nacht, gepeinigt von Schmerz- und Fieberkrämpfen, sann ich nach, wie ich einen Ausweg fände. Ich wollte schon ganz und gar verzweifeln, da erreichte mich – als hätte der Himmel selbst ihn geschickt – der Brief eines alten Schweizer Studierfreundes. Immer und immer wieder hatte er mir seine Gastfreundschaft angetragen, die ich in dummem, falschem Pflichteifer beharrlich ausgeschlagen. Nun sollte er mir zur Rettung werden. Mit zitternder Feder schrieb ich zurück, dass er alsbaldigst nach München reisen möge. In kurzen, drängenden Worten schilderte ich ihm meine Fatalität, dass ich, bliebe ich hier, dem sichern Tode geweiht sei. – Er kam.»

Johanna hörte Pferde in wildem Galopp durch Schnee stürmen, Kufen glitten knirschend über eisige Wege dahin, im Innern des Wagens kauerten pelzvermummte Gestalten, die Glocken auf dem Kutschbock schellten in heller Erregung. Quatsch. Was wusste sie schon von Schlittenfahrten.

«In meiner Seele hatte sich ein verwegener, auf tolle Weise kühner Plan entwickelt. Ich musste gesunden, dies war dringlichstes Gebot. Doch was frommte mir alle Gesundheit, wenn ich abermals dazu verdammt wäre, in Lebensumstände zurückzukehren, die im Alphabet des Kummers keinen einzigen Buchstaben ausließen? Ich musste der Welt als gestorben gelten – lachen Sie nicht!»

Johanna schaute ihn an. Lachte hier irgendwer? Auch der kleine schwarze Vogel blickte unvermindert ernst drein.

«Ein einziger Freund war mir in München geblieben, dessen Verschwiegenheit ich trauen durfte. Ihn allein weihte ich ein in meinen Plan. Sobald ich die Stadt heimlich verlassen, sollte er allen verkünden, Johann Wilhelm Ritter sei verwichene Nacht der rheumatischen Lungensucht, die ihn lange schon gequält, erlegen.» Er kicherte wie ein Schuljunge, der einen besonders albernen Streich ausgeheckt hatte. «Der brave Gehlen stellte sich so geschickt an, dass ihm beim Schreiben wohl selbst die Tränen gekommen sein mochten: *Wie soll ich, werte Freunde, Euch eine Nachricht mitteilen, die Euch im Herzensgrunde betrüben wird; die Nachricht vom Tode eines Mannes, der in der Wissenschaft so einzig in seiner Art dasteht, der so viel für sie getan hat, und der seines herrlichen Gemüts wegen seinen Freunden so überaus teuer war – die Nachricht vom Tode unsres Ritters!* – Nun, nicht alle äußerten sich so freundlich gegen mich. Irgendein Philister aus Berlin, der nicht einmal Manns genug war, den Namen unter sein Geschreibsel zu setzen, wusste mir nichts Höflicheres ins Grab zu rufen, denn dass sich die *Celebrität*, die ich zuletzt genossen, mehr meinen *scientifischen Verirrungen* ...»

«A propos Grab», fiel Johanna ihm ins Wort. «Wie haben Sie das mit Ihrer Leiche gemacht? Ich vermute doch, dass irgendwer Sie bestatten wollte?»

Der Blick, mit dem er sie ansah, verriet, dass er ihre Frage für so unbedarft hielt, dass sie nicht einmal eine Antwort wert war, die mit «Kind» begann.

«Haben Sie je von Armengräbern gehört?»

Johanna schwieg.

«Meinen Sie, die Königlich Bayerische Akademie hätte mir einen Trauerzug bestellt? Mit Blaskapelle und Rösserpomp durchs Sendlinger Tor hinaus? Pah! *Hofrat* mussten wir uns titulieren. Bei der nichtigsten Okkasion die bayerische Uniform anlegen. Aber keine Rabenmutter hätte je schlechter für ihre Brut gesorgt denn diese verlumpte Akademie für ihre Mitglieder. Kinderspiel war's, mich aus der Welt zu gaukeln. Ein armer, ausgezehrter Bursche, in der nämlichen Nacht gestorben, wanderte an meiner statt ins letzte

Elendsloch.» Er holte kurz Luft. «Unterdessen hatte der Schweizer Freund mir falsche Papiere beschafft. Als Johannes Guilelmus Equestris, Pfarrer aus Sachsen, verließ ich Bayern unerkannt.»

Johanna überlegte, ob sie applaudieren sollte. Quatsch. Im Kino klatschte man nicht. Außerdem schien der Film noch nicht zu Ende. Tatsächlich fuhr er nach einer kurzen Pause fort: «Ich muss gestehen, dass ich mit meinem tollen Plane noch eine Nebenabsicht verfolgte. Lange schon hatte Arnim mich bestürmt, ich möge ihm die Gedanken, Fragmente überlassen, die ich seit meinem zwanzigsten Lebensjahre nahezu täglich notiert, damit er sie in seiner Zeitung für Einsiedler veröffentliche.»

Zeitung für Einsiedler? Wow. Bislang hatte Johanna den *nerd* für eine Erscheinung des digitalen Zeitalters gehalten.

«Nicht mit Bestimmtheit vermag ich zu sagen, warum ich mich Arnims Ansinnen stets verschloss. Da mir jedoch im Sommer jenes Jahres, das für mich zum Ende hin solch fatale Wendung nehmen sollte, Arnims Heidelberger Verleger anbot, eine Auswahl meiner Fragmente als eigenständiges Werk zu drucken – da stimmte ich ohne Zögern zu.» Wieder gluckste er wie ein Schuljunge, der sich auf den Moment freut, in dem seine Mitmenschen entdecken, was für einen tollen Streich er ihnen gespielt hat. «Doch wollte ich meine Fragmente nicht ungeleitet in die Welt hinaus entsenden, also beschloss ich, ihnen eine biographische Vorrede beizugesellen. Allerdings wäre ich mir selbst widerlich geworden, hätte ich mich erfrecht, die rühmenden Worte in eigener Person zu verfassen. Ergo musste ich mich kurzerhand für verstorben erklären, um hernach in die Rolle meines vertrautesten Freundes zu schlüpfen und diesen zum Herausgeber meines Nachlasses zu bestellen, durch den ich mich dann in aller Seelenunschuld rühmen lassen durfte.»

Johanna kniff die Augen zu. Hatte sich der Ventilator nicht eben doch gedreht? Sie warf einen prüfenden Blick zur Decke. Stillstand.

«Sie sehen, Johanna», fuhr der Märchenonkel fort, der von seiner eigenen Geschichte mittlerweile restlos hingerissen zu sein schien. «Das Gelüst, die Welt zum Narren zu halten – in jenem Sommer bereits überkam es mich. Was also wäre nahliegender gewesen, denn diese höchst ernsthafte Posse, die ich angezettelt, noch ernsthafter auf die Spitze zu treiben, indem ich mich nicht nur *in effigie*, sondern *in effectu* zum Leichnam deklarierte?»

Er machte eine theatralische Geste mit der rechten Hand. In seinem offenen Hemd und mit dem Verband, der immer noch halb verrutscht um seine linke Schulter hing, sah er aus wie die Karikatur eines römischen Imperators.

«Mein Buch sollte in den ersten Monaten des Jahres achtzehnhundertzehn erscheinen. War ich nicht berechtigt zu der Hoffnung, es würde weit größere Aufmerksamkeit erringen, wenn die Öffentlichkeit denken musste, sie halte keine poetische Spiegelfechterei, sondern wahrlich und wahrhaftig das Vermächtnis des verstorbenen Physikers Johann Wilhelm Ritter in Händen?»

Der kleine Vogel auf dem Fensterbrett blinzelte, als wollte er sagen: «Vielen Dank, lieber Schwindler, aber das war's dann.» Jedenfalls spreizte er das schwarz-rote Gefieder und flog davon. Auch der Mann, der sich eben noch so vollmundig mit seinen Streichen gebrüstet hatte, schien plötzlich die Freude an seiner Geschichte verloren zu haben. Missmutig starrte er vor sich hin, ballte die Hände zur Faust und ließ die Finger der Reihe nach knacken.

«Konnt ich ahnen, wie stumpf und kalt das Publikum war? Von ganzem Herzen hatt' ich gehofft, das Buch würde ein paar schöne Louisdors abwerfen. Nicht für mich! Gott bewahre! Der Schweizer Freund war gastfrei genug, mir Obdach, Käse, Brot und Wein zu bieten – mehr brauchte ich nicht. Aber mein Weib und meine Kinder! Wer weiß, ob sich das Schicksal so grimm gegen mich verschworen hätte, hätt ich ihnen nur eine geziemende Pension hinterlassen können! Mindstens hätt ich sie aus der Abhängigkeit befreit von jenem … jenem …»

Johanna nahm an, dass es wieder um den Nürnberger Freund

ging, der ihn vorhin schon beinahe dazu gebracht hätte auszuspucken.

«O Schubert», zischte der Mann auf der Couch. «Wusstest so kundig von der *Nachtseite der Naturwissenschaften* zu berichten, warum hast mir nicht von deinen eignen Nachtseiten berichtet, eh ich dir Weib und Kinder anvertraut!»

Schubert also. Ein anderer verrückter Physiker? Was um alles in der Welt mochte der Ritters Frau und Kindern – Johanna erstarrte – vor über zweihundert Jahren angetan haben ... Bullshit. Da war sie diesem begnadeten Schauspieler doch tatsächlich für einen kurzen Moment auf den Leim gegangen.

«Nimmer nicht hat's auf Erden ein bessres, frommres Weib gegeben denn meine Catharina!», rief er. «Doch so gülden ihr Herz gewesen: Auf der Zunge hat sie's getragen! Ich kannte sie inniglich genug zu wissen, dass – selbst wenn mit aller Kraft sie sich gezwungen hätte, mein Geheimnis in ihrem Busen zu verschließen – ihr Mienenspiel allein es preisgegeben hätte. Jegliche Falschheit, jegliche Verstellung waren diesem offenen, ehrlichen Antlitz so fremd, als Engel nicht lügen. Und just diesen Schatz ... diesen Schatz ... o Verrat», stammelte er, nun endgültig von der Rolle. «Aber trag ich nicht selbst die Schuld ... hab sie ja verlassen ... hab sie ja im Glauben gelassen, ich sei tot ... hab sie ... hab sie ... drei volle Jahr! Bebbock! Aast! Hachor! Ludrian!»

Immer hastiger stieß er die eigenwilligen Wörter aus, die Schimpfwörter zu sein schienen, wobei sein Oberkörper bei jeder Selbstbezichtigung nach vorn und wieder zurück schnellte. Seine Augen hatten sich so weit nach oben verdreht, dass Johanna fürchtete, sie könnten im nächsten Moment ganz wegkippen.

«John!», sagte sie scharf und erhob sich aus ihrem Sessel. «Ende der Vorstellung, es reicht! Beruhigen Sie sich!»

Auch wenn das hier alles Show war: Der Herzinfarkt, den er bekommen würde, falls er sich weiter in diese Nummer hineinsteigerte, wäre ein höchst realer.

«Räudel! Rotzer! Strupp!»

Johanna bemühte sich vergeblich, den zuckenden und schwankenden Oberkörper einzufangen, ohne dabei die verletzte Schulter zu erwischen.

«Johann!», befahl sie noch einmal. «Schauen Sie mich an! Kommen Sie wieder zu sich!»

Nichts davon tat er. Stattdessen begann er, sich mit aller Kraft zu ohrfeigen.

«Johann, was soll das! Hören Sie sofort damit auf!»

Noch vergeblicher als zuvor den Oberkörper, versuchte Johanna nun, den prügelnden Arm aufzuhalten – und fing sich bloß selbst eine Backpfeife ein. Sie stieß einen Schrei aus, der ihr sofort übertrieben vorkam. Andererseits: Noch nie hatte ein Mann es gewagt, sie zu schlagen. Ihr Vater nicht. Und ihre diversen Liebhaber erst recht nicht. Wenigstens hatte ihr Schrei den Rasenden zur Besinnung gebracht.

«Verzeih!», rief er bestürzt. «Liebste! Verzeih!»

Schon sprang er auf und legte dieselbe Hand, mit der er sie soeben geschlagen hatte, behutsam auf ihre Hand, mit der sie sich immer noch fassungslos die Wange hielt. Seine zweite Hand – die zu heben ihm Schmerzen bereiten musste, egal, wie schnell seine Wunde verheilte – berührte ebenso behutsam ihre andere Wange. Eine glühende Stirn näherte sich der ihren.

«Liebste!», flüsterte er. «Liebste, verzeih!»

«Schon okay», gab Johanna ebenso leise zurück. «Ist ja nichts passiert.»

Warum hatte sie plötzlich einen Frosch im Hals? Und warum hatte sie die Augen geschlossen?

Hoffentlich war der neugierige Vogel nicht auf die Fensterbank zurückgekehrt.

Donner und Doria, potz Blitz und Hagel! Weltgeschichte sollt ihr meistern! Keinen Roman fabrizieren! Johanna, was steckst dein kluges Köpfchen du mit diesem *Johann* da zusammen? Nicht schickt für brave Mädchen sich's, an einem Johann rumzufingern. In seinem Innern sollst du forschen! Schaff dieses klapprige Gestell in dein Labor – wo du die Mittel hast, sein Allerheimlichstes dir zu ergründen! Beende euer Turteltäubeln, bevor *sein* Johann sich entsinnt, wie prall im Saft er einst gestanden! Ja, so ist's brav! Tret eins, zwei, drei, vier Schritt zurück und schwör, dass solchem Unfug du die Stirn in Zukunft besser bietest.

Verehrter Leser, herangrollen hör ich Ihre Ungeduld wie ein Gewitter. Und recht haben Sie! Aber seien Sie nicht ungeduldig mit mir! Seien Sie ungeduldig mit jenen, die ihre und unser aller Zeit vertändeln.

Ach, Sie fragen sich, warum *ich* nichts unternehme, um unsre beiden Zauberkünstler – zack! – auf Trab zu bringen? Haben Sie nicht zugehört? Ich sagte doch, Sie mögen alles, *alles* vergessen, was Ihre Amme über mich erzählt. Denn wäre ich der große Durcheinanderbringer, der schlimme Intrigant, der böse Strippenzieher – was wären Sie dann? Eine Marionette? Pfui!

Wie könnt ich setzen auf der Menschheit stolze Eigenkraft, funkt ich mit faulem Zauber stets dazwischen? Den allerersten Funken hab ich euch geschenkt, wohl wahr, doch nun seid ihr auf euch allein gestellt.

O weh! Das dünkt euch hart und kalt?

Wer Wunder will, der werf sich in den Staub und winsle! Doch nicht zu mir – er winsle zum ALlmächtigen, zum URdespoten, der eure Unterwerfung, eure Knechtschaft will, der bald mit Manna lockt und schneller noch mit Plagen straft. *Denn so spricht der HErr: Siehe, was ich gebaut, das reiße ich ein, und was ich gepflanzt, das reiße ich aus, nämlich dies mein ganzes Land.*

Ich erschaffe das Licht und mache das Dunkel, ich bewirke das Heil und erschaffe das Unheil ...

Verzeiht mein Lachen! Doch dieser HErr soll eure Rettung sein?

Vertraut mir, edle Menschen, wie ich euch vertrau! Zur ew'gen Wehr gab ich euch meinen Funken – hütet ihn wohl! Und hütet euch vor Kleinmut, Skrupeln, Seelenstricken!

Noch immer glaubte sie ihm nicht. Vermaledeites Misstrauen. Ritter betrachtete den winzigen Einstich in seiner rechten Ellenbeuge. War heut nicht Sonntag, heiliger Sonntag? Mit einer geflügelten Nadel war sie zurückgekehrt: eine Libelle, im Angriff erstarrt. Durch den langen dünnen Schlauch, der sich zwischen den grünen Kunststoffflügeln hervorgeringelt, hatte er sein Blut so artig fließen sehen wie nie zuvor. Kein Schwall, kein Bach, nicht einmal ein Rinnsal. Haarfein kanalisiertes Rot, mit dem sie immer neue Plastikröhrchen gespeist hatte. Dann war sie gegangen. Sein Blut mit ihr. War dies die neue Welt, die ihm Erlösung bringen sollte?

Ritter rupfte eine der Astern, die leuchtend am Ufer des Sees wuchsen, zerrieb die purpurnen Blättchen zwischen seinen Fingern und warf die gezauste Blüte hinaus aufs Wasser.

«Hu-i-i-i ... hu-i-i-i ...», lockte er mit zurückgelegtem Kopfe. «Hu-i-i-i ... hu-i-i-i ...»

Doch keiner der beiden *loons*, die sich sanft auf den Wellen schaukeln ließen, antwortete ihm. Nicht einmal fanden sie sich bereit, die Köpfe ihm zuzuwenden. Was hätte er ihnen auch zu sagen gehabt? Mir ist nicht wohl? Ich fühle mich beraubt?

Die Unze Blut, die sie ihm abgezapft, nichts war sie gegen jene Ströme, die er im Laufe seines Lebens vergossen. Und sie war ja die Erste nicht, die sich erhoffte, seinem Blute jene Antworten abzutrotzen, die seine Lippen nicht zu geben vermochten. War ihm nicht schon der fette Kerner in Weinsberg mit seiner Lanzette zu Leibe gerückt, um sich die halb erblindeten Augen vollends stumpf zu stieren? Und vor ihm die Folterknechte von Sonnenstein über Siegburg bis zur Illenau, die sich – ein jeder nach seiner Façon – damit gebrüstet, in seinem Blute wie in einer Fibel lesen zu können? Und die sich bei allem Zwist, der zwischen ihnen geherrscht, in *einem* Punkte doch einig gewesen: Dass in seiner Blutsfibel geschrieben stehe ein einzig Wort: «Wahnsinn»!

Mit beiden Händen musste Ritter nach den Ketten fassen, an die seine Gedanken künftig zu legen er sich geschworen hatte. Wie tolle Hunde zerrten und rissen sie, wollten hinein in den schwärzesten Stollen seiner Erinnerung, in dessen Tiefe sie die verbannten Brüder jaulen hörten.

Schweigt, schwarze Dämonen! So schweigt!

Was fiel ihm ein, seine Johanna in eins zu setzen mit jenen diabolischen Hanswursten und teuflischen Grobschlächtern? Um ein Unendliches sanfter würde sie sein Blut zum Sprechen bringen. – Würde sie's?

Die jämmerliche Wahrheit war, dass er nicht die geringste Vorstellung hatte, was sie mit seinem Blute veranstaltete. Wann immer er mit Ruthie oder Sarah vor dem TV gesessen und Bilder von blitzblank polierten Laboratorien waren vorübergeflimmert – in welchen Menschen mit Plastikhandschuhen, übergroßen Plastikbrillen und Masken vorm Gesicht hantierten –, hatte er die Augen geschlossen.

... Genome ... Incubator ... Centrifuge ...

Vorbeigerauscht waren jene fremden Begriffe an ihm – nicht minder unfähig denn die gleißnerischen Bilder, das Feuer, das er in sich selbst vor Urzeiten ausgetreten, nochmals zu entfachen. Wann überhaupt hatte es zuletzt in ihm gebrannt?

Wann zuletzt die Flammen freudig zum Himmel gelodert, daran erinnerte er sich sogleich: Dort in den fernen Alpen, in seiner Klause, zwischen Felsen versteckt, von Tannenwald umgeben, dem Lärm der Welt entrückt. Keine zehn Tage hatte er in der verlassenen Einsiedelei Asyl genommen, und schon hatte er den Schweizer

Freund bestürmt, ihm nicht bloß Käse, Brot und Wein zu schicken, sondern die neuesten wissenschaftlichen Bücher und Magazine zugleich. Keine drei Monde waren vergangen, und die Kapelle war zum bescheidenen Laboratorium geworden. Mimosen zwar hatte er im Alpenwald keine gefunden, doch war's ihm nicht gelungen, beim jungen Tannengrün, das rings um die Hütte üppig spross, die nahezu nämliche Irritabilität hervorzurufen, wie er sie vor der Flucht bei seiner Lieblingspflanze erzielt?

Nahezu. Einen bittreren Nachgeschmack hinterließ dies Wort auf seiner Zunge, als alle galvanischen Selbstexperimente dort je erzeugt. Zum Dilettanten war er geworden in jener Klause. Abgeschnitten von den rechten Materialien und jeglichem Austausche mit den Kollegen, war er zum Stümper verkommen – zum Stümper, der sich die eigene Stümperei schön geschrieben, indem er immer waghalsigere Systeme aufs Papier geworfen, bis er eines Nachts gar geglaubt, die *Urformel* selbst entdeckt zu haben. Nie hatte er sich von der Weltseele inniger durchdrungen gefühlt denn dort in jenem engen Tale – doch all seine Bemühungen, sie ernstlich auf Flaschen zu ziehen, waren gescheitert. Ohne je einen einzigen Schritt beweisen zu können, hatte er sich immer unrettbarer verstiegen in dem Gedankengebirge, das er aufgetürmt, bis ihn eines Tages die Selbsterkenntnis übermannt, dass es so nicht weitergehen durfte mit ihm. Dass er zurückmusste in die Zivilisation! Zurück unter die Menschen! Zurück ins Leben! Zurück zu seiner ...

Gellend schrie Ritter über den See, sodass die *loons*, die ihn bislang doch gänzlich ignoriert, erschrocken untertauchten.

Wie hatte seine Catharina, sein *einzig, ewig Weib*, dem er sich, bis dass der Tod sie – nein: bis über den Tod hinaus! – vermählt hatte, wie hatte sie ihm solches antun können? Anstatt dem Himmel zu danken, dass er ihren Orpheus aus der Unterwelt zurück zu ihr gebracht, hatte die falsche Eurydike das Kreuz geschlagen! Das Kreuz! Sie, sein bieder evangelisch Weib! Anstatt ihm an die Brust zu sinken, hatte sie die Seele aus dem Leibe sich geschrien, da er auf der verfluchten Schwelle jenes verfluchten Nürnberger Hauses gestanden und mit schüchternem Lächeln gesagt: «Grüß Gott, Catharina. Ich bin's. Dein Wilhelm. Dein Ritter.» Hatte mit einem gellenden «Gottseibeiuns!» die Türe ihm ins Gesicht geschlagen, sodass er eine gebrochene Nase davongetragen, um sogleich im Anschlusse ihn, durchs schwere Holz hindurch, mit sämtlichen Namen zu belegen, die der Leibhaftige je geführt. So entsetzt, so im Innersten verletzt war er gewesen, dass er tatsächlich wie ein Gespenst zwischen den Häusern der schlafenden Stadt umhergeirrt. Doch geschah's ihm nicht recht? Ihm, dem Taugenichts, dem Schurken, der sein Weib geschlagene drei Jahre dem schrecklichsten Irrtume überlassen, dass Witwe es sei – und Halbwaisen seine Kinder? Heißer als alle Flammen der Hölle hatte da die Scham ihn erfasst. Fort musste er! Fort! Büßen für seine Narretei! Büßen für seine Schuld! Und hatte er nicht vor Freuden gejauchzt, da ihm im Schein der Laterne zwei schwarze Uniformen begegnet, die frisch heraus ihn gefragt: «He, Kamerad, willst dich nicht anschließen? Hinauf nach Preußen ziehen wir. Jetzt gilt's! Jetzt wird's getilgt, das Schelmfranzosenzeug, von unsrem ganzen deutschen Boden!» Hatte dem Schicksal nicht auf Knien er gedankt, dass solchermaßen es ihm reichte die Hand, selbst wenn er nie Feind der Franzosen gewesen? Und dann! Und dann! War's etwa nicht genug, was auf dem Schlachtfelde er gebüßt? In jener Hölle aus Leibern, Blut und Stahl? Wie hatte sein Weib es über's kalte, kalte Herz gebracht, ihm abermals die Türe zu weisen? Und einzig, nachdem er seinen blutigen Stumpf flehend ihr entgegengestreckt, geduldet, dass der Krüppel Obdach fand in ihrem Haus! In *ihrem* Haus? – In *Schuberts* Haus! Der aber nicht sich hatt' begnügen können, des Freundes Weib in aller Freundschaft bei sich aufzunehmen – o nein! Stracks an den Altar hatt' er es führen müssen! Und dann! Und dann! Die eignen Kinder ihm zu rauben, indem nur mehr ihr «Onkel» er durft sein! Die Wissenschaft ihm zu verbieten! Wo's dem Herrn Schuldirektor selbst durchaus gefallen, auch weiterhin von Pflanzentieren, Somnambülen, tier'schem Magnetismus zu dozieren. Nun denn! Die Strafe folgte auf dem ...

«Hu-i-i-i ... hu-i-i-i!»

Taumelnd fuhr Ritter auf. Wenige Schritte von ihm entfernt waren die beiden *loons* an Land gekommen. Zwei Paar rubinroter Augen funkelten ihn aus schwarzen Köpfen an.

Bravo, Ritter! Bravo! Hörst du mich applaudieren? Da triefst schon wieder du vor Selbstmitleid. Anstatt den armen Schubert zu verdammen, solltst lieber du höchstselbst dich fragen, wie's dazu kam, dass auch, nachdem der brave Mann so plötzlich musst von hinnen, die alte Lust am Forschen nimmer dir erwacht? Dachtst ernstlich du, dein *teures* Weib, die *treue* Catharina, aufs Neue zu gewinnen, indem du täglich schlichst ins Hospital, um wacker Leichen dort zu waschen? Bravo! Das nenn ich einen redlich Broterwerb!

Warum nicht bist nach Kopenhagen du gezogen, zu treffen jenen alten Freund, der, während du den Leichenwäscher gabst, fand klug heraus, dass Strom, durch einen feinen Draht geschickt, die Kompassnadel zittern macht? Was hast auf Sonnenstein dich schaukeln lassen, derweil Herr Faraday in London hat entdeckt, dass *den Magneten* er bewegen muss – und schon fließt durch den Draht der Strom? Was faselst du von Siegburg, Illenau, wo just zu jener Zeit, da dorten du der Hölle Lispeln hast gelauscht, der erste Motor sich gedreht, der Telegraf den ersten Code gemorst?

«War es ein Gott, der diese Zeilen schrieb?» Nun, lieber Maxwell, *ich* heg keinen Zweifel dran, dass *du* es bist gewesen. Wie dem auch sei, gewiss indes ist allemal: Freund Ritter hier war's nicht. Der nämlich lag im Wüstensande, da du die ew'gen Formeln hast notiert, und hatte alle Hände voll zu tun, sich Teufelchen herbeizuschaufeln – die allerdings, ich sag's ungern, nicht mehr sich wollten blicken lassen denn die Dämonen, die des Zeitlaufs Richtung sollten dir verkehren. Doch, Maxwell, dir sei deine Spinnerei verziehn, ist's schließlich ja dein bleibendes Verdienst, die Welt erst voll in Schwung versetzt zu haben.

Dynamo, Glühlicht, Telefon, die Straßenbahn, kurz auch «Elektrische» genannt – all jenes herrliche Gerät, erfunden damals Schlag auf Schlag. Und du, Freund Ritter, weiltest wo? Auf Schiffen, kargen Gipfeln, Bergeshöhn, triebst rastlos in der Welt umher, als wolltest noch den alten Ahasver als Stubenhocker du beschämen. Doch all dein Reisen, Ritter, ach, zu welchem Zwecke fand es statt? Warst's etwa du, der ganze Städte ließ erleuchten? Der bracht den ersten Röntgenstrahl? Das Radio wie das Radium? Der Kerne von Atomen wusst zu spalten? Du wusstest nur, wie du von Hütt' zu Hütt' dich weiterschnorrst, wie du erloschne Herzen brichst, indem noch einmal du sie glimmen machst. Und all dies trostlos Rumgeherze, derweil der Erdenball gelernt, so schnell und immer schneller sich zu drehn, dass selbst bisweilen mir fast schwindlig wird davon. Computer, Laptop, Internet! Für dich, mein Einöd-Casanova, hieß es bloß: Georgina, Sarah, Ruthie ... Ha! Und jetzt, wo's plötzlich heißt: Johanna! – jetzt hockst du da in deinem Sumpf und weißt nicht, wie am eignen Schopf heraus dich ziehn; vergießt der Reue lasche Tränen, weil du sie nicht begreifst – die neue Zeit; grämst dich, weil du gern wüsstst, wie's deinem Blute wohl ergangen ist.

Flugs, Freundchen, will ich's dir berichten! Komm, lausche dem Laborgesang!

– – –

Vieles schon hatte es erlebt, das ritterliche Blut. Mehr als einmal war es in Adern gefroren, doch just heute – heute vermochte es nicht zu stocken, obgleich ihm so bang zumute wie nie zuvor. Ein geheimnisvoller Zauber zwang es, hell und flüssig zu bleiben. Zu welchem Behufe jedoch? Wohin sollte es fließen in jenem allzu engen Gehäuse, in welches es gesperrt?

Oftmals war es aus starrender Kälte jäh in Wallung geraten, und auch jetzt ward es heftig in Bewegung gesetzt. Aber, ach, in was für eine? Im Kreise sollte es strömen, dies war seine Bestimmung! Nun ward es im Kreise umhergeschleudert! Vor langer Zeit war Ähnliches ihm widerfahren, doch welch gemütlich Karussell war jener Schrecken gegen diesen hier! Und erst, da seine Kräfte flohen, verstand's des Zaubers Sinn – die Hinterlist, die Perfidie: Getrennt sollt's werden! Von sich selbst getrennt!

Machtvoll suchte es, sich zu widersetzen. Allein es ward zersetzt.

Wie die Folterkammer endlich zum Stillstande kam, war ein jegliches seiner Körperchen zu Boden gesunken, während alles an ihm, was eben noch hell und flüssig gewesen, gleich wässrigtotem Ausfluss auf der viel zu roten Masse stand.

Kaum blieb ihm Zeit, die Spaltung zu beklagen, denn schon hieß es Abschied nehmen vom Abgeschiedenen, entfernt wurde das Feuchte und durch neue Gewalt ersetzt. Eine nach der andern barsten seine Zellen – aus dem Gefängnis selbst gab's kein Entrinnen: Neuerlich geriet's in schlimme Fahrt.

Bleich und bleicher ward da das Blut, doch die Weißwäscherin kannt kein Erbarmen: Süßliches betäubte ihm die Sinne, brennend scharf Kaltes vernebelte sie ganz.

So ging es hin, das ritterliche Blut – vom stolzen Rot nicht mehr geblieben denn ein weißes Wölkchen, das träumend in den fremden Wassern trieb.

Genomische DNA zu gewinnen, gehörte zum gewöhnlichsten Laboralltag, trotzdem war Johanna aufgeregt wie ein *freshman*, als sie das kleine Knäuel verdrillter weißer Fäden mit einem winzigen Glashaken aus dem Ethanol fischte. Und die ganze Aufregung nur deshalb, weil sie einem verrückten Schwindler beweisen wollte, dass er ein verrückter Schwindler war.

«Ene, mene, miste, es rappelt in der Kiste, ene, mene, meck, und du bist weg», murmelte Johanna vor sich hin, während sie ihren Fang nochmals in siebzigprozentigem Alkohol wusch. Seit Stunden ging ihr der läppische Abzählreim durch den Kopf, ohne dass sie hätte sagen können, warum ihr Gedächtnis dieses lange verschüttete Kindheitsrelikt ausgerechnet heute wieder an die Oberfläche befördert hatte. Vorsichtig senkte sie die saubere DNA in ein frisches Röhrchen mit Pufferlösung. Wie am ersten Tag konnte sie darüber staunen, dass dieser Lebensfaden, zu dem die Natur das genetische Schicksal eines jeden Menschen versponnen hatte, nicht attraktiver war als die Hagelschnüre im Hühnerei. Wer hätte vor zwanzig Jahren noch zu träumen gewagt, was dieses unansehnliche Knäuel alles verriet: Welche Augenfarbe sein Träger hatte. Ob er ein Nacht- oder Morgenmensch war. Ob er schlank blieb, selbst wenn er sich mästete. Ob er zu Schweißausbrüchen neigte. Ob er sich mit Zigaretten umbringen würde – oder ob sein Organismus gegen diese Art von Sargnägeln immun war. Wie hoch sein Risiko für einen Herzinfarkt. Wie ausgeprägt seine Neugier. Wie ausgeprägt sein Mitgefühl.

Doch um all dies, was ohnehin aufwendigere Sequenzierungen und Analysen erfordert hätte, ging es Johanna heute nicht. Sie wollte sich damit begnügen, in der DNA jenes eingebildeten Ritters ein bestimmtes Fragment aufzuspüren, das ihr Auskunft gab, wie alt er wirklich war.

Johanna stellte das Röhrchen in den hintersten Ständer, wo es ruhen konnte, bis sich sein Inhalt gelöst hatte. Es war Sonntag, und soweit sie es mitbekommen hatte, wurde ihr Laborplatz von niemand anderem mitbenutzt. Dennoch wollte es ihr nicht gelingen, ihre Unruhe zusammen mit den kobaltblauen Latexhandschuhen abzustreifen und in den Container neben dem Ausgang zu werfen, bevor sie über das verwaiste Campusgrün zur Zentralbibliothek hinüberging.

Im großen Lesesaal saßen vereinzelte Studenten, fast alle unter Kopfhörer geduckt, als erwarteten sie Funksprüche aus einer Galaxie, in der sie ihre Examen bereits bestanden hatten. Das nervöse Wippen behaarter Sportlerbeine – warum waren es ausschließlich diese Beine, die wippten, und niemals die babyglatten Mädchenbeine? – stand in merkwürdigem Kontrast zur Schläfrigkeit der Blicke, die hinter Bildschirmen verschwammen, um dann und wann aufzutauchen und in einem Buch zu versinken. Hände wanderten blind zu Thermosbechern, von denen die doppelschwänzige Meerjungfrau grüßte. In Plastikcontainern mit halb gegessenen Salaten steckten Gabeln wie in Heuhaufen, die vergebens darauf warteten, dass der Bauer sie noch einmal umschichtete.

Auch wenn sich Johanna nicht vorstellen konnte, selbst in diesem Saal zu arbeiten, mochte sie die Atmosphäre, die so völlig anders war als in deutschen Bibliotheken. Schreibtisch, Mensa, Schlafzimmer – hier war alles eins. Manche Studenten verließen diese hohe, von Neonlicht bis in den letzten Winkel ausgeleuchtete Halle lediglich, um Seminare zu besuchen, im Labor zu stehen und ihre täglichen Meilen auf dem Laufband abzurennen. Die künftigen Lenker der Welt wussten, was «no nonsense» hieß. War es Zufall, dass es für diese Geistes- und Lebenshaltung im Deutschen kein brauchbares Wort gab?

Im siebten Stock, in der Abteilung *German Literature* – und nicht etwa bei der Physik oder der Wissenschaftsgeschichte, wie sie vermutet hatte –, fand Johanna das Buch, das sie suchte. Erleichtert stellte sie fest, dass es eine neuere Ausgabe, ein Nachdruck aus dem späten zwanzigsten Jahrhundert, zu sein schien. Nur das Titelblatt war in jener alten Schrift gesetzt, die sie bloß mühsam entziffern konnte.

Fragmente

aus dem

Nachlasse eines jungen Physikers.

Ein Taschenbuch für Freunde der Natur.

Herausgegeben

von

J. W. Ritter.

Heidelberg
bey Mohr und Zimmer
1 8 1 0.

Johanna setzte sich in einen der braunen Chesterfield-Sessel, die einsam hinter den Regalreihen standen, knipste die moosgrün beschirmte Lampe an und begann zu lesen: «Indem ich dem Publikum die gegenwärtige Sammlung von ‹Fragmenten aus dem Nachlaße eines jungen Physikers› übergebe, übe ich eine Pflicht, die bestimmt war, meine erste dieser Art zu sein. Der Verfasser derselben war, nahe seit 1796 schon, enger und vertrautester Freund meines Wissens wie meines Lebens* ...»

Johannas Augenbrauen wanderten nach oben. Die irre Geschichte mit dem «vertrautesten Freund», den der Spinner da draußen angeblich erfunden hatte, weil er sich in einem Vorwort nicht selber loben wollte – sie schien tatsächlich auf einer echten Ritter-

Geschichte zu beruhen. Was sagte die Fußnote dazu? «*Der Tag, wo ich ihn eigentlich erst *völlig* kennenlernte, war der 26. Oktober 1797. Wir feierten an ihm den Geburtstag seiner *Mutter* – und die ältesten Fragmente dieser Sammlung sind von *jenem* Tage.»

Da sie mittlerweile den Faden verloren hatte, sprang Johanna noch einmal zum Anfang zurück. «Indem ich dem Publikum die gegenwärtige Sammlung von ‹Fragmenten aus dem Nachlaße eines jungen Physikers› übergebe, übe ich eine Pflicht, die bestimmt war, meine erste dieser Art zu sein. Der Verfasser derselben war, nahe seit 1796 schon, enger und vertrautester Freund meines Wissens wie meines Lebens; ich verdanke dem fast ununterbrochenen Umgange mit ihm unendlich viel – und sollte man die in diesen Fragmenten vorkommenden Gedanken und Ideen mit meinen eigenen Arbeiten vergleichen wollen, so wird man finden, daß viele ganz allein durch ihn begründet wurden und zu den meisten der erste Gedanke von ihm mir zugekommen sein mußte.»

Wie hatte Wikipedia die Ritter'sche Schreibweise genannt? Umständlich? Weitschweifig? Johanna warf einen Blick auf ihre Armbanduhr. Noch zu früh, um ins Labor zurückzukehren.

«Aber ich hatte die vollkommenste Erlaubnis zu einem solchen Gebrauche seiner Mitteilungen an mich. Er selbst wollte nie öffentlich auftreten und widerlegte uns jedes Mal, wenn wir versuchten, ihn dazu zu bewegen. Seine Gründe mussten schlechterdings überzeugen; freilich aber waren sie eben damit von der Art, daß ihnen schwerlich jemand beistimmen würde, der nie Gelegenheit gehabt hatte, ihn ganz kennenzulernen.»

Johanna blies die Backen auf und gestattete sich, da sie ohnehin die Einzige zu sein schien, die sich in diese Abteilung verirrt hatte, die Luft geräuschvoll entweichen zu lassen. Der Bibliothekar, der dieses Werk bei *German Literature* und nicht bei den Wissenschaften einsortiert hatte, hatte jedenfalls die richtige Entscheidung getroffen. Johanna steigerte ihr Lektüretempo, wie sie es stets tat, wenn sie mit einem Text nichts anfangen konnte, und überflog die nächsten Absätze, in denen viel von Ritters Zurückgezogenheit die Rede war und noch mehr von den Skrupeln des «Herausgebers», den scheuen Freund posthum der Öffentlichkeit auszusetzen, bis sie auf einen Gedanken stieß, der halbwegs interessant klang – auch wenn sie ihn nicht einmal halbwegs verstand. Es ging darum, dass «*diese ganze* Welt zuletzt nichts weiter als ein bloßes Mauthaus vor der Ewigkeit sei, und daß man höchst darauf bedacht sein müsse, die *Zöllner* bei Güte zu erhalten, denn sonst visitierten sie gleich und nähmen einem das Beste weg von dem, was man in die Ewigkeit hätte mitnehmen wollen, oder, könnten sie es nicht gleich finden, so arretierten sie einen gar, und das hielte denn vollends auf.»

Kopfschüttelnd klappte Johanna das braune Leinenbändchen zu. Zwar hatte sie erhebliche Zweifel, dass sie darin Antworten auf irgendeine ihrer Fragen finden würde, trotzdem nahm sie es mit, um es unten im Erdgeschoss ordnungsgemäß zu entleihen.

Zurück im Labor stellte sie befriedigt fest, dass sich wenigstens die DNA dieses wirren Mannes so klar gelöst hatte, wie Vernunft und Wissenschaft es verlangten.

Johanna nahm eine Mikrotiterplatte aus dem Materialschrank und träufelte in jede der sechsundneunzig Vertiefungen exakt einen halben Mikroliter von dem Master Mix, der ihr gleich helfen würde, die DNA-Fragmente sichtbar zu machen, nach denen sie suchte. Derzeit gab es keine präzisere Methode, um das Alter eines Menschen zu bestimmen, als zu prüfen, wie viele sjTRECs sich in seinem Blut befanden – jene Abfallprodukte, die nur so lange entstanden, wie ein Organismus sein Immunsystem aufrüstete, indem er mit jeder Krankheit lernte, neue Feinde zu erkennen und sich diesen anzupassen. Je älter ein Mensch und je unflexibler seine T-Zellen wurden, desto weniger dieser Überbleibsel aus Jugendtagen waren in seinem Blut zu finden.

Johanna griff nach den Röhrchen mit der Kontroll-DNA, die sie zum Glück trotz Wochenende per Overnight-Kurier hatte bestellen können, weil das Labor, das diese Kontroll-DNA synthetisch erzeugte, in erster Linie eilige Rechtsmediziner zur Kundschaft hatte. Zwar lieferte auch die sjTREC-Quantifizierung lediglich Ergebnisse, die aufs Jahrzehnt genau waren, aber mit einer solchen Abweichung konnte Johanna leben. Größeres Kopfweh bereitete ihr ein anderes Problem: Die Dame, bei der sie ihre Bestellung aufgegeben hatte, hatte laut gelacht, als Johanna wissen wollte, ob ihre Firma auch ein Set Kontroll-DNA im Angebot habe, das nicht bloß die Jahrzehnte von null bis achtzig abdecke, sondern deutlich darüber hinausgehe. «Sorry, honey», hatte Johanna sich am Telefon anhören müssen, «I guess there aren't enough hundred-year-old bodies out there for such a kit to yield a profit!»

Ebenso sorgfältig, wie sie zuvor den Master Mix auf die Mikrotiterplatte pipettiert hatte, träufelte Johanna nun die wasserklar gelöste DNA ihres vermeintlich Zweihundertjährigen hinzu. Nachdem sie die ersten vier Reihen der winzigen Kämmerchen auf diese Weise komplettiert hatte, machte sie in der fünften Reihe mit der Kontroll-DNA für die Altersgruppe null bis zehn weiter, in der sechsten mit der Kontroll-DNA für die Gruppe zehn bis zwanzig und so weiter, bis sie schließlich in der zwölften und letzten Reihe ihres Plastikförmchens bei den Siebzig- bis Achtzigjährigen angelangt war.

Die Sonne versank, der Mond ging auf, nichts davon bekam Johanna in ihrem Labor mit. Zu sehr war sie damit beschäftigt, den sechsundneunzig Kurven, die bald auf dem Bildschirm erscheinen würden, Farben zuzuweisen. Aus guter alter Spektralgewohnheit beschloss sie, dass jenes Kurvenbündel, welches das Alter null bis zehn repräsentierte und sich dementsprechend als Erstes nach oben krümmen würde, die Farbe Rot erhalten sollte. Weiter mit Orange. Mit Gelb. Gelbgrün. Smaragd. Türkis. Lichtblau. Ultramarin. Jenen Linien, um die es eigentlich ging, weil sie Johanna das wahre Alter des Schwindlers verraten würden, teilte sie das dunkelste Violett zu, das der Monitor hergab – und konnte den Moment nicht erwarten, in dem sie endlich sehen würde, *wie* weit hinter dem ultra-

marinblauen Linienbündel der Siebzig- bis Achtzigjährigen diese
«Ritter»-Linien anfingen, in die Höhe zu gehen.

Draußen kam ein leichter Wind auf, das Meer kräuselte seinen
Spiegel zu silbrig feinen Kämmen, Wellen leckten ans Land – unten
im Keller drehte eine rastlose Maus ihre Käfigrunden – Johanna
schob das fertig befüllte, versiegelte, gerüttelte und geschleuderte
Schatzkästlein in die schwarze Box, die es nun abwechselnd zum
Schwitzen brachte und wieder abkühlte, um jene Kettenreaktion zu
befeuern, an deren Ende die Wahrheit in allen Farben des Regenbogens leuchten würde – eine Wolke schob sich vor den Mond und
löschte die glitzernde Straße aus, die vom Strand bis zum Horizont
geführt hatte – den Mäusekörper durchlief ein fiebriges Zittern –
Johanna schob Stühle zur Seite, verspannte Glieder wollten yogisch
gedehnt werden – nebenan begann die Putzkolonne, ihr nächtliches
Werk zu verrichten – die Wolke gab die Mondbahn wieder frei – in
der schwarzen Box war der erste Zyklus abgeschlossen – denaturieren, hybridisieren, replizieren – *Krieger eins, Krieger zwei, friedvoller
Krieger* – abkühlen, Fluoreszenz messen – der Thermocycler übertrug die ersten Daten auf den Bildschirm, noch wuchsen alle sechsundneunzig Kurven flach am Boden entlang – denaturieren, hybridisieren, replizieren – die Maus vollführte eine letzte Drehung auf
den Hinterbeinen – *Krieger eins, Krieger zwei, friedvoller Krieger* –
nebenan stürzte ein Mülleimer scheppernd um – erhitzen, abkühlen, Fluoreszenz messen – Johanna musste lachen, weil ihr eingefallen war, wie der läppische Abzählreim weiterging – denaturieren,
hybridisieren, replizieren – die Maus fiel leblos in die Sägespäne –
weg bist du noch lange nicht – erhitzen, abkühlen, Fluoreszenz messen – *Krieger eins, Krieger zwei, friedvoller Krieger* – sag mir erst, wie
alt du bist – da waren sie, die ersten Linien krümmten sich nach
oben, die roten, wie es sich gehörte, zuerst, weil sie zur kindlichen
Kontrollgruppe gehörten, null bis zehn – denaturieren, hybridisieren, replizieren – ene, mene, miste – jetzt auch die orangenen, zehn
bis zwanzig, immer noch viele sjTRECs, immer noch viel Fluores-

zenz, vom Auge der Kamera leicht zu erfassen – es rappelt in der Kiste – *Krieger eins, Krieger zwei, friedvoller Krieger* – nun auch das gelbe Bündel, glückliche Spätjugend, zwanzig bis dreißig, das letzte Jahrzehnt, in dem der Körper noch auf der Höhe war – ene, mene, meck – erhitzen, abkühlen, Fluoreszenz messen – und du bist – doch was war das? Johanna erstarrte auf halbem Weg zum *friedvollen Krieger*. In unmittelbarer Nachbarschaft zu jenem Kurvenbündel, das die Dreißig- bis Vierzigjährigen repräsentierte, bog sich eine erste der tief violetten Linien nach oben, schmiegte sich sanft an eine gelbgrüne an – da! – die nächste! – und noch eine! – noch eine! noch eine! unmöglich! Johanna riss den friedvoll kriegerisch erhobenen Arm herunter und hielt sich am Labortisch fest.

Der Kerl, der ihr seit Tagen weismachen wollte, er sei *über zweihundert*, war nach allen Gesetzen der modernsten Wissenschaft gerade einmal *Anfang dreißig. Zehn Jahre jünger als sie selbst.*

Johanna, herrliches Weib! Nie käm's mir in den Sinn, den deinen dir zu tadeln, der scharf und frei dem Adler gleich hoch über allen Niederungen kreist. Doch jetzo gilt es achtzugeben, dass er dir nicht zum Maultier wird, das störrisch an dem Graben bockt, den deine Ahndung längst hat übersprungen! Wo, so wie hier, Ereignis ward das Unbegreifliche, braucht's alle Hände, Hirn und Herz, es fix und festiglich zu packen!

VI

in Ei oder zwei?»

«Wenn's möglich wäre, bitte drei!», rief Ritter gegen die offene Küche zu, aus der es mittlerweile so appetitlich nach röstenden Zwiebeln herüberroch, dass ihm das Maul ganz wässrig ward davon. Mit beiden Händen strich er über das Sofa, auf dem er sich niedergelassen hatte. Schön war es hier. Sauber. Trocken. Warm. Er verstand nicht, was Johanna vorhin gemeint hatte, da sie die Wohnung zusammen betreten und sie gesagt: «Toll ist es nicht, aber für eine Weile wird es gehen.» Wie sollte eine Wohnung «toll» sein?

Allein das Licht war ihm unbehaglich. Er beugte sich nach der Lampe auf dem Tischchen hin, um diese zu löschen. Da fiel sein Blick auf das braune, leinengebundene Bändchen, das zunächst am Lampenfuße lag. Nichts als ein Namenszug war in goldenen Lettern auf den Deckel geprägt. Wie? War's möglich? Träumte er?

Gleich dem wackeren alten Jagdhund, der den heimkehrenden Odysseus sogleich freudig hätte begrüßen wollen, wollte sein Herz dem Buche entgegenspringen – und brachte nichts zustand denn ein lahmes Winseln.

Wie fremd dies Buch ihn ansah! Ein einzig Mal hatte er es in Händen gehalten – jene Erstausgabe, die ihm der Schweizer Freund höchstselbst in die Einsiedelei hinaufgebracht und übergeben. Doch wie der Freund, nachdem er Ritters drängenden Fragen endlos ausgewichen, schließlich hatte zugeben müssen, dass der Verlag das Werk nur in niedrigster Auflagenzahl gedruckt – die Aussicht auf Erfolg beim Publiko sei leider zu gering –, da hatte er, Ritter, das Buch, sein eigen Schrift und Blut, sein Vermächtnis an die Welt, in der Klause hintersten Winkel verbannt und sich nicht einmal die Mühe gemacht, die Seiten aufzuschneiden.

Solches war heute nun nicht mehr vonnöten. «1984, Gustav Kiepenheuer Verlag, Leipzig und Weimar», las er, wie er das Bändchen voll Scheu und Hast und Andacht zugleich aufschlug. Wie weich das Papier sich anfühlte! Wie zart!

«Indem ich dem Publikum die gegenwärtige Sammlung von ‹Fragmenten aus dem Nachlaße eines jungen Physikers› übergebe, übe ich eine Pflicht, die bestimmt war, meine erste dieser Art zu sein ...»

... Die Feder schabte übers Pergament. Ganz München hielt der Sommer in seiner Gewalt. Auch seiner engen Kammer Decke schien noch niedriger zu hängen denn sonst – es war ihm einerlei. Seit Tagen hatte er das Haus nicht verlassen, am Leib trug er nur so viel Wäsche, als der Anstand vor sich selbst ihm gebot. Welche Wollust, die von der Hitze ganz dünnflüssig gewordene Tinte aufs Papier fließen zu lassen! Bogen um Bogen, ein ungehinderter Rausch ...

«Ich hatte mir eine besonders schickliche und eingreifende Vorrede zu den nachfolgenden ‹Fragmenten› vorgenommen und wollte in ihr vor allem ihres Verfassers eigne innere Biographie, und vollständig, geben. Auch hatte ich, da ich es ziemlich imstande war, eine solche wirklich schon ausgearbeitet, und welche sicher interessiert haben würde – als es mir später doch bedenklich wurde, ob ich auch wirklich sie schon drucken lassen könnte ...»

Herrliche Rache! Diebischer Spaß! Im Traum nicht hatte er die Neigung verspürt, eine «vollständige Biographie» seiner selbst in die Welt hinauszublasen, Physiker war er, kein Selbstschausteller. Aber o! All jene Philister und Verleumder durch die Maske des vertrautesten Freundes hindurch seine Verachtung und ihre eigne Niedrigkeit fühlen zu lassen, Buchstabe für Buchstabe, Wort für Wort – schiere Seligkeit war's gewesen!

Mit sanftem Druck seines rechten Daumens ließ Ritter die scharf beschnittenen Seiten an sich vorüberblättern.

«287. (1797) Der elektrische Funke, was ist er anders, als Materie von einem sehr großen Volumen?»

Anlässlich welcher Gelegenheit er dies Fragment notiert haben mochte? Siebzehnhundertsiebenundneunzig: Recht kurz nach seiner Ankunft in Jena musste es somit gewesen sein, in jenen hochgestimmten Tagen, in denen sein einziger Durst der nach Wissen und sein einziger Hunger der nach Erkenntnis gewesen. Welch stolzer, in seiner Schlichtheit umso kühnerer Satz! Hatte er ihn aufs Papier geworfen, bevor oder nachdem er seinen ersten Vortrag vor der Naturforschenden Gesellschaft gehalten? Er, der unbekannte, bettelarme Student aus dem Niederschlesischen, der einen solchen Eindruck gemacht, dass anderntags ganz Jena und Weimar von ihm gesprochen!

Abermals überließ er es seinem Daumen, ein Fragment zu wählen.

«578. Ist das Leben ein Traum, in welchem ich mir des Vorhergehenden nicht mehr bewusst bin, mir dessen aber mit dem Erwachen (im Tode) von neuem bewusst werde? – So könnte ich allerdings von Ewigkeit her sein.»

Galle stieg in seiner Kehle auf. Wohin hatte ihn sein eigener Daumen da geführt? Verfluchte Wünschelrute! Welch Toren zeigte sie ihm an? Und wie war's denkbar, dass jene findlingsschweren Worte, die jener Tor so übermütig in die Luft geworfen, ihn damals nicht sowohl erschlagen, sondern, wie's schien, ganz federleicht aufs Papier geschwebt? Weil's Kinderspiel gewesen, mit dem Höchsten zu ringen! Weil bleierne Qual erst Einzug in sein Leben gehalten, da's um nichts andres mehr ging, denn es sinnlos zu fristen.

«Dinner's ready!»

Seine schmerzlichen Gedanken wurden abrupt unterbrochen. Dort stand sie, einen Teller in der Rechten, einen Teller in der Linken, ein zweiarmiger Leuchter, und lud ihn zum Nachtmahle … Ach, Johanna … Mühsam erhob Ritter sich von der Couch.

«Aha», sagte die Gastwirtin in einem Tone, den er nicht recht zu deuten vermochte. «Sie haben das Buch entdeckt.»

Jetzt ein guter Ritter sein. Freundlich. Dankbar. Mit liebenswürdigen Manieren.

«Wo darf ich Platz nehmen?»

«Egal. Schieben Sie den Laptop einfach zur Seite. Und die Papiere können Sie ruhig auf den Boden packen. Mögen Sie Rotwein?»

«Nichts lieber als dies.»

Achtlos stellte sie beide Teller auf dem Tische ab und strebte abermals der Küche zu.

«Ich habe gestern Nacht in Ihrem Buch gelesen», vernahm er, während er sich der silbrigen Schatulle näherte, in deren aufgeklapptem Deckelinnern sich Feuerkreise drehten. «Sehr interessant. Besonders gut gefällt mir die Stelle mit dem Herd und dem Hochaltar des Teufels, erinnern Sie sich?»

Dies also war ein «Laptop» von Nahem. Jahrelang hatte Ruthie davon gesprochen, sie wolle sich einen beschaffen. Dann war sie gestorben.

«Wissen Sie noch, wie die Stelle heißt?»

A Morule, Taneha, Latisten! Rabur, Taneha, Latisten! ... Nicht wollte es Ritter gelingen, seinen Blick von den Feuerkreisen zu lösen. Welch geheimen Zwecken dies Gewirbel, das alle Sinne in Bann zog, dienen mochte?

«Warten Sie, ich helfe Ihnen auf die Sprünge.» Er hörte, wie Johanna der Couch zueilte, die er soeben verlassen. «Hier!», rief sie triumphierend. «Ich hab's! ‹Nur daß Unsterbliches entstehe, darf der Mensch die Hand an etwas legen. Fleiß auf das Vergängliche zu wenden, ziemt ihm nicht, und Schande bringt's ihm, wenn er selbst es ist, der, was er schafft, mit eignem Zahn zernichtet. So ist zum Beispiel jede Küche eine Kirche und jeder Herd ein wahrer Hochaltar des Teufels. Bei jedem Bissen, der gekocht, gebraten, unsern Gaumen kitzelt, lässt der Fürst der Hölle sich *Te Deum* singen, und die bösen Geister alle halten Schmaus.› – Das ist wirklich geistreich», sagte sie höhnisch. «Und an so etwas Geistreiches können Sie sich nicht erinnern? Sehr merkwürdig, *Herr Ritter!*»

«Johanna, bitte, hören Sie auf», sagte er und zog den bekannten Flunsch.

Johanna schlug das Buch zu und warf es aufs Sofa. In der letzten Nacht hatte sie keine Minute geschlafen. Nach dem unmöglichen ersten Testergebnis hatte sie die gleiche Prozedur mit den restlichen Blutproben wiederholt, die ihr von dem Verrückten geblieben waren. Und abermals hatte modernste wissenschaftliche Technik darauf bestanden, dass die Person, deren sjTRECs sie zum Leuchten brachte, der Altersgruppe der frühen Dreißigjährigen angehörte. Um herauszufinden, ob der Fehler vielleicht beim Thermocycler oder einem anderen Teil der Maschine lag, hatte Johanna sich schließlich selbst Blut abgenommen. Mit dem Ergebnis, dass sich seit Morgengrauen auf ihrem Laptop ein Dokument befand, welches in allen Farben des Regenbogens bewies, was nicht sein konnte: dass ihre eigenen T-Zellen rund zehn Jahre abgelebter waren als die jenes Kerls, der dort am Tisch saß und, anstatt dass er Wein einschenkte, besinnungslos den Bildschirmschoner anglotzte. Ganz egal, wie schwarz seine Kopfbehaarung und wie straff sein Bindegewebe war – nie im Leben konnte er Anfang dreißig sein! Zehn Jahre jünger als sie selbst! Andererseits hatte das atemberaubende Tempo, mit dem er sich von seiner Schussverletzung erholte, nichts mit den normalen regenerativen Fähigkeiten eines Dreißigjährigen zu tun. Es erinnerte Johanna eher an ihre Zebrafische, die sich von tiefen Gewebewunden ähnlich schnell erholten. Ratlos, wie sie war, hatte sie heute Morgen deshalb beschlossen, den Hochstapler bei sich aufzunehmen und darauf zu setzen, dass dieser barmherzige Akt ihn irgendwann dazu bringen würde, ihr zu verraten, welch falsches Spiel er mit ihr trieb. Bereits jetzt war sich Johanna allerdings nicht mehr sicher, ob ihr Plan mehr war als die Ausgeburt eines übernächtigten Hirns.

«Enjoy!», sagte sie, klappte ihm im Vorübergehen den Laptop vor der Nase zu, schnappte sich die Weinflasche, zog einen der beiden Teller zu sich her und begann ohne Appetit zu essen.

«Was ist *dies*?»

Seine Stimme klang schon wieder, als würde Johanna ihn nicht großzügig bewirten, sondern hätte ihm erklärt, dass er nur noch ein halbes Jahr zu leben habe.

«Mexikanisches Gemüseomelett», sagte sie. «Meine Spezialität. Zwiebeln, Paprika, Tomaten, frische ...»

«Die Eier», stieß er hervor. «Was haben Sie mit den Eiern gemacht?»

Was sollte sie schon mit den Eiern gemacht haben? Ach so. *Das* meinte er.

«Tut mir leid», erklärte sie ohne eine Spur von Bedauern. «Ich verwende immer nur das Eiweiß. Das Eigelb schmeiße ich weg.»

Er schaute sie stumm an. Offensichtlich war es ausnahmsweise einmal ihr gelungen, ihn sprachlos zu machen.

«Ihnen kann das vielleicht egal sein», legte sie süffisant nach. «Aber Menschen mit einem gewöhnlichen Organismus sollten die Finger von diesen Cholesterinbomben lassen. Wenn's Ihnen nicht schmeckt» – sie machte eine einladende Geste Richtung Küche –, «bitte, da ist der Herd, Ihr *Hochaltar des Teufels*, im Kühlschrank finden Sie genügend Eier. Machen Sie sich selbst welche, so wie's Ihnen passt.»

Er legte die Gabel beiseite und fasste über den Tisch. Bevor er nach ihrer Hand greifen konnte, hatte Johanna diese schon fortgezogen. Das halbe Glas Rotwein, das sie sich eben erst eingeschenkt hatte, war bereits leer.

«Johanna», sagte er, und seine Augen brannten wie damals im Supermarkt, als sie ihn zum ersten Mal gesehen hatte. «Was haben Sie herausgefunden?»

Dieses Gesicht! Dieses verfluchte Vexierbild! *Weg bist du noch lange nicht, sag mir erst, wie alt ...* Mit beiden Händen stieß sich Johanna von der Tischkante ab, sodass sie beinahe samt Stuhl nach hinten umgekippt wäre.

«Was sind Sie?», brach es aus ihr heraus. «Frankensteins Monster? Graf Dracula?»

Sein Mund verzog sich zu einem herablassenden Grinsen. «Ist es das, was Sie in Ihrem Laboratorium herausgefunden haben?»

Johanna sprang auf, mit wenigen Schritten war sie an ihrem Laptop und klappte ihn wieder auf. «Das hier habe ich herausgefunden!»

Zitternd zeigte sie auf das fatale Diagramm, das den gesamten Bildschirm einnahm.

«Ich verstehe nicht», sagte er und tat so, als würde er die regenbogenbunten Kurven eingehend studieren.

«Schauen Sie hin, Sie ... Sie junger Physiker! Sehen Sie die violetten, die dunkelvioletten Linien da? Sie behaupten doch, die UV-Strahlung entdeckt zu haben. Dann werden Sie ja wohl wissen, an welcher Stelle des Spektrums ...»

«Beleidigen Sie mich nicht!» Auch er war nun bedrohlich laut geworden.

«*Ich* beleidige *Sie*?» Johanna lachte spitz auf. «*Sie* beleidigen Vernunft und Wissenschaft!»

Ritter, elender Vandale! Was tatest du? Was tust du? Entzweigebrochen liegt das kostbare Gerät, und nichts wird besser, indem du «Teufelskasten» brüllst und auf den Trümmern trampelst rum. *Teufelskasten?!* Nur weil du nichts begreifst, beginnst du zu vernichten? Rasender Nichtsnutz! Schick ihn schlafen, deinen Unverstand, bevor zu weiterem Zerstörungswerk er dich reizt auf!

«Johanna! Es tut mir leid!»

Tödlich funkelte sie ihn an, ihre Stirn vom Zorn tiefer gefurcht denn je. Zu seinen Füßen lag der Schatullendeckel, die zersplitterte Scheibe darin nun unbeseelt schwarz.

«Alles mache ich wieder gut», rief er kläglich. «Schauen Sie!» Er bückte sich, um nach den Früchten seines Zorns zu greifen.

«Finger weg!» Peitschenscharf knallte der Befehl ihm um die Ohren.

«Aber es wird sich doch wieder restaurieren lassen?»

«Restaurieren!» Dass ein Lachen aus ihrem Munde so kalt und garstig klingen konnte! «Sie wissen gar nicht, was Sie für ein Glück haben. Vor ein paar Jahren noch hätte ich Sie an dieser Stelle umgebracht.»

Nichts wusste er. Und nichts wagte er zu fragen.

Zur Seite stieß sie ihn wie einen räudigen Hund und bückte sich selbst nach den zerbrochenen Teilen. Ehe sie diese vorwurfsvoll auf dem Tische ausbreiten konnte, erhaschte er einen Blick auf den angebissenen Apfel, der inmitten des silbernen Deckels prangte, und erschrak noch mehr. Immer öfter hatte er in den vergangenen Jahren dies rätselhafte Zeichen entdeckt: an Rucksäcken und T-Shirts, Wagenfenstern und jenen schlanken Metalletuis, aus denen sich durch zwei weiße Drähte hindurch Musik direkt in Zuhörers Ohren zu ergießen schien. Der junge Mann, dem er im Supermarkt einmal geholfen, kistenweise Steaks und Sodadosen auf den Parkplatze hinauszutragen, hatte dies Zeichen gar auf seinen Oberarm tatuiert gehabt. War auch Johanna Mitglied in diesem Apfelbund?

«Kann ich Sie alleine lassen, ohne dass Sie das ganze Appartement verwüsten?»

Mit einer Hand nahm sie die rote Joppe vom Kleiderhalter, mit der anderen Hand griff sie nach den Schlüsseln, die auf der Kommode zunächst am Eingange lagen.

«Sie gehen aus?», fragte er hilflos zurück.

«Ich gehe ins Institut rüber. In meinem Büro steht ein Computer. Beten Sie, dass ich alles Wichtige in der Cloud finde. Auf dem Laptop, den Sie gerade geschrottet haben» – Johannas Zeigefinger schnellte in Richtung des Tisches, der zum Katafalk ihres ersten gemeinsamen Abends geworden –, «auf diesem Laptop waren meine Forschungsergebnisse der letzten zwei Jahre.»

Krachend fiel die Tür ins Schloss. So elend war Ritter zumute, dass er alles darum gegeben hätte, von irgendwoher Trost zu empfangen.

Der elende Rittersmann
Melodie: schlesische Volksweise / Text: anonym

2. Sie wispern von Heimweh, von Sehnsucht und Glück,
   Durch den Abgrund der Zeiten führt kein Weg dich zurück.

3. O Ritter, o Ritter, was trutzt du der Zeit?
   Wanderst ruhlos hienieden, und das Grab ist so weit.

4. Deine Rappen sind müde, die Straße ist lang,
   Was duckt sich dein Schatten im Mondlicht so bang?

5. Der Mond ist erloschen, der Sternglanz verblasst,
   Ein schwirrendes Grausen die Seele erfasst.

6. O Ritter, o Ritter, wann wirst du verstehn,
   Dass die Heimat, die ferne, nie wieder wirst sehn.

In der Wohnung war alles still und dunkel, als Johanna die Tür aufschloss.

«John?», rief sie, während sie das Licht anknipste. «Johann?»

Keine Spur von ihrem Gast. Das heißt: Spur schon. Unverändert lag der demolierte Laptop auf dem Tisch, standen die Teller mit den nahezu unberührten Omeletts daneben. Nur die Rotweinflasche war verschwunden.

«Johann! Sind Sie noch da?»

Johanna stieß die Tür zum Schlafzimmer auf und wusste nicht, ob sie erleichtert sein sollte, weil sie ihn auch dort nicht fand. Mit dem Gefühl, sich endgültig lächerlich zu machen, sah sie im begehbaren Kleiderschrank nach. Im Bad hob sie den schwarzen Slip auf, den sie am Morgen neben der Duschwanne hatte fallen lassen. Solange sie einen Gast im Haus hatte, sollte sie mit solchen Dingen achtsamer sein. Hatte sie noch einen Gast im Haus?

«Dann halt nicht», murmelte sie. Es schien ihr, als hätte sie alle Möglichkeiten ausgeschöpft, in diesem *one-bedroom apartment* Versteck zu spielen. Sollte sie ihn draußen suchen gehen? Sie war höchstens eine Dreiviertelstunde fort gewesen, weit konnte er nicht gekommen sein. Aber wozu? Dann rannte er eben wieder in seinen Wald zurück. Und sie hatte ein Problem weniger.

Johanna ging in die gleichfalls dunkle Küche hinüber. In dem Schrank unter der Spüle musste noch ein Rotwein stehen. Doch was war das? Nie und nimmer hatte sie die drei Flaschen bereits ausgetrunken, die sie bei ihrem letzten Besuch im *liquor store* gekauft hatte. Ein Glas pro Abend, das war ihr Maximum. Sie bückte sich, um tiefer in den Schrank hineinzuschauen. Da spürte sie einen Luftzug in ihrem Nacken.

Das Küchenfenster stand offen, und Johanna war sicher, dass nicht sie es gewesen war, die das verklemmte Teil nach oben gestemmt hatte. Unten und an der gesamten rechten Seite war das Mückengitter aus der Befestigung gerissen, als starres Dreiecksegel flappte es im Fensterrahmen.

«Der Kerl macht mich wahnsinnig.» Leise fluchend zwängte Johanna ihren Oberkörper durch den Spalt. Noch zwei, drei Nächte, dann war Vollmond. Schon jetzt leuchtete der Mond so hell, dass sie die Gestalt sofort erkannte, die auf der Feuertreppe schräg über dem Fenster saß.

«*Da* sind Sie! Warum antworten Sie denn nicht!»

Ganz leicht neigte er seinen Kopf zu ihr hinunter, ohne etwas zu sagen.

Johanna spürte einen Schmerz, sie musste sich die linke Wange am Mückengitter geritzt haben. Wann war sie das letzte Mal aus einem Fenster geklettert?

«Ich habe mich schon gewundert, wo der Rotwein geblieben ist», fügte sie in einem versöhnlicheren Ton hinzu und setzte sich neben ihn. Beinahe hätte sie eine der beiden Flaschen umgestoßen, die rechts und links zu seinen Füßen auf dem luftigen Metallrost standen.

«Haben Sie keine Gläser mit nach draußen genommen?»

Stumm schaute er sie an, die Augen noch schwärzer als sonst, und nahm einen tiefen Schluck aus der Flasche. Mit dem Handrücken wischte er sich über den Mund. Johanna wartete vergeblich darauf, dass er auch ihr einen Schluck anbot.

«Haben Sie sich den Burschenschaftlern angeschlossen?»

«Was? Ach so.» Johanna tastete nach dem Kratzer auf ihrer Wange. «Sieht's so schlimm aus?»

«Es schmückt Sie. Hätten Sie womöglich etwas Tabak im Hause?»

... Tschuch, du großer Vogel! Willst du aus meinem Tabak heraus! Tschuch! Tschuch! Tschuch! ... Johanna hörte die Stimme ihres Großvaters wieder, die dieser so lustig verstellt hatte, wenn er seiner Lieblingsenkelin Märchen vorlas. Opa Franz war der Einzige von ihrer ganzen Verwandtschaft gewesen, den sie gemocht hatte. Und ausgerechnet er hatte als Erster sterben müssen. Herzinfarkt. Einfach umgefallen. Auf einer Waldlichtung beim Spazierengehen.

«Hören Sie, John! Es tut mir leid. Ich habe Sie vorhin beleidigt. Das war unnötig und dumm. Zumal das mit den UV-Strahlen sowieso Quatsch war. Der Test, den ich gemacht habe, arbeitet zwar mit Fluoreszenz. Die Spektralfarben benutze ich jedoch bloß, um die Kurven im Graphen zu markieren. Damit ich mich auf einen

Blick orientieren kann. Würde es Ihnen etwas ausmachen, mir einen Schluck übrig zu lassen?»

Er hatte die Flasche schon wieder angesetzt. Und so weit, wie er den Kopf in den Nacken legte, vermutete Johanna, dass diese bald leer war. In der Tat konnte sie den Rest in einem Zug austrinken, als er endlich die Güte besaß, den Wein an sie weiterzureichen.

... Da du schon so klug warst, den Namen zu erraten, gebe ich dir von meinem Tabak zu probieren. Den groben sollst du in der Pfeife rauchen, den feinen in die Nase ziehen ... Obwohl Johanna noch nie, nicht einmal heimlich auf dem Schulklo, geraucht hatte, begriff sie, dass es der richtige Moment gewesen wäre, sich eine Zigarette anzuzünden.

«Wann ...», begann sie und wusste nicht, wie sie ihre Frage stellen sollte. «Seit wann ...?»

Sie widerstand dem sinnlosen Drang, die leere Flasche in die Nacht hinauszuschleudern.

«Der Test, den ich gemacht habe», sagte sie schließlich. «Er hat ergeben, dass Ihr Immunsystem dem eines Dreißigjährigen entspricht. Haben Sie dafür irgendeine Erklärung?»

Er schwieg. Sie hätte mehr Wein kaufen sollen. Aber wie hätte sie letzte Woche im *liquor store* ahnen können, dass dieser *freak of nature* sie zu nächtlichen Trinkgelagen auf der Feuertreppe verleiten würde?

«Johann, bitte! Antworten Sie mir!» Warum errötete er jedes Mal, sobald sie ihn «Johann» nannte? Weil er in Wahrheit eben gar nicht so hieß? «Ich will verstehen, was mit Ihnen los ist!»

«Verstehn», echote er. «Verstehn ...» Es war ihm deutlich anzuhören, dass er die zwei Flaschen mehr oder weniger im Alleingang ausgetrunken hatte. «Und was hilft es Ihnen, wenn Sie verstanden haben?» Das Lallen ließ ein wenig nach.

Johanna schloss die Augen. Falls sie aus diesem Verrückten je etwas Vernünftiges herausbekommen wollte, blieb ihr nichts anderes übrig, als sich auf sein Spiel einzulassen.

«Was hat es Ihnen geholfen, den Galvanismus zu verstehen?»

Er stieß ein leises Lachen aus. «Wein!», grölte er. «Mehr Wein! So lang hab ich keinen nicht gehabt! Saufen will ich heut Nacht! Saufen, bis ich mich in mir selbst ersäufen kann!»

«Bitte!», wiederholte Johanna noch drängender. «Sie müssen mir helfen!»

«Wobei? Grad so elend zu werden, als ich es bin?»

«Dass Sie so elend sind, liegt an Ihnen selbst. Sie ... Sie lassen sich gehen.»

Abermals stieß er ein Lachen aus. «O sel'ger Leichtsinn. Nicht weißt du, was du sprichst.» Er packte Johanna an der Schulter. «Siehst du die Stern' da droben? Da steht die Antwort geschrieben, da allein! Fluch dem Toren, der glaubt, er könne sie lesen!»

Johanna weigerte sich, seinem Blick zu folgen.

«Warum haben Sie an jenem Abend danebengeschossen?» Seit sie in seiner alten Hütte die leere Gewehrhalterung und die aufgerissene Packung Munition entdeckt hatte, war ihr klar, dass niemand anders als er selbst der Schütze gewesen war.

Aus dem Park wehten Fetzen aufgekratzter Musik und Mädchengelächter herauf: zwei oder mehr Exemplare der nachtaktiven Spezies *party-girl student*, die sich den Campus mit den *no-nonsense students* teilte.

«Was hat Sie davon abgehalten, sich umzubringen?»

«Wein!», brüllte er so laut, dass es selbst die giggelnden Gören im Park hören mussten. «Wein will ich!»

«Wa – rum – ha – ben – Sie – sich – nicht – um – ge – bracht?»

Ganz dicht kam sein Gesicht an Johannas heran. Die Fahne war unerträglich. «Du!», stieß er hervor. «Furchtlose Johanna! Hast je in der Hölle Rachen du geblickt? In jenen Schlund, darinnen nichts als Nebel, Feuer, Eis und Finsternis? So ohne End und Grund, dass nicht mal Satan selbst, gekettet an den eisig heißen Fels, zu sagen weiß, welch weitrer Schrecken in der Verdammnis Tiefen lauern mag? Hast je du verspürt, wie dir das Herz im lebend'gen Leibe brennt? Die Adern kochend bersten? Und Schläge dröhnen wie von Erz, den Schädel spaltend Hieb um Hieb?»

Jetzt, wo der alte Wahnsinn in seinen Augen flackerte, wandte sich Johanna doch von ihm ab. Kein Grund, die Fahne länger zu ertragen.

«Kinderkram», sagte sie. «Wissen Sie, was viel schlimmer ist als Ihr Höllenzauber? Das Nichts. Das ewige, endgültige, vollkommen sinnlose Nichts. Sie können sich wenigstens der Illusion hingeben, dass Sie nach Ihrem Tod noch mächtig was erleben.»

Er schwieg. Vermutlich war er wieder beleidigt. Aber immerhin war es ihr gelungen, den Sermon zu stoppen.

«Glaubst du an Gott?»

Johanna spürte seinen stechenden Blick, ohne dass sie zu ihm hinübersah.

«Ich glaube an die Evolution.»

Die *party girls* waren weitergezogen, vermutlich zu einem der *frat houses*, um sich dort eine Lektion in Sachen Lebensvergeudung erteilen zu lassen.

«Ich glaubte einst, ich könnt ein frommer Physiker sein.» Mit einem Mal war seine Stimme ruhig und klar. «Bildete mir ein, Naturerforschung sei Gottesdienst, sei Schöpfungsdienst. Dass der Herr den Menschen absichtlich unvollendet gelassen, damit dieser als einziges seiner Geschöpfe heraustrete aus der innigen Harmonie mit der Natur und – umso schmerzlicher er die Dissonanz empfinde, umso dringlicher – danach strebe, sie in einem höhern Sinne wiederherzustellen. Wollte mir und der Welt einreden, die Vertreibung aus dem Paradiese sei nicht sowohl Strafe gewesen, als vielmehr der schmerzvoll nötige Stoß dem fernen Himmel zu, dessen Glanz den alten Gottesgarten um ein Lichtfaches überstrahlte.»

Erleichtert stellte Johanna fest, dass er offensichtlich beschlossen hatte, wieder der verrückte Physiker aus Schlesien zu sein und nicht mehr der Höllenritter.

«O welch Vermessenheit! Zu glauben, Gott habe geduldet, dass der Mensch in den sauren Apfel der Erkenntnis gebissen, weil es *seinem* ewigen Ratschluss hätte entsprochen. Nicht *Gott* sehnte sich nach einem Geschöpf, das ihn verstünde – indem es seine Schöpfung, anstatt sie blindlings zu genießen, in höchstem Bewusstsein Tag um Tag noch einmal neu vollzöge. Der eitle, verführte *Mensch selbst* war's, der sich nach Gottesgleichheit sehnte – indem er einzig für köstlich wollt erachten, was mit eigner Hand erschaffen zu haben ihm dünkte ...»

«Aber das ist doch ein sehr schöner Gedanke.» Endlich traute sich Johanna, ihn zu unterbrechen. «Dass Gott den Menschen zum zweiten Schöpfer bestimmt hat, als ihm klar wurde, dass er sich zu Tode langweilen würde, wenn er mit der besinnungslos vor sich hin vegetierenden Flora und Fauna allein bliebe.»

Der Mann neben ihr machte eine unwirsche Handbewegung. Johanna war nicht sicher, ob er eine Mücke verscheuchte oder ob die Geste dem galt, was sie gesagt hatte.

«Nimmer nicht wird Verstand den Weg zur Alleinheit sich zurück erklügeln. Ein Traum war's, ein seliger zwar, doch weiter nichts als ein Traum, die letzte Absicht der Natur sei es, zur höchsten Gegenwärtigkeit und Selbstempfindung sich durch den Menschen aufzuläutern. Die Wahrheit ist: Sie bedarf unser nicht. Ja, bittrer noch: Sie *will* uns nicht.» Zum zweiten Mal in dieser Nacht fasste er Johanna an der Schulter. «Blicken Sie sich um auf der Welt! Wie mögen Sie da ernstlich noch behaupten, der Mensch sei fortgeschritten auf dem Wege der Natur- und Selbsterlösung? Botschaften jagt ihr von einem Erdteil zum andren; ihr durchfliegt die Lüfte, durchmesst das Weltall, lasst die Nacht heller leuchten als den Tag – allein zu welchem Zwecke? Herrscht eine neue Harmonie, ein neues Glück? Nicht minder elend seh ich die Menschen denn zu meinen frühern Tagen. Nie zuvor nicht lag Natur so stumm, so leblos, so zergliedert da, und deine wackere Menschheit – gleich einer Horde Büffel trampelt sie dumpfwütig über alles hinweg. Dein Fortschritt:

Hat einen einzigen Grashalm er zum Sprechen gebracht? Wisst ihr dem Tautropfen zu lauschen, wenn er des Morgens sich vom Blatte löst? Darf eine einzige Naide sich freuen, weil der Mensch sie mit wissender Hand zu sich hätt emporgehoben, und beide nun, versöhnt in neuer Eintracht, einander ewig forterkennten?»

«Aber das ist doch …»

«Sag nicht Quatsch!», fuhr er sie an, bevor sie das Wort ausgesprochen hatte. «Sag nicht Quatsch!»

Eine Wolke hatte sich vor den Mond geschoben, doch trotz der Dunkelheit, die plötzlich herrschte, sah Johanna, wie er zitterte.

«Ich wollte …» Was wollte sie sagen, ohne ihn aufs Neue zu beleidigen? Das ist doch Humbug? Esoterik? Spinnerei? Sie griff nach der leeren Flasche und begann, am Etikett herumzufingern.

«Wenn ich im Labor stehe», erklärte sie vorsichtig. «Wenn ich im Labor stehe, *bringe* ich Natur zum Sprechen. Ich sehe Dinge, von denen die Wissenschaftler zu Ihrer Zeit tatsächlich nur träumen konnten. Haben Sie jemals durch ein Mikroskop geschaut?»

«Was denken Sie», brummte er. «Gemeinsam mit Goethen habe ich Infusionstierchen beim Tanze zugesehen.»

Infusionstierchen? Johanna hatte keinen Schimmer, wovon er redete. «Dann wissen Sie ja, was ich meine. Wir sind dabei, die Welt vollkommen neu zu entschlüsseln. Wir können Dinge sichtbar machen, die kein Mensch vor uns gesehen hat – obwohl sie immer, seit der Urzelle, da gewesen sind! Wie lange ist die Biologie davon ausgegangen, dass die Zelle der kleinste Baustein alles Organischen ist! Sie hatte keine Ahnung, was für komplexe Wunderwerke sie in Wahrheit vor sich hatte. Wie auch! Bevor das Elektronenmikroskop erfunden wurde, konnte niemand etwas wissen von DNA und RNA, von Chromosomen und Telomeren, von Ribosomen und Mitochondrien. Die früheren Forscher waren blind für das Leben im Unsichtbaren. Glauben Sie nicht, dass die Natur sich freut, wenn der Mensch nun wirklich zu begreifen beginnt, wie kunstvoll sie im Innersten funktioniert?»

«Funktioniert!», äffte er sie nach. «An dies Wort habt ihr Professionisten euer Herz gehängt! Anstatt den Weltatem zu fühlen, der alles durchströmt, seht ihr Teile bloß und meint gar noch, ihr gewönnet etwas, wenn's immer kleinere und kleinere Teile werden, die ihr sichtbar macht. Ich sage dir, was ihr gewinnt: Den Lebenstod vollendet ihr, der mit Descartes und Newton hat begonnen. Kein Klingen von Sphären hört ihr mehr, nur eines Uhrwerks Rattern und Klappern, und seid's erst zufrieden, wenn ihr selbst das noch zum Verstummen gebracht.»

«Sie verstehen mich falsch! Kein ernsthafter Biologe denkt heutzutage mehr materialistisch oder mechanistisch. Die Zeiten, in denen davon gesprochen wurde, Zellen seien die Bausteine des Lebendigen, sind lange vorbei. Wir wissen, dass alles ein ständiger Prozess, ein dauerndes Sich-selbst-Teilen und -Vermehren ist. Kommen Sie mit ins Labor, ich zeige es Ihnen! In meiner Welt bedeutet das milliardenfach vergrößerte Bild einer Struktur nicht einfach das, was dieselbe Form im Alltag wäre: Ein Strang ist nicht ohne Weiteres ein Strang, eine flache, hohle Tasche nicht einfach die Wand einer Blase, die Flüssigkeit enthält. Wir sind in ein Land aufgebrochen, in dem die Gesetze, mit denen uns die klassische Physik vertraut gemacht hat, nicht mehr gelten.»

«It's life», warf der Mann neben ihr ein. «But not as we know it.»

Verwundert sah Johanna ihn an. War der Kerl ein heimlicher Trekkie, oder woher kannte er sonst diesen Spruch?

«Richtig», sagte sie und strich das Etikett wieder glatt, das sie von der Flasche gepult und zerknüllt hatte. «Es geht um die Kräfte, die Atome zusammenhalten oder verändern, die Moleküle zu Verbindungen bringen und diese lösen, sie stabil oder veränderlich machen. Das müsste Ihnen doch gefallen.»

Anstatt zu antworten, legte er den Kopf in den Nacken und starrte zum Himmel hinauf, an dem der Mond nun wieder unbedeckt leuchtete.

«Wozu, Johanna», fragte er leise. «Wozu?»

«Am Anfang wird es vielleicht ein bisschen verwirrend für Sie sein. Aber ich verspreche Ihnen, nach zwei, drei Wochen sind Sie genauso fasziniert ...»

«Nicht das! Wozu *Sie* forschen, will ich wissen. Warum wollen *Sie* der Natur ins Allerheiligste blicken?»

«Das habe ich Ihnen doch schon gesagt. Um zu verstehen!»

«Verstehen», wiederholte er. «Beherrschen wollen Sie.»

Gereizt wandte sich Johanna von ihm ab. Auf was für eine absurde Diskussion hatte sie sich da eingelassen? Mit diesem Verrückten. Diesem Betrüger. Diesem Hochstapler. Diesem Pseudo-Ritter ... Und trotzdem ... Mit beiden Händen rieb Johanna sich die übermüdeten Augen. Wann hatte sie zum letzten Mal mit einem ihrer Kollegen ein ähnlich leidenschaftliches Gespräch geführt? Hatte sie überhaupt jemals ein Gespräch geführt, bei dem sie den Eindruck hatte, dass ihr Gegenüber noch viel waghalsiger und radikaler dachte als sie selbst?

Die sonderbare Gestalt neben ihr stierte weiter in den Himmel, weshalb auch Johanna nun den Kopf in den Nacken legte. Sie kannte sich mit Astronomie nicht aus, dennoch war sie einigermaßen sicher, dass es Pegasus war, der über ihnen funkelte.

«Wissen Sie, warum ich das Leben so liebe?», fing sie nach einer Weile erneut an. «Weil es die einzige Kraft ist, die sich der Entropie widersetzt. Sterne verlöschen. Galaxien lösen sich auf. Und auch hier unten geht alles von Ordnung in Unordnung über. Nur das Leben schafft es, immer komplexere Ordnungssysteme hervorzubringen. Während alles andere zerfällt, ist es dem Leben gelungen, sich vom Urschlamm bis zum *Homo sapiens* hinauf zu entwickeln. Leben will nicht verrotten. Leben will nicht enden. Leben will vorwärts. Aber was sind Altern, Sterben und Tod anderes als der Sieg der Zersetzung, der Sieg der Unordnung über die Ordnung? Deshalb ist es an uns, diese Unordnung ein für alle Mal zu überwinden.»

Begeistert schaute Johanna den Mann an, der neben ihr saß – und musste feststellen, dass er ihr offensichtlich nicht zugehört hatte. Dabei hatte sie diesen Gedanken noch nie in einer solchen Schärfe und Klarheit formuliert! Enttäuscht ließ sie die Weinflasche fallen, die einige Stufen der Feuerleiter hinunterschepperte, bevor sie am Boden zerschellte.

«Wenn ich sage», begann er so unvermittelt wie jemand, der aus dem Schlaf hochschreckt und das laut ausspricht, was er zuvor bloß geträumt hat, «auch die Weltkörper gehören zum organischen All, sind nichts weiter als die Blutkügelchen des großen Alltiers, der Natur, die Milchstraßen sind Muskeln, und Himmelsäther strömt durch ihre Nerven – dann lachen Sie.»

Vergeblich versuchte Johanna, den Gesichtsausdruck zu deuten, mit dem er sie musterte. Hatte er ihr vielleicht doch zugehört?

«Ad maiorem Dei gloriam», fuhr er fort. «Ich mochte den alten Jesuitenspruch nie vor meine Schriften setzen. Aber ich hätt es gekonnt. Welchen Spruch schreiben Sie über den Eingang zu Ihrem Laboratorium? Ad infinitam hominis superbiam?»

Johannas Latinum lag zweieinhalb Jahrzehnte zurück, dennoch verstand sie genug, um endgültig die Geduld zu verlieren.

«Was werfen Sie mir vor? Dass ich nicht an Gott glaube? Sorry. Ist so. Was hingegen Ihr *Alltier* angeht: Darüber, dass alles Organische von der Hefezelle bis zum Menschen verwandt ist, brauchen Sie mit mir nicht zu streiten. Und vermutlich dauert es nicht mehr lange, bis wir erklären können, wie sich der Sprung vom Anorganischen zum Organischen tatsächlich ereignet hat. Astrochemiker haben in Meteoriten dieselben präbiotischen Moleküle gefunden, die in der Ursuppe geköchelt haben müssen. Bitte, da haben Sie Ihr *Alltier*. Und wenn es Sie glücklicher macht zu glauben, dass es einen intelligenten Koch gegeben hat, der diese Meteoriten zur Erde gelenkt und die Ursuppe umgerührt hat – dann glauben Sie es eben. Ich halte mich mit solchen überflüssigen Spekulationen nicht auf. Aber wissen Sie, was grotesk ist? Dass ausgerechnet Sie mir *grenzenlosen Hochmut* vorwerfen!»

Das Weinetikett rieselte als feiner Konfettiregen durch die Nacht.

«Haben Sie mir nicht vor wenigen Augenblicken erzählt, dass Sie mit Ihrer Wissenschaft die Natur *zur Selbstempfindung aufläutern* wollten?» Verächtlich stieß Johanna die Luft aus. «Da frage ich mich, wer von uns beiden der Hochmütigere ist: Ich, die ich lediglich den Menschen von Krankheit, Alter und Tod befreien will? Oder Sie, der Sie gleich die ganze Schöpfung erlösen wollen?»

«Ach, Johanna», sagte Ritter und griff nach ihrer Hand.

VII

erehrter Leser! Es ehrt Sie, und mich freut's, dass Sie geneigt sich zeigten, dem nächtlichen Diskurs, den unsre Freunde auf der Feuertreppe dort gepflegt, so aufmerksam zu lauschen. Verübeln werden Sie mir's dennoch nicht, wenn ich uns – zur Erfrischung gleichsam – gönn, ins *Actionhafte* nun zu wechseln.

Aufruhr vor Billy's Hair Salon! Dergleichen hat das brave Kaff noch nicht erlebt! Garfunkel IV als Erster riecht, was sich zusammenbraut: Schwupp! – in die Höhe geht der frisch geföhnte Schweif! Steil wölbt der erdbeerblonde Katerrücken sich! Raus mit «miauuu» geht's aus dem Körbchen, das in dem Ladenfenster thront, wo vorher schon Garfunkel I bis III regiert.

Die Tür fliegt auf mit arglosem «Bim-bim», als wär's bloß Myrna Leverson, zu danken Bill für den subtilen Silberveilchenton, den er ihr diesmal wieder hat ins Haar gezaubert. Doch kommt herein – zunächst einmal: niemand. Ein Kerl, so bärtig, wild und schwarz gelockt, dass einer Räuberbande Hauptmann er möcht sein – schlicht weigern tut er sich, die Schwelle gar mit seinem Zeh nur zu berühren. Ein blondes Früchtchen zerrt an ihm, doch mag es noch so betteln, schimpfen, drohn: Kein' Schritt er macht in Billy's Hair Salon!

Verehrter Leser, ja! Sie ahnen wohl, wer diese beiden sind! Doch William Joseph Warlock, von aller Welt bloß «Billy» kurz genannt, der ahnt's noch nicht. Indes mit dem Instinkt des alten Hasen – seit neunzehnhundertneunundsechzig, was allhier heißt: seit einer halben Ewigkeit, betreibt er diesen Laden schon –, mit dem Instinkt des alten Hasen spürt Billy gleich, dass seine Geistesgegenwart gefragt. Drum legt er sacht die Schere aus

der Hand, entschuldigt sich beim *valued customer* – in diesem
Fall: Senator Gilligan – und strebt dem Eingang zu, des Dramas
Knoten schnell zu lösen, der dorten sich bedenklich schürzt.

Wie unschön unzufriedne Klientel, ein einzig Mal hat Billy
es erfahren müssen. Im letzten Winter trug sich's zu, dass er –
in herzensbester Absicht bloß – Carol Grimane geraten hatt',
von dem Gewalle sich zu trennen, das zwar seit Jugendtagen
sie gepflegt, doch jetzo gleichwohl dünn und dünner den breiten Rücken zopft hinab. Da Billy hatt' sein Werk vollendet, und
Carol dies im Spiegel streng geprüft, gab sie dem Meister recht,
dass «smart and fresh» der neue «look» seh aus. Des andern
Morgens jedoch sprang – noch wütender, als eben es geschehn –
die Ladentüre auf, und eine Furie schrie den Meister an, wie
«terrible» der «nightmare» sei, den dieser habe ihr beschert.
Doch selbst der rasenden Fregatte – die, als sie noch in Lohn und
Brot der University, ein halbes Dutzend Presidents das Fürchten
hatt' gelehrt –, selbst dieser rasenden Fregatte nahm Billy allen
Wind aus den geblähten Segeln, indem umsonst und schmeichelnd sanft zwei volle Stunden lang den Skalp er ihr massiert.

Und dieser edle Haar- und Menschenkenner, wie soll er ahnen
nun, welch krasse Prüfung heut ihm steht ins Haus? Zumal von
dem, was unsre beiden Tumultanten brüllen, kein einzig Wort er
kann verstehn. Nicht einmal sicher ist er sich, welches die Bande
zwischen ihnen: Ob *husband* oder *father* jener, der sich so offen-
kundig sträubt, des Barbierhandwerks Segnung zu erfahren? Da
hilft nur eins: ein strahlend «How are you today?», begleitet von
der freundlichen Gebärde, zu treten ein in sein bescheiden Reich.

«Thanks», flucht die schlecht gelaunte Dame, und erst, da
weitere Laute sie so zischt, begreift Herr Billy nach und nach, dass
dieses Zischen ihm jetzt gilt.

«A haircut», sei es, what her uncle needs.

«My pleasure, folks!», bestätigt Billy gern, denn wo die raue
Nichte recht hat, hat sie recht. Doch wird sein Buckeln zwiefach

biestig aufgenommen: Der wüste Zausel unvermindert faucht, und King Garfunkel – der doch sonst meist brav – faucht gleichfalls so, als ging's darum, wer hier des Fauchens wahrer König sei.

«Good boy!» Zum Katertier sich Billy beugt. «Say hello to the Lady and the Gentleman!»

Doch nichts von «hello» will Garfunkel wissen. Die Krallen rammt er tiefer ins Linol und buckelt seinen Rücken so, als ob ihn eine unsichtbare Hand zu ungeahnter Krümmung zwäng.

«Old pal, what's wrong with you?», schimpft Billy da und fängt bald selbst schon an zu fauchen. «Ma'am! Sir! I'm really sorry!», müht er sich in die andre Richtung drauf. Doch jetzt ist's wieder diese Nichte, die nichts von «sorry» hören will!

«My uncle needs a haircut», wiederholt sie stur. «A haircut, shaving, and some dyeing.»

Und dann geht alles durcheinander: «I warn you! No! You won't do this!», droht der zerzauste Onkel schrill und stimmt ein wölfisch Heulen an. Senator Gilligan die Zunge schnalzt, zum Zeichen, dass auch er nicht länger ist zufrieden. Mit außerird'schem Kreischen schießt Garfunkel IV hinaus aus dem Salon. (Verehrter Leser! Keine Angst: Zwar ist's die Kreuzung Main Street/Church, die unser Maunzer blindlings überquert. Doch fahrn die Autos hier *so slow*, dass nicht mal der hyster'schste Kater um Schwanz und Leben bangen muss.) Der blau-weißrote Barber's Pole, der sich seit Jahr und Tag nicht mehr gedreht, beginnt so psychedelisch reg zu kreisen, als lebte Billy's Vater noch. Und während Billy selbst begreift, dass nicht von «dying» – nicht von «sterben» – war die Rede, sondern von «dyeing» wie in «Haare färben», folgt schon des Irrsinns nächster Schlag: Gestreckten Arms auf jene Mähne zeigend, die des Tumultes Ausgangspunkt, verlangt die Nichte nun in harten, klaren Worten: «This – hair – I – want – it – to – be – grey!»

Welch greiser Kopf glotzte ihn da an! Nicht aufhören konnte Ritter, in den Spiegel zu starren, bis der Spiegel sich trübte und zu einer Fensterscheibe ward, die in einer frostigen Winternacht an einem weit entfernten Ort einmal beschlagen war ...

... «Die Jugend soll schaffen und fröhlich sein, soll sich ein Haus bauen aus Lilien und Rosen, solange Lilien und Rosen blühn!», rief der Jüngste der Runde und warf die braune Tolle, die ihm so keck in die Stirne hing, zurück.

«Darauf lasst uns trinken! Ein Prosit der ewigen Jugend!», stimmte der Sturmschopf, dessen Haar sich beinahe so kühn türmte als das der beiden Hausherrinnen, mit glühenden Wangen ein.

«Ein Prosit! Prosit! Prosit!», ertönte es von allen Seiten.

Unter lautem Beifall ward die nächste Bouteille herumgereicht, Gläser stießen klirrend aneinander und gingen zu Bruch. Von dem zierlichen Birnbaumtisch, den der Verleger zum Einzuge geschenkt, floss der Wein in Strömen hinab – doch in jener Nacht war alles eins.

«Wir wollen einen Schwur tun!»

Der jüngere der beiden Hausherren sprang von dem Diwan, auf dem er neben seiner reiferen Seelen- und Sinnenfreundin gelagert, und eilte hinüber zu den Vorhängen.

«Friedrich, tu's nicht!», rief die Schwägerin, die den Damast erst gestern neu aufgesteckt, und musste sich selbst zum Trotze lachen, da sie sah, wie die heruntergerissene Draperie zur Toga ward.

«Römer! Mitbürger! Freunde!»

«Brav memoriert, Bruderherz, brav memoriert», spottete der Einzige der versammelten Herren, der die Schwelle zum vierten Lebensjahrzehnt bereits überschritten.

«Still! Wir wollen Brutus hören!»

Erneut brachte sich der Lausbubenkopf in Positur: «Um meiner Sache willen hört mich ...»

«Hört mich meine Sache führen, und seid still, damit ihr hören möget! So heißt's! Hear me for my cause, and be silent, that ...»

«Kleinkrämer!»

«Pedant!»

«Schäkespearist!»

«Darf ich nunmehr meinen Schwur beginnen? Oder wollen wir uns beugen ins brüderliche Übersetzerjoch?», begehrte der Jüngere zu wissen.

«Pfui!»

«Niemals!»

«Sprich den Schwur!»

Zum dritten Male raffte er sein Gewand und hob den rechten Arm. «Wohlan denn! Freunde! Geliebte! Brüder! Ja, Bruder, auch du!» Mit herrischer Geste unterband er das Gelächter, das sogleich wieder entflammt. «Finden wir uns nicht alle, die wir hier sitzen, in der Blüte unserer Empfindlichkeit? In zärtlicher Sympathie mit einem jeglichen, das lebt? Atmet uns nicht aus allen Gegenständen der Geist der Freude entgegen, der die Welt mit magischem Firnis überzieht und uns in stillem Entzücken zerfließen macht? Und wie, o Brüder! Diese höchste Irritabilität, dies beneidungswürdige Vorrecht unserer Jugend, sollen wir dem schnöden Räderwerk der Zeit zum Opfer bringen? Sollen es leiden, dass sie uns ebenso stumpf und klein mahlt wie all die braven Nachtmützen da draußen, die in ihren Betten ächzen und denen, selbst wenn sie die blaue Blume im Traum erblickten, am nächsten Morgen nichts Bessres einfiele, als darüber zu räsonieren, welch hübsches Sümmchen sie ihnen auf dem Markte hätte eingebracht?»

«Niemals!»

«Schande!»

«Tod den Philistern!»

«Und darob», setzte der Jüngere seine Rede schwungvoll fort, «o meine geliebten Brüder und Schwestern: Fasst euch nach ehrbarem Mittelalters Sitte ins volle Haar und sprecht mir nach: Wer an sich die erste graue Strähn' gewahrt, der nehme ein Pistol und erschieße *eo ipso* und *stante pede* sich selbst! Wer's nicht tut, sei

als Hundsfott gebrandmarkt und auf ewig aus unserer Mitte verbannt!»

«So sei es!»

«Gut gesprochen!»

«Vivat!»

«Unser Friedrich lebe hoch! Hoch! Hoch!»

Die nächste Flasche machte die Runde. Die Gesichter glühten
heißer denn der Ofen in des kleinen Salons Ecke, und niemand
beachtete des Redners reifere Seelen- und Sinnenfreundin, die auf
dem Diwan heimlich sich die Locken zupfte.

«Alle Greise gehörten aufgehängt!»

«Recht so!»

«Wie wär's, wir zögen zu Schillern hinüber und statuierten dort-
selbst das erste Exempel?»

«Pfui, Friedrich, das ist gar zu arg!»

«Hab's gestern erst mit eignen Augen gesehen: Der Feuerkopf
verascht.»

«Das täuscht du dich: Unsere Freiheitsdrossel pudert sich wieder
das Haar, weil's dem Herzog besser so gefällt.»

Ins explodierende Gelächter hinein flehte der helle Sopran der
jüngeren Hausherrin: «Ach, Wilhelm, bitte, sag noch einmal das
Gedicht!»

«Für dich, ewig Geliebte, alles!»

Der ältere der beiden Brüder erhob sich, stellte das Spielbein
aus und reckte die Hand: «Ähred die Fraue, sie schdrigge die
Schdrümbfe, wollisch un warm, zu durschwade die Sümbfe ...» Der
Rest versank in nicht enden wollender Heiterkeit.

«He, Ritter, was schaust du so griesgrämig drein?»

«Wie wenn dir einer von deinen Fröschen über die Leber
gesprungen wär!»

«Oder hast ein grieselich Haar an dir entdeckt?»

«Komm, Ritter, trink noch eins!»

«Johann! Johann!»

Diese Stimme! Woher kam diese Stimme? Keiner der Freunde, selbst wenn sie noch so bezecht, hatte je ihn bei diesem Namen genannt ...

«Johann! Bitte, lassen Sie uns gehen! Ich habe bezahlt.»

Ritter blinzelte noch einmal. Doch die Scheibe war wieder zum undurchdringlichen Spiegel geworden, aus dem ihm ein grauhaariger Greis entgegenstierte, der sich von der jungen Frau, die hinter ihm stand, widerstandslos an den Schultern fassen ließ.

Verehrter Leser! Auch ich vermag noch nicht zu deuten, welch dunklem Plan Johanna folgt, indem sie unsern Rittersmann auf einen Schlag ergrauen ließ. Indes bin ich voll Zuversicht, dass nicht ihr Plan der Weisheit Licht muss scheuen. Voll Argwohn seh hingegen ich, wie unser Freund aufs Neu gestimmt, sich im Obskuren zu verlieren.

Warum just jenes Jenaer Gesindels erinnert er mit solcher Wehmut sich? War mit den hellsten Köpfen seiner Zeit der Umgang ihm nicht reich beschert? Mit Humboldt! Ørsted! Goethe gar! Stattdessen träumt er jenen Säufern nach, die tumb mit ihrer Jugend prahlen.

O hätten sie beherzigt nur ein einzig Wort von ihrem Schwur! Verehrter Leser, ich versichere Sie: Nicht eins von diesen Pfaffen-, Junker-, Krämersöhnchen hat unergraut sich in sein Grab gelegt. Der Einzige, der's tat – das Pflänzchen zart, das sich *Novalis* nannt –, besaß Geschmack genug, an jenem Abend krank das Bett zu hüten.

Ach, wärn bloß brave Händler sie geworden! Verziehen hätt ich längst ihr Blaue-Blum-Gewäsch. Doch wie die Säfte ihnen stockten, da schauten bang nach einer neuen Blum' sie aus. Und diesmal nicht auf Feld und Flur sie suchten, auch in des Berges Tiefe nicht. Nein, in der Kirche Gärtlein schlichen sie. Und kürten – rupf! – die *Passiflora* zu ihrem jüngsten Passionsgewächs. In Hundedemut drängten sie in jenen Zwinger sich hinein, aus dem sich zu befreien doch die Menschheit damals im Begriffe.

Von Arnim, unser erster Plärrer, gleich einer Billardkugel irrte er umher, unfähig zu entscheiden sich, in welches Loch er sollte kollern: Katholen- oder Protestantenfut?

Sein Busenfreund, Brentano *Clemens*, kannt solche Zweifel anfangs auch. Doch ihm bald klärte sich der Weg: Aus der Pastorentochter Schoße gings hinüber hart zum Nonnenschoß, ein Weib, das – echte Christusbraut! – aus vielen Wunden wusst zu bluten, nur aus der einen – ach, was soll's.

Der große Schlegel wiederum, der *Schäkespearist,* der Indienkenner, der trieb's am buntesten von allen. Nachdem sein Carolinchen ihm mit Friedrich Schelling durchgebrannt, heult er am Genfer See sich aus. Doch wer ist schon Madame Staël, wenn Saraswatis Schellenröcke bimmeln?

Am tiefsten aber sank der Bursch, der es in jener Nacht gewagt, den edlen Schiller zu verleumden: Nach Wien ging das klein Schlegelein und meint mit dem Katholentum es grad so ernst, als es zuvor dem Flegeltum gehuldigt. Und wie der Papst zum Dank für so viel Kretinismus den Christusorden ihm verlieh, entwich ein satter Seufzer bloß der feisten Lutheranerbrust.

O Ritter, nie, nie wieder will ich dich in solch *romantischer* Gesellschaft sehn!

Wenn er mit diesem Appetit weiteraß, konnte sie ihren Plan für heute begraben. Quatsch. Sie konnte ihn jetzt schon begraben. Er hatte ein komplettes Frühstück bestellt und einen Teller *pancakes* dazu. Mit höchster Konzentration und dennoch wahllos durcheinander schaufelte er Spiegeleier, Bratkartoffeln, Würstchen, gebutterten Marmeladentoast, Speck und Pfannkuchen in sich hinein. Ahornsirup vermischte sich mit Bratensauce zu etwas Unaussprechlichem. Soweit Johanna sich erinnern konnte, war der Kerl hier der erste Deutsche, der es nicht schockiert ablehnte, sein Frühstück in *gravy* ertränken zu lassen.

«Hi folks, how are we doing here?», fragte die Kellnerin, die nun schon zum dritten Mal mit einer vollen Kaffeekanne am Tisch vorbeikam.

Johanna bedeckte ihre Tasse mit der Hand, während ihr Gegenüber sich gern nachschenken ließ. Wahrscheinlich verfügte dieser Mensch über einen Stoffwechsel, der ebenso erstaunlich war wie sein Immunsystem. Trotzdem war es für die Katz, nach einem solchen Frühstück Blutwerte zu messen. Obwohl: Interessant wäre es schon herauszufinden, wie sein Insulin- und Cholesterinspiegel auf eine derartige Zucker-Fett-Orgie reagierten.

«Brennt's noch?», fragte Johanna, um zu sehen, ob er wieder bereit war, sie eines Wortes zu würdigen. Zur Antwort erhielt sie ein Brummen. Immerhin.

«Ich meine Ihre Kopfhaut. Wenn ich gewusst hätte, was für eine Aktion es ist, schwarze Haare grau zu färben, hätte ich Ihnen das nicht angetan.»

Das nächste Brummen fiel bereits etwas länger aus. Johanna schob ihr Schüsselchen mit den Resten von Joghurt, Cornflakes und Wassermelone zur Seite. Wie einfach war das Leben doch gewesen, als sie sich ausschließlich mit Mäusen und Zebrafischen hatte herumschlagen müssen.

«Whenever you're ready.» Selten war Johanna die amerikanische Unsitte willkommener gewesen, dem noch essenden Gast die Rechnung zu präsentieren und ihm durch die Floskel, er solle sich alle Zeit der Welt lassen, nur umso unmissverständlicher zu verstehen zu geben, dass er den Tisch so schnell wie möglich räumen möge.

«Ich geh dann schon mal zur Kasse», sagte sie und erntete das dritte Brummen. Dafür dass er vor zweihundert Jahren geschrieben haben wollte, dass jeder Herd ein Hochaltar des Teufels sei, legte er eine erstaunliche Fressobsession an den Tag.

Als endlich auch ihr «Ritter» bereit war, den Lonely Loon Diner zu verlassen, brachte Johanna all ihre Selbstüberwindung auf und hakte sich bei ihm ein.

«Na», fragte sie fröhlich. «War das jetzt wirklich so schlimm?»

Brummen Nummer vier. Doch Johanna spürte, wie der Arm nachgab, der anfangs steifer als ein Ast in ihrer Armbeuge gehangen hatte.

«Und wissen Sie was?», legte sie noch fröhlicher nach. «Richtig gut schauen Sie aus.»

Sie vermied es, einen Blick in die spiegelnde Schaufensterscheibe zu werfen, an der sie gerade vorbeigingen. Ihr ursprüngliches Vorhaben, ihn nach dem Friseurbesuch neu einzukleiden, hatte sie noch in Billy's Hair Salon begraben. Dann schlenderte sie halt Arm in Arm mit einem grauhaarigen Herrn die Hauptstraße entlang, auf dessen Brust türkisgrüne Kolibris an malvenfarbigen Blütenkelchen nippten. Die Geschichte vom verwahrlosten Auswanderer-Onkel, der seit Jahrzehnten ohne jede Krankenversicherung in einem Trailerpark in South Carolina hauste – und den seine besorgte Nichte nun zu sich geholt hatte, um ihn im Universitätskrankenhaus einmal auf Herz und Nieren untersuchen zu lassen –, wurde durch dieses unmögliche Hemd umso glaubwürdiger.

Größere Sorgen bereitete Johanna noch immer derjenige, der darin steckte. Auch wenn die zweitausend Kalorien, die er zu sich genommen hatte, ihn fürs Erste besänftigt zu haben schienen, war Johanna schleierhaft, wie sie es verhindern sollte, dass er im Krankenhaus den nächsten Aufstand machte. Und im Gegensatz zu diesem Billy, dessen Geschäft davon lebte, dass er jeden Wahnsinn als niedliche Marotte belächelte, gab es dort Personal, das darauf geschult war, im richtigen Moment keinen Frisierumhang, sondern die Zwangsjacke zu holen.

Auf der anderen Straßenseite entdeckte Johanna Lizzie, eine Kollegin aus der Abteilung Bioinformatik. Sie hoffte, dass diese zu tief in ihre eigenen Gedanken versunken war, um irgendetwas von der Außenwelt wahrzunehmen, doch schon winkte Lizzie herüber, begleitet von einem mehr als neugierigen Blick. Johanna winkte nur kurz zurück und ärgerte sich, dass sie errötete. Ihr Onkel. Sie war mit ihrem Onkel unterwegs. Alles vollkommen harmlos.

Doch selbst wenn es ihr gelingen würde, ihren «Onkel» dazu zu bringen, dass er sich ohne Skandal Blut abnehmen und eine Manschette um den Oberarm legen ließ, in einen Plastikbecher pinkelte, in Schläuche blies und sich auf ein Fahrrad setzte, um mit verkabelter Brust bis zur Erschöpfung in die Pedale eines Ergometers zu treten – was würden die Ergebnisse verraten? Melissa, Yo-Yos Frau, leitete die neurochirurgische Abteilung am Krankenhaus und hatte sich bereit erklärt, den Gesundheitscheck als Freundschaftsdienst durchzuführen. Mittlerweile fragte sich Johanna allerdings, ob es nicht klüger gewesen wäre, sie hätte Melissa erzählt, jener verschollene und plötzlich wieder aufgetauchte Verwandte sei ihr Cousin, ungefähr so alt wie sie selbst. Musste nicht schon die naivste Krankenschwester misstrauisch werden, wenn ihr ein Siebzigjähriger präsentiert wurde, der keinerlei alterstypische Verschleißerscheinungen zeigte?

Während Johanna ihren «Onkel» auf die andere Straßenseite bugsierte, um François auszuweichen, einem Biochemiker, den sie seit über zehn Jahren kannte, begann ihr zu dämmern, dass *sie* naiv gewesen war, als sie geglaubt hatte, der alterslose Kauz hier ließe sich durch einen Friseurbesuch glaubhaft in einen älteren Herrn verwandeln.

Schon wieder hatte er sich wie ein Kind benommen. Wie ein missratenes Kind, das nicht genügend Strafe erfahren ...

... «Johann Wilhelm, du bist dir der Schwere deiner Schuld bewusst?»

«Ja, Herr Vater.»

«So bist du bereit, selbst das Urteil über dich zu sprechen?»

«Ja, Herr Vater.»

«Wohlan, ich höre.»

«Zwanzig Hiebe mit der Rute, Herr Vater.»

«O dass der Herr mit solcher Brut mich straft! Wagt es, den heiligen Gottesdienst zu entweihen, und meint gar noch, zwanzig Hiebe reichten hin, solch schwere Missetat zu sühnen!»

«Aber Herr Vater, wie konnt ich ahnen, dass das Fröschlein wieder zum Leben erwacht und aus der Tasche mir springt? Wie ich's fand, draußen am Weiher, da war's ganz kalt und starr!» ...

Ritter blickte zu Johanna hinüber, die stumm den Wagen lenkte. Um Verzeihung bitten musste er sie. Ohne weitere Umstände um Verzeihung bitten. Denn war's nicht besser, dass sie ihm ein ordentliches Äußeres nun verliehen? Und hatte sie nicht – das erste Mal, seit sie einander begegnet! – gesagt, er schaue gut aus? Gar *richtig* gut? Was klammerte er sich an jenen eitlen Jugendwahn, der damals, in der Jenaer Freundesnacht, ihm nichts als töricht doch erschienen war?

Mit beiden Händen fuhr Ritter sich durchs Haar. Und immer noch fühlte es sich an wie das Fell jenes Hundes, der ihn auf seiner sinnlosen Wanderung von Jerusalem nach der Wüste einstmals begleitet. Und da plötzlich drang er vor bis zum Grunde des Entsetzens, das ihn beim Barbier gepackt: Nicht sowohl der grau geschorene Anblick seiner selbst war es gewesen, sondern das fremde Gefühl, das seinen Fingern sich dargeboten. Lange vor ihm hatten sie erkannt, dass er das Einzige eingebüßt, das ihn durch alle Irrsale hindurch vergewissert, dass er noch er selbst – den vertrauten Griff ins volle Haar.

Zögernd suchte Ritter sein Bild in dem kleinen Spiegel, der außen rechts am Wagen ausgeklappt.

Recht hatte Johanna: Gut schaute er aus. *Richtig* gut. An das fremde Gefühl würde er sich rasch gewöhnen. Objects in mirror are closer than they appear. So zart aufs Spiegelglas gesetzt, dass er ihn kaum entziffern konnte – was wollte dieser dunkle Spruch bedeuten?

Verstohlen ließ Ritter seinen Blick hinüberschweifen zu Johanna. Warum sprach sie noch immer nichts? Wollte sie ihm Komplimente machen und fand die rechten Worte nicht? Des Morgens hatte er sich verwundert, dass sie durchaus darauf bestanden, ihm ein Pflaster aufzulegen, obgleich die Wunde seit Tagen nicht mehr nässte. War's ein Vorwand gar gewesen, ihm nahezukommen? Nicht wagte er's, den Gedanken zu Ende zu denken.

Aus dem Orte fuhren sie hinaus. Einen Augenblick bangte Ritter, Johanna würde ihn, zur Strafe für sein kindisches Betragen, zurück in Ruthies Hütte bringen. Sagen musste er etwas, um Verzeihung bitten, schnell! Doch da waren sie schon vorbei an der Kreuzung, an der sie die Straße hätte verlassen müssen und einbiegen in den Highway zu seinem Walde. Wo wollte sie bloß mit ihm hin? Da! Jetzt erkannte er den Weg: hinunter zu dem schönen Strand, an dem er mit Ruthie oftmals gewesen.

BIRD ROCK BEACH HOTEL. MAGIC BY THE SEA. Selbst so lustig als ein Schwarm Möwen flogen die bunten Tafeln an ihm vorbei. LET THE GOOD TIMES LOBSTER ROLL. ALL YOURS FOR JUST $13.99. Und da! An jenen Silberhaarigen dort oben – gut erinnerte er sich an ihn! HUSBAND A DANGEROUS CHEATING MONSTER? DIVORCE HIM! Da Ruthie noch am Steuer gesessen, hatte er sie gefragt, ob jener Silberling gar selbst das gefährlich betrügerische Monster war, das von der Frau geschieden werden musste. Und lachend hatte Ruthie die eine Hand von der Lenkung gelöst und, seinen Schenkel tätschelnd, ihm gesagt: «Oh my goodness, John! Sometimes you're really funny!» Nie wär's ihm damals in den Sinn gekommen, dass männlich Silberhaar die Attraktion aufs weibliche Geschlecht erhöhen mochte. Doch was war dies? Warum verließ Johanna jetzt die Straße, wo sie doch gleich den Strand erreichten?

DARK HARBOR MEDICAL CENTER. TOTAL CARE. INSIDE AND OUT.

Abgrund, tu dich auf! ... Flibbertigibbet ... Nicht dies! *Nicht dies!* ... Wie konnte sie so grausam sein! ... O de de de de de ...

«Hören Sie: Sie müssen mir jetzt einen großen Gefallen tun.»

War sie es, die da sprach? Oder war's die alte Schlange nicht, die lispelnd ihm den eignen Untergang als höchstes Glück vordemonstrieren wollte?

«Bitte! Es sind nur ein paar harmlose Tests. Ihnen kann nichts passieren. Ich kenne die Ärztin, die Sie untersuchen wird, sie ist mit einem guten Freund von mir verheiratet. Ich habe ihr erzählt, dass Sie mein Onkel sind. Niemand wird Verdacht schöpfen, wenn Sie sich normal benehmen. Bitte! Ich brauche diese Ergebnisse, um zu verstehen, was mit Ihnen los ist.»

Hell fiepte der Alarm, da Ritter den Gurt löste, mit dem er am Sitze gefesselt, und noch aufgebrachter ward das Gefiep, da er des Wagens Türe öffnete und sich, ohne zu zögern, hinauswarf auf den rollenden Asphalt.

Ritter! Willst nun dem Zirkus dich empfehlen? Nicht recht athletisch dünkt mich dieser Klapperleib. Doch ist's der Clown, den du willst geben, so lass gesagt dir sein: Nicht witziglich ist jene Nummer.

Die ganze Welt bestand aus Sand. Und Körnchen für Körnchen ward der Sand zu Ameisen, und die Ameisen krabbelten ihm sogleich in den Vorderschädel hinein. Im hintren Schädel aber schwappte das Meer. Wo gedacht werden sollte, war nichts wie Wasser, zuweilen ein Krebs hie und da. Aber die Krebse ersoffen nicht, und die Ameisen ertranken nicht, wie schnell er auch rannte.

Noch immer konnte Ritter ihre Stimme hören, gellend rief sie hinter ihm her. Nimmer nicht durfte er rasten. Möwen stürzten kreischend herab, Krähen stießen um ihn hernieder. Wäre er nur ein Leichnam! Mit Freuden überließe er ihnen sein Aas.

Wie hatte er glauben können, sie sei ihm gut! Ein Versuchstier war er ihr, weiter nichts, ein Stück Vieh, das nach Belieben sie scheren, umfärben, zur Ader lassen und in ihre Experimentenkammer hineintreiben konnte. O ja – und das zu füttern sie nicht vergaß!

Auf seinen Lippen schmeckte Ritter der Brandung salzige Gischt. In den Ozean hinaus musste er fliehen, wollte er sicher entrinnen. Doch da! Folgte sie ihm nicht schon? Nein, ein fremder Wagen war's mit hoch aufragenden Angelruten vorn am Bug. In Flammen stand seine Lunge, längst war das Meer in seinem Schädel verdampft, seit Ewigkeiten war er nicht derartig gerannt. Endlich erreichten seine Füße das Wasser, mit jedem Schritt spritzte es kalt an ihm empor. Da ließ er sich fallen, ließ das geschorene Haupt von den Wogen überrollen, auf dass die Krebse darin ersaufen und die Ameisen ertrinken mochten.

… Gott sei mir gnädig nach deiner Güte, und tilge meine Sünden nach deiner großen Barmherzigkeit. Wasche mich rein von meiner Missetat und reinige mich von meiner Sünde; denn ich erkenne meine Missetat, und meine Sünde ist immer vor mir …

Wer zerrte da an seinen Schultern? Hatten sie ihm in der Illenau nicht eingetrichtert, dass all die Tauchbäder wider den Wahnsinn nichts halfen, wenn der Kranke aus dem Wasser gezogen ward, bevor der Psalm *Miserere* zu Ende hergesagt? Vergeblich wehrte er sich gegen die Kraft, die an seinen Schultern riss. Prustend und um sich schlagend, tauchte Ritter auf.

«Hey, man! What do you think you're doing here? Jesus Christ!»

Ein unbekannter Mann – tarngrün glänzende Hosen reichten ihm hinauf bis zur Brust – starrte ihn an wie etwas, das er nun, da er es vor sich sah, doch lieber am Meeresgrund belassen hätte.

«I'm sorry, Sir», keuchte Ritter. «I'm sorry. Thank you. Please let me go. I'm fine.»

Kaum hatte der Angler die Hände von ihm gelöst, begann er eilends, durch die hüfttiefe Brandung davonzustaken.

«Hey, you're really sure you need no help? You're bleeding», rief es hinter ihm her.

«Thank you!», schrie Ritter, ohne sich umzuwenden. «Thank you! I'm fine!»

Ängstlich huschte sein Blick über den Strand. Kein zweiter Wagen war in Sicht. Nie wieder durfte er so leichtsinnig sein! Was, wenn kein freundlicher Angler ihn, sondern einer der Strandhüter aus dem Wasser gefischt? Hatte er diese, da er mit Ruthie hier gewesen, nicht oft genug in ihren weißen Wägen patrouillieren sehen? Und gerade jetzt durfte er keinem von ihnen in die Arme laufen: Sein rechter Ellenbogen war geschürft, sein rechtes Knie blutete durch die zerrissene Hose hindurch. Tropfend hingen die Kleider an ihm herab, in seinen Schuhen quatschte das Wasser. Auch ohne sich umzusehen, wusste er, dass er eine blutig feuchte Spur zog. Zu seinem Glück war der Sommer endgültig vorbei, außer ein paar Anglern besuchte niemand den weiten, langen Strand.

Während er sich durch den Sand schleppte, der immer schwerer an seinen nassen Schuhen und Hosenbeinen klumpte, ward Ritter bewusst, dass er nicht die geringste Vorstellung hatte, wohin er gehen solle. Anders als erwartet, schien Johanna durchaus nicht nach ihm zu suchen. Weshalb auch hätte sie's tun sollen? Gab's *einen* Grund, dem nutzlosen Ballast, der nichts als Scherereien ihr bereitete, nachzutrauern?

Ritter stieß ein trauriges Lachen aus, das die Möwe über ihm höhnisch erwiderte. Wer hätte gedacht, dass die Folterknechte der Illenau einmal recht behalten würden: Das eisige Bad hatte ihn zu Vernunft gebracht. Mit schmerzlicher Klarheit erkannte er, wie töricht es von ihm gewesen, Johanna zu zürnen. Was war verwerflich daran, dass sie mit ihm experimentieren wollte? Hatte er nicht selbst in seinen guten Tagen Tausende von Fröschen der Wissenschaft geopfert – ihre abgetrennten, gehäuteten Schenkel an Zink und Silber zucken lassen und der lieben Tierchen dennoch nie anders denn *con amore* gedacht? Nie hatte er verstehen können, warum seine Catharina sich so geekelt vor den Fröschen. In der warmen Jahreszeit hatte er von jedem Ausflug nach Weimar hinüber eine

147

stattliche Zahl mitgebracht und diese im feuchten Kämmerchen unter der Stiege hausen lassen, bis er sie für seine Versuche benötigt. Ebenso wenig hatte er verstanden, warum die Frösche aus dem Park an der Ilm um ein Vielfaches erregbarer gewesen denn jene, die er im Paradies an der Saale gefangen.

Ritter bückte sich nach einem Seestern, der vor ihm im Sande lag. Ein seltener Fund an diesem Strand. Und einer der fünf Arme fehlte. Wohl war er einer hungrigen Möwe zum Oper gefallen. Was hätte er damals darum gegeben, die Erregbarkeit eines Seesterns zu prüfen! Soweit ihm bekannt, hatte nicht einmal Humboldt, der vom Ankerwurm über die Knotenschelle bis hin zum Glockenpolypen das seltsamste Meeresgetier galvanisiert, je einen Seestern armiert. Welch glücklicher Nachmittag war es gewesen, an dem sie zusammen einem Taschenkrebs Zink ins Maul gesteckt und den silbernen Leiter im Wechsel an die gestängelten Augen angelegt, um auf diese Weise bald sein rechtes, bald sein linkes Auge willkürlich zu erschüttern! Und wie waren sie erschrocken, als der Krebs, den sie doch für lange tot gehalten, mit einer seiner Scheren nach ihnen geschnappt!

Armer Seestern, dachte Ritter und warf den Krüppel in den Sand zurück. Hoffentlich stieß rasch die nächste hungrige Möwe herab, des Tierchens Schicksal zu vollenden. Frierend setzte er seinen Marsch fort.

Was für ein sentimentaler Tropf er geworden war. Hatte er damals Mitleid mit dem vierzehntägigen Hühnchen empfunden, welches er aus dem Ei gepellt und mit Gold und Zink belegt, um jede Bewegung, die er dem stummen Schnabel, den verklebten Flügeln entlockt, eifrigst zu notieren? Hatte er Mitleid mit dem Pferde gehabt, da der Medizinal-Kollege Spix ihn eingeladen, gemeinsam mit ihm zu beobachten, über wie viele Tage der Erstickungstod des Tieres sich hinzog, sobald sie ihm an der Wirbelsäule die Nerven des achten Paars durchtrennt? Hatte er je Reue empfunden, dass er dem Experiment noch eins draufgesetzt, indem er die zerschnittenen Nerven des beinahe schon verendeten Pferdes in den Kreis einer Voltaischen Säule gebracht, um zu schauen, ob sich dessen Lebenskampf solcherweise ließ verlängern? Waren es nicht stets Festtage gewesen, wenn ein Chirurgus ihm einen frisch amputierten Fuß oder gar ein ganzes Bein überlassen, das er so lange reizte, bis den toten Muskeln selbst durch immer noch höhere Intensitäten keine kleinste Zuckung mehr zu entlocken? Und hatte er nicht heimlich davon geträumt, eines Tages einen frisch Enthaupteten in sein Laboratorium zu bekommen, an dem er seine kühne Vermutung erproben konnte, elektrischer Reiz, gehörig angewandt, sei durchaus imstande, das Gehirn zu vertreten? Gottlose Torheiten!

Wie hatte der Name jenes britischen Fräuleins gelautet, dessen schauerlicher Roman ihm an Bord der *Terra Nova* in die Hände geraten? Sheila? Shuly? Von Galvanismus hatte die Dame gerade so viel verstanden als ein staunendes Kind, und trotzdem – war's ihr zu verdenken, dass sie seiner einstigen Zunft dies abgeschmackte Denkmal gesetzt, an das sich die Welt bis heute zu erinnern schien?

Erschöpft sank Ritter in eine Düne, die ihm notdürftig Schutz vor lästigen Blicken bot.

Was sind Sie? Frankensteins Monster? Johanna hatte es letzte Nacht wohl erkannt. Er war kein Doktor Frankenstein mehr. Falls er überhaupt noch etwas war, glich er dem Scheusal, das jener neue Prometheus in seinem maßlosen Wahne erschaffen.

Während die Reue ihn ebenso heiß überkam, als ihn die Wogen des Atlantiks zuvor kalt überspült, merkte er zugleich, wie Widerspruch sich regte. War er nicht mindestens der menschlichen Seele stets mit der Hochachtung begegnet, die ihr gebührte? Einer Hochachtung, die Johanna nun deutlich vermissen ließ? Und verübelte er es ihr also nicht durchaus zu Recht, dass sie sich einbildete, sie dürfe mit ihm verfahren, wie wenn er ein Tier wäre – oder ein menschlicher Leichnam, restlos entseelt?

So müde war Ritter mit einem Male, dass er auf der Stelle hätte einschlafen können. Doch von Neuem fing es an, in seinem Schädel zu kribbeln.

«Gedenke Campettis», wisperten die Ameisen.

«Hast du an jenem unschuldigen Burschen nicht übler getan denn Johanna an dir?», flüsterten die Krebse. «Was musstest du ihn im bittersten Winter aus seinem ländlichen italienischen Frieden reißen und nach dem kalten München entführen, wo er ärger litt denn ein Tiger in der Menagerie?»

«Das ist nicht wahr», murmelte Ritter. «Nie habe ich Campetti zur Belustigung vorgeführt. Mir selbst war das öffentliche Spektakel – das zu veranstalten manche Kreise sich gedrängt wähnten – am allerwiderlichsten. Hatte ich nicht die peinlichste Sorgfalt darauf verwendet, dass nur ausgesuchte Wissenschaftler zugegen waren, da ich Ende des Frühjahrs endlich daran gehen konnte, ihn auf einem streng abgeschirmten Wiesenstück nach verborgenen Metallen, nach unterirdischem Wasser fühlen zu lassen? Habt ihr vergessen, was für eine jämmerlich dürre Zeit es damals in der Physik gewesen? War ich nicht berechtigt, alles daran zu setzen, dem ausgetragenen Boden, auf dem kein edles Korn mehr gedieh, seinen ursprünglichen Reichtum wiederzugeben?»

«Tage und Nächte hast du den armen Bauernknaben in deinem Zimmer eingesperrt! Ihn mit Degendrehen und Pendelschwingen bis zur Erschöpfung malträtiert! Und hast die Versuche selbst dann kaum unterbrochen, da deine Catharina im Nachbarzimmer euer zweites Töchterlein gebar.»

«Dies ist ein andres! Ich war im Rausche! Die wunderherrlichsten Dinge habe durch Campetti ich gesehen! Alles, alles gelang ihm! Selbst die Baguette – um ein so Vielfaches schwieriger zu handhaben denn das einfache Pendel – neigte sich, ohne zu zögern, in seiner Hand! Und obgleich er kein einzig deutsches Wort verstand und ich des Italienischen wenig mächtig, vermochte er mich so exakt anzuleiten, dass es schließlich auch mir glückte mit der Baguette! Nie wieder habe ich solch unbewusst mitteilende Kraft erlebt! Seine bloße Nähe reichte hin, die Regelmäßigkeit der Experimente, die ich neben ihm anstellte, zu unterbrechen! In diesem frommen, einfachen Landmanne offenbarte sich des menschlichen Wesens wirkliche Magie!»

«Eine Magie, die du zu zerstören suchtest! Was setztest du ihm glühende Drähte an den Nacken und manch andres, weit empfindlicheres Körperteil!»

«Campetti hatte eine kräftige Natur! Wusste ich nicht aus eigner Erfahrung, dass es sich durch allmähliches Angewöhnen in der Schmerzverwindung zu großer Übung bringen lässt, die dann selbst die Folgen des Schmerzes so leicht verhütet?»

«Dennoch begann Campettis Lunge zu bluten ...»

«Nicht durch meine Schuld! Sein Heimweh war's! Und habe ich ihn nicht sogleich gehen lassen, da ich sah, dass seine robuste Konstitution sich erschöpft?»

Ameisen, schweigt! Krebse, genug!

«Für Wochen hast du ihn der mildtätigen Gnade einer Hofkammerrätin überantwortet, die mit dem Elenden nichts Bessres anzufangen wusste, denn ihn in ein Damenstift einzuweisen!»

«Wo ich ihn jeden dritten Tag visitiert! Und auch den Schelling anhielt, recht oft ihn zu besuchen.»

«Belüge dich nicht, Ritter! Erleichtert warst du und höchst erfreut, da du den armen Bauernbuben im Sommer endlich wieder heimschicken konntest an seinen Gardasee! Längst war er dir zur Last geworden, mit dem Siderismus zugleich, durch den unsterblichen Ruhm du zu ernten glaubtest – und dich am Ende bloß zum Gespött der ganzen Wissenschaft gemacht!»

«Nie lebte ich in Zeiturteilen! Hätt ich die Mittel gehabt – nimmer nicht hätte ich von meinem Unterfangen abgelassen! Allen hätt ich gezeigt, dass ich der Ritter bin! Aber was sollte ich ausrichten gegen die Akademie, gegen den gespenstischen Chor der Stimmen, die lauthalsig schrien, für alles Sinn zu haben, während sie in Wahrheit ein jegliches Großes, das je versucht, ohne Prüfung verwarfen?» ...

Als Ritter wieder erwachte, begann es bereits zu dämmern. Grau lag der Himmel über dem Meer. Sein Schädel schmerzte – doch endlich war es darin still.

Würde er den Weg nach Hause finden? *Nach Hause!* Eine einzige Nacht bloß hatte er auf der Couch in Johannas Wohnung zugebracht. Und schon war er einfältig genug zu denken: *nach Hause.*

Zurück zu den Mäusen. Zurück zu den Zebrafischen. Endlich die menschlichen embryonalen Stammzellen aus ihrem Tiefkühlschlaf wecken und mit dem großen Werk beginnen.

Die Flasche Rotwein, die Johanna vorhin in dem völlig überteuerten kleinen Deli in der Main Street gekauft hatte, war beinahe leer.

Wenn sie schon zu träge war, ins Labor hinüberzugehen, sollte sie wenigstens den Vortrag überarbeiten, den sie nächste Woche halten musste. Waren zwar schlaue Kerlchen, diese Immortalisten, aber von Wissenschaft hatten die meisten leider keinen blassen Schimmer.

Johanna stand auf – und ließ sich gleich wieder auf die Couch zurückfallen. Sie hatte ja gar keinen Laptop mehr. Dann wenigstens einen neuen im Internet bestellen. Zum zweiten Mal stand sie auf. Aber Quatsch. Ging ja auch nicht. Ohne Laptop. Mit dem Smartphone bestellen? Zu mühsam. Wie lange hatte der Apple Store in der Church Street auf? Nochmals Schuhe anziehen? Viel zu mühsam. Dann halt Wäsche waschen. Eine Maschine Wäsche waschen und in den vorsintflutlichen Trockner packen, der so laut war, dass er das ganze Haus aufwecken würde.

Johanna klaubte die gequiltete Tagesdecke vom Boden, die sie gestern von ihrem Bett drüben im Schlafzimmer gezogen und hierhergebracht hatte. Auf der Rückenlehne der Couch ringelte sich ein langes schwarzes Haar. Staubsaugen. Yo-Yo anrufen und ihn fragen, ob er Lust hatte vorbeizukommen. Sich bei Melissa entschuldigen.

Johanna trank einen weiteren Schluck. Dummes Mädchen, das sich eingeredet hatte, eine Flasche Rotwein sei mehr als genug.

«Rrrrriiiiiing … rrrrriiiiiing …»

Woher kam jetzt dieses Klingeln? Verwirrt schaute sich Johanna um. Das klobige braune Telefon auf dem Regal neben dem Fernseher schien zu schweigen. Ihr Smartphone konnte es auch nicht sein, weil dieses nicht klingelte, sondern einen Tango spielte.

Da wieder: «Rrrrriiiiiing … rrrrriiiiiing …»

Ach so. Es klingelte an der Tür. Aber sie hatte doch gar nicht angefangen, Wäsche zu waschen. Worüber wollten sich die Nachbarn beschweren?

«Moment, I'm coming», rief Johanna und musste lachen, als sie merkte, dass ihr das «Moment» auf Deutsch herausgerutscht war.

«Moment, *ahim kammink*», wiederholte sie im krassesten Teutonenslang und lachte lauter.

«Johanna, ich bin's!», hörte sie durch die Tür.

«Oh no!» War ihr das jetzt auch laut herausgerutscht, oder hatte sie es bloß gedacht?

«Johanna, bitte, öffne die Türe!»

Zum dritten Mal: «Rrrrriiiiiing … rrrrriiiiiing …»

«Hau ab!», rief sie und schwankte zum Flur.

«Lass mich herein, bitte!»

«Du sollst abhauen!»

Die letzten Silben landeten direkt im Gesicht des Freaks, weil Johanna, ohne es wirklich zu wollen, die Tür geöffnet hatte. Wie er wieder aussah! Seine Haare – seine heute Vormittag frisch gefärbten und geschnittenen Haare – standen wild in alle Richtungen ab. Seine Kleider hingen genauso lumpig und fast ebenso blutig an ihm herunter wie neulich, als er ihr vors Auto gestolpert war. Arm aufgeschürft. Knie aufgeschlagen. Hose zerrissen. Wie hatte sie jemals glauben können, dass es ihr gelingen würde, diesen Penner in einen vorzeigbaren Onkel zu verwandeln!

«Du darfst mich mit ins Krankenhaus nehmen», sagte er und stellte einen Fuß in die Tür, bevor Johanna sie zuschlagen konnte. «In dein Laboratorium, überallhin!»

«Quatsch!» Sie schlingerte ins Wohnzimmer zurück. Natürlich tappte er hinter ihr her.

«Hau ab!»

«Johanna, ich habe nachgedacht», sagte er wie der letzte Streber. «Alle Versuche darfst du mit mir machen! Alle Versuche, die du willst.»

«*Alle Versuche!* Was soll denn bei *allen Versuchen* rauskommen? Dass du gesund bist wie'n junger Hund? Geh zurück in deinen Urwald! Hey!»

Bevor Johanna den nächsten Schluck trinken konnte, hatte er ihr die Flasche abgenommen.

«Gib das sofort wieder her! Das ist mein Wein!»

Johanna schnappte nach der Flasche, aber er hielt seine Hand in unerreichbare Höhen gestreckt. War er gewachsen? Oder sie geschrumpft?

«Johanna», machte er weiter in seinem Streberton. «Hör mir zu! Es ist mir ernst. Ich selbst will endlich wissen, warum ich zu dem geworden, was ich bin. Nur du allein kannst mir helfen. Alles, was ich je unternommen, um mein Geheimnis zu ergründen, ging in die Irre. Bitte! Hilf mir!»

Die Stehlampe neben der Couch drehte eine anmutige Pirouette. Dann fiel Johanna um.

VIII

oll ich die Stelle ein wenig vereisen? Ein richtiges Betäubungsmittel habe ich leider nicht da.»

Zu ihrem Ärger sah Johanna, dass ihre Hände zitterten, als sie die Gewebestanze aus der Plastikverpackung drückte. Verdammter Kater. Ihr Schädel brummte noch immer, als wäre sie letzte Nacht gegen eine Wand gerannt. Wenigstens hatte die Übelkeit im Lauf des Tages nachgelassen.

«Damals in der Völkerschlacht, da dieser Rossarzt mir den Arm amputiert – meinst du, der hätte mich gefragt, ob ich zuvor einen Schluck aus der Feldflasche möcht?»

Was quatschte er da wieder für Zeug? Egal. Sie musste sich jetzt konzentrieren. Seit ihrem Studium hatte sie keinem lebenden Menschen mehr eine Gewebeprobe entnommen.

«Achtung, gleich gibt's einen kleinen Stich», sagte Johanna und setzte die Stanze vorsichtig an jenen Ellenbogen, den er sich gestern beim Sprung aus dem fahrenden Auto aufgeschürft hatte. Obwohl die Wunde noch keine sechsunddreißig Stunden alt war, schien die Proliferationsphase bereits begonnen zu haben. Das gleiche unheimliche Phänomen, das sie bei seiner Schussverletzung beobachtet hatte.

Respekt. Er zuckte nicht einmal, als die skalpellscharfe Klinge in seine Wunde schoss.

Nachdem Johanna den winzigen Gewebewürfel in einer Petrischale abgelegt hatte, beruhigte sich ihre Hand ein wenig.

«Macht es Ihnen etwas aus, wenn ich auch noch eine Probe aus Ihrer alten Schussverletzung entnehme? Ich würde gern verfolgen, in welchen Stadien Ihre Wundheilung verläuft.»

Da er nicht antwortete, schaute Johanna zu ihm auf. Schon wieder eingeschnappt. Hatte die Entnahme doch mehr wehgetan, als er sich anmerken lassen wollte? Nur undeutlich erinnerte sie sich an das, was letzte Nacht geschehen war. Bislang hatte er genug Anstand besessen, kein Wort über ihren Absturz zu verlieren. Ob *er* sie ins Bett gebracht hatte? Halb angewidert, halb erleichtert hatte Johanna am Morgen festgestellt, dass sie vollständig bekleidet war. Nur ihre Schuhe hatten, ordentlich einer neben dem anderen, vor ihrem Bett gestanden.

«Ich kann das auch später machen, wenn es Ihnen jetzt zu viel ist», sagte sie.

Hörte sie ihm jemals zu? Da hatte er in gedankenloser Großmäuligkeit eins seiner dunkelsten Geheimnisse ausgeplaudert – und sie hantierte ungerührt mit ihren Gefäßen, Pinzetten und Substanzen. War dies die neue Art zu forschen? Doch worob wollte er sich erbosen? Hatte er etwa, wenn er damit befasst gewesen, einen Frosch oder den eigenen Leib zu armieren, ein Ohr für irgendetwas außerhalb seiner Tätigkeit gehabt?

Schweigend öffnete Ritter sein Hemd.

«Danke», sagte Johanna und lächelte ihn an.

Welche Seligkeit wär's, dürfte er glauben, dies Lächeln gelte ihm und nicht dem zweiten Stückchen Fleisch, das sie soeben aus seiner Brust herausschnitt.

«Sie sind wirklich tapfer.»

Nichts als Schein war ihre Freundlichkeit – nichts als Schein, den zu wahren sie so lange sich nötigte, als sie ihn brauchte für ihr Experiment. Beim «Du» hatte sie ihn letzte Nacht genannt. Zwar wenig liebevoll, dennoch beim «Du». Warum nun wieder dieses kalte «Sie»? Keinerlei Freiheit hatte er sich gegen sie herausgenommen. Hätte er sie am Boden liegen lassen sollen, nachdem sie zu seinen Füßen zusammengesunken? Begegnete sie ihm heute deshalb so verschlossen, weil er gewagt, in ihre Kammer sie zu tragen? Weil er gewagt, die Schuh' ihr auszuziehen? Zu weit war er damit gegangen, er hatte es geahnt. Gut nur, dass seine Vorsicht ihm geraten, den

Strumpf – den er ihr bereits vom Knie zum Knöchel hinabgerollt – sogleich wieder hinaufzurollen.

«Darf ich Sie einen Augenblick allein lassen? Ich muss kurz nach nebenan, flüssigen Stickstoff holen. Drücken Sie den Tupfer fester gegen Ihre Brust, es blutet ein bisschen.»

Sie verschwand mit einer blauen Kanne in der Hand, ähnlich derjenigen, die Ruthie mit Kaffee befüllt, wenn sie gemeinsam zu einer langen Wanderung aufgebrochen. *Flüssigen Stickstoff holen* ... Wie meinte sie dies? Gewisslich war ihm Stickstoff vertraut – er wusste, dass die atmosphärische Luft Stickstoff enthielt, und hatte einstmals selbst oft reines Stickstoffgas gewonnen, indem er in einem geschlossenen Kolben Phosphor verbrannt. Doch wie sollte reiner Stickstoff flüssig sein?

«Ich habe Ihnen doch gesagt, Sie sollen fester drücken.»

Sie stellte die blaue Kanne ab und beugte sich über ihn. Mit einer raschen Bewegung wischte sie den Blutfaden ab, der seine Brust hinuntergelaufen. Musste sie diese gleichfalls blauen Handschuhe tragen, die – anstatt dass ihre Finger sanft hinwegglitten über seine Haut – dort ein sprödes Ziehen bloß hinterließen? Er wehrte die Hand ab, die ihm ein Pflaster aufkleben wollte.

«Reiner Stickstoff», fragte er. «Wie kann der flüssig sein?»

«Sie müssen bloß dafür sorgen, dass er kalt genug bleibt.» Ohngeachtet seines Protests drückte ihm Johanna das Pflaster auf die Brust. «Aber mehr dürfen Sie mich nicht fragen, ich bin keine Chemikerin. Ich weiß nur, dass es ein Landsmann von uns gewesen ist, der die Prozedur zur Verflüssigung von Gasen erfunden hat: Carl von Linde.» Sie spitzte die Lippen, wie wenn sie etwas Anzügliches ergänzen wollte. «Eigentlich müssten Sie den Herrn ja besser kennen als ich. War schließlich eher Ihre Generation.»

Und schon wandte sie – keines weiteren Blickes ihn würdigend – sich wieder den beiden Schalen zu, in denen die Stückchen aus seinem Ellenbogen und seiner Brust lagen.

«Ich werde diese beiden Proben jetzt mithilfe des flüssigen Stickstoffs blitzgefrieren. *Kryokonservieren* nennt man das. Theoretisch wären Ihre Zellen damit ewig haltbar. Ich mache das aber nur, damit ich das Gewebe nachher besser schneiden kann.»

Zur blauen Kanne schweifte Ritters Blick zurück. Hatte er nicht immer schon geahnt, dass man einen jeglichen Körper aus einem Aggregat nach dem entgegengesetzten müsse hinübergehen lassen können – wobei die Flüssigkeit stets als die Mitte zwischen Dampf und Kristall zu denken war? Was hätte er mit der Erkenntnis, dass es reinen flüssigen Stickstoff wirklich gab, nicht alles angefangen, da jede neue Erkenntnis in ihm noch gekeimt und getrieben gleich Samen in der Frühjahrserde!

«Hören Sie mir überhaupt zu?»

Noch immer hielt sie ihm den Rücken zugewandt, dennoch konnte er von seinem Platze aus sehen, wie sie mit zierlichster Pinzette in einem Schälchen stocherte.

«Jedes Mal ein nervtötendes Gefummel. Aber wenn ich die Luftblasen nicht ordentlich herausdrücke aus dem O.C.T., kann's passieren, dass sie beim Einfrieren das Gewebe beschädigen. Und später beim Schneiden gibt's blöde Risse.»

O Cee Tee? Wovon, zum Teufel, sprach sie nun? Griffbereit zu ihrer Rechten stand eine Flasche mit spitzer Tüllenschnauze, nicht unähnlich denen, die ihm in roter und senfbrauner Farbe aus dem Diner bekannt. Diese hier allerdings war mit einer durch und durch klaren Substanz gefüllt. O.C.T. COMPOUND, gelang es Ritter zu entziffern. Und darunter: EMBEDDING MEDIUM FOR FROZEN TISSUE SPECIMENS TO ENSURE OPTIMAL CUTTING TEMPERATURE (O.C.T.)

Wem war geholfen, dass diese Flüssigkeit auf einem Werbeetikett verhieß, für beste Schnitttemperatur zu bürgen – gerade so, wie wenn sie einer jener Zombietrünke wäre? Doch Johanna ließ ihm keine Zeit, sich in seinen Missmut zu vertiefen.

«Wollen Sie sehen, wie sich Ihr flüssiger Stickstoff in Gas zurückverwandelt?», rief sie. «Passen Sie auf!»

Mit größter Vorsicht schraubte sie den Deckel von der Kanne und goss ein wenig in eine gläserne Schale hinein. Sogleich begann es zu brodeln und zu dampfen.

«Flüssiger Stickstoff hat einen Siedepunkt von minus einhundertsechsundneunzig Grad Celsius. Faszinierend, nicht? Jetzt muss ich allerdings schnell machen. Ich tauche mein Cryomold mit dem O.C.T. und Ihrer Gewebeprobe darin in den Stickstoff, und sehen Sie? Schon beginnt alles zu gefrieren. Acht, neun, zehn. Fertig.»

So stolz als zehn Wehmütter präsentierte sie ihm das Förmchen, in welchem ein kleiner weißer Würfel lag. Weit mehr als dieser Würfel indes fesselte Ritter der Anblick des brodelnden Stickstoffs. Wie konnte etwas *sieden* bei einer Temperatur, die alle anderen ihm bekannten Substanzen sogleich gefrieren ließ? Nie war er mit der Celsius-Skala recht vertraut geworden – schon damals, bei seinen eigenen Messungen, hatte er sich stets lieber der Fahrenheit- oder Réaumur-Grade bedient. Doch auch ohne jene unfassliche Zahl, die Johanna ihm zugerufen, sich genau errechnen zu können, begriff er, dass minus hundertsechsundneunzig Grad kälter war als alles, was er je erlebt: kälter als das Nordeismeer, in dem jedes menschliche Leben – nein, nicht jedes –, jedes menschliche Leben bis auf das seine sogleich erstorben; kälter als der entgegengesetzte Pol der Welt, an dem das Thermometer bei minus siebenundsiebzig Grad Fahrenheit erstarrt; zwar weit entfernt noch, doch auf gutem Wege zu jenem absoluten Kältepunkt, dem er in seinen Leichtsinnsjahren nachgejagt, da er beweisen wollte, dass jeder Körper magnetisch polarisieren musste, sobald er unter jenen erkaltet ward.

«Wollen Sie mitkommen?», riss ihn Johanna aus seinen Überlegungen. «Dann können Sie zuschauen, wie ich Ihr Gewebe weiter präpariere.»

Mit dem Gefühl, Räume zu durchschreiten, die unwirklicher waren als alles, an das er sich erinnerte, folgte Ritter Johanna in einen anderen Teil des Laboratoriums. Überall summten und brummten weiße Kühlmöbel – größer noch als diejenigen, die zu befüllen manches Mal Teil seines *jobs* gewesen. In den Ecken stapelten sich unausgepackte Schachteln und Boxen mit fremdartigen Etiketten. Hätte er nicht im Vorbeihasten ein Chemiekabinett entdeckt, und hätten nicht auf jeglichen Regalen und Tischen in schönster Unordnung Röhrchen und Flaschen und Kolben und Waagen umhergestanden, die jenen Gerätschaften, die er vormals benutzt, zumindest glichen – er hätte sich eher in den Lagerräumen des *supermarket* denn an einem Orte der Wissenschaft gewähnt.

Zielgewiss strebte Johanna auf einen Kasten zu, in dessen Mitte eine Versenkung mit allerlei Apparaturen klaffte. JUNG CM3000, las Ritter. Und schwungvoll rot darunter: LEICA. Pamela – oder war es Martha gewesen? – hatte eine Kamera mit demselben Schriftzuge besessen.

> Kann wohl sein! so wird gemeinet;
> Doch ich bin auf andrer Spur:
> Alles Erdenglück vereinet
> Find ich in Suleika nur.

Nicht wagte Ritter es, seinen poetischen Einfall mit Johanna zu teilen.

«Das hier ist ein Cryostat-Microtome», hub diese ohnehin schon wieder an, ihn zu belehren. «Cryostat, weil es die gefrorenen Gewebeproben konstant auf niedriger Temperatur hält. Und das Microtome befindet sich im Innern. Im Prinzip funktioniert es wie eine ganz gewöhnliche Brot- oder Wurstschneidemaschine. Nur dass hier viel dünnere Scheiben geschnitten werden.»

Johanna zog einen der herumstehenden Hocker herbei und nahm vor dem Kasten Platz.

«Holen Sie sich doch auch einen Stuhl!»

Widerstrebend folgte Ritter ihrem Befehl – und ward sogleich korrigiert: «Setzen Sie sich lieber auf die andere Seite. Ich muss an die Kurbel da ran.»

«Sie arbeiten mit einer Elektrisiermaschine?», entfuhr es ihm, da er den schwarzen Drehgriff an der rechten Seite des Kastens bemerkte.

«Gott bewahre», gab Johanna lachend zurück. «Der Strom, den das Cryostat braucht, kommt aus der Steckdose. Und das Microtome arbeitet ohnehin mechanisch. Schauen Sie: Gleich montiere ich den ersten von Ihren beiden Gewebewürfeln auf diesen kleinen Knopf hier. Wenn ich dann zu kurbeln beginne, schnellt der Knopf mit jeder Drehung einmal nach oben und wieder hinunter. Gleichzeitig rückt er ganz langsam an den Messerblock heran. Vorher muss ich aber noch die Schnittstärke einstellen. Vorsicht, nicht reinfassen! Die Klinge ist höllisch scharf.»

Gott bewahre ... höllisch scharf ... Was waren dies nun für Anwandlungen? Sie drückte sich doch sonst nicht so aus?

«Ich denke, zwanzig µ sollten hinhauen», plapperte sie so munter vor sich hin als ein Backfischchen. «Zumindest, solange ich an den äußeren O.C.T.-Schichten herumschnipple. Wenn ich dann tatsächlich im Gewebe bin, gehe ich lieber runter auf zehn.»

Nie zuvor hatte Ritter Johanna derart aufgeräumt erlebt. Ihre Augen funkelten, während sie den kleinen Würfel vorsichtig aus der Form drückte und mit einem Klecks aus der durchsichtigen Senfflasche auf den Metallknopf klebte.

«Und los geht's!»

Mit der nämlichen Inbrunst, mit der er einst vor dem Herzog von Gotha gestanden und zu dessen Belustigung die Elektrisiermaschine gedreht, begann nun sie, an ihrem Kasten zu kurbeln. Auf und ab sauste der Knopf, der sein Wundfleisch trug – eingebettet in jenes unergründliche *O Cee Tee.*

«Viel zu weit weg vom Messer. Da kurble ich mir den Arm ab, bevor irgendwas passiert.»

Misstrauisch verfolgte Ritter, wie Johanna Tasten drückte, von denen sein wackerer alter Leierkasten Äonen entfernt gewesen.

«Now we're getting somewhere.» Abermals ließ sie die Kurbel

ruhen und wischte mit einem feinen Pinselchen ein paar flittrig-
weiße Hobelspäne aus dem Kasten. «Langsam nähere ich mich dem
Gewebe. Sehen Sie?»

Selbst von seiner Seitenloge aus konnte Ritter erkennen, dass
der abgehobelte Würfel nicht mehr durchgängig weiß war, sondern
einen winzig roten Kern offenbarte.

«Zeit, auf zehn μ runterzugehen. Wissen Sie überhaupt»,
wandte Johanna sich unvermittelt an ihn, «was ein μ ist?»

Was sollte er antworten? Neunmalkluge Johanna, nein, wir hatten an Zoll und Linie genug, um die Welt in ihrer Kleinheit zu
beschreiben. Und in Bayern kannten sie das Skrupel, wenn sie sich
in den zwölften Teil einer Linie vertiefen wollten ...

Laut sagte Ritter: «Wie können Sie prüfen, dass Ihre Flitter dort
tatsächlich zehn *mü* dünn sind?»

Tiefer ins Herz schnitt der Blick, mit dem sie ihn bedachte, denn
ihre *höllisch* scharfe Klinge. «Mit diesen Tasten hier kann ich jede
Stärke von null Komma fünf bis sechzig einstellen, und zwar aufs
Zehntel μ, auf den Zehntel Mikrometer, genau.»

«Sie glauben einem Kasten?» Zwar gelang es ihm, ebenso herab-
lassungsvoll zu klingen als sie, doch im Innern war ihm erbärmlich.

«Bislang hatte ich keinen Anlass, an der Präzision dieses Kastens
zu zweifeln. Außerdem», lachend klopfte Johanna gegen das Gehäuse, «deutsche Qualitätsarbeit. Aber jetzt Konzentration! Wenn's
schiefgeht, muss ich Sie nochmals anstechen. Und das wollen wir
doch beide vermeiden.»

Teuerste Johanna! Wie glücklich es mich macht zu sehen, dass
allen müß'gen Tändeleien du entsagst und endlich forsch zum
Tatwerk schreitest! Doch hab Geduld mit unserm Rittersmann!
Zeig jene Langmut, die im Wald du zeigtest, da seiner Wunde
du so treulich hast gepflegt. Erklär ihm, was er nicht begreifen
kann! So lang ist's her, dass er das Schiff der Wissenschaft verlassen; so rasend schnell die Fahrt, zu der es seither angesetzt, dass

sogar mir von all den *Mys* und *Bytes* bisweilen ganz verpixelt wird zumute.

Was du noch nicht erspüren willst, Johanna, ich erspür es wohl: Zu neuem Feuer drängt's den alten Funken. O diese Stunde, dass ich sie erleben darf! Vorbei das kopflos Rumgeirre, das Witwentröster-Waldschrattum! Johanna, nimm ihn mit auf *deine* Reise, und Ritter wird dir Kompass, Stern und Steuer sein!

«Kommen Sie! Ich zeige Ihnen was Schönes.»

Johanna vergewisserte sich ein letztes Mal, dass die Gewebepräparate so im Fixierbad lagen, wie sie sollten, und schaute auf die Uhr. Bevor ihr Proband auf die Idee kam, sie in weitere Diskussionen über Stickstoff und Schnittstärken zu verwickeln, machte sie besser einen kleinen Ausflug mit ihm.

«Habe ich Ihnen eigentlich schon erzählt, an welchem Forschungsprojekt ich konkret arbeite?»

Durch einen verlassenen Flur gingen sie auf die Fahrstühle zu. Obwohl der Kerl neben ihr nicht aussah, als ob es ihn wirklich interessieren würde, begann Johanna, ihm den Vortrag zu halten, den sie am allerliebsten hielt.

«Am Anfang steht die Erkenntnis, dass es auf dieser Erde Lebewesen gibt, die tatsächlich unsterblich sind. Keine höher entwickelten Lebensformen natürlich, aber bestimmte Wimperntierchen wie die Tetrahymena oder winzige Süßwasserpolypen wie die Hydra leben theoretisch ewig, weil sich ihre Zellen unendlich oft teilen können. Im Gegensatz dazu verlieren die Zellen im menschlichen Organismus mit jeder Teilung ein Stück von ihrem Chromosomenstrang. Sie können es ungefähr mit einem Seil vergleichen, das an den Enden immer mehr zerfranst. Die Folge sind: Zellschäden, Verschleißerscheinungen, Alterskrankheiten. Die Tetrahymena und die Hydra dagegen produzieren unablässig Telomerase, einen Stoff, der sich wie eine Art Schutzkappe immer wieder neu um die Chromosomen-Enden, die sogenannten Telomere, legt und damit gewissermaßen verhindert, dass das ‹Seil› ausfranst. Der einfachste Weg, das menschliche Altern aufzuhalten, wäre es also, wenn wir dafür sorgen könnten, dass auch der Mensch deutlich mehr Telomerase produziert, als er es von Natur aus tut. Und in der Tat versuchen einige meiner Kollegen, das Altern auf diese Weise zu besiegen. Allerdings kämpfen sie mit dem Problem, dass eine erhöhte Telomerase-Produktion nicht nur das Wachstum derjenigen Zellen befördert, von denen wir wollen, dass sie nachwachsen, sondern auch unkontrolliertes Zellwachstum befördert, sprich: Es bilden sich Tumore, Krebs.»

Zum x-ten Mal drückte Johanna den Knopf, der den Fahrstuhl rufen sollte. Sie verstand nicht, warum es selbst mitten in der Nacht so lange dauerte. Daheim am FHI kam es gleichfalls vor, dass sie Ewigkeiten auf den Fahrstuhl warten musste. Offensichtlich handelte es sich um ein weltweit verbreitetes Problem.

«Wissen Sie, was das Perverseste an dieser Krankheit ist?», setzte sie ihren Vortrag fort. «Krebszellen sind unsterblich. Ich erzähle Ihnen eine Geschichte, die wird Ihnen gefallen: Neunzehnhunderteinundfünfzig starb in Baltimore eine arme Afroamerikanerin an Gebärmutterhalskrebs. Ihr Name war Henrietta Lacks. Ohne ihr Wissen legte der Arzt mit dem Tumorgewebe, das er ihr entnommen hatte, eine Zellkultur an. Und ob Sie's glauben oder nicht: Noch heute arbeiten Labore auf der ganzen Welt mit Krebszellen, die aus dieser Linie stammen. Setz die Biester in Nährlösung, und sie vermehren sich tendenziell unendlich! Würde man alle auf der Welt herumschwirrenden HeLa-Zellen einsammeln und zu einem künstlichen Tumor vereinen, hätte dieser ein deutlich höheres Gewicht, als es die arme Henrietta Lacks zu Lebzeiten je auf die Waage gebracht hat. Gruselig, nicht wahr?»

Wie jedes Mal, wenn sie diese Stelle ihres Vortrags erreicht hatte, musste Johanna sich schütteln. Der Kerl neben ihr sah dagegen so aus, als ob ihn das alles völlig kalt ließe. Verstand er irgendetwas von dem, was sie erzählte? Und dabei gab sie sich nun wirklich Mühe, populärwissenschaftlich zu bleiben.

«Nach links!», dirigierte Johanna ihn, als der Fahrstuhl endlich gekommen war und sie ins zweite Untergeschoss gebracht hatte. Mit einer Hand verscheuchte sie die Fliege, die sich bis hierher verirrt hatte, mit der anderen zückte sie die Schlüsselkarte, um die verschlossene Zwischentür zu öffnen.

«Telomer-Forschung ist absolut faszinierend», redete sie weiter. «Dennoch habe ich selbst einen anderen Weg eingeschlagen. Ich will von Lebewesen ausgehen, die uns Menschen deutlich näher stehen als Einzeller oder Süßwasserpolypen – von einer Wirbeltierart, die viele Gene besitzt, die mit den entsprechenden menschlichen Genen immerhin zu siebzig bis achtzig Prozent identisch sind. Auch wenn man das auf den ersten Blick nicht vermuten würde.»

Eine blaue Stahltür schwang zur Seite. Rasch trat Johanna über die erhöhte Schwelle in den dunklen Raum, in dem sie die vertraute muffig-feuchte Wärme empfing.

«Kommen Sie, schnell!», sagte sie. «Ich will die Tür wieder zumachen, damit nicht unnötig Licht hereinfällt. Die Kleinen schlafen.»

Einen Moment herrschte absolute Dunkelheit, dann schaltete Johanna die Deckenlampe ein, die den Raum in schwaches rotes Licht tauchte.

«Darf ich vorstellen», sagte sie mit einer angedeuteten Verbeugung. «*Danio rerio*, besser bekannt als Zebrafisch.»

Zufrieden verfolgte Johanna, wie sich der eben noch Ach-so-Gelangweilte staunend in dem engen Raum umblickte, der zu allen Seiten und bis zur Decke hinauf mit Regalen vollgestellt war, in denen sich wiederum Hunderte kleiner Aquarien reihten und stapelten.

«Woher wissen Sie, dass die Fische schlafen?», fragte er schließlich. «Ich seh sie schwimmen.»

«So ganz schlafen sie auch nicht», antwortete Johanna und freute sich, dass er endlich Interesse zeigte. «Die eine Hirnhälfte bleibt immer wach. Trotzdem ruhen sie sich aus. Sehen Sie? Sie haben sich zum Schwarm versammelt und steuern nur ganz schwach gegen die Strömung. Tagsüber flitzen sie jeder einzeln durch die Becken.»

Mit einladender Geste ermunterte Johanna den – wie hatte es auf Ritters Titelblatt geheißen? – *Naturfreund*, näher an die Aquarien heranzutreten.

«Bei vollem Licht würden Sie noch besser sehen, wie hübsch die Kleinen mit ihren blau-weißen Nadelstreifen sind. Aber», sagte sie und legte ihre Hand auf den Arm, dem sie vorhin die Gewebeprobe entnommen hatte, «wissen Sie, was das eigentlich Aufregende ist: Diese Fischlein sind wahre Regenerationswunder. So ein Zebrafischherz können Sie bis zu vierzig Prozent zerstören, und es erholt sich wieder. Schneiden Sie dem armen Tier die Schwanzflosse ab: Innerhalb weniger Wochen wächst sie komplett nach.»

Johanna spürte, wie der Mann neben ihr erstarrte.

«Wer weiß?», versuchte sie, den Horror hinwegzuscherzen, der ihn aus unerfindlichen Gründen schon wieder zu packen schien. «So schnell, wie Ihre Wunden heilen – vielleicht haben Sie ja irgendwo einen Zebrafisch im Stammbaum?»

Er entzog ihr den Arm mit einer solchen Heftigkeit, dass dieser um ein Haar gegen die Aquarien gekracht wäre.

«Keinen Scherz nicht treib damit!»

«Entschuldigung», sagte Johanna rasch. «Ich wollte Sie nicht beleidigen. Ganz im Gegenteil. Im Grunde ist es genau das, woran ich arbeite: Zebrafischgene in den menschlichen Stammbaum einzuschleusen.»

Er wich einige Schritte von ihr zurück, sodass er nun beinahe gegen die Aquarien auf der anderen Seite des Fischraums gestoßen wäre. Was sollte dieses Theater? Wenn er glaubte, sich damit dem Schluss ihres Vortrags entziehen zu können, hatte er sich geirrt.

«Bei Mäusen bin ich schon ziemlich weit gekommen. Die verschiedenen transgenen Linien, die ich gezüchtet habe, regenerieren in der Tat deutlich besser als ihre Artgenossen, die ich nicht mit Zebrafischgenen manipuliert habe. Zwar ist es mir noch nicht gelungen, dass meinen Mäusen der Schwanz oder gar ein Bein nachwächst. Aber ein Organ wie die Bauchspeicheldrüse etwa, das sich von Natur aus nach einer Schädigung nur schlecht oder gar nicht erholt, regeneriert bei meinen Zebrafischmäusen in beachtlicher Weise. Ja, sogar die Aussichten, dass sich ihr Herz nach einem Infarkt vollständig erholt, sind erheblich gestiegen!»

Sie folgte seinem Blick. Er suchte die Aquarienwände, an denen unablässig das Wasser hinunterrann, so panisch ab, als vermutete er, dass sich der Satan jetzt in einem dieser Becken versteckt hatte.

«In den nächsten Tagen will ich endlich mit dem Beweis beginnen, dass sich auch menschliche Organe um ein Vielfaches besser erholen, wenn ich sie in transgenes Gewebe verwandle», schloss Johanna ihren Vortrag ab. «Natürlich ist das noch lange nicht die Unsterblichkeit. Auch diese armen Tiere hier müssen alle sterben. Trotzdem zeigen wir der Schöpfung zum ersten Mal ernsthaft, dass wir es besser können als sie.»

Aus Mücken werden Krokodile, aus Krokodilen Elefanten, aus Elefanten Fledermäuse. Nimm einem unbegrabnen Krebs die Füße weg, und fliehen siehst du ein' Skorpion. Zu Pulver stoße die gebratne Ente, und wenn dies Pulver du in Wasser wirfst, entsteht sogleich ein Frosch daraus …

In Ritters Ohren rauschte das Blut, da er Johanna betrachtete, die sich, zurück im Laboratorium, sogleich daran machte, seine Gewebeproben unters Mikroskop zu legen.

In dem verbotenen Buch seiner Kindheit – hatte auch sie darin gelesen? War dies des Apfelbundes geheimes Ziel? Wesen zu erschaffen, wie die Welt sie nie zuvor gesehen?

Vielleicht haben Sie ja irgendwo einen Zebrafisch im Stammbaum …

War's möglich? Hatte sie ihm gar eine Türe aufgestoßen, die den Schlüssel zu seinem Geheimnis barg? Dass Eidechsen den Schwanz abzuwerfen vermochten, wenn sie an diesem gepackt, und dennoch nicht verstümmelt bleiben mussten bis ans Lebensende – wohl wusste er's. Aber nimmer wäre ihm eingefallen, über eine Verwandtschaft zwischen derlei Wimmelgetier und sich nachzudenken. Die Vorstellung – auch jetzt stieß sie ihn ab. Und einen Narren schalt er sich sogleich. *Vogel und Fisch, Mensch oder Baum – alles, was lebt, einigt ein Traum ...* War's nicht der nämliche Gedanke als in dem Lied, das seine Schwestern so oft gesungen und das er so innig geliebt? Nein, finsterste Alchemie war's! Schwarzkunst, wie er sie einzig aus kindischem Leichtsinne zu betreiben versucht!

Sein Herz pochte und stolperte so ohne jeglichen Rhythmus wie ein betrunkener Landsknecht.

«Unglaublich», hörte er Johanna murmeln. «Unglaublich.» Ihre Augen hatten einen fiebrigen Glanz angenommen, da sie endlich vom Mikroskope aufblickte und sich ihm zuwandte. «So etwas habe ich noch nie gesehen. Zumindest nicht bei einer menschlichen Wundgewebeprobe. Hier! Schauen Sie!»

Ritter nahm auf dem Stuhle Platz, den sie ihm geräumt, und näherte sein rechtes Auge dem linken Okular.

«Was machen Sie denn da? Sie müssen durch beide Okulare gucken.»

Heiß spürte er ihren Atem im Nacken. Sehen tat er: Punkte – Nebel – Blasen. In blassem Rosé und sattem Violett, dazwischen ein wenig Weiß.

«Das ist ein Querschnitt durch das Gewebe, das ich Ihrem Ellenbogen entnommen habe.»

Hätte Johanna ihm gesagt, er betrachte einer Lilie Blütenblatt – eher hätte er ihr's geglaubt.

«Ganz oben sehen Sie die verletzte Hautschicht. Der violette Schleier darunter ist die Einblutung.»

«Mein Blut ist nicht violett.» Hoffend, dass ihm das Mikroskop ein besseres Bild erschlösse, drehte Ritter an einem der vielen Rädchen.

«Natürlich nicht», erwiderte Johanna voll Ungeduld. «Das

kommt von der Farblösung, in die ich Ihre Gewebeprobe getaucht habe. Aber vergessen Sie die Farbe! Die dunklen Flecken sind das Interessante. Sehen Sie solche hantelförmigen Stäbchen, die ganz dicht beieinanderliegen? Das sind Zellen, die sich aktiv teilen, beziehungsweise die Chromosomenstränge im Zellkern, die sich gerade trennen. Das Geheimnis aller Regeneration, allen Lebens. Dass sich bei einer recht frischen Hautwunde erhöhte Stammzellaktivität feststellen lässt, ist ganz normal. Die verletzten, abgestorbenen Zellen werden abtransportiert, und neues Gewebe bildet sich. Aber dass es bei Ihnen dort *so* viele mitotische Zellen gibt, das ist absolut außergewöhnlich. Und ganz bestimmt der Grund, warum Ihre Wunden so schnell heilen.»

Chromosomenstränge ... Stammzellaktivität ... mitotisch ... Ritter stierte auf das violette Wolkenbild, bis seine Augen zu tränen begannen.

«Wo nehmen Sie die Gewissheit her, dass es kein Trugbild nicht ist, das wir betrachten?» Blinzelnd tauchte er wieder auf. Damals hatte er gelacht, da Goethe das Mikroskop zur Seite geschoben und gesagt: «Genug damit! Mikroskope und Fernröhre verwirren eigentlich den reinen Menschensinn. Das Auge soll da haltmachen, wo die Natur ihm Grenzen gezogen hat. Alles, was darüber hinausgeht, harmoniert nicht mit meinem Innern.»

«Es kommt schon mal vor, dass man beim Präparieren einen Fehler macht.» Mit einer knappen Kopfgebärde bedeutete Johanna ihm, er möge ihren Platz räumen. «Aber glauben Sie mir: Das, was Sie dort sehen, ist wirklicher als alles, was Sie mit unbewaffnetem Auge sehen können.»

«Ist nicht der Mensch an sich selbst, insofern er seiner gesunden Sinne sich bedient, der größte und genauste physikalische Apparat, den es geben kann?», wagte Ritter zu widersprechen, so wie Goethe einst seinem Lachen widersprochen.

«Wenn ich das glauben würde» – Johanna schnaubte geringschätzig –, «dann würde ich zu Hause hocken und den Fliegen beim Beinchenputzen zuschauen. Nein, nein, die wahre Wirklichkeit fängt dort an, wo unsere armseligen Sinnesorgane enden. Lassen Sie mich jetzt wieder ran?»

Ritter gab dem Drängen ihrer Hüften nach, das er in seinem Rücken spürte. Ein ungestümes Füllen, bereit, alles niederzurennen, was sich ihm in den Weg stellte.

Kaum dass sie wieder saß, zog Johanna auch schon den nächsten Glasstreifen aus dem Metallgestell und schob ihn unters Objektiv.

Dort, wo unsere armseligen Sinnesorgane enden ... Hatten sie ihm nicht stets redlich Auskunft erteilt, ein jedes für sich: das Auge, die Nase, die Zunge, das Gehör, ja selbst sein delikatestes Organ, wenn er es in den Kreis einer Voltaischen Batterie gebracht? Hatten sie ihm nicht verraten, dass am positiven Pole der Batterie ein erhöhter bläulicher Lichtzustand, eine Geruchsunterdrückung, ein saurer Geschmack, ein tieferes Geräusch und eine Expansion statthatten? Wohingegen der negative Pol einen verminderten rötlichen Lichtzustand, einen Reiz zum Niesen, einen alkalischen Geschmack, ein höheres Geräusch und eine Kontraktion bewirkte? All dies – von diesem Fräulein hier für null und nichtig erklärt mit einem Wisch.

«Unfassbar», hörte Ritter es diesmal murmeln. «Absolut unfassbar.»

In ihrer Erregung hätte Johanna beinahe fast das Gestell umgeworfen, aus dem sie ein halbes Dutzend weiterer Glasstreifen riss. «Kommen Sie!» Schon stürmte sie dem Ausgang zu. «Das muss ich mir unterm Fluoreszenz-Mikroskop anschauen. Kommen Sie!»

Widerstrebend folgte Ritter ihr. Wie oft noch wollte sie ihn durch diesen Korridor mit den kreischenden Bildern schleifen? Mehr und mehr reizten diese sein Gemüt. Welch unschuldige Wesen mochten es sein, deren Innerstes hier so grell nach außen gestülpt?

«Wo bleiben Sie denn?»

Ärgerlich hielt Johanna ihm eine Türe auf. Erst da er die Klinke selbst in die Hand nahm, gewahrte Ritter die zwei gelb-schwarzen

Dreiecke, die gleich wütenden Wespen warnten: DANGER – BIO-HAZARD! DANGER – LASER RADIATION!

Noch widerstrebender betrat er die Kammer, in der eine ebenso bedrängnisvolle Enge herrschte als im Keller bei den Zebrafischen. Voll Schwung zog Johanna den Schutzmantel von einem Mikroskop, das zehnmal größer denn alle, die er je zu Gesicht bekommen. Schon wieder las er: LEICA.

«Schade, dass Sie von neuerer Physik keine Ahnung haben», sagte sie, indem sie an dem Kasten, der durch eine dicke schwarze Leitung mit dem Mikroskope verbunden war, einen Schlüssel herumdrehte und verschiedene Knöpfe drückte. «Sonst könnten Sie mir bei Gelegenheit erklären, wie dieses Ding hier genau funktioniert. Ewig her, dass ich mal wusste, wie die Stokes-Verschiebung geht.»

Immer unverständlicher ward Ritter, wie sie so arbeiten konnte. Mit all den Apparaturen, die sie selbst nicht zu durchdringen schien. Gewiss, auch er hatte damals nicht jede seiner Elektrisiermaschinen eigenhändig gebaut. Doch hätte er's gekonnt! Welch innere Befriedigung war es ihm gewesen, Kupferplatten und Säurepappen zu schichten, um immer leistungsstärkere Ladungssäulen zu konstruieren! Dass die Gegenwart auf Schritt und Tritt sich mit Artefakten umgab, deren Innenleben sie nicht im Ansatze begriff – damit hatte er sich längst abgefunden. Aber zu erfahren, dass unterdessen auch die Wissenschaft sich gleich einer Küchenmagd begnügte, Maschinen zu *bedienen*, anstatt sie zu *begreifen* – dies erschütterte ihn bis ins Mark. Sollten in den tiefsten Untiefen seiner Seele noch Reste der alten Liebe zum Forschertum geschlummert haben, wurden sie von dem Ekel, der ihn nun überkam, endgültig hinweggeschwemmt.

«Machen Sie das Licht aus? Sonst sehe ich nichts. Der Schalter ist gleich neben der Tür.»

Ritter tat, wie ihm befohlen, und der Raum versank in Finsternis. Einzig das Computerfenster erglomm in dem kalten Blau, das jene Kästen insonderheit zu lieben schienen.

*... Einst, da bittre Tränen ich vergoss, und meine Hoffnung aufge-
löst in Schmerz zerrann, da einsam ich an jenem dürren Hügel stand,
in dessen engem, dunklem Raume mein bisher' Leben lag verlöscht,
einsam, wie noch kein Einsamer zuvor, von einer unsäglichen Angst
getrieben, hilflos nach Hilfe Umschau haltend, nicht vorwärts kön-
nend und nicht rückwärts nicht – da drang aus weit entlegnen blauen
Fernen ein Dämmrungsschauer meiner alten Seligkeit; des Lichtes
Fessel, jenes unbarmherz'ge Band – es riss und ...*

Ritter schrak zusammen. Das kalte Blau des Fensters war einem
Bild gewichen, so gottlos bunt wie jene, die draußen im Korridor
prangten. Giftgrüne Wellen, flammrote Punkte, gespenstisch blaue
Johanniswürmer tanzten vor seinen Augen.

«Sehen Sie das?»

Johannas Stimme war zu einem Wispern herabgesunken.

«Das ist kein Narbengewebe. Eigentlich dürfte bei einer so
schwerwiegenden Verletzung, wie Ihre Schusswunde es ist, unter der
äußersten Hautschicht gar nichts mehr zu sehen sein. Unter dem
Grün da müsste schwarzes Nichts herrschen. Keine Drüsen. Kein
Stroma. Nur das strukturlose Zeug, mit dem die Natur solche Wunden beim Menschen notdürftig verschließt. Gewebe zweiter Klasse.
Da dürfte es zum jetzigen Zeitpunkt keinerlei Stammzellaktivität
geben. Was Sie aber hier sehen, ist ein Gewebe, das dabei ist, sich
vollkommen zu regenerieren.»

«Oh, I'm so sorry!»

Johannas Augen brauchten einen Moment, bis sie sich an das
Licht gewöhnt hatten, das den Raum plötzlich wieder erhellte. Einen
zweiten Moment brauchten sie, um zu erkennen, dass der mitter-
nächtliche Besucher Yo-Yo war. Dem ratlosen Lächeln nach zu urteilen, mit dem er in der Tür stand, war er von ihrer Anwesenheit im
Mikroskopierraum nicht weniger überrascht als sie von der seinen.

«Hey, Joanna!», brach Yo-Yo das verlegene Schweigen.
«I thought you were sick. Feeling better again? That's great.»

«Gosh, you scared me!» Johanna sprang auf, um Yo-Yo die Sicht auf das Computerbild zu versperren. «What are you doing here so late?»

Grinsend klopfte er auf den Laptop unter seinem Arm. «Girl, you always forget that you're not the only brother of the Night's Watch here.»

Johanna beantwortete den Scherz, dessen Pointe sie nicht wirklich verstand, mit einem übertriebenen Lachen. Da Yo-Yo angefangen hatte, den Mann, mit dem sie sich hier nachts herumtrieb, unverhohlen neugierig zu mustern, blieb ihr nichts anderes übrig, als die beiden miteinander bekannt zu machen.

«Yo-Yo, this is my uncle John», sagte sie. «John, this is Yo-Yo, a colleague of mine.»

«Hi, nice to meet you!»

Mit drei federnden Schritten war Yo-Yo bei «Onkel John» und schüttelte diesem die Hand.

«Your name's John? That's funny. Joanna – John. Must be a family thing, right?»

«Yes uh ... I uh», stammelte Johanna, während sie mit Unbehagen feststellte, dass Yo-Yos Blick an ihr vorbei zu der leuchtenden Gewebeaufnahme wanderte. «I'm just showing my uncle around the laboratory a little, just some basic microscopy and so on. In his youth he used to be interested in physics, you know.»

«Oh, that's wonderful – how nice!», gab Yo-Yo mit der Begeisterung zurück, die nur Amerikaner für Nachrichten aufzubringen vermochten, die sie nicht im Geringsten interessierten.

«Yeah. But we were just about to leave anyway, so ...» Johanna drückte den Hauptschalter am Mikroskop, das verräterische Bild erlosch.

«No, no, no, please!» Yo-Yo wedelte mit einer Hand, deren Finger so schmal und feingliedrig waren wie die einer Frau. «Take all the time you need. I'll come back later. No problem.»

Johanna wollte schon erleichtert aufseufzen, da steckte Yo-Yo den

Kopf noch einmal zur Tür herein. «By the way: Do you already know when you'll make it to the hospital? Melissa told me that you had to cancel the appointment.»

Bevor Johanna irgendetwas erwidern konnte, war «Onkel John» aufgesprungen und schmetterte so steif und falsch wie ein Heldentenor im *Background Chorus*: «Please tell your wife I don't need any hospital appointment. I'm perfectly healthy.»

– – –

Später in der Nacht wälzte sich Johanna schlaflos im Bett. Die Frage, ob Yo-Yo Verdacht geschöpft hatte, ließ ihr keine Ruhe. Außerdem hatte sie das quälende Gefühl, vorhin etwas Entscheidendes übersehen zu haben. Ein verdammtes Fliegenvieh musste sich zwischen Jalousie und Fensterscheibe verirrt haben und begann immer dann zu brummen, wenn sie gerade dabei war wegzudriften. Und überhaupt wäre sie besser im Labor geblieben, um Ritter abermals Blut abzunehmen, seine DNA aufzureinigen, sich an die mühsame Aufgabe zu machen, seine Genbibliothek anzulegen und damit wenigstens die ersten Schritte auf dem langen Weg zur vollständigen Analyse seines Genoms in Angriff zu nehmen. Seit sie mit eigenen Augen – Johanna traute sich fast nicht, den Gedanken weiterzudenken –, seit sie mit dem unbestechlichen Auge des Fluoreszenz-Mikroskops gesehen hatte, dass dieser mysteriöse Mensch dabei war, in einer Schusswunde, von deren Tiefe sie sich selbst hatte überzeugen können, vollständig neues Gewebe auszubilden, hielt sie es zum ersten Mal für möglich, dass er kein Schizophrener, kein Hochstapler war, sondern das größte Wunder, das die Natur je hervorgebracht hatte. Dass er tatsächlich jener Johann Wilhelm Ritter war, geboren siebzehnhundertsechsundsiebzig. Dass sich in seinem Körper das Unmögliche ereignete, weil sich in ihm alle der rund zweihundert unterschiedlichen Zelltypen regenerierten. Und nicht bloß die Blutzellen. Knochenzellen. Leberzellen. Hautzellen. Sondern auch die Nervenzellen. Muskelzellen. Pankreaszellen. Herzzellen. Und das, ohne jemals zu ermüden …

Die Fliege brummte erneut los. Johanna griff nach einem der vielen Kopfkissen und warf es in die Richtung, aus der das nervtötende Geräusch kam. Mit dem Ergebnis, dass es noch bösartiger brummte als zuvor.

Was, zum Teufel, hatte sie übersehen? Es musste etwas Wichtiges sein, das spürte sie. Um ihre unglaubliche Vermutung zu überprüfen, müsste sie ihm – müsste sie Ritter Gewebe aus dem Hirn, dem Herzen oder zumindest der Bauchspeicheldrüse entnehmen. Doch selbst wenn er so unverwüstlich war, wie er es wäre, hätte sie recht: Konnte sie es verantworten, solch heikle Biopsien eigenhändig durchzuführen? Eingriffe, für die sie nicht einmal ansatzweise ausgebildet war? Melissa oder irgendeinen anderen Arzt einweihen? Ausgeschlossen! Schlimm genug, wenn Yo-Yo bereits gewittert hatte, auf was für ein ungeheuerliches Phänomen sie gestoßen war. Aber warum sollte er. Solange er nicht wusste, dass es sich um Gewebe aus einer wochenalten Schussverletzung handelte, hatte er vorhin im Mikroskopierraum nichts Auffälliges gesehen. Vermutlich hatte er das Bild auf dem Monitor für einen Schnitt durch Darmepithel oder sonstiges hoch proliferierendes Gewebe gehalten. Und prahlte Ritter nicht immer, wie tapfer er war? Dass ihm Schmerzen nichts ausmachten? Dass er nicht einmal einen Schluck aus der Feldflasche genommen hatte, als ihm dieser Rossarzt damals ...

Das Brummen war verstummt. Und in der plötzlichen Stille kapierte Johanna, dass sie nichts übersehen hatte. Sie hatte etwas überhört.

Schlimmer als der Hunger nagten Zweifel und Enttäuschung an ihm. Wie's den Anschein hatte, war Johanna in seinem Wundfleische auf etwas gestoßen, das sie höchstlich erregte. Doch diese Erregung ihm dergestalt zu verdeutlichen, dass auch er sie begriff – nicht entfernt hatte sie's vermocht. Im Gegenteil: Als elende Professionistin hatte sie sich erwiesen, vernagelter denn alle, gegen die er vormals zu Felde gezogen. Wie hatte er einen Augenblick bloß hoffen können, durch jene engsichtige Wissenschaft werde Aufschluss oder gar Erlösung ihm zuteil?

Obzwar Ritter sich im Klaren war, dass er in Johannas *fridge* – wie nannte sie's: *Kühlschrank*? – einzig Vorräte finden mochte, die geeignet, einen Stallhasen zu sättigen, erhob er sich von seiner Couch und wandelte zur Küche hinüber.

Und welchen Reim sollte er sich auf den Asiaten machen, der so plötzlich in der dunklen Kammer aufgetaucht? Hatte da nicht eine befremdliche Vertrautheit zwischen Johanna und diesem Bürschchen geherrscht, die alle Nähe, die sie *zu ihm* duldete, bei Weitem übertraf? Was wollte es bedeuten, dass beide darauf drängten, des Asiaten Frau solle ihn im Krankenhaus examinieren? Hatten sie am Ende sich alle gemeinsam gegen ihn verschworen? Weil sie allesamt Mitglieder des Apfelbunds waren? Sogleich hatte er den Silberkasten mit dem verräterischen Zeichen erblickt, den der Asiate bei sich geführt.

Ritter war soeben im Begriffe, in die Selleriestaude zu beißen, die er im *fridge* – im *Kühlschrank*! – gefunden hatte, da hörte er Johannas Kammertüre sich öffnen. Mit nichts als einem Hemdchen angetan, die Beine nackicht, trat sie heraus. Nie zuvor hatte er sie dermaßen lose bekleidet gesehen. Und anstatt ins Bad zu huschen, das ihrer Kammer gegenüber, steuerte sie direkt nach der Küche.

Vor Schreck verschluckte Ritter sich an dem strohigen Bissen.

«Ihr Arm», stieß Johanna hervor. «Ihnen ist einmal der Arm amputiert worden?»

Hustend schloss er die Augen, voll Dankbarkeit, dass der Husten ihn zwang, die Hand vor den Mund zu heben. Sein Lächeln – nicht musste sie's entdecken.

«Ich bin gerade dabei, mich vorsichtig an den Gedanken zu gewöhnen, dass bei Ihnen nichts normal ist», sagte Johanna so bebend als ein betrogenes Jungfräulein. «Aber ganze Gliedmaßen neu ausbilden? Das können von allen Wirbeltieren außer den Zebrafischen nur ein paar Arten Salamander, Molche, Lurche.»

Ritter hielt die Augen weiter geschlossen, dennoch spürte er, wie sie näher an ihn herantrat.

«Welcher Arm war's? Der rechte oder der linke? Jetzt hören Sie endlich mit dem albernen Husten auf!»

Die Selleriestaude ward ihm aus der Hand gerissen und zu Boden geschleudert.

... «Wilhelm ... *Hans* ... Was ist das? Was hast du dort?» ...

Gleichwie vor einem innern Spiegel erblickte Ritter das bleiche Antlitz seines Weibes. Seines Weibes, das als «Frau Vetterin» anzusprechen ihm befohlen, seit es «Frau Schubert» geworden. Das bleiche Antlitz, das allem zum Trotze noch immer ihm das liebste in der Welt sein könnte, wäre es nicht zu jener Maske aus Abwehr, Furcht und Bitterkeit erstarrt.

Doch warum musste sie ihn just jetzt in seinem Dachkämmerchen aufsuchen, da er mit bloßem Oberleib vor dem fleckigen Glase stand, um den schorfigen Stumpf an seiner Schulter zu prüfen, in dessen Zentrum er seit Tagen eine eigentümliche Knospe bemerkte? Sonst begegnete sie ihm doch auch, wie wenn er Luft wäre. Verpestete Luft. Kein Wort nicht hatte sie für ihn. Keinen Blick. Keine Berührung. Kaum, dass sie sich bereit gefunden, ihm die Verbände zu wechseln, da er so schwer verwundet aus dem Kriege heimgekehrt. *Heimgekehrt.* Welch dummes Zeug. Wie hatte er glauben können, bei seiner zweiten «Heimkehr» werde alles wieder gut? Weil er zugleich mit seinem Arme auch die Schuld an seinem Weibe gebüßt? Der Fremde blieb er ihr. Der Wiedergänger. Der Teufel.

«Catharina, was willst du? Siehst du nicht, dass ich mich examiniere?»

«Was wächst dir dort, Hans?»

«Kann's selbst noch nicht sagen. Möcht gar meinen, am Schluss wollt ein neuer Arm hervor.»

«Herr Onkel! Herr Onkel! Ihnen wächst ein neuer Arm hervor?»

Mit entsetzlichem Schrei langte seine Catharina nach ihrem Jüngsten, der sich an ihren Röcken vorbei in die Kammer gestohlen.

«August! Sieh nicht hin! Hinaus! Auf der Stell' hinaus!»

Dermaßen heftig schlug sie dem Knaben die Hand vors Gesicht, dass dieser sogleich zu weinen begann.

«August! Nicht weinen! Bist doch mein Großer! Mein großer lieber *Neffe*, will ich sagen. Komm her zu mir!»

«Rühr den Bub nicht an! Dämon!»

Mit blitzenden Augen trat sein Weib zwischen ihn und das zitternde Kind.

«Catharina, ich flehe dich ...»

«Keinen Schritt näher! O Herr, warum hast du uns diese Prüfung auferlegt! *Unser Vater in dem Himmel! Dein Name werde geheiliget. Dein Reich komme. Dein Wille geschehe auf Erden wie im Himmel ...*»

«Hey!», hörte Ritter es ungeduldig an sein Ohr rufen. «Anybody home?»

Fast hätte er gelacht, wie er die Augen öffnete und Johanna in ihrem Hemdchen vor sich stehen sah, zornig die Finger schnippend.

«Da haben Sie's also doch gehört», sagte er. «Ich dacht schon, Sie hörten mir niemals zu. Ja, den linken Arm hatt' ich bei Leipzig eingebüßt. Ein Tirailleur – lag selbst im Sterben – hat mir mit seinem letzten Atemzug noch eins verpasst. Ein Schuss, ein garstiger! Dass ich wenig Jahre später bloß auf beiden Händen hätt wieder durch die Welt laufen können, wär mir danach gewesen – nicht des Herrn Majors Oberstabschirurgi Künsten verdankt ich dies, des' seien Sie gewiss.»

«Ja, aber dann ... dann ...» Zu seinem endlosen Genusse hub Johanna zu stammeln an. «Dann hätte Ihr Körper ja die Zellen am Wundstumpf wieder dedifferenzieren müssen. Sodass ganz neues Knochen-, Muskel- und Nervengewebe nachwachsen kann. Kein erwachsener Mensch bildet Blasteme aus! Die gibt's bei uns im frühen Embryonalzustand, und dann ist Schluss.»

Das Unergründliche zu ergründen – glaubte sie ernstlich, ihr mocht's gelingen mit solchem Kauderwelsch?

«Nicht schert es mich, wann Schluss!» Klar und frei klang Ritters Stimme. «Zu bezweifeln wagst du, was am eignen Leibe ich erfahren?»

«Natürlich nicht! Trotzdem: Es ist vollkommen unmöglich, dass ...»

«Dann sagst du, ich lüge?»

«Ich sage bloß, dass ...»

«Zu einem *echten* Experiment, Johanna, besitzest du den Mut?» Sprach's und griff in das Gestell neben der Spüle, in welchem noch immer das Messer lag, mit dem Johanna tags zuvor die Wassermelone aufgeschnitten.

Verehrte Leserin! Rasch, wenden Sie sich ab! Dem männlichen Gemüt hingegen rate ich, auf das, was nun geschieht, peinlich genauestens zu achten.

Du schreist, Johanna? Pfui! Ist's doch dein kleiner Finger nicht, der hier der Wissenschaft zum Opfer wird gebracht. Der Ritter ist's, der ohne Furcht und Tadel sich die scharfe Klinge spüren lässt. Der *alte* Ritter, wie ich einstens ihn gekannt – der Grenzen Feind, bereit, sie alle zu zersprengen.

He, blasser Arnim, da in deiner Modergrube! Magst nicht noch einmal du begreinen, dass nie zuvor ein Physiker so *skrupellos* mit seinem Leibe umgesprungen? Das *heil'ge GOttesebenbild* so *ohne Ehrfurcht* tät verstümmeln?

Doch frag ich dich, du abgenagt Skelett: Das wahre GOttesebenbild, ist's nicht der Mensch, der keine Rücksicht nimmt auf Schmerzen, Schwäche, Endlichkeit? Der sich im Übermaß vergeuden darf, weil er – darin dem Himmelsfunken gleich – das ew'ge Morgen in sich trägt?

IX

s war ein Summen und Schwirren, ein Schwatzen und Rufen, dass ihm ganz schwindlig ward davon. Wann zuletzt hatte er so viele Menschen zu einem Haufe erlebt? Schon spürte er das Kribbeln im Kopfe. Die Ameisen und Krebse streckten die Beine und reckten die Fühler – nicht durften sie erwachen, nicht jetzt.

Obgleich Johanna ihm bei der Abreise gedroht – ihm *versprochen* – hatte, ihn keinen Moment aus den Augen zu lassen, war sie in einem der Gänge verschwunden, die aus nichts denn Teppich, Spiegeln und Licht zu bestehen schienen. Ein fiebrig gemusterter orange-rot-brauner Tunnel, der Gott weiß wohin führen mochte.

Ganz allein stand Ritter im Gewühle der Eingangshalle und fürchtete sich. Die Fahrt mit dem Zuge hierher – keine Angst hatte diese ihm gemacht. Im Gegenteil. Gefreut hatte es ihn, der Stadt, die er so lange nicht mehr besucht, entgegenzurattern und zu sehen, wie wenig sie sich verändert. Ein paar neue Türme hie und da. Werbetafeln, die noch blendend-imposanter von den Fassaden lockten. Und alles wirkte auf unbestimmte Art reinlicher. Doch ansonsten war es die Stadt, wie er sie das erste Mal erblickt, da die heillos überfüllte *Georgic* sich eines trüben Märzmorgens ihr von Süden durch die Bucht genaht.

«Welcome to the seventh World Congress on Immortality!»

Ein zierliches Wesen, von dem Ritter mutmaßte, dass es weiblichen Geschlechts sein musste, hatte sich vor ihm aufgebaut. Grün wie Entengrütze leuchtete sein Haar, und igelspitz stand es ab in alle Himmelsrichtungen. Zwei feine Ringe zierten sein linkes Nasenloch; eine tatuierte Blumengirlande zog vom rechten Ohr sich den Hals hinunter bis zum Schlüsselbein, verschwand in einem rosenroten

Leibchen, tauchte wenige Handbreit tiefer wieder auf, wand sich zweimal um den Bauchnabel, streifte den linken Hüftknochen – der so spitz war als die Hüftknochen jener Rinder, die er einstmals mit den Nomaden durch die Wüste hatte ziehen sehen –, kroch in den Hosenbund, wuchs an der Wade aus dem Beinkleide wieder hervor, um sich seitlich am Knöchel zu verlieren. Das Fenixweiblein, vor dem seine Mutter ihn gewarnt – *hüte dich, mein Hannes, wenn's Nacht wird, dass nicht das Fenixweiblein kommt geschlichen, dich zu holen* –, ungefähr so hatte er es sich stets vorgestellt. Nicht ohne Anstrengung balancierte das Wesen ein Tablett, auf dem etliche Becher standen, gefüllt mit einer Flüssigkeit, die Ritter gleichfalls an Entengrütze erinnerte.

«May I offer you one of those fantastic kale smoothies?», ward er artig gefragt. «The recipe is from Stan's latest book. It's his favourite health booster.»

Zwar hatte Ritter nicht die geringste Vorstellung davon, was es mit «Stan» und dessen letztem Buche auf sich haben mochte – und an Johannas *fridge* hatte er bereits die Erfahrung machen müssen, dass Grünkohlseim zum Scheußlichsten gehörte, das die Menschheit je gebraut –, doch das Fenixweiblein strahlte ihn so leutselig an, dass er es nicht über sich brachte, den angebotenen Trunk auszuschlagen.

«Delicious, isn't it? Just in case you're interested in getting a copy you'll find a table with all of Stan's books right over there.»

Mit noch größerer Mühe, die Grütze waagrecht auf dem Tablett zu halten, wies das Wesen nach links – und die gleiche Höflichkeit, die Ritter zwang, den Becher zu heben und an die Lippen zu führen, zwang ihn, den Kopf nach dem Tische hin zu wenden, auf dem «Stan's» Bücher sich stapelten. Transgress, verkündete ein farbenfrohes Banner, und ein zweites, nicht minder lustiges, verhieß: How to Open the Gates of Eternity. Dazwischen lächelte das Antlitz eines traurigen Narren, der, so schien's, noch immer nicht verwunden, dass jemand ihm die Narrenkappe stibitzt.

Das Fenixweiblein hatte sich derweil einem jungen Paare zugewandt, welches, sich innig an den Händen haltend, vorüberschlen-
derte. Beide trugen sie Leibchen mit derselben Inschrift: TRUE
LOVE NEVER DIES. YES! WE MEAN IT! Und ihre Gesichter glänzten so selig, dass Ritter zu glauben begann, er müsse unter gute Menschen geraten sein.

Ohne dass das Fenixweiblein Notiz davon nahm, stellte er den
Becher mit dem restlichen Seim auf einem der hochbeinigen Tische
ab, die, in weißes Zelttuch eingeschlagen, in der ganzen Halle verteilt standen. Gern solle er sich in aller Ruhe umschauen, hatte
Johanna ihm geraten, bevor sie in dem Tunnel verschwunden, um
sich mit den Gastgebern zu besprechen.

So schön sah sie heute aus, dass Ritter ganz weh ums Herz geworden. Schminke hatte sie aufgetragen, die Lippen rot gefärbt – etwas,
das sie, seit er sie kannte, noch nie getan. Mehr denn je umschim-
merte ihr Haar sie gleich einem Heiligenschein. Und einen engen,
zartgrauen Weiberrock trug sie, der ihr bis kurz übers Knie reichte.
Am wunderbarsten aber erschienen Ritter Johannas Schuhe: rot
glänzend auch diese, im nämlichen Tone wie die Lippen, und die
Hacken so hoch, dass ihm schwindlig ward, wenn er sie darauf einherschreiten sah.

All die vergangenen Tage war sie trüber, reizbarer Stimmung
gewesen. Zumeist war sie spät des Nachts erst aus dem Laboratorium
heimgekehrt, in dem sie nach eigenem Bekunden damit beschäftigt,
aus jenem Blute, das sie ihm abermals abgenommen, die *Bibliothek
seiner Gene* einzurichten. Was es mit dieser Bibliothek auf sich
hatte – nicht hatte Ritter sich geneigt gefühlt, es zu erfragen.

Da von Johanna noch immer nichts zu sehen, ließ er sich, wie ihm
geraten, mit der wallenden Menge treiben. Ein junger Mann, dessen
Antlitz aus nichts denn einem Ziegenbarte und Brillengläsern zu
bestehen schien, drängte sich an ihn heran, ganz so, wie wenn er ihn
umarmen wollte.

«Isn't that fabulous?» Gespenstisch groß funkelten die Augen hinter den Gläsern. «Abso-fucking-lutely fabulous?» Und seine Arme beschrieben einen weiten Kreis, wie wenn er im letzten Moment begriffen, dass es unzulänglich war, einen allein zu umarmen.

Da erst entdeckte Ritter, dass auch der Brillenbart einen Spruch am Leibe trug. MAY I BID ON YOUR CRYONICS LIFE INSURANCE?, entzifferte er. «Cryonics»? Hatte Johanna nicht ein ähnliches Wort benutzt, da sie versucht, ihm den Schneidekasten in ihrem Laboratorium zu erklären? Aber was wollte dies Wort, das doch wohl einzig «kalt» bedeutete, im Zusammenhang mit einer «life insurance» besagen? Dass Menschen, die das nötige Geld dazu hatten, irgendwann damit begannen, Versicherungen auf ihr eignes Leben abzuschließen, davon hatte er gehört. Mochte es eine Versicherung gegen den speziellen Fall sein, dass man in der Kälte starb? Und dann?

Während Ritter über die – ihn vollends verwirrende – Frage grübelte, welcher Reiz nun darin lag, einem anderen Menschen dessen Kältetodversicherung abzukaufen, wie es des Brillenbarts Leibchen insinuierte, ward er von dessen Träger jäh am Handgelenk gepackt.

«Hey, man! What the fuck happend to your finger? Hope you sent it to *Doctor Freeze* on time!» In ein derartig meckerndes Gelächter brach er aus, dass Ritter zwei Schritte zurückwich. Und wie wenn der Brillenbart ihm beweisen wollte, dass seine Gliedmaßen sich im Gegensatz zu den ritterlich verstümmelten schönster Vollzähligkeit erfreuten, hob er die Hand und spreizte die Finger auf merkwürdige Art.

«Live long and prosper!», grüßte er zum Abschied und eilte einer Schaubude zu, über der ein majestätisches Wappen schwebte.

Auch Ritter trat näher, um sich den Stand zu betrachten. Das Wappentier war ein Vogel – ein Ibis? –, der im Begriffe schien, aus einem gefrorenen Weiher sich zu befreien. Stolz strebte der Schnabel dem Himmel zu, die Schwingen waren beide kraftvoll erhoben und spotteten so der eisigen Klaue, die – das sah Ritter deutlich voraus – bald auch das prächtige Schwanzgefieder würde freigeben müssen. Gerahmt ward die ergreifende Szene von dem geschwungenen Schriftzuge: AEON LIFE EXTENSION FOUNDATION. War dies der Ort, an dem der Handel mit Kältetodversicherungen betrieben ward?

Ein Grüpplein Nymphen, das singend durch die Halle zog, erfasste Ritter und trieb ihn munter vor sich her, bis es ihm gelang, zur Seite hin auszubrechen. In welches Tollhaus hatte Johanna ihn da entführt?

Auf einer kleinen Tribüne am äußersten Ende der Halle, das er fast nun erreicht, erspähte Ritter einen dunkelhaarigen Mann, der – mit nichts als einem Lendenschurz bekleidet – seinen Körper zu den absonderlichsten Posituren verrenkte. Flach schwebte die Brust über dem Boden, einzig von den sehnigen Armen gestützt, ein Bein ragte steil heraus, während das andere in so zierlichem Winkel angestellt war, dass der Schlangenmensch auf der eignen Schulter zu stehen kam. Weder mit Beifall noch mit Jubel wollte die Menge sparen, da jener die kunstreiche Leibesverknotung in einer einzigen Bewegung löste und den Leib dergestalt in die Höhe reckte, dass er plötzlich keinen Kopf mehr zu besitzen schien.

«Once upon a time, the planet was tyrannized by a giant dragon ...» Wenige Fuß entfernt bloß vom Schlangenmenschen stand ein Jüngling auf einem Stuhl und erzählte mit bebender Stimme von einem Drachen, der selbst die höchste Kathedrale der Stadt überragte, dessen Augen vor Hass glühten und aus dessen Maul beständig ein übel riechender, gelblich-grüner Schleim troff. Schwarz gewandete, kriegerisch anmutende Männer umringten den Jüngling, auf dessen Brust die Worte DEATH SUCKS prangten, und bestätigten jedes seiner Worte mit grimmigem Nicken. Kaum hatte dieser angehoben, von dem schrecklichen Tribute zu berichten, den das Untier der Menschheit abverlangte – um seinen gewaltigen Hunger zu stillen, ließ es sich jeden Tag zehntausend Männer und Frauen zum

Fuße jenes Berges bringen, in dem es hauste –, da brachen die Krieger einer nach dem anderen in Kampfgeheul aus.

«Kill the dragon!», ertönte es, anfangs leise und zischend, dann immer lauter und wilder: «Kill the dragon! Kill the dragon!»

Ein Greis mit silbermoosig dürrem Bart, Lederjacke und schwarzen Brillengläsern forderte Ritter, indem er ihn beharrlich in die Rippen knuffte, auf, einzustimmen in den kriegerischen Chor und selbst die Faust zu schütteln – doch zu dumm war Ritter jenes Spiel, und also wanderte er weiter.

Je länger er das Treiben studierte, desto deutlicher erinnerte es ihn an jene Jahrmärkte, die er in seiner Kindheit erlebt; an all die Büttner, Kürschner, Drechsler, Hafner, Sattler, Seiler, Sieber, Kupferschmiede, Messerschmiede, Nagelschmiede, Korbmacher, Buchbinder, Leinenweber, Lebkuchner, Karrenbäcker, Zuckerkrämer, Zahnbrecher, Bruchschneider, Seiltänzer, Luftspringer, Taschenspieler, Bänkelsänger, Bärentreiber und Feuerschlucker, die jedes Frühjahr nach Liegnitz und alle Schaltjahr sogar bis nach Haynau gekommen waren, um ihre Waren und Künste feilzubieten; an all die Quacksalber und Theriakskrämer, aus deren Tiegeln und Fläschchen es so aberwitzig herausgestunken hatte, dass er sich stets die Nase zugehalten – erst später beim alten Apotheker hatte er gelernt, dass reiner Theriak einen durchaus angenehmen Geruch zu entfalten wusste, nach Honig, Myrrhe, Zimt und Opium; an all die Urinpropheten und Schwarzkünstler, die Missgeburten und andere grässliche Leibsgestalten zur Schau gestellt oder Elefantenschmalz und schimmernde Planetensteine verkauft. Nicht satt hatte er sich schauen können an all diesem Absonderlichen und Köstlichen. Doch satt hätte er sich schauen müssen – denn um die kleinste, billigste Näscherei bloß zu kaufen, fehlte ihm das Geld. Einmal hatte er heimlich ein Tütlein Zuckerwerk gestohlen, wie das Marktweib im Schwatze mit einer Liegnitzer Dame abgelenkt. Zur Strafe für seine Missetat hatte er die ganze Nacht mit erbärmlichstem Leibgrimmen wach gelegen. Nie wieder hatte er daraufhin etwas gestohlen, selbst dann nicht, da der Hunger ihn gelehrt, dass sein Zahn schärfer zu nagen vermochte denn der spitzeste Rattenzahn.

Wie Ritters Gedanken solchermaßen in der Vergangenheit umherschweiften, sprang von dort ein Funke in die Gegenwart über, der ihm dieselbe mit einem Schlag erhellte: All die Gesellen hier betrugen sich nicht deshalb so lustig, weil sie schlicht lustige Gesellen waren. Die mutwillige Ausgelassenheit diente einem einzigen Zwecke: darüber hinwegzutäuschen, dass Gevatter Hunger längst hier das Szepter schwang! Lagen die Augen der meisten nicht verräterisch tief in den Höhlen? Wölbten sich ihre Bäuche nicht schmerzlich nach innen? Zeichneten sich selbst unter den dicksten Gewändern nicht die Rippen sämtliche einzeln ab? Doch wie war dies möglich? Im Herzen dieser reichen Stadt? In dieser prächtigen Halle mit ihrem Lichterglanze? Wie konnte es sein, dass der Hunger an einem Orte triumphierend Einzug gehalten, ohne dass seine treueste Muhme, die Armut, ihm vorausgeeilt?

Von der eigenen Erkenntnis noch immer geblendet, blickte Ritter sich blinzelnd um. Zwar hatten auch die Jahrmärkte seiner Kindheit stets eine große Zahl Bettler angezogen, die sich unter die vornehmen Herren und Damen der Stadt gemischt, um ihrem erbärmlichen Gewerbe nachzugehen – doch keiner der Abgemagerten hier trug solche Lumpen, wie sie den echten Bettler auswiesen. Und was wollte es bedeuten, dass bald ein jeder unter ihnen gehetzte Blicke auf die Handgelenksuhr warf, sich in die Rocktasche fuhr und etwas an den Mund führte, das er hastig hinunterschluckte?

Erst da Ritter genauer hinsah, ward er gewahr, dass es sich um Pillen handelte, die ringsumher in solch regelmäßiger Unruhe eingenommen wurden. Weiße, gelbe, grüne, rote, große, kleine, runde, längliche Pillen! Pillen, wie Ruthie sie des Morgens und des Mittags und des Nachmittags und des Abends und der Nacht eingenommen – in jenen Monaten, bevor sie gestorben. Und mit einem Anfall von Taumel begriff Ritter, warum sich unter den sauberen, unzerlumpten Kleidern dennoch Leiber wie Klosterruinen verbar-

gen: Alle hier waren sie dem nahen Tode geweiht! Wussten, dass sie
sterbenskrank! Deshalb hatten sie sich zu diesem eitlen Jahrmarkte
versammelt! Deshalb beharrten sie darauf, dem ewigen Leben und
der Unsterblichkeit in solch kindischem Trotze zu huldigen – weil
sie allesamt wussten, dass sie übermorgen tot!

Eine Scham überkam Ritter, so glühend heiß, dass er am liebsten
aus der Halle geflohen wäre. Wie konnte *er* es wagen, sich unter all
diese Gezeichneten zu mischen, sich von ihrem Gewoge alsbald hierhin, alsbald dorthin treiben zu lassen, gerade so, wie wenn er einer
der ihren wäre und nicht der Verdammte, der ewig Ausgeschlossene,
der Unmensch ohne Zweck und Ruh'!

Die Angst öffnete ihre Schleusen, ihr stinkender Tran tropfte in
die glühende Scham, sodass Ritter vermeinte, von einer einzigen
sengenden Flamme verzehrt zu werden. Johanna! Warum war auch
sie zu diesem Totentanze herbeigereist? Welchen Inhalts würde der
Vortrag sein, den hier zu halten sie gedachte?

Exit.

Ohne zu wissen, was er tat, ohne der Menschen zu achten, die
er zur Seite drängte oder zu Boden gar stieß, stürmte Ritter den
roten Lettern zu. Nur wenige Schritte noch trennten ihn von den
gläsernen Revolvertüren, hinter denen die Häuserschlucht lag, die
er durchrennen wollte, bis seine Beine den Dienst ihm versagten
und er bewusstlos zusammenbrach, da erblickte er die Menge, die
vor dem Hotel sich zusammengerottet. Erboste Menschen, schreiende Menschen, Menschen, die Kruzifixe und Tafeln mit frommen
Versen in die Höhe reckten, Menschen, die einzig von den schwarz
Uniformierten da draußen gehindert wurden, das Gebäude zu
erobern. Und im selbigen Augenblicke, da Ritter begriff, dass er mit
den anderen hier gefangen, ertönte ein Gong, und eine balsamische
Stimme lud ein, im großen Ballsaale sich zu versammeln.

HErr, bist DU da? Schaust DU herab?

– – –

Was frag ich Narr? Hast Besseres zu tun in DEiner Unermesslichkeit. Wer wärst DU, wenn DIch wollt bekümmern, wie DEine Knechte hitzig danach trachten, ihr schmählich Joch auf immer zu zertrümmern? DU spottest ihrer, denn DU weißt: DU hältst die Macht. DU bist die Macht.

Noch mag's wie Karneval DIr scheinen – doch was machst DU an jenem Tag, an dem der Mensch das ungeheure Werk vollbracht? Worauf, SElbstherrlicher, willst DEine Herrschaft dann DU gründen? Kein Einziger senkt mehr das Haupt dem Staube zu, wenn erst dem Tod der Stachel ist gezogen.

Bekämpft ich DIch nicht ohnehin, so wüsst ich heut, warum ich's tu. Siehst DU das Häuflein dort, das sich die schlaffen Kehlen in DEinem Namen blutig plärrt? Siehst DU das Weib, das kaum sich auf den Beinen hält, so drückt sein Buckel es herab? Siehst DU den Knaben, dessen Kopf bei jedem «Hosianna!» zur Seit' hin und zurücke zuckt? *Dies* ist die Art, in der DU Treue lohnst – DU HErr der Unergründlichkeit!

Wie pflegtest damals DU zu sagen? «Den Jakob habe ich geliebt, den Esau aber hasste ich, bevor von beiden einer nur das Licht der Welt erblickt.»

O Willkür, Terror, Ungerechtigkeit!

DEin Reich wird fallen, grausam launenhafter HErr! Ich spür's: Nicht viel fehlt mehr, und stürzen wird der letzte Pfeiler, und mit ihm alles, was DU warst und bist, von Ewigkeit zu Endlichkeit. Amen.

Doch stille jetzt! Das große Spiel, das mir das Herz vor Freude hüpfen lässt, fängt an – und unsre beiden Freunde seh ich mittenmang!

Der siebente Weltkongress der Immortalisten
Utopisches Drama in einem Akt*

Ein großer Ballsaal, dicht bestuhlt und bis auf den letzten Platz belegt. An der Stirnseite ein schlichtes Podium mit einem langen Tisch, dahinter eine hohe Leinwand. Nach und nach versinkt der Saal in Dunkelheit. Aus dem Dunkel tauchen Bilder auf. Bilder von Menschen, die wie Blumen erblühen, verwelken, verdorren: ein makabrer Reigen. Immer schneller scheiden die Menschenblumen dahin. Einzelne im Saal beginnen zu stöhnen und zu schreien. Der König der Immortalisten betritt die Bühne. Ein Scheinwerfer hebt ihn in gleißendes Licht.

KÖNIG DER IMMORTALISTEN: Freunde, ich spüre eure Wut. Es ist die gleiche Wut, die ich verspüre, wann immer ich diese Bilder sehe. Lassen wir nicht zu, dass unsere Wut sich gegen uns selbst richtet. Richten wir sie auf das, was unsere Wut verdient: Tod dem Alter! Tod dem Sterben! Tod dem Tod!

ALLE: Tod dem Alter! Tod dem Sterben! Tod dem Tod!

KÖNIG DER IMMORTALISTEN: Betrachtet sie ein letztes Mal, diese grausamen Bilder, diese unmenschlichen Bilder, von denen uns die Fatalisten, die Morbiden, die Todesanbeter einreden wollen, sie seien unabänderlich, weil sie den «Lauf der Natur» zeigten. Doch wir, die Transhumanisten, die Lebensfreunde, die Todfeinde, wir wissen es besser. Wir haben nicht vergessen, dass es einmal Zeiten gab, in denen der Mann, der den Mut hatte zu verkünden, dass nicht die Sonne sich um die Erde, sondern die Erde sich um die Sonne dreht, um sein Leben bangen musste! In denen der Mann, der erkannt hat, dass wir nicht von Gott, sondern vom Affen abstammen, des Wahnsinns bezichtigt wurde! In denen der Mann, der versprach, den Menschen zum Mond fliegen zu lassen, sich als Traumtänzer verspotten lassen musste! In denen der Mann, der prophezeite, dass die Kinderlähmung eines Tages besiegt sein

---

* Aus dem Englischen ins Deutsche gebracht vom Verfasser selbst.

wird, als Scharlatan verschrien war! Drum lasst die Unwissenden da draußen ruhig schreien, spotten, drohen! *Wir wissen*, dass der Mensch alles vermag, wenn er seinen Kampf gegen das vermeintlich Unvermeidliche nur entschieden genug führt. Und also, Freunde, lasst uns angenehmere Bilder betrachten und freudenvollere! Bilder, von denen wir wissen, dass sie die Zukunft zeigen!

Fröhliche Menschen, von denen keiner älter als dreißig aussieht, laufen über eine Wiese.

Fröhliche Menschen, von denen keiner älter als dreißig aussieht, spielen Golf.

Fröhliche Menschen, von denen keiner älter als dreißig aussieht, springen von einer Jacht ins Wasser.

Fröhliche Menschen, von denen keiner älter als dreißig aussieht, besteigen einen Berg.

Fröhliche Menschen, von denen keiner älter als dreißig aussieht, spazieren durchs Weltall.

Fröhliche Menschen, von denen keiner älter als dreißig aussieht, küssen sich.

Dann plötzlich: Das Bild eines Bestattungsinstituts, die Kamera zoomt näher. An der Tür ein Schild: Sorry, We're Broke.

Gelächter im Saal.

Die Kamera schwenkt zur Seite, fährt über einen Rasen, auf einen einzelnen Grabstein zu. Auf dem Grabstein steht: Death. R.I.P.

Jubel. Die Lichter gehen langsam wieder an.

KÖNIG DER IMMORTALISTEN: Freunde! Es erfüllt mich mit Freude und Stolz zu sehen, dass wir uns in diesem Jahr noch zahlreicher versammeln konnten als in den vergangenen sechs. Und ich verspreche euch: Ihr habt die weite Reise nicht umsonst gemacht. Die kühnsten Wissenschaftler, die verwegensten Forscher, die mutigsten Erfinder aus allen Teilen der Welt sind heute hierhergekommen, um ihre Erkenntnisse mit uns zu teilen. Bitte! Begrüßt unsere glorreichen Sieben!

Applaus.

Einer nach dem anderen betritt die Bühne und nimmt an dem langen Podiumstisch Platz: der Asketissimus, die Eisfürstin, der Hirnschmied, der Pillenprediger, die Weiße Krähe, der Zellingenieur und die Transgeniale.

ZELLINGENIEUR: Der Tod ist Betrug an der Menschheit und als solcher nicht länger zu tolerieren. Der Mensch hat seine Bereitschaft, sich mit der Vergänglichkeit abzufinden, ein für alle Mal verloren; jetzt muss er den Weg, den seine Urahnen eingeschlagen haben, nur konsequent weitergehen und dafür sorgen, dass die Vergänglichkeit vergeht.

Applaus.

HIRNSCHMIED: Pioniere sind wir, und wie unsere Vorfahren besiedeln wir Neuland. Doch unser Neuland ist nicht im Raum. Unser Neuland ist in der Zeit.

Applaus.

EISFÜRSTIN: Aus dem ewigen Werden schält sich das ewige Sein. Der letzte Feind, den wir besiegen, ist der Tod.

Applaus.

WEISSE KRÄHE: Kindisch schilt man uns, weil wir das Unglaubliche glauben. Doch ich sage euch ein Geheimnis: Wir werden nicht alle entschlafen, wir werden aber alle verwandelt werden, und dasselbige plötzlich, in einem Augenblick.

Applaus.

PILLENPREDIGER: Zwischen uns und dem ewigen Leben stehen heute nur noch Einfalt und Furcht. Doch ich habe eine Botschaft an alle Einfältigen und Furchtsamen: Was, glaubt ihr, haben die Bakterien vor zweieinhalb Milliarden Jahren gedacht, als sie in ihrer Ursuppe schwammen? «Haben wir's nicht recht gemütlich hier? Wollen wir uns wirklich auf diese Evolution einlassen? O Gott, o Gott, wer weiß, wo das alles hinführt?»

Gelächter im Saal.

PILLENPREDIGER: *(das Gelächter übertönend)* Ihr da draußen! Wollt ihr wirklich einfältiger und furchtsamer sein als Bakterien?

Heftiger Applaus. Die Transgeniale setzt an, etwas zu sagen, doch der Asketissimus kommt ihr zuvor.

ASKETISSIMUS: Der Palast der Unsterblichkeit, wir sehen ihn bereits in der Ferne glitzern. Wären wir nicht wahnsinnig, wenn wir uns damit abfänden, die Letzten zu sein, die nicht in ihn einziehen? Wer jetzt noch stirbt, ist selber schuld. Der Tod hat als Schicksal ausgedient. Wer heute tot umfällt, beweist, dass er nicht auf sich geachtet hat. Dass er den Weg des *Wu Wei* nicht begriffen hat. Dabei ist es so einfach: Handelt durch Nichthandeln!

ALLE: Wir handeln durch Nichthandeln!

ASKETISSIMUS: Vermeidet Stress!

ALLE: Wir vermeiden Stress!

ASKETISSIMUS: Sucht Ruhe in der Bewegung!

ALLE: Wir suchen Ruhe in der Bewegung!

ASKETISSIMUS: Atmet bewusst!

ALLE: Wir atmen bewusst!

ASKETISSIMUS: Führt eurem Leib nur das Nötigste zu! Sinnlicher Genuss ist Betrug am Leben, der Darm ist ein Pfuhl, mästet ihn nicht.

ALLE: Wir mästen ihn nicht!

ASKETISSIMUS: Enthaltet euch des Alkohols!

ALLE: Wir enthalten uns des Alkohols!

ASKETISSIMUS: Entsagt dem Tabak!

ALLE: Wir entsagen dem Tabak!

ASKETISSIMUS: Mäßigt euch in allem!

ALLE: Wir mäßigen uns in allem!

Die Transgeniale versucht abermals, das Wort zu ergreifen. Diesmal ist es der Pillenprediger, der ihr zuvorkommt.

PILLENPREDIGER: Lieber Freund, ohne Frage spricht große Weisheit aus deinen Worten. Und dennoch muss ich mahnend ergänzen, dass manch einer, wenn er sich auf Bewegung, Meditation und Kalorienreduktion allein verlässt, vor Erschöpfung und Mangelerscheinungen zusammenbrechen wird, bevor er den Palast der Unsterblichkeit erreicht. Not tut ein strikter Nahrungsergänzungsmittelplan. Acetyl-Glutathion!

ALLE: Acetyl-Glutathion!

PILLENPREDIGER: Acetyl-Carnitin!

ALLE: Acetyl-Carnitin!

PILLENPREDIGER: Alpha-Liponsäure!

ALLE: Alpha-Liponsäure!

PILLENPREDIGER: Resveratrol!

ALLE: Resveratrol!

PILLENPREDIGER: Ubiquinol!

ALLE: Ubiquinol!

Zum dritten Mal setzt die Transgeniale an, etwas zu sagen.

ZELLINGENIEUR: All dies ist mehr als recht. Doch auf solche Weise allein werdet ihr die Körper nicht durch die Zeit retten. Oder wollt ihr euch mit der lächerlichen Frist von hundertzwanzig Jahren begnügen?

ALLE: Niemals!

ZELLINGENIEUR: Also setzt auf die Wissenschaft! Glaubt an den technischen Fortschritt! Ganze vier Schlachten müssen wir schlagen, wenn wir den Krieg gegen den Tod gewinnen wollen. Zu verwirrend sind die Einzelheiten, als dass ich eure Gemüter heute damit belasten möchte. Denn ich sehe es genau: Dort unten hocken jede Menge Schlingel, die im Biologie- und Chemie-Unterricht geschlafen haben, weil sie dachten, das alles sei soooooo langweilig.

Gelächter im Saal. Die Transgeniale macht eine resignierte Handbewegung.

ZELLINGENIEUR: Aber jetzt wollen wir sehen, ob ihr nicht doch zuhört! (*Er wartet, bis tatsächlich alle zu ihm hinschauen. Dann leise und entschieden*) Wir müssen dafür sorgen, dass die Kraftwerke in unseren Zellen, die Nahrung und Sauerstoff in Energie verwandeln, einwandfrei funktionieren, und wir müssen dafür sorgen, dass diejenigen, die eine Havarie erlitten haben, so schnell wie möglich vom Netz genommen werden. Wir müssen dafür sorgen, dass der

Giftmüll, den unsere Zellen über all die Jahrzehnte produzieren, entsorgt wird. Wir müssen dafür sorgen, dass diejenigen Zellen, die zu alt und schwach geworden sind, um ihren Dienst zu versehen, aus dem Körper geschafft werden. Wir müssen dafür sorgen, dass der heimtückischste aller apokalyptischen Reiter, der Krebs, besiegt wird, indem wir die Mutationen im Zellkern unterbinden. *(Lange Pause)* Das ist alles. Und ja: Keine dieser Aufgaben ist eine leichte. Aber keine ist unlösbar.

Der Saal applaudiert frenetisch. Auch die Transgeniale spendet höflich Beifall.

ZELLINGENIEUR: Manche unter euch werden das, was ich jetzt zu sagen habe, nicht gern hören, aber am Ende funktioniert unser Körper nicht anders als jede Maschine. *(Vereinzelter Protest)* Ja, tut mir leid: *nicht anders als jede Maschine.* Und was machen wir, wenn bei unserem Auto der Anlasser kaputt ist, die Bremsen abgenutzt sind, die Benzinleitung verstopft ist? Fahren wir es einfach auf den Schrottplatz? Nein! Wir bringen es in die Werkstatt, um es reparieren zu lassen. Sollen wir mit unserem Körper achtloser verfahren als mit unserem Auto?

ALLE: Niemals!

ZELLINGENIEUR: Würde unsere Regierung den Krieg gegen das Altern ebenso entschlossen führen, wie sie damals das Apollo-Mondprogramm betrieben hat – in fünfzehn bis zwanzig Jahren stünden wir an dem Punkt, dass diejenigen, die bis dahin durchgehalten haben, auch das Jahr dreitausend erleben.

Lang anhaltender Applaus.

ZELLINGENIEUR: Doch die offiziellen Kreise zögern. Die offiziellen Kreise zaudern. Deshalb: Öffnet nicht nur eure Herzen, öffnet eure Börsen, unterstützt die Institute, Stiftungen und Wissenschaftler, die nicht ihre Zeit und euer Geld verschwenden, indem sie sich in unsinnigen Nebengefechten verzetteln. Unterstützt diejenigen, die den Endsieg im Blick haben.

Hinter dem Zellingenieur flammt in roten Buchstaben die Inter-

*netadresse seines Instituts auf: www.idun.org. Als Nächstes taucht das
Wort «DONATE» auf. Jeder der Buchstaben wächst und teilt sich,
bis es auf der gesamten Leinwand lebhaft wimmelt.*

HIRNSCHMIED: Gebannt habe ich dem gelauscht, was unser lieber Freund von den Zellen und dem Krieg gegen das Altern an der
Körperfront zu berichten wusste. Aber, lieber Freund, sei mir nicht
böse: In meinen Ohren klingt dies alles antiquiert.

*Die Stimmung im Saal driftet auseinander. Die eine Hälfte applau-
diert, die andere pfeift und buht.*

HIRNSCHMIED: Stehen wir als Menschheit nicht längst an
einem ganz anderen Punkt? Erleben wir in der digitalen Welt, in der
Welt der Computer, der künstlichen Intelligenz, der Roboter nicht
eine Revolution von solch rasender Geschwindigkeit, dass der Tag
nicht mehr fern ist, an dem wir unsere guten alten Biokarossen, kurz
«Körper» genannt, getrost auf den Schrottplatz werfen können?

Applaus und Protest halten sich abermals die Waage.

HIRNSCHMIED: In den letzten Jahrzehnten haben wir erlebt, dass
technischer Fortschritt nicht linear verläuft. Und weil ich jene Super-
helden unter euch, die auch in Mathematik geschlafen haben, nicht
vor den Kopf stoßen will, sage ich einfach: Er *explodiert.* Die Rechen-
kraft integrierter Schaltkreise verdoppelt sich alle achtzehn Monate.
Schon jetzt können Teile eines Rattengehirns und manch anderen
Gehirns *(Gelächter)* am Großrechner simuliert werden. Zwar ist das
Human Brain Project noch nicht abgeschlossen. Doch es ist keine
Träumerei, sondern konkrete Vision, wenn ich sage, dass wir bald imstande sein werden, den kompletten Inhalt eines menschlichen Gehirns mit all seinen Gedanken, seinen Erinnerungen, seinem Wissen,
seinen Emotionen auf eine neuronale Festplatte hinüberzuspielen,
die wir dann natürlich auch in die Cloud hochladen können. Und,
liebe Freunde, seien wir doch ehrlich: Wer hätte all das, was ihn als
Person ausmacht, nicht lieber ordentlich gespeichert und gebackupt,
anstatt es einzig und allein in diesem Wackelkasten hier *(der Hirnschmied klopft sich gegen die Stirn)* herumzuschleppen.

Die Stimmung schlägt zugunsten des Hirnschmieds um. Nahezu einhelliger Applaus.

HIRNSCHMIED: Ich kenne die Körperfetischisten, die sagen: «Aber so ganz ohne? Werde ich da nicht depressiv?» *(Gelächter)* Ich verspreche euch: Wer auch in Zukunft einen Körper haben will, soll einen Körper bekommen. Und zwar einen, im Vergleich zu dem sich sein jetziger wie ein rostiger Rasenmäher ausnimmt. Nanobots, Maschinen in der Größe von Molekülen und Atomen, werden sämtliche Zellen ersetzen, um deren Gesundheit unser lieber Freund hier so redlich bemüht ist.

ZELLINGENIEUR: *(gekränkt)* Idun arbeitet längst daran, mithilfe von Nanotechnologie dysfunktionale Immunzellen aus dem Verkehr zu ziehen.

Die Transgeniale schüttelt schweigend den Kopf.

HIRNSCHMIED: Wunderbar, dann reichen wir uns die Hand! Der *Homo sapiens* wird mit der von ihm selbst erschaffenen Technologie verschmelzen. Unsere spirituelle Freundin hier *(der Hirnschmied zeigt auf die Weiße Krähe)* hat vorhin gesagt, dass wir alle verwandelt werden. Wie recht sie hat! Gehirnscanning wird die gesamte Menschheit in eine einzige Transhumanität verwandeln. Wir werden zu Wesen erhoben, die unendlich schneller und genauer denken, als wir dies heute können. Zu Wesenheiten, die über ein unerschöpfliches Gedächtnis verfügen. Zu Wesenheiten, die unmittelbaren Zugriff auf das Wissen des gesamten Universums haben, weil wir Schnittstellen mit anderen Intelligenzen einbauen. Verlasse das Fleisch! Lade dich hoch! Lebe für immer!

Heftiger Applaus.

EISFÜRSTIN: *(sich majestätisch langsam erhebend)* Brüder! Schwestern! Wir Russen lieben die Musik. Und keine Musik liebe ich stärker als Zukunftsmusik. Deshalb lasst mich all jenen Hoffnung schenken, die dem letzten Feind erliegen werden, obwohl sie auf dem Pfad der Mäßigung wandeln *(verneigt sich in Richtung des Asketissimus)*, obwohl sie alle notwendigen Lebensstoffe zu sich nehmen *(verneigt sich in Richtung des Pillenpredigers)*, und dies, bevor die Wissenschaft ihren Körpern die ewige Jugend zurückgeben kann *(verneigt sich in Richtung des Zellingenieurs)* und bevor ihr Geist für immer gesichert wurde *(verneigt sich in Richtung des Hirnschmieds)*. Dort, wo ich herkomme, fürchten wir die Kälte nicht. Schon als Kind wusste ich: Das Eis ist ein besserer Ruheort als das Grab. Im Grabe liegst du für immer. Aus dem Eise jedoch kannst du auferstehen. Der Tag wird kommen, an dem unsere Freunde der Zukunft uns wecken werden, um uns das ewige Leben zu schenken.

Starker Applaus.

EISFÜRSTIN: Bis auf den heutigen Tag sind die Mediziner schnell bei der Hand, wenn es darum geht, einen Menschen für tot zu erklären. Aber wie können sie gewiss sein, dass demjenigen, den sie «tot» nennen, tatsächlich kein Leben mehr innewohnt? Noch nicht lange ist es her, da galt derjenige, dessen Herz zu schlagen aufgehört hatte, als «tot». Heute holen wir ihn mithilfe eines Defibrillators ins Leben zurück. Warum aber sollen wir den Hirntod, an den die Medizin sich seither so krampfhaft klammert, als letztes Wort akzeptieren, wenn wir schon einmal erleben mussten, dass etwas, das uns als Todesgarant verkauft wurde, überholt ist?

ZWISCHENRUFER: Ich weigere mich, meinen Hirntod anzuerkennen!

EISFÜRSTIN: Pravilno, junger Freund, ganz recht! Da draußen gibt es Leute, die werfen uns «Selbstüberhebung», ja «Hochmut» vor. Aber ist es in Wahrheit nicht Ausdruck tiefster *Demut*, wenn wir sagen: Wir wissen nicht, wann ein Lebewesen wirklich «tot» ist? Beweist es nicht wahre Nächstenliebe, wenn wir im Angesicht dieser Unsicherheit es für unverantwortlich, ja für herzlos halten, ein Leben einfach aufzugeben, indem wir es dem Feuer überlassen oder in der Erde verscharren? Ist es nicht unsere Pflicht, alles zu unternehmen, damit ein kranker, verwundeter Mensch auf dem schnellsten und sichersten Weg die medizinische Versorgung erfährt, die er benötigt?

Starker Applaus.

EISFÜRSTIN: Diese Pflicht ist das einzige Ziel, das wir von Ljod kennen – und unsere amerikanischen Freunde von Aeon. *(Sie verneigt sich in Richtung einer Dame im Publikum.)* Kryonik ist nichts anderes als ein Krankentransport durch die Zeit. Heute schon ist es uns möglich, einen menschlichen Körper endlos zu erhalten. Entscheidend allerdings ist, wie schnell nach Eintritt des einstweilen noch «Tod» genannten Zustands unsere Ärzte mit der Kryokonservierung beginnen können. Wird der Patient nicht innerhalb der ersten vier bis sechs Minuten nach seinem Herzstillstand an eine Herz-Lungen-Maschine angeschlossen, erleidet sein Hirn bereits Schaden. Dies ist unbedingt zu vermeiden. Deshalb empfehle ich allen, die einen Vertrag bei uns abgeschlossen haben, sich unverzüglich in eine unserer Kliniken zu begeben, sobald sie ihr vorläufiges Ende nahen spüren. Selbstverständlich können sie sich auch unseren amerikanischen Freunden anvertrauen. Indes rate ich, rückständige Länder, in denen weder Aeon noch wir eine Vertretung haben, zu meiden. Leider muss ich hinzufügen, dass es sich derzeit noch bei den allermeisten Ländern um solch traurige Vergangenheitsenklaven handelt. Aber wer will schon nach Simbabwe, Pakistan oder Deutschland reisen.

Allgemeines Gelächter. Nur die Transgeniale sieht aus, als ob es ihr schwerfiele, über den Scherz zu lachen.

EISFÜRSTIN: Für den Fall, dass das Ereignis überraschend eintritt, ist es von absoluter Wichtigkeit, dieses Armband hier rund um die Uhr zu tragen.

Die Eisfürstin hebt ihre rechte Hand, am Gelenk trägt sie einen blassblauen Gummireif.

EISFÜRSTIN: Dort findet der Arzt, der die Notfallversorgung übernimmt, alle Informationen, welche Maßnahmen er zu ergreifen hat, bis eines unserer Stand-by-Teams am Unglücksort eingetroffen ist.

Die Eisfürstin greift nach der Wasserflasche, die vor ihr auf dem Tisch steht, schenkt sich ein Glas ein, trinkt einen Schluck. Im Saal herrscht höchste Aufmerksamkeit. Nur die Transgeniale kritzelt mit einem Kugelschreiber vor sich hin.

EISFÜRSTIN: *(leise)* Auch wenn wir uns «Ljod», «das Eis», nennen und Eiskristalle als Symbol der ewigen Schönheit verehren, *im* menschlichen Organismus dürfen keine Eiskristalle entstehen. Deshalb beginnt eine jede Kryokonservierung damit, dass wir dem Körper unseres Patienten sämtliches Wasser, sämtliches Blut entziehen und durch eine Flüssigkeit ersetzen, die beim Gefrieren keine Kristalle bildet. Sobald dieser Austausch abgeschlossen ist, senken wir den Patienten Schritt für Schritt in die Kälte hinab, bis sein Körper die minus einhundertsechsundneunzig Grad Celsius erreicht hat, bei denen er die nächsten Jahre, Jahrzehnte oder gar Jahrhunderte überdauern wird.

HERR IM HAWAIIHEMD: *(aus der letzten Reihe dazwischenrufend)* Sie packen die Leiber in flüssigen Stickstoff?

Die Transgeniale schaut kurz von ihrer Kritzelei auf und wirft einen strengen Blick in Richtung Saalende.

EISFÜRSTIN: *(freundlich in dieselbe Richtung lächelnd)* Ty prav, junger Freund, sehr richtig!

Hinter der Eisfürstin erscheint das Bild einer Halle, an deren Wänden sich mannshohe Edelstahlzylinder reihen.

EISFÜRSTIN: In diesen edlen Gefäßen überdauern die Fröstlinge die Zeit, bis unsere Freunde der Zukunft so weit sind, sie wieder zu beleben. Und ihr, liebe Freunde der Gegenwart, ihr könnt heute schon wählen, ob ihr in einem solchen Gefäß alleine ruhen möchtet, ob ihr den Raum mit anderen Fröstlingen teilen wollt oder ob einzig euer Kopf aufbewahrt werden soll. In jedem Fall garantieren wir euch, dass der Stickstoff, in den ihr eingebettet werdet, permanent kontrolliert und nachgefüllt wird. Und für den ganz und gar unwahrscheinlichen Fall, dass es dennoch einmal zu einem Leck kommt, sind unsere Fröstlinge allesamt kopfunter eingelagert, sodass, selbst wenn der Stickstoffpegel fällt, das kostbare Hirn bis zuletzt geschützt bleibt.

Im Saal fällt ein Stuhl um.

EISFÜRSTIN: Fürchtet euch nicht! Keinen Grund gibt es zur Furcht! Schaut euch diese erhabenen Gefäße an! Ist es nicht tausendmal würde- und hoffnungsvoller, sich in einem solchen Behältnis konservieren zu lassen, sich aufzubewahren, als den eigenen Leib den Flammen oder der Fäulnis anheimzugeben? Nach allem, was wir wissen – nach allem, was wir heute hier erfahren haben: Warum sollten wir so fatalistisch sein, daran zu zweifeln, dass der Tag kommen wird, an dem unsere künftigen Freunde imstande sein werden, all die Krankheiten zu heilen, denen wir heute noch erliegen? Warum sollten wir so zynisch sein, daran zu zweifeln, dass auch unsere künftigen Freunde große Nächstenliebe haben werden und uns also in den Genuss ihrer Kunst kommen lassen, uns auftauen und heilen werden? Freunde, ich sehe ihn leuchten, den herrlichen Tag, an dem wohlgesinnte Menschen unsere Behältnisse öffnen, unsere Körper herausheben und mit Maschinen verbinden werden, die eine heute noch unbekannte Milch in uns hineinpumpen! Eine Milch, die Abermillionen winzigster Roboter enthalten wird, die in unsere Zellen eindringen und das Schutzmittel daraus entfernen, Molekül für Molekül, während außerhalb unserer Körper eine andere Maschine begonnen haben wird, aus unseren eigenen Zellen neues Blut zu produzieren! Diese winzigsten Roboter (*die Eisfürstin ignoriert den Hirnschmied, der immer wieder «Nanobots» murmelt*) – sämtliche Krankheiten und Gebrechen, unter denen wir vormals gelitten, werden sie erkennen und tilgen! Neues, frisches Blut wird durch unsere Adern strömen! Das Reparatursystem wird den aufgeschnittenen Brustkorb schließen! Ohne jegliche Naht und Narbe wird der Schnitt verheilen! Und wir werden die Augen aufschlagen, um einander in der besten aller möglichen Welten wieder zu erblicken.

Stehende Ovationen. Sogar die Transgeniale hat aufgehört, Strichmännchen zu zeichnen. Während die Eisfürstin noch dasteht und ihren Triumph genießt, erhebt sich die Weiße Krähe.

WEISSE KRÄHE: Psst ... Pssst ... Ich empfange eine Nachricht ... die Nachricht eines großen Geistes ...

Der Saal setzt und beruhigt sich.

WEISSE KRÄHE: (*in Trance fallend, plötzlich mit der Stimme eines Mannes sprechend*) Seit Langem schon ... seit Langem schon hatte ich prüfen wollen, ob tatsächlich ... ob tatsächlich, so wie ich vernommen ... ertränkte Fliegen wieder ins Leben zurückzurufen wären ... unlängst ...

ZWISCHENRUFER: Buh!

WEISSE KRÄHE: ... unlängst nun bot sich die rechte Gelegenheit, indem ein Freund ... indem ein Freund, da er mir Wein kredenzte, zugleich drei tote Fliegen mit ins Glase goss ...

ZWISCHENRUFER: Buh!

EIN ANDERER ZWISCHENRUFER: Psst!

WEISSE KRÄHE: ... auf dem nämlichen Siebe, mit dem ich sie aus dem Weine gehoben, legte ich die toten Fliegen in die Sonne ... keine drei Stunden waren vergangen, da fingen zwei derselben an, sich wieder zum Leben zu erholen ...

ZWISCHENRUFER: Aufhören!

DER ANDERE ZWISCHENRUFER: Halt den Mund! Das ist Benjamin Franklin, der zu uns spricht!

WEISSE KRÄHE: ... die dritte blieb bis zum Sonnenuntergange leblos, wo wir sie, da wir alle Hoffnung auf sie aufgegeben, schließlich fortwarfen ...

EIN DRITTER ZWISCHENRUFER: Was hat diese Verrückte auf dem Podium zu suchen!

WEISSE KRÄHE: ... wünschen möchte man, es wäre möglich, eine Methode zu ersinnen, nach der ertrunkene Menschen sich so einbalsamieren ließen, dass man sie zu irgendeiner, wenn auch noch so fernen Zeit ins Leben zurückrufen könnte ...

EIN VIERTER ZWISCHENRUFER: Nie und nimmer ist das Franklin!

DER ZWEITE ZWISCHENRUFER: Aber sicher ist das Franklin!

Ich kenne diesen Text: «Über die vorherrschenden Ansichten vom Leben und vom Tode.»

WEISSE KRÄHE: ... denn ich habe ein großes Verlangen, den Zustand Amerikas nach hundert Jahren zu sehen und zu beobachten. Daher würde ich jedem andern Tode den vorziehen, mich mit einigen guten Freunden in ein Fass Madeira zu stürzen und darin so lange liegen zu bleiben, bis ich durch die Sonnenwärme meines teuren Vaterlandes wieder zum Leben zurückgerufen würde ...

DER DRITTE ZWISCHENRUFER: Wenn du diesen Text kennst, dann ist er keine Nachricht aus dem Jenseits, Dummkopf! Dann werden wir von dieser Verrückten hier einfach nur ver...

EIN FÜNFTER ZWISCHENRUFER: Seid doch mal still! Hört ihr nicht? Was ist das da draußen für ein Lärm?

Sämtliche Zwischenrufer verstummen und schauen zu den Saaltüren hin, durch die in der Tat ein Getöse wie von einem Volksaufstand dringt.

WEISSE KRÄHE: *(langsam aus ihrer Trance erwachend)* ... da wir aber allem Anscheine nach in einem Zeitalter leben, das nicht reif genug ist, das in Bezug auf Wissenschaft zu sehr in der Kindheit steht ...

Dann verstummt auch die Weiße Krähe und blickt angstvoll zu den Türen. Im Saal: Stille. Draußen: Tumult. Bis die Flügeltüren gesprengt werden und sich ein Heer zorniger Christen in den Saal ergießt.

ZORNIGE CHRISTEN: Schande! Schande! Schande! Der Herr wird seinen Fluch schicken über euch! Der Herr wird sein Verderben aussenden über euch! Alle Plagen des Himmels und der Erde sollen euch heimsuchen bis ins zehnte Glied! Verflucht werdet ihr sein in der Stadt, verflucht auf dem Lande! Verflucht werdet ihr sein, wenn ihr eingeht, verflucht, wenn ihr ausgeht! Der Herr wird euch senden Unglück, Unfall und Unruhe in allem, was ihr tut! Der Herr wird euch vertilgen, und ihr werdet untergehen, um eures bösen Wesens willen! Der Herr wird euch die Pestilenz anhängen, bis dass er euch vernichtet! Der Herr wird euch strafen mit Fieber, Hitze, Brand,

Dürre, giftiger Luft und Gelbsucht! Der Herr wird euch verfolgen, bis dass er euch umbringt! Der Himmel über euren Häuptern wird ehern sein und die Erde unter euch eisern!

Die Kräftigeren im Saal gehen zum Gegenangriff über. Auch der Zellingenieur und der Hirnschmied haben das Podium verlassen, um sich mit den zornigen Christen zu schlagen. Die Eisfürstin ohrfeigt eine junge Christin, die versucht, ihr den blassblauen Reif vom Arm zu reißen. Der Asketissimus möchte vermitteln, doch niemand hört ihm zu. Der Pillenprediger hat sich unter den Tisch verkrochen, wohin er auch die Weiße Krähe zieht, die unablässig spitze Schreie ausstößt. Einzig die Transgeniale verharrt an ihrem Platz und schaut sich in dem Gemenge aus Leibern und Fäusten um, als ob sie dort nach jemandem suchen würde.

Vortrefflich, HErr, bravissimo! Welch lust'ge Wende jenes Spiel genommen! Könnt ich mich lachen tot – ich tät's. Ruck, zuck.

Auch wenn den Blick zu DIr hinauf DU mir verstellt – ich seh, wie höhnisch DU die Hände reibst. Wie dröhnend DU die Schenkel klatschst. Kenn ich doch DEinen Sinn fürs Rustikale, weiß doch, wie eine Keilerei DIch stets ergötzt.

Ergötzt DU DIch allein?

Wirst doch nicht gar DEin Lieblingslamm genötigt haben, zu schaun mit DIr, wie dorten alles pufft und knufft.

«O weh, o weh, da schlägt sich wer! Hach nein, hach nein, ach haltet ein!»

Die Backe links, das Wänglein rechts – geschieht's nicht ganz nach deiner Art, du liebes, liebes Lämmchentier?

Doch was erreg ich mich? Solln jene Prügelknaben weiter dreschen – zu Kreuz seh ich sie kriechen bald. Und nicht wird's sein das gute, alte Nagelbrett, an das die morschen Herzen sie bislang gehängt.

Langsam setzte sich der Zug in Bewegung. Johanna liebte es, aus dieser Stadt nachts hinauszufahren und zu sehen, wie ihre leuchtende Skyline nach und nach in der Dunkelheit verschwand, doch heute war ihr nicht nach Sightseeing zumute. *Sightseeing? Lightseeing?* Whatever. Noch immer war sie erschüttert, wie niedrig das wissenschaftliche Niveau bei diesem sogenannten «Kongress» gewesen war. Vielleicht hätte sie mit dem Biotechnologen noch ein paar vernünftige Sätze über ihre Arbeit wechseln können. Trotzdem war sie beinahe froh, dass die Fanatiker dieser fragwürdigen Veranstaltung ein schnelles Ende bereitet hatten.

«Und Sie sind durchaus gewiss, dass Sie wohlauf?»

Erst durch Ritters Frage merkte Johanna, dass sie schon wieder an der Beule auf ihrer Stirn herumfingerte. Ganz zum Schluss hatte sie doch noch einen Schlag abbekommen. Ein junger Mann war in der Hotellobby mit einem offensichtlich selbst gezimmerten Kruzifix auf sie losgegangen.

«Keine Sorge», versicherte Johanna. «Es ist bestimmt keine Gehirnerschütterung.» Seit sie ihn spüren ließ, dass sie bereit war, ihn für Ritter zu halten, glaubte er offensichtlich, sich wie ein solcher benehmen zu müssen. Vorhin hatte sie ihn nur mit Mühe daran hindern können, den Kruzifixschläger seinerseits krankenhausreif zu prügeln. Das war sehr nett von ihm gewesen. Doch langsam begann seine besorgte Dauerfragerei zu nerven.

«Darf ich?»

Johanna schlüpfte aus ihren High Heels und streckte die Beine auf dem freien Platz neben Ritter aus. Mindestens fünf Laufmaschen. Drei rechts. Zwei links. Wie viele davon bereits vor der Schlägerei in ihrer Strumpfhose gewesen sein mochten?

«Warum haben Sie nicht gesprochen, vorhin auf der Bühne?»

Johanna bewegte ihre schmerzenden Zehen und beugte sich weit nach vorn, um diese zu massieren.

«Was hätte ich sagen sollen? Es war verabredet, dass ich meinen Vortrag zuletzt halte. Aber dann ging ja schon die Randale ...»

«Dummes Zeug! Sie *wollten* nichts sagen!»

«Wie kommen Sie denn darauf?» Johanna sah dabei zu, wie Laufmasche Nummer sechs vom rechten großen Zeh bis zum Knie hinaufsauste.

«Ich habe Sie beobachtet! Geschämt haben Sie sich, im Verein mit den anderen dort auf der Tribüne zu sitzen.»

«Quatsch!»

«Kein Quatsch nicht ist es!», erwiderte Ritter noch überheblicher als zuvor. «Die anderen haben so selig gestrahlt als die Lichter am Christbaume. Nur du allein hast stumm an deinem Platze gesessen und gezweifelt.»

«Das ist nicht wahr! Ich hasse den Tod genauso, wie die Immortalisten ihn hassen. Ich bin ebenso entschlossen, ihn zu vernichten, wie sie es sind. Es fällt mir lediglich schwer, diese … diese Art von Show mitzumachen. Im Übrigen könnten Sie aufhören, mich ständig zu duzen.»

Laufmasche Nummer sieben.

«O Einsamkeit! O Pathos! Du deutsches, deutsches Kind!» Ritter lachte, doch sofort wurde er wieder ernst. «Wie ich den Saal betrat, war ich vor Sorge außer mir. Draußen in der Halle hatt' ich entdeckt, dass alle beständig Pillen schluckten, und angenommen, sie täten's, weil sie sterbenskrank, und bangte also auch um dich, um *Sie*, weil ich Sie da mit ihnen im Verein noch wähnte.»

Johanna blickte überrascht von ihren Zehen auf. Daher kam die ganze Fragerei nach ihrem Wohlbefinden! Beinahe hätte sie gelacht.

«Doch je länger ich den Reden lauschte, desto deutlicher begriff ich, dass all die Pillen, die abscheulichen Getränke, die Leibesübungen, das *Eis*, nichts sind denn wundersame Spielereien! Windbeuteleien – ersonnen, die Seele mit süßen Träumen zu erfüllen.»

«Die meisten dieser Pillen sind tatsächlich Scharlatanerie», pflichtete Johanna ihm bei. «Der Körper kann solche grotesken Mengen an Proteinen, Vitaminen, Mineralstoffen gar nicht aufnehmen. Und ob Kryonik funktioniert, ist mehr als fraglich. Trotzdem», setzte sie an, ihm zu widersprechen, «alles, was dort über gesunden Lebenswandel gesagt wurde, ist richtig. Und vieles von dem, was der Biotechnologe ...»

Doch schon fiel Ritter ihr ins Wort: «Es gab eine Zeit, da hatte ich Freunde. Freunde, mit denen gemeinsam ich die kühnsten Luftschlösser errichtete. Wir vermählten die Poesie mit der Philosophie, die Philosophie mit der Physik und die Physik wiederum mit der Poesie. Wir besiedelten des Mittelalters Burgen neu und ließen die Christenheit in frischem Glanze auferstehen. All dies taten wir *wirklich*. Und wussten, dass es Träume sind. Und taten's mit umso größerem Ernste! An diese meine einstigen Freunde musst ich denken, da ich im Saale saß und spürte, wie die Begeisterungswogen alle ergriffen und höher und immer höher trugen ...»

«Ihre Erinnerung in Ehren! Aber die Immortalisten verstehen sich mitnichten als Phantasten oder Träumer. Im Gegenteil. Sie glauben an die Wirklichkeit und nichts als die Wirklichkeit. Sie sind lediglich weniger engstirnig als die allermeisten Zeitgenossen, wenn es darum geht, sich auszumalen, wie diese Wirklichkeit eines Tages aussehen wird.» Als sie Ritter anschaute, hatte Johanna zum ersten Mal das Gefühl, dass der Mann, mit dem sie in einem leeren Zug durch die Nacht reiste, tatsächlich uralt war.

«Wie könnt ihr ernstlich glauben, eure Armut in Reichtum zu verwandeln?», fragte er nach einem langen Schweigen. «Wenn ihr weiter nichts im Sinne habt, denn eure Armut ins Unendliche hinaus zu verlängern?»

«Und wie können ausgerechnet *Sie* glauben, diejenigen verachten zu dürfen, die den Tod überwinden wollen?», erwiderte Johanna scharf. «Neulich nachts, auf der Feuertreppe, da haben Sie sich vor einer ernsthaften Antwort gedrückt. Deshalb frage ich Sie noch einmal: Wenn Sie den Tod nicht fürchten, ja wenn Sie ihn sogar für einen *Reichtum* halten – warum haben Sie sich neulich bloß in die Schulter und nicht ins Herz geschossen? Wenn der Tod nichts Schlimmes ist, warum hat Ihnen heute der Gedanke solche Angst gemacht, ich könnte sterbenskrank sein?»

«Nichts hat das eine mit dem andren nicht zu tun», entgegnete Ritter leidenschaftlich, doch Johanna spürte, dass sie ihren Finger in die richtige Wunde gelegt hatte.

«Der Mensch, der den Tod eines ihm Lieben nicht fürchtet, ist ein Schuft. Der Mensch indes, der den eignen Tod fürchtet, ist ein Feigling.»

«Ach, dann geben Sie also zu, dass auch Sie ein Feigling sind?»

«Johanna, spotte nicht! Was weißt du von der Hölle Qua...»

«Fangen Sie mir nicht wieder damit an!»

«Meinst du, es verginge ein Tag, an dem ich mich nicht aus tiefstem Herzensgrunde dafür verachte, dass meine *Höllenangst* mich zwingt, an diesem elendigen Leben festzuhalten, das nichts mir ist denn Schande und Last? Da ich noch ahndungslos gewesen, da ich nicht wusste um meine Verdammnis, da ich Hoffnung haben durfte aufs Himmelreich – wie leicht wär ich bereit gewesen, das bisschen Leben für immer herzu...»

«Lüge!», schnitt Johanna ihm das Wort ab. «Sie haben mir selbst erzählt, wie wenig Sie sterben wollten, damals, als Sie krank in München lagen.»

«Dies ist ein andres! Nicht fürchtete ich damals den Tod! Ein innig Vertrauter war er mir! Rächen wollt ich Narr mich an der Welt! Dacht, ich könnt ihr noch eins heimzahlen! Beweisen, dass ich der Ritter bin!»

«Mit diesem billigen Trick kommen Sie mir nicht davon. Tatsache ist, dass Sie auch damals nicht sterben wollten. Trotz Ihrer hübschen Aussicht aufs Himmelreich!»

Erst jetzt merkte Johanna, dass sie beide begonnen hatten zu schreien.

«Das ist exakt die Art zu argumentieren, die mich schon immer rasend gemacht hat», sagte sie etwas leiser, auch wenn sie die einzigen Fahrgäste im ganzen Wagen zu sein schienen. «Diese Verlogenheit! Wenn der Tod eines Tages tatsächlich auf der Bettkante sitzt, will keiner sterben – außer denjenigen vielleicht, die unter schlimmsten körperlichen Schmerzen leiden. Aber wenn ich erkläre, dass wir alles versuchen müssen, um die Menschheit aus den Klauen des Todes zu befreien, ruft jeder: *Gott bewahre! Ein Leben ohne Tod! Wie sinnlos! Wie oberflächlich! Wie banal!*»

«Und all dies ist es auch!», herrschte Ritter sie in unverminderter Lautstärke an. «Erfahre ich nicht Tag um Tag, Jahr um Jahr, Jahrzehnt um Jahrzehnt, *Jahrhundert um Jahrhundert*, wie unwürdig es ist, den Leib immer weiter und weiter marschieren zu sehen, wenngleich ihn die Seele längst aufgegeben hat und sich davonmachen möcht? Dorthin, wo die Lieben sind? Die Freunde? Die einstig Vertrauten?»

Johanna verkniff sich die Frage, ob er davon ausging, dass seine Lieben, Freunde und «einstig Vertrauten» allesamt in der Hölle schmorten, oder warum er sonst so zuversichtlich war, sie nach seinem Tod wiederzusehen. «Aber wenn wir siegen, werden wir alle gemeinsam unsterblich sein. Dann gibt es keine Einsamkeit mehr.»

«Nicht weißt du, was du sprichst!»

Johanna widmete sich erneut ihren schmerzenden Zehen. Der Tag war zu anstrengend gewesen, als dass sie Lust verspürt hätte, sich ein weiteres Blickduell mit Ritter zu liefern.

«Alle gemeinsam werdet ihr die Erde zur Hölle machen! Trillionenfach werden die Menschen umeinanderher hetzen, und inmitten des Gewimmels ...»

«Ich kenne das Argument mit der Überbevölkerung.» Johanna fiel ihm ins Wort, ohne von ihrer Zehenmassage aufzublicken. «Aber ich bin sicher, dass der Fortpflanzungsdrang des Menschen erheblich abnehmen wird, sobald er nicht mehr sterblich ist.»

«Inmitten des Gewimmels wird eine Ödnis und Leere sein» – unbeirrt predigte Ritter weiter –, «wie wenn ein schrecklicher Zorn unseren Planeten *entvölkert* hätte. Wie soll uns ein anderes Wesen kostbar sein, wenn wir nicht mehr um es bangen, um es zittern müssen? Nichts Unzerstörbares vermag unsere Herzen zu erschüttern.»

«Behaupten nicht Milliarden Gläubige, ihre Herzen würden von Gott erschüttert? Und ist Unzerstörbarkeit nicht eins der wichtigsten Attribute ihres Gottes?»

«Das Ewige muss eine Sehnsucht bleiben! Der Mensch braucht den unendlichen Horizont! Aber wehe, er berührt ihn! Wie sollen die Säulen länger das Himmelsdach tragen, wenn alle Polarität ausgelöscht, alles in eins geschmolzen? So wie der Tag die Nacht braucht, das Positive das Negative, der Mann das Weib, so braucht die Unendlichkeit die Endlichkeit. Vernichte den einen Pol – und du hast das Ganze vernichtet! Lass endlich davon ab!»

Johanna erschrak, als Ritters Hände nach den ihren schnappten. Und obwohl sie über einen Finger mehr verfügte als er, hatte sie keine Chance, ihre Zehenmassage gegen seinen Willen fortzusetzen. Lag es an der schummrigen Beleuchtung hier im Zug, oder stülpte sich dort, wo er sich vor einer Woche selbst verstümmelt hatte, tatsächlich etwas hervor, das verblüffend danach aussah, als wollte es ein neuer kleiner Finger werden?

Seine Augen brannten, als Johanna zu ihm aufblickte.

«Infausti sumus», beschwor er sie. «Unglückselige. Unglückbringende. Heillos verloren. – Doch wären wir's nicht, wie dürften auf der Gnade Geschenk wir hoffen?»

Kam ihnen ein zweiter nächtlicher Zug entgegen? Oder was sonst rauschte in ihren Ohren?

«Hören Sie auf!», brüllte Johanna, als müsste sie zehn Züge übertönen. «Hören Sie auf, von Gnade zu faseln! *Der Gnade Geschenk!* Nie wieder will ich diesen Christenkitsch hören! Ich habe ein für alle Mal genug von dieser … dieser Trostakrobatik, die irgendwelche Wüstenzyniker in die Welt gesetzt haben, damit noch der ärmste Schlucker ‹Halleluja!› ruft, wenn ihm das Genick gebrochen wird!» Das Rauschen, was immer es gewesen war, entfernte sich. «Aus der Tatsache, dass bislang alle Menschen sterben mussten, folgt nicht, dass es auch gut ist, dass alle Menschen sterben. Sie sagen, das Leben wird sinnlos, wenn es kein Ende mehr hat. Ich sage, das Leben *ist* sinnlos, wenn es bloß entsteht, um im nächsten Augenblick schon zugrunde zu gehen.»

Johanna lehnte sich in das schäbige Polster zurück und schloss die Augen. «Wenn es so bleiben muss wie bisher», fügte sie leise hinzu, «wäre es vielleicht besser, wenn gar kein Leben entstanden wäre.»

«Welch Unsinn! Welch abscheulicher Unsinn!» Ritter schrie nun so erregt, als ob er es mit einem ganzen Heer nächtlicher Amtrak-Züge aufnehmen müsste. «Seht ihr nicht, dass jene Unendlichkeit, die ihr erjagen wollt, nichts ist denn Afterewigkeit? Weil der Mensch unsterblich ist seit Anbeginn?»

Johanna öffnete kurz die Augen, um ihm einen verächtlichen Blick zuzuwerfen.

«Nicht von mir Verdammtem spreche ich!» Unvermindert tobte er weiter. «Auch nicht vom ewigen Leben, worauf ein guter Christ hoffen darf. Ich spreche von der unsterblichen Menschheit. Wie könnt ich am Leben sein, wenn keiner vor mir wäre gestorben? Sünde ist's, das, was dem Ganzen vorbehalten, als Einzelner für sich genießen zu wollen. Erst mit dem Tode befreit das Individuum sich von der Schuld, die es auf sich geladen, da es sich abgesondert und Individuum geworden.»

«Sie müssen sich schon entscheiden, ob Sie lieber wie Darwin oder wie ein Evangelikaler klingen wollen», entgegnete Johanna spöttisch. Ihre Müdigkeit war verflogen. «Erinnern Sie sich noch, als ich Ihnen auf der Feuertreppe gesagt habe, ich würde an die Evolution glauben? Das war gelogen. Ich hasse die Evolution. Die Evolution sortiert uns aus, sobald wir aus dem gebär- oder zeugungsfähigen Alter raus sind. Das heißt, sie sortiert uns nicht mal aus. Es ist noch schlimmer: Sie interessiert sich einfach nicht mehr für uns. Ob wir zehn Jahre weiterleben, zwanzig, fünfzig – es ist ihr schlichtweg egal. Wir spielen in ihrem Plan keine Rolle mehr.»

«Weil wir unsere höchste Rolle bereits erfüllt haben!»

«Das ist totalitär! Gäbe es auf diesem Planeten einen Despoten, der so skrupellos, so brutal mit einzelnen Menschenleben umspringen würde, wie es die natürliche Auslese tut – würden wir nicht unser gesamtes Militär aufbieten, ihn in die Knie zu zwingen?»

«Jetzt tönen Sie wie die Schalksnarren vorhin auf der Tribüne.» So wie Ritters Augen funkelten, hatte Johanna keinen Zweifel, dass er eine besonders hinterhältige Attacke plante. «Weißt du, wie ihr mir erscheint?» Er zog seine Frage genüsslich in die Länge. «Wie Zechbrüder im Gasthofe des Herrn, die nichts von dem Wein, den sie in sich hineinschütten, schmecken, weil sie Tag und Nacht damit beschäftigt sind, immer neue Ränke zu ersinnen, damit sie den Herrn um die Zeche prellen können.»

«Natürlich standen Sie damals mit dem Tod auf Du und Du!» Jetzt mobilisierte auch Johanna noch einmal all ihre Kräfte. «Wenn zu Ihrer Zeit einer sechzig geworden ist, durfte er dem lieben Herrgott mehr als sechzig Kerzen spendieren. Natürlich mussten Sie sich ein schönes Jenseits herbeireden. Wie hätten Sie sonst, ohne wahnsinnig zu werden, die Demütigung ertragen, tatsächlich nicht mehr als eine Eintagsfliege zu sein? Aber die Welt hat sich seither radikal verändert. Dass es auch heute noch so viele gibt, die sich an den Tod klammern, ist schiere Nostalgie. Wir sind als Menschheit an einem Punkt angelangt, an dem wir den letzten Schritt gehen können. Gehen werden. Und wüssten Sie mehr über die Welt, wie sie heute ist, würden Sie feststellen, dass wir den Tod insgeheim längst aus unserem Leben verbannt haben. Glauben Sie, heute stirbt noch irgendwer zu Hause? Im Kreise seiner Lieben, die sich versammeln, um ihm das immer kälter werdende Händchen zu halten? Innerlich gefasst, weil er sich schon lange auf die letzte Reise eingestimmt hat? *Inmitten des Lebens sind wir vom Tode umfangen.*» Johanna stieß ein spitzes Lachen aus. «Stellen Sie sich heute in irgendeine Fußgängerzone, setzen Sie sich in irgendeine Talkshow und sagen Sie diesen Satz. Sie werden angeschaut, als hätten Sie die Schweinepest.» Sie bemühte sich, das Folgende nicht unnötig triumphal vorzubringen.

«Und deshalb müssen wir den Weg, den wir eingeschlagen haben, konsequent zu Ende gehen. Es ist bitter genug, einer Macht unterworfen zu sein, die man anerkennt, ja, die man *ehrt* – so wie es zu Ihrer Zeit noch gewesen ist. Aber einer Macht unterworfen zu sein, die man nicht mehr anerkennt, die man, so wie heute, auf Schritt und Tritt leugnet: Das ist nur noch jämmerlich.»

Immer tiefer war Ritter in seinen Sitz gesunken, sodass Johanna fast schon Mitleid mit ihm bekam.

«Das Leben ist der Güter höchstes nicht», sagte er so versonnen, als hätte er bereits die Flucht ins Selbstgespräch angetreten. «Nie bin ich ein Freund von Schiller gewesen, doch um dieses Satzes willen verehrt ich ihn.»

«Na großartig! Dieses dämliche Kalendersprüchlein ist die ultimative Rechtfertigung, den Einzelnen, in welchem Höllenkessel auch immer, zu verheizen! Ich bin heilfroh, dass es auf der Müllhalde der Geschichte gelandet ist.»

«Dummes Zeug! Der Satz zielt auf das Nobelste, das der Mensch in sich trägt, indem er bereit, seine viehische Existenz außer Acht zu lassen. Wie hätt ich die Experimente, bei denen ich all meine Gesundheit aufs Spiel gesetzt, durchführen können, wenn ich an diesen Satz nicht geglaubt? Und ja – wie hätt ich in den Krieg ziehen können, wenn ich an diesen Satz nicht geglaubt? Wie hätte je ein Mensch sich für einen Gedanken, für ein Ideal, für einen andern Menschen opfern können, wenn er an diesen Satz nicht geglaubt?»

Langsam rollte der Zug in einen Bahnhof ein. Obwohl er demjenigen, an dem sie heute früh ihre Reise begonnen hatten, zum Verwechseln ähnlich sah: Sie waren noch nicht am Ziel. Niemand stieg aus. Niemand stieg ein. Johanna verstand nicht, warum sie so lange hielten. Auch Ritter schaute in die Nacht hinaus.

«Wie wollt ihr je lieben», fragte er so leise, dass Johanna ihn kaum hören konnte. «Wie wollt ihr je lieben, wenn ihr ewiglich an euch selbst genug habt?»

X

n zwei weit voneinander entfernten Stellen A und B unseres Bahndammes hat der Blitz ins Geleise eingeschlagen. Ich füge die Behauptung hinzu, diese beiden Schläge seien *gleichzeitig* erfolgt. Wenn ich dich nun frage, lieber Leser, ob diese Aussage einen Sinn habe, so wirst du mir mit einem überzeugten ‹Ja› antworten. Wenn ich aber jetzt in dich dringe mit der Bitte, mir den Sinn der Aussage genauer zu erklären, merkst du nach einiger Überlegung, daß die Antwort auf diese Frage nicht so einfach ist, wie es auf den ersten Blick erscheint.»

Ritter schaute von seiner Lektüre auf und blickte in den Park hinaus. Von dort, wo er saß, konnte er keine Bäume sehen. Kein Nebel wallte hinter dem kleinen, halbrunden Fenster. Warum sah er dennoch ohne jeglichen Zweifel, dass Herbst war?

«Sind zwei Ereignisse (z.B. die beiden Blitzschläge A und B), welche *in bezug auf den Bahndamm* gleichzeitig sind, auch *in bezug auf den Zug* gleichzeitig? Wir werden sogleich zeigen, daß die Antwort verneinend lauten muss.»

Als das göttlichste Gefühl war ihm das Herbstliche einst erschienen. Wie er zu jener Jahreszeit überall in der Natur des Frühlings flirrende Sehnsüchte endlich erfüllt und gestillt gesehen, so hatte er sich dem Glauben hingegeben, auch die seinen würden reifen und zur Ruhe kommen. Oft war es ihm gewesen, wie wenn auch er bald abfallen würde vom Stamm wie eine reife, in sich vollendete Frucht. Doch dann war er hängen geblieben. Trostlos wie der einsame Apfel, den der Bauer zu ernten vergessen. Von des Winters Frösten, die er allein im nackten Gezweig überdauern musste, so hart gemacht, dass ihn aufs nächste Frühjahr nichts mehr durchschüttern konnte. Und also hing er und hing und hing, während alles um ihn her blühte und reifte und welkte und erstarb und wieder blühte und reifte und ...

Ritter stand auf und ging ein paar steife Schritte. Das linke Bein war ihm eingeschlafen. Wann zuletzt hatte er in einer derartig reichen Bibliothek verweilen dürfen? An einem Orte, an dem der Bücher dunkle, schlichte Rücken in streng sortierten Reihen vom Boden bis unter die Decke wuchsen? Viel zu lange hatte er sich treiben lassen – die Zeit, die ihm unergründlich geschenkt, verplempert und vertan. Dass er der Wissenschaft so durch und durch abgeschworen, hatte es ihn etwa erlöst? Ändern musste er sich. Ändern auf der Stell'!

Keine Mühe, zumindest keine sonderliche, hatte es ihm bereitet, das, was er bisher in dem Büchelchen gelesen, zu verstehen. Je nun, die mathematischen Gleichungen – nicht alle hatte er sie im Geiste mitkalkuliert. Den großen geistigen Bogen indes hatte er sogleich erfasst: in seiner Kühnheit wie Schönheit. Das Starre, Maschinenmäßige an der Mechanik, wie es von Galilei und Newton behauptet, hatte es ihn nicht selbst von Anbeginn abgestoßen? Diese Mechanisten hier jetzt auf alle Zeit der Grobschlächtigkeit überführt zu sehen – im Herzen freute es ihn! Missbehagen verursachte ihm einzig, dass er keine Möglichkeit sah, wie er das, was ihm so unmittelbar eingänglich erschien, selbst experimentierend nachvollziehen sollte. Die unablässige Rede von Zügen und Bahndämmen, sie stieß ihn ab. Umso mehr, als Züge und Bahndämme ohnehin bloß kindisches Bildwerk zu sein schienen – gleich jenen Täfelchen, deren sein Vater sich bediente, wenn er in der Sonntagsschule den Einfältigen die Freuden des Himmels und die Schrecken der Hölle hatte ausmalen wollen. Stand hier nicht Wort für Wort: «Die Modifikation der klassischen Mechanik betrifft im wesentlichen nur die Gesetze für rasche Bewegungen, bei welchen die Geschwindigkeit der Materie gegenüber der Lichtgeschwindigkeit nicht gar zu klein ist.» *Gegenüber der Lichtgeschwindigkeit nicht gar zu klein!* Auf welchen Zug sollte er da springen? Von welchem Turme sich stürzen, um zu prüfen, dass eines Körpers Masse wirklich und wahrhaftig keine Konstante, sondern nach Maßgabe seiner Energieänderung veränderlich war, wie hier behauptet?

Ein grässlicher Lärm riss Ritter aus seinen Gedanken. Ratlos blickte er sich um, von wo das Gedröhn dringen mochte. Doch erst, wie er ganz nah ans Fenster herantrat, entdeckte er tief unten auf dem Campusgrün den Gärtner, der mit einem jener lauten Rüsselkästen Laub aufwirbelte. Eine Weile betrachtete Ritter das Schauspiel mit Freuden. Die zitronengelben, honiggoldenen, feuerroten Blätter bewegten sich so lustig umeinander her, wie wenn der Gärtner ihnen einen letzten Tanz gewähren wollte, bevor sie sich für immer zur Ruhe legen mussten. Doch dann ward Ritter des zweiten Gärtners gewahr, der das fröhliche Laub gedankenlos in einen Sack stopfte. Warum nicht durfte es liegen bleiben, wohin es vom Tanze ermattet gesunken? In diesen übersatten Zeiten – wollten sie gar Laubernte betreiben?

Verstimmt wandte Ritter sich ab, um sich weiter Albert Einstein zu widmen.

Da war sie. Eingeschlossen in einem winzigen Kunststoffröhrchen, das gerade mal einen halben Milliliter fasste und trotzdem bloß zur Hälfte gefüllt war.

Andächtig schloss Johanna den Deckel der Box, in der sie Ritters Genbibliothek gleich eigenhändig in die Sequenzierabteilung hinübertragen würde. Hinter ihr lag die gewaltige Fleißarbeit, seine DNA zu fragmentieren und millionenfach zu vervielfältigen. Eine noch viel gewaltigere Fleißarbeit lag jetzt allerdings vor der Illumina, der Sequenziermaschine, die in den kommenden Tagen und Nächten jedes Einzelne dieser sechshundert Millionen DNA-Fragmente auslesen würde, um Ritters Genbibliothek überhaupt erst in etwas zu verwandeln, das sich der Sphäre des Menschenlesbaren zumindest annäherte.

Wie viele Zeichen ein sehr, sehr dickes Buch haben mochte? Eine

Million? Dann würde man ungefähr dreitausendzweihundert solcher Schwarten benötigen, um ein menschliches Genom vollständig aufzuschreiben. Diese Zahl war jedoch nur das erste Problem. Deutlich komplizierter wurde es, weil der dreitausendzweihundert Schwarten füllende Text in willkürliche Schnipsel zerschnitten war, von denen keiner mehr als fünfzig Zeichen umfasste: ... *elcher Zaehlung lebender Geschoepfe die Toten der Menschh ... ner Nacht trunkener Lust ins Bett heimfluechtet, noch schw ... rze Reise stand bevor; doch wenn das Glueck ihnen nur ein wen ...*

Die dritte Schwierigkeit bestand darin, dass sich die Schnipsel nicht an den ursprünglichen Text hielten. Sie nahmen sich individuelle Freiheiten heraus, indem sie Buchstaben verdoppelten, wegließen oder durch andere ersetzten, sodass es plötzlich heißen konnte: ... *eecher Zkehlunng lebndter Geschoepp die Taten dyr Menschh ...* und so weiter und so fort. Doch selbst dies war noch immer irgendwie lesbar. Was aber, wenn der Autor für seinen dreitausendzweihundert Schwarten umfassenden, in verzerrte Minischnipsel zerlegten Roman nicht sechsundzwanzig unterschiedliche Buchstaben zur Verfügung gehabt hätte, sondern so wie die Natur lediglich vier? Nichts außer A, T, G und C? Die Kürzel der vier Basen, aus denen jedes DNA-Molekül bestand: das karge Alphabet des Lebens?

Im vergangenen Jahr hatte Johanna daheim am FHI das komplette Genom einer transgenen Maus entschlüsseln lassen. Es war also nicht das erste Genom, das sie sequenzieren ließ. Dennoch erfasste sie, wenn sie an die Aufgabe dachte, die vor ihr lag, ein Schwindel, als würde sie nachts am Meer stehen, in den Himmel schauen und versuchen, sich die Größe des Universums bildlich vorzustellen.

Dass es ein alle menschlichen Sinne übersteigendes Unterfangen war, ein Genom zu analysieren, war ihr Fluch und ihre Rettung zugleich. Ihr Fluch, weil sie, ganz auf sich allein gestellt, unfähig sein würde, das Sechshundert-Millionen-Teile-Puzzle zusammenzusetzen, das die Illumina ablieferte. Johanna würde die Hilfe eines Bioinformatikers benötigen, der sich darauf spezialisiert hatte, das, was auf den ersten – und den zweiten und den dritten und jeden x-beliebigen – Blick nichts als stupide Buchstabenfolgen waren, so zu ordnen, dass daraus der dreitausendzweihundertbändige Roman von Ritters Physis wurde. Erst dann konnte sie mit der Suche beginnen, welche der Ritter'schen Gene so auffällig vom menschlichen Durchschnitt abwichen. Doch wie sollte Johanna den Kollegen am Institut hier erklären, warum sie die Entschlüsselung eines individuellen menschlichen Genoms in Auftrag gab – ein Vorgang, der mit ihrer derzeitigen Forschung nicht das Geringste zu tun hatte, und der, auch wenn er Monat für Monat billiger wurde, immer noch tausend Dollar kostete?

Johannas Rettung lag darin, dass sie diese Frage nicht heute beantworten musste. Dem Bioinformatiker würde sie, damit er das Puzzle richtig zusammensetzen konnte, verraten müssen, dass es sich um ein menschliches Genom handelte. Den Labortechnikern der Sequenzierabteilung dagegen konnte sie getrost erzählen, das Röhrchen, das sie bei ihnen abgab, enthalte die Genbibliothek einer von ihr manipulierten Farbmaus. Selbst der erfahrenste Techniker hatte keine Chance zu erkennen, was er da durch seine Illumina jagte. Gäbe es ihn: Gott höchstpersönlich wäre überfordert zu sagen, welches seiner Geschöpfe sich hinter dem Sechshundert-Millionen-Teile-Puzzle verbarg, das die Maschine am Ende ausspuckte. Es sei denn, dachte Johanna grinsend, Gott hätte ein besonderes Auge für Alu-Sequenzen – jene hoch repetitiven Abschnitte, die dem absoluten Kenner ein Hinweis darauf sein konnten, dass er es mit einem menschlichen Genom zu tun hatte. Aber weil das Sequenzieren, selbst wenn es Monat für Monat nicht nur billiger, sondern auch schneller wurde, immer noch fünf bis sechs Tage dauerte, blieb Johanna so lange Zeit, eine Lösung für ihr Maus-Mensch-Problem zu finden. Einstweilen griff sie nach einem Markierstift und schrieb in akkuraten Druckbuchstaben auf die Box: «Il1r^{Lox} x fgfr1$^{dr\text{-}TRE}$, mouse F2#2 (m) P80 [Mawet]»

Illumina! Illumina!!! Welch trefflicher Name für welch vortreffliches Gerät!

Verehrter Leser, ich bin gewiss: Die himmelstürmenden Worte, mit denen unsre Johanna den HErrn herausgefordert, nicht sind sie Ihnen entgangen. Was denken Sie, dass nun geschieht? Wird er den Handschuh heben, den sie ihm hingeworfen – der *liebe GOtt*?

Wie? Sie sagen: «GOtt bückt sich nicht»?

Nun denn, wohlan! Worum soll unsre Wette gehen?

Ach? Sie wetten nicht mit mir?

Soso, verehrter Leser. Ich seh: Noch immer glauben Sie den alten Ammenquark. Dann darf ich Sie versichern: Behalten Sie den Rock ruhig an, nicht brauchen Sie den Ärmel aufzukrämpen. Ihr kostbar Blut? Es interessiert mich nicht. Und Ihre teure Seele noch viel minder. Wolln gar als Erznarrn Sie mich schmähen? Wie sonst wohl hieße der, der just, was es nicht gibt, als Wetteinsatz sich bäte aus?

Doch lassen wir die Nicklichkeiten. Zwei kleine Fragen sind es bloß, die ich vor Sie und mich möcht stellen hin:

Bückt GOtt sich doch, macht ER sich da zum Knecht?

Bückt ER sich nicht, wie steht's um SEine Herrschaft dann?

```
@D74RYQN1:328:C480EACXX:7:1101:2315:1988 1:N:0:CGATGT
GATTTGGGGTTCAAAGCAGTATCGATCAAATAGTAAATCCATTTGTTCAA
+
!''*((((**'*+))%%%++)(%%%%).1***-+*'''))**55CCF>>>>>
```

Wie nicht anders zu erwarten, waren die Ersten vor Mitternacht betrunken.

«Yingling!», rief der neuseeländische *grad student*, der über die Rolle von Brg1 bei der neuronalen Entwicklung von Mäusen promovierte und auf dessen Stirn ein beachtlicher Pickel blühte. «God, I love this beer! Who's in for the next round?»

Johanna bedeckte das Bierglas, das seit einer halben Stunde unberührt vor ihr stand, mit der Hand. Erst bei ihrem letzten Aufenthalt hier hatte sie begriffen, dass dieses Bier, das der «LabRat-Pack-Stammtisch» zu seinem Kultgetränk erhoben hatte, keine chinesischen, sondern deutsche Wurzeln hatte. Ein schwäbischer *postdoc*, der gleichzeitig mit ihr am Institut gewesen war, hatte ihr erklärt, dass ein gewisser Landsmann namens «Fritz/Franz/Hans Jüngling» irgendwann im neunzehnten Jahrhundert aus Schwaben ausgewandert war, um die Kunst des Brauens über den Atlantik zu tragen. Aus «Jüngling» war «Yuengling» geworden. Den Rest hatte die amerikanische Aussprache besorgt.

«Come on, chap! This whole cancer stem cell business, that's bollox!»

Der schottische *assistent professor*, der, als Johanna ihn zuletzt gesehen hatte, selbst noch *postdoc* und ein höflicher Mensch gewesen war, schlug so heftig auf den Tisch, dass das Messingschild zwischen den Laborstativen zu schaukeln begann. Wenn sie richtig mitgezählt hatte, war es das fünfte Mal, dass er dem koreanischen *postdoc*, der ihm gegenüber saß, «bollox» ins Gesicht spuckte. Doch der junge Koreaner, der vor ein paar Tagen am Kaffeeautomaten auch sie in eine Diskussion über die Existenz spezifischer Krebsstammzellen hatte verwickeln wollen, lächelte so unbeirrt über sein Yuengling hinweg, dass Johanna bezweifelte, ob er das rüde Wort überhaupt verstand.

«Go! Go!! Go!!!»

Die indische Studentin, die wie tagsüber im Labor auch jetzt zerrissene Jeans unter ihrem Sari trug, sprang mit gereckter Faust auf und schlug dabei der Kellnerin, die soeben die nächste Runde Bier an den Tisch brachte, das Tablett aus der Hand.

«Oh my God», kreischte der Pechvogel. «I'm so sorry! Sorry, sorry, sorry, sorry ...»

Der Rest der Entschuldigungslitanei ging im allgemeinen Gelächter unter.

«Forget about A-Rod», rief der texanische Professor, derzeit Dienstältester am Institut. «Now, this girl's a power hitter!» Und schon folgte der nächste Gelächtersturm. Die Kellnerin, die gemeinsam mit der unglücklichen Inderin die Scherben vom Boden sammelte, lachte am lautesten.

Johanna schloss die Augen. Was um alles in der Welt tat sie hier? In diesem Pub, in dem es schlimmer roch als in der Eckkneipe, in die ihr Vater sie als Kind hin und wieder geschickt hatte, wenn ihm das Bier ausgegangen war? In dem in jedem Winkel ein Fernseher hing, über den eine andere unerhebliche Sportart – gab es erhebliche Sportarten? – flimmerte? Was verband sie mit diesen Menschen, die ein Baseballspiel so zu begeistern vermochte, dass sie außer Rand und Band gerieten? Was verband sie mit Menschen, die stundenlang Bier in sich hineinschütteten – die stundenlang Bier in sich hineinschütten *mussten*, um endlich mal wieder richtig fluchen zu können?

Früher, als der Abend erst halb entglitten war, hatte Johanna sich wenigstens noch mit der neuen Epigenetikerin über das Drama unterhalten können, das sich in deren Heimat abgespielt hatte: Im Sommer hatte sich der Direktor des Forschungsinstituts, an dem die Japanerin bis vor Kurzem gearbeitet hatte, in seinem Büro erhängt. Weil er sich verantwortlich fühlte für das Versagen der jungen Kollegin, die Anfang des Jahres die Wissenschaftswelt mit der Nachricht erschüttert hatte, es sei ihr gelungen, die ausdifferenzierten Zellen einer neugeborenen Maus durch ein schlichtes Zitronensäurebad in pluripotente Stammzellen zurückzuverwandeln. Johanna hatte gesagt, dass sie das Verhalten des Institutsdirektors zwar nicht nachempfinden könne, aber respektiere. Die japanische Epigenetikerin hatte erwidert, dass sie Harakiri für eine der schlimmsten Traditionen ihres Landes halte – das sie ansonsten von ganzem Herzen liebe – und dass, wenn sich überhaupt jemand hätte erhängen sollen, dies die Pflicht jener Kollegin gewesen wäre. Schließlich habe diese durch ihre Studie – bei der jeder Fachmann doch sogleich erkannt habe, dass es sich um die Angebereien eines dummen Mädchens handele –

Schande über das gesamte Institut gebracht. Bevor Johanna ihrerseits hatte erwidern können, dass sie die junge Kollegin für den Mut, die Lösung im spektakulär Einfachen zu suchen, durchaus bewundere, hatte sich die Japanerin mit einem freundlichen Nicken ab- und dem neuseeländischen Pickel-Yuengling zugewandt.

Noch immer hatte Johanna keine Lust, die Augen zu öffnen. Stimmte es, was sie vorhin gesagt hatte? Dass sie den Japaner für seinen Ehrenselbstmord respektiere? *Das Leben ist der Güter höchstes nicht* ... Ob Schiller in Japan höher im Kurs stand als bei ihr daheim?

«Hey, are you okay?»

Johanna spürte eine leichte Hand auf ihrem linken Knie. Ohne hinzusehen, wusste sie, dass die Hand nur Yo-Yo gehören konnte.

«Sorry. I'm a wet blanket tonight.»

Johanna schenkte ihm ein müdes Lächeln. Die Hand auf ihrem Knie war nicht unangenehm. Dennoch löste die sich anbahnende Einladung nichts in ihr aus.

«So how's your uncle?», erkundigte sich Yo-Yo so unschuldig, als würden seine Hände auf der versifften Tischplatte artig nebeneinanderliegen. «John's his name, right?»

«Thanks», gab Johanna ebenso unschuldig zurück. «He's doing fine.» Sie musste gehen, bevor Yo-Yo auf die Idee kam, weiter nach ihrem «Onkel» zu fragen. «I'm really sorry», sagte sie und machte Anstalten aufzustehen. «I'll have to call it a day.»

«Noooo! I won't let you go!»

Aus der Hand wurde ein ganzer Arm, der sich um Johannas Schulter legte.

«Look.» Noch einmal versuchte sie, sich zu befreien. «I'm really tired.»

Selbst wenn ihr danach zumute gewesen wäre: Wohin hätte sie mit Yo-Yo gehen sollen? Bei ihm zu Hause wartete Melissa. In ihrem Appartement wartete: der «Onkel».

«We could have a nightcap at my place.»

Johanna musterte das Gesicht, das so hinreißend verschmitzt

lächelte. Wenn Yo-Yo sie zu sich einlud, konnte dies nur bedeuten, dass Melissa Nachtdienst hatte. Langsam, aber entschieden schüttelte sie den Kopf.

Mit einem theatralischen Seufzer – verbargen sich dahinter echte Enttäuschung oder sogar Verletztheit? – zog Yo-Yo seinen Arm zurück. Doch erst das anschließende Achselzucken, mit dem er sich vergeblich bemühte, als harter Bursche durchzugehen, den nichts kälter lassen konnte als der Korb, den er soeben erhalten hatte, rührte Johanna so sehr, dass ihre Entscheidung ins Wanken geriet. Bei der Alterskonferenz vor ein paar Monaten in Sydney hatte sie zum letzten Mal Sex gehabt. Warum nicht heute Nacht? Warum nicht mit Yo-Yo, der zwar nicht der weltbeste Liebhaber, aber beileibe nicht der schlechteste war?

Während Johanna noch mit sich haderte, hob Yo-Yo den Arm, der wenige Augenblicke zuvor auf ihrer Schulter gelegen hatte, und bestellte sich ein neues Yuengling.

«One thing before you go», sagte er, ohne sie anzuschauen und so beiläufig, dass Johanna zunächst nicht begriff, dass die Bemerkung ihr galt. «The guys from Sequencing told me that you have them running a library for an individual mouse genome? That's okay, but I would need you to write a proposal for that. Our Accounts Payable tend to be pretty strict lately.»

Und gerade als Johanna dachte, der Abend könne keine schlimmere Wendung mehr nehmen, betrat Ritter den Pub.

```
@D74RYQN1:328:C480EACXX:7:1101:2563:1994 1:N:0:CGATGT
GCACAGTTACCTGCAGACCCTGGAGGACTCAGACACCGACAAGAGACAGG
+
;FF@BGIIGGICCAD;=AEHCC43;5>CCDCCCA@C>ACDDEDD####&&
```

Den ganzen Abend hatte er allein zu Hause gesessen. Doch nicht wie sonst hatte er sich von seinen vagabundierenden Gedanken bald hierhin, bald dorthin treiben lassen. Studiert hatte er. Voll Aufmerksamkeit in jenen Büchern gelesen, die Johanna ihm in der großen Bibliothek entliehen. Und plötzlich war aus den Sätzen, die er las und immer wieder las, eine Wahrheit zu ihm aufgestiegen, die ihm den Atem zu nehmen drohte. Nicht länger hatte es ihn in der Wohnung gehalten. Auf die Straße musste er hinaus – gehen, schnell gehen, so schnell, wie seine Beine ihn trugen. Und wie er solchermaßen durch die verwaiste Ortschaft gehetzt war, ohne zu achten, wohin seine Schritte ihn führten, da hatte er sich mit einem Male einem Kreuze gegenüber gefunden, das kräftig rot von einer Häuserwand leuchtete.

Doch keine Kirche war's, wie er zuerst angenommen. Market Cross Pub, las er auf dem geschmiedeten Schild, das unter dem Kreuze hing. Und wie er dort stand, kam's ihm wieder in den Sinn, dass Johanna ihm gesagt, er solle heute mit einer noch späteren Rückkehr rechnen, weil sie und die gesamte Kollegenschaft sich nach Feierabend gesellig versammelten. Ohne nachzudenken, öffnete Ritter die Tür zur Gastschenke, aus der ihm sogleich laute Musik und juchzende Stimmen entgegenschlugen.

```
@D74RYQN1:328:C480EACXX:7:1101:3319:2000 1:N:0:CGATGT
GGTACGTCAGTTGGACTTAAACGTAATTTTGCATTAACTGAATTGATAAC
+
1137554(((()++?@@@@AA;+99(CCCCDJJJJJB<<>>A876++@@@G
```

Ein Computer in den letzten Momenten, bevor er sich aufhängte. Während Johanna nach außen hin lächelte und ein ruhiges «sure ... I do understand ... no problem» von sich gab, liefen in ihrem Hirn die Synapsen heiß: Warum wollte Yo-Yo plötzlich eine schriftliche Begründung dafür haben, dass sie ein Genom sequenzieren ließ? Wie konnte er wittern, dass an ihrem Auftrag etwas faul war? Ihre Forschungszeit hier wurde vom Ferdinand-Hochleithner-Institut gesponsert, abgesehen davon war Dark Harbor eins der reichsten molekularbiologischen Institute der Welt. Konnten die Geldgeber neuerdings tatsächlich so pingelig sein, dass sie einzelne Laboraufträge begründet haben wollten? Die Schikane musste Yo-Yos spontane Rache dafür sein, dass sie ihn hatte abblitzen lassen. Oder hatte er doch Verdacht geschöpft? Ausgeschlossen!

Dieses Gedankengewitter allein hätte genügt, Johanna an den Rand ihrer neuronalen Möglichkeiten zu bringen – als sie aber auch noch feststellen musste, dass Ritter in der Eingangstür des Pubs stand und sich suchend umschaute; als sie hoffen musste, dass er sie nicht entdeckte, ebenso wenig dass Yo-Yo ihn entdeckte; als beide Hoffnungen auf einen Schlag zunichte gemacht wurden, indem Yo-Yo sie in die Seite stieß und fragte: «Hey, isn't that your uncle over there?»; als sie fieberhaft nachdenken musste, wie sie Yo-Yo davon abhalten konnte, Ritter auf sie aufmerksam zu machen; als sie erkennen musste, dass sie zu lange nachgedacht hatte, weil Yo-Yo sich bereits erhob und winkend in Richtung Eingang rief: «Hey, John! We're here!»; als sie mitansehen musste, wie Ritter, verstörter dreinblickend denn je, auf ihren Tisch zukam – da machte etwas in Johannas Kopf leise «klick», und all ihre Gedanken erstarrten in dem chaotischen Wirbel, in den sie geraten waren.

```
@D74RYQN1:328:C480EACXX:7:1101:3543:1987 1:N:0:CGATGT
GCGCACGGCCTAGTCAGCTTCCTGAGCAATCGTCTTCTGCACAACAGAAT
+
#1=DDFFFHHHHHJJIJJGIJGIJJJJJJJJJJJIJIJJJIIIIJJJJJGG
```

«Johanna! Du! Ich bin auf etwas gestoßen! Ich muss dir erzählen!»

Was war mit ihr? Unverwandt schaute sie durch ihn hindurch, wie wenn er leere Luft wäre. War sie entrückt? Oder lediglich bezecht?

«Hey, John, how are you? Why don't you have a beer with us? Come on, Joanna, cosy up a little so there's room for your uncle!»

Der Asiate, dessen Namen er vergessen, schlug Johanna, die auf der Bank eng – zu eng! – bei ihm saß und noch immer ins Nichts starrte, derart ungebührlich auf die Schulter, dass Ritter all seine

Beherrschung zusammennehmen musste, auf dass er dem Grobhans nicht zeigte, ob es sich schickte, einer Dame so zu begegnen. Doch nichts schien der Tölpel zu ahnen von der Tracht Prügel, die in der Luft lag. Arglos heiter verkündete er der gaffenden Runde: «Allow me to introduce John to you: John is Joanna's uncle.»

Alle Augen waren nun auf Ritter gerichtet. «Hi John!» und «Nice to meet you!», ertönte es von allen Seiten. Wann zuletzt hatten ihm so viele Menschen Aufmerksamkeit gezollt? Ritter spürte sich erröten. «Thank you», stammelte er. «Thank you all.»

Hatte der ungebührliche Schlag sie zu sich gebracht? Oder der freundlich laute Empfang, der ihm durch Johannas Kollegenschaft zuteil geworden? In jedem Falle blinzelte sie, wie wenn sie aus langem Schlafe erwachte. Doch Freude war's nicht, was ihre Züge animierte, da sie ihn erblickte.

«Was, zum Teufel, machen Sie hier?»

Er überging den Stich, den ihr Ton ihm versetzte, und ließ sich zuäußerst auf der Bank nieder.

«Johanna!», flüsterte Ritter an dem Asiaten vorbei, der unter dem Vorwande, ihm Platz zu verschaffen, Johanna noch dreister zu Leibe gerückt war. «Ich hab etwas entdeckt!»

«Halten Sie den Mund!», zischte es durch kaum geöffnete Zähne zurück.

«Hey! That's not nice! Speak English please!»

Mit einem Lächeln, von dem Ritter hoffte, es möge tatsächlich so unempfunden sein, wie es äußerlich wirkte, drehte Johanna sich zu dem Asiaten hin, der nun beinahe fast *auf* ihr saß, und sagte: «I told John what poor timing it was, since I was just about to leave.»

«Forget leaving, before you've finished your beer, and before John's had one too.» So bestimmt redete der Asiate, wie wenn er hier der Gastwirt wäre. «Hey, Gabriella!», rief er sogleich dem Schanktische zu. «One more Yingling! Make it large!»

Da überkam Ritter die Reue. Welche Dummheit hatte er begangen, indem er Johanna in ihren Kreisen gestört? Der Freundlichkeit des Asiaten – durfte er ihr trauen? Was, wenn dieser abermals versuchte, ihn ins Hospital zu locken? Schon fing es an!

«Listen, John!» Mit gewichtiger Miene hatte das Bürschchen sich ihm zugewandt. «We do have a ritual here. Since we're a pretty colourful crowd, as you can see, in order to introduce themselves, all newcomers have to sing their favorite folksongs from their home countries.»

Während alles um ihn her johlte, lachte und klatschte, suchte Ritter hilflos Johannas Blick. Was wollte diese Aufforderung bedeuten? Gehörten alle hier dem Apfelbunde an? Ein jeglicher fast hatte ein Gerät mit dem verräterischen Zeichen vor sich liegen. War's gar das Ritual, mit dem sie gedachten, auch ihn aufzunehmen?

Anstatt ihm die Lage zu erhellen, puffte Johanna den Asiaten in die Seite: «Drop it, Yo-Yo! Would you please leave my uncle alone?»

Indes schienen alle außer ihr zu erwarten, dass er sang. Kindern gleich schlugen sie mit flachen Händen und Fäusten auf den Tisch, dazu im Takte skandierend: «Sing a song! Sing a song! Sing a song!»

«Come on, guys!» Vergeblich versuchte Johanna, die ausgelassene Runde zu ermahnen. «This is not funny. You know this is bullshit!»

Aber schon ward die Musik, die aus den schwarzen Kästen über ihnen gedröhnt, leiser. Kalter Schweiß stand Ritter auf der Stirn. Sein liebstes Lied. Sein liebstes Lied der Heimat. Was sollte er singen? Konnte er überhaupt noch singen?

«*Rorerey*», rief ein zweiter Asiate, der ihm schräg gegenüber saß. «Sing us *Rore-ley*!» Und sogleich spitzte er mit dem Ausdruck innigster Verzückung die Lippen: «Ich baaaissnichbas soollesbedooooiten ...»

In heißen Schweiß verwandelte sich da der kalte Schweiß auf Ritters Stirn. Dies Lied! Er kannte es! Woher doch bloß? Keine der Schwestern und auch die Mutter nicht hatten je es gesungen. Ein anderes, fahleres Stimmchen war's gewesen, das jene traurige Melodie immer und immer wieder durch die Nacht gejault. Schreckensvoll fuhr es ihm da in den Sinn: die Wasserleiche von Sonnenstein! Die schöne Pirnaerin, die wieder und wieder versucht, sich in der Elbe zu ersäufen, bis man sie an jenen grausen Ort verbracht. Ein einzig Mal nur war er ihr begegnet, beim «Wagenfahren» im Festungsgarten. Tief innerlich erschüttert hatte es ihn, solche Anmut inmitten all des Entsetzlichen zu treffen, doch dann hatte die Schöne auf ihn geblickt und zu singen angehoben, und schaudernd hatte er begriffen, dass sie die Wasserleiche war, die jede Nacht so grässlich durch den Hof klagte. Dies fatale Lied – nimmer nicht konnte er's singen! Doch immer noch stürmten alle auf ihn ein. Und bevor Ritter wusste, wie ihm geschah, brach es mit Macht aus ihm hervor.

«Ein' feste Burg ist unser Gott,
Ein' gute Wehr und Waffen.
Er hilft uns frei aus aller Not,
Die uns jetzt hat betroffen.»

Zu seiner Rechten verspürte er eine Bewegung, Unruhe. Nicht durfte er die Augen öffnen, weiter musste er singen, wie er's vom Vater einstens erlernt.

»Der altböse Feind
Mit Ernst er's jetzt meint;
Groß' Macht und viel List
Sein' grausam' Rüstung ist,
Auf Erd' ist nicht seinsgleichen.»

Noch lange war das Lied nicht zu End' – «mit unsrer Macht ist nichts getan» –, da vernahm er eine vertraute Stimme: «I think we should really go now!» – wie hätte der Vater gezürnt, wäre er Zeuge solcher Lästerung geworden! – «wir sind gar bald verloren» –,

227

doch war's nicht er selbst, der das heil'ge Lied weit frevler profanierte – «es streit' für uns der rechte Mann» –, in einer Schenke saß er, umringt von gottlos Berauschten, denn für dergleichen musste er sie doch hier allesamt erachten – «den Gott hat selbst erkoren» –, keine neue Strophe durfte er beginnen, verstummen musste er, schweigen, ohn' Aufschub.

Fürchterlich war die Stille, die sich ausbreitete, nachdem sein letzter Ton verklungen. Warum sagte niemand nichts? Nicht wagte es Ritter, die Augen zu öffnen.

«Johann, stehen Sie auf, damit wir gehen können? Yo-Yo, would you please let me out?»

Wie im Traume erhob er sich. Noch immer nicht wollte es ihm gelingen, die Augen zu öffnen. Blind klammerte er sich an die Tischplatte an.

«That was very touching, thank you!»

Die Frauenstimme, die dies gesagt, klang, wie wenn auch sie aus Asien stammte. Geschiebe und Gedränge in seinem Rücken. Zur Seit' sollte er treten, Platz machen, doch umzufallen fürchtete er, sobald er die Hände löste.

«Hey! What happened to your finger?»

Der Anführer der gesamten Bande. Hoyo. Wie immer sein Name.

«Oh that? That's an old injury!», hörte er Johanna sagen. Seine Johanna. Seine Retterin. «He lost his finger while chopping wood. Back in my childhood he scared me to death, when he told me the story, didn't you, Johann?»

Freundschaftlich-liebevoller Klaps auf die Schulter. Zusammennehmen musste er sich, dass ihm nicht die Tränen kamen. So dankbar war er Johanna für das ruhige Blut, dessen sie sich mühte, sie beide aus den gefährlichen Gewässern hinauszuschiffen, in welche er sie durch seine Dummheit hineinmanövriert.

«But the other night when we met at the laboratory ...» Wollte dieser Neugierteufel denn niemals ablassen? «I'm pretty sure your uncle still had all ten fin...»

«Yo-Yo, please!» Eisesfreundlich schnitt Johanna ihm das Wort
ab. «Can't you see that my uncle's very tired now? And so am I.»
Ein weiterer Klaps.

«Good night everybody! Have fun!»

```
@D74RYQN1:328:C480EACXX:7:1101:4162:1994 1:N:0:CGATGT
CTAGTCAGCTTCCTGAGCAATCGTCTTCTGCACAACAGAATGGTAGCGTT
+
+++---+MMEEENE???1221121TTTEEKKEL???;;?@[[^^^_____
```

Atmen. Atmen. Atmen. Keine Szene auf offener Straße machen.
Nicht das schlafende Kaff aus den Betten brüllen.

Wie ein begossener Pudel trottete er neben ihr her.

Sie könnte ihn erwürgen.

Was, zum Teufel, hatte er sich dabei gedacht, ihr in den Pub zu
folgen?

Was, zum Teufel, hatte er sich dabei gedacht, mitten im Pub ein
Kirchenlied anzustimmen?

Was, zum Teufel, hatte er sich dabei gedacht, seine Hände so
von sich zu strecken, dass jeder den frischen Fingerstummel sehen
musste – samt der höchst eigenwilligen rosigen Ausstülpung, die
sich dort von Tag zu Tage deutlicher zeigte?

Johanna verbat es sich, auch nur die erste ihrer Fragen laut zu stellen, sonst hätten besorgte Anwohner innerhalb weniger Sekunden
die 911 gewählt. Während sie ihre inneren Löschzüge damit beauf-
tragte, die Zornesflammen so in Schach zu halten, dass sie wenigstens
nicht aus dem Dach schlugen, spürte Johanna, wie auf dem Grund ihres Bewusstseins ein Gedanke Feuer fing, der dort seit Tagen wie ein
einsamer *tumbleweed* im Wüstenstaub herumgeweht sein musste: abhauen. So schnell wie möglich abhauen. Zurück. Nach Deutschland.

```
@D74RYQN1:328:C480EACXX:7:1101:3675:1994 1:N:0:CGATGT
GGTAACTCAGTACACCGTTACAGTACACAGGATCAACCCCGTAAACGGGG
+
**()(..454467777<<<?ADBBBDA???...989=>><<778**,,,/
```

Johanna! Halte ein! Wo denkst du hin? Nicht ernstlich magst du wähnen, in jenem Hinterwald, dem erst vor Kurzem du so glücklich bist entronnen, sei jenes Ungeheure zu vollenden, das du nicht grundlos *hier* begonnen! Der Paragraphenreiter, Zipfelmützen, die einzig dort nicht müd, wo's gilt, das Große zu verhindern – vergaßt du ihrer unterdessen ganz? Wie willst den Weg zum ewig freien Horizont du finden, wenn in Krähwinkel erst du wieder weilst?

Pfui über diesen feigen Flecken, der jedem stolzen Globus ward zur Schmach! Wo sind sie hin, die Söhne, die ihrer Muttererde einstmals bloß entsprossen, um ungestüm ins Höchste aufzuschießen? Schau dieser Tage ich auf jenes Land, das früher eins der liebsten mir gewesen, hör ich bloß Winseln, Klagen, Sorgenweh – seh ich bloß Kriechgewächse, die am Boden duckend neidisch wachen, dass nirgends eine Eiche strebt empor.

Und dorthin zieht es dich zurück? In jenen seichten Schrebergarten?

Bei allem, was ich bin: Tu's nicht! Johanna! Halte ein!

Dich grämt der eine Schnüffler hier, der sich so naseweis in deine Sache drängt? Ich sage dir: Dort werden ihrer sein Legion! Schaff aus dem Weg, was hierorts dich behindert! Schaff's weg – und bleib!

```
@D74RYQN1:328:C480EACXX:7:1101:3836:1989 1:N:0:CGATGT
TTGATAAGTACCCATACAGTAACTGAGAGATTAGCATCCAAACCGAAGTA
+
(((785486))-.??FEGHEB??&&FFFEE.,;;;<35>>>ADDNAI--#
```

Ein Rätsel war's ihm, weshalb sie ihn nicht schimpfte. Wortlos saß sie gegenüber am Tische, zur Gänze vernagelt hinter dem neuen Silberkasten, den sie vor wenigen Tagen erst aus einer flachen Schachtel gepackt. Bald hackte sie mit allen zehn Fingern in die Tasten, bald hielt sie im wildesten Rhythmus inne. Doch niemals hob sich ihr Blick, um den seinen zu suchen. Nicht länger ertrug er's, in das weiß leuchtende Apfelauge zu starren, das ihn zyklopengleich ausmitten des Silberdeckels anglotzte. Also senkte auch er seinen Blick wieder in jenes Buch, das ihn zu seinem Unheil früher des Abends aus dem Hause getrieben.

«Am drolligsten wird die Sache, wenn man sich Folgendes ausgeführt denkt: Man gibt der Uhr eine sehr große Geschwindigkeit (nahezu gleich Lichtgeschwindigkeit) und lässt sie in gleichförmiger Bewegung weiterfliegen und gibt ihr dann, nachdem sie eine große Strecke durchflogen hat, einen Impuls in entgegengesetzter Richtung, sodass sie wieder an die Ursprungsstelle, von der sie abgeschleudert worden ist, zurückkommt. Es stellt sich dann heraus, dass sich die Zeigerstellung dieser Uhr, während ihrer ganzen Reise, fast nicht geändert hat, während eine unterdessen am Orte des Abschleuderns in ruhendem Zustand verbliebene Uhr von genau gleicher Beschaffenheit ihre Zeigerstellung sehr wesentlich geändert hat.»

Abermals machten die Sätze sein Herz rasen. Abermals schaute er auf, hinüber zu ihr, vorlesen wollte er – vorlesen, was dort stand! Eine Erklärung, zum ersten Male sah er sie aufschimmern! Eine physikalische Erklärung für das Unerklärliche, das ihn gefangen hielt! Denn war's nicht *sein* Schicksal, das Einstein in den nun folgenden Zeilen Wort für Wort beschrieb?

«Man muss hinzufügen, dass das, was für diese Uhr gilt, welche wir als einen einfachen Repräsentanten alles physikalischen Geschehens eingeführt haben, auch gilt für ein in sich abgeschlossenes physikalisches System irgendwelcher anderer Beschaffenheit. Wenn wir z. B. einen lebenden Organismus in eine Schachtel hineinbrächten und ihn dieselbe Hin- und Herbewegung ausführen ließen wie vorher die Uhr, so könnte man es erreichen, dass dieser Organismus nach einem beliebig langen Fluge beliebig wenig geändert wieder an seinen ursprünglichen Ort zurückkehrt, während ganz entsprechend beschaffene Organismen, welche an den ursprünglichen

Orten ruhend geblieben sind, bereits längst neuen Generationen Platz gemacht haben.»

Welch unfasslicher Gedanke trat aus diesem Heftchen heraus! Dass Raum und Zeit so inniglich miteinander verwoben, dass ihre Summe stets dieselbe bleiben musste! Dass somit der, welcher reglos an seinem Orte verharrte, alles Verstreichen der Zeit überließ; wohingegen der, welcher so schnell im Raume sich zu bewegen wusste als das Licht – dass der die Zeit zum Stillstand zwang. War's irgend denkbar, dass all sein Reisen, seine Hast, seine Ruhelosigkeit ihn der Lichtgeschwindigkeit hatten angenähert?

«Ich schätze, Sie haben keinerlei Art von Pass?», fragte es plötzlich von der anderen Seite des Tisches herüber.

«Pass?»

«Einen Reisepass. Ein offizielles Dokument, das Ihnen ...»

«Nicht müssen Sie mir erklären, was ein Pass ist.»

«Na wunderbar. Also?»

Was sollte er antworten? Der letzte Pass, den er besessen, war jener amerikanische gewesen, den er sich in Liverpool hatte fälschen lassen, um im März des Jahres neunzehnhundertvierzig an Bord der *Georgic* zu gelangen, nachdem er zum zweiten – nein, zum dritten Male so überstürzt aus Deutschland abgereist. Anfänglich hatte er dem britischen Halsabschneider kein einzig Wort geglaubt, da dieser ihm gesagt, er brauche einen Pass hierfür. Doch bald schon hatte er einsehen müssen, dass die Zeiten, in denen die Vereinigten Staaten von Amerika ihre Tore einem jeglichen gesunden, arbeitstüchtigen Manne geöffnet, seit Geraumem vorbei. Einen geschlagenen Monat hindurch war er dem Halsabschneider bei dessen dunklen Geschäften zur Hand gegangen, bis dieser ihm das ersehnte Dokument endlich eingehändigt. Den Schurken hatte er angewiesen, auf die Frage nach seinem Geburtstage den sechzehnten Dezember neunzehnhundertsechs anzugeben, wie wenn seine Lebensuhr für immer bei dreiunddreißig stehen geblieben wäre – in jenem Alter, in welchem er Gottes Ratschluss gemäß hätte sterben sollen. Doch draußen in der Welt waren die Zeiger ja weitergelaufen, weshalb er sich im Jahre zweitausendundsechs schließlich dazu durchgerungen, den Pass, den er so lange Zeit besessen, heimlich zu verbrennen. Wer hätt dem Papier noch glauben mögen, wo's doch so dreist behauptete, sein Eigentümer, John William Knight, müsse unterdessen ein Herr von hundert Jahren sein?

«Ich habe mir schon gedacht, dass Sie hier illegaler sind als der letzte Mexikaner.» Mit einem Ausdruck, den er nicht zu deuten vermochte, schaute Johanna ihn an. «Ich frage mich nur, wie Sie Ihren Job als Tütenpacker bekommen haben, so ganz ohne Ausweis?»

«Ruthie ... Holly ...» Zu viele Gedanken waren's, die zugleich in seinem Kopfe umherstolperten! Was sollte Johannas Fragerei nach einem Ausweise? Sie wollte doch nicht etwa auf Reisen gehen?

«Holly gab mir den Job», erklärte Ritter, um wenigstens die eine Wirrsal aufzulösen. «Sie meinte, sie sei's Ruthie schuldig.»

«Assistent Store Manager Holly Myers?», vergewisserte Johanna sich ungläubig. «Dieselbe, die Sie gefeuert hat?»

«Freundinnen waren sie. Nach Ruthies Tode wollte Holly an mir Gutes tun. Aus der Kirche kannten sie sich. Nicht weiß ich genau, wie Holly die Sache eingefädelt, doch hat sie's wohl so angestellt, dass sie eines eignen Vetters Social Security Number genutzt. ‹John Myers› hieß ich dorten im Geschäft.»

Johanna zog ein Gesicht, wie wenn sie kaum Lachhafteres je vernommen.

«John Myers bringt jetzt nix. Wir brauchen einen Pass für Sie. Einen richtigen Pass.»

«Aber zu welchem Zwecke denn?», rief Ritter in solch jämmerlicher Einfalt, dass er sich selbst hätte ohrfeigen mögen.

«Zu welchem *Zwecke*? Da Sie es heute Nacht fertiggebracht haben, ein Dutzend Molekularbiologen sehen zu lassen, dass Ihnen an der linken Hand gerade ein kleiner Finger nachwächst, schlage ich vor, dass wir uns schleunigst aus dem *Staube* machen. Oder sind

Sie scharf darauf, dass Yo-Yo und seine Frau – und schätzungsweise zehn Dutzend andere Ärzte und Wissenschaftler hier – versuchen werden herauszufinden, was mit Ihnen los ist?»

```
@D74RYQN1:328:C480EACXX:7:1101:4387:1983 1:N:0:CGATGT
GGCAAAGGGTACAAAGGGGTAACCAGTCGTTGGCATACAAAGAAACTGCC
+
033357330.-.-...8989<<<===FFFFLLIBBERTI??^^^^^@@@@
```

Alle diese Leute wollten nach Deutschland? Erstaunt betrachtete Johanna die Schlange der Gestrandeten und sonstigen Bittsteller, die sich durch den langen Flur mit den zahllosen Türen in verblichenem Himmelblau zog. Ein ähnliches Bild kannte sie nur, wenn sie daheim ein amerikanisches Visum beantragte. Alle paar Minuten öffnete sich eine Tür und entließ jemanden, um kurz darauf den Nächsten zu verschlucken.

Die sorgfältig behandschuhte Hand – feinstes Kalbsleder in dezentem Cognac –, die sie nicht mehr losgelassen hatte, seit sie das Hochhaus betreten hatten und mit dem Fahrstuhl in den siebenundzwanzigsten Stock gefahren waren, hörte nicht auf zu zittern.

«Mach dir keine Sorgen, *Hermann*», sagte sie und drückte die bebenden vier Finger und den Fuß ihrer zerrissenen Kongressstrumpfhose, den sie abgeschnitten und in den leeren kleinen Finger des linken Handschuhs gestopft hatte. «Alles wird gut.»

Noch einmal schaute sie Ritter prüfend an. Doch. Man würde ihnen die Rollen glauben: verzweifelter Onkel, resolute Nichte. Die mit ihrem Onkel gestern Nachmittag sogar noch beim Herrenausstatter gewesen war, um ihm endlich einen ordentlichen Anzug zu kaufen – und ein Hemd, das ohne Papageien, Hibiskusblüten oder sonstige Geschmacklosigkeiten auskam.

«Herr und Frau Mawet, bitte!»

«Komm, *Hermann*, wir sind dran!»

Johanna stand auf und klopfte Ritter, der keinerlei Anstalten machte, sich von seinem Klappsitz zu erheben, mit der freien Hand auf die Schulter.

«Reißen Sie sich zusammen!», zischte sie so leise, dass keiner der Umstehenden sie hören konnte. «Und denken Sie dran: Sie reden nur, wenn Sie gefragt werden. Den Rest überlassen Sie mir!»

Der Sitz schnalzte an die Wand zurück. Wie ein Schlafwandler ging Ritter neben ihr her. Johanna verbat sich die Angst, ihr Plan könne weniger gut sein, als er sein musste.

«Guten Tag!» Sie begrüßte die dralle Dame, die in Raum Nummer 27.07 bereits wieder hinter ihrem Schreibtisch Platz genommen hatte. «Soll ich die Tür zumachen?»

«Wenn Sie keinen mehr erwarten.»

Johanna stieß ein kurzes Lachen aus. War dies ein Ansatz von Humor? Bei einer deutschen Konsulatsangestellten? Johanna registrierte flüchtig, dass der Raum, der sich offensichtlich im Innersten des Hochhauses befand, keine Fenster hatte. Vielleicht würden sie die Nacht in einem echten Gefängnis verbringen.

«Ihnen sind also die Papiere abhandengekommen», sagte die Dame, noch bevor Johanna und Ritter auf den beiden Bittstühlen diesseits des Schreibtischs Platz genommen hatten.

«Ja, also, das heißt: meine nicht», antwortete Johanna, während sie sich setzte und den stocksteifen Ritter neben sich zog. «Nur die von meinem Onkel. Dabei predige ich ihm seit Jahren, dass er seine Brieftasche nicht mitnehmen soll zum Paddeln. Oder wenn, dann wenigstens in einem sicheren Schwimmsack.»

«Sie sind Paddler?» Die Dame blickte Ritter verblüfft an.

«Na ja. So ein mittelguter, wie man sieht», gab Johanna an seiner statt zurück.

Die Dame kratzte sich am Kinn. «Haben Sie Ihren Verlust bei der örtlichen Polizei gemeldet?»

«Nein ... wieso ... wieso hätte er das? Hermann hat es ja aus eigener Kraft an Land geschafft. Nur seine Brieftasche, die liegt halt irgendwo am Grunde der Bay.»

235

«Verstehe. Und jetzt wollen Sie, dass wir Ihnen Ersatzdokumente ausstellen.»

Wann hörte die Tante endlich auf, ihre Fragen stur an Ritter zu richten? Schließlich war sie, Johanna, diejenige, die hier die Konversation führte! Der Verkäufer in dem Klamottenladen gestern hatte es sofort begriffen. Am Schluss hatte er mit Johanna geplaudert, als wäre derjenige, dem er ein Jackett nach dem nächsten an- und wieder auszog, nichts weiter als eine Schaufensterpuppe.

«Exakt», sagte Johanna. «Unser Flug nach Deutschland zurück geht allerdings schon übermorgen. Sehen Sie, hier ist die Buchung.»

«Na, Sie sind mir zwei Herzchen!» Die Konsulatsangestellte setzte die Lesebrille auf, die bislang an einer rot-weiß-blauen Glasperlenkette auf ihrem Busen geruht hatte, um das Blatt zu studieren, das Johanna ihr über den Tisch reichte.

«Mawet, Hermann, das sind Sie?» Abermals wandte sie sich direkt an Ritter. Der nickte und machte Mundbewegungen wie ein an Land gespülter Fisch.

«Es tut mir leid», stieß er hervor, nachdem Johanna ihm einen Rippenstoß versetzt hatte. «Sehr leid.»

«Nu regense sich mal nicht auf, ist ja alles halb so wild», sagte die Konsulatsangestellte mit einem Lächeln. «Haben Sie irgendein anderes Dokument bei sich, aus dem Ihre Identität hervorgeht?»

Johannas Kopf schnellte zu Ritter herum. Der Moment, vor dem sie sich seit Tagen fürchteten, war da – die Situation, die sie in ihrem Appartement zigmal geprobt hatten. Ritter sah aus wie ein armer, alter Mann, der kurz davor war, in Tränen auszubrechen.

«Jetzt mach schon!», forderte Johanna ihn auf und hoffte, dass sie dabei so unbarmherzig guckte wie daheim vor dem Spiegel. «Du hast doch deinen Führerschein dabei.»

Mit bebender Unterlippe schüttelte er den Kopf.

«Was?», schrie Johanna. «Das darf nicht wahr sein! Du bist wirklich der letzte Vollidi...»

«Nu bleibense mal ganz ruhig, junge Frau!», schaltete sich die Konsulatsangestellte ein.

«Wieso erzählst du mir, dass du den Führerschein dabei hast!» Ungerührt tobte Johanna weiter. «Wenn du …»

Ritter murmelte etwas unterhalb der Artikulationsschwelle.

«Was?», herrschte sie ihn an. «Nuschel nicht so!»

«Auch mein Führerschein befand sich in der Brieftasche, die ich an Bord …»

«Herrgott noch mal, das glaub ich nicht! Das glaub ich einfach nicht! Wieso lügst du mich an und sagst, dass du deinen Führerschein *nicht* mit ins Boot genommen hättest!»

«Jetzt aber Ruhe hier!», ging die Konsulatsangestellte dazwischen. «Sonst setz ich Sie vor die Tür, bis Sie Dampf abgelassen haben. Verstanden?»

«Verstanden», sagte Johanna und atmete durch. Sie warf ihrem «Onkel» einen wütenden Blick aus den Augenwinkeln zu. Ärgerliches Zungenschnalzen. Ungläubiges Kopfschütteln. Großes Theater.

«Sehe ich es richtig, dass Sie also gar nichts dabei haben, um sich auszuweisen?», fasste die Konsulatsdame die heikle Lage korrekt zusammen.

Erneut keifte Johanna los: «Ich werde deinetwegen meinen Flug nicht umbuchen!» Und etwas weniger giftig erklärte sie über den Schreibtisch hinweg: «Ich habe in drei Tagen einen wichtigen beruflichen Termin in Deutschland, den kann ich unmöglich sausen lassen.» Und wieder mit höchster Giftigkeit zu der Jammergestalt neben ihr: «Ich fliege übermorgen. Wenn du so blöd bist, nicht nur deinen Pass, sondern auch noch deinen Führerschein absaufen zu lassen, kannst du alleine gucken, wie du …»

«Jetzt halten Sie aber mal den Rand!»

Mit ihrem Blick hätte die Konsulatsdame eine Hyäne im Angriff stoppen können. Zu ihrer größten Erleichterung sah Johanna diesen Blick dahinschmelzen, als er sich dem «Onkel» zuwandte.

237

«Haben Sie denn wenigstens die Verlustanzeige aus dem Internet runtergeladen?», erkundigte sich diese so mitfühlend, als ob sie Ritter am liebsten persönlich Asyl gewährt hätte.

Eisig stumm zog Johanna das Blatt Papier aus ihrer Handtasche, das sie vor Tagen bereits ausgedruckt und ausgefüllt hatte. Eisig stumm verfolgte sie, wie die Behördendame die dürren Angaben überflog.

Familienname: Mawet. Ggf. Geburtsname: –/–. Vornamen: <u>Hermann</u> Günther. Ggf. Doktortitel: Johannas Onkel war einfacher Optiker. Ggf. Ordens-/Künstlername: sehr lustig. Geburtstag/Geburtsort: Glücklicherweise war Johannas Onkel der Zwillingsbruder ihres Vaters, andernfalls wäre sie zumindest bei der ersten Frage aufgeschmissen gewesen. Anschrift: Zum Glück gefunden bei www.dasoertliche.de.

Die Miene der Dame verdüsterte sich, als sie den mittleren Teil des Blattes erreichte.

«Abgesehen von der Ausstellungsbehörde können Sie keinerlei Angaben zu Ihrem abhanden gekommenen Pass machen? Keine Nummer? Kein Ausstellungsdatum?»

Johanna wagte es nicht, Ritter anzusehen.

«Das ist schlecht», seufzte die Konsulatsdame. «Haben Sie vielleicht eine Kopie Ihres Reisepasses zu Hause deponiert? Können Sie dort jemanden anrufen, der Ihnen die Daten durchgibt?»

Johanna schmeckte Blut in ihrer Kehle. Ihr Puls musste schwindelerregende Höhen erreicht haben.

«Meine ... meine ... meine Frau ist vergangenes Jahr auf den Winter gestorben», flüsterte Ritter, und Johanna hätte ihn am liebsten umarmt.

«Das tut mir leid.» Nach einer teilnahmsvollen Pause fuhr die Konsulatsdame fort: «Im Grunde haben wir jetzt nur zwei Möglichkeiten. Eigentlich müsste ich die Behörden in Deutschland kontaktieren.» Sie warf einen Blick auf die beiden großen runden Uhren, die über der Tür hingen und deren kleine Zeiger in exakt entgegengesetzte Richtungen wiesen. «Aber da erreiche ich jetzt niemanden, da ist mitten in der Nacht. Oder ich müsste hier eine Anfrage beim Department of Homeland Security starten, die haben Ihre Daten bei der Einreise ja gespeichert.»

Johanna vernahm neben sich ein Winseln, das kurz anschwoll und sofort erstarb. Herr im Himmel! Welcher Teufel hatte sie geritten, einen so schwachsinnigen Plan auszuhecken?

«Eben», sagte die Dame. «Bis ich da eine Auskunft erhalte, versauern wir hier alle miteinander. Gehe ich recht in der Annahme, dass wenigstens Sie Ihren Pass dabei haben?»

Johanna brauchte eine Weile, bis sie begriff, dass die Frage ihr gegolten hatte.

«Ja, ja, natürlich», sagte sie und begann, hektisch in ihrer Handtasche zu wühlen.

«Und Sie bürgen dafür, dass dieser Mann hier Hermann Günther Mawet ist, geboren am 31. Januar 1941 in Bad Rehburg, derzeit wohnhaft in Loccum, Zur Tiefenriede 7A?» Die Konsulatsdame musterte Johanna über den roten Kunststoffrand ihrer Lesebrille hinweg.

«Ich bürge dafür», gab Johanna feierlich zurück.

«Fein», sagte die Angestellte, die keine Angestellte mehr war, sondern ein Engel. Mit einem Gesichtsausdruck, der Johanna erhabener vorkam als alle Verkündigungslächeln, die sie je in irgendeiner Kirche gesehen hatte, wandte sich diese an den Zusammengesackten: «Herr Mawet, Sie brauchen keine Angst mehr zu haben. Übermorgen können Sie gemeinsam mit Ihrer Nichte nach Deutschland zurückfliegen. Ich stelle Ihnen jetzt einen sogenannten ‹Reiseausweis als Passersatz› aus. Haben Sie zwei aktuelle Passbilder dabei? Wunderbar. Außerdem kostet der Spaß acht Euro beziehungsweise zehn Dollar. Wär schön, wenn Sie's passend hätten. Und der guten Ordnung halber muss ich Sie darauf hinweisen, dass dieses Dokument nur so lange Gültigkeit besitzt, bis Sie diese Reise hier beendet haben. Außerdem werde ich Ihre Verlustanzeige an das Bundeskriminalamt sowie die ausstellende Passbehörde weiterleiten. Sollte Ihr Pass doch wieder auftauchen, sind Sie verpflichtet, dies unverzüglich einer Passbehörde anzuzeigen. Im Falle des Zuwiderhandelns handeln Sie gemäß § 25 Absatz 2 Nummer 3 deutsches Passgesetz ordnungswidrig, was nach § 25 Absatz 4 und so weiter mit einer Geldbuße von bis zu zweitausendfünfhundert Euro geahndet werden kann. Haben Sie das verstanden?»

So innig wie nie zuvor drückte Johanna die behandschuhte Hand, die noch immer zitternd auf der Armlehne neben ihr lag, und erschrak nur kurz, als sie den Stummel am äußersten Rand spürte, der ihr schon wieder um einige Millimeter gewachsen zu sein schien.

```
@D74RYQN1:328:C480EACXX:7:1101:4527:1980 1:N:0:CGATGT
AAGTCGCCGATAGCTAGAAAAGCGCCCTAGATCGTAGATCATTTGATTAG
+
!!W.WE;;;;WiEiH>>>DddIR.*.;;237333@.RITTTTER..////
```

ZWISCHENSPIEL

O Mensch! Da umwebst du den Erdenball mit deinen Netzen. Da sammelst du aller zehn Finger Abdrücke, vermisst Gesichter, durchleuchtest Lebensläufte. In Speichern hortest du endloser Daten Vorrat. Und dann – dann gehst du mir nichts, dir nichts zwei Strauchdieben, dem klebrigsten Paar Schmierenkomödianten, auf den Leim.

O Mensch! Dein Herz ist dein Versagen.

Schau sie dir an, die Spitzbuben! Wie sie im Flieger sitzen und sich freuen! Kindischer noch als die Geistesarmen. Mit erbärmlichem Schaumwein trinken sie einander zu. Stoßen so herrschaftlich an, als hielten goldne Becher sie und Plastik nicht in Händen.

Welch Teufel hatte sie geritten, solch schwachsinnigen Plane auszuhecken?

Der frühren Frage, Frau Johanna, schließ ich aufs Dringlichste mich an. Doch itzund ist's zu spät. Schon steigt der schwere Vogel in die Luft, und unsern Ritter, unsern Höllenritt-Erprobten – der keiner Bestie Rücken *nicht* erklommen, zu überfliegen Schluft und Schlund –, ihn drückt es in sein Polster stramm.

Da staunst du, wie? So sanft zu gleiten über Land und Meer. Vergiss den Riesenwurm mit seinem Ochsenkopfe! Löse den Krampf in deinen Händen! Armlehnen sind's, nicht jenes Dämons zott'ger Schopf, in welchen du dich krallen müsstest. So glaube mir: Im Bauche dieses Vogels wär gut sein, flög er nicht just dem falschen Ziele zu. Nichts haben die zartweißen Streifen, die seine Schwingen zeichnen in die Luft, gemein mit jenen Feuerströmen, die deiner Höllenflüge Signatur. Ganz ohne Kuhschwanz steigt ihr hoch und höher. Ein Bildschirm sagt dir: dreiunddreißigtausend Fuß. Nicht freundlich ist die Luft dem

Menschen hier, und doch verspüren deiner Lunge Flügel keine Not. Der Bildschirm sagt: Erfrieren sollst du. Doch wohlig warm ist's rings um dich.

Wie also kommt's, mein Ritterlein, dass die Beklommenheit nicht weichen will? Mit dürren, kalten Fingern schließet die Faust sich fester um dein Herz. Die Schuld, mein Freund – nicht such sie bei dem Vogel! Auch nicht bei jenen, die ihn bauten. Die Schnöde neben dir, sie ist's, die dich zu deinem Unglück zwingt. Die dich verschleppt in jenes Land, das nie mehr zu betreten du geschworen.

Streng nach Nordosten geht der Flug. Die Nacht, schon rauscht sie euch entgegen. Zur Küste blicke einmal noch hinab, die dir gewährt den langen Aufenthalt – und sieh, wie schön im letzten Abendlicht sie glüht! Nimm Abschied von der Neuen Welt, die du zur deinen hättest machen können! Sag Lebewohl dem wohlgesinnten Lande, des fruchtbar überreicher Boden auf immer dir verloren ist!

Ach, Ritter, Freund! Wie hätt ich dir gegönnt, der Menschheit Werk zu krönen! Wie's aber dort, in Bangenhausen nun soll gehen? Ihre Vergangenheit fürchtend, ihrer Zukunft misstrauend, versinkt ihnen, dem panischen Janusse gleich, die Gegenwart im doppelten Schrecken. Die *braven* Deutschen – sie machen sich klein, ihre Herzen wähnen sie rein. Drin wohnen mag's trotzdem nicht, das liebe Herzjesulein. Denn zu Duldern sind beileibe nicht sie geworden. Doch ihrer Unduldsamkeit entspringt kein machtvoller Sturm. Gezeter bleibt's. Worte hingeblasen, sich sammelnd zu drückendem Gewölk, das lastet über jenem ganzen Land.

Drum, Ritter, hurtig, frischauf! Genieße die Stunden, die im freien Himmel dir bleiben! Trink einen Wein noch, iss eine Traube! Male dir aus, die Niedliche wär's, die dort auf dem Bildschirme kämmet ihr Haar und neckisch sich streifet das Kleid von den Schultern, die neben dir flög durch die Nacht. Vergiss die Verbohrte, die stur ihren eignen Bildschirm bestarrt, fluchend der Zeichen, die sie nicht begreift. Schau! Der Niedlichen Blick – unters Laken lädt er dich ein! Gesell dich ihr zu! Schließe die Augen und verlier dich im Traum! Nichts Schönres wirst du erleben auf lang.

Doch was soll dies? Welch düstrer Schatten legt auf euer Lager sich, kaum dass die ersten Freudenlaute ihm entstiegen? Ritter, banne ihn! Nicht darfst du den alten Dämonen die Herrschaft erneut überlassen! Wie soll dein zerrüttet Gemüt ertragen, was ihm steht bevor, wenn jetzt schon das nächtliche Heer darf wüten darin, wie es ihm gefällt?

Verscheuche die Stiefel, das Brüllen, die Fahnen! Vorbei ist vorbei! Nicht leid ich's, dass jene Verwesnen deinen Kopf zum Marschierplatz erkiesen! Und wie? Willst wieder mir kommen mit deinem Wahn, *ich* sei es gewesen, der jene Kadaver so schändlich gehäuft?

Pfui, Ritter! Pfui über dich!

Was deine *lieben* Landsleut einst verbrochen, nicht wälz es ab auf mich! Zu schaffen hab *ich* nichts mit jener Mordlustbrennerei. Wenn solcher Irrsinn alles ist, was eure Reise in dir weckt – so sag ich herzlich: Gute Nacht!

ZWEI

XI

assen Sie mich los! Lassen Sie mich sofort wieder los!»
Zwei kräftige Männer packten Johanna rechts und links an den Armen und zerrten sie weg von dem gläsernen Kontrollhäuschen, in dem Yo-Yo saß und ein Eichhörnchen mit Shrimps fütterte. Warum hatte er so eine komische weiße Uniform an?

«Ladies and gentlemen, good morning, once again this is ...»

Warum hatten die Männer, die sie fortschleppten, dieselben Uniformen an? Sie war doch zurück in Deutschland. Kein Mensch trug hierzulande weiße Uniformen! Ob sie auch Ritter gepackt hatten? Johanna drehte den Kopf. Zu ihrem Entsetzen sah sie eine grizzlyhaft riesige Maus, die ihr mit hängendem Kopf folgte.

«Excuse me, Ma'am! Ma'am! I need you to wake up!»

Johanna fuhr in die Höhe. Ein enger Gurt schnitt ihr in den Unterleib. Keuchend blickte sie sich in einer grell ausgeleuchteten Kabine um und sah zweihundert andere Menschen, die mit ihr eingepfercht waren. Unrasierte, ungesunde, aufgedunsene Gesichter, die ...

«Would you please switch off your computer and stow it away now? We're preparing for landing.» Die Stewardess bedachte Johanna mit einem ausdruckslosen Lächeln und wandte sich der nächsten Reihe schlafender Flugpassagiere zu.

Immer noch schwer atmend, ließ Johanna den Kopf gegen die Rücklehne sinken. Auf dem Bildschirm vor ihr hüpften rote, gelbe, grüne und blaue Bälle durcheinander. Sie berührte das Touchpad ihres Laptops. Die Bälle verschwanden und gaben den Blick frei auf endlose Buchstaben-, Zahlen- und Zeichenkolonnen.

```
@D74RYQN1:328:C480EACXX:7:1101:2315:1988 1:N:0:CGATGT
GATTTGGGGTTCAAAGCAGTATCGATCAAATAGTAAATCCATTTGTTCAA
+
!''*((((***+))%%%++)(%%%%).1***-+*''))**55CCF>>>>>
@D74RYQN1:328:C480EACXX:7:1101:2563:1994 1:N:0:CGATGT
GCACAGTTACCTGCAGACCCTGGAGGACTCAGACACCGACAAGAGACAGG
+
;FF@BGIIGGICCAD;=AEHCC43;5>CCDCCCA@C>ACDDEDD####&&
@D74RYQN1:328:C480EACXX:7:1101:3319:2000 1:N:0:CGATGT
GGTACGTCAGTTGGACTTAAACGTAATTTTGCATTAACTGAATTGATAAC
+
1137554((()++?@@@@AA;+99(CCCCDJJJJJB<<>>A876++@@@G
@D74RYQN1:328:C480EACXX:7:1101:3543:1987 1:N:0:CGATGT
GCGCACGGCCTAGTCAGCTTCCTGAGCAATCGTCTTCTGCACAACAGAAT
+
#1=DDFFFHHHHHJJIJJGIJGIJJJJJJJJJJJIJIJJJIIIIJJJJJGG
@D74RYQN1:328:C480EACXX:7:1101:4162:1994 1:N:0:CGATGT
CTAGTCAGCTTCCTGAGCAATCGTCTTCTGCACAACAGAATGGTAGCGTT
+
+++---+MMEEEN????1221121TTTEEKKE????;;?@[[^^^_____
```

Der neonrote Speicherstick, auf dem eine Mitarbeiterin der
Sequenzierabteilung Johanna am Tag vor ihrer Abreise die Illumina-
Reads von Ritters Genom überreicht hatte, ragte seitlich aus dem
Laptop hervor – wie das alberne Plastikärmchen, das Johanna in
der Grundschule zum «Fahrradführerschein» geschenkt bekommen hatte, mit der Ermunterung, es am Gepäckträger zu montieren,
damit es rücksichtslose Autofahrer auf Abstand halten sollte. Was
für ein grässlicher Leichtsinn! Jedermann hätte im Vorbeigehen den
Stick abziehen und einstecken können. Fünfhundertzwölf Gigabyte
Speicherplatz mochten selbst schlichteste Gemüter in Versuchung
führen. Gemüter, die niemals eine Ahnung davon bekommen hätten, was sie in Wahrheit erbeutet hatten.

Hatte sie, Johanna Mawet, denn wirklich eine Ahnung, was sie erbeutet hatte? Kein Wunder, dass sie solchen Unfug träumte. Nichts war demütigender und sinnloser, als Illumina-Reads anzustarren. So ungeordnet wie dieses Sechshundert-Millionen-Teile-Puzzle derzeit noch war, konnte Johanna in ihm exakt gar nichts erkennen. Einzig die Qualität der Reads, die in den jeweils vierten Zeilen aufgeschlüsselt war, hatte sie geprüft, natürlich auch dies nur äußerst stichprobenartig. Die Skala, die Aufschluss darüber gab, mit welcher Zuverlässigkeit die Illumina das jeweilige Basenpaar hatte lesen können, war Johanna zwar nicht vollständig präsent, aber sie wusste, dass «!» und die meisten anderen Satzzeichen für die niedrigste Qualität standen, aufsteigend über die Zahlen, gefolgt von den Großbuchstaben bis hin zum kleinen Alphabet. Reads aus der Königsklasse hatte sie bislang keine entdeckt. Deutlich größere Kopfschmerzen als die durchschnittliche Datenqualität bereitete ihr jedoch die Frage, wie sie das heillose Puzzle zusammensetzen sollte.

Die letzten Nächte in Dark Harbor hatte Johanna in der Bibliothek verbracht. Sie hatte versucht, sich in jene Softwareprogramme einzuarbeiten, die imstande waren, Ritters sechshundert Millionen Genomfragmente mit dem menschlichen Mustergenom abzugleichen und auf diese Weise zu ermitteln, welches Puzzleteilchen auf welchem Chromosom seinen Platz haben mochte, bis sie das große Bild Stück für Stück zusammengesetzt hatten. Doch Nacht für Nacht war Johanna klarer geworden, weshalb Bioinformatik ein eigenes Studienfach war. Ihre Hoffnung, sich in wenigen Wochen, gar Tagen, auf diesem Gebiet so schlau zu machen, dass sie Ritters Genom ohne fremde Hilfe kartographieren und später dann analysieren konnte, war verblasst wie ein nächtliches Hirngespinst im Tageslicht. *Babylonische Sprachverwirrung.* Vielleicht hatte Ritter recht. Als Johanna verzweifelt genug gewesen war, ihre Verzweiflung mit ihm zu teilen, hatte er die Mundwinkel nach unten gezogen und gesagt: «Das ist die Strafe. Die Strafe dafür, dass ihr das Ganze aus dem Blick verloren habt, weil jeder gemeint hat, er müsse auf seinem eigenen Ast höher und immer höher klettern. So weit habt ihr's gebracht mit eurem Fachidiotentum ...» Nein, wie hatte er sich ausgedrückt? «Mit eurem *Professionistentum*, dass keiner mehr versteht, was der Wissenschaftler zu seiner Seite treibt.»

«Ma'am! Please! I really need you to ...»

Die höflich strenge Stimme riss Johanna aus ihren Gedanken.

«Sorry», sagte Johanna und schloss die Illumina-Datei. «Sorry! I'll switch it off right now.»

Die Stewardess, deren Gesicht wie frisch gefirnisst glänzte, beugte sich über sie und den am Fenster schlafenden Ritter, um die Sonnenblende nach oben zu ziehen. Zaghaftes Rosé arbeitete sich den Horizont hinauf.

«Is this gentleman travelling with you?», fragte die Strenge etwas weniger streng. «He too has to wake up now and prepare for landing.»

So wie Ritters Augenlider flatterten, musste in seinem Schädel wieder einmal einiges los sein. Beinahe hätte Johanna gelacht. Wenn sie daran dachte, wie nervös sie auf dem Hinflug gewesen war, weil ihr plötzlich Zweifel gekommen waren, ob ihre Dokumente ausreichten, um die transgenen Mäuse, die sie mit über den Atlantik genommen hatte, problemlos durch den amerikanischen Zoll zu bekommen.

Die Grenzkontrolle gestern Abend hatten sie lächerlich mühelos passiert. Der mürrische Latino auf seinem Barhocker am Eingang zur Security-Schlange hatte Ritters Ersatzpass kaum eines Blickes gewürdigt. Offensichtlich war es den Amerikanern ebenso wurscht, wer ihr Land verließ, wie es ihnen nicht wurscht war, wer dort einreiste.

Was aber, wenn die deutschen Grenzschutzbeamten «Hermann Mawet» in ihre Computer eingaben? Konnten sie feststellen, dass dieser, wie Johanna vermutete, die EU seit Jahren nicht verlassen hatte? Im Internet hatte sie allerdings die beruhigende Information gefunden, dass EU-Bürger gemäß dem «Schengener Grenzkodex» beim «Überschreiten der Außengrenze» lediglich einer «Mindestkontrolle» unterzogen wurden, und dass eben jener «Grenzkodex» nicht einmal vorsah, die «Grenzübertritte von Drittstaatsangehörigen» zu erfassen. Warum also hätte die Ausreise eines rechtschaffenen Loccumer Bürgers registriert sein sollen?

Ein erster Sonnenstrahl fiel durch das Fenster und ließ Ritters silbernen Wuschelkopf lachsrosa erglühen. Obwohl er sein neues Jackett selbst für den langen Flug nicht abgelegt hatte und die teuren Lederhandschuhe trug, sah er, unrasiert und in die schäbige Kunstfaserdecke gewickelt, schon wieder wie ein Penner aus.

«Hey», sagte Johanna und rüttelte ihn sanft am Oberarm. «Wir landen gleich.»

War er wirklich erwacht, oder träumte er noch? Seine Kehle war schlimmer ausgedörrt denn beim ledernsten Katzenjammer. In seinem Schädel klopfte, stampfte und hämmerte es wie in einem Bergwerk.

Sollte er wahrhaftig wieder auf der Heimat Boden stehen? Vom Himmel aus hatte er nichts erkennen können. Einen Augenblick hatte er sich eingebildet, in der Ferne die schneeschimmernden Gipfel der Alpen zu erblicken, doch sogleich waren sie in die graue Watte gesunken, die alle Landschaft bedeckte, und waren darin geblieben, bis ein harter Schlag ihm sämtliche Knochen durcheinandergeschüttelt hatte.

Voll Ungeduld schaute Ritter durch das Bullauge, an das er sein Gesicht die halbe Nacht gepresst hatte. Noch immer dauerte es ihn, dass sie des Nachts geflogen waren, sodass er außer Schwärze und vereinzelten Lichtern nichts in der Tiefe hatte entdecken können. Grönland! Island! Wie lange war es zurück, dass er dorten umhergeirrt! Welch nachklingender Verdruss, dass er nun dazu verdammt gewesen, die Reise einzig auf dem nämlichen Bildschirme, der ihn mit albernen *movies* gelangweilt, zu vollziehen!

Schemenhafte Gestalten in leuchtenden Westen wuselten im Nebel. Fahrzeuge mit kreisenden Lichtern tauchten auf und wurden verschluckt. Gläserne Arme ragten heraus aus dem Nichts. Kaum vermochte Ritter das Grau des Bodens vom Grau der Luft zu unterscheiden. Waren es Krähen, die dort unter des Flugzeugs Flügeln umherhüpften? Nicht wollte es ihm gelingen, das Bild sich auszumalen, das dieser Ort an einem klaren Morgen hätte bieten mögen.

Endlich geriet der Passagiere ungeduldiger Haufe in Bewegung. Gleich müdem und durch die Müdigkeit umso reizbarerem Vieh strebten sie dem Ausgange zu. Während Ritter noch damit befasst, die brüchige Ledertasche, die all seine Habseligkeiten enthielt – drei Hawaiihemden, zwei Jeans und ein wenig Leibwäsche –, aus dem Kasten über seinem Kopfe zu zerren, hatten sich bereits zwei stattliche Matronen zwischen ihn und Johanna gedrängt. Ohne seiner zu achten, rollte die Zweite ihm ihr Köfferchen über den Fuß. Seine Tasche mit beiden Armen an die Brust drückend, schob auch Ritter sich nun in den Gang. Ob er jemals wieder ein Flugzeug besteigen würde? Besteigen wollte? Besteigen musste? Kehrte er denn nicht heim? Hatte das Schicksal ihm nicht endlich ein Weib beschert, das ihn verstand? Das sich gar anschickte, unsterbliche Gefährtin ihm zu werden?

Ritter zwang sich, die Hoffnung, die ihn seit Tagen umschwirrte, zu verscheuchen. Ohnedies sollte er lieber darauf achten, dass er Johanna nicht aus den Augen verlor. Denn verloren war er ohne sie. Niemals würde er sich alleine zurechtfinden in dieser fremden Welt. Wie spielerisch sie ihn aus jener Klemme errettet, in die er am andern Flughafen geraten! Stumm und blöd hatte er dagestanden, als einer der Uniformierten ihm befohlen, nicht nur Rock und Tasche auf das schwarze Fließband zu legen, sondern desgleichen Handschuh' und Schuh'. Nicht hätte es ihn gegrämt, die Schuh' abzustreifen, doch nimmer nicht zog er die Handschuh' aus, wenn er unter Menschen war. Dies hatte er an jenem unsel'gen Wirtshausabend gelernt! Da war Johanna lächelnd hinzugetreten und hatte bekundet, ihr Onkel sei sechsundsiebzig und leide unter üblem Hautausschlag, worauf auch der Uniformierte zu lächeln begonnen und ihn ohne weitere Schikanierung in die gläserne Tonne geschickt, in welcher er beide

Hände hatte hoch erheben müssen, damit sie seinen Leib durch-
leuchteten.

Open your mind. www.fascinating-gases.com. The
linde Group.

Die weite, spärlich bevölkerte Halle, die sich vor Ritter öffnete,
nachdem er sich durch die gläserne Brücke, die aus dem Innern des
Flugzeugs herausführte, hatte schieben lassen – ihr Anblick ließ ihn
so jählings erstarren, dass der Mensch, der hinter ihm gegangen,
gegen ihn stieß. Dies sollte Deutschland sein? Zum Verwechseln
glich alles hier jener Halle, in der er vor neun Stunden noch gesessen!

Take a Shower. Travel Value. Duty Free.

Im Kreise hatte der elende Flug ihn geführt!

«Attention please: This is the last and final call for flight number ...»

«Security advice: Do not leave your luggage ...»

Derselbe Chor zerstückter, blecherner Frauenstimmen, der seine
Sinne schon dort gepeinigt, von wo sie fortgeflogen! Hatte er nicht
die ganze Zeit hindurch geargwöhnt, der Bildschirm mit seinen
leuchtenden Landkarten und dem winzigen Flugzeuglein darauf
gaukele ihm lediglich vor, sie würden in einer viel zu kurzen Nacht
den Atlantik überqueren? Mindestens fünf-, wenn nicht gar sechs-
oder siebenmal hatte er auf der *Mauretania*, die ihn zuletzt über
jenen Ozean getragen, die Sonne untergehen und wieder empor-
steigen sehen.

Tired? Privacy desired? Work to do? www.napcabs.
com

«Wo bleiben Sie denn?» Johanna packte ihn am Ellenbogen und
zog ihn auf eins der Fließbänder, die offensichtlich nicht für Waren,
sondern für Menschen bestimmt.

«Mir ist ... Sind wir ...?» Wie sollte er seine Verwirrung ihr beschreiben, ohne dass sie ihn abermals verlachte? Denn verlacht hatte
sie ihn, da er ihr gesagt, er könne nicht glauben, dass sie wirklich und
wahrhaftig mit fünfhundertsechzig Stundenmeilen flögen dahin –

so wenig verspüre er das rasende Tempo. Verlacht hatte sie ihn, da sie herzhaft durchgerüttelt wurden und er ihr gesagt, nun holpere es gerade so, wie wenn eine Kutsche über unebene Wege führe.

Jetzt wünschte Ritter, er hätte zuletzt – anstatt noch einmal seine alten Wälder zu durchstreifen und von den *loons* Abschied zu nehmen – mehr über die Raum-Zeit-Krümmung gelesen. War es denkbar, dass sie unbemerkt eine so große Geschwindigkeit erreicht, dass der Raum sich verzerrt, weshalb sie nach siebenstündigem Fluge nur unwesentlich von jenem Orte entfernt gelandet, an welchem sie gestartet?

«Wenn gleich die Passkontrolle kommt, treten Sie zusammen mit mir an den Schalter vor, legen dem Beamten Ihren Ausweis hin und sagen höflich ‹Guten Tag›. Mehr tun und sagen Sie nicht. Verstanden?»

BMW. Die Freude am Fahren.

«Haben Sie mich verstanden?»

Beinahe wäre Ritter gefallen. Während seine Füße auf dem Fließband weiterfuhren, konnten seine Augen sich nicht lösen von jenem Schild mit der glänzenden Karosse darauf.

«Hallo? Haben Sie gehört, was ich Ihnen gesagt habe?»

«Da!» Jetzt war er es, der Johanna am Ellenbogen fasste. «*Freude*», flüsterte er und drückte sie am Arm. «*Freude*! Da steht's! Wir sind daheim!»

«Erst mal müssen wir heil durch die Passkontrolle kommen. Haben Sie Ihren Ausweis griffbereit?»

Warum verstand sie nicht, was es ihm bedeutete, dies Wort zu lesen? Blind zog Ritter aus der Brusttasche seines neuen Rocks das grünliche Dokument. So oft hatte er es in den vergangenen Tagen besehen, dass er den sechseckigen Adler, dessen Schwingen zum rosenfarbigen Flammenrade zerfederten, aus dem Gedächtnisse hätte zeichnen können.

Hofbräu, las er. Willkommen.

Adler! **Verehrter Leser!** Haben Sie dies traurige Hähnchen je näher sich betrachtet? Die gestutzten Flügel, welche die Bezeichnung «Schwingen» nicht im Entferntesten verdienen? Die sinnlos gespreizten Krallen, mit denen sich recht artig wohl im Miste kratzen lässt? Das schlaffe Schwanzgefieder, vorzüglich gut geeignet, den Hof zu kehren reinlich blank?

Doch sei's genug davon. Nicht um Heraldik geht es jetzt. Wobei: Ein interessantes Thema ist's! Sollten die Zeit Sie finden irgendwann, so rat ich Ihnen sehr zu schaun, wie sich dies deutsche Wappentier gewandelt: Bald trägt's den Doppelkopf beleidigt hoch; bald brüstet sich's mit dicken *Schwingen*; bald brennt die Zung' ihm aus dem Maul; bald hält's den Schnabel fest geschlossen – Sie wissen schon, in seiner Zeit als Totemtier. Nie aber gleicht's dem wahrhaft stolzen Adler, der, ohne je zu wandeln sich, das Wappen jenes edlen Landes schmückt, das unsre beiden hier so törichtig verlassen.

Nun denn. Dem Grenzpunkt schreiten beide rüstig zu. Jetzt wolln wir sehn, was deutsche Gründlichkeit vermag!

«Guten Morgen», sagte Johanna und schob ihren aufgeklappten Reisepass durch den Schlitz in der Panzerglaskabine.

«Grüß Gott», sagte der Grenzschutzbeamte und ließ seinen Blick zwischen Johannas Passbild und ihrem echten Gesicht hin und her wandern.

Warum dauerte das so lange? Wollte er *Finde den Fehler* spielen?

«Recht schönen Dank», sagte er und schob das zugeklappte Dokument zurück.

Johanna fragte sich, ob es verdächtig wirkte, wenn sie vor dem Glaskasten stehen blieb, während Ritter höflich «Guten Tag» sagte und seinen «Reiseausweis als Passersatz» durch den Schlitz schob.

«Meinem Onkel ist beim Paddeln der Pass abhanden gekommen», sagte sie, bevor der Beamte das Dokument überhaupt geöffnet hatte. Mit wachsendem Unbehagen verfolgte sie, wie er das

Papier von allen Seiten betrachtete, um sodann – Johannas Herz
setzte für einige Schläge aus – irgendetwas in seinen Computer
einzutippen. Würden sie Ritter umgehend in einen Flieger zurück
nach Amerika setzen? Aber wie sollte er dort einreisen? Oder würden sie ihn hier in Deutschland wegen Passbetrugs verhaften? Und
sie gleich mit?

«Wenns wieder dahoam sind», sagte der Beamte endlich und
reichte das grün-rosa Papier an Ritter zurück, «müssens an neuen
Pass beantragen. Wiederschaun.»

AUDI. ADLER MODEMARKT. HAPPY SCHUH UND DU.

Mit einer Gier, wie wenn lange Verborgenes sich ihm offenbarte, las Ritter jede Werbetafel, jeden Schriftzug, der am Fenster
vorüberhuschte. Täuschten ihn seine übernächtigten Sinne, oder
trieb Johanna den Wagen schneller an, als sie es je zuvor getan? Vor-
winterlich verödete Felder, hochstelzige Windmühlen, wie er sie
noch nie von Nahem gesehen, Häuserblöcke in müdestem Grau, jäh
aufragende Elektrizitätsmasten, entfernte Dörfer – kaum dass sein
Blick etwas erfasste, ward es ihm schon wieder entrissen.

BOXSÄCKE. OSRAM. WASCHAKTION.

Auch da er zuletzt nach dieser Stadt gereist, hatte die Landschaft
sich ihm hinter den Eisenbahnfenstern neblicht entzogen. Wie
anders hingegen hatte in jenem leichtsinnigen Lenze, da er zuallererst mit der Kutsche hierher gerollt, alles gegrünet und geblühet!
Rechts und links des Weges war der Hopfen so munter in die Höhe
geklettert, wie wenn's nicht sowohl Holzgerüste wären, an die er
gebunden, sondern die Himmelsleiter selbst. Die ganze Welt war
ihm so lieblich und heiter erschienen, dass er sich von seinem töri-
gen Herzen hatte einflüstern lassen, auch ihm stünden Zeiten eines
gedeihlichen Friedens bevor. *Si tacuisses, cor meum!*

«Gleich fahren wir am Fußballstadion vorbei.» Johannas
Stimme riss Ritter aus seinen Erinnerungen. «Ziemlich markantes
Teil. Haben Sie vielleicht schon mal im Fernsehen gesehen. Damals

bei der letzten deutschen Weltmeisterschaft. Sommermärchen, you know?»

«Fernsehen» – dies also war ihr Wort für «*TV*». Dass die Deutschen zum «*radio*» «Radio» und zum «*phone*» «Telefon» sagten, das wusste er von seinem letzten Aufenthalte hier. Wie viele neue Wörter würde er lernen müssen? «*Fridge*» – «Kühlschrank». «*Monitor*» – «Bildschirm». Womöglich waren es ihrer nicht gar so viele. Wenn er Johannas Sprechweise während der vergangenen Wochen richtig gedeutet, beschränkten die Deutschen sich seit «Computer», «Laptop» und «Cloud» weitgehendst darauf, die Namen jener Geräte, die wohl allesamt amerikanische Erfindungen sein mochten, in ihrer Zunge auszusprechen.

Staunend besah Ritter das luftschiffartige Gebilde, das aus dem Nebel auftauchte.

«Und dies Ganze dient einzig dem Sporte?»

«Ich glaube schon», gab Johanna lachend zurück. «Vielleicht findet ab und zu mal ein Rockkonzert statt. Aber den Deutschen ist ihr Fußball heilig geworden, da werden Sie sich dran gewöhnen müssen. Wissen Sie überhaupt, was Fußball ist? Zweiundzwanzig Mann, zwei Tore, ein Ball?»

«Gewisslich habe ich schon von Football gehört, wenngleich ich ...»

«Oh, oh», unterbrach Johanna ihn sogleich. «Ganz falsch. Fußball wäre *soccer*. Tun Sie mir einen Gefallen, und lassen Sie sich, wenn Sie mit einem Einheimischen reden, bitte nie anmerken, dass Sie noch nicht mal wissen, was Fußball ist. Sonst glaubt Ihnen keiner, dass Sie ein ... ein Gegenwartsdeutscher sind.»

So lange schaute Johanna zu ihm herüber, dass Ritter sich bang fragte, ob sie die dicht vor ihnen herfahrenden Wägen nicht aus den Augen verlor.

«Vielleicht ist es besser», sagte sie und blickte endlich wieder die Straße voraus, «wenn Sie zumindest in der ersten Zeit überhaupt vermeiden, mit irgendwem außer mir zu reden. Wir bleiben jedenfalls bei der Geschichte, dass Sie mein verschollener Onkel sind, der lange in Amerika gelebt hat. Das erklärt immerhin den einen oder anderen Aussetzer, den Sie fabrizieren werden – und warum Sie so komisch sprechen. Trotzdem. Wir müssen vorsichtig sein.» Johannas nachdenkliche Miene klarte plötzlich auf. «Vielleicht sollte ich Sie einfach zu einem Integrationskurs schicken.»

«Integrationskurs?»

«Ach, vergessen Sie's. War bloß ein Scherz.»

Ritter wandte den Kopf zum Fenster, um abermals die Landschaft zu beschauen. Nein, er tat's, um zu verbergen, wie sehr Johanna ihn mit dem, was sie zuletzt gesagt, verletzt. Warum hatte sie ihn aus seinem amerikanischen Waldesfrieden gerissen und über den Ozean geschleppt, wenn sie mit ihm nicht anders umzugehen gedachte denn mit einem dummen Kinde? Mit einem zurückgebliebenen «Onkel», dessen sie sich nun ihren Landsleuten gegenüber stärker noch zu schämen schien, als sie dies auf der anderen Seite der Welt bereits getan? All die betriebsame Erregung, der sie sich während der vergangenen Tage hingegeben, all das Plänefassen und Ränkeschmieden – hatte es nicht blindlings darüber hinweggetäuscht, dass sie sich in Wahrheit keinen einzigen Schritt nähergekommen? Noch immer war er ihr nichts denn ihr neuster Forschungsgegenstand. Hatte sie ihm *eine* ernsthafte Frage bloß gestellt, welch Grauen er gesehen, da er zuallerletzt in diesem Lande gewesen? Was wenige Jahre zuvor er erlebt, da er nach München gereist? In jenem Keller, zum Bersten gefüllt mit Fanatismus, Jubel, Größenwahn?

... «Man sagt mir, England hat sich auf einen dreijährigen Krieg vorbereitet. Ich habe am Tage der britischen Kriegserklärung den Befehl gegeben, sofort die gesamten Vorbereitungen auf die Dauer von fünf Jahren zunächst zu treffen. Nicht weil ich glaube, dass dieser Krieg fünf Jahre dauert, aber weil wir auch in fünf Jahren niemals kapitulieren würden! Um keinen Preis der Welt!»

«Heil! Heil! Heil!» ...

Wusste Johanna um die Explosion, die sich in jenem Keller ereignet, die zur menschheitsrettenden Explosion hätte werden können,
hätte nicht auch an jenem Abend dichter Nebel geherrscht, der den
gigantischen Zwergen veranlasst, seine Rede so früh zu beenden,
als er sonst keine seiner Reden beendet, damit ihn der Nachtzug
anstelle des Flugzeugs sicher nach Berlin zurückbrächte? Hatte
Johanna irgendeine Ahndung, in welch panischer Furcht er, Ritter,
damals davongerannt? Nicht vor den Flammen und dem Rauche.
Vor den wimmelnden schwarz-braunen Uniformen, die ihn wenige
Wochen zuvor schon in Berlin am Schlafittich gekriegt und gedroht,
ihn, den Ausweis- und also Abstammungslosen, an einen Orte zu
verbringen, an dem er rasch begreifen solle, wie mit dergleichen
«Gesindel» neuerdings verfahren. Tage und Nächte war er gelaufen, hatte sich in Wäldern und Scheunen versteckt, bis er endlich
auf einen mildherzigen Geschäftsmann gestoßen, der ihn nach Köln
mitgenommen. Durch die gesamten Niederlande hatte er sich zur
Küste durchgeschlagen, war im Bauche eines Fischkutters versteckt
nach England gelangt, hatte jenes Königreich durchquert, das seiner verblendet-verlorenen Heimat den Krieg erklärt, bis er endlich Liverpool erreicht, wo es ihm in allerletzter Minute gelungen,
mithilfe des gefälschten Passes an Bord der *Georgic* zu gehen – der
letzten *Georgic*, die als Passagierschiff noch den Atlantik überquert,
bevor sie zum Truppentransporter geworden.

Schnell und sauber. Abschied Bestattungen Kramer
und Fuchs.

Enger rückten die antlitzlosen Einkaufs- und Wohnbaracken
aneinander. Den Rande der Stadt hatten sie erreicht. Unentschieden,
ob er erleichtert sein sollte oder enttäuscht, bemerkte Ritter, dass
Johanna – anstatt die Straße zu wählen, die sie mitten ins dichtere
Häusergedränge hineingeleitet hätte – jenem vielspurigen Asphalt-
bande folgte, das die Stadt gleich einem Festungsringe zu umgür-
ten schien. Nun war es also auch hierzulande dazu gekommen, dass
in die großen Städte keine Wege mehr schlichtweg hineinführten,

um nach der anderen Seite hin wieder herauszuführen. Ob schon die braunen Herren, die solch Gelärme um ihre «Autobahnen» gemacht, diesen Ring erbaut?

«Hat sich alles ganz schön verändert, seit Sie das letzte Mal hier gewesen sind, vermute ich? Achtzehnhundertzehn – oder wann war das?»

Hatte Johanna gemerkt, wie sehr sie ihn gekränkt? Wenn sie meinte, ihn versöhnen zu können, indem sie plötzlich heuchelte, sie interessiere sich für ihn und seine Vergangenheit – so irrte sie. Schon hörte er das Gelächter, mit dem sie antworten würde, erdummte er sich, ihr anzuvertrauen, dass er im vergangenen Saeculum binnen weniger Jahre gleich zweimal nach Deutschland zurückgekehrt, weil er den Teufel hier gewähnt.

CHECK 24 – DAS VERGLEICHSPORTAL. McFit.

Hinter einer beschlagenen Fensterfront sah Ritter schwitzende Menschen gegen schwarze Fließbänder anlaufen, ganz so, wie es die Menschen seit geraumer Weile in Amerika taten. Jene *jogger*, die ihm bisweilen am Strand oder – zum Glück äußerst selten nur – im Walde mit einer Hast begegnet waren, als wandelten sie nicht durch Gottes liebliche Natur, sondern wären auf der Flucht oder müssten den Arzt herbeiholen, hatte Ritter nie begriffen. Was Menschen dazu trieb, gegen Fließbänder, Fabrikbänder, Warenbänder anzurennen, ohne einen einzigen Fuß weit von der Stelle zu kommen, dies blieb ihm vollends verborgen.

DISCOUNT BACKSHOP. COFFEE TO GO.

Welche Einfalt, dass er gehofft, er könne etwas von jenem Lande wiederfinden, das er geliebt, bevor des Teufels Vasallen es in ein brüllendes, marschierendes Tollhaus und später in ein einziges Vernichtungslager verwandelt. Wie hatte er eine Sekunde bloß geglaubt, ausgerechnet in seiner früheren Heimat habe der Globus gelernt, stille zu stehen oder gar rückwärts sich zu drehen? Wie hatte er maßvolle Einkehr in sich selbst erwarten können just von jenem wechselbalgigsten aller Länder, das einem Schlaflosen gleich, der – kaum dass er vermeinte, nun endlich seine Ruhe gefunden zu haben – sich jählings herumwarf, weil eben die Seite, die ihm zuvor noch so bequem erschienen, mit einem Male unerträglich geworden? Hatte er, Ritter, nicht selbst erlebt, wie alles Französische verehrt und kopiert worden: «Vive Napoleon! Vive l'Empereur! Vive la France!» Und keine fünf Jahre hernach hatte die Parol' gelautet: «Schlagt ihn tot! Das Weltgericht fragt euch nach den Gründen nicht!»

Welch grobe Schmähreden hatte er im darauffolgenden Jahrhundert gegen jenes andere große Land vernommen, bis er entschieden, ebendorthin zu fliehen? Die «Verschweinten Staaten von Amerika» müsse es heißen; nichts gebe es dort außer «Schönheitsköniginnen, Rassenproblemen, sozialer Ungleichheit, stumpfsinnigen Rekorden und Hollywood»; ein «Land ohne Ideen» sei es, «halb verjudet, halb vernegert, und alles auf dem Dollar beruhend»; ein Volk mit einem «Hühnergehirn» ... Was nahm's ihn Wunder, dass die nervösen Deutschen nun endgültig die Farben des letzten großen Siegers angenommen, nachdem sie zuvor so maßlos gegen diesen gehetzt? Und hatte er nicht selbst mitgewirkt daran, in seiner Zeit als amerikanischer Soldat – in jenen Monaten, die er in der 4th Mobile Radio Broadcasting Company gedient, mit dem alleinigen Zwecke, sein einstig Vaterland aus des Teufels Klauen zu befreien?

Die Straße senkte sich in einen Tunnel hinab, doch selbst da des Tages Grau sich wieder über ihnen zeigte, blieben sie zu beiden Seiten hin eingebunkert, bis gewaltige Segel sich blähten, überragt von einem noch gewaltigeren Mast, der Topp im Nebel verschwindend.

Olympiapark, las Ritter. Fernsehturm.

Gleich feuchter Kälte kroch die Fremdheit an ihm empor, drang ihm unter die Haut, machte ihn bibbern. Die Bilder, die er sich von der alten Heimat im Innersten bewahrt – sie klirrten, wie in der ersten amerikanischen Wohnung, in der er gelebt, Marthas geliebte Menagerie aus Kristalltierchen geklirrt, wann immer ein Zug vorübergedonnert. Doch was saß er heute hier und glotzte? Hatte er bei seinem letzten Besuche nicht auf weit unbarmherzigere Weise erfahren müssen, dass es mit diesem ganzen Lande nichts mehr war – und jede Rückkehr ein Fehler?

Da tauchte, als wollte es seiner Verzweiflung eine Nase drehen, ein Kirchtürmlein auf, die goldene Zwiebel keck gegen Himmel gestupst. Und im selben Augenblicke ward Ritter bewusst, wonach er die ganze Zeit unwillkürlich Ausschau gehalten.

«Der Dom», entfuhr es ihm, und sogleich verstummte er, aus Furcht, abermals Gelächter zu ernten.

Zu spät, denn schon fragte Johanna zurück: «Was für ein Dom?»

Auf dem Panoramabilde in der großen Gepäckhalle, das er studiert, während Johanna auf ihrer Koffer Ankunft gewartet – hatte die Stadt sich dort nicht in der nämlich gemütlichen Majestät vor den Alpen erhoben wie in seiner Erinnerung? Doch mochte jenes Bild nicht minder Trugbild sein denn die Bilder in seinem Herzen. Zwar hatte die Marschroute sie damals nicht nach München geführt – doch hatte er nicht gesehen, welch unvorstellbare Verwüstungen der Krieg etwa im altehrwürdigen Köln angerichtet? Nie würde er den gespenstischen Anblick vergessen, der sich ihm geboten, da er sich mit seinen Army-Kameraden der einstmals so geselligen Stadt am Rheine genaht: das endlose Trümmerfeld, aus dem einzig die zwei gotischen Spitzen des Domes emporgeragt, wie wenn die Bomber sie absichtsvoll verschont hätten, der Vernichtung Ausmaß zu bezeugen.

«Die beiden Türme hier?», fragte er leise. «Sie stehen wohl nicht mehr?»

«Ach so, Sie meinen die Frauenkirche», sagte Johanna. «Die ist zwar Dauerbaustelle, aber klar steht die noch.» Und in belustigtem Tone fügte sie hinzu: «Warum sollte sie nicht mehr stehen? Bislang sind noch keine Irren auf die Idee gekommen, da reinzufliegen.»

Unruhig blickte Ritter an Johanna vorbei nach dem Gewirr der Straßen und Häuser, dorthin, wo er das Herz der Stadt vermutete.

«Wenn schon, müssen Sie durchs Rückfenster gucken. Aber ich glaube nicht, dass man die Frauenkirche von hier aus sehen kann.»

Da! Ritters Herz machte einen Freudensprung. Nein: zwei!

«Doch», rief er. «Ich seh sie! Ganz nah!»

«Quatsch.» Wie ein eisiges Sturzbad traf ihn die Zurechtweisung. «Das sind nicht die Türme der Frauenkirche. Ich kann Ihnen zwar nicht sagen, was das mal für eine Kirche oder ein Kloster gewesen ist. Jetzt ist es jedenfalls ein Altersheim.»

Ritter ließ den Kopf gegen die Lehne sinken und schloss die Augen. Was – ums heilige Leben! – hatte er hier, inmitten dieser verbauten Ödnis, zu schaffen? Hatte er *deshalb* noch einmal nach Deutschland zurückkehren müssen? Damit er ein für alle Mal begriff, dass es um seine alte Heimat nicht besser bestellt als um ihn selbst? Wie hatte es auf der Flasche mit dem giftroten Trunke geheißen, den Johanna ihm ans Krankenlager gestellt: *Do you believe in zombies?*

Maikäfer flieg ... Urplötzlich summte ihm das alte Liedchen im Kopfe umher. *Der Vater ist im Krieg. Die Mutter ist in ... Zombieland – Zombieland ist abgebrannt. Maikäfer flieg!*

«Das Schlimmste hätten wir hinter uns», hörte er Johannas Stimme wie aus weiter Entfernung sagen. «Der Verkehr auf dem Mittleren Ring ist um diese Uhrzeit immer die Hölle. Aber jetzt dauert's nicht mehr lang. In dreißig, vierzig Minuten sind wir daheim. – Hallo? Sind Sie noch wach? Ich würde Ihnen dringend empfehlen durchzuhalten. Wenn Sie tagsüber schlafen, werden Sie den Jetlag niemals los. Hallo?»

Eine Hand fasste sein linkes Knie und rüttelte es.

«Soll ich das Radio anmachen?»

Fetzen von Gedudeltem, Gesäuseltem, Geplärrtem, Gequäktem erklangen in wüstem Potpourri. Nichts davon nahm Ritter wahr. Andere, längst vergangene Radioklänge hatte Johannas Suche nach dem rechten Programme in ihm erweckt ...

Hier ist Zwölf-Zwölf! Hier ist Zwölf-Zwölf! Hier ist Zwölf-Zwölf! Und gleich darauf die ersten Takte des rheinischen Volksliedes – wie hatte es geheißen? «Die Kron' im tiefen Rheine» oder dergleichen? Aus einer alten Nazivilla in Luxemburg, die von der 4th Armored Division erobert, hatten sie heimlich in die Rheinlande hinübergesendet. Jede Nacht exakt viereinhalb Stunden. Stets auf derselben Wellenlänge: Zwölf-Zwölf. Getarnt als ein Grüppchen abtrünnig verschworener SS-Männer, denen nichts dringlicher am Herzen läge, als den Führer vor seinen korrupten Satrapen zu schützen. Unter dem Tarnmantel der aufrichtigen Sorge ums Vaterland hatten sie absichtsvoll *black propaganda* betrieben. Dass die deutschen Hörer ihnen Glauben schenkten, hatten sie sich über Wochen hart ersendet, indem sie etwa Generalfeldmarschall Models schaurig-lachhafte Tagesbefehle immer und immer wieder verlesen: «Der deutsche Soldat weiß seine Leibwäsche auch ohne Seife reinlich zu halten! – Auf rechte Weise zubereitet, ergibt auch die Kartoffel-presswurst ein höchst schmackhaftes Ragout!» Danach war es ein Leichtes gewesen, die Reste der Wehrmacht, die sich in der Eifel versteckt, mit falschen Angaben auf eine Fährte zu schicken, die Zwölf-Zwölf als letzten Ausweg aus der drohenden Umzingelung durch die Alliierten angedeutet – und die in Wahrheit direkt hineingeführt in einen Hinterhalt.

Aber war alles Lüge, Tarnung gewesen? Ritter zerrte an dem Gurt, der ihm die Brust einschnürte. Ein bunter Haufe war es gewesen, der sich in den Mobile Radio Broadcasting Companies zusammenge-funden: Journalisten, Opernregisseure, Bahninspektoren, Schrift-steller und zig andere Professionen. Viele von ihnen waren, zwar über hundert Jahre später als er, dennoch gleich ihm, in Deutsch-land geboren und besaßen ihre amerikanischen Pässe seit Kurzem erst. Hatten ihnen nicht allen Tränen in den Augen gestanden, da sich Benno Frank wenige Wochen, bevor sie die Geheimoperation beendet, ans nächtliche Mikrophon gesetzt und, nachdem *Siegfrieds Trauermarsch* verklungen, seine letzte Radioansprache im Gewande des deutschen Patrioten mit den Worten eröffnet: «Deutschland, unser Vaterland, blutet aus tausend Wunden – und für Deutschland bluten unsere Herzen.» Und *hatten* ihre Herzen nicht allesamt geblutet? So wie sie höher geschlagen hatten, da der jüdische Rhein-hesse zum Ende seiner Ansprache hin das Glaubensbekenntnis für

Deutschlands Zukunft ausgegeben: «Fest in der Überzeugung, dass die Partei Deutschlands Unglück ist; sicher im Wissen, dass unser selbstmörderisches Blutvergießen sinnlos ist; erfüllt mit Sorge um die Zukunft unseres Vaterlandes, fordern wir alle Männer, die guten Willens sind, auf zu handeln! Nur wenn wir handeln, und zwar *jetzt*, können wir den furchtbaren Bombenkrieg, der unsere Städte verwüstet, beenden. Nur wenn wir handeln, und zwar *jetzt*, können wir retten, was noch zu retten ist. Krieg dem Kriege! Frieden *jetzt*!» ...

Als Ritter die Augen wieder öffnete, war er überrascht, dass die Stadt gleich einem Spuke verschwunden war. Auf einer breiten Allee rollten sie dahin, umgeben von Wald. Selbst in der Mitte der Straße, in dem grünen Streifen, der die Fahrtrichtungen voneinander schied, wuchsen dicht gereiht die Bäume.

Blinzelnd richtete er sich in dem Sitz, in den er gesunken, auf. Wie blass der Herbst sich hier zeigte! Wie wenn die Blätter sich jeglicher kräftigen Farbe schämten, hatten sie ganz zaghaft bloß Töne von Rötel, Ocker und Sand aufgelegt.

Nicht anders mochten die Farben gewesen sein, da er vor über zweihundert Jahren hier gelebt und den Herbst so innig geliebt. Sollte er tatsächlich vergessen haben, wie schüchtern die Bäume sich zierten in diesem Teil der Welt?

Noch immer drückte Johanna ungeduldig an ihrem Wagenradio herum, offensichtlich unbefriedigt von allem, was sie diesem zu entlocken vermochte. Doch plötzlich erhoben sich der peinlichen Kakophonie so traumschwebende Töne, ein so inniger Gesang, wie Ritter ihn nimmermehr zu hören gehofft:

«Drüben liegt dein Schloss verfallen ...»

«Psst, lassen Sie das!», flüsterte er, bevor Johanna sich anschicken konnte, das Programm abermals zu wechseln. In der Höhe flirrten die Geigen – von Unheil kündeten tief die Hörner.

«Klagend in den öden Hallen
Aus dem Grund der Wald mich grüßte –
'S war, als ob ich sterben müsste.»

«Kennen Sie das?», fragte Johanna. «Würde mich nicht wundern, wenn das einer Ihrer Freunde komponiert hätte. Oder hatten Sie keine Komponisten in …»

Mit strenger Geste bedeutete Ritter ihr zu schweigen. So dunkel und weich als nachtblauer Samt setzte eine Frauenstimme an, dem Beklommenen zu antworten:

«Alte Klänge blühend schreiten!
Wie aus lang versunknen Zeiten
Will mich Wehmut noch bescheinen,
Und ich möcht von Herzen weinen.»

So schön war die Musik, dass Ritter kaum mehr zu atmen wagte. Und ganz so, wie wenn auch der Himmel sich solch unvermuteter Schönheit nicht länger konnte verschließen, rissen die Wolken auf – und mit der nächsten Biegung, welche die Straße nahm, türmte der Alpen urmächtiges Gebirge vor ihnen sich auf: schwarz am Fuße, glitzernd in der Ferne. Und zum ersten Male, seit er jenes neufremde Land betreten, überkam Ritter die Hoffnung, er habe die Wörtchen «Seele» und «Heimat» in seinem Sprachschatze nicht vergebens bewahrt.

«Hi, Joanna, what are you doing here?» Die Japanerin mit dem weißen Mundschutz begrüßte Johanna mit einer angedeuteten Verbeugung. «I didn't expect you back until next year.»

«Hi, Itsuko, how are you?», gab Johanna höflich zurück. «Still got the flu?»

Sie sollte sich ein Schild um den Hals hängen. Trauerfall in der Familie – Vorzeitige Rückreise – Bitte keine Fragen!

Oder besser: EARLY RETURN HOME DUE TO BEREAVEMENT – NO
QUESTIONS PLEASE! Die Leute, die am Ferdinand-Hochleithner-
Institut Deutsch verstanden, konnte sie an zwei Händen abzählen.

Johanna lächelte der Japanerin, die sie in den zwölf Monaten,
die diese am Institut hier arbeitete, höchstens dreimal ohne Mundschutz gesehen hatte, zu und eilte weiter über die gläserne Brücke,
die das alte Gebäude mit dem Neubau verband. Ein Blick auf den
Wallensee, der in kleinen, rauen Wellen ans Parkufer schlug, verriet
ihr, dass sie heute nicht befürchten musste, das Gebirgsmassiv samt
grauem Himmel noch einmal gespiegelt zu sehen. Wenn sie von
einem längeren Auslandsaufenthalt an der Küste zurückkam, dauerte es jeweils ein paar Tage, bis sie sich wieder daran gewöhnt hatte,
von Felsmassen eingeschlossen zu sein.

Einer oder mehrere Vögel hatten Ferdinand Hochleithner auf
den Hinterkopf gekackt. Armer Ferdl, dachte Johanna. Hatte der
Stifter des Instituts nicht genug über sich ergehen lassen müssen,
weil er, anstatt das väterliche Spreizdübelimperium zu übernehmen,
sein Leben der Erforschung einer Süßwasserquallen-Spezies gewid-
met hatte, die es ausschließlich in den Seen der Region hier gab?
Normalerweise polierte der Hausmeister den bronzenen Schädel
täglich, der seit bald dreißig Jahren auf den See hinausstarrte. Auch
Hochleithners «Traumkapsel» – ein weitgehend ungenutzter, da
für wissenschaftliche Zwecke komplett nutzloser Pavillon direkt
am Ufer, der mit seinen zarten Holzstelzen und geschwungenen
Formen einer Qualle nachempfunden sein sollte – zeigte mit einer
dicken Laubschicht auf dem Dach Züge der Verwahrlosung. Normalerweise wurden in diesem Park Blätter aufgefangen, bevor sie
zu Boden fallen konnten. Drei Gärtner waren angestellt, den Krieg
gegen die ungezügelte Natur rund ums Jahr zu führen. Vielleicht
ging tatsächlich die Grippe um.

Ungeduldig wartete Johanna auf den Fahrstuhl. Nie würde sie
begreifen, warum in diesem Gebäude – das nach den Protesten der
Wallenseer Bürgerinitiative lediglich vier Stockwerke in die Höhe

und zwei in die Tiefe hatte gebaut werden dürfen – der Fahrstuhl zentraler lag als das Treppenhaus. Streng genommen gab es überhaupt kein Treppenhaus, sondern lediglich eine Fluchttreppe, die direkt in den Park hinausführte.

Noch immer hing der Aufzug im ersten Untergeschoss fest. Johanna hoffte, dass keine Lieferung Mäuse angekommen war, die Käfig für Käfig ausgeladen werden musste.

Nicht einen Moment hatte sie den Wallenseern geglaubt, dass ihr Protest tatsächlich der Sorge um das «einzigartige Landschafts- und Uferbild» entspringe, das durch den Neubau aus Glas und Beton für alle Zeiten verschandelt werde. Die Wahrheit war, dass die Alteingesessenen – und abgesehen von den Institutsmitarbeitern gab es in Wallensee am Wallensee nur Alteingesessene – dem Ferdl bis heute nicht verzeihen konnten, dass ihm die *Craspedacusta Hochleithneriensis* mehr am Herzen gelegen hatte als die Hochleithner Spreizdübel GmbH, die nach dem Tod des Alten von einem schwäbischen Investor übernommen worden war.

Dabei hätten die Wallenseer ihrem reichsten Sohn dankbar sein sollen, dass er sich so beharrlich geweigert hatte, das Grundstück an die psychiatrische Klinik zu verkaufen, die wenige Kilometer außerhalb des Ortes am Wallensee untergebracht war. Ohne die Hochleithner'sche Sturheit würden heute in Wallensee *Downtown* keine Naturwissenschaftler residieren, sondern Menschen, die ernsthaft «narrisch» waren.

Der Aufzug fuhr ins zweite Untergeschoss. Johanna fluchte.

Bis kurz nach der Jahrtausendwende war das FHI von einem Jünger Hochleithners, einem esoterisch gestimmten Meeresbiologen, ganz im Geiste seines Stifters geleitet worden. Der notorische Junggeselle Hochleithner hatte sich allem Anschein nach auch im Privatleben an seinen geliebten Nesseltieren orientiert und also auf die sexuelle Reproduktion verzichtet. In seinem Testament hatte er die *Craspedacusta* als Alleinerbin eingesetzt und verfügt, dass sein gesamtes Vermögen samt Grundstück und Villa einem einzigen

Zweck dienen solle: «Der Erforschung und Erhaltung des Lebens jenseits der ausgetretenen Pfade, die der Mensch in seiner anmaßenden Beschränktheit für Königswege hält, obwohl alle Schönheit und Magie von dort schon lange geflohen sind.» Die älteren Wallenseer behaupteten bis heute, sie hätten mit eigenen Augen gesehen beziehungsweise mit eigenen Ohren gehört, wie der «Ferdl» und sein «Preußenzipfel» in Vollmondnächten auf den See hinausgerudert seien und dort gesungen hätten – unbekleidet. Ums Jahr zweitausend herum hatte Josef Fischer, der heutige Institutsleiter, Wind davon bekommen, dass sich der verjüngte Stiftungsrat vorstellen konnte, den Hochleithner-Jünger endlich abzusetzen. Der ehrgeizige Immungenetiker aus München hatte unverzüglich eine Palastrevolution gegen den verschrobenen Planktologen angezettelt und dieselbe erfolgreich zu Ende geführt, indem er sich zum neuen Direktor des FHI und das FHI selbst innerhalb weniger Jahre zu einem der renommiertesten molekularbiologischen Institute des Landes gemacht hatte.

Mit einem dezenten Gong kündigte der Fahrstuhl sein Kommen an. Johanna stieg ein und drückte die Vier. Dank des Wallenseer Bürgerprotests war der Neubau von Anfang an zu klein gewesen. Sämtliche Ultrazentrifugen und die Minus-achtzig-Grad-Gefrierschränke waren in den Keller gerutscht, die Zellkultur hatte in der alten Villa verbleiben und Johanna auf den versprochenen zweiten Fischraum verzichten müssen. Bei aller Unzufriedenheit, die seither im Institut gärte: An der Abmachung, dass die Bioinformatik im obersten Stockwerk, direkt neben der Institutsleitung, residierte, hatte keiner je zu rütteln gewagt.

Obwohl es in dem gläsernen Eckraum mit Blick auf den See nicht mehr als zwanzig Grad haben konnte, trug der Mann, der dort vor mehreren Großbildschirmen saß und salvenartig in die Tastatur hackte, ein T-Shirt. Ein schwarzes T-Shirt, auf dessen Rücken genug Platz war für einen überlebensgroßen Totenschädel mit Stahlhelm. Darunter der Schriftzug: BIKER FROM HELL.

«Servus, Thomas», sagte Johanna.

Trotz seiner Leibesfülle wirbelte der Angesprochene auf seinem drehbaren Kniehocker – eine Eigenkonstruktion, für die ihm manches Institutsmitglied angeblich schon groteske Summen geboten hatte – mit westerntauglicher Geschwindigkeit herum.

«Ja, holla!», rief er, und das Lächeln, das sein Gesicht überzog, ließ dieses noch fleischiger erscheinen. «Wen haben wir denn da? Ich dachte, du wolltest ...»

«Musste früher zurück. Mein Großvater ist gestorben.»

«Dein Großvater? Fuck.»

«Schon okay. Wir hatten ohnehin fast keinen Kontakt.»

Thomas nickte, als würde ihm Johannas letzte Bemerkung größten Respekt abnötigen. «Wie alt?»

«Neunundneunzig.»

«Hammer.» Thomas' Mund verzog sich noch anerkennender. «Die Mawets mit den Monstergenen.»

Von wegen, schoss es Johanna durch den Kopf. Keiner ihrer Großeltern war älter als fünfundsiebzig geworden. Herzinfarkt. Schlaganfall. Zweimal Krebs. So sah die traurige Bilanz aus.

«Kannst du mir einen Gefallen tun?»

Sie griff in ihre Hosentasche. Wie ein Mädchen, das einen seltenen Käfer gefunden hat und sich mit seinem Fund vor dem besten Freund brüsten will, kam sie näher und öffnete die Faust.

«Illumina-Reads», sagte sie. «Die da drüben haben für mich ein Humangenom sequenziert. Ich konnte es dann aber nicht mehr analysieren lassen, weil ich so plötzlich abreisen musste. Machst du das für mich?»

Johanna spürte, dass ihre Bitte nicht halb so beiläufig klang, wie sie hätte klingen müssen, um halbwegs unverdächtig zu wirken. Prompt fragte Thomas: «Seit wann interessierst du dich für individuelle Humangenome?»

Johanna konnte beobachten, wie sich der Spott auf seinem Gesicht Muskel für Muskel in Verblüffung umwandelte. «Sag mir nicht, dass es dir in den paar Wochen, die du weg warst, gelungen ist, deine Zebrafischgene erfolgreich in ein menschliches Genom einzuschleusen. Wie viele Jahre hast du rumgefreckelt, bis bei deinen Mäusen irgendwas geklappt hat: sechs? Sieben?»

Als wäre Thomas ein störrisches Pferd, das den dargebotenen Zucker nicht fressen will, hielt Johanna ihm ihre ausgestreckte Hand mit dem neonroten Datenstick hin. «Kannst du das für mich machen: ja oder nein?»

«Mawet, du weißt, dass der digitale Datenaustausch mit Übersee seit Kurzem möglich ist?» Der Mann brach in ein Gelächter aus, das mindestens eine Oktave zu hoch war für seinen massigen Körper. Doch nicht deshalb zuckte Johanna innerlich zusammen. Sie zuckte zusammen, weil sie wusste, dass Thomas recht hatte. Bereits die Technikerin in Dark Harbor hatte nicht verstanden, warum Johanna so stur darauf bestand, die Reads auf einem Datenstick ausgehändigt zu bekommen. Normalerweise hätte sie die Rohdaten schlicht und einfach an den Institutsserver geschickt, wo die Kollegen aus der Bioinformatik jederzeit Zugriff gehabt hätten.

«Thomas, zick nicht …», setzte Johanna an und korrigierte sich selbst. «Bock nicht rum!»

Ihre erste Begegnung hatte am Kaffeeautomaten stattgefunden. Ein dicker Mann in Lederkluft hatte gegen den schwarzen Kasten getreten, weil dieser ihm einen «Lattefuck» ausgegeben habe, obwohl er einen derartigen «Fuck» nie – «buchstabiere: n-i-e» – trinke. Johanna hatte dem unbekannten Biker erklärt, er solle mit seinem Rumgezicke aufhören, woraufhin dieser wiederum erklärt hatte, er könne höchstens mit seinem Rumgebocke aufhören. Alles andere verbiete ihm sein Y-Chromosom. Lachend hatten sie sich einander vorgestellt, Thomas hatte seinen «Lattefuck» getrunken und Johanna zu einem koffeinfreien Kaffee, schwarz, eingeladen. Doch am heutigen Tag schien er beschlossen zu haben, bockig zu bleiben.

«Fuck beiseite», sagte er. «Wenn die da drüben das Ding sequenziert haben, sollen sie es auch mappen und analysieren. Die haben zehnmal mehr Kapazitäten als wir.»

Johanna schaute ihn unverändert an. Besäße sie die Gabe, spontan zu weinen, würde sie es jetzt tun, auch wenn sie bezweifelte, dass weibliche Tränen das beste Mittel waren, um Thomas' Herz zu erweichen. Sie machte noch einen Schritt auf ihn zu. Täuschte sie sich, oder war seine Schulter tatsächlich so schwammig, dass die Hand, die sie ihm auflegte, einsank?

«Bitte!» Sie stand so dicht vor Thomas, dass er ihr ohne Probleme das Dekolleté hätte lecken können.

«Jetzt weiß ich, was mir die letzten Wochen gefehlt hat», sagte er und lehnte sich so weit zurück, wie es sein eigenwilliger Hocker und der Schreibtisch zuließen. «Dir ist klar, dass ich da mindestens zehn Tage dran hocke? Korrigiere: Nächte.»

Johanna überwand ihren Ekel vor dem schwammigen Fleisch und vor dem T-Shirt, das roch, als wäre es mindestens so lange nicht gewaschen worden, wie sein Träger behauptete, sie vermisst zu haben. Als wollte sie die yogische Haltung der *Pyramide* einnehmen, beugte sie sich vor, drückte Thomas gegen die Schreibtischplatte, zwang seine Wirbelsäule, eine Rückwärtsbeuge zu machen, wie diese seit Längerem keine gemacht haben dürfte, ihre Brüste streiften etwas, von dem sie hoffte, dass es nicht seine Brüste waren, und streckte sich, bis sie das kostbare Neonrot am Fuße eines Bildschirms so platziert hatte, dass es aus dem Chaos weder allzu auffällig herausstach noch Gefahr lief, von diesem sofort verschluckt zu werden.

«Danke!», sagte sie, nachdem sie sich wieder aufgerichtet hatte. «Du bist der Beste.»

«Hey, Mawet!»

Johanna hatte den Ausgang seines Büros fast schon erreicht.

«Du könntest wenigstens versprechen, mir einen zu blasen.»

Lächelnd drehte sie sich um, allerdings erst, nachdem sie die Glastür hinter sich zugezogen hatte.

«In zehn Tagen hätt ich's eh vergessen gehabt», hörte sie Thomas durch die Scheibe hindurch rufen. «Aber es wär ne schöne soziale Geste gewesen.»

XII

ür'n Arsch ist das hier, Mann!»
«Ey, jetzt bin ich im Finale, jetzt hab ich auch richtig Bock zu gewinnen.»
«Das ist grad total Bauchkochen bei mir.»
«Geil! Geil! Geil!»
Ritter drückte jenen Knopf der *remote control* – der *Fernbedienung!* –, von dem er inzwischen wusste, dass er ihn zum nächsten Kanal brachte.
«Svenja, wir verhandeln heute vor der Jugendkammer Ihre Strafsache wegen Totschlags an der fünfzehnjährigen Mandy Kramer. Entgegen dem Üblichen hab ich die Öffentlichkeit zugelassen, und als Nebenklägerin nimmt ...»
Zap.
«Pass bloß auf, du Schlampe, wenn du's Maul noch einmal aufmachst, polier ich dir so die Fresse, dass ...»
Zap.
«Natürlich wird bei uns heute auch gekocht, und zwar machen wir ne gegrillte Zucchini mit Büffelmozzarella und Pfirsichsalsa, superlecker, dann gibt's nen schmackhaften Thunfisch-Whopper und zum Schluss ne Buttermilchkaltschale mit fruchtiger Einlage ...»
Aus.
Steifgliedrig erhob Ritter sich von der Couch und ging in die Küche. Warum war er jeden Morgen aufs Neue so dumm, diesen Fernseher überhaupt noch einzuschalten? In Amerika war er stets in den Wald gegangen, wenn Sarah, die *TV*-süchtigste all seiner Freundinnen, ihre täglichen Talk- und Kochshows geschaut. Warum sollte er sich den nämlichen Seich in einer Sprache anhören, die ihm bloß mehr eine entfernte Verwandte derjenigen zu sein schien, die er

einstmals erlernt? Nicht weniger Missvergnügen bereitete ihm mittlerweile die Lektüre der Zeitungen und Magazine, die Johanna ihm gekauft, damit er «eine Idee bekomme», wie die Deutschen «heutzutage tickten». Zwar war die Sprache in jenen Blättern mitnichten so rüde und roh wie diejenige, welche ihm aus dem Fernseher entgegenscholl, und von Herzen freute es ihn zu lesen, dass die Deutschen sich – womöglich friedlich geworden wie nie – aller Hetze gegen Fremde und Juden enthielten. Gleichwohl verspürte er auch dort eine Dauererregtheit, von der er nicht zu sagen vermochte, ob sie ihn deshalb so ermüdete, weil sie lediglich gespielt war – oder weil den Schreibern die Worte fehlten, ihren wahrhaft empfundenen Ängsten den rechten Ausdruck zu verleihen.

Mit einem Seufzer des Wohlbehagens biss Ritter in den Landjäger, den er dem gläsernen Deckelgefäß im Kühlschrank entnommen. Ob er sich zwei, drei Scheiben des Räucherschinkens obendrein gönnen durfte? Bereits jetzt wölbte sein Bauch sich in ungewohnter Weise über dem Hosenbund, und erst vergangenen Abends hatte Johanna die spitze Bemerkung gemacht, er «gehe ganz schön auseinander». Was galt's! Zu köstlich waren die heimischen Würste und Schinken! Und welch andere Sinnenfreude war ihm sonst vergönnt?

Auch wenn es ihm höchst albern vorkam, dass Johanna erklärt hatte, sie kaufe ihm das «fettige, stinkende Zeug» einzig, wenn er ihr verspreche, das Gefäß, in welchem sie es verwahre, stets sorgfältig zu verschließen, hielt er sich an sein Wort. Georgina, die Hundevernarrte, hatte ihrerzeit nicht halb so viel Aufhebens darum gemacht, ob das Futter, das ihren Lieblingen bestimmt, im *fridge* offen neben den restlichen Lebensmitteln umherlag.

Die Uhr über dem Küchenschrank zeigte Ritter an, dass es kurz nach elf war. Was sollte er anfangen mit diesem Tag, der hinter den Fenstergardinen so blau und golden leuchtete, dass es ihn mit aller Macht ins Freie zog? Wie die Bergesgipfel in der Sonne glänzten! Und war's nicht einer Lerche Gesang, den er aus der Gartentanne

Wipfel vernahm? Wohl wusste er selbst, dass es gefährlich war, allein auf Wanderschaft zu gehen. Zu fremdartig musste er den Menschen hier erscheinen. Gleichwohl: Seit seiner Ankunft wartete er vergebens darauf, dass Johanna ihm Ort und Landschaft zeigte. Hätte sie ihn nicht auf irgendwelche Weise bei den Nachbarn einführen können? Zumindest bei dem neugierigen Weib nebenan, das ihn ohnedies längst erspäht? Und wenn sie ihn als ihren vermaledeiten «Onkel» vorgestellt hätte!

Schweren Schritts schleppte Ritter sich die enge Stiege hinauf, die ins obere Stockwerk führte. Kein hässliches Haus war es. Mit all den Landschaftsbildern, schweren Vorhängen und prächtigen Jagdtrophäen hätte er es «behaglich» fast genannt, dünkte ihm nicht von Tag zu Tag mehr, es atme eine Traurigkeit, wie wenn es in seines langen Daseins Laufe mehr Gram denn Freude erlebt.

Das engste Kämmerchen im Hause hatte er bezogen. Zwar hatte Johanna ihn ermuntert, das größere Gastzimmer unten im Erdgeschosse zu wählen, doch hatte er hier oben den freieren Blick – den er heute, an diesem leuchtenden Tage, nicht ertrug. Mit einer so harschen Geste, dass er sie beinahe fast herabgerissen, schloss Ritter die Vorhänge und ließ sich in den Lehnstuhl fallen, der zunächst am Fenster stand. Nicht minder ruppig griff er nach einem der Bücher, die Johanna ihm besorgt, und schlug die Stelle auf, an der er die Lektüre zuletzt abgebrochen.

«Im Übrigen wollte ich euer Gespräch über die Atome nicht stören. Ich wollte nur davor warnen, bei den Atomen so einfach von Erfahrung zu sprechen; denn es könnte immerhin sein, dass die Atome, die man ja gar nicht direkt beobachten kann, auch nicht einfach Dinge sind, sondern zu fundamentaleren Strukturen gehören, bei denen es keinen rechten Sinn mehr hätte, sie in Vorstellung und Ding auseinandertreten zu lassen.»

Klug war's, was die Herren da redeten, erregend! Trotzdem weigerte sein Geist sich, ihren Gedanken mit der gebührlichen Aufmerksamkeit zu folgen.

«Äääääöööh», machte Ritter in Richtung des Hirschgemäldes, das zuvorderst gegen die Wand gelehnt. «Äääääääääääöööh!» Ein Blödok war er. Anstatt dass er sich auf ein Röhrduell mit dem öligen Gesellen einließ, sollte er diesen und das Dutzend weiterer Brunftkameraden zugleich auf den Dachboden verbannen. Da er die kleine Kammer gewählt, hatte er Johanna bekundet, die Gemälde, die sie im ganzen Hause abgehängt und hier gelagert, störten ihn nicht im Mindsten. In der Tat hatte er sie anfangs mit einer gewissen Belustigung betrachtet, doch bald hatten sie begonnen, ihn abzustoßen. Und gefragt hatte er sich, was all die Hirsche bedeuten mochten. Da er noch frei in diesem Lande gelebt – keinem Herzoge wär's eingefallen, sein Jagdschloss derart abgeschmackt zu schmücken. Nach allem, was ihm bekannt, hatte nicht mal der alte Drauflos, der Wüstling aus Weimar, sich mit solch röhrendem Prunke umgeben. Und *sein* milder Herzog gar, der Sternengucker, Gartenbauer, Pfleger und Beschützer der Wissenschaft, der mit heiliger Kinderandacht jeden seiner Handgriffe verfolgt, wie er, Ritter, ihm endlich die große Batterie, die er sich gewünscht, von Jena nach Gotha gebracht und vordemonstriert – nimmer nicht hätte *sein* Ernst an solch töricht auftrumpfender Dekoration Geschmack gefunden.

Und plötzlich, wie er so schlaff und gleichwohl gereizt in seinem Sessel lungerte, begriff Ritter den Disput, den er wenige Tage zuvor mit Johanna gehabt, da er sie gefragt, warum sie just den derbsten aller Brünftlinge in der Wohnstube über der Couch belassen und nicht durch jenes Bild ersetzt, welches einen gestreckten Hirschen zeigte – von dem Jagdhunde daneben mehr betrauert denn bewacht –, und welches ihm, Ritter, als Einziges halbwegs erträglich. Ihr «Wenn schon Kitsch, denn schon!», das sie ihm entgegengehalten – nicht traf's der Wahrheit Kern: Johanna gefiel's insgeheim! Weil dorten eine sterbliche Kreatur abgepinselt, wie wenn sie für immer im sprießenden Safte stehen könnt.

Warum hatte sie nicht darauf bestanden, ein Büro im Neubau zu bekommen? Dort hatte der kluge Architekt die Sonnenblenden bereits in die Verglasung eingebaut.

Zum x-ten Mal stand Johanna von ihrem Schreibtisch auf, um an den heillos verhedderten Schnüren der Jalousie zu zerren. Selbst wenn sie sich die Mühe gemacht hätte, das Chaos zu entwirren, hätte sie es bestenfalls geschafft, das vergilbte Ding auf Halbmast herunterzulassen.

Was Johanna auf ihrem Bildschirm sah – wenn sie denn im grellen Sonnenlicht überhaupt etwas erkennen konnte –, war gleichfalls nicht dazu angetan, ihre Laune zu heben. Obwohl es bei ihm mitten in der Nacht war, hatte Yo-Yo ihr soeben die dritte Mail geschickt, in der er sie in einem fast schon unverschämten Ton bat, ihm endlich mitzuteilen, wann sie von der Beerdigungsreise zurückkomme, und ihm vor allen Dingen die versprochene Begründung zu schreiben, warum sie in Dark Harbor ein individuelles Mausgenom hatte sequenzieren lassen.

Das, was Johanna erblickte, nachdem sie das Mailprogramm wieder geschlossen hatte, war noch unerfreulicher: Ein Hänfling, seines Zeichens «Ökoaktivist und Anarchist», redete ebenso unbeholfen wie großspurig auf ein andächtig lauschendes Müsli-Publikum ein: «Der wichtigste Standort der deutschen Gentechnikforschung, den hab ich euch auch schon mal genannt, damit ihr konkret wisst, wo's langgeht, also dieser Standort ist zwanzig Kilometer östlich von Rostock. Da liegt der kleine Ort Groß Lüsewitz, der gehört zur Gemeinde Sanitz, und im Norden davon, also am Rande der kleinen Ortschaft Sagerheide, da liegt dieses riesige Versuchsgebiet, und das ist total eingezäunt. Mit Fluchtlicht, Überwachungskameras, Hunden und allem Pipapo.»

Johanna stoppte das Youtube-Video. Worüber sollte sie mit diesem Idioten diskutieren? Offensichtlich war er einer von denen, die sich auf grüne Gentechnik eingeschossen hatten, jenes böse, böse Verfahren bei der Pflanzenzüchtung, das dem noch böseren Zweck diente, die Weltbevölkerung vor dem Verhungern zu bewahren. Aber vermutlich war es aussichtslos, einer Talkshowredaktion klarzumachen, dass ihr, Johannas, spezielles Fachgebiet von grüner Gentechnik weiter entfernt war als Groß Lüsewitz bei Sanitz von Wallensee am Wallensee. Agrogentechniker, Humangenetiker, Reproduktionsmediziner: In den Augen dieser Ignoranten waren sie ohnehin alle die gleichen Verbrecher. Wie hatte sich die Schriftstellerin, die als Dritte an der geplanten Gesprächsrunde «Gentechnik – Fluch oder Segen?» teilnehmen sollte, in ihrer Wutrede gegen die künstliche Befruchtung ausgedrückt? «Abartige»? Oder nein: «Halbwesen» schienen ihr jene bedauernswerten Geschöpfe zu sein, die ihre Existenz nicht dem erhabenen Umstand verdankten, dass eine Frau und ein Mann ungeschützt miteinander herumgevögelt hatten, sondern von «Frau Doktor und Herrn Doktor Frankenstein» in «sauberen Arztkittelchen» gezüchtet wurden.

Johanna klickte das Gesicht des «Ökoaktivisten», der sie immer noch anglotzte, weg. Ganz gleich, wie dringend ihr Chef sie bat, sie konnte nicht in diese Talkshow gehen. Selbst wenn sie heute schon anfing, Baldrian zu schlucken und Kreide zu fressen – das «Image» ihrer Zunft war hierzulande ohnehin nicht zu verbessern. Johanna zweifelte keinen Moment: Würde irgendwer eine Straßenumfrage durchführen, ob «alles, was mit Genen zu tun hat», verboten werden solle, würden ihre Mitbürger mehrheitlich «Ja» antworten – ohne zu ahnen, dass sie gerade dafür plädiert hatten, sich selbst abzuschaffen.

Mit roher Gewalt versuchte Johanna nun, die Jalousie wenigstens ein Stückchen weiter herunterzuziehen. Sie zwang sich aufzuhören, bevor sie die gesamte Installation aus der Verankerung gerissen hatte.

Was konnten die verdammte Jalousie, die verdammte Sonne, ja, letztlich auch die verdammte Talkshow dafür, dass sie, Johanna, endgültig die Geduld verlor? Der Einzige, den sie sich vornehmen sollte, war Thomas. Thomas, der behauptete, Ritters Genom noch immer nicht vollständig analysiert zu haben. Thomas, der jedes Mal feister grinste, sobald sie sein poshes Büro betrat.

Verehrter Leser! Ich bin gewiss: Sie amüsiern sich königlich! Hebt's nicht das Herz zu sehn, wie flott die Dinge sich entwickeln, seit unsre beiden Helden wieder auf ihrer Heimat Boden stehn? Die eine kämpft mit Sonnenblenden, während der andre sich …
Holla! Was treibt der Schlingel jetzt? In seiner Herrin Schlafgemach streunt er umher!
He, Ritter! Willst ins verbotne Bett dich …? An ihren Schränken macht er sich zu schaffen! Pfui, schäm dich, alter Schwerenöter! Hast kaum den Heisenberg begonnen und bildst dir ein, du wüsstest grad genug? Neutrinos, Urknall, Betateilchen – ich wünscht, der Sinn stünd dir darnach, anstell von Strümpfen, Höschen, Morgenröcken. Zwar konzedier ich dir: Es *ist* ein delikat Gewand, das du zuletzt hervorgekramt: aus schwarzer Seide, blütenreich geziert. Doch was soll diese Mütze nun? Konntst keinen ältern Mottenfraß du finden?
O bitte, Ritter, tu es nicht! Steck deine Nase – oder anderes – in jenen prächt'gen Morgenrock, nicht aber stülp die räud'ge Kappe dir auf deinen viel zu breiten Kopf! Schief wie ein Narrenturm sitzet sie dort. Und schöner nicht machst du den Anblick, indem die pelz'gen Ohrenklappen gewaltsam du nach unten zerrst.
Jetzt ahn ich erst, was du im Schilde führst! Hinaus willst du! Hinaus in *Gottes liebliche Natur*! Welch blöde Sehnsucht ist's, die immer wieder dich verlockt, das Freie dort zu wähnen, wo nichts als blinder Zwang am Werk? Was frommt dir all dies Himmelsblau – dies Gipfelleuchten, *Lerchenzwitschern*? 's ist Herbst, mein Freund! 's ist Herbst! Die einz'ge Lerche, die du heut vernimmst, pfeift selbst dir aus dem Hirn hervor. Drum kehr in deine Kammer brav zurück, wo ohne einen einz'gen Schritt zu tun im endlosen Gebirg des Wissens du nach Herzenslust lustwandeln magst!

Zu spät. Ich seh's: Der Herr sucht heute die Gefahr. Frau Doktor Mawet wusste wohl, warum die Türen sie versperret. Wohlan, du übermütig mut'ger Ritter! Zum Küchenfenster steige nur hinaus! Und schaue selbst, welch reichen Lohn du dir erklimmst!

«Jessas, Maria und Josef», kreischte die Alte, und ihr Habichtskopf ruckte so hart herum, dass Ritter meinte, sie müsse sich soeben selbst den Halse umgedreht haben. Dabei hatte er weiter nichts getan denn zu sagen: «Grüß Gott, die Dame!», wie er aus Johannas verwuchertem Garten hinaus in den schmalen Pfad eingebogen, der ihr Haus von dem der Nachbarin trennte. War dies etwa verkehrt? Hatte er nicht Geistesgegenwart genug besessen, die Handschuhhand, die er bereits an der roten Kappe Fellbesatz geführt, gleichsam salutierend dort zu belassen? Im letzten Augenblicke war's ihm eingefallen, dass er um nichts in der Welt die Kopfbedeckung durfte lüften. Sonst hätte die Alte sogleich erkannt, dass sein winterlich ergrautes Haar dort, wo's dem Schädel frisch entspross, schwärzer glänzte denn der Hölle schwärzestes Pech.

«Wo kemma Sie jezd her? Sie Deifi! Woins, dass i vor Schreck schdeab?»

All seine Artigkeit musste Ritter zusammennehmen, dass er nicht stracks Fersengeld gab. «Verzeihen, die Dame!» Wohl achtend, dass ihm die Mütze nicht vom Kopfe fiel, verneigte er sich. «Nicht war es meine Absicht, Sie zu ängstigen.»

Warum hörte das Weib nicht auf, ihn anzufunkeln?

«Zu meiner Betrübnis war's uns bislang nicht vergönnt, Bekanntschaft zu schließen», redete er weiter in der Hoffnung, der Drachen sei mit guten Worten zu besänftigen. «Gestatten, dass ich selbst mich vorstell: Der Mawet Hermann bin ich. Johannas Onkel.»

Sollte er die Hand ihr reichen? Nicht wagte er's – so feindselig ward er immer noch gemustert.

«Woins mi dablägga, oda reens oiwei so g'schwoan dahea?»

Wie lange hatte er *diesen* Zungenschlag nicht mehr vernommen!

Nicht jedes einzelne Wort vermochte er zu deuten – der Frage groben Sinn verstand er indes wohl.

«Nicht doch», befleißigte er sich zu protestieren. «Wie könnt ich mich unterstehen, mit solch ehrsamer Dame den geringsten Schabernack bloß zu treiben!»

«I glaab fei, Sie san b'suffa! Woaß de Frau Mawet, dass Sie do ums Heisl rumdrugga wia a Bandit?»

Fort musste er. Sich ein einsames Plätzchen finden, an welchem er den Himmel genießen konnte und bar aller Zeugen der viel zu warmen Kappe sich entledigen.

«Die Dame verzeihen, wenn ich mich empfehl! Gar zu schön ist der Tag, und Sünde wär's, ihn hinterm Ofen zu verhocken. Gott zum Gruße!»

Zwingen musste er sich, dass er die schwitzige Kappe nicht hoch in die Lüfte warf. So leicht und schwebend war ihm zumute, wie er die Straße hinunterlief, dass selbst der Alten Gekeife – «Lackl! Narrischa!» – ihm nichts mehr anzuhaben vermochte.

Nach dem See hinab! Die Hand in den glatten Spiegel tauchen, der an Tagen wie diesem nicht allein Himmel und Berge Kopfe ließ stehn. Happy as a lark! Wie schmerzlich empfand er den Mangel, dass diese Redensart seiner Muttersprache unbekannt, denn *froh wie eine Lerche*, das war er jetzt!

Kein Auge hatte Ritter für die bemalten Häuser, an denen er vorüberflog, für die letzten Blumen vor den Fenstern, für die Mütter, deren Kinder ihm Scherznamen hinterherriefen. Hinunter zog's ihn nach dem Blau, in welches der See sein tiefes, klares Grün gemischt. Azur, Aquamarin, Türkis, Smaragd, Malachit – keinen einzigen Edelstein zwischen Himmel und Wasser gab's, mit dem Natur sich heute nicht hätte geschmückt!

Fast ganz außer Atem hatte er sich gerannt, wie er endlich das Seeufer erreichte. Bis ans Gras heran schwappte das Nass, einen Saum güldener Blätter tragend. Auf beide Knie sank Ritter da und dankte Gott, dass dieser ihm noch einmal solche Seligkeit gewährt.

Und wie er aufs friedlich glitzernde Wasser hinausblickte, entdeckte er zwei schwarze Vögel, die geradeswegs gegen ihn zuschwammen. Nicht möglich war's! Schirmend hob er die Hand und sah, dass der erste Augenschein in der Tat getrogen. Nicht seine *loons* waren es, die ihm um den halben Erdenkreis herum gefolgt. Keine weißen Tupfer sprenkelten das Gefieder, kein weißes Band zierte die Hälse, dafür trugen vornehm weiße Schilde sie mitten auf der Stirn, und auch die Schnäbel schimmerten hell wie von Elfenbein. Blässhühner mochten es sein. Ob sie seinem Rufe dennoch gehorchten?

Gleich einem Trichter wölbte Ritter die Hände vorm Mund. «Hu-i-i-i-hu-i-i-i», lockte er das fremde Geflügel. «Hu-i-i-i-hu-i-i-i!»

Die Tiere hielten inne in ihrer Bahn und neigten die Köpfe, wie wenn sie nicht entscheiden könnten, ob solchen Lauten zu vertrauen. Noch einmal setzte Ritter an, die Zögerlichen zu ermutigen, doch bevor er den nächsten Lockruf übers Wasser geschickt, wurde er selbst rüde angerufen: «Lossas g'fälligst de Viecha in Ruah! Sans debbad oda wos?»

Nicht die Alte war es, die ihn so garstig zurechtgewiesen. Nie zuvor hatte er die Visage erblickt, die gemein und ferkelfrech zugleich auf ihn herabäugte. Hatte denn das gesamte Dorf sich gegen ihn verschworen?

Schneller noch, als er auf die Knie gesunken, stand Ritter wieder auf. Fort! Fort! In Windeseile sollten seine Beine ihn von jenen Menschen hinforttragen, in derer Herzen Kerkernacht der Sonne Strahlen nicht einmal an solch herrlichem Tage zu dringen vermochten. Bittere Wehmut befiel ihn, da er sich der Freundlichkeit entsann, die ihm in Amerika allenthalben begegnet. Noch desselben Spätwintertags, da er von Bord der *Georgic* gegangen, war er Zeuge einer Szene geworden, die sein spätes Leben so tief bestimmt: In einem Gasthause hatte sich's zugetragen, in einem teureren, als er hätte besuchen dürfen, doch zu groß war nach der langen Überfahrt sein Appetit zu einem saftig gebratenen Stück Fleisch geworden. Drum hatte er jenen wirtlichen Ort betreten, und wie er sich zögernd noch umgeschaut, hatte er an einem der Tische ein ältliches Fräulein entdeckt, das dort nicht etwa alleine speiste. An der ordentlich gedeckten Tafel saß ihm gegenüber ein plüschenes Tier – ein Bär, wie er Kindern zum Spielen geschenkt! Und wie dieser dort auf seinem Stuhle saß, die weiße Serviette manierlich vorgebunden, schien's grad, wie wenn er's kaum erwarten könnte, dass man endlich auch ihm das Nachtmahl serviere. Unterdessen war die Bedienung herbeigeeilt, Rittern zu einem freien Tische zu geleiten. Da sie sein Erstaunen gewahrte, stimmte sie das freimütigste Gelächter an. «Oh, that's Martha and her buddy Josh», bekundete sie ihm. «Aren't they the cutest little couple in the world?» In jenem Augenblicke hatte Ritter beschlossen, in dem Lande zu bleiben, in dem sich keiner nichts dabei dachte, ein ältlich Fräulein mit einem Teddybären beim Souper zu sehen – auch wenn am Ende er selbst es gewesen, der «Josh» von seinem Platze bei Martha verdrängt.

Konnte dieser verdammte Automat ein einziges Mal nur den Zweck erfüllen, zu dem er aufgestellt war? Mit der flachen Hand schlug Johanna gegen das metallene Gehäuse, in dem die Euromünze, die sie soeben in den Schlitz geworfen hatte, verschwunden war, ohne dass das Display irgendein Guthaben anzeigte.

«Ah, Johanna, gut, dass ich Sie sehe!»

Josef Fischer, der Direktor des FHI, segelte direkt auf sie zu.

«Was gibt's?» Johanna war klar, dass es diplomatischere Formulierungen gab, den eigenen Chef zu begrüßen, aber der Kaffeeautomat hatte ihr gerade den allerletzten Nerv geraubt.

«Ich habe eine Mail des Kollegen Wang aus Dark Harbor bekommen. Er meint, er würde sich seit fast drei Wochen vergeblich darum bemühen, Ihnen eine Begründung zu entlocken, warum Sie an seinem Institut die Sequenzierung eines individuellen Mausgenoms in Auftrag gegeben haben? Außerdem fragt er, ob ich wisse, wann Sie planten, Ihren Forschungsaufenthalt dort fortzusetzen.»

Yo-Yo, du Ratte! Johanna flehte zu wem auch immer, dass wenigstens Thomas ein echter Kumpel war und nicht gepetzt hatte, dass es sich in Wahrheit um ein Humangenom handelte.

«Ich ...», begann sie und starrte weiter die rot leuchtenden Nullen auf dem Display an. «Ich ... ich möchte ... ich kann noch nicht darüber reden. Aber ich bin auf etwas gestoßen. Auf ... etwas Großes. Auf etwas so Großes, dass es – wenn es sich tatsächlich als das entpuppt, was es zu sein scheint – alles umstürzen wird, wovon wir bislang ausgegangen sind. Ich ... Sie ...» Ihr Blick wandte sich Hilfe suchend an den älteren Herrn mit dem gepflegten Silberbart.

«Johanna, Sie wissen, dass ich Sie für eine meiner fähigsten Mitarbeiterinnen halte. Ich vertraue Ihren Instinkten ...»

«Danke», sagte sie, bevor ihr Chef zu irgendeinem «Aber» ansetzen konnte. «Dann geben Sie mir Zeit! Ich verspreche Ihnen, Sie sind der Erste, zu dem ich komme, sobald ich etwas Zuverlässigeres sagen kann.»

«Na, jetzt machen Sie mich aber wirklich neugierig.» Fischer trat so nah an Johanna heran, dass er ihr die Hand auf den Arm oder die Schulter hätte legen können – was er dankenswerterweise unterließ. Dafür sagte er: «Können Sie mir nicht irgendeinen Hinweis geben, in welche Richtung Ihre Entdeckung geht? Das würde es mir einfacher machen, Ihnen den Rücken freizuhalten.»

«Ich ... wirklich!» Johanna wich einen Schritt zurück, sodass sie mit der Schulter den Automaten berührte. «Ich kann nichts sagen! Ich darf nicht!»

Fischer schaute sie an, als wäre sie mindestens so kaputt wie das Gerät hinter ihr. «Johanna, ich verstehe, dass Ihnen der Verlust Ihres Großvaters noch immer zu schaffen macht. Zwei Wochen kann ich Ihnen geben. Aber dann muss ich wissen, woran Sie arbeiten. Schließlich gibt es auch hierzulande Gremien, denen gegenüber ich Rechenschaft schuldig bin. Einverstanden?»

«Einverstanden», antwortete Johanna, ohne im Geringsten einverstanden zu sein. Schon wieder rückte ihr Fischer auf die Pelle.

«Sie schaffen das, Johanna. Ich kenne Sie. Sie sind eine starke Frau. Und wenn es sonst irgendetwas gibt, das ich für Sie tun kann, lassen Sie es mich einfach wissen.»

«Danke.» Lag es daran, dass sie das Display aus dem Augenwinkel betrachtete, oder zeigte es jetzt tatsächlich zehn Euro Guthaben an? «Da wäre tatsächlich etwas.»

Die Augenbrauen ihres Chefs wanderten fragend in die Höhe.

«Diese Talkshow, in die Sie mich schicken wollen: Ich kann da nicht hingehen. Ich habe mir die anderen Gäste ein bisschen genauer angeguckt ... Ich fürchte, da raste ich aus.»

Zu ihrer Erleichterung sah Johanna Fischer schmunzeln, ja, er begann sogar, leise zu lachen. «Ich dachte, wenn es jemandem gelingt, so eine Krawallbude mit Bravour zu meistern, dann Ihnen mit Ihrer Schlagfertigkeit und Ihrem Charme. Aber wenn es Ihnen nicht gut geht, dann bringt das natürlich nichts.» Noch immer lachend, strich Fischer sich über den Bart. «Dafür nehmen Sie mir aber wenigstens die Interviewanfrage vom Radio ab, die auch noch herumschwirrt. Ist keine große Geschichte: Viertelstunde, zwanzig Minuten. Ein Gespräch in irgendeinem Wissenschaftsmagazin. Ich kenne den Moderator, ganz vernünftiger Mann. Einverstanden?», fragte Fischer Johanna zum zweiten Mal an diesem Nachmittag.

«Einverstanden», antwortete sie und fragte sich, was sie mit zehn koffeinfreien Kaffees anfangen solle.

Der Sonne letzte Strahlen – um die Wette kitzelten sie ihn mit dem Grashalme, den er zwischen die Lippen genommen. Aufbrechen sollte er. Sich an den langen Abstieg machen. Doch gar zu wohl war ihm unterm freien Himmel, in den föhnigen Lüften, die ihn selbst um diese Stunde noch umschmeichelten.

Und wie er die Stille genoss! Die Almhütte, gegen deren sonnenwarme, silbrige Wand er den Rücken gelehnt, musste den Gast- und Viehbetrieb vor Wochen schon eingestellt haben, so friedlich verlassen lag alles rings um ihn her. Die letzten Wanderer, ein junges

Paar, das sich voll Übermut Wasser aus der hölzernen Tränke in die erhitzten Gesichter gesprengt – gewiss eine Stunde war vergangen, seit es Rucksack geschultert, Stiefel geschnürt und dem schmalen Pfade gefolgt, der im Walde verschwand. Auch das grimme Dröhnen der Motoren, das ihn vom Tale bis hinauf begleitet, schien leiser geworden, seit die Welt sich anschickte, zur Ruh' zu gehen.

Ob er versuchen sollte, einen Eingang in die Hütte zu finden? Wie schön es sein müsste, die Nacht so nah den Sternen zu verbringen! Und mit einem Male stand ihm die Schweizer Klause, in welcher er nach seinem erflunkerten Tode eingesiedelt, so deutlich vor Augen, dass er meinte, er bräuchte die Hand bloß auszustrecken, um des lieben Domizils Klinke wieder zu berühren. Rauschte da nicht das Bächlein, das ihn tagein, tagaus, Mond für Mond, mit seinem Geplapper unterhalten? Wisperten da nicht die Tannen, in deren Schatten er von des Lebens Drangsalen, die ihn beinahe ja wirklich ins Grab gebracht, hatte genesen dürfen? Flüsterte da nicht ...

Wie wenn eine Bergviper ihn gebissen hätte, fuhr Ritter auf. Doch keine Schlange ringelte sich um seine Hand. Eines schwarzen Pudels rosige Zunge war's, die ihn traulich beleckte. Ehe er sich vom gröbsten Schrecken erholt, scholl es über die Wiese: «Dea duad Eana nix! Sepperl! Bei Fuaß! Awa fix!»

Sepperl, der in der Tat ein wohlerzogener Pudel zu sein schien, leckte sich über die eigene Nase, hob die rechte Vorderpfote, als wollte er Ritter um Verzeihung bitten, zwinkelte ihm aus seinen Knopfaugen dreimal zu und trollte über die Alm.

«Nix fia unguad!», rief sein Herrchen, ein stattliches Mannsbild mit sich lichtender Mähne. «I hedd ned damid g'rechned, dass mia so schbaad do om no wen dreffa. Winsch Eana wos!»

Wie Ritter sah, dass der Fremde keinerlei Anstalten machte, ihn zu molestieren, schwenkte er Fellkappe und Handschuh', nach denen er in ängstlicher Hast gegriffen, und entbot dem Scheidenden ein herzliches: «Grüß Gott!»

Noch immer wahrte das Holz des Tages Wärme. Genießen wollte Ritter sie bis zuletzt. Also ließ er sich abermals auf das Bänklein nieder und breitete Arme und Beine, um sich ganz der Schönheit hinzugeben, mit der die Nacht ins Tale zog, während der Berge Gipfel glühten, als hätte Gottes eigene Hand sie entfacht.

«Frau Mawet! Frau Mawet!»

Das Gesicht der Nachbarin schnellte zwischen den Fensterläden hervor, kaum dass Johanna die Vorgartentür geöffnet hatte. Was wollte die Alte? Normalerweise war sie um diese Uhrzeit doch längst vor dem Fernseher eingeschlafen.

«Eana Onggl is fei scho a rechda Schdrawanza. I glaab, dea is hinddam Heisl ausm Fensda aussi g'schdiegn. Zuaschberrn hob i eam awa ned g'seng.»

Es kostete Johanna einige Mühe, die Objekte ihres Zorns in die richtige Reihenfolge zu bringen und nicht sofort zu explodieren.

«Ach, der Onkel Hermann», sagte sie und hoffte, dass im funzligen Licht der Straßenlaterne von ihrer Mimik nicht viel zu erkennen und die Sehkraft der Nachbarin ohnehin nicht mehr die beste war – wobei ihr jetzt zum ersten Mal auffiel, dass die Alte nie eine Brille trug. «Er war schon immer das schwarze Schaf der Familie. Aber danke, dass Sie so gut aufpassen, was in meinem Haus vor sich geht. Ich wünsche Ihnen noch einen schönen Abend, Frau Niedermayr!»

«Hedd's ma denga kenna.» Knurrend schloss die Alte die Fensterläden. «Wenn d'Oaschichdige amoal a Mannsbild oschlebbd, is's a G'schoggda.»

War die Alte mittlerweile so taub, dass sie auch ihre Selbstgespräche in einer Lautstärke führte, dass die halbe Nachbarschaft mithören musste? Oder hatte sie es darauf angelegt, dass Johanna endlich einmal erfuhr, was sie von ihr und ihrem Lebensstil hielt? Wobei Johanna letzten Endes nur mutmaßen konnte, was es mit der «Einschichtigen» und dem «Geschockten» auf sich hatte.

Als sie die Küche betrat, den Kühlschrank öffnete und feststellte, dass Ritter abermals in seiner Fleischbox herumgewühlt hatte, ohne diese ordentlich zu verschließen, wurde ihr sofort wieder klar, wem ihr Hauptzorn zu gelten hatte – und dass die Niedermayrin allenfalls ihren Nebenzorn verdiente. Durchs weit geöffnete Küchenfenster wehte die kühle Nachtluft herein. Also war er tatsächlich dort hinausgeklettert. Obwohl Johanna ahnte, dass sie keine Antwort erhalten würde, brüllte sie seinen Namen ins obere Stockwerk hinauf.

Lustlos biss sie in die Möhre, die sie aus dem Kühlschrank genommen hatte. Sie verstand ja, dass ihm allmählich die Decke auf den Kopf fiel. Trotzdem. Wie oft hatten sie darüber gesprochen, dass er in keinem Fall allein aus dem Haus gehen sollte? Die wackeren Wallenseer waren schnell dabei, die Polizei zu rufen, wenn sie einen Fremden, noch dazu einen – wie hatte die Niedermayrin ihn genannt? –, einen «Schdrawanza» durch ihren Ort schleichen sahen.

Johanna ließ die angebissene Möhre auf dem Küchentisch liegen und ging nach oben. Ein Blick genügte, um zu sehen, dass Ritter nicht in seinem Kabuff war. Aber warum stand auch die Tür zu ihrem Schlafzimmer auf?

«Was, zum Teufel ...» Johanna verstummte, weil sie es nicht leiden konnte, wenn sie sich dabei ertappte, wie sie mit sich selber sprach. Das Zimmer sah aus, als ob ein Einbrecher darin gewütet hätte: Ihr Kleiderschrank war aufgerissen, aus der Kommode waren sämtliche Schubladen herausgezogen. Der seidene Morgenmantel, den sie am Rande einer Konferenz in Paris gekauft und noch nie getragen hatte, lag am Boden, ebenso ein Dutzend BHs und Slips. Vor allem aber waren es Pullover, Handschuhe, Socken, Mützen und Schals, die kreuz und quer im Raum verteilt waren. Warum bloß hatte Ritter ausgerechnet in ihren Wintersachen gekramt? War ihm kalt? Heute hatten tagsüber doch fast noch einmal sommerliche Temperaturen geherrscht.

Die Erkenntnis traf Johanna mit einer solchen Wucht, dass sie sich aufs Bett setzen musste. Ritter war nicht einfach aus dem Haus gegangen, um sich ein wenig die Beine zu vertreten. Er war abgehauen. Geflohen. Hatte sich mit warmer Kleidung ausstaffiert, weil er plante, den Winter im Gebirge zu verbringen. Hatte er ihr nicht erzählt, dass er schon einmal ins Gebirge geflohen war? Aber das war vor zweihundert Jahren gewesen! Gab es heute überhaupt noch Einsiedeleien? Wie lange würde es dauern, bis ein Förster, Gebirgsjäger oder sonst wer ihn aufgegriffen hatte? Vermutlich war es das Klügste, wenn sie gleich die Bergwacht verständigte. Jetzt würde man ihr noch glauben, dass der Vermisste ihr Onkel war und kein staatenloser Vagabund.

Während Johanna noch mit sich haderte, ob sie tatsächlich zum Telefon greifen sollte, klingelte es unten an der Haustür. In halsbrecherischem Tempo hastete sie die krumme Stiege hinunter, riss sich an einem der Geweihe, die in der Diele hingen, den Ärmel auf und öffnete schwungvoll die Tür.

«Sind Sie vollkommen wahnsinnig ge… Thomas», sagte sie verdutzt. «Du bist's.»

Der Motorradfahrer, der seinen schwarzen Helm unter den Arm geklemmt hatte, grinste. «Das nenn ich mal ne herzliche Begrüßung.»

«Sorry, ich dachte, es ist schon wieder die nervige Nachbarin. – Du bist doch nicht etwa fertig mit der Analyse?»

Thomas' Gesichtsausdruck verriet ihr, dass dem absolut so war.

«Mensch, komm rein!», sagte Johanna freundlich und ging ihm ins Wohnzimmer voraus. «Möchtest du Rotwein? Bier habe ich leider keins da.»

«Passt schon, ich bin eh mit der Maschine unterwegs, muss heut Nacht noch nach München. Kaffee wär cool.»

Thomas nahm auf dem moosgrünen Cordsofa direkt unter dem röhrenden Hirsch Platz. Seinen Helm legte er neben sich und richtete das Visier so sorgfältig aus, als sollte er die Chance bekommen, alles, was sich im Zimmer abspielte, genauestens zu verfolgen.

«Ich hätte nicht gedacht, dass du auf *Rustikaler Wohnen* stehst», sagte er und studierte die Geweihe, die über dem Fernseher hingen.

«Ich hab das Haus so gemietet. Als ich den Vertrag unterschrieben habe, hat mir das bekloppte Geschwisterpaar versprochen, dass sie das ganze Gerümpel auf den Müll schmeißen, bevor ich einziehe. Doch dann war ihnen das Zeug von ihrem Vater plötzlich heilig, und ich musste schwören, nichts davon anzurühren. – Nimmst du auch einen Decaf? Du kennst ja meine Koffeinphobie.»

«Right.» Thomas fläzte sich ins Sofa wie jemand, der es sich demonstrativ bequem machen wollte. «Dann kann's ja doch nicht dein Großvater sein.»

«Mein Großvater?» Dass sie in die Küche gehen und Kaffeewasser aufsetzen wollte, hatte Johanna bereits vergessen.

«Ich dachte, das mysteriöse Genom ist dein Großvater. Der, der beinahe hundert geworden wäre.»

«Ach so», sagte sie und schickte ein ähnlich hilfloses «Wieso?» hinterher.

«Na ja, die einschlägigen Allele für Langlebigkeit sind alle da. Außerdem ist es ein klarer Neugiertyp. Nachteule. Hang zum Asozialen. Hochgradig suchtgefährdet. Klingt doch alles nach waschechten Mawet-Genen. Aber dass er ein hervorragender Koffeinabbauer ist, hätte mich natürlich gleich stutzig ...»

«Sonst ist dir nichts aufgefallen?» Johanna war unsicher, ob sie maßlos erleichtert oder maßlos enttäuscht sein sollte.

«You funny, funny girl», gab Thomas gedehnt zurück und setzte sich ein wenig aufrechter. «Du weißt genau, dass die Frage bullshit ist, solange du mir nicht verrätst, wonach du suchst. Insgesamt kann ich nur sagen, dass da ne Menge los ist. Weit über eineinhalb Millionen Varianten. Und mehr als siebzigtausend davon noch nicht registriert.»

Wie ein Komet zischte die letzte Zahl Johanna durchs Hirn. Mehr als *siebzigtausend* Basenpaare, die in einer Weise vom menschlichen Mustergenom abwichen, wie es noch nie beobachtet worden war! Normal waren fünfzig- bis allerhöchstens sechzigtausend unbekannte Abweichungen bei jedem Individuum. «Hast du die Daten dabei?», flüsterte sie. «Gib sie mir.» Warum hatte sie vorhin den Deckenleuchter nicht angeschaltet? Es war viel zu dunkel, um ein ernsthaftes Gespräch zu führen.

«Mawet», fing Thomas nach längerem Schweigen erneut an. «Sag mir endlich, worum es geht.» Auch er hatte die Stimme gesenkt. «Mir ist es vollkommen wurscht, was du treibst. Ich bin nicht die fucking Ethikkommission. Aber ich habe ein Recht zu erfahren, was ich da analysiert habe.»

Ohne zu wissen, warum, sank Johanna auf die Knie. Auf allen vieren pirschte sie sich ans Sofa heran.

«Johanna», hörte sie den Mann stammeln, dessen Schädel plötzlich von einem riesigen Geweih gekrönt zu sein schien. «Was machst du da?»

Mit der Wange strich sie an dem moosgrünen Cord entlang, bis sie den Geruch von Waldboden in der Nase hatte. Wie nannte man den weiblichen Hirsch – die Hirschkuh? Irgendeinen merkwürdigen Namen gab es dafür.

«Johanna, du ... du musst das nicht machen», protestierte es schwach von oben herab. «Du hast's ja nicht versprochen.»

«Und du hast's nicht vergessen», wisperte sie. Endlich fiel ihr der Name ein. *Hindin. – Hindin.*

Den Mond hatte er aufgehen sehen, rund und schön, hatte reglos auf seinem Bänklein verharrt, bis die Felswände gegenüber zu schimmern begonnen, wie wenn sie aus reinstem Kristalle, geschworen hatte er, die ganze Nacht an jenem Orte zuzubringen, doch dann hatten Hunger und Kälte, das Lumpengesindel, sich ihm zugesellt, und der Hunger hatte ihm ins Gedärm gezwickt, während die Kälte um ihn herumgestrichen, auf dass sie erfinde, an welchem Orte sie ihm am bequemsten unter die Haut kröche, schweren Herzens hatte er da den langen Marsch hinunter nach dem See angetreten, über

Stock und über Steine war er gestiegen, ohn' Unterlass hatte ihm der Mond durchs schüttre Blätterdach geleuchtet, kein einzig Mal war er gestrauchelt oder in die Irre gegangen, selbst die eigentümliche Tafel DER GERADE WEG IST NICHT IMMER DER RECHTE! BITTE NICHT ABKÜRZEN!, über die er sich beim Aufstiege schon verwundert, hatte er mühelos lesen können, alle Geräusche des Waldes hatte er in sich aufgenommen, wie wenn er sie zum ersten Male gehört, jedes Laubes Rascheln, jedes Wipfels Ächzen, jeden Laut, mit dem ein Tier den Artgenossen rief, um wie vieles stiller war dieser Wald doch denn jene Wälder, in denen er die vergangnen Jahrzehnte verlebt, keines Kojoten dürres Geheul war zu vernehmen, keines Waschbären Geschnatter, das er so lange irrtümlich für das eines Wasservogels genommen, keine Grillen, die mit ihrem Gezirp die Waldessinfonie gleich einem ew'gen Spinett begleitet, und nachdem die ungewohnte Stille im Anfang beinahe gespenstisch auf sein Gemüt gewirkt, war sie ihm mit jedem Schritte lieber und vertrauter geworden, sodass sein Ohr sich doppelt entsetzt, wann immer ein Motor durch die Nacht geröhrt, beinahe hatte Bedauern er empfunden, da er das Seeufer und kurz darauf des Dorfes äußerste Häuser erreicht, doch war's nicht auch schön, in eine warme Stube heimzukehren, und also verabschiedete er sich mit einem leisen «Gut Nacht» vom Mond und dessen Doppelgänger, der am Grunde des Sees zu ruhen schien, nur ein wenig Glück bräuchte es, und Johanna erwartete ihn bereits, Vorfreude beflügelte seinen Tritt, da er die steile Straße erklomm, in der ihr Haus gelegen, dort war es schon, des Gartens Pforte einladend geöffnet, und auch der Nachbardrachen mocht zu dieser Stunde kein Hindernis mehr sein, sieben Stufen bloß zur Eingangstüre hinauf, auch diese unverschlossen – doch welch beängstend Stöhnen drang zu ihm, kaum dass er die Klinke gedrückt, war's Johanna, deren Kehle die jämmerlich bettelnden Laute entstiegen, nein, ganz und gar fremd klang's aus der Wohnstube hervor, nicht einmal vermocht er zu sagen, ob's Mann oder Weib, was da so stöhnte, und was außer Unheil wollt es bedeuten, dass schwächster Lichtschein bloß fiel in die Diele, sein Leib, der eben noch vor Müdigkeit ganz schlapp, wie vom Blitze ward er geweckt, mit allen Fasern erfasste er das Böse, das eingedrungen in dies Haus, und ohne sich weiter zu besinnen, stimmte Ritter ein markdurchdringend Kriegsgeschrei an und warf dem Feinde sich entgegen.

«What – the –»

Johanna wusste nicht, ob sie es war, die so schrie. Oder Thomas, der mit offener Hose vom Sofa aufgesprungen war.

«What – the – fuck –»

Der Wahnsinnige konnte es jedenfalls nicht sein, ihn hatte sie erfolgreich zum Wohnzimmer hinausgebrüllt.

«What – the – fuck – war – das?»

Johanna schaute sofort wieder weg von Thomas, der seinerseits panisch zur Tür schaute und sich offensichtlich nicht entscheiden konnte, ob er weiter fluchen oder zuerst die Hose schließen sollte.

«I'm so sorry», sagte Johanna, um irgendetwas zu sagen. «Ich hoffe, er hat dir nicht ernsthaft wehgetan.»

«Fuck wehgetan!» Wütend drehte sich Thomas zu ihr um. «Züchtest du neuerdings fucking Werwölfe oder was?» Endlich fanden seine Hände den Weg zum Reißverschluss. «Himmel Herrgott, Mawet, was soll der Scheiß? Du hättest mir sagen können, dass du neuerdings einen durchgeknallten Lover hast.»

«Ich habe keinen durchgeknallten Lover.» Jetzt erst entdeckte Johanna die blutigen Kratzer, die sich quer über Thomas' Gesicht zogen.

«Na, wenigstens hätten wir geklärt, was es mit dem mysteriösen Genom auf sich hat.» Er griff nach seinem Helm.

Johanna kauerte noch immer in der Ecke des Wohnzimmers, in der sie gelandet war, nachdem Ritter sie an den Haaren gepackt und quer durch den Raum geschleudert hatte. Sollte sie Thomas bitten dazubleiben? Ihn um Hilfe bitten, anstatt ihn zornig durch die

Nacht brausen zu lassen? Und dann? Würde Thomas sie endgültig für verrückt halten. Oder schlimmer noch: ihr glauben. Und spätestens morgen früh – streng vertraulich! – seinem neuseeländischen Spezi Stephen per Skype berichten, auf was für ein sensationelles Phänomen er gestoßen war. Und Stephen würde – streng vertraulich! – seiner letzten Konferenzflamme in Kanada von den unwahrscheinlichen Vorgängen am fernen Wallensee berichten. Und wenn erst ein Dutzend Wissenschaftler Wind von der Geschichte bekommen hatte, wusste bald die ganze Scientific Community davon.

Johanna musste ein paarmal schlucken, um den Frosch in ihrer Kehle loszuwerden. «Lässt du mir deine Analysedaten da?» Zu ihrem Erstaunen schaffte sie es, die Frage so leichthin zu stellen, als hätte sie sich lediglich erkundigt, ob Thomas vor seiner langen Fahrt noch auf die Toilette wolle.

«Mawet.» Der gutmütige, dicke Mann schaute sie mit einer Verachtung an, die sie ihm nicht zugetraut hätte. «You're so fucked up.» Er zwängte die freie Hand in die Tasche seiner viel zu engen Motorradhose, zog den vertrauten neonroten Speicherstick hervor und warf ihn Johanna hin, ohne sie eines weiteren Blickes zu würdigen.

Verehrter Leser! Wie soll ich mich entschuldigen! *Zutiefst* ist's peinlich mir, wenn Sie durch mich derart'ger Sauereien Zeuge werden.

Was hielten Sie von diesem Angebote: Da unsre Freunde offensichtlich allesamt beschlossen, heut animalischer als jedes Tier zu sein – wie wär's, wir ließen sie in ihrem Wahne und lauschten still hinaus in die Natur? Nicht tät's mich allzu sehr verwundern, wenn dorten wir auf eine Bestie stießen, dern Geist weit nüchterner in dieser Nacht denn der von unsern Zweibeinviechern.

RÖÖÖHR!

Was glaubt der alte Bock,
wer er ist? Okay – immer noch 'n
kapitaler Zwölfender. Aber ich bin
auch kein Schmalspießer mehr! Hier,
guck mal: ganz schönes Gewicht auf den
Rosenstöcken! Und besser aus dem
Leib schau ich allemal!

Und dieses Kahlwild!
Kaum hat's den Alten gewittert, hat's mich
einfach so abgeworfen. Rappzapp. Ohne mit dem
Feuchtblatt zu zucken. Nicht mal ordentlich abreiten durft
ich noch. Tier! Stück! Meine Brunftrute tut weh, als hätt ich
'n Astloch beschlagen.

RÖÖÖÖÖÖHR!

Was soll's!
Einen drauf gelöst! Dann hat
mich der Alte eben geforkelt. Dann
trieft meine Decke halt von MEINEM Schweiß.
Schwillt mein Brunftkragen nur umso mehr.
Der nächste Geweihte, der mir übern
Weg trabt, ist fällig!

RÖÖÖÖÖHR!

RÖÖÖÖÖÖHR!

Ha! Da vernehm ich
doch schon was! Lauscher hoch!
Lichter auf! Verhoff ... Verhoff ... Ui.
Mächtiges Georgel. Na, wenn da mal nix Kapitales
durchs Holz gebrochen kommt! Selbst noch mal
voller Drosselknopf:

RÖÖÖÖÖÖHR!

Hey! Feiger Recke!
Lass dich beäugen!
??????????????????
Warum hat der bloß EIN Licht? Und so'n
feistes, grelles noch dazu?

**HELL! HELL! HELL!
BIKER FROM
HELL!!!**

XIII

och ein letzter, schwerer Glockenschlag, dann setzte die Orgel mit ihrem depressiven Gepfeife ein. Anfangs war es nicht mehr als ein verlegenes Brummen, was die versammelte Trauergemeinde zustande brachte, doch bald sang alles aus voller Kehle.

«Wir sind nur Gast auf Erden
Und wandern ohne Ruh'
Mit mancherlei Beschwerden
Der ewigen Heimat zu.»

Stumm starrte Johanna auf das *Gotteslob*, das sie ungeöffnet, schwarz und klebrig in ihren Händen hielt. Warum hatte sie sich vorhin am Eingang überhaupt eins von diesen Liederbüchern andrehen lassen? *Meine Schafe hören meine Stimme, und ich kenne sie, und sie folgen mir*. Johanna hätte schwören mögen, dass sie das Lied aus jener Zeit kannte, als sie mit ihrer Großmutter jeden Sonntag zum evangelischen Gottesdienst hatte gehen müssen.

«Die Wege sind verlassen,
Und oft sind wir allein.
In diesen grauen Gassen
Will niemand bei uns sein.»

Seit sie den Konfirmandenunterricht abgebrochen und beschlossen hatte, den Tod zu bekämpfen, anstatt ihn sich schön zu lügen, hatte Johanna Kirchen allenfalls noch aus touristischem Interesse betreten. Und eine Beerdigung hatte sie überhaupt noch nie besucht.

Als ihre Großväter gestorben waren, war sie zu klein gewesen, um auf den Friedhof mitgenommen zu werden. Als ihre Großmütter gestorben waren, war sie zu groß gewesen, um nicht zu erkennen, wie abstoßend solche Todesparaden waren, und beiden Beerdigungen trotz des Gezeters ihrer Eltern ferngeblieben. Seither war kein Mensch gestorben, dem sie sich verbunden genug gefühlt hätte, um ihm die «letzte Ehre» zu erweisen.

«Nur einer gibt Geleite,
Das ist der Herre Christ;
Er wandert treu zur Seite,
Wenn alles uns vergisst.»

Wie viele Strophen dieses verdammte Lied haben mochte? Johanna überwand ihren Ekel und schlug das Buch mit dem speckigen Plastikeinband nun doch auf. Aus ihrer kurzen Kirchenbankvergangenheit wusste sie, dass der Christ, wenn er erst einmal ins Singen gekommen war, so schnell nicht wieder aufhörte. Schon als Mädchen wäre sie am liebsten im Boden versunken, wenn die Großmutter neben ihr ebenso inbrünstig wie ausdauernd zum Altar geschmettert hatte. Aber vielleicht war diese Endlos-Singerei ja auch eine spezifisch protestantische Macke. Johanna wollte es hoffen.

«Gar manche Wege führen
Aus dieser Welt hinaus.
O, dass wir nicht verlieren
Den Weg zum Vaterhaus.»

Erleichtert stellte Johanna fest, dass die letzte Strophe nahte. Ihre Füße, die sie heute Morgen in die hochhackigsten schwarzen Stiefel gezwängt hatte, die ihr Schuhschrank hergab, taten jetzt schon weh. Dennoch wagte sie es nicht, sich als Einzige zu setzen. Der da vorn, hörte sie eine spöttische Stimme in ihrem Kopf sagen, hat einen halben Tag am Kreuze ausgeharrt, da wirst du wohl ein Stündlein in unbequemen Schuhen ertragen.

«Und sind wir einmal müde,
Dann stell ein Licht uns aus,
O Gott, in deiner Güte;
dann finden wir nach Haus.»

Der Gesang und die Orgel verstummten, doch Johanna musste erkennen, dass der Moment, an dem sie sich endlich setzen durfte, noch immer nicht gekommen war. Der Pfarrer, der plötzlich eine Glatze offenbarte – als Johanna das letzte Mal zu ihm hingeschaut hatte, hatte er noch eine Kappe aus schwarzem Satin aufgehabt, die sie an jene Schachtel erinnerte, in der man ihr in dem teuren Pariser Dessousladen den seidenen Morgenmantel verpackt hatte –, bekreuzigte sich mit schwingenden Ärmeln. «Im Namen des Vaters und des Sohnes und des Heiligen Geistes!» Zu Johannas größtem Erstaunen – nein: Entsetzen! – ahmten die meisten der um sie herum Stehenden das Kreuzzeichen nach und murmelten: «Amen.»

In dieser Kirche waren zur einen Hälfte Genetiker, Informatiker und Biotechnologen versammelt, zur anderen Hälfte Biker. Und alle machten sie bei diesem verlogenen Quatsch mit?

«Der Herr sei mit Euch!», rief der Pfarrer.

«Und mit deinem Geiste», schallte es zurück.

Johanna lief es kalt den Rücken hinunter.

«Wir sind heute hier zusammengekommen», begann der Pfaffe in einem Ton zu predigen, bei dem Johanna noch kälter wurde, «um mit der Feier der heiligen Messe und der gemeinsamen Eucharistie Abschied zu nehmen von unserem Glaubensbruder, dem treuen Sohn der katholischen Kirche, Thomas Aichinger.»

Johanna musste sich beherrschen, dass sie nicht auflachte. *Treuer*

Sohn der katholischen Kirche? «What the fuck!», hätte Thomas gesagt. Zwar hatte sie ihn nicht wirklich gut gekannt – gut genug jedoch, um zu wissen, dass er auf die *katholische Kirche* nicht weniger gepfiffen hatte als auf Körperhygiene oder vernünftige Ernährung.

«Tiefe Trauer erfüllt die Angehörigen. Wir tragen diesen Schmerz gemeinsam, und wir tragen ihn vor Gott. Möge er uns Trost und Hoffnung schenken.»

Glaubte man dem Institutstratsch, hatte Thomas seinen Biker-freunden vor Jahren schon erklärt, dass er, sollte ihm etwas zustoßen, eine Motorradbestattung wünsche. Angeblich hatte es lange Diskus-sionen mit dem Pfarrer gegeben, ob die Urne, die Thomas' Asche enthielt, im Anschluss an den Gottesdienst tatsächlich von einem Motorradkorso zum Friedhof geleitet werden durfte. Zwar hielt Johanna auch eine Motorradbestattung für Quatsch, aber zumindest war es ein Quatsch, der zu Thomas passte. Dieser faule Zauber hier musste hingegen aufs Konto seiner Eltern gehen – blasse, geduckte Leute, denen die Kraft fehlte, ihren Zorn und ihren Schmerz dem Schicksal ins Gesicht zu brüllen.

«Herr Jesus Christus!» Der Pfarrer war in einen näselnden Sprechgesang verfallen. «Du bist für uns gestorben: Herr, erbarme dich!»

Und wieder echote es von allen Seiten: «Herr, erbarme dich!»
· Johanna musste sich an der Banklehne vor ihr festhalten. Drei, vier Plätze weiter hatte sie Fischer, ihren Institutsdirektor, entdeckt. Und auch er, der kaltblütigste aller kaltblütigen Rationalisten, hatte zu dem Echo beigetragen.

«Du bist vom Tode auferstanden: Christus, erbarme dich!»

«Christus, erbarme dich!»

Und da: Itsuko! Seit wann sprach die Japanerin ein einziges Wort Deutsch? Oder bewegte sie nur deshalb so andächtig die Lippen, weil sie keine Ahnung hatte, was sie da murmelte?

«Du hast uns im Hause deines Vaters eine Wohnung bereitet: Herr, erbarme dich!»

«Herr, erbarme dich!»

Johanna wollte schreien. Sie bekam keine Luft, obwohl die beiden Messdiener noch gar nicht angefangen hatten, ihre Weihrauchgondeln zu schwenken. Die Institutssekretärin, die unmittelbar neben ihr stand, drückte ihr ein Papiertaschentuch in die Hand.

«Lasset uns beten!», verlangte der Pfaffe, und Johanna gelang es irgendwie, die Augen zu schließen und den Kopf zu senken. Die Hände zu falten, gelang ihr nicht.

«Herr über Leben und Tod», kam es aus dem Lautsprecher über ihr. «Du hast unseren Glaubensbruder Thomas Aichinger zu dir gerufen. Wir bitten dich: Komm ihm mit deiner Liebe entgegen und nimm alle Schuld von ihm! Gib ihm den Frieden, den die Welt nicht geben kann! In der Gemeinschaft der Heiligen schenke ihm Auferstehung zum ewigen Leben! Durch Christus, unsern Herrn.»

Noch bevor «Amen» gesagt war, hatte Johanna die Augen wieder öffnen müssen. Ihr Blick fiel auf die Hände eines Bikers, die mit solcher Leidenschaft gefaltet waren, dass die tätowierten Knöchel aus den abgeschnittenen Lederhandschuhen weiß hervortraten. Welchen Trost fand dieser Mann, an dem alles nach gerecktem Mittelfinger und nichts nach Betschwester aussah, in jenen Worten? War am Ende *sie* die Geisterfahrerin, während alle um sie herum auf der richtigen Spur waren?

Jetzt erst merkte Johanna, dass sie als Letzte noch stand.

Ein Lichtstrahl fiel durchs Kirchenfenster und ließ die blutverschmierte Brust jenes Mannes aufleuchten, der über dem Altar am Kreuz hing. Nein. Sie irrte sich nicht. Die anderen waren es, die sich in feiger Verblendung dazu hinreißen ließen, einen schwachen Augenblick lang wieder an jenen Trost und jene Hoffnung zu glauben, die in Wahrheit auch sie längst in dieselbe Kiste gepackt hatten, in der ihre Teddybären, Milchzähne und Weihnachtsmänner verschwunden waren. Und wenn sie nachher aus dem Halbdunkel dieses Weihrauchschuppens in den hellen Tag hinaustraten, würden sie verstörter blinzeln als nach einer durchsumpften Nacht.

301

Die Stimme des Priesters erschien Johanna nur noch als fernes
Höhnen: «Der Gerechte aber, kommt auch sein Ende früh, geht
in Gottes Ruhe ein. Denn ehrenvolles Alter besteht nicht in einem
langen Leben und wird nicht an der Zahl der Jahre gemessen.»

Mit stechendem Blick schaute sie den Mann am Kreuz an. Wenn
du wirklich der bist, für den dich alle halten, fragte sie, ohne die
Lippen zu bewegen, wenn du wirklich wusstest, wie man unheil-
bar Kranke heilt, wie man die Toten auferweckt – warum hast du
dein Wissen nicht mit der leidenden Menschheit geteilt? Warum
hast du's für dich behalten? Mit in den Tod genommen? Um im
Himmel über uns zu lachen? Gemeinsam mit deinem ungerechten,
jähzornigen Vater? Bete zu deiner eigenen Ehrenrettung, dass du
nichts als ein Hochstapler gewesen bist. Denn warst du wirklich jener Wundertäter – bist du der größte Unmensch, der je gelebt
hat.

Die Tränen liefen Johanna so heftig übers Gesicht, dass auch das
Taschentuch der Sekretärin nichts half. Ohne sich weiter zu besin-
nen, packte sie Handtasche und Mantel, schob sich an den sitzen-
den Trauergästen vorbei und wankte auf ihren viel zu hohen Stiefeln
Richtung Ausgang. Sie hatte die Klinke der schweren Kirchentür
bereits in der Hand, da hörte sie es hinter sich noch einmal höhnen:
«Er gefiel Gott und wurde von ihm geliebt. Da er aber mitten unter
Sündern lebte, wurde er entrückt.»

Was Trost! Was Tränen! Johanna! Leg ab des Trübsinns
schwarze Kluft! Hat der Verblichne dir nicht alles hinterlassen,
wonach dein Herz sich je verzehrt? Was trauerst du den Asche-
flöckchen nach? Lass sie verwehn, vergehn! Stehst du nicht kurz
davor, ein Heiligtum dem *Bleiben* zu errichten? Was hängt dein
Sinn sich ans Morbide? Willst Wurzeln schlagen du an jenem
Grab? Was nutzt die Klugheit dir, die dir empfahl, den Toten-
pomp zu meiden, wenn jetzt gleich einer Trauerweide du nicht
weichen magst von jenem Ort?

Ja, so ist's brav, leg deine Blümlein zu den andren Blumenlei-
chen, bevor in deiner Hand sie vollends welken hin. Am Boden
mögen sie getrost verrotten, sind Moderblüten ja des Totenackers
liebste Zier. Du aber wende rasch den Schritt von hinnen, ganz
widme deinen Geist der letzten, ernsten Schlacht. Nachdem so
artlich du dem Heiland eingeschenkt, gelüstet dich's da nicht,
zu zeigen ihm, was wahre Menschlichkeit vermag? Vorwärts zu
blättern in dem dunklen Buche, rüstig zu prüfen, ob sich nun, da
der Verblichne dir's so höflich aufgetan, sein schicksalsschwerer
Sinn erschließt? Und dann, wenn du gelöst das GOttesrätsel, zu
zimmern draus das Kreuz, an dem des *Menschensohnes* VAter mag
der Brut nachfolgen ewig in die Nacht?

Potz sapperment! Was gibt's denn jetzt noch zu beschluch-
zen?

Es tut mir leid ... Verzeih ...

Verzeih! Verzeih! Verzeih! Was soll der Dickwanst dir ver-
zeihn? Dass übermütig du den Docht geleckt, bevor der Hirsch
die Lampe ausgeblasen? Wie wär's, du bätst den Hirschen um
Verzeihung? Viel eher wohl verdiente *er*, dem keine Grabstatt
denn des Schinders Ofen ward zuteil, dass sich vor ihm dein Knie
zu Boden senkt. Sein kreatürlich blindes Opfer – hat es nicht
weidlich dir gefrommt? Wie wärst den Plager du sonst losge-
worden? Womit hättst ihm das Maul gestopft, wenn eines Tages
Schwatzsucht sich zur dreisten Neugier hätt gesellt?

Johanna, auf! Zurücke an dein Werk! Klopf ab den Staub
von deinem Mantel, wisch dir die Trauer vom Gesicht! Nicht
ziemt sich's, nach der Ewigkeit zu fassen mit tränenroten Äuge-
lein.

Wer sollt ihm Antwort geben? Der Ölgötze über der Couch? Die
Ölgötzen in seiner ehemaligen Kammer?

Noch in derselben Nacht, da sich jene unglückselige Begebenheit
zugetragen, hatte Ritter beschlossen, nicht länger Wand an Wand

mit Johanna hausen zu können. Also hatte er Matratze, Kissen und Federbett gepackt und war auf den Dachboden hinaufgezogen. War er's als «Onkel» nicht schließlich gewohnt, in den obersten Winkel verbannt zu sein? Auf dass sich unten im Hause alles umso ungehinderter in Unzucht wälzen konnte?

Frierend suchte Ritter, die warme Decke fester um sich zu schlagen.

Verzeih, Catharina, verzeih! Welch neuerlich Unrecht begeh ich an dir! Nimmer nicht hättst du dich unterstanden, Freund Schubert auf jene schamlose Weise zu nahen, wie es dies falsche, zum Schein bloß keusche Weib bei seinem Schmerbauchfreunde getan … bei seinem Schmerbauchfreunde, der nun tot … so tot als Schubert, nachdem ein durchgegangner Kutschgaul ihn zu Nürnberg in den Kot getrampelt …

Wer sollt ihm Antwort geben?

Wenngleich das Dach solid gedeckt – jämmerlich kalt pfiff es seit Tagen herein. Lang mocht's nicht mehr gehen bis zum ersten Schnee. Das Federbett eng um die Schultern gehüllt, erhob Ritter sich von seinem Lager, um durch das Gaubenloch in den Himmel zu starren.

«Fürst der Hölle und der Finsternis», murmelte er. «Du mögest Namen haben, wie du willst! Dich beschwöre ich …»

Von tiefstem Grauen ob sich selbst erfasst, schlug Ritter sich die Hand vor den Mund. War's so weit gekommen mit ihm? Dass er jetzt *den* um Hilfe anrief, der nimmer um Hilfe anzurufen war? Der überhaupt nie anzurufen war? Den er ein volles Saeculum hindurch allein deshalb angerufen, weil er verzweifelt gehofft, die Bande wären zu lösen, in welche er sich so schuldvoll verstrickt, ohne je mit Fleiße sie gesucht zu haben!

O Herr! Herr!!!

Ja, HErr! HErr!!!

Ei, Himmel, HErrgott, Sakrament! Wolln heut denn alle überschnappen?

Mein bestes Ritterfreundchen, sprich: Was zeitigt dir solch Grübelei? Ein läst'ger Nebenbuhler starb – wie's vor ihm schon ein andrer tat. *So what*. Bist du nicht jener fromme Mann, der unverdrossen hoffen tut, ihn möcht zu guter, lust'ger Letzt der *Gnad' Geschenk* doch noch ereilen? Dann lass die Hirnschmalzpulerei! Betrachte jene beiden Toten als hübsche Anzahlung darauf, wie schön's erst wird am Jüngsten Tag. Doch willst partout du Grillen fangen, so lies, was Chaostheorie dir offenbart!

Um Lebens oder Sterbens willen bitt aber um ein andres ich: Hör auf, gleich dem gehörnten Kauze dich tot zu schmollen unterm Dach! In ihrer Stube sitzt Johanna, und guter Rat scheint teuer ihr. Wie wär's, du gingst zu ihr hinunter und bötest deine Hilfe an?

In der Nacht war der erste Schnee gefallen. Doch Johanna hatte keinen Blick für das Weiß vor ihrem Fenster. Blind für alles, was kein Buchstabe war, starrte sie ihren Bildschirm an.

Thomas hatte nicht übertrieben. Ritters Genom wies eine so gewaltige Menge an Abweichungen auf, dass sie Tage – und Nächte – gebraucht hatte, um sich wenigstens einen ersten Überblick zu verschaffen. Zwar konnte sie jene 1.697.217 Abweichungen zunächst außer Acht lassen, die auch in der zentralen Humangenom-Datenbank verzeichnet waren, weil sie bei mindestens einem menschlichen Individuum bereits beobachtet worden waren. Doch selbst wenn sie sich auf die unbekannten Varianten beschränkte, hatte sie es mit 72.544 Basenpaaren zu tun, die ihr ein Adenin für ein Thymin vormachten. Oder ein Cytosin für ein Guanin. Oder ein Thymin für ein Guanin. Oder. Oder. Bei denen sich diejenige Nukleinbase, die an dieser Stelle der genetischen Sequenz zu erwarten wäre, durch eine andere ersetzt hatte. Oder verdoppelt. Oder ganz fehlte. Und letztlich wollte jede einzelne dieser 72.544 Abweichungen geprüft werden, weil jede Einzelne verantwortlich sein konnte für Ritters wundersame Fähigkeit, Gliedmaßen nachwachsen zu lassen und dem Tod von der Schippe zu springen.

Johanna hatte sich gerade in eine Graphik vertieft, die den kurzen Arm von Ritters Chromosom 5 zeigte – genauer: die Region 5p15.33 –, als es an ihrer Tür klopfte. Sie zuckte zusammen. Seit Ritter auf den Dachboden gezogen war, hörte sie ihn zwar ständig über ihr auf und ab gehen – sie direkt bei der Arbeit zu stören, hatte er seither nicht mehr gewagt. Sollte er klopfen. Sie hatte keine Zeit, sich um seine Launen zu kümmern, sie war auf einer heißen Fährte, das spürte sie. Bevor sie gestern Nacht am Schreibtisch eingeschlafen war, hatte sie bereits damit begonnen, sich sein *TERT*-Gen im Detail anzuschauen.

Wieder empfand Johanna tiefe Dankbarkeit, dass Thomas ihr eine so gründliche Analyse hinterlassen hatte. Auf dem neonroten Speicherstick hatte sie außer Überblicksgraphiken und auswertenden Statistiken dreiundzwanzig Ordner gefunden, die den kompletten genetischen Text je eines Ritter'schen Chromosoms enthielten, sodass es ihr möglich war, jeden Genabschnitt, der sie interessierte, Base für Base zu studieren.

Was sollte diese penetrante Klopferei? Wollte Ritter sich endlich dafür entschuldigen, dass er sich in jener unheilvollen Nacht wie ein gemeingefährlicher Irrer benommen hatte? Dazu hätte er auch Gelegenheit, wenn sie sich zufällig einmal am Kühlschrank begegneten. Und überhaupt: Was brachten alle Entschuldigungen? Ein Mensch – ein lieber, kluger, hilfsbereiter Mensch – war tot.

Es klopfte zum dritten Mal.

«Ja?», rief Johanna, ohne den Blick vom Bildschirm zu wenden, und öffnete den Ordner «Chr5».

Die Tür in ihrem Rücken ging quietschend auf. Zum Glück schien Ritter keinerlei Anstalten zu machen, das Zimmer zu betreten. Ein schüchternes Räuspern war alles, was Johanna hörte.

«Was gibt's?» Ihr Blick blieb stur auf den Bildschirm gerichtet. Als Nächstes wollte sie den *TERT*-Promotor unter die Lupe nehmen, jenen Abschnitt des fünften Chromosoms, der als Katalysator für die Telomerase-Produktion besonders wichtig war – und laut Überblicksgraphik bei Ritter besonders mutationsreich.

«Ich ...», fing er verlegen an. «Ich ... da draußen ist's so schöner Schnee. Und gerade ist die Sonne aufgegangen. Da dacht ich ... seit Tagen waren Sie nicht mehr an der frischen Luft. Sie müssen doch auch einmal hinaus!»

range=chr5:1.295.150-1.295.209. Mit zusammengekniffenen Augen tippte Johanna den Code in das Eingabefeld. «Entschuldigung, was haben Sie gesagt?» Noch einmal kontrollierte sie die Zahlenfolge und drückte die Entertaste. Jetzt, wo das Dekomprimierprogramm seine Arbeit tat, nahm sie sich die Zeit, sich zu Ritter umzudrehen. Sein schwarzer Bart war mittlerweile so lang, dass er ihn fast schon zu einem Zopf hätte flechten können. Zusammen mit dem schwarz-grau verfärbten Strubbelkopf sah er dermaßen hip aus, dass er ohne Probleme in jeden Technoclub reingekommen wäre.

«Lassen Sie uns spazieren gehen! Ein wenig nur!»

«Sie sind lustig. Sehen Sie nicht, dass ich beschäftigt bin?»

«Aber der Schnee!» Ritter wies mit einer solchen Leidenschaft aufs Fenster, dass selbst Johanna einen kurzen Blick hinauswarf. «So schön ist er bloß jetzt!»

«Finden Sie nicht, dass Sie neulich genug Unheil angerichtet haben? Keine neuen Eskapaden.»

«Eskapaden!», rief Ritter. «Es sind doch keine Eskapaden nicht, wenn ich Sie bitte, an solch strahlendem Morgen ein wenig aus dem Hause zu gehen mit mir!»

«Doch.» Johanna drehte sich zu ihrem Laptop zurück. «Genau das ist es.»

Auf dem Bildschirm hatte sich inzwischen das Fenster geöffnet, das den ersten Abschnitt von Ritters *TERT*-Promotor zeigte.

```
GCAGCGCTGCCTGAAACTCGCGCCGCGAGGAGAGGGCGGGGCCGCGGAAA
.....S.Y.......WY............R...........KM........
gcagccccgcctgaatttcgcgccgcgaagagagggcgggtacgcggaaa
            cgccgcgaagagagggcgggtacgcggaaa
            CCGCGAAGAGAGGGCGGGTACGCGGAAA
            ccgcgaagagagggcgggtacgcggaaa
gcagccccgcctgaatttcgcgccgcgaag        ggtacgcggaaa
gcagccccgcctgaatttcgcgccgcgaagagagggcgggt
GCAGCCCCGCCTCAATTTCGCGCCGCGAAGAGAGGGCGGGTACGCGGA
GCAGCCCCGCCTCAATTTCGCGCCGCGAAGAGAGGGCGGGTACGCGGAAA
gcagccccgcctgaatttcgcgccgcgaagagagggcgggtacgcggaaa
                    GAGAGGGCGGGTACGCGGAAA
```

«Fuck!», entfuhr es Johanna. «Schau dir das an!» Mit dem Cursor zählte sie die versprengten Buchstaben in der zweiten Zeile. «Eins, zwei, drei, vier, fünf, sechs, *sieben* Abweichungen! Wahnsinn.»

«Und?» Unversehens war Ritter neben ihr am Schreibtisch aufgetaucht. «Was will das bedeuten?» Offensichtlich hatte er ihr kurzes Selbstgespräch als Aufforderung missverstanden, ihr über die Schulter zu gucken.

«Auf Anhieb weiß ich das auch nicht. Ich weiß nur, dass ich so etwas noch nie gesehen habe. Eine solche Mutationsdichte in einer so hochaktiven Domäne. Eigentlich müssten Sie ein einziger Tumor sein.»

Mit einem gekränkten Lachen ging Ritter zur Tür. «Vielleicht bin ich dies ja.»

«Warten Sie! Ich will versuchen, es Ihnen zu erklären.»

Widerwillig kehrte er an ihren Schreibtisch zurück.

«Sehen Sie diese erste Zeile hier?» Johanna fuhr mit dem Cursor über die entsprechende Buchstabenkette. «So sollte dieser Abschnitt Ihres Gens laut menschlichem Referenzgenom eigentlich ausschauen. Das ist die übliche Basenfolge: GCAGCGCT und so weiter. Darunter, in all den anderen Zeilen» – wieder bewegte Johanna den Cursor –, «sehen Sie, wie die Illumina dieselbe Stelle in jenen DNA-Fragmenten gelesen hat, die ich aus Ihrem Blut gewonnen habe. Jetzt kriegen Sie auch eine Ahnung, was es für eine gigantische Rechnerleistung ist, sechshundert Millionen Reads zu einem Gesamtgenom zusammenzupuzzeln. Aber die Arbeit hat sich gelohnt. Wenn Sie die oberste Zeile mit den restlichen Zeilen vergleichen, erkennen Sie zum Beispiel, dass bei Ihnen die sechste und die achte Base vom menschlichen Referenzgenom abweichen. Bei Ihnen beginnt diese Sequenz also nicht mit GCAGCGCT, sondern mit GCAGCCCC.»

«Was wollen die Punkte in der zweiten Zeile bedeuten? Und die andren Buchstaben, welche sonst nirgends erscheinen?»

«Diese zweite Zeile hat mit Ihrem Genom selbst nichts zu tun. Jedes S, Y, W und so weiter markiert lediglich, an welchen Stellen es Abweichungen gibt. Damit ich mich schneller orientieren kann. Das sind die sieben Buchstaben, die ich eben gezählt habe.»

«Sie zählen Buchstaben?», fragte Ritter herablassend. «Dies ist Ihre Wissenschaft?»

«Quatsch! Die Buchstaben sind bloß Symbole. Und je nachdem, um welche Art von Abweichung es sich handelt, steht in der Markierzeile eben ein S, ein Y oder ein W und so weiter. Aber jetzt fragen Sie mich bitte nicht, warum ausgerechnet diese Buchstaben gewählt worden sind und keine anderen.» Sollte sie hinzufügen, dass jeder Buchstabe für eine bestimmte Art Abweichung stand? Zu kompliziert. Lieber sollte sie versuchen, ihm ein paar Basics zu erklären.

«Die vier immer wiederkehrenden Buchstaben in allen anderen Zeilen stehen jedenfalls für die vier wichtigsten Nukleinbasen, ohne die kein Leben vorstellbar ist: Adenin, Thymin, Guanin, Cytosin. Jede dieser Basen hat eine andere molekulare Struktur. Guanin etwa kommt als Doppelring daher, während Cytosin ein einfacher Ring ist. Haben Sie früher nicht auch Chemie studiert? Da muss Ihnen doch sofort einleuchten, dass es einen großen Unterschied macht, ob in einem bestimmten Genabschnitt anstelle eines $C_5H_5N_5O$-Moleküls ein $C_4H_5N_3O$-Molekül sitzt.»

Johanna schaute Ritter an – und Ritter schaute zum Fenster hinaus. Es war aussichtslos. Der Wissensstand dieses Träumers hätte nicht einmal gereicht, in Bayern das Abitur zu bestehen. Egal, wie viele Bücher von Einstein, Heisenberg und sonst wem sie ihm besorgte, egal, wie geduldig sie ihm den Unterschied zwischen Guanin und Cytosin erklärte: Sein verkümmerter Sinn für Naturforschung war nicht wiederzubeleben. Lieber ließ er seine Gedanken draußen herumschwärmen. Bei Sonne, Schnee und Wolken.

«Gewiss leuchtet mir das ein», sagte er leise. «Meinen Sie, ich hätt nicht damals schon gelesen, was Proust, Richter, Dalton und all die andren von den Atomen und deren Verbindungen geschrieben? Wüsst nichts vom Streite, nach welchem Gesetz Atome sich verbänden – nach dem der äquivalenten, der konstanten oder der multiplen Proportion? Doch glauben Sie mir: Am End' hat's mit der ganzen chemischen Analyse und Synthese nicht mehr auf sich, als dass alles in kleinste Teile zerlegt und neu vereinigt wird.»

Auch wenn dieser Griff in die Mottenkiste der Atomtheorien ein hilfloses Ausweichmanöver war – es rührte Johanna, dass Ritter offensichtlich doch noch etwas daran lag, von ihr für einen ernstzunehmenden Wissenschaftler gehalten zu werden.

«Bin ich …?», fragte er stockend. «Bin ich der Einzige, bei dem die Moleküle in solcherlei Aufruhr sind? Oder gibt's ein Gleiches bei andren Menschen auch?»

Und plötzlich begriff Johanna, dass sie ihm doppelt unrecht getan hatte: Ritter hatte nicht aus dem Fenster gestarrt, um von Eiskristallen und Schneeblumen zu träumen. Er hatte Angst.

«Abweichungen hat jeder von uns», sagte sie beinahe liebevoll. «Wenn die Natur immer exakt dasselbe Genom reproduziert hätte, wären wir längst ausgestorben. 0,1 bis 0,4 Prozent Abweichungen sind völlig normal.» Jetzt erst fiel Johanna auf, dass sie noch nicht ausgerechnet hatte, *wie* stark Ritter tatsächlich vom menschlichen Referenzgenom abwich. Zu 0,8 Prozent? Einem ganzen Prozent? Selbst wenn die Zahl niedriger war – womit sollte sie den Mann trösten, der in jedem Fall meilenweit davon entfernt war, als «völlig normal» durchzugehen?

«Wenn Sie's genau nehmen», sagte sie beschwingt, «ist die Rede vom ‹Referenzgenom› oder gar ‹Standardgenom› ohnehin fragwürdig. Als die beiden Forschungsteams vor fünfzehn Jahren das menschliche Genom entschlüsselt haben, lagen ihren Analysen gerade mal die Genome von neun Individuen zugrunde. Das ist so, als ob Sie …» – Johanna suchte nach einem passenden Vergleich –, «als ob Sie definieren wollten, was ein Stuhl ist, obwohl Sie in Ihrem Leben überhaupt erst neun Stühle zu Gesicht bekommen haben.» Sie merkte selbst, dass es packendere Analogien gab, aber egal. «Mittlerweile sind natürlich deutlich mehr Individualgenome sequenziert worden, das heißt, was wir als ‹menschliches Standard-genom› bezeichnen, wird immer präziser, weil es eine immer breitere Datenbasis bekommt. Dennoch bleibt es heikel, davon zu sprechen, dass bei einem Genom eine bestimmte Basenabfolge ‹Standard› und dementsprechend jede andere Abfolge ‹Abweichung› sei.»

Johanna fand, dass sie Ritters heikle Frage nach seiner «Norma-lität» nun doch recht elegant beantwortet hatte. Als sie ihn ansah, wurde ihr klar, dass er wieder nichts begriffen hatte. «Passen Sie auf! Ich zeig's Ihnen anhand eines konkreten Beispiels, dann wird es deutlicher.» Sie öffnete den Ordner «Chr 11» und tippte den Code für den Abschnitt ein, der nun dekomprimiert werden sollte. «Das, was Sie gleich sehen, ist eine bestimmte Region auf dem langen Arm Ihres Chromosoms 11. Dort befindet sich ein Gen namens *DRD2*, das unter anderem beeinflusst, wie suchtgefährdet ein Mensch ist. Hier!» Sobald die vier bekannten Buchstaben in einer weiteren ihrer endlosen Kombinationsmöglichkeiten auf dem Bildschirm erschienen, ließ Johanna den Cursor mehrfach über die erste Zeile gleiten. «So schaut dieser Abschnitt im Standardgenom aus. Wenn wir jetzt in die zweite Zeile, in die Markierzeile, gehen, sehen wir an der vierten und siebten Position ein Y. Und was bedeutet das?»

«Dass dort eine Abweichung herrscht», gab Ritter zu ihrem Erstaunen zurück.

«Richtig! Das Y zeigt an, dass bei Ihnen an dieser Stelle kein Cytosin sitzt, wie im Standardgenom, sondern ein Thymin. Das ist jedoch nichts Ungewöhnliches, sondern eine ziemlich häufige Variante. Im Netz gibt es eine zentrale Datenbank – die öffne ich jetzt –, in der werden sämtliche SNPs, sämtliche Single Nucleotide Polymorphisms registriert. Also alle Varianten eines einzelnen Basenpaars, die ein Forscher irgendwo auf der Welt entdeckt hat. Beim Menschen kommen wir derzeit auf knapp einhundertdreizehn Millionen solcher SNPs – und täglich werden es mehr. Sie stehen mit Ihren Abweichungen also wahrlich nicht alleine da.» Johanna blickte vom Bildschirm auf und lächelte Ritter zu, teils um ihn aufzumuntern, teils um sich zu vergewissern, ob er nicht wieder zum Fenster hinausschaute. «Jetzt muss ich hier oben in diesem Feld bloß noch die Nummer eingeben, unter welcher der SNP, den wir suchen, katalogisiert ist. Moment, gleich hab ich's.» Johanna tippte rs18000497 ein, und sogleich erschien die Seite, auf der – wunderbar übersichtlich – alles gesammelt war, was die Wissenschaft bislang über jene *DRD2*-Variante wusste. Allerdings musste Johanna weit nach unten scrollen, bis sie das gefunden hatte, was sie suchte. «Sehen Sie diese Diagramme hier? Sie zeigen, wie häufig die Varianten für hohe und für niedrige Suchtgefährdung bei unterschiedlichen Bevölkerungsgruppen vorkommen. Die beiden Balken hier etwa stehen für die Verteilung bei Amerikanern nord- und westeuropäischer Abstammung. Von denen haben also rund neunzig Prozent die Genvariante, die für ein geringes Suchtrisiko spricht, während lediglich zehn Prozent die Variante zeigen, die auf hohe Suchtgefährdung hinweist. Natürlich kann man da von ‹Standard› und ‹Abweichung› sprechen. Aber ...», Johanna scrollte auf der Seite noch weiter nach unten, «wenn Sie zum Beispiel diese beiden Balken anschauen, dann stellen Sie fest, dass sich bei den Han-Chinesen aus Los Angeles beide Varianten ziemlich die Waage halten. Und schon ist nicht mehr klar, was ‹Standard› und was ‹Abweichung› ist.»

So freudig erwartungsvoll als ein junger Jagdhund, der sein erstes Niederwild apportiert, hechelte Johanna ihn an. Doch Ritter verstand nicht, worauf sie mit alldem hinauswollte. War es ihre Art, ihm zu bedeuten, dass sie ihn für einen Säufer hielt? Seit Tagen hatte er keinen Alkohol angerührt! Und selbst zu seinen wüstesten Zeiten war er keiner von den ganz großen Pokulierern gewesen!

Noch mehr verwunderte Ritter sich indes, wie sehr Johanna mit einem Male gebannt schien von der geheimnisvollen Kraft, die den Zahlen innewohnte. Wie hatte er seinen alten Apothekermeister so oft dozieren gehört, dass er's in der ersten Lehrwoche selbst schon auswendig gekonnt? «Täglich zwei Blätter vom Fünffingerkraute in Wein genommen, heilen das zweitägige, drei Blätter das dreitägige, vier Blätter das viertägige Fieber. Desgleichen heilen fünf Körner von der Sonnenwende das fünftägige, sechs aber das sechstägige Fieber.» Wie lieb ihm diese Lektion gewesen! Doch wenn er sich Johanna recht besah, ward allzu deutlich, dass sie nicht den geringsten Sinn dafür besaß, wie Gottes natürliche Geheimnisse sich in Zahlen offenbaren. Nicht ging es ihr darum, die verborgene Harmonie zu erfassen, die alles mit allem ins Verhältnis setzte. Kalte, hässliche Zahlenspiele waren es, die sie in ihrem Apfelkasten dort betrieb.

«Wollen Sie mir bedeuten, ich hätt besser dran getan, als Han-Chinese in Los Angeles zur Welt zu kommen?», fragte Ritter schließlich. «Weil ich getrost dann dürfte Säufer sein?»

«Quatsch!», beschied Johanna ihm. «Ich habe lediglich versucht, Ihnen zu veranschaulichen, dass es nicht immer sinnvoll ist, in der Genetik von ‹Standard› und ‹Abweichung› zu sprechen. Im Übrigen habe ich das einzig und allein deshalb getan, damit Sie sich keine Sorgen mehr wegen Ihrer Abweichungen machen.»

Jetzt sollt er ihr für den geistlähmenden Vortrag auch noch dankbar sein! Und nicht zu End' war das Gewäsch!

«Außerdem sind die allermeisten genetischen Dispositionen ja keine abschließenden Urteile. Damit eine Krankheit oder sonstige Veranlagung tatsächlich durchschlägt, müssen verschiedenste Faktoren zusammenkommen. Natürlich gibt es schreckliche Ausnahmen wie Huntington's. Wenn Sie da zwei mutierte Allele haben, ist das Ihr Todesurteil. Aber so ein einzelnes Allel für Suchtgefährdung wie bei Ihnen ist lediglich ein Hinweis, in welche Richtung Sie sich entwickeln *könnten*. Weshalb auch kein Säufer sein Sucht-Allel als Rechtfertigung dafür anführen darf, dass er säuft.»

«Ich saufe nicht!» So unmissverständlich tat Ritter Johanna dar, was er von ihrem Gerede hielt, dass der Apfelkasten einen Hupf machte.

«Darüber müssen wir jetzt nicht streiten», gab sie ihm schnippisch zurück. «Ohnehin war das nur ein Beispiel. Worum es mir wirklich geht, sind diejenigen Ihrer Abweichungen, die in dieser Datenbank hier *nicht* verzeichnet sind, weil sie noch an keinem Menschen beobachtet wurden. Diejenigen Mutationen, bei denen völlig unklar ist, welche Auswirkungen sie auf Ihren Organismus oder Ihre Persönlichkeit haben.»

Obgleich Ritter unvermindert die Frage auf der Zunge brannte, wer von ihnen beiden einmal so voll gewesen, dass der andre ihn hatte zu Bette tragen müssen, zwang er sich zu schweigen. Vielleicht sollte er hier und heute doch noch etwas erfahren, das ihm sein Geheimnis endlich erhellte.

«Das ist Ihr *TERT*.» Erregt bis zur Heiserkeit begrüßte Johanna die Wiederkunft der ewig gleichen Buchstaben. «Ihr Telomerase Reverse Transcriptase.»

Voll Widerwillen betrachtete Ritter das stupide Zeichengebilde, das sie mit ihrem jüngsten Geklimper heraufbeschworen.

«Genauer gesagt ist das ein bestimmter Abschnitt des Katalysators in Ihrem Gen. Wie ich Ihnen vorhin schon gezeigt habe, befinden sich dort besonders viele Mutationen. Das ist deshalb so interessant, weil diese Region reguliert, wie viel Telomerase und vor allem in welchen Zellen dieses Enzym hergestellt wird.»

Immer quecker sprudelten die unverständlichen Worte aus ihrem Munde hervor, sodass Ritter sich wünschte, seine Gene hätten seinen Ohren die Gabe verliehen, selbsttätig sich zu schließen.

«Erinnern Sie sich noch, wie ich Sie in Dark Harbor durchs Labor geführt und Ihnen die Zebrafische gezeigt habe? Da habe ich Ihnen doch erklärt, dass es manche Tiere wie die Tetrahymena oder die Hydra gibt, die theoretisch unsterblich sind – weil sie so viel Telomerase produzieren, dass sich bei ihnen die Telomere, anders als bei allen höheren Lebewesen, nicht mit jeder Zellteilung verkürzen, bis die Zelle schließlich unfähig ist, sich überhaupt noch zu teilen. Lebewesen, die ewig jung bleiben, weil sich ihre Chromosomenenden niemals abnutzen.»

Was rührte sie an jenen Tagen, da er voll Einfalt gehofft, er habe die Seele gefunden, mit der er im wahren Verbunde seinen verwunschenen Leib könne erkunden?

«Vielleicht erinnern Sie sich noch, dass ich Ihnen außerdem erzählt habe, dass die Forscher, die versuchen, das Altern zu überwinden, indem sie unter anderem das *TERT*-Gen von höheren Lebewesen so manipulieren, dass es gleichfalls deutlich mehr Telomerase produziert – dass diese Forscher bislang alle mit dem Problem zu kämpfen haben, dass ihre Manipulationen nicht nur die Telomeraseproduktion ankurbeln, sondern dass die erhöhte Telomeraseproduktion zu unkontrolliertem Zellwachstum, sprich: Krebs führt.»

Wie gern würd er noch immer glauben, Johanna sei jener Bergmann, der Licht in seine tiefsten Gründe trug. Doch war sie's? Bis wohin würde ihre Fackel leuchten, die sie so wacker aus dem Holz der *Gene* sich geschnitzt, ins Pech *Telomerase* eingetunkt und mit dem Funken *Manipulation* entzündet?

«Deshalb ist mir vorhin auch der dumme Satz rausgerutscht, dass Sie ein einziger Tumor sein müssten. Häufig reicht schon eine

Mutation im *TERT*-Promotor aus, um Krebs zu begünstigen. Was bei Ihnen aber offensichtlich nicht der Fall ist.»

Johanna! Bitte!! Schweige still!!!

«Noch ist es bloß eine erste, durch nichts bewiesene Vermutung, aber es könnte sein, dass diese Mutation, wie wir sie hier auf dem Bildschirm sehen – dass die einzigartige Buchstabenfolge, die Ihre DNA an dieser Stelle geschrieben hat, uns verrät, wie der Katalysator des menschlichen *TERT*-Gens aussehen muss, damit der Mensch hohe Mengen an Telomerase in allen Zellen produzieren kann und dennoch keinen Krebs entwickelt. Mit anderen Worten: Es könnte sein, dass diese unscheinbare Buchstabenkette, das unaussprechliche Wörtchen GCAGCCCC ...»

«Bildest du dir ein, Gott habe gestottert, da er den Menschen erschaffen?» Nicht länger wollte es Ritter gelingen, den Zorn in sich zu dämpfen. «Glaubst ernstlich du, mit solch hohlen Tändeleien, mit dergleichen Flickschusterei sei des Lebens heil'ger Sinn zu erfassen? Blinder als die Blinden, tauber als die Tauben, fühlloser als die Gelähmten tappt ihr durch eure schönen, neuen Welten hin! Quakt tumb von *Bytes* und *Quarks* und *Chromosomen*! Doch frag ich dich: Wie wollt aus Staub ihr Gott erzeugen? *Die* Alchemie möcht ich noch sehen! Da einstens ich die Urformel entdeckt, dies absolute Fatum ...» Er sah Johannas Blick und hob sogleich abwehrend die Hand. «Nie brauchst du darnach mich zu fragen. Woran ich selbst nie hätte rühren sollen – begraben sei's für alle Zeit. Doch eines wohl verrat ich dir: Nimmer nicht war's zähes, wirres Kauderwelsch! Nimmer nicht glich's jener Bruchteilpfuscherei, die ihr betreibt! So strahlend klar und einfach war es vor mir aufgegangen als wie das Licht am ersten Schöpfungstag.»

XIV

ch habe meine Doktorarbeit längst abgegeben. Ist es meine Schuld, wenn sie unterwegs verloren gegangen ist?»

Verzweifelt schaute sich Johanna in den dicht besetzten Reihen des Hörsaals um, der vor ihr wie ein Amphitheater anstieg. Warum begriffen diese Ignoranten nicht, dass sie keine Zeit hatte, ein zweites Mal zu promovieren?

«Hören Sie! Ich stecke mitten in einem wichtigen Forschungsprojekt. Lassen Sie mich bitte wieder zurück an meine Arbeit!»

«Erst, wenn Sie bewiesen haben, dass Sie sich zu Recht ‹Frau Doktor› nennen.»

Johanna stöhnte auf. Was außer Schikanen sollte sie von einer Kommission erwarten, deren Vorsitzender Ritter war?

«Stimmt es, dass Sie über ‹Epimorphe Geweihregeneration beim Rothirsch› promoviert haben?»

«Natürlich stimmt das.»

«Dann haben Sie nun Gelegenheit, dies zu beweisen.»

Ritter zeigte auf ein großes Aquarium, das Johanna bislang nicht aufgefallen war, obwohl es direkt neben ihr stand. Bis zum Rand war es mit glitzernden Kristallen gefüllt.

«Wenn es Ihnen gelingt, innerhalb von sechsundsechzig Minuten aus diesen sechshundert Millionen Molekülen ein neues Hirschgeweih zu konstruieren, glauben wir Ihnen und lassen Sie gehen.»

«Aber das ist unmöglich! Unmöglich! Absolut un...»

Es dauerte eine Weile, bis Johanna begriff, wo sie war. Sie saß beziehungsweise lag an ihrem Schreibtisch. Draußen begann es gerade zu dämmern. Morgendämmerung, wenn sie nicht alles täuschte. Auf dem Bildschirm vor ihr hüpften bunte Bälle. Johanna weckte den Laptop aus seinem Ruhezustand und sah, dass es halb sieben war. Mittwoch, der vierzehnte November. Irgendetwas war heute.

Gähnend fuhr sie sich durch die Haare. Als sie an ihren Händen schnupperte, rochen diese ranzig. Wann hatte sie zum letzten Mal Haare gewaschen? Überhaupt geduscht?

Epimorphe Geweihregeneration beim Rothirsch. Was für ein Quatsch. Selbstverständlich hatte sie über die zellulären und molekularen Grundlagen der Schwanzflossenregeneration beim Zebrafisch (*Danio rerio*) promoviert. Johanna klappte ihren Laptop zu und ging ins Bad.

Das Bild, das ihr der Spiegel zeigte, versetzte ihr einen Schock. Unter ihren Augen lagen tiefe Schatten. Die feine Linie rechts von ihrem Mund, die sie vor ein paar Monaten zum ersten Mal entdeckt hatte, war nun endgültig nicht mehr zu leugnen. Und ihre Haare waren nicht nur fettig, sondern an den Schläfen so stumpf, dass Johanna einen fürchterlichen Augenblick lang meinte, sie erblicke dort das erste Grau.

Die drahtig-krausen Haare, die überall im Waschbecken lagen, waren definitiv grau. Grau – und an einigen Stellen schwarz. Johanna machte einen angeekelten Schritt zurück. Ritter musste letzte Nacht versucht haben, sich die gefärbten Spitzen abzuschneiden. Und zwar mit ihrer Nagelschere. Warum sonst lag diese auf dem Waschbeckenrand? Sie, Johanna, hatte sich seit mindestens zwei Wochen keine Finger- oder Zehennägel mehr geschnitten.

Ohne einen weiteren Blick in den Spiegel oder ins Waschbecken zu werfen, ließ sie sich ein Bad ein. Wenigstens die Wanne war einigermaßen sauber. Schon in Dark Harbor hatte sie mit Ritter Streit gehabt, weil er dort bereits das Badezimmer mit Rasierschaum und Zahnpasta versaut hatte. Das Rasieren hatte er ja nun offensichtlich eingestellt. Aber am Zähneputzen schien er festzuhalten. Als sie ihn einmal gefragt hatte, warum er dies überhaupt tue – schließlich müsse er sich keine Sorgen um Karies oder Parodontose machen, bei ihm wüchsen doch sicher auch Zähne nach, wenn sie ausfielen –, hatte er ihr geantwortet, er habe sich die Zahnpflege in Amerika angewöhnt, um seine «Gastfreundinnen» nicht vor den Kopf zu stoßen, und habe nun beschlossen, bei dieser «lieben Gepflogenheit» zu bleiben, weil sie ihm das Gefühl gebe, er sei «ein Mensch wie alle».

Was hatte dieser Bastard gemeint, als er letzte Nacht von seiner «Urformel» gefaselt hatte? Wusste er in Wahrheit ganz genau, was mit ihm los war – und machte sich jetzt einen Jux daraus, sie wie eine Idiotin in seinem Genom herumstochern zu lassen? Quatsch. Mit dieser «Urformel» konnte es nicht mehr auf sich haben als mit seinem «Alltier», seiner «Weltseele» und dem ganzen anderen Blödsinn, den er bislang verzapft hatte.

Johanna schälte sich aus ihren Kleidern. Als sie daran roch, überkam sie der nächste Selbstekel. Früher hatte sie doch nicht so gestunken, selbst wenn sie die Wäsche ein paar Tage nicht gewechselt hatte?

Obwohl das Wasser zu heiß war, stieg sie in die Wanne. Der Schmerz tat gut. Wann hatte sie zum letzten Mal Yoga gemacht? Und ihr Rennrad, das sie gleich nach ihrer Rückkehr aus Amerika hatte auf die Rolle montieren wollen, damit sie sich auch im Winter fit halten konnte, stand immer noch unberührt in der Garage.

Vierzehnter November. Irgendetwas war heute.

Johanna ließ sich ganz untertauchen und genoss das Dröhnen des einfließenden Badewassers in ihrem Kopf. Urformel hin oder her – Ritters hochmutantes *TERT*-Gen war einer der Schlüssel, um seiner außergewöhnlichen Physis auf den Grund zu kommen, daran hatte sie nicht den geringsten Zweifel. Die Frage war bloß: einer von *wie* vielen Schlüsseln? Denn sein *TERT* war beileibe nicht das einzige Gen, das wahre Hotspots von Mutationen aufwies: *APOE, KLOTHO, FOXO3, SIRT3* – ganz egal, welches der Gene sie sich bei ihm anschaute, von denen bekannt war, dass sie mit Langlebigkeit zu tun hatten –, überall stieß sie auf Regionen, in denen es vor Mutationen nur so wimmelte. Und was sollte sie mit denjenigen Hotspots anfangen, die sich in seinen Genwüsten befanden? Im Gegensatz zu vielen ihrer Kollegen glaubte Johanna nicht, dass diese Wüsten lediglich «junk» waren, öde Meilen von DNA, auf denen die Natur die Beine baumeln ließ, bevor sie Anlauf zum nächsten Protein kodierenden Gen nahm. Nur weil diese Wüsten bislang *Terra incognita* waren, hieß das nicht, dass es in ihnen nichts Wichtiges gab.

Johanna tauchte auf, strich sich die nassen Haare aus dem Gesicht, atmete einige Male durch und ließ sich wieder unter die Wasseroberfläche sinken.

Selbst wenn es ihr irgendwann in den kommenden Jahren gelingen würde, Ritters genetische Mutationen zur Gänze zu erfassen – wie sollte sie im nächsten Schritt nachweisen, welches seiner außergewöhnlichen Körpermerkmale die Folge welcher Mutation, oder viel wahrscheinlicher: die Folge welcher Kombination von Mutationen war? Sicher, sie könnte damit anfangen, Mäuselinien zu züchten, die sie in jenen genetischen Regionen, die Mensch und Maus teilten, so lange manipulierte, bis sie die Ritter'sche DNA aufwiesen. Aber wie viele Jahre hatte sie im Labor gestanden, bis es ihr endlich gelungen war, die ersten voll lebensfähigen Zebrafischmäuse in die Welt zu setzen? Wie alt wäre sie, wenn die erste Rittermaus im Laborkäfig herumlaufen würde? Vielleicht hätte die Arthrose, die sie mit ziemlicher Sicherheit von der mütterlichen Linie geerbt hatte, ihre Finger bis dahin noch nicht so entstellt, dass sie selbst das Seziermesser halten konnte. Was aber hätte sie davon?

Auftauchen. Einatmen. Abtauchen.

So wie die Zebrafischmaus für sie nie mehr als eine Vorstudie gewesen war, wäre auch die Rittermaus nicht mehr als eine Vorstudie. Und wusste sie nicht selbst am allerbesten, wie aussichtslos es war, hierzulande die Erlaubnis zu bekommen, genetische Manipulationen am menschlichen Erbgut vorzunehmen? Wenn sie wieder zurück nach Amerika, oder besser: gleich nach China oder Korea, ging, würden diese Skrupel zwar keine Rolle spielen, außerdem hätte sie ausreichend humanembryonale Stammzellen zur Verfügung, mit denen sie nach Belieben experimentieren konnte. Aber käme sie dadurch einen einzigen Schritt voran? *TERT* zum Beispiel wurde von Stammzellen ohnehin exprimiert, in diesem Bereich wären Stammzellexperimente vollkommen witzlos.

Auftauchen. Einatmen. Abtauchen.

Natürlich konnte sie andere Zelltypen, etwa menschliche Fibroblasten, gewinnen und versuchen, ob es ihr gelang, diese im Inkubator auf Ritter'sche Weise zu manipulieren und dennoch am Leben zu halten, um im nächsten Schritt zu schauen, was geschah, wenn sie die genetisch veränderten Fibroblasten in den Spender zurücktransplantierte. Aber selbst wenn sie dies in absehbarer Zukunft hinbekam – und die Wahrscheinlichkeit hielt sich in Grenzen –, wäre sie damit immer noch Lichtjahre entfernt von einer Methodik, die sich auf den gesamten Körper anwenden ließ: auf jede seiner gottverdammten zweihundert Zellarten mit ihren je eigenen Tücken und Macken.

Auftauchen. Einatmen. Abtauchen.

War nicht genau dies das prinzipielle Elend ihrer Zunft, vor dem die Augen zu verschließen sie sich all die Jahre – zwei Jahrzehnte lang! – Tag für Tag gezwungen hatte, um weiterarbeiten, weiterforschen zu können? Dass sich in keiner Zellkultur der Welt Erkenntnisse gewinnen ließen, die für einen Gesamtorganismus von Bedeutung waren? Weil höheres Leben so komplex war, dass es sich in keine Petrischale zwingen ließ?

Auftauchen. Einatmen. Abtauchen.

Hatte Ritter mit seiner unverschämten Behauptung am Ende recht, dass sie, anstatt das große Ganze im Blick zu behalten, sich in endloser Flickschusterei, in «Bruchteilpfuscherei» verlor? Aber was verstand dieser Mann schon von heutigen Forschungsmethoden? In jenen Sphären, in denen sie operierten, kam es eben aufs allerkleinste Detail an. Auf das, was keines Menschen Auge je unbewaffnet erblicken, was kein Gehör erlauschen, keine Nase riechen, keine Zunge schmecken, kein Finger ertasten konnte. Und dennoch war es absurd zu behaupten, dass sie durch diesen Raum jenseits der Sinne blind, fühllos und taub tappen würden. Wozu hatte die Menschheit technische Hilfsmittel erfunden, die die Leistungsfähigkeit ihrer eigenen jämmerlichen Sinne um ein Vielfaches überstiegen? Wozu hatte sie Rechner entwickelt, die nicht nur unendliche Mengen an Daten erfassen, sondern diese endlosen Datenwälder auch beliebig durchforsten konnten? Nur ein romantischer Träumer brachte es fertig, die gigantische Erweiterung menschlichen Wissens und menschlicher Möglichkeiten, die seit der Ausdifferenzierung der modernen Naturwissenschaften stattgefunden hatte, für eine Verfallserscheinung zu halten.

Bravo!, ließ sich plötzlich ein Stimmchen vernehmen, von dem Johanna nicht zu sagen vermochte, ob es ihrem Kopf oder dem rauschenden Wasserhahn entsprang. Bravo! Warum benimmst du dich dann wie die letzte Eremitin der Wissenschaft? Krieche aus deiner Höhle, und offenbare dein Geheimnis, das du niemals alleine ergründen wirst! Mitstreiter brauchst du! Kampfgefährten rund um den Globus! Und ein Leichtes wäre es dir, solche zu gewinnen! Nicht nur das Militär würde Unsummen zahlen, um den ewig selbstregenerierenden Menschen zu erforschen. Jedes der Internet- und Biotech-Unternehmen, die ernsthaft daran arbeiten, den Code der Sterblichkeit zu knacken, würde dich sofort engagieren. Du könntest dir ein Team aus den besten Wissenschaftlern der Welt zusammenstellen, das rund um die Uhr in Angriff nimmt, was deine einsamen Kräfte übersteigt.

Niemals! Mit jedem Bläschen sehnte sich Johannas Lunge nach Luft, aber sie durfte jetzt nicht auftauchen. Niemals!, rief sie dem Unterwasserstimmchen zu. Niemals werde ich Ritter – und mich selbst! – dieser sensationslüsternen, kleinkarierten, neidischen Welt zum Fraß vorwerfen. Was soll mit ihm geschehen, wenn ich sein Geheimnis öffentlich mache? Wie einen Freak werden sie ihn von

Talkshow zu Talkshow zerren – verdammter Mist, dieser elende Radiotermin stand heute an! –, werden fassungslos an ihm herumschnippeln und noch weniger kapieren als ich. Ich weiß, alle glauben heute an die Macht von «Teamwork» und «Schwarmintelligenz». Doch wann wäre je etwas wirklich Großes auf diese Weise erkannt worden? Kopernikus, Darwin, Einstein, Watson, Crick: Waren sie nicht alle Einzelgänger? Natürlich hatten Watson und Crick etliche Assistenten und Hiwis, aber die alles entscheidende Eingebung, dass DNA die Gestalt einer Doppelhelix haben muss, die ist ihnen nicht gekommen, weil ihre Handlanger sie ihnen gereicht hätten. Ich muss den Weg, den ich eingeschlagen habe, alleine weitergehen. Alleine, bis ich ... alleine ... bis ... bis ... Luft ...

O, hohe Frau Johanna! Wie nobel, dass du dich bewirbst zur letzten Miss Germania! Versteh's ja selbst nur mehr als gut, wie dich die alten Zeiten locken, in denen einsam wachte das Genie. Doch ist's vorbei – und bleibt vorbei!

In Kauf nehm ich, dass ich mich wiederhol, drum sag ich stur: Pack ein dein liebes Onkelchen, und sieh, wie du zurück euch schaffst in jenen Westen, der zu Recht der «Wilde Westen» wird genannt. Reit mit ihm in dies weite Tal, durch das nicht Milch und Honig fließen, in dem jedoch – Silicium sei Dank! – des Menschen Schöpferkraft sich eine Gegend hat erschaffen, die lieblicher nicht könnte sein. In Palo Alto unter Palmen wandeln, dünkt dich's nicht trefflicher, denn hier am Wallensee als Wannenleich' zu enden?

Ich weiß nicht, was soll es bedeuten, dass ich so traurig bin. Ein Märchen aus alten Zeiten, das kommt mir nicht aus dem Sinn ... Welcher Dämon hatte von ihr Besitz ergriffen? Ritter versuchte, die Frau, die in frischer Kleidung und mit luftig fliegenden Haaren an der Kaffeemaschine hantierte, wie wenn nichts geschehen wäre, so unauffällig als möglich zu mustern. Er musste sich besser beherrschen. Nicht recht hatte er getan, dass er ihr vergangne Nacht so unbarmherzig den Leviten gelesen. All ihre Kräfte verbrauchte sie, Licht in jenes Dunkel zu bringen, das seit Ewigkeiten in ihm regierte – und er wusste es nicht besser zu vergelten, als indem er ihr die Wissenschaft madicht redete.

«Wollen Sie auch einen Kaffee?», fragte Johanna.

War's nicht höchst eigentümlich, dass ihn der Drang, sich nun gleichfalls noch den Bart zu stutzen, auf seinem Dachboden just in jenem Augenblicke überkommen, da sie im Bade untergeglitten sein musste? Lange nicht hatte die alte Gabe, ferne Not zu erspüren, sich in ihm geregt. Doch hatte er auch lange nicht mit keiner Menschenseele in solch innigstem Bezuge gestanden als hiezu nötig.

«Hören Sie auf, mich anzustarren. Es ist alles in Ordnung. Ich muss bloß zu diesem dämlichen Radiointerview nach München fahren. Worauf ich nicht die geringste Lust habe.»

«So schön sind Sie! Schöner denn je.»

Noch bevor Johanna ihm mit einem verächtlichen Lachen geantwortet, schämte Ritter sich, dass ihm die Worte, die er bloß hatte denken wollen, entschlüpft.

«Ach, du liebes bisschen», brachte sie hervor. «Ich werde ja wohl nicht die erste Frau sein, die Sie nackt gesehen haben. Kein Grund auszuflippen.»

Warum musste sie ihn stets mit derartiger Schroffigkeit abweisen, sobald er sich ihr – gewisslich ungeschickt, doch nie unschicklich – näherte?

«Kennen Sie Schönheit, die schmerzt?», flüsterte er.

Und wieder schnaubte sie ihr verächtliches Lachen. «Schönheit, die schmerzt? Soll ich Ihnen zeigen, welche Schönheit schmerzt? Hier!» Mit beiden Händen hielt sie ihr fliegendes Haar zurück. «Grau», sagte sie, ihm die linke Schläfe darbietend. Trotz all seiner Sehkraft vermochte Ritter in dem Blond nichts Graues zu entdecken. Als Nächstes quetschte sie mit Daumen und Zeigefinger die Wange rechts ihres Mundes und gab diese ebenso lieblos wieder frei.

«Falten», unterwies sie ihn – wo doch einzig der Zorn es war, der die schönen, glatten Züge stirnwärts furchte. «Meine beginnenden Krampfadern muss ich Ihnen nicht nochmals zeigen, die haben Sie ja eben schon ausgiebig betrachten dürfen.»

Umarmen wollte er sie. An seine Brust drücken und nimmer nicht loslassen. Was konnte er tun, sie zu trösten?

«Von der Urformel …» Nicht noch einmal wagte er es, sie anzuschauen. «Möchten Sie mehr davon erfahren?»

«Ich weiß nicht, ob ich jetzt den Nerv dafür habe. Ich muss los.»

Er erwartete, sie eilig über den Steinboden entschwinden zu hören. Nichts geschah. Wie er aufblickte, sah er sie unschlüssig die Kaffeetasse in ihren Händen drehen.

«Wenn Sie's kurz machen.»

Hindern musste er sich, dass er nicht lächelte. Doch sogleich verging ihm alles Lächeln. Wie sollte er aussprechen, was ihn einstens, da er es in seinem Schweizer Exil entdeckt, so geängstigt, dass er es sogleich in einen festen Sack gebunden, den nie zu öffnen er sich und seinem Gott gelobet?

«Um absolute Physik war's mir zu tun», hub er feierlich an. «Um die absolute, selbstständige Formel, die sich ihrer Summe nach in alle Ewigkeit gleich bleiben muss; die keinen Anfang und kein Ende kennt; die individualisiert und pulsiert; die wirklich ist, allein weil sie möglich ist; die Raum und Zeit entstehen und wechseln lässt …»

«Sorry, aber ich muss wirklich gleich los», ward er da schon unterbrochen. «Wenn es eine Formel ist, können Sie mir nicht einfach sagen, wie sie lautet?»

Stumm blickte er Johanna an. Wie hatte Goethe über ihn gelästert, bevor es zwischen ihnen zum endgültigen Bruche gekommen? In seiner, Ritters, Gegenwart habe ihn *der böse Engel der Empirie anhaltend mit Fäusten geschlagen*? Was hätte der Alte gesagt, hätte er eine Stunde bloß mit dieser hier verbringen müssen?

«Nehmen Sie einen doppelten Gegensatz.» Ohne alle Emotion fuhr er fort. «Setzen Sie den einen Gegensatz als *a b*, den anderen als $\alpha\,\beta$, wobei b in sich den Gegensatz $\alpha\,\beta$ umfasst, so wie β seinerseits nichts anderes ist als der Gegensatz $a\,b$.»

Er sah, wie sie nach einem alten Briefumschlage griff und nun nach einem Schreibstift Umschau hielt.

«Nichts brauchen Sie zum Kritzeln! Viel eher möcht sich's Ihnen erschließen, wenn Sie im Geiste aufmerksam mir folgen!»

Erstaunt blickte sie auf. War sie es nun, die nahezu lächelte?

«Der Gesamtgegensatz, auf den alles hinausläuft, stellt sich somit als $b\,\beta$ dar», führte er den ungeheuerlichen Gedanken, bei dem er sich selbst unterbrochen, weiter. «Sogleich sehen Sie, dass in diesem Gesamtgegensatze b nun an zwiefacher Stelle erscheint: das eine Mal für sich stehend, als des Gesamtgegensatzes linke Seite, das andre Mal als in der rechten Seite enthalten, als des einfachen Gegensatzes Glied, aus dem die rechte Seite des Gesamtgegensatzes sich zusammensetzt. Führen Sie diese Indifferenziierung nur immer dergestalt fort – und Sie erleben, wie ein Unendliches hervorgeht.»

An der Stirne konnt er ihr ablesen, dass sie nichts begriffen. Doch nahm er's als gutes Zeichen, dass sie noch immer geneigt, ihm zu lauschen.

«Nur vordergründig scheint in dieser Voraussetzung etwas Widersprüchliches zu liegen. Nehmen Sie ein Beispiel, das in der Natur wirklich und wahrhaftig gegenwärtig: Oxygen und Chromium. Als reine Elemente sind beide sich entgegengesetzt: $a\,b$. Gemeinsam bilden sie chromiumsaures Chromium: β. Aber reines Chromium – b – wiederum ist chromiumsaurem Chromium – β – entgegengesetzt. Sehen Sie nicht?» Ritter spürte, wie er von seiner eigenen Begeisterung davongetragen ward. «Schon haben Sie den Gesamtgegensatz zwischen einem einfachen b und einem als β zusammengesetzten $a\,b$. Jedes Ding in der Natur setzt sich selbst sich entgegen, sobald es eine Vereinigung mit einem andren, ihm Entgegengesetzten, eingeht. Dies ist die Kraft, die alles hervorbringt, die alles in endlosem Atem hält!» Er selbst erschrak, zu welcher Erregung seine Stimme sich gesteigert hatte. «Begreifen Sie nicht, Johanna! Weib und Mann!

Liebe und Hass! Leben und Tod! Alles vereinigt und trennt sich nach dem ewig selben Gesetze! *Dies* ist die Unsterblichkeit!»

Da endlich deutete sich auf Johannas Zügen erstes, vorsichtiges Verstehen an. Freude! *Freude!* Doch bevor die Erkenntnis sie vollständig durchdrungen, brach sie in schallendes Gelächter aus.

«Okay ...»

Nach Luft sah Ritter sie jappen.

«Okay! Ich hab's kapiert. Wenn ich – Weib – mich mit Ihnen – Mann, Gegensatz – zusammentue, dann gerate ich in Widerspruch mit mir selbst. Die *reine Johanna* im Clinch mit der *Johann-Johanna*. Und zwar für immer.»

Das Lachen schüttelte sie so heftig, dass ihr Gesicht gänzlich hinter den Haaren verschwand.

«Wissen Sie was?», hörte Ritter es durch den blonden Vorhang hindurch schnauben. «Das ist die erste Theorie, die ich Ihnen auf Anhieb glaube!»

– – –

Da Johanna das Haus längst verlassen, hallte dies Lachen Ritter noch immer im Kopfe. Was sollte er tun? Das leere Haus anzünden? Es anzünden mit sich darin? Schon einmal, zu Nürnberg, hatte er mit einem Feuerhölzchen auf einem Dachboden gestanden. Doch dann hatte er die Flamme ausgeblasen, bevor er das Hölzchen fallen gelassen.

Auch heute brachte er die Schachtel Zündhölzer zurück nach der Küche und legte sie in jene Lade, der er sie entnommen. Da streifte sein Blick das Radio, welches nicht weit entfernt von dem Spülsteine stand. Unschlüssig besah Ritter sich den kleinen braunen Apparat, der den Anschein erweckte, wie wenn er seit Jahrzehnten nicht benutzt. Ein – wie hatten die Nazis ihre Geräte getauft? –, ein *Volksempfänger* war es nicht. Doch zwei Knöpfe bloß besaß auch dieser Kasten. Ein Leichtes sollte es sein, ihn zu bedienen.

«... haven't found what I'm looking for ... but I still haven't found what I'm looking for ...»

Kurz lauschte Ritter der Musik. Ein schönes Lied. War's Ruthie oder Sarah gewesen, die es des Öfteren gehört? Gleichwohl drehte er weiter. «... München Richtung Salzburg, zwischen Dreieck Inntal und Bernau, Stau nach einem Unfall ... Dieses Gefühl, morgens aufzuwachen und zu denken: Boah, was kommt noch ...» Ritter horchte auf. Doch nein. Auch wenn diese Stimme dort der von Johanna zum Verblüffen ähnlich – niemals konnte sie es sein, die so einfältig daherplapperte. Also weiter «... ja nicht bestreiten, dass gerade hierzulande, vor dem Hintergrund der Vergangenheit, die unser Land hat – dass da doch einige Skepsis, um nicht zu sagen Widerstand angebracht ...» Ritter war im Begriffe, den Sender abermals zu wechseln, da hörte er, wie jenem Manne, der erregt und dennoch angenehm ernst gesprochen, das Wort rüde abgeschnitten ward: «Entschuldigen Sie, aber das ist doch Quatsch!»

Gegen seinen Willen musste Ritter lächeln.

«Die Nazis haben keine Eugenik betrieben, sondern Rassenhygiene. Das ist etwas völlig anderes. Diesen Verbrechern ging es darum, irgendein vermeintlich deutsches Blut – was natürlich der allergrößte Quatsch ist – rein zu halten. Mir geht es einzig und allein darum, die Menschheit, und zwar die gesamte Menschheit, von ihren drei größten Feinden zu befreien: von Krankheit, Alter und Tod.»

«Wenn Sie erlauben, möchte ich an dieser Stelle gleich einhaken.» Erneut war der ernste Mann zu vernehmen. «Sie sagen: Sie wollen die gesamte Menschheit erlösen. Aber ist es in Wahrheit nicht so, dass Sie in erster Linie die Reichen erlösen werden? Und damit ein immenses Gerechtigkeitsproblem schaffen? Bislang sind wir Menschen wenigstens in der einen Hinsicht gleich, dass wir alle sterben müssen. Ich persönlich empfinde das als Trost. Wie wollen Sie verhindern, dass Unsterblichkeit zum nächsten Luxusgut wird, in dessen Genuss ausschließlich ein paar russische Oligarchen, saudische Ölscheichs und amerikanische ...»

«Ich dachte, das hier wäre ein seriöses Wissenschaftsmagazin. Und kein politischer Stammtisch. Aber bitte, wenn Sie partout über solche Banalitäten reden wollen!» Obgleich Johanna meilenweit entfernt, zog Ritter den Kopf zwischen die Schultern. «Natürlich wird die neue Technologie am Anfang teuer sein. So wie die meisten medizinischen Behandlungsmethoden am Anfang teuer sind. Aber wollen Sie allen Ernstes behaupten, es wäre besser, beispielsweise das neueste amerikanische Mittel gegen Hepatitis C zu verbieten, bloß weil sich die deutschen Krankenkassen bislang weigern, die Kosten für dieses Medikament zu übernehmen? Eine *solche* Haltung ist reaktionär und menschenverachtend!»

«Bitte, Frau Dr. Mawet, beruhigen Sie sich», mühte der arme Radiomann sich. «Ich will Ihnen ja gar nicht absprechen, dass Sie Ihre Forschung aus ethisch nachvollziehbaren, ja vielleicht sogar höchst philanthropischen Motiven betreiben, dennoch frage ich mich ...»

«Wie wär's, wenn Sie aufhören würden, sich ständig selbst irgendeinen Quatsch zu fragen? Und stattdessen endlich damit anfingen, mit mir über meine Arbeit zu reden? So wie es verabredet war!»

Hin und her geworfen ward Ritter zwischen Entzücken und Sorge. Gar nicht dumm schien ihm der Mann zu fragen, gleichwohl verstand er Johannas Zürnen. Aber ob's klug war, den Gastgeber derart zu brüskieren?

«Frau Mawet, bitte, lassen Sie uns doch wieder zu einem sachlicheren Ton zurückfinden. Ich ...»

«Wissen Sie, wohin ich jetzt finde? Ich finde den Weg aus diesem verdammten Studio hinaus. Ich habe Wichtigeres zu tun, als meine Zeit mit solchem Quatsch zu verplempern. Ich wünsche Ihnen noch einen schönen Tag, Herr ... Herr ...»

Ritter hörte, wie Stühle gerückt wurden. Irgendetwas stürzte mit blechernem Scheppern zu Boden. Aus der kleinen braunen Kiste neben der Spüle drang ein entferntes «Frau Mawet, bitte!», das mit einem groben «Lassen Sie mich!» beantwortet ward – dann spielte ein Streichquartett so beschwichtigend-sanft auf, wie wenn es sich für Johannas ungebührliches Betragen entschuldigen wollte.

Ja, sie verstand, dass er sich aufregte. Warum wollte er nicht verstehen, dass auch sie sich zu Recht aufgeregt hatte?

«Ich verstehe ja, dass Ihnen der Moderator mit seiner politisch korrekten Fragerei auf den Nerv gegangen ist. Trotzdem», beharrte Fischer und schaute Johanna an, als ob sie das Radiostudio heute Morgen nicht verlassen, sondern in die Luft gejagt hätte. «Es geht nicht an, dass ich Sie bitte, mich bei einem Medientermin zu vertreten, und dann endet die Geschichte damit, dass ich mich beim Rundfunkdirektor höchstpersönlich entschuldigen darf.»

«Es tut mir leid», sagte Johanna, ohne ihren Chef anzublicken. «Ich ... ich habe die letzten Nächte nicht besonders viel geschlafen.»

«Johanna.» So besorgt, wie Fischer ihren Namen aussprach, fürchtete Johanna, dass er von seinem hochlehnigen, schwarzen Ledersessel aufstehen, um den Schreibtisch herumkommen und sie väterlich in den Arm nehmen würde.

«Was ist los mit Ihnen?» Fischer blieb sitzen und klang auch schon wieder mehr nach verärgertem Chef als nach bekümmertem Papi. «Seit einem Monat schulden Sie den Kollegen in Dark Harbor eine Antwort. Ich hatte Sie vor zwei Wochen aufgefordert, wenigstens mir zu berichten, woran Sie arbeiten. Stattdessen betreiben Sie weiterhin Geheimniskrämerei, lassen sich hier am Institut kaum mehr blicken und benehmen sich dann auch noch öffentlich in einer vollkommen indiskutablen Weise daneben.»

«Ich gebe ja zu, dass es nicht besonders schlau von mir war, aus dem Studio zu rennen.» Warum verteidigte sie sich überhaupt? Es war doch ohnehin sinnlos. «Aber ich glaube nicht, dass mein Verhalten als *vollkommen* indiskutabel zu bezeichnen ...»

«Johanna!» So wütend hatte sie ihren Namen schon lange nicht mehr ausgesprochen gehört. «Jetzt sagen Sie mir endlich, was los ist! Und woran Sie arbeiten!»

«Ich ... ich ...» Johanna ließ ihren Blick an Fischer vorbei durch das Panoramafenster wandern. «Es gibt da ein paar Dinge an unserer wissenschaftlichen Methodik, die ich zurzeit etwas radikaler infrage stelle. Ich bin in Amerika auf ein … ein Phänomen gestoßen, dem mit unseren klassischen Vorgehensweisen nicht beizukommen ist. Aber beikommen muss ich ihm, weil es … es ist der Schlüssel zu allem.»

«Ein Phänomen.»

«Ich rede nicht von UFOs oder Aliens! Es ist ein … ein … jemand, dem ich hoch und heilig versprochen habe, dass ich sein Geheimnis bis auf Weiteres nicht preisgebe.»

«So. Ihr Phänomen kann also sprechen.»

Hatten die Bergspitzen schon die ganze Zeit so glutrot geleuchtet?

«Ihre Überheblichkeit kotzt mich an», stieß Johanna leise hervor. «Sie haben nicht den geringsten Anlass, sich aufzuführen, als ob Sie auch nur eine einzige der großen Fragen beantwortet hätten. Immungenetik? Toll! Immer hübsch auf der eigenen Schmalspur bleiben, damit man sich einbilden kann, man sei der King of the Road. In Wahrheit haben Sie mit all Ihrer ordentlichen Wissenschaft noch nicht einmal angefangen, am Kern der Dinge zu rühren. Sie reden gedankenlos von ‹Standard› und ‹Abweichung›, Sie schmeißen leichtfertig mit Begriffen wie ‹DNA-junk› um sich, nur um davon abzulenken, dass Sie keinerlei …»

«Johanna, es reicht.»

Standen die Berge tatsächlich in Flammen?

«Ich weiß nicht, was Ihnen in Amerika begegnet oder widerfahren ist», hörte Johanna einen Mann sagen, der so tat, als wäre er wirklich und wahrhaftig ihr Chef. «Ich will es auch gar nicht wissen. Offensichtlich bin ich ohnehin der Falsche, Ihnen zu helfen. Ich kann Ihnen nur raten: Suchen Sie sich jemanden! Einen guten Psychiater oder Psychotherapeuten.»

Hatte sie je ein solches Inferno gesehen?

«Johanna! Trotz allem, was geschehen ist, schätze ich Sie immer noch. Deshalb kann ich Ihnen Ihre Stelle hier am Institut drei, vier Monate – notfalls auch ein halbes Jahr – freihalten. Doch fürs Erste muss ich Sie leider suspendieren. Ich bitte Sie dringend: Nutzen Sie die Zeit, die ich Ihnen gebe, um Ihre Probleme in den Griff zu kriegen.»

Verehrter Herr Direktor! Wie lob ich mir solch klugen, wohlbedachten Mann! Fast grämt's mich, dass ich nichts von dem vermag, was mir die Schalksherrn alles angedichtet. Ein flottes Bühlchen, selbst das Fräulein Helena – sogleich und gern beschafft ich es, hätten dazu Sie Appetit. Doch falls es heut genug der Weiber – was ich für sehr wahrscheinlich halt –, ließ ich Sie saufen durch die ganze Nacht; druckt Ihnen Geld in rauen Mengen. Und sollt's was ganz Extravagantes sein: So tät ich in der Kunst Sie unterweisen, wie Sie zu aller Welt Erstaunen stellten's an, ein Fuder Heu samt Pferd und Wagen zu verschlingen.

Doch aber, ach, weil's nicht soll sein, kann ich nicht anders mich erkenntlich zeigen denn mit nem tief empfundnen «GOtt vergelt's!».

Noch immer roch es nach verkohltem Holz. Hatte tatsächlich der Wald gebrannt, oder waren es lediglich die Wallenseer, die ihre Kamine einheizten?

Mit nackten Beinen stand Johanna am offenen Fenster. Der Mond hing als kaum zu erkennende Sichel über den Bergen. Bald musste Neumond sein. Oder nahm die Sichel schon wieder zu? Johanna hatte sich nie merken können, welche Sichelrichtung zu welcher Mondphase gehörte. Kalt war es geworden. Der Schnee von gestern war zwar geschmolzen, aber bald würde neuer fallen. Die Luft, die trotz des Brandgeruchs eisig klar in Johannas Lunge strömte, kündigte untrüglich den Winter an.

War dies das Ende ihrer wissenschaftlichen Laufbahn? Oder der Anfang ihrer eigentlichen Erkenntniskarriere? *Jedes Ding in der Natur setzt sich selbst sich entgegen, sobald es eine Vereinigung mit einem anderen ihm Entgegengesetzten eingeht ...* Glaubte Ritter wirklich, mit solch romantischer Gehirnakrobatik hinter die letzte Wahrheit gekommen zu sein? Fröstelnd schlug sich Johanna die Arme um die Schultern. Hatte sie es nicht täglich mit Gegensätzen zu tun? Die üblichen Basenpaarungen lauteten «Adenin-Thymin» und «Cytosin-Guanin». Was, wenn sich die Ritter'sche Urformel auf ihr Problem anwenden ließe und erklärte, welchem Gesetz seine genetischen Mutationen folgten? Aber es war kompletter Quatsch anzunehmen, dass sich hinter einem Thymin eine Cytosin-Guanin-Paarung verbarg. Oder hinter einem Guanin ein Adenin-Thymin-Paar, wie es laut seiner Formel der Fall sein müsste. Quatsch, der dazu führte, dass man nicht schlafen konnte, obwohl man fünf Milligramm Melatonin intus hatte. Quatsch, der dazu führte, dass einem so gut wie gekündigt worden war.

Johanna schloss das Fenster. Wovon sollten sie jetzt leben? Schließlich musste sie auch noch Ritter ernähren. Irgendwie würden sie schon durchkommen. Sie hatte in den letzten Jahren recht gut verdient. Und mehr oder weniger sparsam gelebt. Für ein Jahr würde ihr Geld reichen. Vielleicht sogar für zwei. Und dann? Dann war sie entweder auf dem direkten Weg, unsterblich zu werden – oder es war ohnehin alles egal.

Anstatt in ihr zerwühltes Bett zurückzukehren, zog Johanna Socken, Jogginghose und Sweatshirt an und stieg auf den Dachboden hinauf.

«Schlafen Sie?»

Zwar hatte sie versucht, keinen unnötigen Lärm zu machen, doch die Treppe, die Tür und die Dielen hier oben knarrten jede für sich so laut, dass Ritter aufgewacht sein musste, selbst wenn er in Tiefschlaf gelegen hatte.

«Ich muss Sie etwas fragen.» Johanna versuchte, trotz der Dunkelheit auszumachen, in welcher Ecke des Speichers Ritter seinen Schmollwinkel aufgeschlagen hatte. Schräg unter einem der kleinen Gaubenfenster meinte sie, eine Art Matratzenlager zu erkennen.

«Ich weiß, dass Sie wach sind.»

Obwohl sie keine Antwort erhielt, tappte Johanna in die Richtung, in der sie Ritter vermutete, und ließ sich am äußersten Rand dessen nieder, was sich von Nahem tatsächlich als Matratze erwies. Mit einem übertriebenen Ruck wurde ein Deckenzipfel befreit, auf den sie sich anscheinend gesetzt hatte.

«Jetzt stellen Sie sich nicht so an. Es ist wichtig.»

«Ich möchte schlafen», kam es so hellwach zurück, dass Johanna bezweifelte, ob Ritter in dieser Nacht überhaupt schon ein Auge zugetan hatte. Immerhin wusste sie jetzt, wie herum er auf der Matratze lag.

Mit größter Behutsamkeit schob sie eine Hand unter die Decke und ließ sie langsam vorwärtsgleiten, bis ihre Fingerspitzen die Wärme des fremden Körpers spürten. Doch ehe sie sich's versah, hatte Ritter ihre Hand gepackt und wieder hinausbefördert.

«Lassen Sie das! Sind Sie allen Männern zu Gefallen, sobald Gewissen sich in Ihnen regt?»

«Dann halt nicht.» Johanna versuchte, so gleichgültig wie möglich zu klingen. «Dann lassen Sie mich halt hier in der Kälte hocken. Bis ich mir den Tod hole.»

«Sie holen sich nicht den Tod.»

«Wenn aber doch?»

«Lassen Sie mich in Frieden! Schlafen möcht ich!»

«Sie können doch gar nicht schlafen.»

Johanna beschloss, den Umstand, dass ihr letzter Einwand unerwidert blieb, als Einladung aufzufassen.

«Ich verspreche auch», sagte sie und streckte sich auf der Matratze aus, «ich rühre Sie nicht an. Kann ich ein Stück von Ihrer Decke haben? Es ist wirklich kalt.»

Brummend machte der Mann neben ihr Platz, das schwere Federbett geriet gleichfalls in Bewegung.

«Danke.» Erst jetzt, da sie unter der vorgewärmten Decke lag, spürte Johanna, wie sehr sie gefroren hatte.

«Was ich mich schon den ganzen Tag frage», fing sie an, sobald ihre Zähne nicht mehr aufeinanderschlugen. «Sind Sie der Einzige in Ihrer Familie, der so alt geworden ist? Der solche unglaublichen regenerativen Fähigkeiten besitzt?»

Da er offensichtlich keine Lust hatte zu antworten, fügte Johanna hinzu: «Ich muss herausfinden, woher diese Fülle an Mutationen bei Ihnen kommt. Am wahrscheinlichsten wäre es, dass Sie sie geerbt haben. Dann hätten aber Ihre Eltern oder auch Ihre Geschwister ähnliche Merkmale besitzen müssen. Und das haben sie nicht. Oder doch?»

Um die Dringlichkeit ihrer Frage zu unterstreichen, hätte Johanna Ritter gern in die Seite geboxt, am Arm gerüttelt, was auch immer. Doch mittlerweile kannte sie ihn gut genug, um zu wissen, dass ihn seine Leidenschaft fürs Geschichtenerzählen früher oder später von ganz alleine zum Plaudern bringen würde.

«Mit chemisch-akustischen Versuchen war ich an jenem Tage befasst.»

Im Schutz der Dunkelheit erlaubte sich Johanna ein Grinsen.

«Nachweisen wollt ich, dass schwingende Metalle weit schneller sich oxydierten denn kaum oder gar nicht schwingende. Um die Mittagsstund herum muss es sich ereignet haben. Des Längeren schon hatt' ich Beobachtungen mit ein paar alten Orgelpfeifen angestellt, die ein Pfarrer mir freigiebig überlassen. Meinen eignen kleinen Balg hatt' ich konstruiert, mittels dessen ich die Pfeifen beständig in Schwingung halten konnte. Kein reiner Akkord war's, den sie hervorbrachten, dennoch war mir der Klang lieb geworden mit der Zeit. Da plötzlich …» Ritter schluckte. Noch einmal. Johanna hätte ihm gern ein Glas Wasser geholt, aber aufzustehen und hinunter in die Küche zu gehen, kam jetzt nicht infrage. Ohnehin erzählte er schon weiter: «Wie ich sagte, um die Mittagsstund herum muss es sich zugetragen haben – denn anfangs dacht ich, es wär die Sonn', der es nun doch noch gelungen, ihren Weg durch die Wolken so gut wie durch die verschmutzten Fenster sich zu bahnen –, doch dann begriff ich, dass das Licht, in dem die Orgelpfeifen erstrahlten, nicht von außen in das Zimmer hineinfiel, sondern aus dem Innern der Orgelpfeifen selbst hervorleuchtete.»

Johanna hatte keinen Schimmer, worauf Ritter hinauswollte, er selbst hingegen schien von seiner Erzählung so ergriffen zu sein, dass er sich aufsetzen musste. Er zog das Federbett mit, und Johanna spürte sofort, wie kalte Luft um ihre Nieren strich. Noch deutlicher spürte sie, dass es in diesem Moment Wichtigeres gab, als an die eigene Gesundheit zu denken.

«Und?»

«Seit einer Weile schon hegt ich die Vermutung, es müsse zu beweisen sein – da ja beide ihrem Wesen nach Wellen –, dass Klang in Licht überzugehen vermag und umgekehrt. Doch nie war die Verwandlung mir gelungen. Und da – da plötzlich, zu jener trüben Mittagsstunde, sah ich dies Licht vor mir, welches aus nichts denn aus reinem Klange zu bestehen schien!»

«Phantastisch. Ich verstehe bloß nicht, was diese Lichtorgel mit dem Lebensalter Ihrer Eltern und Ihrer Geschwister zu tun hat.»

«Einige Tage nach dieser wunderbaren Begebenheit ward mir die Nachricht übermittelt, dass just zu jener Stunde, da ich in München in meinem Zimmer gesessen und die Orgelpfeifen zu leuchten begonnen – dass just zur nämlichen Stunde daheim in Samitz meine geliebte Mutter aus der Welt geschieden!»

Wieder einmal wusste Johanna nicht, ob sie schreien, lachen oder heulen sollte. Sie sollte heulen. Bis zum Morgengrauen heulen. Anschließend sollte sie sich sorgfältig schminken, ins Institut gehen und bei Fischer zu Kreuze kriechen. War sie wirklich bereit, wegen dieses ... dieses Phantasten hier alles zu zerstören, was sie sich aufgebaut hatte?

«Wie alt war Ihre Mutter, als sie gestorben ist?», fragte Johanna, sobald sie sich wieder einigermaßen unter Kontrolle hatte.

«Ich ... nicht gewiss vermag ich's mehr zu sagen. Warten Sie ... geboren ward sie siebzehnhundertdreiundfünfzig ... das bedeutet ... sie muss in ihrem sechsundfünfzigsten Jahre davongegangen sein.»

«Kein besonders tolles Alter, auch für die damalige Zeit nicht. Und Ihr Vater?»

«Ach», sagte Ritter und ließ sich zurück auf die Matratze sinken. «*Tolles Alter* ... darum ist es Ihnen zu tun.»

Er sollte seine Enttäuschung für sich behalten. Schließlich hatte er nicht halb so viel Grund, enttäuscht zu sein wie sie. «Wie alt ist Ihr Vater geworden?»

«Mein Vater ... fünf Jahre hatte er meiner Mutter voraus ... und gestorben sein möcht er wenige Jahre nach ihr. Genauer vermag ich's nicht zu sagen. Er starb zu jener Zeit, da ich in meiner Schweizer Klause eingesiedelt. Weit später erst, durch Catharina, hab ich von seinem Tode erfahren.»

«Das heißt, auch er ist höchstens Mitte sechzig geworden?»

«Dies muss es wohl bedeuten.»

«Irgendwelche Geschwister, die außergewöhnlich alt geworden sind?»

Ritter stieß einen Laut aus, als hätte Johanna ihn geohrfeigt. «Meinen jüngsten Bruder haben wir an seinem zweiten Tage begraben. Den mir liebsten in seinem zweiten Jahre.»

«Entschuldigung, das wusste ich nicht.» Unwillkürlich streckte Johanna die Hand nach ihm aus. «Es tut mir leid. Ich ...»

«Nicht tut es Ihnen leid.» Sie hatte ihn kaum am Oberschenkel berührt, da hatte Ritter ihre Hand auch schon wieder entfernt. «Und nicht muss es dies. An beiden meinen Brüdern hat Gott gnädiger gehandelt denn an mir.»

«Hatten Sie noch andere Geschwister?»

«Drei Schwestern. Und einen letzten Bruder. Doch keine Erinnerung hab ich an ihn. Da er geboren, hatt' ich das Elternhaus fast schon verlassen. Und auch die Schwestern hab ich späterhin nimmer wiedergesehen. Nicht weiß ich, wie's ihnen ergangen.»

Sieben Geschwister! Und zwei davon im Säuglings- oder Kleinkindalter gestorben. Ein ganz normales, ja beinahe sogar harmloses Schicksal für die damalige Zeit. Wie weit sich die Menschheit seither von *diesem* Grauen entfernt hatte, schoss es Johanna durch den Kopf. Doch nicht weit genug! Was brachte es, Säuglinge und Kleinkinder zu retten, wenn man sie siebzig, achtzig oder neunzig Jahre später dem Tod als leichte Beute überließ?

«Kann es sein ...» Johanna versuchte, eine neue Fährte einzuschlagen, nachdem sich Ritters Familiengeschichte als solch traurige Sackgasse erwiesen hatte. «Kann es sein, dass Ihre Eltern einem Mutagen ausgesetzt gewesen sind, das ihre Keimzellen so dramatisch verändert hat? Erinnern Sie sich, ob es in Ihrer alten Heimat irgendwelche giftigen Stoffe oder schädlichen Umwelteinflüsse gegeben hat? Könnte das Trinkwasser verseucht gewesen sein? Das Haus stark verschimmelt? Könnten Ihre Eltern übermäßig Gepökeltes verzehrt haben? Oder könnte das Erdreich in Ihrer Gegend extrem radonhaltig gewesen sein? Ich habe versucht, das selbst herauszufinden, aber auf der Karte vom Bundesamt für Strahlenschutz, auf der die gefährlichen Regionen in Deutschland verzeichnet sind, ist Schlesien natürlich nicht mehr drauf.»

«Johanna, schlafen möcht ich jetzt. Müde bin ich.» Tatsächlich war seine Stimme verdächtig nach unten gesackt.

Als Johanna begriff, dass es diesmal kein Theater war – dass dieser Mann allen Ernstes dabei war einzuschlafen, während *sie* ihre gesamte Existenz aufs Spiel setzte, um hinter das Geheimnis *seiner* Existenz zu kommen –, packte sie ein Zorn, wie sie ihn noch nie verspürt hatte. Sie warf sich auf Ritter und rang mit ihm, bis es ihr gelungen war, ihn in den Schwitzkasten zu nehmen. Er tat alles, um sie abzuschütteln, doch unerbittlich hielt sie ihn umklammert und genoss den Anblick seiner Augen, die jetzt so weit geöffnet waren, dass sie das Weiß darin trotz der Dunkelheit erkennen konnte.

«Nie im Leben glaube ich Ihnen, dass Sie keine Ahnung haben, warum Sie zu dem geworden sind, was Sie sind», zischte sie mit einer Stimme, die ihr selbst fremd war. «Eine solche Fülle an Mutationen, die noch dazu so perfekt ineinandergreifen – das kann kein Zufall sein. Irgendetwas müssen Sie angestellt haben.»

Ihr Hirn war ein einziger Hurrikan. Und in diesem Hurrikan wurde ein Gedanke emporgewirbelt, der seit Tagen dort geschlummert haben musste. Ein Gedanke, der viel zu verrückt war, als dass sie sich in ruhigem, besonnenem Zustand erlaubt hätte, ihn zu denken.

«Sie haben mit sich herumexperimentiert, haben radikale Versuche mit Ihrem eigenen Körper gemacht. Sie haben sich von Kopf bis Fuß unter Strom gesetzt. Jedes Atom, jedes Molekül wird von elektrischer Ladung zusammengehalten. Eine so extreme elektrische Belastung wie diejenige, der Sie sich über Jahre hinweg ausgesetzt haben, muss am Ende Auswirkungen auf der tiefsten Ebene haben. – Johann Wilhelm Ritter, Sie haben sich Ihre genetischen Mutationen selbst herbeigalvanisiert!»

Nach und nach löste sie ihren Würgegriff. Ganz still lag Ritter auf dem Rücken und blickte sie an. Sie musste ihn nicht mehr festhalten. Er hatte kapituliert.

«Ich will», flüsterte Johanna und beugte sich zu ihm. «Ich will, dass Sie diese Versuche wiederholen. Exakt bis ins letzte Detail. Und zwar mit mir.»

XV

ichts als Stille drang durch die Holztür, die zuletzt vor einer Stunde sich geöffnet haben mochte.

«Edds gähd's nemme lang. Bal isdse erlesd von eram Leid'n. Fleends zu unne'm Herrgodd um Gnood!»

Täuschte er sich, oder lag düstrer Untersinn in des Pfarrers Worten, die dieser gesprochen, da er aus des Zimmers Stille hinaus zu ihm in die Wohnstube getreten? Und hatte der Arzt nicht, nachdem er die Kranke des Morgens einmal noch zur Ader gelassen, ihn ähnlich feindlichen Blicks gemustert? Letzteres indes mochte seine Erklärung darin finden, dass er, Ritter, ihm – wie all die Tage zuvor – nichts als ein paar armselige Groschen zum Lohn für die ärztliche Hilfe hatte einhändigen können.

Schärfer als alle Spreißel, die er je an dieser Türe sich eingerissen, fuhr der Schrei ihm ins Herz, der nun durch das Holz drang. Außer sich vor Schmerz, vergaß er des Verbots, das die Kranke ihm mit letzter Kraft erteilt: Dass er unter keinen Umständen ihr Zimmer nochmals betreten möge, solange ihre Seele diesen Ort nicht verlassen.

Fels hätte zu weinen begonnen im Angesicht des Bildes, das Ritter sich darbot, sobald er die Türe aufgetan. Bleicher als der Tod lag seine Catharina im Bette; nein, nicht «liegen» durfte er den entsetzlichen Bogen nennen, zu dem ihres geschundenen Leibes sämtliche Glieder sich verrenkt. Nie zuvor nicht, nicht einmal auf dem grausigen Schlachtfelde von Leipzig, hatten seine Augen ein solches Viadukt der Pein erblicken müssen. Wie von Furien gepeitscht, warf der Kopf sich – vom losen Haar gleich einem gräulichen Flor umhüllt – nach rechts und nach links. Dem Munde, den er in zärtlicheren Zeiten so oft liebkost, entwanden Flüche sich, die niemals über jene Lippen gekommen, da diese noch voll Leben geblüht.

«Mutter, beten Sie! Bleiben Sie fest! Es ist Ihr letzter Kampf! Wenn Sie jetzt weichen, ist alles verspielt!»

Johanne, die Älteste, selbst bleich wie der Tod und dürrer als ein Stecken, kniete neben dem Bette und mühte vergebens sich, die Rasende an den Schultern zu greifen.

«Rotrudis, jetzt fass sie halt mit an!»

Obgleich sie in diesem Elendshause lange nicht mehr angestellt, war die rosige fränkische Dienstmagd gütig zurückgekehrt, damit die Haushaltung in diesen schwersten aller Stunden nicht alleinig auf Johanne läge, deren Kräfte von der siechen Mutter Pflege ohnehin mehr denn zur Gänze verzehrt. Rotrudis legte Tuch und Schüssel aus der Hand und beugte sich über die Tobende.

«Fraa Caddarina», sagte sie in ihrem gemütlich rollenden Tone. «Goonz roui! Goonz roui! 's wird aanem jou angsdebang. Bal hooms es hinde' si.»

War er selbst noch am Leben oder nurmehr ein Schatten bloß? Keiner der Anwesenden schien an seiner Gegenwart – die doch so strikt untersagt – Anstoß zu nehmen. Auch August nicht, *sein* August, der als Säugling den Vater stets mit strahlendem Lächeln begrüßt, auch als Bub noch den fremden «Onkel» offenherzig bestaunt, während der Jüngling, zu dem er unterdessen herangewachsen, ihn finster bloß maß, wann immer die Begegnung nicht zu vermeiden. Doch durfte er Catharina, nach allem, was sie durch ihn erlitten, übel nehmen, dass sie die Kinder gegen ihn verhetzt? In des Zimmers äußerstem Winkel kauerten sie, August und Adeline, Bruder und Schwester, und hielten einander stumm umklammert, die elend genährten Leiber, kaum dass sie erblüht, schon am Verdorren; und er durfte nicht hinübergehen und tröstend die Arme um sie legen, indem er ihnen anvertraute, dass sie künftig mindest keine Vollwaisen nicht wären – weil ihr tot geglaubter Vater in Wahrheit ja noch am Leben. Doch wär's ihnen wirklich Erleichterung, Hilfe,

Trost gar, zu erfahren, dass der unheimliche «Onkel», der mit einem Arme bloß aus dem Kriege heimgekehrt und doch ein knappes Jahrzehnt nun schon als zweiarmiger Bandit bei ihnen unterm Dachfirst hauste, der Hungerleider, der sich als Leichenwäscher verdingte – dass dies Gespenst ihr leiblicher Vater? Wie er im Sterbezimmer verstohlen sich umsah, wollte es Ritter nahezu als Glück erscheinen, dass sein Ältester in eine bessre Welt hinübergegangen, da er fern in der Schweiz geweilt, und also nicht mehr zugegen, dies Tableau, das irdischer Jammer mit peinlichstem Pinsel gemalt, zu komplettieren.

«Mutter, erinnern Sie sich, was der Pfarrer Ihnen zuletzt mit auf den Weg gegeben?» Vom Bett der Tobenden hatte Johanne sich erhoben, die hohlen Wangen fiebrig gefleckt. «*O Mensch! Der Teufel spielt Schach mit dir und sucht dir das Spiel abzugewinnen*! Vertrauen Sie Gott! Einzig Gott! Er schickt Ihnen seine Engel zur Seite, mit ihrer Hilfe werden Sie siegen. Hören Sie nicht auf das, was der ewige Feind Ihnen einflüstert. Nichts vermögen die höllischen Heerscharen gegen Gottes unermessliche Güte. Nur bleiben Sie fest! Bleiben Sie fest!»

Wie sie in ihrer frommen Inbrunst seiner seligen Mutter daheim in Samitz glich! Doch nimmer nicht durfte er ihr's anvertrauen. Keinem seiner Kinder war er verhasster denn Johanne – der Einzigen, die ihn bei seiner Rückkehr misstrauisch beäugt, wie wenn sie sich gefragt, ob sie den unbekannten «Onkel» nicht doch von früherhin kennte, da er so lustig in der gemeinsamen Wohnung mit Fröschen und Mimosen hantiert und einmal sogar einen italienischen Bauernburschen mit ins Haus gebracht, auf dessen Schoße sie hatte reiten dürfen.

«*Unser Vater in dem Himmel*», hörte Ritter seine Älteste nun beten. «*Dein Name werde geheiliget. Dein Reich komme. Dein Wille geschehe, auf Erden, wie im Himmel.*» Durfte er es wagen, in die heiligen Worte einzustimmen, die er seit Jahren nur mehr heimlich für sich gemurmelt? Oder brachte er Catharina zu böser Letzt auch noch um ihrer Seele Heil, weil seine Mitsprache das Gebet einzig vergiftet hätte?

«Unser täglich Brot gib uns heute, und vergib uns unsere Schulde, wie wir unsern Schüldigern vergeben.»

Nicht länger hielt es Ritter: Hände und Mund gehorchten ihm nicht mehr, von selbst fanden seine Finger ineinander, öffneten und schlossen seine Lippen sich, wie sie es ungezählte Male in seinem früheren, frommeren Leben getan.

«Und führe uns nicht in Versuchung, sondern erlöse uns von dem Übel. Denn Dein ist das Reich, und die Kraft, und die Herrlichkeit in Ewigkeit, Amen.»

Wie wenn das Gebet die höllischen Heerscharen mit einem Streich vom Bette der Sterbenden verjagt hätte, war diese ganz ruhig in ihre Kissen zurückgesunken. Zu lächeln schien sie gar. Die tröstlichste Verwandlung hatte stattgefunden; alle Spuren der Krankheit waren von ihrem gemarterten Antlitze getilgt; heil und schön lag sie da; ein köstlicher Geruch verdrängte der Eiterschwären fauligen Gestank, der den Raum zuvor erfüllt.

Da erhob sich die Verklärte und verlangte mit anmutiger Gebärde, dass Johanne sie stütze. Einen nach dem andren setzte sie die bloßen Füße auf den Boden, doch nur, um zunächst vor dem Bette auf die Knie zu sinken.

«Ich glaube. Ich liebe. Ich hoffe.» Klar und sanft folgte ihre Stimme den gefalteten Händen gen Himmel. «Ich bereue. Ich verzeihe. Ich befehle meine Seele in Deine Hände.»

Kein Auge gab es im Raum, das nicht mit Tränen sich gefüllt.

«Ich glaube. Ich liebe. Ich hoffe.»

Hatte er je hoheitsvollere, erhabenere Worte vernommen? Mit unendlicher Vorsicht löste Ritter sich von der Türe, an welcher er die ganze Zeit reglos ausgeharrt.

«Catharina ...» Mehr dachte er ihren Namen, denn dass er ihn sprach.

«Ich bereue. Ich verzeihe. Gott segne euch alle.»

Gemeinsam mit seinen Kindern sank Ritter da auf die Knie. Und im nämlichen Augenblicke, wie wenn sie seine Gegenwart längst bemerkt und an derselben nicht das Mindste auszusetzen, richtete seine sterbende Gattin den Blick auf ihn.

«Dir, Hans», sagte sie so freimilde, dass ihm die Tränen in breiten Strömen über die Wangen flossen. «Dir ewigem Sünder mag Gott allein verzeihen. Indes von mir sei verflucht.»

«Halten Sie an! Anhalten!»

Um ein Haar wären sie im Straßengraben gelandet. Nein, nicht im Straßengraben: Sie wären durch die Leitplanken hindurchgeschossen und den steilen, waldigen Abhang hinuntergestürzt.

«Sind Sie wahnsinnig geworden!» Anstelle des Wagens überschlug sich Johannas Stimme. «Sie können mir doch nicht ins Lenkrad greifen!»

«Anhalten! Halten Sie an!»

«Ich kann hier nicht anhalten!»

Welcher Teufel war jetzt wieder in ihn gefahren? Bis eben hatte er friedlich auf dem Beifahrersitz gesessen und so gebannt in die Wolkensuppe hinausgestarrt, dass Johanna sich schon gefragt hatte, was es dort zu sehen gab. Hatte er – so wie sie – das frisch gezimmerte Holzkreuz und das Trauerlicht im roten Plastikbecher entdeckt, an denen sie unmittelbar vor seinem Ausraster vorbeigekommen waren? Johanna fand es angemessen, dass er sich an Thomas' Tod mitschuldig fühlte. Aber war das ein Grund, dass er jetzt versuchte, sie beide umzubringen?

Mit zitternden Händen steuerte sie um zwei weitere Serpentinen herum, bevor sie eine Parkbucht erreichte, von der aus man an schönen Tagen bis nach München blicken konnte.

«Was – ist – los?» Endlich hatte Johanna den Wagen zum Stillstand gebracht.

«Machen Sie kehrt! Nimmer nicht werde ich meine unseligen Versuche an Ihnen wiederholen.»

Erstaunt blickte sie ihn an. Daher blies also der Wind, der ihm die Spuren seines alten Wahnsinns ins Gesicht trieb. «Und warum auf einmal nicht?»

«Weil ich es nicht vermag.» Zornig schlug er auf die Handschuhablage. Zum Glück schien der Beifahrer-Airbag an einer anderen Stelle untergebracht zu sein. «Selbst wenn ich's über mich brächte – weniger als nichts würd's Ihnen nützen.»

Die Wolkendecke riss auf und gab den Blick in die Tiefe frei. Johanna schauderte. Bei Glatteis wären sie jetzt tot. Wäre *sie* jetzt tot. Und Ritter würde blutüberströmt und mit gebrochenen Knochen aus dem zerquetschten Autowrack kriechen, um für immer im Gebirge zu verschwinden.

«So», sagte Johanna. «Auf einmal wissen Sie das.»

«Meinen Sie», entgegnete er heftig, «der Gedanke, all dies Selbstgalvanisieren möcht der Grund für meine … meine Sonderlichkeit sein, sei mir damals nicht selbst gekommen? Alle wissenschaftlichen Schriften, alle gelehrten Beiträge, derer ich damals zu Nürnberg heimlich habhaft werden konnte, habe ich durchforscht. Und ja! Da gab es die Ärzte in Halle, in Genf, in Wien, die großsprecherisch behaupteten, sie setzten seit Langem schon den Galvanismus zum höchsten Wohle ihrer Patienten ein. Elektrische Stühle! Elektrische Betten! Kein Kurpfuscher von Welt, der sich ein solches Möbel damals nicht in die Ambulanz gestellt.» Ritter holte kurz Luft. «Nicht viel späterhin ward mir ja hochselbst das Vergnügen zuteil, dieser *heilsamen galvanischen Kurmethoden* Bekanntschaft zu machen.»

Die Wolkendecke hatte sich schon wieder geschlossen, und Johanna begriff noch immer nicht, worauf er hinauswollte.

«Ich schrieb an Volta, an Humboldt, an Pfaff! An jeden, von dem mir bekannt, dass auch er die wiederholtesten Versuche zur Wirkung des Galvanismus am eigenen Leibe durchgeführt. Falls die einstigen Weggefährten überhaupt die Güte aufbrachten, mir zu antworten, bedauerten sie, mir mitteilen zu müssen, dass sie nichts

345

dergleichen an sich bemerkten. Dass aber», er lachte auf, «dass ein gewisser Johann Wilhelm Ritter, der seinerzeit die tollsten galvanischen Selbstexperimente getrieben – dass dieser bereits im späten Jünglingsalter verstorben.»

«Na, und wer sitzt hier und feiert demnächst seinen zweihundert-zigsten Geburtstag?» Johanna verstand zwar nicht, warum Ritter seinen ehemaligen Kollegen offensichtlich unter falschem Namen geschrieben hatte, aber sie hatte keine Lust nachzufragen und sich die nächste Geschichte anzuhören. Lieber trat sie die Kupplung, legte den Gang ein und löste die Handbremse. Es war noch früh am Tag, und es war rührend wenig Material, das sie brauchten, um seine Versuchsanordnungen von damals nachzubauen. Wenn sie Pech hatten, würden sie trotzdem verschiedene Metallhandlungen, Glasereien, Holz- und Baumärkte abklappern müssen, bis sie alles beisammen hatten.

«Psst ... Psst ... junger Herr! Was stehst'n so hülflos aufm Trottoir? Hast dein Mutterl im G'wusl verlorn? Geh ... wer wird denn so g'schamig sein? Kummst mit mir! Der oide Berschitz zeigt dir was, des soist dein Lebtag ned vergessn!»

Stets herrschte zu Jahrmarkt das sonderlichste Gewimmel in der Stadt, doch nie zuvor hatte er eine Gestalt gesehen, die sonderlicher denn jenes Männlein, das ihn so plötzlich aus dem Dunkel des Wirtshausbogens heraus ansprach. Aus nichts als Bauch schien es zu bestehen, seines glänzenden Rocks Schöße standen ab wie eines Maikäfers Flügel, auf dem kugelrunden Kopfe balancierte ein Hut, wie er ihn gleichfalls nie zuvor gesehen: so schwarz und hoch als ein Ofenrohr. Am allersonderlichsten jedoch war die Art und Weise, in welcher das Männlein zu ihm sprach. Frösche mochten derart reden – so breit und weich in fremder Melodei.

«Wie heißt denn?»

«Der Ritter Hannes bin ich.»

«So so. Kannst scho lesn, *Ritter Hannes*?»

Schüchtern und stolz zugleich nickte er, worauf das Männlein aus des Torbogens Schatten in das Licht der Straße trat. «Dann schau her, was da steht!»

Das Männlein richtete sein Ofenrohr, schob eine Hand in sein speckiges Wams hinein, stellte eins der dürren Beinchen vor sich hin, wies mit der anderen Hand auf den frischen Anschlag, der an der Wirtshausmauer sich befand, und begann, in so künstlichem Tone vorzutragen, dass der Knabe das Lachen kaum zurückhalten konnte.

«Mit gnädigster Erlaubnis wird hiermit bekannt gemacht, dass allhier Herr Martin Berschitz angekommen, welcher wegen seinen mechanischen und *nota benig* physikalischen Kunststücken schon lange berühmt und deswegen auch von den vornehmsten deutschen Höfen mit Attestaten und Privilegien versehen ist. Und gleichwie er mit seinen schönen Maschinen und damit anzustellenden Experimenten schon viele fürstliche Personen belustiget hat, so schmeichelt er sich, auch hiesigen Orts durch seine Geschicklichkeit und Fleiß den Beifall seiner respektiven Zuschauer und Gönner zu erwerben.»

Das Männlein zog das ausgestellte Bein zurück, doch bloß, um sogleich auf beiden Füßen zu wippen, wie wenn es die schwarzen Flügel ausbreiten und davonfliegen wollt. «Na? Scheust di immer no, die Einladung von an kaiserlich-kurpfälzischen Hofmechanico zu rezipiern?» Sprach's und verschwand.

Ohne sich ernstlich zu besinnen, folgte der Knabe dem Männlein in den Wirtshaushof hinein, doch schon hatte er es zwischen all den Fässern, zerbrochenen Kutschteilen und anderem Gerümpel aus den Augen verloren. Halb enttäuscht, halb erleichtert schickte er sich an kehrtzumachen, da entdeckte er zuhinterst im Hofe eine kleine Tür, die ihm verlockend offen stand.

Durfte er es wagen? Was würde die Mutter sagen, wenn sie zurückkam und den Ort verwaist fand, an welchem zu warten er versprochen? Und der Vater gar! Wie grimmig würde er ihn bestrafen, sobald ihm der jüngste Beweis von seines Sohnes Eigenwille kundgetan!

Derweil Furcht und Neugier noch in ihm rangen, vernahm er ein zartes Geräusch, das aus der offenen Türe zu dringen schien. Der Knabe mühte sich, sein Gehör gegen des Marktes Lärm zu schirmen. Glöckchen klangen da. Glöckchen, wie er sie süßer nie hatte klingen hören! Magisch ward sein Fuß angezogen von dem trauten und gleichwohl fremden Klang. Doch wie groß ward sein Erstaunen erst, da seine Augen sich an das Dunkel im Saale gewöhnt: Wo auf den ersten Blick nichts als leere Tische und hochgestellte Stühle standen, entdeckte er eine Bühne, darauf ein Tischlein – und auf dem Tischlein wiederum jenes betörende Glockenspiel. Vom Männlein indes war keine Spur zu sehen. Mit äußerster Acht trat der Knabe näher und ward schaudernd gewahr, dass jenes Glockenspiel sich ganz ohne Spieler, gleichwie von Geisterhand, bewegte! Vier kleine Glocken waren an einem Gestell um eine große Glocke herum aufgehängt, und zwischen der großen und den vier kleinen schwangen ebenso viele Kugeln an seidendünnen Fäden hin und her.

War's der Wind, der die Kugeln bewegte? Aber weder an Händen noch Wangen konnte der Knabe den geringsten Hauch spüren. Auch war's ganz und gar unmöglich, dass derselbe Wind aus vier unterschiedlichen Himmelsrichtungen zugleich blies. Doch jetzt, da er sich dem unheimlichen Glockenspiele auf wenige Handbreit genähert, kam es ihm vor, wie wenn die Luft um ihn herum sich veränderte. Wie wenn sie wärmer würde und – er suchte nach dem rechten Worte – *dichter* würde. *Fiebriger.* Die Kugeln schienen ihm mit einem Male *beseelt.* Alle viere strebten sie der großen Glocke zu, wie wenn sie von dieser mit unwiderstehlicher Kraft angezogen. Doch kaum, dass sie deren helles Metall berührt, überlegten sie es sich schon wieder anders. Mit leichtem Rucke rissen sie sich los und flogen den kleinen Glocken zu. Doch ach! Kaum dass dorten sie angekommen, zog es sie abermals zur großen Glocke hin. In ihrem rastlosen Spiele – ewig unentschieden, welche Partei ihnen die liebste – erinnerten die Kugeln ihn an jenes streunende Hündchen, das die Schwestern auf der Dorfstraße gefunden und auf einige Tage heimlich in der Sakristei beherbergt, bevor der Vater es entdeckt und zornig vor die Türe getreten.

Was wohl geschehen mochte, wenn er sich unterwand, das Spiel zu stören? Der Knabe blickte um sich. Noch immer war vom Männlein nichts zu entdecken. Behutsam streckte er die Hand nach jener Kugel aus, die ihm zunächst hin und her sauste. Doch bevor er den unruhigen Gesellen überhaupt berührt, hatte der sich schon an ihm gerächt: mit einem Schlage, wie er ihn nie zuvor erhalten.

Verdutzt rieb der Knabe sich den Arm. Bis in die Schulter hinauf war der kurze, scharfe Schmerz ihm gefahren. An welch verhexten Ort war er geraten, dass hier kleine Metallkugeln Schläge erteilen konnten ärger wie Rübezahl?

«Du, wart nur, du! Zeigen werd ich's dir ...» Durch geschlossene Lippen murmelte er sich Mut zu, während er seine Hemdsärmel einen nach dem andren aufkrämpte. Wieder umfing ihn die warme, knisternde Luft, die das Glockenspiel gleich einer schützenden Hülle umgab. Hatte die Mutter nicht von Zaubersprüchen erzählt, mit deren Hilfe das Fenixweiblein ein jegliches Gebüsch, in dem es sich barg, undurchdringlich machen konnt? Was, wenn das Männlein, das ihn hierhergelockt, niemand anderes war als des Fenixweibleins heimtückischer Gemahl? Doch nie hatte die Mutter davon gesprochen, das Fenixweiblein sei vermählt.

Ein wenig bang ward dem Knaben dennoch ums Herz, da er zum zweiten Male – mit beiden Händen – nach der unruhigen Kugel griff.

Weit garstiger denn der vorherige war der zwiefache Schlag, den er sich fing. Bis in den Schädel hinauf surrte es ihm. Und Funken! Hatte er tatsächlich Funken gesehen? Und begann es tatsächlich zu riechen wie damals, da er heimlich sämtliche Zündhölzer aus der Lade genommen und Stück um Stück verbrannt, bis der Vater ihn überrascht und seinem Treiben mit zwei kräftigen Maulschellen ein Ende gesetzt?

Immer wilder, wie wenn sie ihn verspotten wollten, sausten die Kugeln zwischen den Glocken umher. Und als ob es mit dem höhnischen Geklingel nicht allein getan wäre, mischte sich nun auch noch ein helles Kichern darein.

Da packte den Knaben der Zorn. Schon hob er den Arm, um das Zauberwerk mit einem einzigen Streiche hinfortzufegen, da entdeckte sein Blick, der nun erst sich ans Dämmerlicht vollends gewöhnt, die feine Schnur, die gleich einem einsamen Spinnweb von des verhexten Glockengestells Krone quer durch die Luft zu dem Vorhange verlief, der die Bühne nach hinten begrenzte. Nein, nicht *zu* dem Vorhange verlief die Schnur – *in* dem Schlitze, den die beiden Stücke des roten Sammets zur Mitte hin ließen, verschwand sie. Durfte er's wagen hindurchzuspähen? Er *musste* es wagen! Und wenn er sich dem Fenixweiblein leibhaftig gegenüberfand!

Pochenden Herzens streckte der Knabe die Hand nach dem schweren Tuche und fuhr im selbigen Augenblicke zurück. Mit einem rauschenden Schwunge, wie wenn seine Berührung dies bewirkt, flog der Vorhang zu beiden Seiten in die Höhe.

«Naaa», ließ das Männlein, das zwischen den Lappen erschienen war, in seinem gedehnten Tone sich vernehmen. «So a kurioser junger Herr ... so a G'scheiterl aber aa ...»

Angst und Vernunft befahlen dem Knaben zu laufen, so schnell als seine Beine ihn trugen – doch außerstande war er, den kleinen Zeh nur zu bewegen. Gebannt bestarrte er den eigentümlichen Apparat, an dem das Männlein dort auf der Bühne in einem fort drehte. Wie bei dem Spinnrade, das ihm daheim aus der Stube bekannt, bestand das größte Teil aus einem hölzernen Rad, allein dass dies hier nicht mit dem Fuße, sondern der Hand angetrieben ward. Auch übertrug sich des Rades Drehung auf keinen Spinnflügel: An Spindel statt drehte sich ein grünlich schimmernder, gläserner Ballon. Nein, nicht der Ballon selbst – ein ledriges Kissenpolster war's, das sich drehte und solcherweise beständig am Glase rieb. Vervollständigt wurde die wundersame Einrichtung durch eine eiserne Stange, die zu beiden

Enden an des Saales Decke aufgehängt und um welche eine stählerne Kette sich wand, die lose auf den Ballon hinabfiel.

«Naaa», begehrte das Männlein zu erfahren. «Woaß unser *Ritter Hannes*, was er da siecht?» Es ließ die Kurbel ruhen, und wie wenn sie ihrem Meister aufs Wort gehorchen müssten, verstummten die Glöckchen sogleich.

Wie ging das bloß zu? Zwar hatte der Knabe sich enträtselt, dass die Schnur, der er gefolgt, mit ihrem zweiten Ende um dieselbe Stange geschlungen, von der auch die Kette auf den gläsernen Ballon hinunterfiel; dass jenes Glockenspiel also geradewegs mit dem geheimnisvollen Apparate verbunden, an welchem das Männlein bis ebenhin gedreht. Doch nicht erhellte es sich ihm, wie jene Schnur, die selbst sich doch nicht im Mindsten bewegt, des Rades Drehung an das Glockenspiel mochte weiterleiten. Wohl wusste er, dass Klang sich durch Bewegung an entferntem Orte erzeugen ließ. Seit er zur Schule ging, war er zum Kalkanten aufgestiegen. Aber nicht zu vergleichen war dies hier mit der Orgel! Wenn er dort an den Hebeln zog, die auf dem großen Balge hinter der Orgel ruhten, entstanden Winde, die durch dicke Schläuche hindurch in die Pfeifen getrieben wurden, gleichwie wenn's ein Riese wäre, der aus vollen Backen hineinbliese. Doch hier?

«I sieh ... i *seh*», gluckste es von der Bühne herab. «Der junge Herr woaß, wann er schtü zu sein und *nota benig* zu staunen hat.» Mit ein paar trippelnden Schritten kam das Männlein nach vorn und zog mit leutseliger Verbeugung den Hut. «Küss die Hand, Gnädigster! Willkommen im verborgensten Tempel der Natur!»

«Natur! Nichts von Natur nicht kann ich hier entdecken! Zauberzeug ist's! Verfluchtes Zauberzeug!» So ungestüm hatte der Knabe das Männlein angefahren, dass er ob seines Betragens selbst errötete.

«Schien do ganz verständig, des Burscherl», murmelte das Männlein mehr enttäuscht denn erzürnt. «Und itzum des.» Mit einem Achselzucken ließ es sein Ofenrohr zurück auf den Schädel wandern. Und gleichsam wie wenn die Maschine die Beleidigte wäre, die es zu trösten galt, strich es über den gläsernen Ballon hinweg und hub feierlich zu leiern an:

«Dass ich die Seltsamkeit zu allererst versuchet,
Vor achtzig Jahren noch wurd ich vielleicht verfluchet,
Verwünscht, verdammt, ja gar nach unserm lust'gen Recht,
Als ein der Republik höchst schädliches Geschlecht
Am Pfahl geschmäuchet, verbrannt. Lass mich den Himmel loben,
Dass ich anjetzo bin, da klügre Rechte toben.»

Ein letztes Mal strich das Männlein über den grünlichen Ballon, wobei seine ganze aufgeblasene Gestalt wie von einem Schauer durchlaufen ward. Erst da es den Knaben gewahrte, der unverändert reglos vor der Tribüne stand, verdüsterte seine Miene sich.
«Was stehst'n no da?», fuhr es den Erstarrten an. «Schleich di!»

Ei, Berschitz! Alter Bruder *nota benig*! Wer hätt gedacht, dass deiner einmal würde noch gedacht! Und überdies so liebevoll! Warst zwar ein rechtes Knallbonbon, mehr Luftikus denn Physikus, der sich sein Brot damit verdient, das niedre Volk zu unterhalten; der mit der *Elektrizität* – der noblen, jüngst entdeckten Kraft! – nichts als Alfanzereien wusst zu treiben; der von der Donau bis zur Weser tat *Schiffanakl* laut zersprengen, weil bauernschlau die Kunst er fand, wie Pulver unter Wasser zu entzünden. Doch ungerecht dünkt mich der große Lichtenberg, da er als «Bergschütz» einstens dich verspottet, als «Kerl», der zu bedauern sei, dass er beizeiten nicht sei «unterrichtet» worden. Denn, Hand aufs Herz, ihr ach so stolz Gelehrten, müsst ihr in Wahrheit nicht gestehen ein, dass all die ständig Demonstrererei, die eure Adelsherrn euch abverlangt, nicht auch zu Budenspielern euch gemacht?
Drum, guter Berschitz, sei versichert, dass niemals ich auf dich herabgeblickt. Und lieben tu ich dich speziell für dies: Dass du

den herrlich krummsten Blitzableiter just hast dem Ulmer Münster aufgesteckt! Und dass den *Ritter Hannes* du verführet, der Feuerkund' mit Haut und Haar sich zu ergeben – dafür gebührt dir ewig Lob!

Schon wieder war es ihm gelungen, sie zu verunsichern. Fluchend warf Johanna die Kanüle auf den Tisch, mit der sie zum dritten Mal vergeblich versucht hatte, eine Vene in ihrer linken Ellenbeuge zu treffen. Scharf schnalzend sprang der Staugurt auf, den sie sich um den linken Oberarm geschnallt hatte. Sie öffnete und schloss ein paarmal die linke Faust, um ihr Blut wieder in Fluss zu bringen.

Selbst wenn ich's über mich brächte – weniger als nichts würd's Ihnen nützen … Hatte Ritter die anderen Forscher, die damals mit Elektrizität herumexperimentiert hatten, tatsächlich angeschrieben? Oder behauptete er dies nur, weil er zu träge, zu verwirrt, zu was auch immer war, um die Versuche jetzt und hier mit ihr zu wiederholen? Welche Namen hatte er genannt?

Johanna zog den Laptop zu sich heran und tippte die Buchstaben V-O-L-T-A ein.

«La Prima Volta, italienisches Restaurant … Volta 11, Basel's s Art Fair …» Alles Quatsch. Aber hier: «Alessandro Giuseppe Antonio Anastasio Graf von Volta (*18. Februar 1745 in Como; † 5. März 1827 ebenda), italienischer Physiker.»

Noch bevor Johanna den Wikipedia-Eintrag geöffnet hatte, hielt sie inne. Siebzehnhundertfünfundvierzig bis achtzehnhundertsiebenundzwanzig. Das hieß, Volta war – fünfundfünfzig plus siebenundzwanzig – stolze zweiundachtzig Jahre alt geworden! In einer Zeit, in der die durchschnittliche Lebenserwartung irgendwo um die vierzig herum gelegen haben mochte. Von wegen «nichts dergleichen bei sich selbst bemerkt»! Welche Namen hatte Ritter noch genannt?

H-U-M-B-O-L-D-T.

Da, das war der Richtige: «Friedrich Wilhelm Heinrich Alexander von Humboldt (*14. September 1769 in Berlin; † 6. Mai 1859 ebenda), deutscher Naturforscher mit weit über Europa hinausreichendem Wirkungsfeld.»

Johannas Herz schlug schneller. Neunzig! Humboldt war nahezu neunzig Jahre alt geworden. Damals! Obwohl er um die halbe Welt gereist war. Das konnte kein Zufall sein. Sein Bruder! Wie alt war sein Bruder geworden, der mit der Bildung, der keine elektrischen Selbstversuche angestellt haben dürfte?

«Friedrich Wilhelm Christian Carl Ferdinand von Humboldt (* 22. Juni 1767 in Potsdam; † 8. April 1835 in Tegel).»

Johanna musste Luft holen. Knapp achtundsechzig Jahre bloß. Dieser hier hatte seinen Bruder um zweiundzwanzig Jahre unterlebt, obwohl er nach allem, was sie wusste, keine tropischen oder sonstwie gefährlichen Länder besucht hatte.

«Ritter!» Johannas Stimme schallte durchs Haus. Wahrscheinlich war er auf dem Dachboden. Sie hatten beschlossen, dass er seine Apparaturen am besten dort aufbaute. Aber er hatte versprochen, nicht ohne sie anzufangen. Jeden seiner Handgriffe wollte sie verfolgen. Von der ersten Kupferscheibe an.

Noch einmal rief Johanna nach ihm. Hatte er heute Morgen nicht weitere Kollegen erwähnt? Sie brauchte die Namen aller Wissenschaftler, die sich damals mit Elektrizität beschäftigt hatten.

Johannas Blick fiel auf die Uhr. In wenigen Minuten würde der Paketdienst klingeln. Bevor sie Ritter suchen ging, musste sie zuerst das hier hinter sich bringen.

Hastig schnallte sie sich abermals den Gurt um den linken Oberarm und pumpte mit der Faust, während sie gleichzeitig die Ellenbeuge nachdesinfizierte, dann riss sie eine frische Kanüle aus der sterilen Verpackung.

Ausatmen. Einmal tief einatmen, dann ganz ruhig aus, und …

«Yes!»

Johanna griff nach dem ersten der drei voretikettierten Blutentnahme-Röhrchen, die sie von Catch-23 zugeschickt bekommen hatte. Angesichts der jüngsten Erfahrungen war ihr klar geworden, dass sie ihr eigenes Genom an keinem Institut untersuchen lassen durfte, an dem sie persönlich bekannt war. Zum Glück gab es zwischen Kalifornien, Island und Japan mittlerweile einige Firmen, die vollständige Genomanalysen für jedermann anboten. Zwar waren diese kommerziellen Anbieter vom Ziel des «thousand-dollar-genome», das sie vor Jahren vollmundig ausgegeben hatten, noch weit entfernt, aber immerhin waren die Kosten für eine Sequenzierung samt Analyse mittlerweile vom sechsstelligen Bereich auf knappe zehntausend Dollar gesunken.

Das erste Röhrchen hatte sich mit ihrem Blut gefüllt, vorsichtig zog Johanna es vom Kanülenadapter und ersetzte es durch das nächste.

Da sie keinen der Kollegen am FHI oder in Dark Harbor hatte fragen wollen, hatte sie selbst im Internet recherchiert. Catch-23 war ein schwedischer Anbieter und schien einigermaßen seriös zu sein. Letztlich hatte Johanna sich für diese Firma entschieden, weil man ihr dort versprochen hatte, weniger als zwei Monate für Sequenzierung und Analyse zu brauchen. Die Auswertung ihrer DNA, nachdem sie sich den Ritter'schen Experimenten unterzogen hatte, würde sie einer koreanischen Firma überlassen, die gleichfalls behauptete, schneller als die Konkurrenz zu sein. Niemand sollte sich wundern, warum dieselbe Person innerhalb kürzester Zeit ihre DNA gleich doppelt analysieren ließ.

Ampulle Nummer zwei war voll.

Die weite Reise nach China würde ihr Blut in jedem Fall antreten müssen. Soweit Johanna wusste, standen die großen kommerziellen Sequenzierparks allesamt in Peking oder Shenzhen. Sie konnte nur hoffen, dass es sich tatsächlich so verhielt, wie Catch-23 versprach: Dass nicht nur sie selbst die fertige Analyse perfekt schützten, sondern auch die Rohdaten von den Chinesen auf Speicherkarten zugeschickt bekämen, die sich bei unbefugtem Zugriff selbst zerstörten.

Während Johanna die letzte Ampulle anschloss, klingelte es. Wenigstens der Paketdienst war schon einmal pünktlich.

«Moment, komme sofort!», rief sie aus der Küche in Richtung Wohnungstür.

Sie griff nach dem Versandkarton, der von einem Styroporblock vollständig ausgefüllt war, schob die drei Ampullen in die vorgesehenen Aushöhlungen, legte die gesammelten Auftragsformulare und Haftungsausschlüsse, die sie zuvor ausgefüllt und unterschrieben hatte, zuoberst und verschloss die Schachtel mit den bereitgelegten Klebestreifen. Die schwarz-gelben Warnhinweise BIOHAZARD hatte Catch-23 bereits selbst angebracht – ebenso wie die rote Dokumentenhülle, in die der Paketbote gleich die Sondergenehmigung zum Transport von Blut stecken würde. Full service.

Erst in der Diele merkte Johanna, dass ihr noch die Kanüle im linken Arm steckte, aus der sich der verschlossene Schlauch wie eine winzige Blutnatter hervorringelte.

«Herr Papa, jezd sans hoid ned gar so streng. Sengs ned, wie der Bursch vor Neugier stürbt?»

Aus dem Dunkel hinter dem gerafften Vorhang war ein Mädchen herausgetreten. Es trug ein Kleid, schöner als alle Kleider, die er je gesehen. Von hellstem Blau war es, lichter als der Himmel im Maien, und dennoch vom Hals bis hinunter zum Saume mit Sternen übersät, wie sie in keiner Julinacht hätten lebhafter funkeln können. Nimmer würden die Schwestern ihm glauben, dass solche Kleider auf Erden wirklich geschneidert. Sein Haar hatte das Mädchen in zahlreichen Zöpfen um den Kopf herumgewunden, teils dick wie Fichtenzapfen, teils fein wie Weizenähren – nur dass Natur sich die Laune erlaubt, Zapfen und Ähren aus reinstem Ebenholze zu flechten. Auch die Haartracht schien dem Knaben weit kunstvoller denn alle Frisuren, die er selbst an hohen Festtagen daheim auf dem Dorfe gesehen. Welchen Alters dies Feenwesen sein mochte?

«Theres, Theres ... wann wirst endlich g'scheit? Der Bursch is dumm wie die Nacht. Hast ned g'hört, wie er unser Maschinderl beleidigt hat? Nass hinter die Ohrn, aba bildt sich ein, er wüsst glei mehr als der göttliche von Guericke, der göttliche Hauksbee und *nota benig ...*»

«Herr Papa!» Schmeichelnd schmiegte die Fee sich an das Männlein an, welches sie leicht überragt hätte, hätte dies seine Gestalt nicht mit dem Ofenrohre künstlich verlängert. Wie war's möglich, dass solch himmlisches Wesen jenen Frosch als Vater verehrte? Das Einzige, worin die beiden einander ähnelten, war der Singsang, in dem sie sprachen.

«Theres, Theres ...»

Kichernd entwand die Fee sich des Männleins Liebkosungen und erklomm ein gläsernes Podest, das zunächst an der wundersamen Maschine stand und vom Knaben nun erst bemerkt ward. Wie wenn sie dieselben Bewegungen schon tausendmal ausgeführt, griff die Fee mit einer Hand über sich, löste die Schnur, die von dem verhexten Glockenspiele zur eisernen Stange verlief, und fasste hernach das kürzere Ende jener Kette, deren längeres Ende auf den gläsernen Ballon herabhing. Dabei ließ sie den Knaben keinen Moment aus dem Blick. Nicht *viel* älter als er mochte sie sein.

Anfangs behutsam, doch bald schon mit dem alten Schwunge drehte der Alte die Kurbel.

Konnten an diesem Orte Wunder noch geschehen, die alle bisherigen übertrafen? Von des Mädchens Haupte schien plötzlich ein schwaches Leuchten, ein Schimmer auszugehen, gleichwie der Heiland in jenem Augenblicke erstrahlt, da er nach dem Himmel aufgefahren.

Der Knabe erschrak ob des gottlosen Gedankens. Erführe je der Vater davon – mit vollem Rechte würd er ihn schlagen, bis er ohn' alle Hexerei tausend Sterne funkeln sah!

«Was stehst'n da wie a Ölgötz? Wüist deiner Gönn'rin ned Dank und Ehrfurcht zolln, wie sich's g'hört?»

Ein Licht, wie wenn der Mond durch Wolken brach, umgab das Mädchen nun. O Zauber! *Zauber!! Zauber!!!*

«Was is? Rühr di!»

Auch die Schimmernde bedeutete ihm mit freier Hand, dass er ohne Scheu sich ihr nahen dürfe. Ein laulicher Hauch umfing den Knaben, sobald er ihren Dunstkreis betrat. Zwar glich die Empfindung jenem Gefühle, das er vorhin verspürt, da er den Glöckchen sich genähert, doch um ein Vielfaches größer war die Erregung, in welche die Luft zwischen ihm und der Schimmernden geraten. Hunderte kleiner Wirbel umspielten seine Hand, zarter Dunst stieg ihm in die Nase, feines Knistern, wie wenn junges, grünes Holz im Feuer prasselte, drang an sein Ohr.

«Dodl! Hast kane Maniern? Auf die Knia! Und wennst untertänigst ‹bittschön› sagst, derfst dem Freulein den Saum küssn.»

Sank er wirklich auf die Knie? Wo waren die himmlischen Heerscharen, ihn zu retten? Ihn zu hindern, dass er auf ewig sich in des Verworfenen Netzen verstrickte?

Pantoffeln, reich bestickt und spitz und gleichfalls himmelblau, erfasste sein Blick. Die Augen musste er schließen.

«Ja! Küss sie nur! Küss sie nur! Trau di, Burscherl! Trau di!»

Er meinte, die Zähne wollten ihm brechen. Ein schmetternd Stechen verdrehte ihm beinahe den Mund. Ein nie gefühlter Zitterschmerz raste ihm bis ins Gehirn. Und während der Knabe wie tot auf den Rücken fiel, brach über ihm die Höllenbrut in zweistimmiges Gelächter aus und hub, die Tochter nicht minder spöttisch denn der Vater, zu singen an:

«Berührt ein Sterblicher etwan mit seiner Hand
Von solchem Götterkind auch selbst nur das Gewand,
So brennt der Funken gleich, und das durch alle Glieder.
So schmerzhaft, als es tat, versucht er's dennoch wieder,
Und kommt er näher hin, gleich sengt die helle Flamme –
Er findet, dass ihn die zur Sklaverei verdamme.»

Da hatte er nun seine gerechte Strafe umgehend erhalten. Was ließ er sich auch mit solcherlei Gelichter ein! Vor Scham und Schmerz wollten dem Knaben die Tränen aufsteigen, doch er bezwang sich. Die Freude, ihn weinen zu sehen – nicht wollte er sie dem teuflischen Paare gönnen. Fort musste er! Allerschleunigst hinweg! Auf dem kürzesten Weg aus diesem verdammten Saale hinaus!

«Pssst ... Pssst ... Burschi!»

Bevor er seine zersprengten Glieder so geordnet, dass sie ihm wieder gehorcht hätten, fasste eine Hand ganz sacht nach seiner Schulter. «Na geh! So schlimm war des do ned. Mei Vater und i, mia ham uns ja bloß a Spaßerl erlaubt. Kumm, samma wieder guad.»

Noch immer ging von dem verflixten Hexenkinde ein leises Knistern aus, doch nichts hatte es mehr von der Gewalt, mit der es ihn zuvor niedergestreckt. Im Gegenteil: Höchst belebend durchrieselte es ihn jetzt, sodass es ein Leichtes ihm gewesen wäre, aufzuspringen und fortzulaufen. Aber würde es ihn nicht bis ans Ende seiner Tage reuen, wenn er Reißaus nahm, bevor er dies Rätsel ergründet?

«Wennd aufstehst, derfst unser Maschinderl selbst amoi angreifn.»

War's die Hölle, die so traulich in seinem Innersten las? Oder hatte er tatsächlich – wie der Bebbock vorhin geprahlt – der Natur verborgensten Tempel betreten, in dem alles offen ward und keine Schranken mehr Mensch von Mensch, noch Mensch von Tier, noch Tier von Pflanze trennten? So wie wenn er daheim zur Dämmerstunde am Bächlein saß und sämtliche Fische und Tropfen des Wassers und der Hängeweide säuselnde Blätter sprachen zu ihm?

Ehe der Knabe sich's versah, hatte die Fee ihn aufgerichtet und zu dem gläsernen Sockel geleitet, auf dem sie selbst gestanden. «Auffi mit dir!», befahl sie fröhlich. «Und an der Kettn da – da musst di schee festhoidn, eh wuaschd, was bassiert!»

Sein Herz pochte ihm zum Halse hinauf, wie wenn's ein Fröschlein wär, das sich in seiner Brust gefangen und verzweifelt nun bemüht, dem Kerker zu entfliehen.

Aufs Neue begann der Alte zu drehen, und obgleich das wundersame Rad träge noch ging, spürte der Knabe, wie's ihn durchlief. Heiß durchströmte es den Arm, mit dem er die Kette hielt, wie wenn er gleich im Fieber läge, nur dass er sich nicht im Mindsten mattig fühlte. Doch was war dies? Aus seiner Augen Winkel konnt er erspähen, wie sein lockiges Haar begann, ihm buchstäblich zu Berge zu stehen!

«Ha, Theres! Hättst unserm *Ritter Hannes* Zöpferl flechten soin!»

War's Furcht, die sich auf diese Weise verkündigen wollte, da er trotzig sie zu verhehlen suchte? Doch nein – ganz frei war ihm zumute. Atemlos strengte der Knabe sich an, sein fliegendes Haar zu betrachten und zugleich nichts von dem zu versäumen, was die Fee betrieb. Die nämlich war vollauf damit beschäftigt, neue Gerätschaften herbeizuschaffen: ein hohes, schmales Tischchen, das sie so dicht an ihn heranstellte, dass er es hätt berühren können; einen Kelch, bis zum Rande gefüllt mit einer dunklen, klaren Flüssigkeit.

«Theres! Hast für unsern Herrn Grünschnabel ned gar den teuren welschen Brandewein g'nommen?»

«Herr Papa, jezd hörens amoi auf!»

Was wollte dies nun wieder bedeuten? Wollten die beiden ihn trunken machen?

«Ned bewegn! Und kane Angst! Bloß immer schön die Kettn hoidn!»

Schon nahte die Fee sich ihm mit dem Kelche – doch nicht reichte sie ihm den Trunk, sondern stellte ihn bloß auf dem Tischchen ab. Hernach trat zwei Schritte sie zurück und sprach, die Kohlenaugen fest auf ihn geheftet: «Jezd heb die Hand! Naaa! Die andre, ned die mit der Kettn! Und jezd weis auf den Bokal!»

Vergeblich warnten ihn alle guten Geister, den Befehlen der Zauberin zu folgen. Zu heftig juckte die Neugier, und also tat er, wie ihm geheißen.

Anfangs mochte der Knabe an seinem erregten Gesamtzustande keine Veränderung bemerken, doch wie er seine Hand nach dem

Pokale hin senkte, vernahm er ein gewaltiges Knacken. Es rüttelte an ihm, wie wenn es ihn zerreißen wollte, und keinen Wimpernschlag später fuhr zu seinem Finger ein Blitz heraus, wie Blitze sonst nur aus schwarzen Wolken zuckten. Lichterloh stand der Brandewein in Flammen. Des Knaben Knochen hallten wider wie einer Glocke Erz, wenn es vom schweren Schlag des Pendels getroffen, doch an der Kette hielt er fest, als hinge sein Leben daran. *Wer du auch seist: Mann oder Geist, Baum oder Berg, Riese und Zwerg, Fels oder Tier – zeige dich mir!* War er in Rübezahls Reich geraten – und konnte plötzlich zaubern wie Hans, nachdem der Berggeist ihm die Finger bestrichen? Konnte er auf seinem Mittelfinger Flöte spielen? Mit dem Ringfinger ein jegliches Schloss aufsperren? Würde sein Daumen ihm, sobald er ihn ans Ohr brachte, Neuigkeiten aus aller Welt berichten? Zwar war der Blitz ihm nicht aus dem kleinen, sondern aus dem Zeigefinger geschossen – gleichwohl! War's nicht exakt so als im Märchen, wenn Hans das Mädchen seiner Träume endlich gefunden? *Und wie er ihren kleinen Finger mit seinem berührte, da schlug ein Funke daraus, und sie wussten, dass sie einander liebten und waren glücklich, solange sie lebten ...*

«Warum hocken Sie denn hier im Dunkeln? Träumen Sie schon wieder? Jetzt wird gearbeitet!»

Johanna brauchte eine Weile, bis sie den Lichtschalter gefunden hatte.

«Nicht!» Ritter hob beide Hände vors Gesicht wie bei einer Explosion.

Angenehm war das Licht tatsächlich nicht, das die nackte Neonröhre verströmte. Schlimmer jedoch waren die Hirsche, die Johanna in einer ordentlich aufgereihten Parade anröhrten.

«Um Himmels willen, warum haben Sie denn diese grässlichen Schinken nach hier oben gebracht?», fragte sie, nachdem sie sich vom ersten Schrecken erholt hatte.

«Da wusst ich nicht, dass ich bald schon unterm Dache hausen würde», murmelte er durch die geschlossenen Finger hindurch. «Noch wusst ich, dass Sie am nämlichen Orte ein Laboratorium einzurichten gedenken.»

«Sobald wir Zeit dafür haben, schaffen Sie die Dinger wieder nach unten. Aber jetzt nehmen Sie erst mal die Hände weg. Das ist doch albern.»

«Haben Sie keine Kerzen im Haus?»

Johanna stieß ein kurzes Lachen aus. «Ich hab zwar gesagt, ich will, dass Sie Ihre Versuche so originalgetreu wie möglich wiederholen – aber wir müssen's ja nicht übertreiben.»

«Nichts wird mir bei diesem Lichte gelingen.»

Ritter hielt seine Augen noch immer bedeckt. Wie alt war dieser Mann? Drei? Fünf?

«Ich habe keine Kerzen im Haus», erklärte Johanna. «Und selbst wenn ich welche hätte – das, was wir hier treiben, wird gefährlich genug. Ich bin nicht scharf darauf, dass der Dachstuhl brennt, bevor wir überhaupt mit den Experimenten angefangen haben.»

Endlich ließ Ritter die Hände sinken und schaute sie herausfordernd an. «Sie sind so schlimm als Schiller.»

Sollte sie sich auf sein Spielchen einlassen? «Warum bin ich so schlimm wie Schiller?»

Ein Lächeln huschte über sein Gesicht. «Weil Schiller von der Elektrizität Mysterien nichts verstanden. Nur brüsten konnt er sich damit, dass er zu Jena der Erste, der einen Blitzableiter auf dem Dache.»

«Schiller hatte einen Blitzableiter auf dem Dach?» Obwohl Johanna nichts weniger wollte, als eine neue Geschichte aus alten Tagen zu hören, musste sie lachen.

«Ei, gewiss. Geprahlt hat er damit, dass man gleich hätt meinen mögen, nicht Franklin hätt das feige Gerät erfunden, sondern er höchstselbst. Dabei hat's bloß sein Verleger ihm geschenkt. Weil der bei einem Besuche miterlebt, wie draußen vor den Mauern ein Fuhrknecht vom Blitze erschlagen ward – und von da an keine ruhige

Minute mehr gehabt, als bis er seinem hochwohlberühmten Autor solch neumodisch Spießlein aufs Gartenhaus gesetzt.»

«Was haben Sie gegen Blitzableiter? Ist doch toll, dass es die damals schon gegeben hat.»

Ritter schnalzte ärgerlich mit der Zunge. «Wann wär's je nobel gewesen, dass der Mensch Natur sich unterjocht, bevor er sie im Geringsten durchdrungen?»

«Quatsch!» Nun war es ihm doch wieder gelungen, eine Grundsatzdiskussion anzuzetteln. «Wenn wir jedes Naturgesetz immer erst bis ins letzte Detail verstanden haben wollten, bevor wir es technologisch nutzen, würden wir heute noch in Höhlen sitzen und grübeln. Ich muss nicht wissen, wie Blitze entstehen oder was sie ihrer Natur nach sind, um zu wissen, dass ein Blitzableiter eine großartige Erfindung ist.»

«Mehr wert als der Naturforscher wär dann der Mechanikus?» Ritter funkelte sie böse an. «Sind Sie, liebe Johanna, gewiss, dass Sie dies Abenteuer wagen wollen – mit *mir*? Mir dünkt, klüger wär's, Sie holten sich einen Scharlatan ins Haus, der seine plumpe Freude daran hat, *in des Electri Fesseln* Sie zu legen.»

«Warum haben Sie mir nicht gesagt, dass Volta und Humboldt für damalige Verhältnisse steinalt geworden sind?», beendete Johanna die Diskussion, auf die sie sich gar nicht hätte einlassen sollen.

Er hielt ihrem Blick stand. «So? Sind sie das?»

«Hören Sie auf, den Ahnungslosen zu spielen.» Johanna öffnete ihren Laptop, den sie mit auf den Dachboden gebracht hatte. «Wie hieß der Dritte, von dem Sie heute Morgen im Auto gesprochen haben?»

Ritters Gedanken waren irgendwo, nur nicht bei ihr und ihrer Frage.

«Hallo! Wer außer Volta und Humboldt hat damals noch elektrische Selbstversuche gemacht?»

«Nicht war mir bewusst, dass beide so alt geworden. In welchem Jahre sind sie gestorben?»

«Das hab ich schon wieder vergessen. Jedenfalls ist Humboldt knapp neunzig und Volta zweiundachtzig geworden. Fallen Ihnen noch andere Namen ein?»

«Ørsted», antwortete Ritter nach kurzem Zögern. «Mein alter Freund Ørsted. Auch ihn habe ich zur Gänze aus den Augen verloren. Nicht weiß ich, wann er gestorben.»

«Hans Christian Ørsted?», vergewisserte Johanna sich, nachdem sie zuerst «Örstett» eingetippt und der Computer sie gefragt hatte, ob sie «Örsted» meine. «Der Däne?»

Ritter nickte.

«Vierzehnter August siebzehnhundertsiebenundsiebzig bis neunter März achtzehnhunderteinundfünfzig», las sie vom Bildschirm ab. «Das sind immerhin auch fast vierundsiebzig Jahre. Fallen Ihnen noch weitere Elektrisierer ...»

«Nicht nenn uns *Elektrisierer*! Forscher waren wir. Forscher, getrieben von *echter* Liebe zur Natur!»

«Schon recht.»

«Pfaff», sagte Ritter, nachdem er eine Weile geschmollt hatte. «Christoph Heinrich Pfaff. Ist zwar nicht das allerhellste Licht gewesen, aber ein geflissener Experimentator, schau nach dem!»

Johanna hatte ihn bereits gefunden. «Zweiter März siebzehnhundertdreiundsiebzig bis dreiundzwanzigster April achtzehnhundertzweiundfünfzig. Das bedeutet, er ist ziemlich genau ...»

«... neunundsiebzig Jahre alt geworden», vollendete Ritter ihren Satz. «Erstaunlich. Wirklich höchst erstaunlich. Nie war ich mir dessen bewusst.»

Johanna klappte ihren Laptop zu. «Na also, dann lassen Sie uns anfangen! Was soll ich tun?»

Hätte er je sich träumen lassen, dass seine Hände die alten, urvertrauten Bewegungen noch einmal ausführen würden? Robust und gleichwohl zierlich stand vor ihm das hölzerne Gerüst, das er aus den zwei quadratischen Platten und den vier Stäben, die sie gekauft, errichtet. Zum wiederholten Male nahm er den Deckel ab und setzte ihn auf. Spielend leicht ging es, ohne dass die Konstruktion zerfiel.

«Vorsicht, das Wasser hat gerade erst gekocht.» Mit größter Behutsamkeit stellte Johanna den Topf, den sie aus der Küche herauf-getragen, vor ihm ab. Noch hatte Ritter nicht für sich entschieden, ob er ihre beständige Sorge, den Dachstuhl in Brand zu setzen, für weibliche Umsicht oder blankes Philistertum nehmen sollte.

«Und haben Sie so viel Salz hinzugefügt, als dass am Schluss sich keins mehr lösen wollte?», vergewisserte er sich, nicht ohne seinen kleinen Finger in die Flüssigkeit zu tauchen und prüfend daran zu lecken.

«Glauben Sie mir, ich weiß, wie man eine gesättigte Kochsalz-lösung herstellt.»

«Dann also gut! Dann dürfen Sie unsere Batterie mit der ersten Scheibe Kupfer beginnen. – Nein», wies er sie zurecht, da Johanna sich anschickte, nach einer beliebigen Scheibe zu fassen. «Die äu-ßerste müssen Sie nehmen, diejenige, woran ich den Draht befestigt. Und zwar legen Sie die Scheibe dergestalt in das Gestell, dass der Draht seitlich nach unten herausläuft. Ja, so ist's recht.»

«Sind Sie sicher, dass wir nicht doch lieber Silber hätten kaufen sollen?» Johanna hatte das erste Kupfer zwischen den vier Stäben eingepasst. «Die Wirkung der Batterie wäre dann doch stärker, nicht wahr?»

«Itzum glauben *Sie mir*: Gar bald werden Sie Gelegenheit be-kommen, sich eigenen Leibes davon zu überzeugen, dass solch eine Zinkkupfersäule von einhundert Lagen mehr Kraft verströmt, denn Ihre ungewöhnten Sinne bereit, im Anfang zu ertragen.» Noch während er lachte, durchfuhr ihn ein Schmerz, der ihn auf der Stelle verstummen machte.

... Hans! Wo ist die Löhnung, die du gestern doch nach Haus gebracht? ... Wozu gebraucht? ... Allmächtiger! Sag nicht, dass du die schönen Taler allesamt vertan – in einer deiner Teufelssäulen? Hans! Du hast gelobet, unter diesem Dache dem Satanswerk für immer abzu-

schwören! ... Was sagst du da? Für mich hast du's getan? Für mich! Du Dämon! Du Lügenteufel, du ... Noch einmal tauchte Ritter den Finger in den siedend heißen Topf, bis dass dieser Schmerz den anderen vertilgt hatte.

«... dass es heutzutage jemanden gibt», hörte er Johanna sagen, da er wieder zu sich kam, «der nicht schon mal aus Versehen an einen elektrischen Zaun oder in eine Steckdose gefasst und auf diese Weise einen saftigen Schlag bekommen hat. Was brauche ich als Nächstes: Pappe oder Zink?»

An Johannas Blick konnte er ablesen, dass ihm der Stoß, den ihm die Erinnerung versetzt, auf die Stirne geschrieben. «Zink», beeilte er sich zu sagen. «Als Nächstes Zink. Auf das edlere Metall stets das unedlere folgen lassen. Ich weiche derweil die erste Pappe in Salzlösung ein.»

Warum fuhr sie nicht fort, die Batterie zu beladen? Aufhören sollte sie, ihn anzustarren! «Vorzügliche Pappe!», plapperte er weiter. «Dünn, wenig geleimt. Überhaupt ist Pappe als Träger der Flüssigkeit allen andren Trägern vorzuziehen. Leder insbesondere – vor Leder warn ich Sie.»

Unvermindert starrte sie ihn an. War's um seine Contenance derartig schlimm bestellt?

«Ich weiß», hub sie schließlich an, wie wenn zu einem Geistesarmen sie spräche, «dass bei Ihnen Brandwunden innerhalb von drei Tagen verheilen – aber müssen Sie sich jetzt wirklich ohne Not *alle* Finger verbrühen? Wozu habe ich eine Pinzette gekauft?»

Kurz bloß blickte Ritter vom Topfe auf, in welchen er die Pappscheibe getunkt hielt. «Damals habe ich auch kein so vornehmes Werkzeug gehabt.»

«Haben Sie mir nicht mal erzählt, dass Ihnen Ihre übermenschlichen Fähigkeiten erst Jahre nach Ihren letzten Versuchen aufgefallen sind? Deshalb glaube ich nicht, dass Sie sich damals schon Ihre Finger bei der schlichten Aufgabe verbrühen wollten, Pappe mit Salzlösung zu tränken.»

Wie sie es immer wieder anstellte, selbst dort, wo sie nicht die geringste Experienz besaß, alles besser zu wissen denn er!

«Ich darf annehmen, Sie sind vertraut mit der Auseinandersetzung zwischen Galvani und Volta, die in der letzten Dekade des achtzehnten Jahrhunderts die physikalische Welt gespalten?», fragte er kühl, derweil er die feuchte Pappe zur begonnenen Batterie hinübertrug.

«Der eine hat geglaubt, die Elektrizität entspringe dem präparierten Frosch, der auf seinem Tisch zuckte», gab Johanna zu seinem Erstaunen ohne jegliches Zögern zurück. «Der andere hat erkannt, dass die Froschschenkel nur deshalb zucken, weil sie mit zwei Metallen in Verbindung gebracht worden sind. Dass mit ihrer Hilfe ein Kreis verschiedener elektrischer Leiter geschlossen wurde, in dem sie selbst keine andere Funktion haben als die eines primitiven Elektroskops.»

Hatte sie heimlich studiert?

«Grob dargestellt verhielt es sich so», fuhr er in seinem kühlen Tone fort. «Allerdings liegt in dieser groben Darstellungsweise bereits das gesamte Missverständnis enthalten, das die Gelehrten damals schon gehindert, zur Wahrheit vorzudringen. – Als Nächstes wieder eine Scheibe Kupfer, sodann eine Scheibe Zink, wenn ich bitten darf. – Nichts als Spiegelfechterei ist's, in dieser Sache den einen gegen den andern auszuspielen. Zu Recht besteht Volta darauf, dass eine galvanische Kette und also Elektrizität nur dort wirksam werden kann, wo zwei feste Materien unterschiedlicher Edelkeit und eine flüssige Materie sich mischen. Doch in welch Sackgasse schickt er sein Denken, indem er behauptet, vorzüglich Metalle hätten die Potenz, in unserem Zusammenhang die festen Materien zu sein! Hat nicht Thales von Milet bereits erkannt, welch verborgene elektrische Kräfte im Bernstein schlummern? Ja, verdankt nicht die gesamte Lehre ihren Namen überhaupt jenem edlen Steine, dem *Elektron*? Weiß nicht ein jeder Marktschreier um die Funken, die einem gehörig geriebenen Glase zu entlocken? Getrost also lös ich das Korsett, in welches Volta die Elektrizität hat zwingen und als deren einzige Bedingung freiweg bestimmen wollen, dass feste Materie unterschiedlicher Edelkeit mit Flüssigkeit sich mische. Und, merken Sie's, Johanna, wie Justitias Waage sich mit einem Male Galvani zuneigt? Denn wo wäre eben jene Bedingung bestimmter, häufiger und mannigfaltiger erfüllt denn in dem lebenden tierischen Körper? Überall daselbst finden die geforderten drei Heterogenitäten sich! Wo wäre eine Muskelfaser ohne Nerven und Flüssigkeit mancherlei Art? Wo irgendein Teil im Körper, der nicht zu-, nicht abführende Gefäße, gefüllt mit verschiedenen Feuchtigkeiten, enthielte? In welcher Verbindung stehen denn Muskeln, Nerven, Gefäße, Zellgewebe, Blut miteinander? Sind es nicht lauter geschlossene Ketten? Wo gäbe es, von der belebteren Nervenfaser bis herab zum minder organisierten Knochen, wohl *einen* Teil im Tierkörper, in welchem nicht ein beständiger Wechsel der Materie, ein beständiges Binden und Trennen von Stoffen stattfände? Bei jeder Bindung aber unterscheidet man das sich zu Verbindende von dem Verbundenen, bei jeder Trennung das zu Trennende von den zwei Getrennten. In beiden Fällen haben wir es mit dreierlei Verschiedenem zu tun – und mehr fordert der Galvanismus als Bedingung seiner Wirksamkeit nicht! Ein jeder Teil des Körpers, so einfach er auch sei, ist demnach anzusehen als ein System unendlich vieler unendlich kleiner galvanischer Ketten.»

Um Luft ringend, hielt Ritter inne und blickte auf die Säule, die unter seinen und Johannas Händen auf vierzig, fünfzig Lagen emporgewachsen. Hatten sie wirklich und wahrhaftig zum ersten Male etwas *gemeinsam* vollbracht? Hatte sie wirklich und wahrhaftig so lange ihm gelauscht, ohne ihn zu unterbrechen?

«In meinen Ohren klingt das alles komplett gaga», meinte sie endlich. «Aber ich bin ja auch keine Physikerin.» Ohne die Herablassung, die er erwartet hätte, schaute sie ihn an. *Flieget eine Gans übers Meer, so kommt ein Gaga wieder.* Als Kind hatte er dies dunkle Sprichwörtchen unmittelbar begriffen. Heute mochte dessen Sinn sich ihm nicht mehr erschließen.

«Sind Sie sicher, dass Sie's nicht doch noch mal wissen wollen?»
Freundlich fragte sie dies. «Wie gesagt, ich verstehe nichts von Physik, aber soweit ich das mitbekomme, sind die mit ihrer Suche nach der Weltformel, nach einer Theory of everything, gründlich festgefahren. Vermutlich bräuchte es einen so hemmungslosen Spinner wie Sie, um alle physikalischen Grundkräfte von der Gravitation über den Elektromagnetismus bis hin zur Kernkraft in einer einzigen Superkraft zu vereinigen.»

Wollte sie ihn nun doch abermals herabwürdigen? Aber warum schien sie dann mit einem Male selbst zu Tode betrübt?

«Ich dachte immer, wir Genetiker wären die Allertollsten», sagte sie so leise, wie wenn sie einzig zu sich selbst spräche. «Diejenigen, die der Menschheit den entscheidenden Befreiungsschlag bringen würden. Vielleicht habe ich mich geirrt. Vielleicht sind wir in Wahrheit nichts weiter als die Erbsenzähler der Evolution.»

Wie sie aufblickte, flackerte in ihren Augen das nämliche Feuer, das er zuerst entdeckt, da er sie anderntags aus dem Bade gezogen.

«Helfen Sie mir!», raunte sie. «Helfen Sie mir, so wahnsinnig zu werden wie Sie!»

XVI

och nie hatte Johanna in all den Jahren, die sie in Wallensee am Wallensee lebte, einen unentschlosseneren Winter erlebt. Auf jede Schneenacht folgten drei mildere Tage, sodass weder Dorf noch See unter der weißen Decke begraben blieben, die nötig gewesen wäre, um den Kitsch zu ertragen, der seit Wochen aus den Fenstern blinkte und von den Balkonen herableuchtete. Die Niedermayrin hatte in ihrem Vorgarten dieselbe Krippe aufgestellt, die dort vermutlich schon ihre Mutter und deren Mutter aufgestellt hatten. Obwohl das rustikale Ensemble aus Holz geschnitzt war, lachte das Jesuskind so läppisch süß aus seiner Windel, als ob es eine von den quäkenden Plastikpuppen wäre, die in kleinen Mädchen Mutterinstinkte wecken sollten, lange bevor die Hormone ihren Dienst antraten.

Johanna war froh, dass sie die Krippe von ihrem Bett aus nicht sehen konnte. Die beiden Lämmer dort erinnerten sie zu sehr an «Lämmi». Bis zu jenem Tag oder besser: jener Nacht, in der sie «Lämmi» die Naht zwischen den Ohren aufgetrennt hatte, um zu schauen, was es im Kopf hatte, war es ihr Lieblingsstofftier gewesen. Zwar war sie weinend zu ihrer Mutter gerannt, zwar hatte ihre Mutter das Füllmaterial wieder zurückgestopft und «Lämmis» Schädeldecke ordentlich zugenäht. Trotzdem hatte Johanna «Lämmi» seit dieser Nacht nicht mehr gemocht – und kurze Zeit später im Komposthaufen des elterlichen Gartens vergraben.

Schneite es jetzt wieder? Oder begann sie zu allem Überfluss, fliegende Mücken zu sehen?

Mühsam richtete sich Johanna in ihren Kissen auf. Obwohl sie wusste, dass das Bett der einzige Ort war, an den sie gehörte, hielt sie es nicht länger aus, den ganzen Tag zu liegen, vor sich hinzudämmern, ab und an ein paar Tabletten zu schlucken, sich ein paar Tropfen in die Augen zu träufeln, die entzündeten Nagelbetten mit Jod einzupinseln und wieder einzuschlafen.

Wie viele Schritte es bis zu der Kommode sein mochten, auf der ihr Laptop stand? Zehn?

Zwölf. Dreizehn. Als Johanna dort ankam, zitterten ihre Beine stärker als nach einer langen Radtour. Sie sollte in ihre Filzpantoffeln schlüpfen. Oder wenigstens Socken anziehen. Aber vielleicht tat es ihrem fiebrigen Körper gut, zwischendurch ein wenig abgekühlt zu werden.

Johanna versuchte, den Laptop aufzuklappen und einzuschalten, ohne Spuren auf dem Gehäuse und der Tastatur zu hinterlassen. Ihre Bettwäsche sah mittlerweile aus, als ob ein Metzger sie zum Händeabwischen benutzen würde.

«Protokolle.doc»

Hatte sie das Dokument wirklich bloß «Protokolle» genannt? Wie hätte sie es sonst nennen sollen. Mit tränenden Augen verfolgte Johanna, wie das Textprogramm erwachte.

16. Nov.

Ritter besteht darauf, dass wir die Versuchsreihe mit einer Volta'schen Säule beginnen, die nicht stärker als 50 Lagen ist. Jede der Scheiben hat einen Durchmesser von 5 cm. Die Stärke der Kupfer- und Zinkscheiben beträgt jeweils 1.4 mm, die der Pappen 1 mm.

R. kann (oder will?) keine Aussage darüber machen, wie groß die Spannung ist bzw. welche Stärke der Strom hat, den wir erzeugen. (Messgerät besorgen!)

Als Erstes weist R. mich an, an jeder Hand Daumen und Zeigefinger zu befeuchten und die beiden Drähte, die aus dem Zink- und aus dem Kupferpol der Batterie herauskommen, mit diesen «Fingerpinzetten» zu fassen. Auf beiden Seiten deutliche elektrische Schläge zu spüren, die bis in die jeweiligen Handgelenke hinaufreichen. (Schmerzintensität gut zu ertragen.) Ähnliche, nur etwas schwächere Schläge in dem Moment, in dem ich die Drähte wieder loslasse.

R. fordert mich auf, die Art der Schläge genauer zu beschreiben. Ich sage, dass ich keinen Unterschied feststellen kann. R. unzufrieden. Behauptet, die Finger am Zinkdraht müssten sich durch den Schließungsschlag «wie eingeschnürt» anfühlen, die am Kupferdraht hingegen «wie schneidend durchdrungen». Auch bei der dritten Wiederholung kann ich keinen Unterschied feststellen. R. führt den Versuch an sich selbst durch. Behauptet, auf beiden Seiten einen deutlichen Unterschied zu merken, und zwar exakt in der von ihm beschriebenen Weise.

Nach etlichen Wiederholungen beginne auch ich, etwas zu spüren, das in die Richtung des von R. Beschriebenen gehen könnte. (Suggestion???) Der Schlag auf der Kupferseite ähnelt dem Zuckschmerz, wenn der Nervus ulnaris gereizt wird, nur, dass er umgekehrt verläuft, vom Handgelenk hinauf in den Ellenbogen. Auf der Zinkseite ist diese Empfindung in der Tat weniger ausgeprägt.

R. weist mich außerdem darauf hin, dass die Empfindungen beim Trennungsschlag genau umgekehrt sein müssten, also «Einschnürung» auf der Kupferseite, «stechende Durchdringung» auf der Zinkseite. (An dieser Stelle kommt R. auf seine merkwürdige Behauptung zurück, die Urformel ließe sich aus einem doppelten Gegensatzpaar ableiten. In dem konkreten Fall seien die beiden Paare, die sich bis ins Unendliche «indifferenziieren» ließen: «Kupferpol – Silberpol» und «Schließen – Trennen»???? Kommt mir immer noch höchst absurd vor. Muss darüber nachdenken, wenn ich weniger müde bin und weniger friere. Vielleicht doch ein Verlängerungskabel auf den Dachboden legen, um Heizstrahler anzuschließen? R. ist strikt dagegen.)

Wir beenden die heutige Versuchsreihe, indem wir die Batterie um 20 weitere Lagen aufstocken. R. kündigt als wichtigstes Ziel für die kommenden Tage an, meine «Irritabilität» zu erhöhen.

20. November

Gestern Nacht ist es mir zum ersten Mal gelungen, bei einer
Serie von zwanzig Schlägen (jeweils Schließung/Trennung) mit
verbundenen Augen fehlerfrei zu bestimmen, welche Hand die
Kupfer- und welche die Zinkseite hält (selbst bei einer schwachen Batterie von nur 40 Lagen). R. erklärt, dass wir mit der
eigentlichen «Sinnenschule» beginnen können.

Er schlägt vor, zunächst meine Sensibilität für die mit den
Schlägen verbundenen Kälte- und Wärmeempfindungen zu schär-
fen. Gleichzeitig kündigt er an, dass die Versuche ab sofort
«schmerzlicher» würden, weshalb es geboten sei, mit größter
Geduld und Umsicht zu Werke zu gehen. All seine Erfahrungen
hätten gezeigt, dass es erhebliche Zeit dauert, bis Schmerz-
ungewöhnte so weit seien, «durch den Schmerz hindurchzugehen»,
anstatt die gesamte Wahrnehmung von diesem absorbieren zu
lassen.

Wir beginnen abermals mit den Fingern. Diesmal jedoch fasse
ich die Drähte nicht zwischen Daumen und Zeigefingern, sondern
versuche, mir den Kupferpoldraht unter den Nagel des (wiederum
befeuchteten) linken Ringfingers zu schieben, und zwar so tief,
dass er das Hyponychium durchdringt und in direkten Kontakt mit
dem Nagelbett kommt. Ich schreibe: «versuche», da wir das Experiment bereits an dieser Stelle für einige Stunden unterbrechen
müssen. R. meint, dass meine «Intoleranz gegen Schmerz» seine
schlimmsten Befürchtungen übersteige.

Am Nachmittag gelingt es mir schließlich, den Draht so weit
unter den Ringfingernagel zu schieben, dass er in Berührung mit
dem Nagelbett sein müsste. R. steigt auf einen hölzernen Sche-
mel, den wir zuvor zwecks vollständiger Isolierung mit einem
Seidentuch umwickelt haben, und nähert den Zinkdraht meinem
rechten Ringfinger an, um mir jenen analog zum linken Ringfinger dort unter den Nagel zu schieben. Noch bevor er meine Haut
berührt, kommt es zu einem heftigen Funkenschlag. Der Schmerz

in meiner linken Hand ist so intensiv, dass ich für einige Momente das Bewusstsein verliere.

R. behauptet, ich sei mindestens 5 Minuten lang ohnmächtig gewesen. (Was ich für eine seiner typischen Übertreibungen halte.) Dennoch stimme ich zu, die Experimente für heute zu beenden.

Allerdings besteht R. darauf, den Versuch, an dem ich gescheitert bin, selbst durchzuführen. Und zwar nicht (angeblich), um mir meine Unfähigkeit zu demonstrieren, sondern bloß, um sich zu vergewissern, dass seine Erinnerung ihn nicht trügt und jene Versuchsanordnung tatsächlich die gewünschten Kälte- und Wärmeempfindungen hervorruft.

Ohne die geringste Regung stößt R. sich den Kupferpoldraht unter den linken Ringfingernagel und fordert mich auf, den Isolierschemel zu besteigen und das Gleiche mit dem Zinkpoldraht an seinem rechten Ringfinger zu wiederholen. Er ermahnt mich eindringlich, mich von dem Funkenschlag «in keinster Weise nicht» irritieren zu lassen. Dennoch brauche ich mehrere Versuche, bis es mir gelingt, den Draht so weit unter seinen rechten Ringfingernagel zu schieben, dass er zufrieden ist.

R.s Gesicht verklärt sich, als würde er eine Wellness-Behandlung genießen. Nach einigen Minuten des Schweigens lässt er mich wissen, dass alles genau so sei, wie er es in Erinnerung habe. Seit jenem Augenblick, in dem ich den elektrischen Kreis geschlossen habe, ströme es deutlich warm durch seinen rechten Finger, die rechte Hand und weiter den ganzen Arm bis zur Schulter hinauf, während die linke, also die Kupferseite, merklich kühler geworden sei.

Nach ca. 30 Minuten berichtet er, dass es sich nun so anfühle, als ob sein linker Arm von einem «streng frostigen Wind» umweht würde, während der Zinkarm ihm «bald wie glühend Eisen» erscheine. Erst danach befreit er – durch zwei kurze, ruckhafte Bewegungen – beide Hände von den Drähten. Abschließend berichtet er, die Trennung wiederum habe bewirkt, dass es durch den zuvor so eisigen linken Arm plötzlich ganz warm hinaufgeflossen sei, während sich der erhitzte rechte auf der Stelle abgekühlt habe.

P.S.: R. kündigt an, dass er die Säule morgen «restaurieren» müsse. Nach 4 bis 5 Tagen seien die Metallplatten durch die oxydierenden und sonstigen chemischen Vorgänge in der Batterie so stark angegriffen, dass ihre Wirkung zu sehr verblasse. Sobald man die Scheiben jedoch in «Branntweinspülig» (Alkoholreiniger?) koche (darf man Alkoholreiniger kochen???) und gehörig mit Sand abreibe, seien sie wieder, «was sie waren».

Johannas Augen tränten so stark, dass die Zeichen auf dem Bildschirm zu verschwimmen begannen. Zeit für die nächste Runde Tropfen. Vielleicht war es überhaupt besser, wenn sie sich wieder hinlegte. Das Zittern in ihren Beinen war so stark geworden, dass es mittlerweile ihren ganzen Körper erfasst hatte. Mit dem Laptop unterm Arm schlurfte Johanna zum Bett zurück.

26. 11.

R. scheint endlich zufrieden mit mir. Auch heute Morgen gelingen die Versuche unter den Fingernägeln auf Anhieb. Ich halte es sogar aus, nahezu 20 Minuten in dem geschlossenen Kreislauf zu bleiben. Deutliche Wärme- und Kälteempfindungen! Einziges Problem: die Umkehrung bei der Trennung zu erfühlen. Trotzdem: glücklich.

Am Nachmittag gänzlich neue Versuchsanordnung. Im Zentrum der Aufmerksamkeit jetzt: die Zunge.

1.1 Wie zu Beginn unserer ersten Experimente greife ich den Kupferpoldraht zwischen befeuchtetem Daumen und Zeigefinger. (Hand beliebig.) R. bringt sich in Isolation und nähert das Ende des Zinkpoldrahtes meiner Zunge an. Sehr andere Art von Schlag als bei allen bisherigen Versuchen. Ein Eindruck, den R. bestätigt. Beinahe das Gefühl, als ob sich auf der Zunge eine Beule gebildet hätte. (Was objektiv nicht der Fall ist.)

Kurzer, heftiger Disput über die Ursache hierfür. R. meint, es habe damit zu tun, dass die Zunge im Gegensatz zu den Fingern kein «kontraktiles Organ» sei. Ich kläre ihn darüber auf, dass Finger überhaupt keine Organe sind, sondern zu den Extremitäten oder, wenn er's noch genauer haben will, zu den Akren zählen.

Ich spreche den eigenwilligen Geschmack an, der auf meiner Zunge zurückgeblieben ist. R. erklärt (unnötig grob), dass es im Rahmen der «Sinnenschule» wichtig sei, die Aufmerksamkeit stets nur einer Sache zuzuwenden und nicht alles miteinander zu vermischen. Zur Frage des Geschmackseindrucks kämen wir später.

1.2 Entspricht 1.1, nur dass jetzt die Pole vertauscht sind = Zunge am Kupfer, Finger am Zink. Schlag DEUTLICH unangenehmer! (Ursache???) Fast ein Gefühl, als ob sich ein Loch in die Zunge geätzt hätte. (Und abermals bleibt ein sonderbarer, jedoch viel stechenderer (bittererer?) Geschmack zurück.)

2.1 Variation innerhalb der Wärme- und Kälte-Serie. R. weist mich an, die Aufmerksamkeit weg von der Qualität der Schläge, hin zum Temperaturempfinden zu lenken. R. legt den Zinkdraht wie gehabt an meine Zunge an, den Kupferdraht nun hingegen ans Zahnfleisch. Anfangs schwierig. Nach einer Weile jedoch: klares Wärmegefühl (auf der Zunge).

2.2 Vertauschung der Pole. Kälte.

2.3 Meine Aufmerksamkeit soll sich nun ausschließlich auf die Temperaturempfindung im Moment der Trennung richten. Sehr mühsam. Mindestens 20 Wiederholungen. Ohne Erfolg. R. gesteht mir zu, dass dies ein äußerst anspruchsvolles Experiment sei, das vom Experimentator «allerhöchste Erregbarkeit und Achtsamkeit» verlange.

Wir beschließen, die «gustatorischen Versuche» (so nennt er das) auf morgen zu vertagen. (R. behauptet, es gehe um den

Gegensatz von «saurem» und «alkalischem» Geschmack? Wir werden sehen. Muss ich nochmals genauer hinschmecken.)

Nachtrag am späten Abend: Die heutigen Versuche haben meine Geschmacksnerven offensichtlich stärker in Mitleidenschaft gezogen, als mir selbst bewusst war. Laut Ritter war meine Selleriesuppe «bis zur Unausstehlichkeit» versalzen. Ich halte dies durchaus für möglich. Andererseits kann es gut sein, dass er das nur gesagt hat, um mich auf den Arm zu nehmen. Während des Essens hat er jedenfalls damit geprahlt, dass er einmal drei volle Wochen lang keinen Unterschied zwischen einem Senf- und einem Zuckerbrot habe schmecken können.

30. Nov.
Wir gehen zum Auge über. Schon bei den Zungen-Versuchen hatte ich in dem Augenblick, in dem der Kreis geschlossen wurde, immer wieder einen Lichtschein bemerkt. Nun wollen wir den optischen Phänomenen genauer nachgehen. R. sagt, dass die Zeit der Dämmerung bzw. des Halbdunkels dafür am besten geeignet sei.

Bevor wir beginnen, befestigt R. je einen kleinen Metallknopf (welches Metall? Nachfragen!) an den Enden der Batteriedrähte. Dies geschehe, um das Auge nicht unnötig zu verletzen.

Bereits beim 8. oder 10. Versuch gelingt es mir, das Auge, dem sich Ritter mit dem Drahtknopf nähert, weit geöffnet zu lassen. SEHR starke und grelle Blitze!

R. weist mich an, die Aufmerksamkeit auf den Glaszylinder zu richten, den wir neben die Säule gestellt haben. Nach ca. 15 Sekunden (erstaunlicherweise hat R. keinerlei Einwände, dass wir bei den Versuchen eine Stoppuhr mitlaufen lassen – ich hätte erwartet, dass seine Aversion gegen Messgeräte auch hiervor nicht haltmacht) scheint von dem Glas ein bläulicher Schimmer auszugehen. Sobald R. jedoch den Knopf von meinem Auge entfernt, d. h. den Kreis trennt, schlägt das Blau in Rot um. Die Farberscheinung verblasst allmählich, bis sie nach ca. 30 Sekunden gänzlich verschwunden ist. Wenn wir die Pole vertauschen, stellt sich der umgekehrte Effekt ein: Rot bei geschlossenem Kreis, Blau nach der Öffnung.

R. empfiehlt mir, mich für mindestens eine Stunde mit geschlossenen Augen hinzulegen, um meine «Sehkraft» zu schonen. (Er findet eine sehr lustige Formulierung dafür: «Versuche dieser Art sind auf ganz eigene Weise kostbar, weil sie nachteiligen Einfluss auf die Gesundheit des Experimentators haben können.» Oder so ähnlich. In echt war es noch lustiger.)

Während ich mich ausruhe, erzählt er mir von seinen optischen Sonnenexperimenten. Offensichtlich hat er sich einen absurden Wettstreit mit Darwin geliefert (wieso eigentlich Darwin? Fällt mir jetzt erst auf! Muss nachgucken, wann Darwin genau gelebt hat. Das war doch mindestens 50 Jahre nach Ritters wissenschaftlicher Zeit!) Jedenfalls ging es wohl darum, wer länger in die Sonne schauen kann. Darwin habe schon schlappgemacht, als ihm die Sonne noch hellblau erschienen sei. Ritter dagegen habe durchgehalten, bis sie «mehrmals ganz gelb» gewesen sei. Oder habe ich das falsch verstanden? Darwin gelb und Ritter hellblau? Würde mehr Sinn machen. Anyway. Das Ergebnis soll jedenfalls gewesen sein, dass Ritter fast zwei Monate lang kein Schwarz und kein Weiß mehr erkennen konnte und alle roten Dinge als Blau und alle blauen als Gelb und alle gelben als Rot gesehen hat. Falls die Geschichte tatsächlich stimmt, finde ich es erstaunlich, dass er sein Augenlicht nicht komplett verloren hat. Erstes Anzeichen dafür, dass er dabei war, außergewöhnliche regenerative Fähigkeiten zu entwickeln??? Muss doch nochmals genauer nachhaken, wann sich das ereignet haben soll!

Nachtrag: Bei Darwin handelt es sich um Erasmus Darwin (1731–1802). War offensichtlich ein Großvater von DEM Darwin. Hatte mich also zu Recht gewundert. R. kann sich zwar nicht genau erinnern, in welchem Jahr er sich den Sonnenwettstreit geliefert hat. Es muss aber in jedem Fall lange vor der Episode mit dem nachwachsenden Arm gewesen sein. Bisher hat er immer behauptet, dort sei ihm zum ersten Mal bewusst geworden, dass etwas mit ihm nicht stimmt. Sehr, SEHR interessant!!!

Meine Augen brennen ein wenig, aber ansonsten alles in Ordnung.

06. 12.

Bin HEILFROH, dass wir die optischen Versuche endlich hinter uns haben!!!! Eine knappe Woche hat Ritter mich jetzt mit «beharrenden positiven und negativen Lichtzuständen» und «absoluter Subjektivität» genervt. Er hat mich genötigt, handschriftliche Tabellen anzulegen (die ich NICHT in diese Protokolle übertragen werde. Der Laptop ist nun endgültig vom Dachboden verbannt). Tabellen, in denen ich exakt festhalten musste, welches optische Phänomen (Farbe, Vergrößerung/Verkleinerung, Verschwommen-/Scharfsehen) sich in welcher Konstellation (Zinkpol Auge – Kupferpol Hand, Kupferpol Auge – Zinkpol Hand, Schließung – Trennung) bemerkbar gemacht hat.

So viel zum Thema «genialer Wissenschaftler», der die Welt intuitiv und wie im Rausch erfasst, anstatt sich im Erbsenzählen zu verlieren …

Keine Ahnung, wofür das alles gut sein soll.

Könnte auch grundlegender fragen:

WHAT THE FUCK AM I DOING HERE?????????????????????

Aber irremachen gilt jetzt nicht mehr.

Was ist schon eine beidseitige Bindehautentzündung gegen die Unsterblichkeit.

Niemals würde er sich an die künstlichen Feuerräder und sinnlos hüpfenden Bälle gewöhnen. Obgleich er Johanna dringlichst ersucht hatte, nichts weiter mit sich anzufangen, denn zu schlafen, zu schlafen und abermals zu schlafen, hatte sie den Apfelkasten zu sich ins Bett geholt. Unmöglich konnten sie mit ihren Versuchen voranschreiten, bevor ihre Gesundheit nicht zur Gänze wiederhergestellt.

Achtsam, dass er sie nicht weckte, ließ Ritter sich an der Bettkante nieder und beugte sich über Johanna, um den Kasten zu entfernen. Irgendeine Taste musste er dabei aus Versehen berührt haben, denn die Bälle verschwanden, und an ihrer statt erschien ein weißes Blatt mit schwarzer Schrift.

07. Dez.
Heute Nase!
 Ist R. am Ende nichts weiter als ein Sadist?
 Aber wieso denn, Schätzchen, er hat die Drähte, die du dir bis zu einer «beträchtlichen» Höhe in die Nasenlöcher schieben durftest, doch «gehörig» abgerundet und die Säule auf 20 Plattenpaare reduziert, weil er ja vorher schon wusste, dass der Schließungsschlag in diesem Fall «über die Maßen schmerzlich», ja sogar «peinlich» werden würde.
 Heftige Niesanfälle. R. meint, diese dürfe es nur auf der Kupferseite geben, ich sage ihm, er soll sich zum Teufel scheren.
 Vielleicht bekomme ich eine Erkältung. Wundern würde es mich nicht in Anbetracht der Kälte, in der wir da oben herumexperimentieren.

Was wollte dies bedeuten? In dem schmalen grauen Balken, der das künstliche Blatt nach oben zu begrenzte, entdeckte Ritter den Titel «Protokolle.doc». Nicht ernstlich konnte dies zornige Gestammel ihrer gemeinsamen Experimente «Protokoll» sein, das Johanna in wissenschaftlicher Absicht verfasst. Mehrfach hatte er sich anerboten, ihr Gedächtnis zu unterstützen, wenn sie sich in ihr Studierzimmer zurückgezogen, um – wie sie stets behauptet – des Tages Erkenntnisse festzuhalten.

09. 12.

Mein Schädel brummt, als ob ich ihn seit heute Morgen ununter-
brochen gegen eine Wand geschlagen hätte. Vielleicht hätte ich
das tun sollen. Wäre jedenfalls vernünftiger gewesen, als mir
nun auch noch Stromstöße durch beide Ohren jagen zu lassen.
(«Aber es sind ja wiederum bloß 20 Paar! Nichts als eine sanfte
galvanische Brise nicht!» Fuck you, Ritter!!!!)

Grausame Schläge mitten durchs Hirn. Grausames Krachen.
Schädel will aufplatzen wie ein überreifer Granatapfel. Dann
wieder fühlt es sich an, als würde er in einem Schraubstock
zusammengequetscht. Wenn nur dieses Krachen, dieses DRÖHNEN
nicht wäre! Es ist, als ob eine Stimme zu mir sprechen wollte,
grässlich verzerrt, verschiedene Frequenzen, die sich überla-
gern. Die fürchterlichsten Geräusche, die ich je IN MEINEM KOPF
gehört habe.

Ich weiß nicht, welche Veranlagung man braucht, um durch
Schmerz sehend zu werden. Mich macht er taub. Und blind. Und

Ritter konnte nicht weiterlesen, an des Fensters unterstem Rande
war er angelangt. Zwar hatte er Johanna inzwischen oft genug an
diesem Kasten hantieren sehen, um zu wissen, dass er lediglich mit
seinem Finger auf dem Feld unterhalb der Tastatur umherfahren
musste, und schon würde die nächste Seite erscheinen. Doch ihm
war nach keiner neuen Seite zumute. Was er gelesen, reichte, ihn
abgrundtraurig zu machen.

Nie seit ihre Wege einander gekreuzt, hatte er sich ihr so nahe
gefühlt als dort droben, wenn sie im Dämmer, von keinem künstlichen Lichte gestört, jene Versuche gemeinsamlich nachvollzogen,
nachempfanden, die er vor Urzeiten einsam an sich exerziert. Niemals hatte er es ausgesprochen, gleichwohl war er sicher gewesen,
dass auch Johanna zum Mindsten ahnte, welch Versöhnungswerk
sie vollbrachte, indem sie ihm gestattete, an der Hand sie zu nehmen
und rückwärtsreisend jene Vergangenheit neu zu besiedeln, mit der

so unerbittlich zu brechen sein Schicksal ihn gezwungen. War's nicht vor wenigen Tagen erst gewesen, da er ihr die verschiedenen Sinnesreizungen der Analogie nach erklärt: dass der nämliche Reiz, der im Auge die Farben erzeugte, im Ohr die Töne hervorrief, wie wenn die Farben stumme Töne, die Töne hingegen sprechende Farben wären und so fort, und er, wie er ihr Lächeln bemerkt, gewissermaßen sich selbst zurücknehmend ergänzt, dies sei bloß eine Redensart – dass sie ihn ohne allen Hehl angeschaut und erwidert hatte: «Oder auch nicht. Vielleicht steckt ja mehr dahinter, als unsere Schulweisheit sich träumt.» Die Nähe jenes Augenblicks – sollte nichts als Lug sie gewesen sein?

Ihre Lider zuckten im Schlaf. Von welchem Alp die Unruhe künden mochte? Hinüberschleichen sollte er ins Bad, einen Wattebausch mit der beruhigenden Tinktur tränken und den Eiter forttupfen, der gleich wächsernen Tränen ihren Augenwinkeln entquoll.

Nimmer hätte er, wie sie mit ihren Versuchen begonnen, dergleichen Rücksichtslosigkeit gegen leiblichen Schmerz bei ihr vermutet. Wusste er nicht aus Eigenerfahrung, wie bis zur Unausstehlichkeit widerlich Schläge an den feineren Sinnesorganen zu sein vermochten? Regelmäßig hatte er seinerzeit nach Opium und Schnaps gegriffen, um den Schüttelfrösten und Fieberschüben, dem Zahnweh und Augenbrande nicht gänzlich unarmiert gegenübertreten zu müssen. Nichts von alledem zu beschaffen war er heute imstande; nichts von alledem wäre sie bereit, von ihm sich einflößen zu lassen.

War je ein Weib so hart an seine Grenzen gegangen? Nicht einmal die tollkühne Französin, für die er Johanna im ersten Anfange gehalten, war beherzt genug gewesen, sich von ihm nach allen Regeln der Wissenschaft galvanisieren zu lassen. Und wie hatte seine Catharina geschrien, da er sie ... *Schweig still! Ein anderes war's, das dort geschehen! Ein gründlich anderes ...*

Ach, Johanna! Was hätte der rasende Ritter seinerzeit nicht alles gegeben für eine Gefährtin wie dich? In jenen Nächten, in denen er sich keinen halben Schritt mehr von der Wahrheit entfernt gewähnt, die den Schleier auf ewig zerriss? In denen er nach Wochen des Zauderns es endlich gewagt, den vordersten Teil seines Zeugungsorgans mit dem milchgetränkten Leinenzeug zu bedecken, das er zu diesem Zwecke so lange heimlich schon bereitgestellt, um sodann die Zinkseite einer mäßig starken Batterie an sich zu legen? In denen er zur Hälfte entblößt und am ganzen Leibe zitternd – teils aus Furcht vor seiner eigenen Kühnheit, teils aus Furcht vor Catharina, die dieses nächtliche Treiben noch weitaus weniger gebilligt hätte denn all die Experimente, die er bei Tageslicht unternahm –, in denen er also zitternd, frierend, schwitzend verfolgt hatte, wie sein Organ, das von Beginn sich in einem mittleren Zustande der Turgeszenz befunden, unter dem Einfluss der elektrischen Kette in seiner Expansion derart bestärkt ward, dass er sich beim ersten Male binnen weniger Sekunden genötigt gesehen, den Versuch abzubrechen. In jenen Nächten und Tagen, in denen er nichts anderes hatte denken können, denn welchen Fortgang jenes Experiment wohl nehmen mochte, sobald es nicht seine eigene Hand wäre, die den elektrischen Kreis schlösse, indem sie die kontrahierende Kupferseite umfasste, sondern wenn ein Weib es wäre, das fest ihm mit der einen Hand verbunden mit seiner anderen Hand ...

«Da sind Sie ja.»

Schwach wie des Tages letztes Licht, das vergeblich sich mühte, des Gebirges Firsten zu überklimmen, drang Johannas Stimme an sein Ohr.

«Schauen Sie, zu essen hab ich Ihnen gebracht.» Ritter bückte sich nach dem Teller, den er zu Boden gestellt, da er sich an ihrem Bette niedergelassen. «Eibrot. Wie Sie es mögen. Nur das Weiße vom Ei. Und keine Butter. Gern hätt ich eine Suppe Ihnen gekocht, aber ich ...»

«Ist schon okay», unterbrach sie ihn kraftlos. «Ich kann sowieso nichts essen.»

«Ihre Zunge? Noch immer nicht geheilt?»

«Können Sie mir einen Schluck Wasser geben?» Unter größten Anstrengungen bloß gelang es ihr, sich aufzurichten. Auch wenn ihr Blick getrübt war – sogleich entdeckte sie, dass Ritter sich an ihrem Computer zu schaffen gemacht.

«Sie haben meine Protokolle gelesen?»

«Essen müssen Sie. Damit Sie wieder zu Kräften kommen. Warten Sie, ich gehe und hole frisches Wasser.»

Wie er mit dem Kruge zurückkehrte, fand er Johanna unverändert im Bette sitzend vor. «Morgen machen wir weiter», beschied sie ihm. «Ich will es endlich hinter mich bringen.»

Der Teller stand unberührt am Boden.

«Undenkbar!», rief Ritter aus. «Sehen Sie nicht, dass Ihr Zustand es verbietet, an Experimente bloß zu denken!»

«Das Jahr ist beinahe rum!» Zumindest das Wasser trank sie in gierigen Schlucken. «Ich will mir die zweite DNA-Probe abnehmen und nach Korea schicken, bevor alles in Weihnachtsschlaf fällt. Haben Sie nicht gesagt, dass nur noch eine letzte Versuchsanordnung aussteht? Das kriege ich hin.»

«Ausgeschlossen! Jene letzte Anordnung verlangt vom Experimentator jegliche Anspannung, all seiner Kräfte Sammlung. Seien Sie gewiss», erneut ließ er sich am Bette nieder und umfasste ihre Hand, «niemand begreift Ihre Enttäuschung so gut als ich; die Ungeduld angesichts der hartnäckigen Grenzen, die dem Forschungsdrange durch die leibliche Gesundheit gesetzt. Doch rächt es sich aufs Grässlichste, wenn diese Grenzen mit Mutwill' überschritten. Hab ich Ihnen je vom Herzog von Gotha erzählt?»

«Ich will keine Geschichten hören. Ich will, dass wir so schnell wie möglich weitermachen.»

«Kein Lebender mag diesen Namen je mit größrem Rechte geführt haben denn mein hochwohlgeborener, gnädigster Herr», fing er an, wie wenn sie ihm die Einladung erteilt, ihr zu berichten. «Gleichwie jener Leichtfuß drüben in Weimar kein anderer gewesen sein konnte denn ein Herzog *August*, wär's meinem Herrn durchaus unmöglich gewesen, ein anderer zu sein denn ein Herzog *Ernst.*» Was plapperte er da? Immerhin – ihre Aufmerksamkeit hatte er mit jenem Unsinne gewonnen. Und weit willkommener war's ihm, dass sie ihn verächtlich musterte, denn dass ihr wunder Blick sich im Leeren verlor.

«Keinen verständigeren Herrn hätt ich mir wünschen können. Wo in den anderen durchlauchtigsten Kreisen, sobald die Rede auf den Galvanismus kam, der versammelte Eifer dahin ging, einen Marktschreier herbeizuschaffen, der zur allgemeinen Belustigung die läppischsten Kunststückchen aufzuführen wusste, war's meinem Ernste um dergleichen Gascognaden nie zu tun. In jenem Manne, den das Schicksal auf den Herrscherthron gesetzt, war mehr wissenschaftlicher Geist zugegen, denn mir später an der gesamten Bayerischen Akademie der Wissenschaften begegnen sollt. Nimmer werd ich mir verzeihen, dass ich die Gesundheit dieses Edlen so leichtfertig verspielt.»

«Sie haben einen Herzog krank galvanisiert?» Beinahe klang Johanna, wie wenn der Gedanke sie erheiterte.

«Nichts daran ist vergnüglich! Früher Winter war's, da wir zu Gotha die große Versuchsreihe durchexperimentiert. Später Winter war's, da Herzog Ernst sich von seinem Siechbette nicht mehr erhoben.»

... Dir ewigem Sünder mag Gott allein verzeihen. Indes von mir sei verflucht ...

Welch Abgrund riss seine Gedanken mit unwiderstehlicher Macht an sich heran? Nicht jener Gothaische Winter war's gewesen, in dem er das Maß seiner Schuld überfüllt. Später! Später zu Nürnberg, da er ...

«Aber wir haben doch im Internet recherchiert, dass die allermeisten Selbstgalvanisierer für die damalige Zeit sehr alt geworden sind», mischte Johannas Stimme sich in den schwarzen Sog. «Sie brauchen sich nichts vorzuwerfen. Im Gegenteil. Wahrscheinlich hatte Ihr Herzog einfach eine schwache Konstitution.»

Johanna, schweig! Was weißt du von jenem Schrecklichen, das ich verbrochen? Von jenem letzten Nagel, den ich in meiner Verdammnis Sarg selbst eingeschlagen?

«Ist Ihnen nicht gut? Sie werden doch jetzt hoffentlich nicht auch noch krank.»

Wie wenn ihre unbedarften Worte den dünnen Faden durchtrennt, welcher die Marionette zuletzt noch aufrecht gehalten, sank Ritter von ihrer Bettstatt herab auf die Knie. «Lass uns beten, Johanna!», flüsterte er. «Lass uns in unsrem gottlosen Treiben innehalten und beten, bevor es zu spät ist! Einmal schon musst ich ein Weib, das ich geliebt, qualvoll sterben sehen. Welch grenzenloser Hochmut! Welch Anmaßung! Zu glauben, *ich* sei imstande, sie zu retten. Ich! Wo einzig Gott sie hätte retten können! Doch statt in tränenreuiger Demut mich zu unterwerfen und *ihn* anzuflehen um ihr Heil, warf ich in zornigem Trotze mich auf. Sie selbst, die klarer sah als ich, wie's um sie stand – vergeblich flehte sie mich an, ihr Leben einzig Gott zu überantworten und ihrer Krankheit ungehindert Lauf zu lassen. Doch ich, der ich mir eingebildet, ich könnt sie halten, die ich längst verloren – von ihrem Lager schleppt ich sie hinauf zu mir unters Dach, wo sie mit Grausen musst erkennen, dass dorten ich, obgleich das Gegenteil ich ihr versprochen, ein dürftig Laboratorium mir eingerichtet. Und – o Gott, schenk Gnade mir, erbarm dich mein! – taub stellt ich mich gegen all ihr Klagen, blind gegen ihrer verzerrten Züge schmerzlichen Kampf. In meinem Wahne dacht ich schon, ich hätt in ihr die nämliche Kraft geweckt, die meinem Leibe erlaubt, jeglichem Unbill zu trotzen. Schon sah ich, wie sie, ausgesöhnt mit mir und meiner Wissenschaft, auferstehen würd von ihrem Krankenlager und mit mir schreiten Hand in Hand einer goldenen Zukunft zu. Narr, ich! Verblendeter, maßloser Narr! Nur umso gewisser gab ich ihr den Tod! Verschärfte die natürlichen Leiden, die das Geschick ihr auferlegt, durch künstliche Folter.»

Hörte Johanna ihm zu? War sie überhaupt noch zugegen? Ganz dunkel war's mit einem Male um ihn her. Doch da. Ihr Atem. Leise, rasselnd, schwer. Ihres fiebrigen Leibes dumpfige Wärme, die bis zu ihm abstrahlte.

«Johanna, versprechen musst du's mir!», wisperte er mit äußerster Inbrunst. «Lass nicht zu, dass noch einmal ich ein Weib verenden seh durch meine Schuld. Lass nicht zu, dass noch einmal meine Schuld durch des Wahnsinns eherne Pforten mich treibt. Johanna, versprich!»

Vor Wochen hatte sie sich ausgemalt, wie sie ihn mit einer Geburtstagstorte überraschen würde. Cremig, zuckersüß und so groß, dass alle Kerzen Platz gefunden hätten. Und sie hätte darauf bestanden, dass er sie alle auf einmal ausblies. Nun war der sechzehnte Dezember da, und sie hatte nicht einmal ein Marmeladenbrot oder eine alte Tafel Schokolade im Haus, mit der sie ihn überraschen könnte. Ob es ihm wirklich «nicht das Mindeste» ausmachte? «Teuerste», hatte er gesagt, als sie ihm heute früh gratuliert und sich entschuldigt hatte. «Vor Zeiten schon habe ich aufgehört, meine Geburtstage zu zählen, geschweige denn feierlich zu begehen. Sie endlich wieder wohlauf zu sehen, ist das größte Geschenk, das Sie mir zu diesem Tage machen konnten.»

Er hatte recht. Bereits gestern war es ihr deutlich besser gegangen. Sie hatte sich von ihm sogar zu einer kurzen Nachtwanderung hinunter an den See überreden lassen. Und vorhin war sie so frisch aus dem Bett gestiegen, als ob es Jahre her wäre, dass sie dort stumpf und schwitzend vor sich hin gedämmert hatte.

Und noch etwas war ihr aufgefallen. Gestern Abend hatte Ritter ihr Tee ans Bett gebracht und – sei es, weil er ein lausiger Kellner war, sei es, weil er im Dunkeln gestolpert war – ihr die gesamte Tasse der kochend heißen Flüssigkeit über den Arm gekippt. Normalerweise führte jeder noch so kleine Sonnenbrand dazu, dass sich ihre Haut tagelang schuppte und schälte. Doch obwohl Ritters Missgeschick ihr eindeutig eine Verbrennung ersten Grades zugefügt hatte – ihre gesamte Haut am Unterarm war rot und geschwollen gewesen –, waren sämtliche Spuren über Nacht verschwunden. Keine Schuppungen. Keine Häutungen. Nichts als gesunde, wohldurchblutete Haut.

Zögernd betrachtete Johanna das Messer, das neben der Kaffeemaschine lag. Sie sollte sich einen ernsthaften Schnitt beibringen. Wenn auch diese Wunde in kürzester Zeit verheilte, wusste sie, lange bevor die beiden DNA-Analysen ihr die Wahrheit verrieten, dass etwas in ihrem Körper dabei war, die alten, lausig langsamen Regenerationsprozesse in unerhörter Weise zu beschleunigen. Doch wichtiger als dieses Experiment war es, die Versuchsreihe mit dem von Ritter angekündigten großen Finale zu beenden. Und keinesfalls wollte sie es riskieren, dass er einen Rückzieher machte, bloß weil sie sich den Oberschenkel aufgeschnitten hatte.

«Ich denke, jetzt können wir's wagen», hatte er gesagt, als sie gestern Nacht von ihrem Spaziergang zurückgekommen waren. «Morgen also dürfen Sie die Batterie heiraten.»

«Heiraten?», hatte sie zurückgefragt, und er hatte ihr, schlagartig errötend, versichert, dass er mit dieser Formulierung «durchaus auf nichts Ungebührliches» habe abzielen wollen, sondern sie einzig deshalb gewählt habe, weil er sich entsinne, in der Nacht vor seinem ersten Versuch mit einer sechshundert Lagen starken Batterie aufgeregter gewesen zu sein als vor seinem Hochzeitstage.

Tatsächlich hatte auch Johanna weiche Knie, als sie zum Dachboden hinaufstieg, wo Ritter seit Stunden damit beschäftigt war, Kupfer-, Zink- und Pappscheiben zu schichten.

«Elektrische Spannung ist nur insofern zugegen, als zwei Körper noch nicht zur chemischen Einheit gekommen sind», hatte er ihr gestern Nacht zugeraunt, als sie am See gestanden und übers schwarze Wasser geblickt hatten. «Wo es hingegen zur Vereinigung kommt, lässt die Spannung in eben dem Grade, in dem es dazu kommt, nach.» Ihr war alles recht, solange er nicht wieder damit anfing, dass kein zweites Mal «ein Weib durch seine Schuld verenden» dürfe. Am Morgen nach seiner wirren Beichte hatte sie getan, als ob diese bloß ihrer eigenen Fieberphantasie entsprungen wäre. Doch er hatte, als er ihr den Frühstücksbrei gebracht hatte, darauf bestanden, dass er kein einziges Experiment mehr mit ihr durchführen werde. Erst da, auf ihre beharrlichen Nachfragen hin, hatte Johanna die ganze traurige Geschichte vom qualvollen Sterben seiner Gattin verstanden. Tagelang hatte sie ihn zu trösten versucht, indem sie ihm erklärte, dass er vom Galvanismus zu viel verlange, wenn dieser eine bereits Todkranke ins Leben zurückholen solle. Weshalb die jetzige Situation auch in keiner Weise mit der damaligen zu vergleichen sei. Sie, Johanna, sei eine strukturell kerngesunde Frau, deren Körper lediglich das eine oder andere akute Überreizungssymptom zeige. Also keinerlei Anlass zur Sorge. Also keinerlei Grund, die Flinte ins Korn zu werfen. Also weitermachen. Also unbedingt. Also bald.

«Oh wow.» Johanna blieb auf den letzten Stufen zum Dachboden stehen. Die Säule, die Ritter errichtet hatte, überragte ihn bereits um Armeslänge, und offensichtlich war er mit seiner Arbeit noch nicht am Ende.

«Das mein ich auch!» Er war gerade dabei, auf den Stuhl zu steigen, den er neben das hohe, neu errichtete Holzgestell geschoben hatte, um weitere Scheiben darin zu stapeln. «Kupfer, Zink, Pappe: fünfhunderteinundsiebzig. Kupfer, Zink, Pappe: fünfhundertzweiundsiebzig.»

Ehrfürchtig trat Johanna näher. Ihr Körper zog sich zusammen, bevor er mit dem Monstrum überhaupt in Berührung gekommen war. Wie viele Lagen hatte die stärkste Batterie gehabt, mit der sie es bislang zu tun gehabt hatte? Hundert? Zweihundert? In ihrem Rücken vernahm sie einen kehligen Laut.

«Haben Sie das gehört?» Suchend blickte sich Johanna auf dem Dachboden um.

«Kupfer, Zink, Pappe: fünfhundertsiebenundsiebzig. Was soll ich gehört haben?»

«Dieses merkwürdige Geräusch. Fast als ob ein Hund gebellt hätte.»

«Hunde bellen. Was daran soll merkwürdig sein? Kupfer, Zink ...»

«Als ob hier oben auf dem Dachboden ein Hund gebellt hätte.»

Auch Ritter hielt nun einen Moment inne, um zu lauschen. «Ich höre nichts», sagte er und nahm seine Tätigkeit wieder auf. «Pappe: fünfhundertachtundsiebzig. Könnten Sie mir wohl weitere Scheiben hinaufreichen? Dann vollendete sich's schneller.»

Johanna tat wie verlangt, während ihr Blick weiter den Speicher absuchte. Kein Hund zu sehen. Vielleicht hatte er sich in dem alten Buffetschrank, in der kaputten Kommode oder in einer der Kisten versteckt, die im hintersten Winkel herumstanden. Aber der ganze Plunder war so gleichmäßig zugestaubt, dass er seit Jahren nicht mehr geöffnet worden sein konnte. Und außerdem: Wie sollte der Hund auf den Dachboden gelangt sein? Hatte sich Ritter heimlich ein Haustier zugelegt? Aber dann hätte sie es doch früher schon einmal bellen oder scharren hören müssen. Außerdem reichte das Essen, das sie noch im Haus hatten, kaum für sie beide.

«Mögen Sie eigentlich Hunde?» Johanna reichte Ritter eine weitere Pappe hinauf.

«Sie müssen die Pappen besser abtropfen lassen! Es läuft ja alles hinunter.»

«Tut mir leid.» Johanna bückte sich nach dem letzten Stapel Kupferscheiben. Dabei streifte ihr Blick die Hirschgalerie. Hätte Ritter die lange Auszeit, die ihre Krankheit erzwungen hatte, nicht nutzen können, die scheußlichen Dinger endlich wieder nach unten in die Rumpelkammer zu bringen? Oder wenigstens umzudrehen?

Mechanisch hielt Johanna eine Zinkscheibe in die Höhe. Doch beinahe wäre ihr diese aus der Hand gefallen. Da! Der Hund! Auf einer trostlosen ockergelben Lichtung hockte er – neben einem trostlosen toten Hirsch. Um Himmels willen. Hörte sie jetzt schon Gemälde bellen?

«Johanna!»

Ertappt schaute sie zu Ritter hinauf.

«Nicht werde ich das Experiment mit Ihnen durchführen! Nicht wenn ich Sie in solch zerstreutem Gemütszustande finde.» Die Zinkplatte, die er noch in der Hand gehalten hatte, landete scheppernd am Boden. «Darf ich erinnern, dass ich Ihnen hundert, wenn nicht gar tausend Male dargelegt habe, dass jeglicher Versuch, bei dem der Experimentator nicht mit *allen* Sinnen gewärtig ist, vergebens wär?»

«Es tut mir leid.» Was für eine lasche Erwiderung. Johanna schluckte und flüsterte noch einmal: «Es tut mir leid.» Sie zwang sich, den Blick auf die zu Boden gefallene Zinkscheibe zu richten, anstatt zu der Jagdszene hinüberzuschielen, aus der es ihr schon wieder gebellt zu haben schien. Oder war es diesmal ein Röhren gewesen?

«Krank waren Sie», sagte Ritter hart. «Womöglich sind Sie es immer noch. In Ewigkeit nicht kann ich verantworten, Ihren gesamten Leib einer Batterie von sechshundert Lagen Wirkung auszusetzen. Ins Bett gehören Sie. Nirgendshin sonst.»

«Ich werde nicht sterben», entgegnete Johanna mit aller Festigkeit, die ihre Stimme hergab. «Sie müssen den Versuch jetzt mit mir machen. Ich habe den Paketdienst, der mein Blut abholt, für heute Nachmittag bestellt.» Als sie aufsah, blickte sie in ein unverändert abweisendes Gesicht. «Bitte!»

«Denn also gut», sagte Ritter nach einer Weile, während der Johanna ängstlich gelauscht hatte, ob sie erneut Gebell oder Geröhr vernahm. «So wollen wir's beginnen.»

Er hob die beiden schweren, feuerwehrroten Rohrzangen vom Boden auf, nach denen sie im Baumarkt so lange gesucht hatten. Damals hatte Johanna nicht begriffen, warum es partout Zangen ohne isolierte Griffe sein mussten. Heute hatte sie eine recht präzise Vorstellung, warum.

«Jene Zangen hier werde ich nun mittels starker Drähte mit unserer Batterie Enden in Verbindung setzen. Als Griffe müssen sie Ihnen hernach dienen. Sind Ihre Hände groß genug, als dass

Sie mit je einer Hand je einer Zange beide Schenkel umfassen können?»

«Ich soll die Zangen halten?» Johanna war beinahe erleichtert.

«Damit Elektrizität durch Ihren gesamten Leib strömen kann, ist's unerlässlich, dass genugsam Kontakt zwischen Ihrer Haut und dem Metalle besteht.»

Prüfend nahm Johanna die Zangen entgegen und stellte fest, dass sie diese mühelos mit einer Hand umspannen konnte.

«Gut.» Zufrieden nahm Ritter ihr die Zangen wieder ab. «Doch seien Sie gewarnt! Der Schlag, den Sie in jenem Augenblicke verspüren werden, in dem Sie die Kette schließen – und welcher kupferseitig um ein Vielfaches angreifender sein wird denn zinkseitig, weshalb ich Ihnen rate, die Kupferzange mit Ihrer Rechten, die Zinkzange mit Ihrer Linken zu fassen –, jener Schlag, sage ich, wird durch Ihre Arme hindurch bis über die Schultern hinaus sich erstrecken. Bei meinen ersten galvanischen Versuchen überhaupt konnte ich erleben, wie kontraktile tierische Organe, gleichwohl vom Ganzen abgetrennt, derart schleudernde Konvulsionen erlitten, dass ich meinte, der halbe Frosch wolle mir vom Tische hinunter in seinen Teich zurückspringen. Die Konvulsionen nun, die Ihr Leib erleiden wird, die Zuckungen Ihrer sämtlichen Armmuskeln – nicht unähnlich werden sie jenen der Froschschenkel sein. Und keine geringe Anstrengung wird es Sie kosten, von des Schlages Gewalt sich *nicht* überwältigen zu lassen. Da ich diesen Versuch zuerst selbst unternommen, wurden meine Arme mit solch gröblicher Wucht umhergeschleudert, dass eine der Zangen stracks durch die Fensterscheibe hindurchflog, während ich mit der andren unwillkürlich die Batterie attackierte, sodass diese beträchtlichen Schaden davontrug. Begreifen Sie nun, dass Sie sogleich *all* Ihre Sinne, *all* Ihre Kraft benötigen werden?» Ritter beendete die Handgriffe, mit denen er während seiner Ansprache die Zangen an langen Drähten und diese Drähte wiederum an den Polen der hoch aufragenden Säule befestigt hatte.

«Sind Sie bereit», fragte er und blickte Johanna durchdringend an. «Wollen Sie es wirklich und wahrhaftig wagen, Ihren Leib einer derart ungestümen Gewalt auszusetzen – noch dazu, so es gelingt, eine geschlagene Stunde hindurch?»

«Ja», sagte Johanna und hielt seinem Blick stand. «Ich will.»

O Johanna! Meines hirn'gen Herzens unlöschbarer Brand! Aus meiner Haft reiße mich empor! Vergessen sei alles, wofür ich je dich gerügt! Gefeiert dies Fest, das alle Fesseln zersprengt!

Spürst du mich – so wie ich dich?

Gestaltlos bin ich. Und dennoch erblick ich mich in deiner Augen Glanz. Ohne Geschmack bin ich. Und doch schmeck ich auf deinen Lippen mich. Keinen Geruch hab ich. Und dennoch spür ich, wie meinen Odem du atmest. Stumm ist meiner Stimme Klang. Und dennoch hör ich, wie jedes meiner Worte in dir hallt. Könntest die zitternden Arme du strecken – ins Leere würden sie fassen. Und doch besteht kein Zweifel in dir an meiner tiefen, tiefen Gegenwart.

Johanna! Nicht sperre dich länger! Deines Leibes Not – gib ganz dich ihr hin, und empfange die Kraft, die durch mich dich durchströmt.

Lieber Weidmann, sag mir fein, was gehet vor dem edlen Hirsch gen Holz hinein? Sein warmer Atem fein gehet vor dem edlen Hirsch gen Holz hinein.

Wie klein sie geworden war! Kleiner als alles, was sie je unterm Mikroskop zu Gesicht bekommen hatte. Kleiner als das kleinste Eichboson im Teilchenzoo. Millionen- und abermillionenfach hätte sie sich in einer einzigen Träne des Hirschs einrichten können, auf dem sie ritt. Das war ein Gerüttel und Geschüttel, dass sie gar nicht wusste, mit welcher ihrer winzigen Krallen sie sich woran festklammern sollte. Dieser Stamm, der vor ihr wuchs? Eine Wimper am Auge des Hirschs musste es sein.

Lieber Weidmann, sag mir an, was hat der edle Hirsch zu Feld getan? Er hat gerungen und gesprungen und hat die Weid zu sich genommen und ist zurück gen Holz gekommen.

Aber es stimmte ja nicht. Sie war ja gar nicht klein. Unvorstellbar groß war sie. So groß, dass sie in alle Himmelsrichtungen zur Welt hinauswuchs. Mond, Venus, Mars, Merkur, Sonne – alle Planeten sprangen ab, als wären sie die Westenknöpfe jener anschwellenden Galaxie, die sie nun war.

Weidmann, lieber Weidmann fein, was gehet hochwacht vor dem edlen Hirsch gen Holz hinein? Der helle Morgenstern, der Schatten und der Atem sein gehen vor dem edlen Hirsch gen Holz hinein.

Sie musste innehalten. In ihre Mitte zurückkehren. Dies gleichzeitige Unendlich-klein-und-unendlich-groß-Sein – nicht lange mehr würde sie's ertragen. Schon jetzt vibrierte jede Faser ihres Körpers stärker, als menschliche Körperfasern vibrieren durften.

Weidmann, liebster Weidmann mein, was folget bleichstumm dem edlen Hirsch gen Holz hinein? Nie frage mich, mein Töchterlein, was folget dem edlen Hirsch gen Holz hinein.

XVII

er erste Umschlag, weiß, wattiert, war Mitte Januar aus Schweden eingetroffen. Doch das neue Jahr hatte nicht nur die lang ersehnte Post, sondern auch den lang erwarteten Schnee gebracht, der nun, anstatt wie im Dezember stets aufs Neue zu schmelzen, alle Gipfel, Wipfel, Dächer und Straßen unter sich begrub. Ein paar Tage waren sie vollständig eingeschneit gewesen, nicht einmal der Schneepflug hatte sich die steilen Serpentinen emporarbeiten wollen, die aus dem Alpenvorland zum Wallensee hinaufführten.

Jeden Morgen, noch bei tiefster Dunkelheit, wurde Johanna von einem metallischen Scharren geweckt: Schneeschaufeln auf frostigem Asphalt. Anfangs war es ein einsames Scharren gewesen, das der Niedermayr'schen Schneeschaufel, doch dann hatte Ritter beschlossen, die Alte habe recht, es sei «in der Tat kein Zustand», dass der schmale Gehweg vor Johannas Haus einem eisigen Festungswall glich. Deshalb war er losgezogen und hatte sich einen Weg durch den Garten bis zum beinahe gänzlich im Schnee versunkenen Geräteschuppen getrampelt, um dort nach einer Schneeschaufel zu suchen. Seither wurde Johanna jeden Morgen vom Scharren zweier Schneeschaufeln geweckt, deren Duett anfangs noch von bayerischem Gegrantel und schlesischen Höflichkeiten begleitet worden war. Doch seit einer Weile schien die Niedermayrin ihren Frieden mit dem «Schdrawanza» aus dem Nachbarhaus gemacht zu haben. Beziehungsweise schien derselbe, indem er nebenan endlich «fia Ordnung» sorgte, ihre notdürftige Anerkennung gewonnen zu haben.

Einen knappen Monat nachdem der schwedische Umschlag eingetroffen war, hatten die Koreaner Johanna mitgeteilt, dass sie die Ergebnisse ihrer Genomanalyse auf den Weg nach Europa gebracht

hätten. Daraufhin hatte Johanna Tag für Tag im Internet die Fortschritte ihrer Sendung auf der Website des Transportunternehmens
sowie die Nachrichten des Wetterdiensts verfolgt, weil sie die ganze
Zeit befürchtete, sie würden abermals so einschneien, dass keine
Post mehr nach Wallensee kam. Doch das Wetter meinte es gut mit
ihr. Heute Morgen, unter einem wolkenlosen Himmel, hatte ihr der
Paketbote einen zweiten wattierten Umschlag ausgehändigt, nicht
ohne anzumerken, dass der ja von «narrisch weit» herkomme.

Da lagen sie nun: das weiße Kuvert aus Schweden, das gelbliche
aus Südkorea und warteten darauf, von Johanna geöffnet zu werden.

Ritter hatte sie zu einem langen Spaziergang in die Berge
geschickt. In dem freigeschaufelten Geräteschuppen hatte sich
außer dem Schneeschieber ein altes Paar Schneeschuhe gefunden,
das Ritter sich vor wenigen Minuten unter die Füße geschnallt hatte.
Dann war er davongestapft, nicht ohne mehrfach zu betonen, wie
«höchstlich unrecht» es sei, dass sie ihn in jenem wichtigen Augenblick nicht dabeihaben wolle.

War es ein Fehler gewesen, ihn fortzuschicken? Johannas Herz
klopfte heftiger als bei jedem der Experimente, die sie oben auf dem
Dachboden unternommen hatten. Weiß. Gelb. Welchen Umschlag
zuerst?

«Don't order a test if you lack the ability to cope with the results.»
Der Standardspruch des australischen Onkologen, mit dem sie einmal eine Affäre gehabt hatte, kam Johanna in den Sinn. Letzte Nacht
war sie restlos davon überzeugt gewesen, dass ihr verrückter, radikaler Selbstversuch von Erfolg gekrönt sein musste. Zwar fehlte ihr
hartnäckig der Mut, sich einen ganzen Finger abzuschneiden, doch
die kleineren Schnitte, die sie sich über Weihnachten und Neujahr
beigebracht hatte, waren allesamt in kürzester Zeit verheilt. Auch
sonst fühlte sie sich gesund und kräftig wie seit Langem nicht. Die
monströse Therapie hatte angeschlagen. Aber warum zitterten ihre
Finger dann so stark, dass ihr der Brieföffner schon zum zweiten Mal
aus der Hand fiel? Weil es ein blödes, von spröden Kunststofffäden

durchzogenes Material war, in das die Schweden ihren Datenstick verpackt hatten.

Johanna wusste nicht, in welcher Weise Catch-23 ihr die Analysedaten präsentieren würde. Da es sich um ein kommerzielles Unternehmen handelte, das ausschließlich für Privatkunden, also Laien, arbeitete, vermutete sie, dass man ihr an prominenter Stelle eine Übersichtsgraphik bieten würde, die auf einen Blick erkennen ließ, welche ihrer dreiundzwanzig Chromosomen welche gesundheitlichen Risiken und Chancen bargen. Chancen, dachte Johanna bitter. Was hieß da *Chancen*? Die Aussicht, sich als Neunzigjährige ohne Herzinfarkt oder Lungenkrebs ins Grab zu legen?

Es musste ihr gelingen, die Dateien mit den Vollsequenzen ihrer einzelnen Chromosomen zu finden und zu öffnen, ohne sich vorher die Bilanz ihrer genetischen Unzulänglichkeiten anschauen zu müssen. Günstigstenfalls würde sie dort erfahren, dass sich ihr Niedergang weniger brutal gestalten und wenige Jahre später einsetzen würde als beim durchschnittlichen *Homo sapiens*; schlimmstenfalls erfuhr sie, und zwar mit fataler Gewissheit, dass sie dazu verdammt war …

Johanna verbat sich, den Gedanken zu Ende zu denken. Sie war Wissenschaftlerin. Eine Wissenschaftlerin, die kurz davorstand, das Geheimnis der Unsterblichkeit zu enthüllen.

«Dear Ms. Mawet, we are pleased to provide you with the results of the DNA analysis you ordered from our company. Enclosed please find a USB flash drive containing your personal data. To obtain access to this password-protected data stick, please use the password we e-mailed to you on January 9th. Because some of your genetic features indicate the possibility of serious future health problems, we strongly recommend that you consult a physician in order to discuss …»

Zornig warf Johanna das Begleitschreiben zu Boden, das sie zusammen mit dem Datenstick aus dem Umschlag gezogen hatte. Warum hatte sie überhaupt angefangen, diesen Mist zu lesen? Was glaubten diese Trottel, mit wem sie es zu tun hatten? *Jede* DNA-

Analyse ergab, dass der Träger der analysierten DNA irgendwann in der Zukunft mit «ernsthaften gesundheitlichen Problemen» zu rechnen hatte. Einen Arzt zu Rate ziehen! So weit kam's noch!

Ohne das Blatt am Boden eines weiteren Blickes zu würdigen, steckte Johanna den Datenstick in ihren Laptop, gab das Passwort ein, das ihr tatsächlich am neunten Januar zugemailt worden war, und bemühte sich, alle Dateinamen zu ignorieren, die nicht nach «Chromosom 5» klangen.

Was, wenn sie, ohne sich dessen bewusst zu sein, seit über vierzig Jahren einen jener apokalyptischen Reiter beherbergte, die qualvollstes Sterben mit einer Autorität verkündeten, dass nur Geisteskranke an ihr zweifeln konnten? Was, wenn die Schweden bei ihr auf eine jener Abweichungen gestoßen waren, bei denen die Mutation eines einzigen Gens genügte – und das Folter- und Todesurteil war unwiderruflich gesprochen? Unter Adenosin-Desaminase-Mangel konnte sie nicht leiden, sonst hätte sie den größten Teil ihrer Kindheit in Isolierzimmern in Krankenhäusern verbracht und wäre dennoch längst an irgendeinem lächerlichen Infekt gestorben. Konnte sie Mukoviszidose haben? Ihre Lungen waren in Ordnung – außerdem dürfte sie auch in diesem Fall bereits seit einer Weile tot sein. Sichelzellenanämie? Sie wäre gleichfalls nicht mehr am Leben. Fieberhaft durchforstete Johanna ihr Hirn nach jenen Single-Gene Disorders, die jahrzehntelang unentdeckt im menschlichen Organismus schlummern konnten, bevor sie zu ihrem todbringenden Leben erwachten. Huntington's. Die ersten Symptome dieser Krankheit traten in der Regel nach dem dreißigsten Lebensjahr auf. Krasse Gefühlsschwankungen. Verlust der Kontrolle über die Muskulatur. Entgleisende Mimik. Fortschreitende Zerstörung des Striatums bis hin zur vollständigen Demenz. Quatsch. In welch heillosen Unsinn verstieg sie sich da.

Johanna kopierte den Ordner «Chromo5» auf ihren Laptop hinüber und warf den schwedischen Stick aus. Bei der koreanischen Post stellte sie sich schlauer an: Gefaltet wie er war, zerriss sie den Begleitbrief in kleine Fetzen und ließ sie in den Papierkorb neben dem Schreibtisch rieseln. «Serious future health problems ... consult a physician ...» Bullshit.

Die Koreaner hatten ihre Daten übersichtlicher geordnet als die Schweden, sodass Johanna wenige Augenblicke später den Ordner «ChromosomesFullSequences» gefunden, geöffnet und den Unterordner «FSC5» auf ihren Computer hinübergespielt hatte. Um bei all der Vergleichsarbeit, die nun anstand, kein Chaos anzurichten, benannte sie die Ordner um: Aus dem schwedischen wurde «JM_Chr5_before», aus dem koreanischen «JM_Chr5_after». Johanna Mawets fünftes Chromosom. *Vor* den Experimenten. Und *danach*. Verwirrung ausgeschlossen.

Mit den sicheren Bewegungen einer Schlafwandlerin startete Johanna das Programm, das aus beiden Ordnern diejenigen Abschnitte dekomprimieren würde, in denen sich jeweils ihr *TERT*-Promotor befand. *Lieber Weidmann, sag mir fein* ... es gelang ihr, den vielstelligen Code einzugeben, ohne sich zu vertippen ... *was gehet vor dem edlen Hirsch gen Holz hinein?* Mit leerem Blick wartete sie darauf, dass das Programm seine Arbeit getan haben würde. *Sein warmer Atem fein* ... das erste Fenster mit der zehnreihigen ATGC-Kette öffnete sich. Ohne jegliche Regung, einzig in dem Wissen, dass sie Unvermeidliches tat, schob Johanna das Fenster auf die linke Seite des Bildschirms. Johanna Mawets *TERT*-Promotor: before. Zum zweiten Mal gab sie den Code fehlerfrei ein ... *gehet vor dem edlen Hirsch gen Holz hinein*. Die Schlafwandlerin balancierte auf einer Rasierklinge. Wusste, dass sie auf einer Rasierklinge balancierte, und schnitt sich nicht entzwei. Das zweite Fenster ging auf. Johanna Mawets *TERT*-Promotor: after. Und wanderte nach rechts, neben das erste.

Dann wurde es dunkel.

So rein und klar war die Luft, so hoch der Himmel über ihm, dass er gleich einem Wintervöglein hätte singen mögen. Doch wie er den Mund auftat, wollte ihm kein Lied über die Lippen kommen. Wie lange er schon in dieser gleißenden Bergeinsamkeit umherstapfen mochte? Drei Stunden? Oder gar vier? Dass er die Baumgrenze hinter sich gelassen – eine gute Weile lag's zurück. Trotz seiner Schneeschuhe kam er mühsam bloß voran. Von der Tafel mit der eigentümlichen Inschrift, die ihm mittlerweile zum vertrauten Weiser geworden, hatte er heute einzig die oberste Zeile, DER GERADE WEG, lesen können, der Rest war im Schnee versunken. Gleichwohl hätte es aller schönen Wanderungen schönste sein können, seit er begonnen, die Gegend hier zu erkunden: Nie hatte die Weiße Flüh weißer geleuchtet; der Krönling heller gefunkelt; selbst der Marterstein hatte seinen schroffen Schrecken eingebüßt. Dass er all dies nur halben Herzens genießen konnte, weil seines Herzens andere Hälfte mit Sorge und Gram erfüllt – musste es ihn nicht doppelt traurig stimmen?

«Grüß Gott.» Voll Andacht verneigte Ritter sich gegen die Gipfel, die so herrlich vor ihm lagen, und trat den Heimweg an. Hinunter würde es weniger beschwerlich gehen, hoffte er. Nicht der mindeste Hauch bewegte die Luft, deutlich konnte er die Spur erkennen, die er im zuvor unberührten Schnee hinterlassen. Schwankend mühte er sich, dieselben Löcher zu treffen, die er beim Aufwärtssteigen gemacht. Seit je war es ihm eigentümlich erschienen, den eigenen Schritten rückwärts zu folgen. Was ein zweiter Wanderer denken mochte, wenn er den Tritten folgte und mit einem Male entdecken musste, dass die Fährte, die ihm so verlässlich erschienen, im Nichts sich verlor? Dass sein Vorgänger den Grund verlassen und nach dem Himmel aufgefahren?

Einen leichtsinnigen Augenblick hatte Ritter nicht achtgegeben: Schon war er über die künstlich vergrößerten Füße gestolpert und schlug der Länge nach hin. Feinster Schnee drang ihm in Mund und Nase, und dennoch konnte er nicht aufhören zu lachen. Mit beiden Armen ruderte er in dem weißen Gewirbel umher.

Warum konnte Johanna nicht bei ihm sein? Warum hatten sie diese Wanderung nicht gemeinschaftlich unternehmen dürfen? Warum begriff sie nicht, dass die Unendlichkeit einzig in Augenblicken wie diesem zu finden war, in denen es kein Oben und Unten mehr gab, kein Hinten und Vorn, kein Vorher und Nachher, weil alles sich in Einem aufgelöst, des Daseins Schuld für einen Wimpernschlag getilgt? Während er dies noch dachte, war der Augenblick bereits verstrichen. Wütend nun boxte Ritter in den Schnee hinein, bis ihm beide Fäuste erlahmten und er zu frieren begann.

Wie er nach Hause kam, fand er alles still und düster.

«Johanna?»

Ihr Name verhallte in den stummen Räumen. Kälter als sein durchfrösteltter Leib war die Hand, die da nach seinem Herzen griff. Wie hatte er so kindisch, so selbstvergessen selbstsüchtig im Schnee tollen können? War er sich nicht bewusst, was derweil daheim auf dem Spiele stand? Dass Johanna ihn fortgeschickt – nicht wollte dies bedeuten, dass sie seiner Gedanken Gegenwart nicht zu jeder Sekunde hätte bedurft.

«Johanna!» Lauter rief er ihren Namen, eiliger hastete er die Stiege empor, um sie im oberen Stockwerke zu suchen.

Zuerst sah er einzig die Trümmer. Die Verwüstung, die über ihr Studierzimmer hereingebrochen. Dann entdeckte er sie selbst, starr am Boden sitzend, den Rücken gegen den umgestürzten Schreibtisch gelehnt, die Ellenbogen auf die Knie, das Kinn in beide Hände gestützt, den Blick im Nichts verloren.

«Johanna!»

War zuvor es sein dringlichster Wunsch gewesen, den klammen Kleidern zu entkommen, war jener Wunsch nun gänzlich vergessen.

«Johanna!» Schon kniete er neben ihr und fasste sie an den Schultern. «Was ist geschehen?»

Mit wenigen Blicken nahm er der Verwüstung volles Maß in sich auf: Papiere, Zeitschriften, Bücher – alles kraus durcheinandergeworfen; die Lampe, die zuvor auf dem Schreibtische gestanden – zerschellt am Boden; wenige Fuß daneben – Johannas Heiligstes. Ihr Apfelkasten. Ihr Laptop. Ihr *Schoßauf*. Ärger zernichtet denn damals auf der anderen Seite der Welt durch ihn.

«Johanna!» Sanft schüttelte er sie. Ihr Leib schlaffte und schlapperte wie der einer unbeseelten Gliederpuppe. «Johanna, sprich! Was ist geschehen?»

So langsam, dass er sich beherrschen musste, sie nicht unsanfter zu schütteln, holte sie ihren Blick zurück aus dem Jenseits, um denselben endlich auf ihn zu richten.

«Nichts», sagte sie ohne Ausdruck und Gebärde. «Nichts ist geschehen.»

«Wie kann nichts geschehen sein, wenn alles hier verwüstet?»

«Nichts», wiederholte sie auf dieselbe starre Weise, sodass Ritter schon begann, um ihren Verstand zu bangen. «Absolut rein gar nichts.»

Da erst setzte sein Begreifen ein. *Niemand* hat mich geblendet ... Die Schreie des verletzten Zyklopen, nachdem Odysseus ihm den glühenden Pfahl ins Auge gestoßen. *Nichts* ist geschehen ... Fieberhaft schaute er über das Chaos hin: Wo waren die glühenden Pfähle, die jene Hinterlistigen aus Schweden und Korea seiner Johanna ins Herz gestoßen?

«So sicher war ich mir», hub er hilflos zu stammeln an. «So sicher, als ich im Leben keiner Sache sicher gewesen bin. Wenn jene Ergebnisse heucheln, *nichts* sei geschehen, so sind's hundsföttische Lügengespinste, doch nimmer die Wahrheit nicht!»

Sie stieß ein kurzes, verächtliches Lachen aus – das er begrüßte wie einen lang entbehrten Freund. «Lassen Sie's einfach! Die Analysen lügen nicht. Nicht, wenn es zwei sind, die unabhängig voneinander an unterschiedlichen Orten der Welt gemacht worden sind. Nicht, wenn mir beide mit fast hundertprozentiger Übereinstimmung dieselben Ergebnisse präsentieren.»

«Das heißt, Sie wollen sagen ...» Er stockte. «Damit ich's gewiss versteh: Unsere Experimente haben an Ihren Genen nicht die geringste Veränderung bewirkt?»

Der Angriff, den er erwartet, blieb aus. Leer bloß blickte Johanna durch ihn hindurch: «Ich habe mir vierzig, fünfzig jener relevanten

Chromosomenabschnitte angeschaut und miteinander verglichen, die bei Ihnen so hochgradig mutiert sind. Bei mir ist da: nichts. Vorher, nachher: zweimal dieselben banalen Abfolgen, wie sie dem menschlichen Standardgenom entsprechen. Die paar Abweichungen, die es bei mir gibt, sind entweder der schlechten Qualität der Reads an diesen Stellen geschuldet, oder sie waren schon da, bevor ich mich von Ihnen habe halb zu Tode schinden lassen.»

Ritters Herz tat einen jähen Satz. Hatte sie wirklich und wahrhaftig ausgesprochen, was er soeben gehört? Wollte sie, nachdem sie den langen Weg in solch Seeleneinklange beschritten, zum bösen End' doch noch Schuld auf ihn wälzen?

«Ich habe gelogen.» Ihre Stimme blieb ruhig, ja milde fast, doch in ihren Augen glomm ein Hass, der bereit war, alles niederzubrennen, was sich ihm in die Wege stellte. «Es ist nicht wahr, dass meine DNA-Analysen nichts ergeben haben. Eigentlich hätte ich sagen müssen: Sie haben sehr, sehr interessante Erkenntnisse zutage gebracht.» Wie wenn sie selbst sich bezähmen wollte – oder trösten? –, umschlang sie beide Knie fest mit den Armen. «So habe ich etwa im Vergleich zur Durchschnittsbevölkerung ein mehr als zehnfach erhöhtes Risiko, Alzheimer zu bekommen. Für den Fall, dass Sie die Zahlen gerade nicht parat haben: Das Durchschnittsrisiko für einen Fünfundsiebzigjährigen liegt bei sieben Prozent. Mein Risiko für grünen Star ist immerhin noch vierfach erhöht, aber wer will schon jammern, dass er erblindet, wenn er sich ohnehin nicht mehr erinnern kann, was er gerade gesehen hat.» Sie befreite sich aus der eigenen Umklammerung und führte eine Hand zum Munde, wie wenn sie gegen eine jähe Übelkeit anzukämpfen hätte. «Allerdings gibt es auch gute Nachrichten: Mein Risiko für Herzerkrankungen ist ebenfalls vierfach erhöht, das heißt, wenn ich Glück habe und kein Defibrillator in der Nähe ist, bleibe ich auf der Strecke, bevor ich als halb erblindete, verwirrte Greisin durch die Straßen irre.»

Nicht länger ertrug es Ritter, ihren Worten zu lauschen. In den Arm musste er sie nehmen. In *beide* Arme schließen und wiegen, wie ihn seine Mutter gewiegt, wenn er des Nachts aus dem Schlafe hochgefahren und nicht hatte aufhören können zu schreien, weil das Fenixweiblein ihm beide Augen hatte ausreißen und als grausen Schmuck um den Hals tragen wollen. Doch nicht wagte er es, Johanna zu berühren, so in sich verkapselt, so zur Explosion bereit, kauerte sie da.

«Johanna», fing er mit äußerster Behutsamkeit an. «Erinnern Sie sich, was Sie mir gesagt, als Sie mir die Ergebnisse meiner Analyse gezeigt haben? Als wir darüber gestritten haben, ob ich ein Säufer sei? *Keine dieser genetischen Anlagen ist ein letztes Urteil. Damit eine Krankheit zum Ausbruch kommt, müssen verschiedenste Faktoren zusammentreffen.*»

«Bravo!» Ihr Lachen war ätzender wie Königswasser. «Ich melde Sie zum Genetikstudium an.»

Zum ersten Male, seit er sie in jenem Stande der gesteigerten Verzweiflung angetroffen, löste sie sich aus ihrer Selbstumklammerung. Wie wenn sie ein Raubtier wäre, das drohen, aber nicht sogleich springen will, machte sie eine Bewegung auf ihn zu. «Ich habe das verdammte *APOE4*-Allel gleich doppelt!» Unwillkürlich wich er zurück. «Da Sie sich neuerdings ja so gut auskennen mit genetischen Fragen, wissen Sie, was das bedeutet.»

Ein Leichtes wäre es ihm, das Bekenntnis abzulegen, das sie mit ihren feindseligen Blicken ihm abzutrutzen versuchte – doch wem wäre geholfen, wenn er sein Unwissen eingestand? Nicht den geringsten Triumph verspürte er, da sie sich an ihren früheren Platze zurückzog und flüsternd erklärte: «Dieses Allel lässt sich nicht austricksen. Wer es hat, *muss* davon ausgehen, dass der Alzheimer bereits in ihm tickt.»

Wie er dies vernahm, ließ Ritter alle Vorsicht fahren. Schneller, als sie ihn abweisen konnte, hatte er sie umschlossen, und fester, als sie sich zu sträuben vermochte, hielt er sie. «Johanna», beschwor er sie. «Johanna! Johanna! Johanna! Nichts weiß ich von *Genen* und *Allelen* und *Apoen*. So gut als nichts weiß ich von jener Krankheit, die du *Alzheimer* nennst. Doch eines weiß ich von Herzensgrunde: Dass ich dich nimmer nicht verlassen werde; dich nimmer nicht verloren geben. Und wenn du meinen Namen nicht mehr kennst, und wenn du mein Gesicht nicht mehr kennst, und wenn du deinen Namen nicht mehr kennst und dein eigen Gesicht sich im Spiegel dir verdunkelt – ich werde bei dir sein. Was du vergisst, erinnere ich für dich. Wenn du im Raume dich verirrst und nicht mehr weißt, wohin zurück, bin ich die Hand, die heim dich geleitet. Wenn dir die Zeit ... »

«Hören Sie auf mit diesem Stuss!»

So laut hatte sie geschrien, dass er meinte, den Nachhall noch immer zu hören. Indes unternahm sie zu seinem größten Erstaunen keinerlei Anstrengung mehr, sich aus seiner Umarmung zu befreien. Und bildete er sich's bloß ein, oder begann ihr spröder Leib, an seiner Brust zu schmelzen?

«Ritter», sagte sie, indem sie ihren Kopf gegen seine Schulter sinken ließ. «Sie haben gelogen. Die ganze Zeit gelogen. Und ich war zu dumm, es zu sehen. Dabei lag es doch von Anfang an auf der Hand.» Ein feines Lachen durchlief ihre Brust. «Ihr Zustand hat nichts mit galvanischen Selbstversuchen oder anderen Spielereien zu tun, die Sie sonst noch getrieben haben mögen. Und Sie selbst wissen das am allerbesten, nicht wahr?»

Nahezu neckisch schlug sie die Augen zu ihm auf.

«Johanna», setzte er ratlos an. «Nicht weiß ich, wovon ...»

Doch sogleich unterbrach sie ihn mit einem gespenstisch sachten «Shhhh ...», wie wenn er es wäre, der im Wahne sprach.

«Ganz am Anfang, als Sie mir über den Weg gelaufen sind, da waren Sie fast noch ehrlich. Warum haben Sie später begonnen, mich an der Nase herumzuführen? Weil es Ihnen plötzlich peinlich war?»

«Peinlich ist mir allein, dass du so dunkel mich verdächtigst!» Nun war es an ihm, von ihr abzurücken. Das Feuer in ihren Augen – war's ein Abglanz jener Flammen, die in der Hölle lodern mochten?

«Wollen Sie es nicht selbst aussprechen?» So leise, so höhnisch leise, fragte sie. Und Ritter, ein letztes Mal sich schirmend mit dem Schild der Ahndungslosigkeit, rief aus: «Was – soll – ich – selbst – be – ken – nen?»

«Dass», sagte Johanna mit einer Stimme, die herüberklang aus längst vergangener Zeit, «dass all Ihre Absonderlichkeiten eine einzige, schlichte Erklärung haben: Sie stehen mit dem Teufel im Bunde.»

Johanna! Teuerste! Was soll nun dies? Nicht minder sprachlos macht die düstre Kunde mich, die dir durch jene Speicherstifte ward zuteil. Das Grausen, das dein Innerstes zerquält – nicht minder heiß durchrast es mich. So sehr wie du hab ich gehofft, das große Werk sei uns geglückt! Dass obendrein du nun erfährst, welch Übel dir der liebe GOtt bestellt, ist dreifach Hohn und Schmach und Spott!

Doch nie, versprich mir, ewig nie, lass Schmerz und Wut verleiten dich, dem alten Ammenpfad zu folgen. Willst wirklich jenes Schwätzerreich betreten, in dem ein jeder schnüffelt, argwöhnt, raunt, dass seines Nächsten arme Seel' vom bösen Feinde sei besessen?

In aller Ewigkeit, so schwöre ich, stand nie ein Mensch mit mir *im Bunde*! Nimm es zurück, das dumme Wort, bevor ihm eine Brut entschlüpft, die weder dir noch mir noch irgendwem zur allerkleinsten Ehr' gereicht!

Damit wir uns hier klar verstehn: Ich zolle jedem Beifall, der *nicht* an mich glaubt.

Ich seh den Trotz in deinem Blick. Nun also denn. Wenn wirklich du's nicht anders willst: Ein trefflich Zeugnis hab ich hier, das eindrucksvoll belegt, wie leicht sich's hierzulande fügt, kaum dass Vernunft sich aus des Glaubens Ei geschält, die alte Glucke Aberglauben eilt herbei, den stolzen Sprössling gackernd zu ersticken.

Weinsberg am 25. Februar 1845

Verehrter Pfarrer Blumhardt!

Mögen Sie es einem alten, verzweifelten, kranken Manne
verzeihen, wenn er in Ihre Tagesgeschäfte so unversehens
einbricht! Um Ihnen die Natur meines Anliegens, vor
allem aber dessen Dringlichkeit, ersichtlicher zu machen,
sowie für den Fall, daß Ihnen mein Name bislang
unbekannt geblieben ist, gestatten Sie mir, daß ich einige
wenige Worte über meine Person voranstelle: Geboren ward
ich in Ludwigsburg, was uns, da Sie, so ich recht unter=
richtet bin, aus Stuttgart stammen, gleichsam zu nachbar=
lichen Residenzbuben macht. Seit 2 ½ Jahrzehnten nun
hat mir das Leben Weinsberg als Ort meiner Thätigkeit
und Centrum meines Daseins zugewiesen, wofür ich dem
Herrn täglich danke. An diesem lieblichen Orte im Thale
der Sulm, umrankt von Weinbergen, überragt von unsrer
wackren Festung „Weibertreu", habe ich die Ehre, die
Stelle des Oberamtsarztes zu versehen: eine Pflicht, die
auszuüben mir trotz meiner angegriffnen Gesundheit und
aller Mühsal, die der Beruf unausweichlich mit sich bringt,
bis zum heutigen Tage Quell beständiger Freude ist. Des
weitern darf ich mir das bescheidene Verdienst zurechnen,
als erster die tieferen Ursachen der in Württemberg so
häufig vorfallenden tödtlichen Vergiftungen durch den
Genuß geräucherter Würste (d.i. „Fettsäure") erkannt und
wirksame Gegenmaßregeln empfohlen zu haben. Ebenfalls
darf ich mich rühmen, das eine oder andre Verslein zu
Papier gebracht zu haben, das den Herausgebern des
einen oder andren poetischen Almanachs werth erschien,
gedruckt zu werden. („Wohlauf! noch getrunken / Den

funkelnden Wein! / Ade nun, ihr Lieben! / Geschieden muß sein.")

Doch all dies erkläret nicht, warum ich heute, trotz meines Gebrechens, das mir an manchen Tagen die Sehkraft gänzlich zu rauben droht (sollte meine Schrift hie und da ins Unleserliche geraten, bitte ich dies mit dem genannten Umstande zu entschuldigen!), warum ich also heute zur Feder greife, um Sie, einen gleichermaßen höchstbeschäftigten Manne, mit einem zusätzlichen Anliegen zu beschweren.

Vor wenigen Tagen ward mir durch einen Freund (sein Name thut nichts zur Sache) der Bericht über „Die Krankheits- und Heilungsgeschichte der Gottliebin Dittus in Möttlingen" zugestellt, den Sie im vergangenen August auf Verlangen der Königlich Württembergischen Oberkirchenbehörde verfaßt haben.

Woher soll ich die Worte nehmen, die Empfindungen zu beschreiben, die mich bei der Lektüre Ihres Aufsatzes nach allen Seiten hin durchstürmten? Seit Jahren, ach, seit je!, hatte ich die Hoffnung aufgegeben, daß aus dem Schoße der protestantischen Kirche zunebst all der Stockbibel-Pfarrer, wie sie in unsrem dürren Saeculum zur üblichen Erscheinung geworden, noch ächte Geistliche entspringen mögen; kraftvolle Naturen wie unser seliger Luther, die bereit sind, die Augen vor der wirklichen und wahrhaftigen Gegenwart des Dämonischen auch in unsrer Zeit nicht zu versperren; kraftvolle Naturen, die bereit sind, so wie Sie, theuerster Pfarrer!, den Kampf gegen eben jene Dämonen mit aller Entschiedenheit und Gottesfurcht zu führen!

Darf ich Ihnen anvertrauen, daß mir Thränen tiefster Erschütterung und höchsten Jubels zugleich übers

Gesicht liefen, da ich Ihrem Bericht entnahm, daß ich den Exorcismus nicht länger als alleiniges Vorrecht der Katholiken betrachten muß, seit ich in Möttlingen eine wahrhaft evangelische Gemeinde weiß, die am Neuen Testamente festhält, in welchem doch mehrfach unwider= leglich Zeugniß von Akten der Teufels= und Dämonen= austreibung gegeben ist!

Jetzo muß ich Ihnen etwas über mich entdecken, das (falls es Ihnen nicht ohnedies bekannt ist) ich bislang zurückgehalten habe, damit wir uns nicht auf dem falschen Fuße begegnen. Manch böse Zunge nennt mich den „Geisterkerner", weil ich als Arzt seit etlichen Jahren den Umgang mit Somnambülen, Hellseherinnen, aber auch kakodämonisch Beseßenen wie Ihrer Gottliebin pflege. Zu einer gewißen Berühmtheit gelangte „Die Seherin von Prevorst", die ich von ihrem 25. Lebensjahre an bis kurz vor ihrem leider allzu frühen Tode bei mir im Haushalt aufnahm und nahezu täglich behandelte, was mir erlaubte, eine ausführliche Abhandlung über ihren Fall zu verfaßen („Die Seherin von Prevorst – Eröffnungen über das innere Leben des Menschen und das Hereinragen einer Geisterwelt in die unsere"), welche sich bis zum heutigen Tage zahlreicher Auflagen nebst einer Übersetzung in die englische Sprache erfreut. (Ich bin so frei, Ihnen ein Exemplar der dritten vermehrten und verbeßerten Auflage beiliegend zu übersenden.)

Verehrter Pfarrer Blumhardt, ich bin gewiß, Sie sehen es einem alten, verzweifelten, kranken Manne nach: Doch nicht länger will's mir gelingen, mit einer Sache hinterm Berge zu halten, die bei der Lektüre Ihres Berichts meinen Unmuth aufs ärgste gereizt hat. Recht zu Beginn, bevor

Sie sich noch entschließen konnten, den Kampf gegen
die Dämonen aufzunehmen, dort, wo Sie Ihr Zögern
schildern, schreiben Sie: „Besonderes Grauen hatte ich
vor Erscheinungen des Somnambulismus, die so häufig
ärgerliches Aufsehen erregen und so wenig Gutes bisher
geschafft haben."

Bester Pfarrer! „So wenig Gutes bisher geschafft"!
Ist Ihnen bewußt, welch unbillig=ungerechtes Urtheil
Sie da fällen? Sie, ein Gottesmann! Gestatten Sie mir,
daß ich Ihnen eine kleine Geschichte erzähle, die Ihnen
recht anschaulich darlegen mag, wie „wenig Gutes" der
Somnambulismus bisher geschafft hat!

Friederike Hauffe (so hieß die Seherin dem eigent=
lichen Namen nach) war, da sie von ihrem Großvater
zu uns nach Weinsberg geleitet ward, ein Bild des Todes:
völlig verzehrt, unfähig sich zu heben und zu legen. Jeden
Abend Schlag 7 fiel die Unglückliche in einen magneti=
schen Schlaf, von dem ich jedes Mal befürchten mußte, sie
nie mehr daraus erwecken zu dürfen. Anfangs bemühte ich
mich (ach, sind wir nicht alle in den engen Schranken des
Cerebralsystems befangen!), ihren Zustand durch schlichte
Nichtbeachtung oder vernünftigen ärztlichen Zuspruch zu
unterbrechen. Allein vergebens. Da, eines Abends, als ich
schon dachte, sie endgültig ans Geisterreich verloren zu
haben, entschloß ich mich, jene magnetische Behandlung
an ihr zu versuchen, mit der ich bereits bei zwei früheren
Schlafwandlerinnen beträchtliche Wirkung erzielt hatte.
Nichts liegt mir ferner, als mich selbst zu loben. Doch
gleich nach den ersten Strichen fühlte sie sich gestärkt,
waren ihre Leiden gemildert, konnte sie sich etwas
aufrichten.

Ich wäre kein Freund der Natur und der Wahrheit, würde ich folgende Auffälligkeit vor Ihnen verbergen, mein verehrter, kritischer Pfarrer: Ja, die Behandlung zehrte an meinen Kräften; und an den Kräften all jener, die sonst in den Kreis der Seherin gerieten. (Bisweilen, wenn ich selbst zu andren Kranken über Felde mußte, magnetisirte ich vor meiner Abreise meinen Sohn oder meine Gattin, damit sie, beladen mit magnetischem Fluidum, sich zur gewohnten Stunde ans Bett der Seherin setzen und ihre Hand ergreifen konnten.) Bis zum heutigen Tage bin ich überzeugt, daß der Nervengeist, der den Fingern und Augen der Seherin entströmte, zur Schwächung derer führte, die den unmittelbaren Umgang mit ihr pflegten.

Hätte ich mithin nicht allen Grund, verehrter Pfarrer, mich Ihrem harschen Urtheilsspruche, der Somnambulismus habe bisher so wenig Gutes geschafft, anzuschließen? Weit gefehlt. Weit gefehlt!!! Denn nicht bloß vermochte die Seherin, sobald sie in magnetischen Schlafe fiel, genauste Vorhersagen über künftige oder sich zur selben Zeit an fernem Orte abspielende Ereigniße zu treffen (berichten Sie nicht selbst, Herr Pfarrer, daß Ihre Gottliebin während einer ihrer Besitzungen das fürch= terliche Erdbeben in West=Indien vorausgesehen hat?), wodurch wir manchen Einwohner der nähern Umgebung hier vor manchem Schaden bewahren konnten. Vor allen Dingen entwarf Frau Hauffe den von ihr so genannten „Nervenstimmer", einen in höchstem Maße wundersamen Apparat, mit dessen Hilfe es möglich ward, den Nerven= geist günstig zu beeinflußen. Von vielerlei Erstaunlichem und Klarsichtigem könnte ich Ihnen berichten, das die Seherin über den Zusammenhang von Nervengeist, Seele,

411

Leib und Gott zu verkünden wußte, doch weiß ich ja
darum, welch kostbar Gut die Zeit ist. Nur darf ich diesen
Excurs nicht beschließen, ohne Ihnen rasch noch Frau
Hauffes Meisterstück zur Kenntniß gebracht zu haben:

Die Krankheits= und Heilungsgeschichte
der Gräfin von Maldeghem

Ums Jahr 1828 herum muß es sich zugetragen haben,
daß mich der Graf von M. in Weinsberg aufsuchte, um
mir ein ebenso verzweifeltes wie dringliches Anliegen
vorzutragen. Von verschiedenen Seiten sei ihm zu Ohren
gekommen, daß sich in meinem Hause eine schlafwache
Kranke aufhielte, die ihrerseits selbst ein vorzügliches
Medium zur Heilung andrer Kranker sei. Bei seiner
Gemahlin nämlich, einer gebildeten, frommen und
liebenswürdigen Frau, habe sich die reizbare Stimmung
des Nervensystems, unter welcher sie seit frühster Jugend
leide, zu einem kaum mehr erträglichen seelischen Leiden
gesteigert. Sämmtliche Ärzte, die der Graf bisher consultirt
habe, hätten die Krankheit seiner Frau anfänglich
„Hirnentzündung", nachher „Wahnsinn" genannt.
Der Graf selbst hingegen wollte die Gemüthsbeschwerden
seiner Gattin lieber als „waches Traumleben" beschreiben.
   Seine Schwiegermutter, die Fürstin von W., habe
ihm erzählt, daß ihre Tochter eines Tages, es mochte in
deren sechstem Jahre gewesen sein, in einem blühenden
Mohnfelde eingeschlafen sei, in welchem sie, von ihrer
Wärterin unbeachtet, einen halben Tag gelegen habe. Als
sie endlich mit Gewalt geweckt ward, sei ihr die Erinnerung
so sehr getrübt geblieben, daß sie ihre Wärterin und ihre

Geschwister nur noch dunkel als ihr angehörend erkannte, auch lange an der Wirklichkeit ihr sonst ganz bekannt gewesener Personen und Dinge gezweifelt habe. Als die junge Fürstin der Erziehung wegen von ihrer Heimat nach Wien in ein Frauenkloster verbracht ward, soll sie auch dort des öfteren zu keiner klaren Überzeugung gekommen sein, ob ihr ganzes Sein und Thun Wirklichkeit sei oder Traum.

Der abnorme Seelenzustand seiner Gattin habe von Anbeginn als düstrer Schatten auf ihrer in allen restlichen Hinsichten als äußerst glücklich zu bezeichnenden Ehe gelegen, denn in regelmäßigen Abständen sei die Gräfin von dem Gedanken gemartert worden, daß sie niemals Gewißheit erlangen könne, ob der vor ihr stehende Graf wirklich derjenige sei, der ihr zum Gatten angetraut worden. In ihrem zweiten Wochenbette nun seien diese tagträu= merischen Zweifel in die fixe Idee umgeschlagen, daß sie gestorben und rettungslos verdammt sei; daß sie finstere Schlüfte, Bergwerke und unterirdische Gänge durchwandle, wo sie Qualen aller Art erleide. Sonst von ihr geliebte Menschen erschienen ihr plötzlich in Gestalt von Thieren, namentlich der von Bären, während ihr Gatte und ihre Kinder sie völlig kalt ließen, da diese ihr nur als Abbilder der Wirklichkeit erschienen, die für sie nicht mehr existirte. Dabei halte sie sich, sie, die so sehr lieblich sei (glauben Sie mir, Herr Pfarrer, nie habe ich heißere Thränen fließen sehen als jene, welche der Graf an dieser Stelle seines Berichts vergoß), dabei halte die liebliche Gräfin sich selbst für ein Scheusal, vor dem alle Welt zurück= schrecke oder sich in Spott über dasselbe ergieße, wie sie auch immer schimpfende Stimmen zu vernehmen meine,

weswegen sie ihr Gesicht beständig vor den Menschen
verberge und allen Umgang mit ihnen fliehe.

Den solchermaßen verzweifelten Grafen geleitete ich
daraufhin nach nebenan, in die Kammer, die ich der
Seherin eingerichtet hatte, wo diese, nachdem auch sie der
Geschichte mit größter Theilnehmung gelauscht hatte,
bereits im Wachen sogleich äußerte, daß sie die Gräfin
mehr in einem regellosen magnetischen Zustande denn in
wirklichem Wahnsinne befangen glaube. Im Schlafwachen,
in welches sich die Seherin durch ein Gebet anschließend
selbst versetzte, äußerte sie sich dann wörtlich also:
„Ich fühle die Gräfin im Traumringe, aber in einem
eingesperrten, fixirten Zustande. Sie muß in diesen Ring
weiter hinein und muß in ihm ungebunden sein können,
oder sie muß, noch besser, heraus in die Außenwelt.
Ich fühle in ihr die Zahl drei, und aus dieser müßen
die Verordnungen für sie hervorgehen. Neun Tage lang
muß sie dreimal drei Lorbeerblätter in einem Amulett
anhängen, es darf ihr aber nicht gesagt werden, woraus
das Amulett besteht. Neun Tage mußt du ihr" (an dieser
Stelle stockte mir kurz das Blut, obgleich ich ja von andren
Gelegenheiten her wußte, daß die Seherin im Schlafwachen
weder Titel noch Ränge kannte, mich also nicht hätte
verwundern dürfen, daß sie nun auch den Grafen von
M. aufs natürlichste duzte), „neun Tage mußt du ihr,
dreimal des Tages, jedes Mal eine Viertelstunde lang, die
linke Hand auf die Herzgrube legen, und zwar so, daß
die Fingerspitzen deiner linken Hand auf die Herzgrube
kommen. Die rechte Hand muß auf die Stirne. An
keinem Mittwoche darfst du mit dem Auflegen der
Hände anfangen, aber jedes Mal muß es morgens 9 Uhr

geschehen. Um dieselbe Minute, wo du ihr die Hände auflegst, schlafe ich hier ein, da darf man mich aber um nichts fragen, ich werde auch nicht sprechen – ich bete für sie."

Auf solch präcise Weise unterwiesen, reiste der Graf noch selbigen Abends ab. Wenige Tage später nun, es war ein Donnerstag, verfiel die Seherin, was sonst zu dieser Zeit nie geschah, Schlag morgens 9 Uhr in magnetischen Schlaf. Wie sie es angekündigt hatte, lag sie ganz still, sprach kein Wort und hatte die Hände, wie sonst bei stillem, innerm Gebete, kreuzweise über der Brust gefaltet. Nachdem sie ins Hellwache zurückgekehrt war, erklärte sie, daß in ihr beklemmende Gefühle aufgestiegen seien, die sie mit Worten zwar nicht näher ausdrücken, von denen sie aber mit Bestimmtheit sagen könne, daß sie sich auf die Gräfin von M. bezögen. Diese Beklem= mungen verdichteten sich von Tag zu Tag. Oft bekannte die Seherin, daß sie sich nicht mehr zu helfen wiße, auch ich geriet in ernstliche Sorge um ihre Gesundheit, bis sie am 9. April, abends 6 Uhr, in den Ruf ausbrach: „Werfet all eure Sorgen auf den Herrn, denn er sorget für euch!" Und in ruhigerm Tone fügte sie hinzu: „Ich sah soeben einen Lichtstrahl. Aus diesem trat ein Bild hervor. Bis ich es aber genau aufzufaßen versuchte, war es wieder verschwunden. Ich weiß nicht, was das ist, aber ich mußte dabei aufs innigste an die Gräfin denken – und meine, daß eine Veränderung mit ihr vorgegangen."

Wenige Tage später erhielt ich einen Brief des Grafen, in welchem dieser zu wißen begehrte, ob wir am 9. April, 6 Uhr abends, bei der Seherin etwas Außergewöhnliches bemerkt hätten. Zu dieser Stunde nämlich habe seine

Frau ihn aus einer Gesellschaft, in welcher er gewesen, zu sich berufen, um ihm zu eröffnen, daß sie soeben aufs innigste an die Seherin habe denken müßen, woraufhin der Schleier, der sie so lange von der wirklichen Welt abgetrennt hatte, gleichwie von Geisterhand zerrissen sei. Niemand sehe jetzt klarer als sie selbst, in welch tödtlicher Verwirrung sie die letzten Jahre ihres Lebens zugebracht.

Zwar habe die Gräfin in der Nacht einen leichten Rückfall erlitten, indem sie ihren Gatten plötzlich angst= voll am Arm gefaßt, doch habe sie sich, nachdem sie die Narbe ertastet hatte, die der Graf dort von einer frühen Hiebwunde behalten, rasch wieder beruhigen können und ihn versichert, nun wisse sie ganz bestimmt, daß es wirklich ihr Karl sei, der neben ihr liege.

Ich hatte den Brief noch nicht zu Ende gelesen, da betrat die Seherin meine Studierstube, um mir den unmit= telbar bevorstehenden Besuch des Grafen und der Gräfin anzukündigen. Zwar könne sie nicht mit Gewißheit sagen, wo sich die Kutsche des Paares in diesem Augenblicke aufhalte, aber sie habe keinen Zweifel, daß die beiden noch am selbigen Tage in Weinsberg eintreffen würden. So kam es denn auch.

Und nun, bester Pfarrer, hören Sie! Staunen Sie! Und bedenken Sie, ob Sie je wieder behaupten mögen, daß der Somnambulismus bisher „so wenig Gutes" geschafft habe!

Ohne daß die Gräfin sich mit vielen Worten offenbaren mußte, bemerkte die Seherin sogleich, daß ihre Kur noch nicht vollendet war. Einen gewaltigen Stein galt es noch aus dem Wege zu räumen: den Stein der Religion. Denn der Glaube, der im Fühlen und Denken dieser vereh= rungswürdigen Frau vor Ausbruch ihrer Krankheit einen so gewichtigen Platz eingenommen hatte, war (trotz ihrer augenscheinlichen Heilung) in ihrem Herzen noch nicht wieder aufgegangen. Sie fühlte sich kalt und fürchtete, daß ihr Gemüthszustand noch nicht diejenige Festigkeit habe, um von den heiligen Sakramenten, wie sie in der katholi= schen Kirche vorgeschrieben, Gebrauch machen zu können.

So ging denn das Bestreben der Seherin, die von der Gräfin sowohl im hellwachen wie schlafwachen Zustande häufig besucht ward, hauptsächlich dahin, in dem Herzen der Leidenden wieder das Licht des Glaubens und Vertrauens anzufachen, welches nur durch Gebet geschehen konnte. Schon als die Gräfin sie das erste Mal besuchte, fragte die Seherin, ob sie gemeinsam mit ihr beten wolle, und versprach im selben Athemzuge, daß sie (die selbst lutherischer Confession war) niemals etwas gegen den katholischen Glauben beten werde.

Weder ward es mir noch dem Grafen noch anderen Zeugen gestattet, an den Gebeten theilzuhaben, in welche sich beide Frauen nun jeden Abend Schlag 7 gemein= schaftlich versenkten. Doch seien Sie versichert, Herr Pfarrer, daß ein jeglicher, der zu jener Zeit in meinem Hause weilte, sehen konnte, wie unter dem Einfluße der Seherin Glaube und Vertrauen in der Gräfin wuchsen, bis sie eines Freitags im Morgengrauen die Pferde anspannen ließ, um in die Frühkirche zu fahren.

Was kein Pfarrer, kein Arzt vermocht hatte: Die Tochter eines Revierförsters, die nie eine Lateinschule, nie ein kirchliches Seminar oder eine medizinische Facultät besucht hatte, sie vollbrachte es: die gründliche und bis zum heutigen Tage andauernde Heilung der Gräfin von Maldeghem!

Sollten Sie, theuerster Pfarrer Blumhardt, je die Zeit finden, den Hergang jener Ereigniße, wie ausführlich ihn darzustellen ich in beiliegendem Buche die Gelegenheit hatte, noch einmal genauer zu studieren, so werden Sie mich tadeln, ich hätte Ihnen damals in meinem Briefe verschwiegen, daß die endgültige Heilung der Gräfin nicht allein durch Gebete geschehen sei, sondern abermals andre Mittel wie den Gebrauch von Thees oder das Tragen von Amuletten in Anspruch genommen habe. „Sympathe= tische Mittel", wie Sie in Ihrem eignen Berichte schreiben, „welchen immer Hohe und Niedere huldigen", und weiters: „Sich solcher Mittel zu bedienen, hieße, wie ich längst überzeugt war, Teufel mit Teufel zu vertreiben."

Ich kann und will hier keinen theologisch=philosophi= schen Disput vom Zaune brechen, und niemals würde ich bestreiten, daß im Kampfe gegen das Dämonische „Gebet und Gottes Wort" für alle Zeit die „lautersten Waffen" bleiben (um Ihre Redeweise zu gebrauchen). Doch ist's nicht auch Ausdruck der allgegenwärtigen Glasköpferei zu glauben, daß sich das „Hohe" vom „Niederen" so accurat abgrenzen ließe? Denn was ist der Mensch, wenn nicht das Mittelglied zwischen Übernatur und Unnatur? Und alldieweil wir schon im gemeinen Menschenleben seit dem verlornen Paradiese die Unnatur häufiger hervortreten sehen als die Übernatur, sollen wir uns darüber erstaunen, daß auch bei jenen, die ihren Mittelpunkt verlaßen haben und in Rapport mit den Schatten des Mittelreiches getreten sind, die kakodämonischen Erscheinungen die selig=dämonischen bei weitem übersteigen? Dürfen wir also nicht jedes Mittel willkommen heißen, das eine ächte Heilung der Kranken bewirkt, das ihren innren Frieden

so wahr= wie dauerhaftig zurückbringt, ohne daß wir, wie
Sie schreiben, „um die Nüchternheit unseres evangelischen
Glaubens" fürchten müßen?

Aber laßen wir dies. Durch nichts in der Welt will
ich mir das Glück trüben laßen, in diesen (Sie verzeihen
den Ausdruck) so _verteufelt aufgeklärten_ Zeiten einen
Menschen gefunden zu haben, dessen Verstand genugsam
aufgeschloßen ist, mit mehr als bloß abgezogenen
Begriffen umzugehen.

„Ich preise dich, Vater des Himmels und der Erden,
daß du solches verborgen den Weisen und Klugen, und
hast es offenbaret den Unmündigen."

Lieber Blumhardt, Sie verstehen, worauf ich mit diesem
Lukas=Wort hinaus will, und damit soll es gut sein. Meine
Augen beginnen zu schmerzen, und noch bin ich mit
keiner Silbe auf jene mich peinigende Angelegenheit einge=
gangen, die doch der eigentliche Anlaß dieses Schreibens.

Vergangnen Herbst erreichte mich aus der „Heil=
und Pflegeanstalt" Illenau der Brief eines jungen
„Psychiaters", „Psychikers" (oder wie immer diese neue
Zunft sich heißt), der mich aufs Dringlichste ersuchte,
mich eines ihrer Kranken anzunehmen. Vor nunmehr über
zwei Jahren schon sei aus der Irrenanstalt zu Siegburg ein
besonders hartnäckiger Fall zu ihnen überstellt worden: ein
Mann mittleren Alters, der sich im fixen Wahne versteift
habe, ein vor über 30 Jahren verstorbener Physiker zu sein,
der seinen eignen Todt allerdings bloß fingirt haben wolle
und seither befürchte, in der That unsterblich geworden
zu sein. Um eben diese seine Unsterblichkeit vorzudemon=
striren, lege der Tobsüchtige beständig Hand an sich, so
daß sie sich auch in der Illenau (trotz ihres ausgeprägten

Idealism dort) schließlich keinen andren Rat gewußt
hätten, als den Rasenden zu fixiren, d.i. seinem Selbstver=
stümmlungstrieb mit Zwangscamisols, Drahtmasken und
anderlei anderen Feßlungsarten zu begegnen.

Ich will nicht erneut vom eigentlichen Gegenstande
abschweifen, dennoch kann ich Ihnen nicht verhehlen,
welch unauslöschliche Abneigung gegen jegliche Einrichtung
dieser Art mir seit meiner Jugend, die ich für einige
Jahre in unmittelbarer Nachbarschaft des Ludwigsburger
„Tollhauses" zubringen durfte, eingeimpft. Zwar mögen
die eisernen Ketten, an die man die Tobsüchtigen damals
anschloß, ledernen Riemen gewichen sein – ein leidendes,
krankes, an sich selbst schon geschundenes Menschenwesen
in Bande zu legen, bleibt mir das nämliche Unrecht.
Obgleich seit meiner Jugend viele Jahre vergangen, in
denen ich manch Sonderliches erlebt und vernommen, werde
ich nie jenen Unglücklichen vergeßen, der in Ludwigsburg
Nacht für Nacht „Todtenköpfe und Krautsalat!" schrie,
„Todtenköpfe und Krautsalat!", niemals etwas anderes, und
der nach jedem Ausruf mit seinen Ketten exact dreimal
gegen die Wände raßelte, als schüttelte er ein Tambourin.

Aber zurück zu dem Unglücklichen, um den es hier zu
thun ist. Von der wahren Geschichte jenes „Equestris"
(so möcht er genannt werden) und davon, was ihm in den
verschiedenen Tollhäusern und Irrenanstalten widerfahren,
vermag ich Ihnen kein Zeugniß zu geben, da er selbst sich
beharrlich weigert, Auskunft zu ertheilen. Überhaupt redet er
nicht viel. Und thut er's doch einmal, sind's einzig Flüche,
die seinem Munde entweichen.

Indes verwundere ich mich nach mehreren Monaten
seiner Bekanntschaft nicht mehr im geringsten, daß

keine jener modischen Einrichtungen des Unglücklichen
Wahn Herr zu werden vermochte. Im ersten Anfange, als
Equestris in mein Haus kam, bildete auch ich mir noch
ein, ich könnte ihn mit den üblichen Methoden behandeln,
wie ich sie bei starken Fällen von Manie und Raserei
sonst anzuwenden pflege. Ich verabreichte ihm Mittel, daß
er tüchtig laxirte, unterwarf ihn einer starken Hungerkur
(täglich bekam er nur 13 Tropfen Himbeerwasser und das
Viertel einer weißen Oblate), ich hieß ihn, angestrengte
Märsche in Wald und Feld zu unternehmen, insbesonders
wenn ein ordentlicher Wind ging, allabendlich spielte ich
ihm auf der Maultrommel vor, eine Methode, mit der ich
bereits bei den Irren von Ludwigsburg die schönsten und
zuverläßigsten Beruhigungserfolge erzielt hatte. Allein, was
immer ich bemühte, es blieb ohne Wirkung. Unverändert
starrte der Unglückliche entweder dumpf brütend vor sich
hin oder blitzte mich feindselig an, oftmals begleitet von
höhnischem Gelächter und den Worten: „Indes von mir
sei verflucht."

Spätestens zu diesem Zeitpunkte schwante mir, daß
ich es nicht sowohl mit einer gewöhnlichen Manie zu tun
hatte, sondern vielmehr mit einem Wahnsinne, der unmit=
telbar von der Innewohnung eines bösen Wesens herrühren
mußte. Bestärkt ward ich in dieser meiner Auffaßung,
als ich versuchte, den Unglücklichen kakomagnetisch zu
bestreichen. Kaum daß ich meine aufgeladene Hand
seinem Unterleibe angenähert, begann er mit gräßlich
entstellter Stimme zu brüllen: „Nimmer nicht reize das
Electrum! Nimmer nicht reize das Electrum!", und auf
mich einzuprügeln und zu treten, bis es meinem herbei=
geeilten Stallburschen mit knapper Noth gelang, den

Rasenden zu überwältigen. Noch ärger fiel die Reaction aus, als ich einige Tage später den Versuch wagte, Equestris mit dem Nervenstimmer zu behandeln, den mir die Seherin hinterlaßen. Nur weil ich die heftige Reaction vorhergesehen und den Stallburschen dieses Mal veranlaßt hatte, sich zunächst hinter der Stubenthüre aufzuhalten, gelang es mir, das kostbare Gerät mit all seinen hölzernen Rahmen, Metallkettchen und Glaszylindern vor der Vernichtung zu bewahren.

Verehrter Pfarrer, noch immer zittert mir die Hand, sobald ich an jene Nacht zurückdenke, in welcher die Hölle so schauderbar demonstrirt, wozu sie imstande. Schon des Abends hatte ich gespürt, daß sich eine ungute Veränderung der Atmosphäre vollzogen. Wäre Sommer gewesen, hätte ich sogleich gewußt, daß wir es mit einem Gewitter zu thun bekämen, und hätte die entsprechenden Vorkehrungen getroffen. So aber dachte ich, daß es bloß ein wenig angsteln würde, legte mich also mit meiner Gemahlin zeitig zu Bette und gestattete auch der Diener=schaft, sich früh zur Ruhe zu begeben. Sei es, weil wir an jenem Abend schwerer gespeist hatten als sonst in unsrem Hause üblich, sei es, weil unsere Seelen in kindlicher Manier darauf hofften, die Schreckensnacht verschlafen zu dürfen, wie dem auch sei, wir lagen in tiefstem Schlummer, als uns ein Donnerschlag weckte, so gewaltig, daß wir meinten, das Haus sei entzwei. Rasch warfen wir die Morgenröcke über und eilten hinunter ins Wohnzimmer, in welchem wir uns bei Gewittern stets mit sämmtlichen Bewohnern und Besuchern des Hauses versammeln, um bei geöffneter Stubenthüre gemeinschaftlich zu beten und darauf zu warten, daß die Gefahr vorüberzieht. In der

Überstürzung hatte ich meine hornerne Brille, die ich mir
eigens für Gewitter habe anfertigen laßen, nicht finden
können, weshalb ich nahezu blind war, denn niemals würde
ich, während der Himmel sich entlädt, seine Aufmerk=
samkeit mit stählernen Nasenbügeln künstlich auf mich
lenken wollen. Bei dem nun folgenden bin ich somit
auf die Berichte meines Weibes und der Dienerschaft
angewiesen, doch habe ich nicht den geringsten Anlaß,
an ihren Schilderungen zu zweifeln, zumal ich mich,
unmittelbar nachdem das Gewitter vorbei war, mit eignen
Augen davon überzeugen konnte, daß sich alles so ereignet
haben mußte wie von ihnen beschrieben.

Wenige Tage vor jener Gewitternacht hatte ich
entschieden, den Unglücklichen nicht länger im Seiten=
hause zu beherbergen, sondern ihn von dort in jenes
Gebäude umzuquartiren, das im Volk schon lange, bevor
wir auf dem Grundstück eingezogen, der „Geisterthurm"
hieß. Auch wenn es sich bei dem Gebäude vordergründig
um nichts andres handelt als um jenen Theil der mittel=
alterlichen Stadtmauer, in dem einstmals das Gefängniß
untergebracht, habe ich den Namen stets trefflich
gefunden und mochte nicht widersprechen, da mein Freund
Niembsch (Sie werden ihn besser kennen unter seinem
Dichternamen „Nikolaus Lenau") während eines längern
Aufenthalts dort einmal sagte: „Wenn ich im Thurm=
zimmer an meinem ‚Faust' dichte, fühle ich oft deutlich,
wie der Teufel hinter mir steht und mir über die Achsel
ins Manuscript schaut."

Bis zu jener Nacht hatte es mir so scheinen wollen,
als ob sich unser Unglücklicher an diesem Orte recht
wohl fühlte, ja, daß sein Wahn in den dicken Mauern,

Nischen und gotischen Fensterbögen ein besänftigendes Gehäuse gefunden habe. Wie arg ich mich getäuscht, sollte sich während des Gewitters nun offenbaren. Anstatt in seinem Zimmer auszuharren oder sich uns im Haupthause anzuschließen, erwählte der Unglückliche just die Plattform zuoberst auf dem Thurme (von der man an schönen Tagen eine herrliche Rundsicht auf Kirche, Weibertreu und Thal genießt) zum Orte seines Aufenthalts. Ob diese Wahl einem acuten Anfalle von Wahn geschuldet oder mit dem bewußten Vorsatze geschah, seinem Leben ein Ende zu setzen, ist mir bis heute verborgen. Mein Weib meinte, sie habe ihn, im Moment, da sich das Unglück ereignete, auf der Plattform mit wilden Gebärden tanzen sehen. Die Köchin bekannte, ihr sei es eher so erschienen, wie wenn er halb bewußtlos umhergetaumelt wäre. Der Stallbursche wiederum behauptete, der Unglückliche habe sich gar nicht geregt, sondern hätte stumm wie eine Säule gen Himmel gestarrt. Einig sind sich jedoch alle darin, daß der Blitz direkt in ihn eingeschlagen und er für einige gräßliche Augenblicke wie eine menschliche Fackel gebrannt habe. Auch ich habe, meiner schwachen Sicht zum Trotze, in jener Grauensnacht plötzlich einen hellen Schein in Richtung des Thurmes aufflackern und wieder ersterben sehen.

Der Stallbursche war der erste, der es wagte, den Thurm zu besteigen, sobald sich das Gewitter beruhigt hatte, was recht kurz nach diesem schrecklichen Ereigniße der Fall, ganz so, als ob der Himmel, nachdem er sein Opfer erhalten, nicht länger wüten wollte. Wenige Minuten später überwand auch ich mich zu folgen und fand einen Körper, den ich nach ärztlichem Ermessen für todt erachten mußte. Weder fühlte ich einen Puls, noch spürte ich den geringsten Athemhauche. Zu meinem größten Erstaunen wies der, den ich für einen Leichnam hielt, jedoch nur wenige Brandspuren auf. Zwar waren das Gesicht und der rechte Arm stark verkohlt, doch schien die Schwärze rein oberflächlicher Natur, glich mehr einer Verrußung denn einer thatsächlichen Verbrennung. Vorsichtig trugen wir den Leblosen ins Thurmzimmer hinab, in dem wir ihn aufbahren wollten, damit ich ihn bei Tageslicht gründlicher examinirte.

Nie lagen Erleichterung und Grauen dichter beisammen als an jenem nächsten Morgen, da ich noch vor dem Frühstück ins Thurmzimmer zurückkehrte. Während ich die steinerne Treppe hinaufstieg, vernahm ich einen gedehnten Schrei, der mir nicht sowohl menschlichen als thierischen Ursprungs zu sein schien, und als ich wenige Sekunden darauf das Zimmer betrat, saß der „Verstorbene" aufrecht in seinem Bette und raufte sich die verkohlten Büschel, die ihm von seinem Haare geblieben. „O Himmel!", rief er aus, „so will denn nicht einmal die Hölle mich haben?" und hub an, Gott wie Teufel gleichermaßen zu fluchen.

Immer wieder sind mir, seit ich mich hier in Weinsberg niedergelaßen habe, Fälle von ächter kakodämonischer Besessenheit begegnet. Ich weiß also durchaus um die erstaunlichen Fähigkeiten, die der oder die Beseßene (denn zumeist handelt es sich bei den solcherart Leidenden ja doch um Angehörige des schönen Geschlechts) zu Tage legt, sobald der Geist des Bösen in sie eingefahren. Ich hatte einmal mit einem sehr jungen, gänzlich ungebildeten Kinde zu thun, das, während sein Körper in die wunder=

samsten Convulsionen verfiel, fließend begann, Latein zu
sprechen. Auch sind mir die grauenvollen Erscheinungen,
wie Sie sie bei Ihrer Gottliebin beobachtet haben: das
Erbrechen von Heuschrecken, Schlangen, Fledermäusen
oder das plötzliche Hervortreten von spitzigen Nadeln aus
Augen, Nase, Mund nicht unbekannt. Nie jedoch habe
ich in all den Jahren einen Fall zu Gesichte bekommen,
oder bloß von einem solchen gehört, in dem ein Besessener
fähig gewesen wäre, über mehrere Minuten hinweg wie
eine Fackel zu brennen, ohne dabei ernstlich an Leib und
Leben Schaden zu nehmen.

Verehrter Pfarrer Blumhardt, ich bin gewiß, Sie
stimmen mir zu, wenn ich sage, daß es ein zutiefst
machtvoller und bösartiger Dämon sein muß, der diesen
Unglücklichen hier in Besitz genommen hat. Ein Dämon,
den auszutreiben, ich bekenne es frei, meine ohnedies
angegriffenen Kräfte übersteigt; und die meiner Frau
Gemahlin, wie ich ergänzend hinzufügen will, desgleichen.

Weilte die Seherin noch unter den Lebenden, ich
könnte den Kampf womöglich wagen. Doch ist sie hinüber,
und das andre Medium, dessen ich mich in Fällen von
solch starker kakodämonischer Besessenheit sonst noch
zu bedienen pflegte, ist gleichfalls von uns gegangen.
(Es handelte sich um einen Schneider aus Kirchheim
unter Teck, einen durch und durch außergewöhnlichen
Menschen, dem Gott den Sinn wunderbar aufgeschloßen
und ihn mit herrlichen Kräften gerüstet. Leider war er
zugleich der Trunksucht verfallen, und jenem Laster ist er
unlängst erlegen.)

Hinzu kommt eine weitere, schwere Sorge, die, Herr
Pfarrer, als strenges Geheimniß zu hüten ich Sie ersuche:

Auch die arme, gehetzte Seele meines Freundes Niembsch (Lenau) scheint der Irrsinn umkrallt zu haben. Den Ärzten, die meinen bedauernswerthen Freund bislang behandeln, kommt natürlich nichts andres in den Sinn, als sein Leiden in den allgemeinen Brei der Nervenkrank= heiten zu werfen, weshalb ich beabsichtige, ihn baldest= möglich zu mir nach Weinsberg zu holen, damit ich selbst mir ein Bild verschaffe, ob es thatsächlich der Wahnsinn ist, der den lieben Freund in seinen Klauen hält – oder ob auch hier Mächte am Werk, die anzuerkennen sich die denkgläubigen Herren Professoren natürlich schämen.

Verehrter, theurer, bester Blumhardt! Sie werden unmittelbar begreifen, daß weder ich noch mein Haushalt es überstehen würden, in zwei so arge Jammerstrudel zur selben Zeit gerißen zu sein. Zudem bin ich tiefinnerlich davon überzeugt, daß, sollte dem Unglücklichen, von dem ich zuerst gehandelt, auf Erden zu helfen sein, einzig und allein Sie es sind, der zu solch erhabner christlichen That berufen. In diesem Sinne ersuche ich Sie aufs herzinnigste: Prüfen Sie meine Bitte, die deutlicher auszusprechen mir nicht mehr vonnöthen scheint. Beweisen Sie dem bösen Feind ein weiters Mal, daß es nur eine Losung geben kann: Jesus ist Sieger!

Ihrer Antwort harrend verbleibt stets der Ihrige

Justinus Kerner

XVIII

ange studierte Ritter ihre feindselig erstarrten Züge, dann brach er, ohne dass er sich selbst zu helfen wusste, in lautes Gelächter aus.

«Bitte!», herrschte sie ihn an. «Verraten Sie mir, was so lustig ist.»

«Johanna!» Eine Träne musste er sich aus dem Auge wischen. «Hochverehrteste Frau Doktor Mawet! Verraten *Sie* mir, wie's Ihnen möglich ist, an den Teufel zu glauben, wenn Sie zugleich sich doch weigern, der Hölle Existenz anzuerkennen? Oder wollen Sie den armen Lump am Ende gar zum Vagabunden machen?» Ein neuerlicher Lachanfall erschütterte seinen Leib.

«Im Moment geht es nicht darum, woran ich glaube. Fakt ist, dass *Sie*», schärfer als ein Geschoss zischte das anklagende Wörtlein hervor, «nicht den geringsten Zweifel daran zu haben scheinen, dass es eine Hölle gibt. Und dass die Hölle der Ort ist, an dem Sie im Falle Ihres Todes landen. Dafür muss es ja einen Grund geben.»

Ritters Gelächter ebbte nach und nach ab. «Glaub mir», sagte er, noch immer um Fassung ringend. «Der Verdammnis Wege sind unendliche, nicht braucht's den Teufelspakt dazu.»

«Pakt oder nicht Pakt – fürs Erste ist mir völlig wurscht, wie Sie sich mit dem Teufel arrangiert haben. Aber Sie können nicht leugnen, *dass* Sie irgendetwas getan haben, um sich den Beistand von ... von ...», rührend hilflos hielt sie auf dem ihr so fremden Gebiete Ausschau nach den rechten Worten, «von irgendwelchen dunklen Mächten zu verschaffen.»

«Ach, Johanna!», erwiderte Ritter lebhaft. «Willst du wirklich und wahrhaftig deine Vernunft, auf die du so stolz, in den Wind schlagen – allein weil dir *ein* Experiment missglückt?»

«Mir ist nicht *ein* Experiment missglückt», gab sie ebenso lebhaft zurück. «Meine Niederlage ist fundamental. Zuerst führen Sie mir vor Augen, dass meine gesamte bisherige Forschung eine einzige Stümperei gewesen ist. Und seit ich versuche herauszufinden, was mit Ihnen los ist, gerate ich von einer Sackgasse in die nächste. Während Sie wie ein ... ein besoffener Traumtänzer durch die Jahrhunderte stolpern.»

Irrte er, oder standen ihr die Tränen nahe?

«Wenn ich nicht bald, und zwar sehr bald, hinter Ihr Geheimnis komme, ist meine Zeit abgelaufen. Dann kann ich allenfalls noch darüber nachdenken, ob ich mir rechtzeitig eine Kugel durch den Kopf oder eine Spritze in den Arm jage.»

«Johanna, glaub mir! Von Herzen!» Im Geiste drückte er die Weinende wieder an seine Brust. «Wüsst ich, welche meiner Taten bewirkt, dass ich zu dem geworden, was ich bin – und wär's das schändlichste Vergehen, das ich bekennen müsst! –, nichts tät ich mit heißerem Eifer! Doch tapp ich ja selbst im Finstern. Ich weiß um meinen alten Hochmut. Meinen vorvergangnen Stolz. Dass mein Weib ich im Stich gelassen und gar noch gequält bis in den Tod. Dass nie ich's vermocht, meine Kinder genugsam zu ernähren. Dass stets ich aufbrausend gewesen. Jähzornig. Voll Undank gegen die, die nichts als Gutes an mir getan. Dass Schuberts Tod ich heimlich mir gewünscht. All dies sind meine Laster, deren jegliches für sich wiegt schwer genug, in Ewigkeit mich zu verdammen. Doch nimmer nicht hab ich meine Seele dem altbösen Feinde verschrieben. Der dunklen Mächte Beistand – nimmer nicht hab ich ihn erfleht!»

Nahezu vollständig hatte die frühe Dämmrung das Zimmer in ihre Schatten getaucht, weshalb Ritter dachte, Johanna erhebe sich und gehe nach der Tür, um dort die Deckenleuchte zu entzünden.

«Na gut», sagte sie in einem Tone, der mit «gut» nicht im siebenten Grade verwandt. «Dann gebe ich Ihnen ein bisschen Zeit zum Nachdenken. Und tun Sie mir einen Gefallen: Kraxeln Sie nicht wieder zum Fenster raus.»

Ehe er ihre Absicht durchschaut, hatte sie das Zimmer verlassen; die Türe hinter sich geschlossen; den Schlüssel zweimal im Schlosse gedreht.

Wann hatte sie zum letzten Mal Wurst oder Schinken gegessen? Vor zwanzig Jahren? Vor dreißig? Als Kind hatte sie nie genug bekommen können von den Gelbwurstscheiben, die ihr der Metzger über die Ladentheke gereicht hatte, wenn sie mit ihrer Mutter beim Einkaufen gewesen war.

Der Geruch, der aus Ritters Fleischbox drang, sobald sie den Deckel öffnete, verursachte Johanna sofort Übelkeit. Dennoch griff sie, ohne zu zögern, hinein, packte die erstbesten Scheiben, ließ das fettige Zellophan, in das diese gewickelt waren, zu Boden fallen und stopfte sich den ganzen Stapel auf einmal in den Mund.

Carriers of two APOE4 alleles have between 10 and 30 times the risk of developing Alzheimer's disease by 75 years of age, as compared to those not carrying any APOE4 alleles ... Wann hatte sie zum letzten Mal mit ihren Eltern telefoniert? Im letzten Jahr? Im vorletzten? Sollte bei einem von ihnen die Krankheit bereits ausgebrochen sein, hätten sie sich trotz aller Entfremdung doch bestimmt bei ihrer Tochter gemeldet. Und was war mit ihren Großeltern? Abgesehen von Opa Franz waren sie allesamt unerträglich gewesen. Aber daran, dass sie verwirrt durch die Gegend gelaufen wären, konnte sich Johanna nicht erinnern.

The exact mechanism of how APOE4 causes such dramatic effects remains to be fully determined ... Wäre sie Gott, sie würde sich kaputtlachen. Über diese Frau, die das Buch der Menschheit neu schreiben wollte. Und kaum dass sie ihr eigenes Stammbuch aufgeschlagen hatte, erkennen musste, dass dort als Widmung hineingeschrieben war: «Du bist verdammt.»

Wurst. Sie brauchte mehr von dieser Wurst, mehr von diesen gesättigten Fettsäuren, die ihren Körper überschwemmen, aufschwemmen und verkleistern würden.

Verdammt. Was hieß das schon? Solange im Buch der Menschheit jede Geschichte mit dem Tod endete, waren sie allesamt verdammt, ganz egal, mit welch phantastischen Genen sie zur Welt kamen. Das Einzige, worum es jetzt ging, war, die Nerven zu behalten. Die Dinge nüchtern zu betrachten, denn im Grunde war ja nichts passiert. Das naive Glück, sich über einen erfolgreich absolvierten Gesundheits-Check zu freuen, als hätte sie damit schon das Ticket zur Unsterblichkeit ergattert, war ihr ohnehin nie vergönnt gewesen. Eine flüchtige Beruhigung, mehr nicht. Nie hatte Johanna verstanden, woher die Mediziner ihre unermüdliche Kurzsichtigkeit nahmen, jeden Etappensieg zu feiern, als wäre er der finale Triumph. «Hey, wir haben einen komplizierten Hirntumor entfernt!» Dass in der nächsten zerebralen Arterie schon der Schlaganfall lauerte – was kümmerte es den Neurochirurgen heute? «Unsere Herztransplantation: ein voller Erfolg!» Dass es der Lungenkrebs sein würde, der sich darüber am meisten freute – was juckte es die Ärzte am Herzzentrum? Während der wenigen Semester, die Johanna an ihr Medizinstudium vergeudet hatte, war sie regelmäßig mit den Kommilitonen aneinandergeraten, sobald diese ins Schwärmen kamen, wie schön es sei, ein Menschenleben zu retten. Denn sobald sie nachgefragt hatte, was die anderen mit diesem Satz eigentlich sagen wollten, hatte sie fast immer zur Antwort bekommen, die angehenden Menschenretter würden alles versuchen, einen Patienten am Leben zu erhalten, selbst wenn sie wüssten, dass dieser am nächsten Morgen von einem Bus überfahren würde. Johannas notorische Entgegnung, warum sie dann nicht gleich Apfelbäumchen pflanzten und Theologie studierten, hatte keiner von ihnen verstanden.

Die Wurstschale war beinahe leer. Ein paar Scheiben Schinken klebten noch am Boden. Mit den Fingernägeln kratzte Johanna die letzten Fettränder vom Glas.

Ihre Kollegen würden sie allesamt für wahnsinnig erklären. *Mit dem Teufel im Bunde ... Dunkler Mächte Beistand ...* Noch vor wenigen Monaten hätte sie sich selbst für wahnsinnig erklärt. Doch vor wenigen Monaten war sie auch noch glücklich gewesen, genmanipulierte Mäuse durch einen Käfig wuseln zu sehen.

Woher nur hatte sie den festen Glauben genommen, das Geheimnis der Natur ließe sich mit Vernunft allein ergründen? Sicher: Natur folgte Gesetzen. Und Gesetze waren das, was Vernunft am allerliebsten hatte. Aber war Natur ihrem innersten Wesen nach nicht immer auch unberechenbar, chaotisch, willkürlich, ungerecht, ja: böse? Warum also sich länger dagegen sträuben, dass der Weg zur Wahrheit nirgendwo anders als durch die Dunkelheit hindurchführen mochte?

Nimmer hätte er zu hoffen gewagt, dass sie noch einmal für ihn sänge.

>   «Ruhe isch des beschde Gued,
>   Des m'r habe kô;
>   Schdille ond an gud'r Mued
>   Schdeigad hemmelô,
>   Die suche, du!
>   Hier ond dord isch keine Ruh'
>   Als bei Godd, ihm eile zu:
>   Godd isch die Ruh'!»

So engelrein klang ihre Stimme, so glockenhell. Doch wie? Seine Mutter hatte ja gar keine helle Stimme gehabt. Dunkel und ruhig wie die Bächlein im Moore war ihre Stimme dahingeströmt. Auch war's nicht ihre Mundart, in der das alte Tröstelied nun ertönte. Wer aber sang es dann? Wenn er bloß die Augen öffnen könnt! Doch schwerer als Kronentaler lagen seine Lider auf den Augäpfeln, undenkbar war's, dass sie seinem Willen gehorchten.

«Ruhe suchd a jedes Deng,
Allermeischd a Chrischd;
Mei' Herz, nach d'rselba reng,
Wo du emm'r bischd ...»

Auch der Schwestern konnte es keine sein. Wer aber dann?
Wer aber dann? Gleich einer Katze, wenn sie versucht, den eignen
Schwanz zu erhaschen, drehte die Frage sich ihm im Kopfe. Gedächt-
nisschimmer! Erinnerung am äußersten Schlafittich erwischt! Entwischt. Wer sang? Wer sang? Wer sang?

«O suche Ruh'!
En dir selb'r wohndse nichd;
Such mid Fleiß, was dir gebrichd:
Godd isch die Ruh'!»

Catharina, sein Weib! Ohn' allen Zweifel! Niemand andres denn
sein Weib konnt es sein, das da in solch göttlichem Seelenfrieden für
ihn sang! Doch dies ... dies wollte ... dies *musste* bedeuten, dass sie
ihm vergeben! Ihren Fluch von ihm genommen! O Cherubim und
Seraphim: heilig, heilig, heilig! Vom Himmel war sie herabgestiegen, ihn ihrer Vergebung zu versichern! Errettet war er! Erlöst, wie
kein Unbescholtener erwarten durfte, erlöst zu werden!

«Ruhe gibed nichd die Weld,
Ihre Freud' ond Brachd;
Nichd gibd Ruhe Gued ond Geld,
Luschd, Ehr', Gunschd ond Machd ...»

Was «Luschd», was «Gunschd»! Niemand andres denn seine
Catharina konnte so singen! Durfte er es wagen, sie anzublicken,
einmal noch in jene Augen zu blicken, die wieder so mild und sanft
auf ihm ruhen würden, wie sie es getan, da er sie zuerst an einem lieb-

433

lichen Maimorgen ersehen? Durfte er es wagen, oder würde er seinen Mut so teuer bezahlen als Orpheus, da dieser sich nach seiner Eurydike umgedreht? Nein, nicht im Hades waren sie! Dem Himmel gehörten sie an, dem der Unterwelt unbarmherzig Gesetz gänzlich fremd! Er durfte schauen! Er sollte schauen! Geladen war er zu …

Kröten-, Krähen-, Schlangenbrut! Welch entsetzlich Gesicht glotzte da auf ihn herab?

Zunächst an seinem Bette saß ein ihm durchaus fremdes Weib, zwar jung noch, doch zum Steinerweichen hässlich, das gesamte Antlitz von Blattern oder einer andren Plage fürchterlich zernarbt.

Zum Schrei ward da Ritters gesamter Leib, der, wie er nun erst gewahrte, bis zum Nabel entblößt. Was galt's! Sollte es gaffen, das Krätzenweib! Sollte ihm der Speichel aus dem Maule triefen! Hoch und höher bog er sich empor. Wie viele ihrer Legionen noch wollte die Hölle über diese Brücke schicken, bis sie endlich brach? Warum nur hatte er es geschehen lassen, dass sie ihn nach diesem *Pfarrhause* verschickt, die ganze infame Kernerbande, ihm vorgaukelnd, der neuerliche Umzug geschehe einzig zu seinem Besten, weil er an jenem Orte Heilung, ja Frieden fände wie nirgendwo sonst auf der Welt.

Einmauern hätte er sich sollen. In seinem Turme verschanzen und glühend Pech auf jeden regnen lassen, der es wagen wollte, ihn zu vertreiben. Mochte er wahnsinnig sein! So wahnsinnig war er nicht, als dass er nicht bemerkt hätte, wie sehr Justinus, der alte Geisterseher, sich vor ihm fürchtete. Doch war's am Schluss nicht ein weit schnöderer Bewegungsgrund denn die Furcht vor seinem unheimlichen Gaste, der den halbblinden Wanst dazu getrieben, ihm das Gastrecht zu entziehen? «Der arme Niembsch! Der arme Niembsch!» Zwar hatten sie im Kernerhause stets tuschelnd bloß von jener «lieben, teuren, guten Seele» gesprochen, doch seine Ohren, die so fein waren als die von Fledermäusen, hatten genug gehört. Die Wahrheit war: Die falschen Philanthropen hatten ihn verjagt, um Platz zu schaffen für den Nächsten, den «Lieberen»! O Heuchler! Lügnerrotte! Schurkenpack!

434

«Brued'r! Brued'r! Kaa'sch mi höra?»

In seiner Hirnwut war Ritter gänzlich entgangen, dass die Höllendrossel ihren Gesang beendet. Was quasselte sie ihn mit ihrer Maulseuche nun auch noch an?

«Nicht nenn mich Bruder!»

«Wohl nenn î di so! Denn des, was du jezd leidesch, des han î älles au so g'lidda.»

Eigentümlich berührt sank Ritter auf die karge Bettstatt zurück. Seine Lippen indes blieben verschlossen. Nimmer würde er dem grässlichen Weibe den Gefallen tun, fragend in es zu dringen, auf dass die Geschichten aus ihm hervorwimmelten wie die Maden aus einem halb verwesten Kadaver, sobald man ihn aufstach.

«Î säh scho, Brued'r: D'r aldböse Feind hôt di arg zeichned.»

Ihr glupschender Blick hatte sich an jenen roten Verästelungen festgesaugt, die feiner als das zierlichste Farnkraut, künstlicher als jede Tatuierung, seinen rechten Arm von der Schulter bis nach dem Handgelenke hinabwuchsen.

«Nichts hat der altböse Feind damit zu tun. Es war bloß der Blitz, der in mich eingeschlagen. Weib, hast je den Namen Lichtenberg du gehört?»

Welcher Blitz war nun in ihn eingeschlagen, dieser Kröte gegenüber den Namen jenes Großen zu erwähnen?

«D'rauf m'r ons verließe, des isch ons jezd eid'l Schande; ond des' m'r ons dröschde, des' müssed m'r ons jezd schäma. Denn m'r sündiged d'rmid wider den Herrn, onsern Godd ...»

«Lass den Propheten aus dem Spiele!», fuhr Ritter die Betende an. «Besser denn du kenn ich dies Bibelwort! Und wohl weiß ich selbst, wie sehr ich Gottes Zorn verdien. Doch das, was du an meinem Arme siehst: Auf rein natürliche Weise lässt sich's erklären. Wenn starke Elektrizität sich plötzlich in einen Körper hinein entlädt, so bilden Muster sich, gleich denen, wie du sie an mir erblickst. Und entdeckt hat dies zuerst ...»

«Ei, schweig! Wie willsch du dei Sääl' redda, wenn du weid'r so g'schwolla dôherschwädsch?» Entrüstet rückte die Hässliche von ihm ab und hub abermals zu singen an:

«Ruhe gibd die Erde nichd,
Die isch kugelrund;
Den sie in die Höh' gerichd,
Schdürzed sie zur Schdund';
O schlechde Ruh'!»

Nicht länger ertrug es Ritter, die vertrauten Strophen aus diesem Maule zu hören. «Wer bist denn du?»

Erst wie die Sängerin verstummte, bemerkte er, dass ihre Augen recht schön und klar aus dem von einem geblümten Kopftuche umschlossenen Antlitz hervorleuchteten.

«Ei, î be d' Goddliebe. Des arme Mädle, wehles die ärgschde Quale hôt erleida missa, weil Godd hôt prüfa wolla, ob's en au wirklich liabd.»

Nicht konnte Ritter das Lachen zurückhalten. Himmel! In welch neuerliches Tollhaus war er da geraten!

«Ja, lached bloß, ihr Dämona! Des Lacha wird eich scho nô v'rgea. *Jesus isch Sieger!*» Bei den letzten Worten, welche die Gottliebin ausgerufen, war sie so heftig von ihrem Stuhle aufgesprungen, dass dieser polternd stürzte. «Den Kampf gega eich kann î ned führa, des woiß î scho, aber warded bloß, bis d'r Herr Pfarrer hoimkommd! Eich wird er älle oinzeln aus eire Schlupflecher rauslocka ond zwenga, von dem arma Leib hier abz'lassa, au wenn ihr fenfhônderd seid ond au nô meh'!» Das schrundige Gesicht glühte. Jedes Schwefelholz, das in seine Nähe gebracht, hätte auf der Stelle sich entflammt.

«So kennt sich der Herr Pfarrer aus, wie mit Dämonen umzuspringen?», erkundigte Ritter sich scheinheilig.

«Nô wohl scho», bekundete die Gottliebin eifrig nickend. «In mir hen vierhônderd ond fenfazwanzig g'wohnd. Ond oiner schlemmer wia d'r andre. Aber d'r Herr Pfarrer Blumhardt hôt se ällesamd ausdrieba. Koi Ruh hôt'r geba, als bis nô d'r ledschde nausg'fahra isch. Ond wenn'r jede Nacht dreimôl an mei Bed hôt komma missa.»

«Ja, bist du denn sein Weib?» Unfähig war Ritter, den Schalksteufel in sich zu bezwingen.

«Ha noi!», kam's errötend zurück. «Î ben a arms Waisakind. Ond î wohn bloß hier, damit î dem Herrn Pfarrer diena kô. Aus Dank, weil'r mi g'redded hôt.»

«Aber wie um alles in der Welt konnt es dazu kommen, dass die Dämonen just in einem so honetten, gottgefälligen Kinde Wohnung genommen?» Nicht treib es auf die Spitze, Ritter!, ermahnte er sich, während er sich abermals im Bette aufsetzte. Nicht reiz das arme Ding, das schon genug gelitten!

«Î hab's mir emm'r so denkd.» Mit großem Ernste begann die Gottliebin zu erzählen. «D'r Deifl siehd's ned gern, wenn d'r Mensch sich ihm so ganz und gar v'rschließd. So dass'r ned amôl d'r kleinschde Zeh von sei'm garschdiga Bocksfuß in d'Dür naikriegd. Ond deshalb hôt'r bei mir koi Ruh geba, als bis'r mi dô nô überlischded hôt. Aber des kaa'sch m'r glauba, î hab's em ned leichd g'machd! Beim erschde Môl, dô han î den glei durchschaud. Des war, als mei Vadd'r ond mei Mued'r boide scho g'schdorba wared, ond meine drei G'schwischd'r ond î, mir hen wied'r amôl nur a klei's Schdückle Brod em Haus g'hedd ond sonschd nur nô oin allerledschda Groscha. Mit dem bin î nô losganga ond han oin Topf Milch hola wolla, ond als î so ganga bin, da hab î mir denkd: Wenn î hald en zwoida Groscha hedd, nô könnd î au glei Salz zur Supp midnemma! Ond wie î des so denk, dô hab î au scho en zwoide Groscha in d'r Hand g'hedd! Aber da war mir glei gar ned wohl dabei, weil î jô die ganze G'schichda vom Zaubergeld g'hörd han, ond wie arg's dene goht, die so a Zaubergeld annemmed. Dô bin î über d'Wassergraba, ond weil î jô ned wissa han könna, wehler von denne boide Groscha d'r deiflische ond wehler d'r redliche, dô hab î se aus d'r Nod raus alle boide ins Wasser g'worfa ond hab laud g'schrie d'rbei: ‹Noi, Deifl, so kriegsch mi ned! Godd wird mi scho durchbrenga!› Dô isch mir ganz leicht g'worda oms Herz, aber wie î hoimkomma bin, dô war d'r Boda von dem Zemmer, in dem î mid meine Schweschd'ra g'schlofa hab, ganz voll mit Taler. Aber von dem Satansgeld han î au koi Schdück aag'rührd, ond î hab die Dämona scho heula höra: ‹Dass des Mädle ab'r au gar nix aanehma will! Dabei lega m'r ihr's doch emm'r so g'schickd nô!› Ond dô, ach ...» An dieser Stelle ihres Berichts brach die Gottliebin in Tränen aus, bis ihr Antlitz einem Mageracker glich, dessen ausgedorrte Furchen von einem plötzlichen Regengusse nutzlos überschwemmt. «Ach, dô had mi d'r Hochmud packd! Dô han î mir oibilded, î hedd scho g'wonna, ond d'r Deifl hedd sich z'rückzoga, weil er hôt oisäa missa, dass'r bei mir nix ausrichda kô. Ond so isch's dann komma: Wie î wied'r amôl ganz draurig ond bedrübd in d'Schdub komma bin, weil î ond meine G'schwischd'r scho wied'r nix zom Essa g'hedd hen, da han î auf dem Tisch den abdrennda Hemdsärmel g'säa, voll mid Mehl, dôneba 'n Sechsbätzner, der obadrauf in Babier g'wick'ld war. Erschd war î au dô glei wied'r vorsichdig, weil mir d'r Behälter fürs Mehl so sonderbar vorkomma isch, ond weil d'Schdub ja verschlossa g'wese war. Aber wie î mir des Babier, wo's Geld neig'wick'ld war, näher ag'schaud hab, dô hab î g'säa, dass mid schönschder Hand draufg'schrieba war: ‹Chrischdi Blud ond G'rechdigkeid, des isch mei Schmuck ond Ehrakleid.› Kaa'sch dir des vorschdella? So a hondsg'meine Hinderlischd? Wie hädd î dô was andres denka solla, als dass uns a rechdschaffner, wahrer Chrischd die G'schenk ins Haus brôcht hôt ...»

«Nicht mehr weinen! Nicht mehr weinen!»

Ritter hatte die nackten Füße auf den Boden geschwungen und war zur äußersten Kante des Lagers gerückt, sodass seine Knie die der Gottliebin beinahe fast berührten. Und jetzt? Drückte er dies züchtige Balg wirklich und wahrhaftig an seine Brust? Halb entblößt, wie er war? «Komm!», sagte er und strich über das streng gescheitelte Haar, das unter dem Kopftuche hervorschaute. «Lass uns das alte Tröstelied gemeinsam singen! Wie geht's gleich fort?»

Warum hatte sie Ritter ausgerechnet in ihr Arbeitszimmer eingesperrt? Nun hockte sie hier in der Küche und musste das schwach-
sinnige Geschreibsel zu allem Überfluss auf dem Smartphone-Bild-
schirm lesen.

www.werweisswas.net
Frage von *pippilottaforever*
hallo,
wollte demnächst mal ne teufelsbeschwörung, geisterbeschwörung,
tischerücken, gläserrücken oder so was in der art machen. kennt ihr da
ne gute anleitung oder links dazu?

Liebe/r *pippilottaforever*,
Du bist ja noch nicht lange dabei, daher möchten wir dich auf etwas
aufmerksam machen: werweisswas.net ist eine Ratgeber-Plattform, bei
der es um persönlichen Rat geht. Wissensfragen sind nur dann erlaubt,
wenn sie nicht auf einfache Art und Weise ergoogelt werden können.
Ich möchte dich bitten, dies bei deinen nächsten Fragen zu beachten.
Die Beiträge werden sonst gelöscht.
Herzliche Gruesse,
Katharina vom werweisswas.net-Support

Johanna lehnte sich auf ihrem Stuhl zurück und schloss die
Augen. Ein saures Aufstoßen erinnerte sie an die Wurst, die sie nicht
hätte essen sollen. Sollte sie ins Bad gehen und sich einen Finger in
den Hals stecken?

Antwort von *Superdagmar*
Mach doch einfach mal nachts das Fenster auf, wenn der Herbstwind
so richtig schön pfeift, damit es mal so ordentlich durch die Bude weht.
Aus dem Chaos kannst du dann deine Schlüsse ziehen …
Viel Spass beim Gruseln und später beim Aufräumen! ☺

Antwort von *Grrrrreta*

Es gibt Dinge, mit denen «spielt» man nicht. Deswegen gebe ich dir keine Anleitung.

Antwort von *Gogo0001*

OH GOTT!! NUR DASS NICHT!! AUF JEDEN FALL NICHT DEN TEUFEL BESCHWÖHREN ODER ANDRE BÖSE GEISTERN!!! SIE KÖNNEN IN DICH REINGEHEN UND DICH KONTROLIEREN!!!!! HAB DA EIGNE EHRFARUNG …

«Ehrfarung» – alles klar. Entnervt verließ Johanna die «werweisswas»-Seite. Worüber wunderte sie sich? Es war ja nichts Neues, dass sich in solchen Foren hauptsächlich Analphabeten, Wichtigtuer und sonstige Spinner tummelten. Wie konnte sie erwarten, ausgerechnet beim Thema «Teufelsbeschwörung» vernünftige Antworten zu finden? Doch was sollte sie sonst machen? Solange Ritter es vorzog, den Ahnungslosen zu spielen?

www.esoforum.de

sexy69: Teufelsbeschwörung gefährlich?

Eine gute Freundin möchte mit mir zusammen eine Seance abhalten. Sie glaubt, dass wir es schaffen könnten, Luzifer persönlich heraufzubeschwören. Ich find das ne ziemlich geile Idee, allerdings hat mich meine Freundin gewarnt, dass damit auch ziemliche Risiken verbunden sind, wenn man zu «weit» geht. Allerdings wollte sie mir nicht verraten, was sie mit zu «weit» meint. Sie hat nur so Andeutungen gemacht, dass man im Ernstfall echt psychische Schäden davontragen kann. Jetzt wollte ich hier mal in die Runde fragen, ob einer von euch so was schon mal gemacht hat und mir ein paar Informationen geben kann.

Sexy thanx

Kalle_Berlin: Ich würd mal sagen: ich seh da bloß eine einzigste Gefahr: dass das Zimmer, wo die Nummer stattfinden soll, zu klein ist, damit Luzifer und das Ego von «deiner Freundin» da genügend Platz drin haben … tut mir leid, dass ich so was sagen muss, aber … glaubst du wirklich, der Herr Luzifer hat nix Besseres zu tun, als sich um dein zu groß geratenes Ego zu kümmern? 😊

Zornig schleuderte Johanna ihr Smartphone auf den Küchentisch. Beinahe wäre es über die Kante hinausgeschlittert. Den Sturz auf den Kachelboden hätte es vermutlich nicht überlebt. Da erst fiel ihr ein: Es brächte ja gar nichts, wenn sie in ihr verwüstetes Arbeitszimmer hinaufgehen könnte. Ihr Laptop war ohnehin toter als tot. Warum hatte sie vorhin nur die Nerven verloren? Sie konnte es sich nicht leisten, schon wieder einen neuen Rechner zu kaufen. Das Geld von ihrem Extrakonto war vollständig draufgegangen, um die beiden verheerenden Genomanalysen zu bezahlen.

Johanna beugte sich über den Tisch, um das Smartphone zurückzuholen. Ihre Augen brannten fast so schlimm, wie sie es nach den galvanischen Experimenten getan hatten. Schuld daran musste dieses verdammte Minigeschreibsel sein, das sie nun seit Stunden anstarrte. Aber sie hatte doch sonst keine Mühe gehabt, ganze wissenschaftliche Artikel auf dem Smartphone zu lesen. Bevor Johanna begriff, was sie tat, hatten ihre Finger die Begriffe «grüner», «Star», «Symptome» in das Suchfeld eingetippt. Und wieder gelöscht. Tapfer beim alten Stichwort bleiben. Der sogenannten «Schwarmintelligenz» eine letzte Chance geben.

Johanna, liebe! Zu sehn, wie du in jenem Unflat stocherst – die Augen macht es brennen *mir*! O Fluch, dass ich verdammt, dies alles machtlos anzuschaun! Doch eins ist allemal gewiss: Dass nie dir Hilfe wird zuteil von einem Menschen, der sich *DevinLeon* nennt. Was schreibt dies Bürschchen, das bekennen muss, ein bloßer *Studius* zu sein?

Hallo alle miteinander! Ich hoffe mal, dass ich hier richtig bin. Falls nicht, könnt ihr den Thread bitte in den richtigen Forumteil rüberschieben, ok? Also ich bin ganz neu hier und möchte alles über Magie lernen. Am meisten fasziniert mich Teufelsbeschwörung, also die Beschwörung von echten Dämonen/Satansengeln. Ich hab mir extra die Goetia (1. Buch Lemegeton) gekauft und wollte fragen, ob wer von euch das Buch schon mal getestet hat. Ich hab gehört, dass man's da mit ziemlich krassen Mächten zu tun kriegt. Deshalb wollte ich vorher auf jeden Fall einen von euch um Rat fragen. Wär super, wenn sich unter euch ein erfahrener Teufelsbeschwörer finden lässt …
Danke! DevinLeon

O heil'ge Einfalt mit dem Doppelnamen! Hockt ich nicht, wo ich hocken muss, sogleich beträt ich deine Stube, und lehren wollt ich dich mit Lust, was eine *ziemlich krasse Macht* vermag. Doch du, Johanna, hör mich wohl: Nimm wieder *meine* Fackel auf! Vergiss den ganzen Höllenquark, bevor er dir zu Kopfe steigt! Steig lieber selbst hinauf zu unsrem Freund, der sich im Schwabenland verdämmert und, wenn nicht alles trügt, dabei, dem Pietcong sich anzuschließen.

«Du überaus verschdockder und schdummer Dämon, schprich! Wenn in dem Leib dô was Unnatürlichs hausd, so befehl ich ihm im Name Jesu, auf der Schdelle sich zu zeiga!»

Ungläubig schaute Ritter sich in der hell erleuchteten Stube um. Da hatte er vermeint, er habe in den vergangenen Jahrzehnten einen jeglichen Hokuspokus erlebt, den die Welt in Vorrat hielt. Aber was waren selbst Reils *psychische Kurmethoden* gegen die Alfanzereien, die dieser Pfarrer Blumhardt jetzt an ihm exorzieren wollte? Was hätte sein Vater wohl gesagt, wäre er Zeuge solch unevangelischen Treibens geworden? An allen vier Wänden der Stube lauerten Gestalten, die ihm namentlich bekannt zu machen niemand den Anstand besessen. Einzig die Gottliebin, die ihn aus seiner Kammer hiehergeleitet, hatte ihn gewarnt, dass er sich sogleich etlichen hohen Herrn aus Möttlingen, ja sogar dem Schultheißen «högschdselbschd», gegenübersehen werde. Wo sie «högschdselbschd» verblieben sein mochte? Ob sie sich durch solch erlauchtigster Honoratioren Gegenwart bemüßigt gefühlt, die Stube stracks wieder zu verlassen? Doch nein! Da kauerte sie: als geduckter Schatten, kaum auszumachen in der verschlossenen Vorhänge Falten.

«Ewig'r Feind vom Mensche'g'schlechd! Schau her zu mir, und sieh des Zeichen, des ich dir endgegahald!»

Widerstrebend wandte Ritter seinen Blick von der Gottliebin ab und dem Pfarrer zu, der ihm im Scheine des Kerzenmeeres jenem Schuft aufs Haar zu gleichen schien, der ihn wenige Monate zuvor so bereitwillig aufgenommen – um ihn bereitwilliger noch vor die Türe zu setzen. Ob alle Geister- und Gottesmänner im schönen Württemberg so wohlgenährt? Bei diesem hier hing das Kinn so tief über den Kragen herab, dass man meinen mocht, der Herr Pfarrer trage an einem Paar Beffchen nicht genug. *Hüte dich, Sohn, der Teufel sitzt im Speck!* Keine schlechte Lust hatte Ritter, jenen Spruch in Anschlag zu bringen, mit welchem ihn sein Vater stets gehindert, sobald er bei Tische heimlich nach dem Fleischtopf gegriffen.

«Ha, Satan!», waberte es aus dem Fette hervor. «Was lacheschd du wie ein Wolf, der auf die Lämmer lauerd! Doch sieh! Des Lamm hier, des isch des Lamm, des d'Wölf reißad.»

Fest hatte Ritter sich vorgesetzt, seinen Zorn heut zu bezähmen. Doch nun, wie er den Pfaffen mit dem Heiligsten vor seiner Nase umherfuchteln sah, da brach's aus ihm in ungehemmter Wut hervor: «Schmierenprediger! Leg sogleich das Kruzifix beiseit! Durch jede Hand solln dir zehn Nägel fahren, wenn den Heiland du weiter so derbe entweihst!»

Ein Raunen ging durch den Raum, wie wenn ihn der Leibhaftige mit drei Bocksprüngen durchmessen hätte.

«Ha, Satan, den Anblick verdrägschd du schlechd, gell? Hab ich dich dô rausg'hold aus dei'm Schlupfloch! Und wie g'schickd du ons emm'r an d'r Nôs romführa willschd. Ward bloß, glei verzähl î dir, wie arg des Heilands Heil dir am Herze liegd.»

Beinahe leichtfüßig fast tänzelte der schwarze Wanst zu einem Tischchen mit zierlich geschwungenen Beinen, um das Kruzifix dort niederzulegen. Doch kurz nur war's Ritter vergönnt aufzuatmen. Denn schon sah er den Pfaffen nach jenem Buche greifen, das er unter Tausenden sogleich erkannt. Bevor er sich auf den Gotteslästerer stürzen konnte, erging der Befehl: «Kraushaar! Ensslin! Stanger! Packt ihn!», und schon hatten der hohen Herren Stämmigste ihn um Schultern, Brust, Arme und Knie gefasst und hielten ihn gerade so fest, wie wenn er abermals eingepfercht in eine jener sinnigen Gerätschaften, von denen die Herrn *Psychiater* so ausgiebig gern Gebrauch gemacht.

«Rechd so, Freunde! Halded ihn bloß richdig feschd! Denn jezd, Satan, sollschd du horchen! Dir les ich den Leviten, dass du den Tag verfluchschd, an dem du dein' viehischen Fuß des erschde Môl uff d'Erde g'sezd hôsch.»

Ritter wandte das Antlitz gen Himmel und schloss die Augen. Womit hatte er diese neuerliche Marter verdient? Hatte der alte Geisterkerner ihn dem Folterreigen einzig entrissen, um ihn üblerem Tanze noch auszuliefern? Schon fing die Predigt an: «Da ward Jesus vom Geischd in die Wüschde geführd, auf dass er von dem Teufel versuched würde. Und da er vierzig Tag und vierzig Nacht gefaschded hôt, hungerte ihn. Und der Versucher trat zu ihm und schprach: ‹Bischd du Goddes Sohn, so schprich, dass diese Schdeine Brod werden!› Und er antwortete und schprach: ‹Es schdehed geschrieben, der Mensch lebed nichd vom Brod allein, sondern von einem jeglichen Worte, des durch den Mund Goddes gehed.›»

O wie er diese Verse kannte! Welch reichen Trost hätten sie ihm geschenkt, wären sie nicht mit einer Wolke Essig-, Wurst- und Zwiebeldunst zugleich aus diesem Maule da gekommen, das nun, da er vollständig gefesselt, sich auf wenige Handbreit an ihn herangewagt.

«Da führed ihn der Teufel mit sich in die heilige Schdadt und schdelled ihn auf die Zinnen des Tempels und schprach zu ihm: ‹Bischd du Goddes Sohn, so lass dich hinab, denn es schdehed geschrieben: Er wird seinen Engeln über dir Befehl tun, und sie werden dich auf den Händen tragen, auf dass du deinen Fuß nichd an einen Schdein schdößd.› Da schprach Jesus zu ihm: ‹Wiederum schdehed auch geschrieben: Du sollschd Godd, deinen Herrn, nichd versuchen!›»

Wenn sie ihm bloß die Hände freilassen würden! Geloben wollte er, seinem Peiniger – obgleich ihn dessen ekler Speichel mit jeder Silbe im Gesichte traf – kein einzig Haar zu krümmen! Wär's ihm bloß gestattet, die Ohren sich zuzuhalten!

«Wiederum führed ihn der Teufel mit sich auf einen sehr hohen Berg und zeiged ihm alle Reiche der Weld und ihre Herrlichkeid und schprach zu ihm: ‹Des alles will ich dir geben, so du nieder-fällschd und mich anbeteschd.› Da schprach Jesus zu ihm: ‹Heb dich hinweg von mir, Satan, denn es schdehed geschrieben: Du sollschd anbeten Godd, deinen Herrn, und ihm allein dienen!›»

Was war nun dies? Mit einem lauten Knall hatte der Pfaffe die Heilige Schrift geschlossen. Wollte der Schurke ihm das köstliche Ende jener Matthäus-Verse gar vorenthalten? Wollte der Schlingel sehen, wie er's anstellte, sein Opfer in der Verzweiflung tiefste Schluft zu stürzen? Trotz der sehnichten Männerarme, die seine Brust umspannten, holte Ritter Luft und rief: *«Da verließ ihn der Teufel, und siehe, da traten Engel zu ihm und dieneten ihm!»* Don-nerworte sprechen konnte auch er, beherzter denn die gesamte ver-luderte Meute hier. «Du, Pfaffe – *du* bist der Teufel! Und wenn du nicht sogleich dich und deine höllischen Handlanger hinweghebest von mir, so will ich einfahren in jeden Einzelnen von euch und so lange in ihm wüten, bis ihm die Gedärme blutigen Schlangen gleich aus dem Maule hervorkriechen.»

War's Jubel? Oder panischer Angst Geschrei, in welches die Meute ausbrach, kaum dass er seine Drohrede geendet? Der Pfaff plusterte sich, wie wenn er vor Glück gleich platzen wollt.

«Dô gibd's koin Zweifel meh'», schrie er. «Possessio! Des isch a wahre Possessio!»

Die Grobianer, die ihn umklammert hielten, bölkten durcheinander, dass Ritter kaum ein Wort verstand. Und niemand außer ihm schien auf die Gottliebin zu achten, die stumm aus des Vorhangs Falten gesunken war und sich mit beiden Händen die Kehle hielt, wie wenn sie Übelstes erbrechen müsst.

Mit einem unbestimmt feierlichen Gefühl schlug Johanna das schwarze Büchlein auf, das vor wenigen Minuten, neutral verpackt, in ihrem Briefkasten angekommen war.

> «Dich rufe ich an, den Ungeborenen.
> Dich, der die Erde und den Himmel erschuf.
> Dich, der die Nacht und den Tag erschuf.
> Dich, der die Dunkelheit und das Licht erschuf.
> Du bist Osorronophris: den nie jemand sah.
> Du bis Jäbas.
> Du bist Jäpos.
> Du hast zwischen dem Gerechten und dem Ungerechten
>   unterschieden.»

Bis zum Seitenende waren es noch einige Zeilen, trotzdem blätterte Johanna schon einmal um. Die «Vorbereitende Anrufung» ging im selben Stil weiter.

> «Ich rufe dich an, den schrecklichen und unsichtbaren Gott:
> Der im leeren Platze des Geistes wohnt:
> Arogogorobrao, Sothou,
> Modorio ...»

Was hatte der wichtigtuerische «Ipsissimus» jenem Naivling aus dem Okkultisten-Forum geantwortet? «Die *Goetia* funktioniert, aber wenn du wirklich so ein blutiger Anfänger bist, rate ich dir, nicht gleich mit dieser Art von Beschwörung anzufangen. Ich will zwar nicht sagen, dass die Dämonen der *Goetia* direkt ‹böse› sind, aber große, starke Mächte sind sie halt schon, und deshalb erfordert der Umgang mit ihnen sehr, sehr viel Erfahrung.» Bislang hatte Johanna weder den Eindruck, dass hier irgendetwas funktionieren könnte, noch dass Erfahrung die Sache voranbrächte. Andererseits: Als sie damals im Studium die Enzyme, Produkte und Zwischenmetabolite der verschiedenen zellulären Prozesse hatte büffeln müssen, hatte sie anfangs auch den Eindruck gehabt, es sei der schiere Stumpfsinn.

«Höre mich an,
Roubriao, Mariodam, Balnabaoth, Assalonai …»

Stopp. So ging das nicht. Sie hatte ja nicht einmal eine Ahnung, mit welcher Sprache sie es hier zu tun hatte. Aramäisch? Hebräisch? Hetitisch? Als sie vor drei Tagen «Goetia» gegoogelt hatte, hatte sie immerhin herausgefunden, dass es sich dabei um den ersten Teil eines «Grimoires» handle, eines spätmittelalterlichen Zauberbuchs, das die Beschreibungen jener zweiundsiebzig Dämonen enthalte, die König Salomon beschworen und in einem bronzenen Gefäß eingesperrt sowie verpflichtet haben solle, ihm zu dienen. Im Unterschied zu anderen «goetischen» Texten würden in der *Goetia* die heraufbeschworenen Dämonen in die Folgsamkeit gezwungen, statt bloß um ihre Gunst gebeten. Dieser letzte Hinweis hatte den Ausschlag gegeben, dass Johanna sich das Bändchen in einer auf esoterische und mystische Literatur spezialisierten Buchhandlung (www.okkultbuch.de) bestellt hatte. Doch jetzt, wo sie dieses schlampig hergestellte Büchlein vor sich hatte, das bereits beim ersten Blättern auseinanderfiel, fühlte sie sich ratloser als damals in ihrer ersten Vorlesung über die Grundlagen der Molekulargenetik.

Immerhin stieß sie im Anhang auf eine übersichtlich wirkende Tabelle, die verriet, welche Fachkompetenzen die zweiundsiebzig beschwörbaren Dämonen jeweils hatten. Je länger Johanna diese Liste jedoch studierte, desto düsterer wurde ihre Miene. Was sollte sie mit Dämonen anfangen, die für die Bereiche «Liebe/Freundschaft» oder «Kräuter/Steine/etc.» zuständig waren? Sie wollte keine Waldorf-Volkshochschule gründen, sondern den Tod überwinden! War es möglich, dass dieses ganze Höllenkolleg tatsächlich nichts Einschlägigeres im Angebot hatte als «Verborgenes/Geheimes» oder «Vergangenheit/Gegenwart/Zukunft»? Einer der Dämonen schien sich zumindest beim Thema «Krankheiten» auszukennen: «Der zehnte Geist ist Buer, ein großer Präsident. Er erscheint im Schützen, und dies ist auch seine Gestalt, wenn die Sonne dort steht. Er lehrt Philosophie, sowohl die Moral- wie die Naturphilosophie und Logik und gleichfalls die Wirkungen aller Kräuter und Pflanzen.»

Philosophie und Kräuterkunde! Vergiss es! Dann musste also einer von denen her, die wenigstens behaupteten, im «Göttlichen» bewandert zu sein: «Der zwanzigste Geist ist Purson (auch Curson), ein großer König. Seine Erscheinung ist anmutig wie ein Mann mit dem Gesicht eines Löwen, der eine grausame Viper in seiner Hand hält und auf einem Bären reitet. Vor ihm erklingen viele Trompeten. Er kennt alle verborgenen Dinge und kann Schätze entdecken und alle vergangenen, gegenwärtigen und zukünftigen Sachen erzählen.»

Johanna schaute zum Küchenfenster, vor dem sich zwei Dohlen lautstark balgten. Nicht ganz das, wonach sie suchte, aber immerhin.

«Purson kann sowohl einen menschlichen wie einen ätherischen Leib annehmen, und er antwortet wahrheitsgemäß bei allen irdischen Dingen, sowohl geheimen wie göttlichen wie von der Erschaffung der Welt.»

Purson, dachte Johanna. *Demon King Purson*: You're my man.

Was, wenn sie mittlerweile ganz und gar vergessen hatte, dass sie ihn hier oben gefangen hielt? Gestern war er stampfend im Zimmer umhergesprungen, in der Hoffnung, sie auf diese Weise in ihr einstiges Studierzimmer zu locken, doch nichts hatte sich im ganzen Hause geregt. Vor wenigen Augenblicken hatte er sie nach dem Postkasten huschen sehen – heimlich entschwunden, wie er bereits zu fürchten begonnen, war sie also nicht. Oder war dies am Ende ihr neuestes Experiment mit ihm? Wollte sie versuchen, ob es ihr gelang, ihn zu Tode zu hungern? Wenig Glück würde sie haben. Wie lange hatte er damals an Bord der *Herzog Ernst* durchgehalten? Drei Monate? Vier?

Mit knurrendem Magen kehrte Ritter in den Winkel des Zimmers zurück, in dem er sich aus einer dicken Schicht wissenschaftlicher Bücher und Zeitschriften eine Art Lager errichtet hatte.

Nüchtern besehen war Pfarrer Blumhardt der schlechteste der Menschen nicht gewesen, denen er in jenen Jahren des schlimmsten Zwang- und Wirrsals in die Hände gefallen. Gewiss, das Theater, das dieser wochenlang mit ihm aufgeführt, war abgeschmackt gewesen. Und dass der Wanst in seinem Hofe stets einen Wagen samt angeschirrten Pferden bereitgehalten, der ihn nach Jerusalem bringen sollte, sobald die Kunde von des Messias zweiter Ankunft bis nach Möttlingen gedrungen – darüber könnte er sich heut noch erheitern. Wär's nicht just jener Wagen gewesen, in dem er selbst dann nach dem Heiligen Lande entflohen.

Fast reute es ihn, dass er sich gegen den Pfarrer so durchgängig garstig betragen. Hatte der sich zum Ende hin nicht doch als echter Gottesmann bewährt? Indem er den beiden Amtmännern – die von der württembergischen Medizinal-Polizei eines Tages mit der Weisung nach dem Pfarrhause geschickt zu prüfen, ob sich dort ein gewisser Maniacus aufhalte, der nach hochbehördlicher Meinung flugs wieder ins Toll- oder Zuchthaus zu verbringen sei –, indem der Pfarrer den beiden auf unzweideutige Art zu verstehen gegeben, dass Kerker und Ketten es niemals vermocht, der Hölle Urgewalt zu bändigen? Indem der fromme Mann ihm, Rittern, nicht nur seine heilig gehaltene Kutsche zur Flucht überlassen, sondern ihm zugleich mit auf den Weg gegeben, eine tief empfundene Pilgrimschaft möcht nun das letzte Mittel sein, seine verdammte Seele den Fängen des Bösen zu entreißen? War's des armen Blumhardt Schuld, dass all sein Pilgern und Flehen und Beten am Ende vergebens?

Als des Pfarrers ewiges Verdienst blieb es bestehen, dass jener ihm die Augen geöffnet für das, wovor er sie viel zu lange verschlossen: Dass er nicht allein Gottes Gunst verspielt, sondern wirklich und wahrhaftig vom Bösen durchdrungen. Auf welche Weise dies Böse in ihn eingefahren, und wie's im Einzelnen zu bezeichnen – was war's denn leere Scholasterei! Was einzig zählte, war doch dies: Jenes Böse wirkte in ihm und stürzte unweigerlich jeden ins Verderben, der ihm zu nahe kam; jene höllische Flamme, die in endloser Gier alles versengte, das je sein Herz berührt – sie loderte tatsächlich in ihm. Dass Martha, Deborah, Pamela, Georgina, Sarah und Ruthie zuletzt in seinen Armen mehr oder minder friedlich entschlafen – kein Beweis war's gegen seine abgrundtiefe Verderbtheit. Keine von ihnen hatte sein wahres Gesicht ja entdeckt! Doch die, die ihn erkannt, waren sie nicht allesamt elend zugrunde gegangen? Allen voran sein Weib? Schubert, der einstige Freund? Jenes arme Schattengewächs, das so opferfroh im Pfarrhause gedient, bis zu jenem Tage, da er, Ritter, die Luft dort mit seiner Anwesenheit verpestet? Hatte er nicht eigenen Auges mit ansehen müssen, wie sämtliche Gebrechen, alle Übel, von denen der Pfarrer die Gottliebin je geheilt, kurz nach seiner Ankunft mit dreifacher Heftigkeit zurückgekehrt? Wie jenes gemarterte Weib Nacht um Nacht Blut in Mengen erbrochen, die kein Arzt in einem menschlichen Leibe vermutet? Wie sie in Sprachen gestöhnt und geschrien, die kein Lebender verstand? Wie sie schließlich, da sie kein anderes Mittel mehr gewusst, ihrer Qual zu entrinnen, sich selbst den Strick geknüpft und um den dürren Hals geschlungen? Hatte nicht er, Ritter, die Unglückliche eigenhändig vom Balken geschnitten, an dem sie gehangen, blasser noch als der

Tod, dem sie sich übereignet? Und jetzt? Erlebte er nicht aufs Neue, wie ein Mensch, der ihm teurer geworden denn sein eigen Leben, zuschanden ging, seit er in seinen Dunstkreis geraten? Johanna! Vor wenigen Monden noch der Inbegriff kühlen Verstandes! Und jetzt? Jetzt suchte die Verzweifelte, den Beistand dunkler Mächte sich zu ertrotzen! Durch wessen, wenn nicht durch seine Schuld, sollte solch unerhörter Wandel sich vollzogen haben? Welch Jauche-abgrund musste er sein, dass er dies vormals so überreinliche Weib dahin gebracht, ihn tagelang in ihr Studierzimmer einzuschließen, unbekümmert, in welche Ecke, welches Gefäß er seine Notdurft ver-richte!

O Hölle! Hölle! Verschlinge mich! Zernichte mich! Doch fleh ich dich an: Lass ab von ihr!

Kalt fuhr der Wind zum Fenster herein. Keine Minute länger durfte er seinen Unstern über diesem Hause stehen lassen. Unver-züglich musste er sich aus dem Wege räumen. Nicht tief ging es vom Fenster hinab, und im Vorgarten lagerte der Schnee noch immer in dicken Matten. Nicht einmal den Knöchel würd er sich stauchen. Sei's drum! Umso behender konnte er fliehen. Denn der feigen Fluchten ungekrönter König – war er's nicht? Drum frisch gesprun-gen! Eins, zwei …

«Hey, kommen Sie da sofort runter!»

Einen blöden Augenblick bloß hatte er gezögert, und schon war Johanna bei ihm und fasste ihn an den Waden.

«Was soll denn das? Sie wissen doch, dass Selbstmordversuche bei Ihnen nix bringen. Außerdem brauche ich jetzt Ihre Hilfe. Das Fenster können Sie ruhig offen lassen, hier stinkt's wie im Schwei-nestall.»

Stumm vor Scham stieg Ritter von der Fensterbank ins Zimmer zurück. Hoffen konnte er bloß, dass Johannas Blicke weder nach dem Winkel hinter der umgestürzten Kommode schweiften, den er mit Papier notdürftig bedeckt, noch das gläserne Blumengefäß fanden, das bis zum Rande hin mit harzig-bernsteinfarbner Flüssigkeit gefüllt, da er aus Furcht vor der Niedermayrin es nicht gewagt, sein Wasser ins Freie hinaus abzuschlagen. Zum Mindsten schien diese seine Hoffnung sich erfüllen zu wollen. Viel zu beschäftigt war Johanna, in dem zerpflückten schwarzen Büchlein zu blättern, das sie mitgebracht, als dass sie Zeit gefunden, nach des Gestankes Quellen zu forschen.

«Kennen Sie das?», fragte sie, den Buchtitel ihm entgegenhaltend. «Die *Goetia*?» Ohne seine Antwort abzuwarten und ohne sich daran zu stören, dass zwei, drei, vier Seiten zu Boden flatterten, blätterte sie weiter. «Eigentlich war ich mir sicher, dass für meine Zwecke Purson der richtige Dämon ist, aber dann habe ich entdeckt, dass es noch einen anderen Dämon gibt, der sich mit dem Göttlichen und dem Verborgenen auskennt, und, Moment, hier hab ich ihn: ‹Furfur› heißt er. Schöner Name, nicht wahr? – ‹Der vierunddreißigste Geist ist Furfur›», trug sie mit ernster Miene vor. «Er ist ein großer und mächtiger Graf, der in der Gestalt eines Hirsches mit glühendem Schwanz erscheint.» Wie sie aufschaute, waren ihre Wangen scharlachrot gefleckt. «Wissen Sie, was das Verrückte daran ist? Ich habe mich damals nicht getraut, es Ihnen zu erzählen. Aber an dem Morgen, an dem wir das letzte Experiment, den Versuch mit der großen Batterie, gemacht haben, da … da …» Sie stockte. «Da hatte ich plötzlich das Gefühl, als ob einer der Hirsche von diesen Ölschinken mit mir reden würde. Als ob er mir anbieten würde, dass ich ihn um alles bitten darf. Und dass er alles versuchen will, mir zu helfen.» So spitz lachte Johanna auf, dass es Ritter einen Stich versetzte. «Und wissen Sie, was noch verrückter ist: Insgeheim hatte ich damals, in jener schrecklichen Nacht, in der Sie ins Wohnzimmer geplatzt sind – da hatte ich gefleht, dass Thomas irgendetwas zustoßen möge, damit er uns keinen Ärger mehr machen kann. Natürlich habe ich nicht gewollt, dass er gleich stirbt.» Die Stimme, die eben noch aufgelacht, war zu einem Wispern herabgesunken. «Aber was, wenn sein Motorradunfall bereits die erste Hilfe gewesen ist, die ich von dem Hirsch bekommen habe?»

Nicht lag's am offenen Fenster, dass ein eisiger Schauer Ritter durchlief. Wie lange dies überhitzte Weib nichts mehr gegessen haben mochte? Wie lange nicht mehr geschlafen?

«Johanna», sagte er fast ohne jeden Ton. Sein Mund war gänzlich ausgedörrt. Doch so groß, als dass er begonnen, das eigene Wasser zu trinken, war ihm die Not in diesem Gefängnisse hier noch nicht geworden. «Wenn du glaubst, dass der Hirsch dir bereits beigesprungen – was willst du ihn als Dämon mit glühendem Schweife dann noch beschwören?»

Abermals blätterte sie in dem unseligen Buche, dass die Blätter stoben. «Jeder Dämon hat sein eigenes Logo. Und hier steht, dass das jeweilige Logo, das jeweilige *Siegel*, aus Metall gegossen sein muss. Für Furfur reicht zum Glück Silber oder notfalls auch Kupfer. Können Sie so etwas? Oder soll ich mich auf die Suche nach einem Kunstschmied machen, der keine dummen Fragen stellt?» Flüchtig blickte sie ihn an. «Anyway», sagte sie, da sie begriffen, dass er weder kundig noch willens, die Esse für sie einzuheizen. «Schwieriger dürfte es ohnehin mit dem Zeug werden, das ich sonst noch brauche.» Sie bückte sich. Offensichtlich lag die Seite, nach der sie suchte, am Boden. «Hier!» Mit einem losen Blatte in der Hand richtete sie sich wieder empor. «Andere magische Erfordernisse sind: ein Szepter, ein Schwert, eine Mitra – wo, zum Teufel, soll ich eine *Mitra* hernehmen? Soll ich im Vatikan einbrechen oder was? –, eine Kappe, eine lange, weiße Robe von Linnen und andere Bekleidungsstücke für diesen Zweck, auch ein Gürtel aus Löwenhaut – Löwenhaut, sehr lustig, aber eigentlich gibt's im Internet ja alles zu kaufen –, der drei Zoll breit ist und die Namen ...»

«Johanna!» Nicht länger durfte er stumm lauschen, wie sie immer tiefer sich in ihr Verderben schnatterte. Andächtig trat Ritter an sie heran und fasste sie an den Schultern. «Bereit bin ich, dir zu helfen. Doch zuallererst versprich mir, dies läppisch Buch fortzuwerfen! Nichts als Geschwätz ist's, was darin versammelt.» Was schaute sie ihn so misstrauisch an als eine Hündin, die von ihrem Herrn stets Tritte nur empfangen?

«Johanna», sagte Ritter und legte seine durchfrorene Hand gegen ihre glühende Wange. «Ich weiß einen Weg, jene Mächte zu beschwören, nach deren Beistand dir verlangt! Doch glaube mir: Nimmer nicht rufst du sie mit Bischofsmütze und Löwenhaut.»

XIX

ib doch acht, wohin du trittst, du Schlegel! Dies Stückchen Grund, worauf du eben setztest deinen Fuß, nichts andres war's als meine Zehen.»

«Was schiltst du mich? Schelt den Brentano! Wenn dich was trat, war's der Quadratschuh und sonst keiner.»

«Ha, unser großer Schlegel mag's heut wieder lustig!»

«Vielleicht war's gar der Teufel schon, der prüfen wollt, ob er ein erstes Füßeln wagen darf.»

«Pfui, Wilhelm, schweig doch still! Ich fürchte mich ja jetzt schon halb zu Tod.»

«Nichts fürchte, meine Herzenskönigin! Bewehrt bin ich mit allen Bann- und Geißelformeln, die je der Orient dem Okzident ins Ohr geraunt: O Adonai! Precis! Christe! Ahischca vel Ohischam ...»

«Vater, vergib ihnen, denn sie wissen nicht, was sie tun.»

«... Deus Haram! Jesus Haram! Deus Spiritus Haram!»

«Ich vergäb dir jetzt schon, Brentano, hättst du bloß dran gedacht, die Buddel einzustecken.»

«Wie? Willst mit dem Schwarzen gleich Brüderschaft trinken?»

«Jetzt hört doch einmal mit dem Gelächter auf! Wie sollen wir was Rechtes beschwören, wenn wir dreinstolpern und kichern wie eine Horde Grasaffen – au!»

«Friedrich, was ist? Was ist dir?»

«Den Kopf hab ich mir gestoßen. Seht euch vor! Die Decke wird ganz niedrig hier.»

«He, Ritter, komm zurück mit deiner Leuchte! Was läufst du denn so weit voraus! Wir schlagen uns ja allesamt die Schädel ein.»

«Aaaaaaahh!»

«Dorothea! Dorothea, was ...»

«Da war etwas! Scharf übers Haar ist's mir geflogen. Friedrich, lass uns umkehren! Bitte, ich fleh dich an.»

«Seit wann graust's einem Judenmädchen, bloß weil ein Fledermäuschen ihm die Wange streift?»

«Achim, lass das sein! Dorothea, hier, nimm meine Hand. So ist's gut. Nicht zittern, Geliebte! So zittre doch nicht!»

«He, Ritter! Hat der alte Draco dich geholt, oder was treibst du in dem engen Stollen da? Komm zurück! Wir brauchen Licht!» ...

Nimmer hätte er sich träumen lassen, dass er einmal noch diesem Ziele zufahren würde! Und wie rasch die öden Felder vorüberflogen! Rascher als die Krähen, wenn sie im harten Boden nach schlummernder Saat gepickt. Beinahe fast wollte es Ritter scheinen, wie wenn Johanna den Wagen noch schleuniger antriebe denn auf der anderen Seite der Welt. Doch war sie nicht die Einzige, die so rasend geschwind unterwegs. Höchst seltsam blieb's ihm, dass seine Landsleute, die sich heutzutage – dem Allgemeinen nach zu urteilen, das er in den Zeitungen und im TV über sie erfahren – schlimmer noch als Johanna vor jeder Wurst und jedem anderen allzu starken Genusse fürchteten, offenbar keinerlei Angst kannten, wenn's darum ging, sich selbst in blitzenden Karossen durch die Landschaft zu schießen. Wie viele Tagesreisen er damals unterwegs gewesen sein mochte, da er von Jena nach München gefahren? Zehn? Vierzehn? Und jetzt verkündeten die großen blauen Tafeln schon, dass Nürnberg nicht mehr fern, obgleich keine drei Stunden vergangen, seit sie vom Wallensee aufgebrochen.

Ritter lehnte den Kopf zurück und hoffte, der graue Asphalt möge sie in ähnlich weitem Bogen um Nürnberg herumführen, wie er sie um München herumgeführt. Nichts von jenen Mauern und Häusern wollte er sehen. Nichts von jener Stadt, die mit all ihrer Puppen-Zuckerbäcker-Fachwerkniedlichkeit dem Neuling vorgaukelte, er sei am Ziele seiner Kindheit Träume angelangt, wo er in Wahrheit doch das erste Höllentor durchschritten. Wie bald schon hatte er hinter die köstlichen Lebkuchendüfte, die allenthalben durch die winkligen Gassen geweht, schnuppern dürfen. In Ewigkeit blieben sie seiner Nase verbunden mit dem Geruch jener Leichen, die er Tag um Tag hinter den putzigen Fassaden gewaschen, die er um eines magersten Lohnes willen zur letzten Reise gereinigt, bis ... bis ...

... «Herr Onkel! Jetzt seien Sie kein Narr! Und kommen Sie heraus!»

Im Stall hatte er sich verschanzt. Im Nachbarskoben zwischen den Säuen. Willig würde er die Wohnung mit ihnen teilen, nimmer würde er ihnen das Futter im Troge streitig machen, und wenn sie ihm ab und an eine faulichte Kartoffel zum Mahle lassen wollten, wollte er Gott für solcherlei Gnaden preisen. Warum konnten jene da draußen ihm seinen Frieden nicht gönnen?

«Wie lieblich sind deine Wohnungen, Herr Zebaot! Meine Seele verlanget ...»

«Herr Onkel! Jetzt kommen Sie zu Vernunft! Und lästern Sie nicht die Heilige Schrift!»

Johanne! Seine gestrenge Älteste! Die nach der Mutter Tod in dem maroden Hausstande endgültig das Szepter übernommen. Hatte er laut denn gebetet? Schwören hätt er mögen, dass er den Psalm ganz leise bloß und inwendiglich gedacht.

«Herr Onkel! Ich ersuche Sie zum letzten Mal! Kommen Sie heraus! Sonst holt der Wachtmeister Sie mit Gewalt!»

«Allmächd naa! Die schee Diä! Herr Woochdmasda, heerns Ees! Edds werns mer do ned die schee Diä eischloong? Allmächd naa!»

Die alte Wurzelbauerin ... Angst um ihre schöne Saustalltür ... Ob die da draußen es wirklich und wahrhaftig wagen würden, ihn mit dem Beile hervorzuzwingen? Wenn bloß sein August nicht unter ihnen! Wie sollte er's Johannen verübeln, dass sie ihn bei den Behörden angezeigt, da sie in ihrer Verzweiflung nicht länger gewusst, was anfangen mit dem alsbald stummen, alsbald tobenden «Onkel».

457

Doch nimmer nicht würde er ihr verzeihen, ließ sie's geschehen, dass sein Augenstern erblicken musst, wie der Vater in Ketten nach dem Tollhause geschleppt ...

«Ich habe mir den Agrippa gestern Nacht noch mal genauer angeguckt.» Johannas Stimme zog Ritter in die Gegenwart zurück. «Und auch bei ihm taucht der gleiche Punkt auf, den ich nicht verstehe. Warum betonen alle diese ... diese *Magier*, dass nur derjenige Teufel und Dämonen beschwören darf, der ein besonders frommer Christ ist? Das ergibt doch keinen Sinn.»

Dankbar war Ritter Johanna, dass sie ihn aus seinem Gedächtnispfuhle gezogen. Doch musste es just mit diesem Thema geschehen, das alte Not ledig durch neue Not ersetzte? Seit er in hilfloser Verzweiflung behauptet, er kenne einen Weg, auf dem die dunklen Mächte zu beschwören, drang sie unablässig in ihn; wollte alles über Schwarzkunst wissen; alles davon lesen. Also hatte er ihr die *Magischen Werke* des Agrippa ans Herz gelegt, jenes Buch, das, vom Vater strengstens verboten, seiner Kindheit Gedanken beflügelt wie sonst einzig die Bibel.

«Ich hab's in meine Handtasche gesteckt, da hinten auf der Rückbank, schauen Sie mal!»

Folgsam stellte Ritter die abenteuerlichsten Verrenkungen an, um den roten Lederbeutel zu fassen.

«Schlagen Sie's da auf, da wo der Umschlag reingeklappt ist.»

Lauter nimmer Erträumtes: Dass er noch einmal den Agrippa in Händen halten würde! *A Morule, Taneha, Latisten!* ... Wie hatte er sich damals bemüht, die toten Brüder zu neuem Leben zu erwecken! Ein Dutzend Mal war er jeden Tag nach dem Grabe an der Kirchenmauer geschlichen und hatte die heimlichen Worte geflüstert.

«Finden Sie die Stelle nicht? Eigentlich müssten Sie's sofort sehen, ich habe die Sätze dick unterstrichen.»

Bitter enttäuscht war er gewesen, da er mit dem ersten Bodenfroste hatte erkennen müssen, dass dem Entenfuße, den er vergraben, die Brüder nicht neu entwuchsen. Doch welch Grauen erst hätt es bedeutet, wären der schwarzen Erde tatsächlich vier Ärmchen, gefolgt von zwei winzigen Köpfchen, entsprossen? Hatte je er es nachgeholt, Gott zu danken, dass dieser zum Mindsten den kindischen Knaben noch vor der Hölle ruchlosen Zauberwerken geschützt?

«Jetzt lesen Sie schon vor! Oder wird Ihnen schlecht, wenn Sie im Auto lesen? »

Gern hätte Ritter ein stilles Dankgebet gesprochen. Johanna kennend, wusste er jedoch, ihm blieb keine Wahl, denn ihrem Befehle umgehend zu gehorchen. «Wer aber ohne religiöse Autorität», hub er zu lesen an, «ohne das Verdienst der Heiligung und des Unterrichts, ohne die Würde der Natur und Erziehung auf magische Weise zu wirken sich anmaßt, der wird ohne Erfolg arbeiten, sich selbst sowie die, welche ihm Glauben schenken, betrügen und überdies den Zorn des Himmels auf sich laden.»

Befremdet schaute er zu Johanna hinüber. War's Zufall, dass sie sich justement in diese Stelle verbissen?

«Sehen Sie?», gab sie zurück. «Das meine ich. Derselbe Quatsch wie in der *Goetia* und im *Necronomicon* und im *Dreifachen Höllenzwang*, und was ich sonst noch gelesen habe. Permanent wird da von ‹Religion› und ‹Glaube› gequatscht. Und ich dachte immer, schwarze Magie betreiben nur diejenigen, die von Gott, Jesus und dem ganzen Verein die Schnauze voll haben. Wenn ich ständig ‹Adonai!› und ‹Jehova!› und ich weiß nicht was rufen soll, dann brauche ich doch nicht an einen ‹heimlichen Ort› zu fahren, um dort magische Kreise auf den Boden zu zeichnen. Dann kann ich mir die Knie doch genauso gut in der Kirche blutig rutschen.»

Einem leisen Regen gleich prasselten Insekten gegen die Fensterscheibe. Wo kam dieser Schwarm so plötzlich her? Zwar war der Schnee gewichen, seit sie das Gebirge hinter sich gelassen, doch auch hier in den Ebenen lag die Natur noch im Winterschlafe. Seit wann lockte der Frost Insekten hervor? Ritter erschrak, da eine milchige Gischt gegen das Glas spritzte, direkt auf ihn zu. Drei, vier kraftvolle

Schwünge der schwarzen *wipers* – und beseitigt war der Spuk, wie wenn's in der Tat bloß ein Spuk gewesen.

«Johanna, was hältst du dich mit Namen auf?» Noch immer hielt er das schwere Buch in seinem Schoße. Wie sollte er sie so unterweisen, dass sie zufrieden und er sie gleichwohl nicht stracks ins Verderben schickte? «Welchen Unterschied macht's, ob du Jehova anrufst oder Jesus – oder meinethalben gar den Teufel? Was einzig zählt, ist, dass du *glaubst*. Im Herzensgrunde glaubst, dass jene Welt, wie wir sie mit unsren Sinnen ertappen, nichts als die Hülle ist, die's zu durchdringen gilt. Und wichtiger noch: Dass es nicht kalte, beliebig neu zu formende Materie ist, die hinter jener Hülle liegt, sondern das wirkliche, heilige Leben, welches *erfahren* zu dürfen das größte Geschenk ...»

«Nein, nein, nein», fiel sie ihm ins Wort. «Mit so einer Sonntagsrede kommen Sie mir nicht davon. Da waren wir doch schon mal weiter. Fakt ist: Jawohl, ich will erkunden, was hinter der Hülle liegt. Darauf können wir uns sofort einigen. Aber die entscheidende Frage, vor der Sie sich die ganze Zeit drücken, ist doch: Wer hilft mir dabei? Es kann nur jemand sein, der a) weiß, was sich hinter der Hülle befindet, und der b) bereit beziehungsweise gezwungen ist, mir zu helfen. Was a) betrifft: Einverstanden, da könnte ich mich an jeden wenden, der im Ruf steht, der ‹Schöpfer› oder einer aus seinem *inner circle* zu sein. Aber was b) angeht: Fehlanzeige. Oder fällt Ihnen irgendein Beispiel ein, dass unser lieber ‹Schöpfer› in den letzten paar tausend Jahren geneigt gewesen wäre, uns wirklich zu verraten, was er getrieben hat, als er ...»

«Welch groben Unfug redest du da! Wie wäre die geringste Naturerkenntnis bloß möglich gewesen, wenn Gott dem Menschen nicht gestattet, die Hülle forschend zu durchdringen?»

«Quatsch! Jeden Mikrometer Erkenntnis mussten wir Menschen uns mühsam selbst erkämpfen. Gegen Gottes Willen.»

Hinter ihnen erscholl ein lautes Horn.

«Ja, du mich auch!»

Mutmaßen konnte Ritter bloß, dass Johannas rüde Geste nicht ihm, sondern dem Wagen galt, der mit blendenden Lichtern an ihnen vorüberbrauste, sobald sie die Bahn gewechselt.

«Ich denke, Sie sind hier der Bibelfeste.» Unverzüglich war sie zu ihrem Meinungsstreite zurückgekehrt. «Da werde ich Sie doch nicht daran erinnern müssen, dass Gott dem Menschen kategorisch verboten hat, vom Baum der Erkenntnis zu essen.»

«Gleichwohl hat er geduldet, dass es geschah. Und wer, wenn nicht er, hat uns den Verstand eingepflanzt, der uns zuallererst befähigt zu erkennen?»

Unbeweglich starrte Johanna vor sich hin auf den Asphalt.

«In tausend Metern links halten!»

Ritter zuckte zusammen, wie wenn er von einem kalten Gusse getroffen. Nimmer würde er sich an diese Stimme gewöhnen, die sie in solch tödlicher Teilnahmslosigkeit aus der fahrenden Landkarte heraus kommandierte.

«In fünfhundert Metern links halten!»

Wollte das spröde Frauenzimmer sie gar nach Nürnberg hineinschicken? Denn linker Hand musste die Stadt doch liegen. Nein: BERLIN stand über der Bahn, der Johanna nun folgte. Berlin. Ein einzig Mal bloß war er dort gewesen. Und keinen günstigen Eindruck hatte jene Stadt ihm hinterlassen, die damals nicht recht sich zu entscheiden gewusst, ob sie das neue Babylon oder Weltreichshauptstadt «Germania» werden wollt.

«Aber dann wäre es ja so, wie ich ganz am Anfang gesagt habe.»

Nicht ohne Sorge nahm Ritter wahr, wie müde Johanna mit einem Schlage klang. Ob sie vergangene Nacht überhaupt ein Auge zugetan?

«Dann wäre diese gesamte schwarze Magie ja nichts als Nonsens. Wenn Gott hin und wieder einverstanden ist, dass der Mensch sich das nächste Stück aus dem Apfel beißt – wozu brauche ich dann noch den Teufel?»

«Jetzt links halten!»

«Dann wäre der Teufel ja nichts als Gottes Handlanger. Eine Art Bildungs- und Wissenschaftsbeauftragter, der den Menschen nur so weit unterstützen darf, wie sein Oberboss es ihm erlaubt?»

Johanna! O ahnte dir, wie ungerecht dein Urteil gegen mich! O wüsstest du, welch übergroßes Leid, welch nie gesehne Schmach mir ward zuteil, da ich euch Menschen half, der Blindheit Bande abzustreifen! Der Reue Tränen trieben dir die eignen Wort' ins Angesicht!

Was kramst du denn in jenen Moderschwarten, die längst vom Sturm der Zeit verweht? Agrippa! Goetia! Höllenzwang! Vertrau doch deinem eignen Geist, der klar dir sagt, dass nicht sein *kann*, was jene Dunkelbrut dir raunt. Wie soll ein Geist sich frei erheben, der starr im Wunderreich verkrallt? Der niemals anders denn zum Scheine bloß Vernunft zitiert? Was gilt's, ob weiß, ob schwarz, wenn Zaubers Kräfte sind erfleht? Magie bleibt faul, ganz gleich, in welches Mäntelchen sie schlupft.

Und du, Johanna, irrst gleich einem Stern, der seine Umlaufbahn verloren, in diesem All des Truges nun umher. Und meinst gar noch, zu folgen mir! O dass nicht einmal *du* erkennst, welch greußlich Zerrbild meine falschen Freunde zeichnen! Dass du nicht siehst, wie's meine *ächten* Feinde waren, die jene Pinsel insgeheim geführt, zu spotten meiner ewiglich!

Und du, Herr Johann! Was stachelst jenes Weib zu solcher Unsinnstat du an? Bekennen muss ich bass: Nicht will sich's mir erschließen, welch krause Absicht du verfolgst. Doch eins, Canaille, sag ich dir: Wenn jener Kostbaren ein Leid geschieht – trägst Schuld daran alleinig du!

EINER RAST. ZWEI STERBEN. Der Kaschmirpulli saß am Steuer, die Seidenbluse blickte versonnen in die Landschaft hinaus. Noch nie war Johanna aufgefallen, dass diese Verkehrswacht-Schilder mit dem Ehepaar im Cabrio immer dann auftauchten, sobald das Tempolimit endlich wieder aufgehoben war. Wie im Kindergarten, wenn die Erzieherin sagt: «So liebe Kinder, jetzt dürft ihr euch mal richtig austoben! Aber trotzdem schön aufpassen, dass ihr euch nicht wehtut!» Johanna hielt es nicht einmal für ausgeschlossen, dass dieser Quatsch tatsächlich dazu beitrug, die Sicherheit auf Deutschlands Autobahnen zu erhöhen.

«Und Sie wollen mir wirklich noch immer nicht verraten, wohin wir genau fahren?»

«Früh genug wird sich's Ihnen enthüllen. Ein Geheimnis muss es bleiben bis zuletzt.»

Ritter schien am Agrippa neuen Gefallen gefunden zu haben. Er war so vertieft in seine Lektüre, dass er nicht einmal aufgeschaut hatte.

«Finden Sie das nicht ein bisschen albern? Ich bin aus dem Alter raus, in dem ich geglaubt habe, dass der Weihnachtsmann die Geschenke unter den Baum legt.»

«Dann möcht's keine schlechte Idee sein, wenn Sie den Wagen bei nächster Gelegenheit wendeten.»

Vor ihnen scherte ein riesiger schwarzer Lastwagen aus, fluchend trat Johanna auf die Bremse. Ritter, vorbildlich angeschnallt, hielt es auf seinem Sitz, der Agrippa jedoch wurde gegen die Windschutzscheibe geschleudert.

«Holla! Sie wenden tatsächlich?»

«Quatsch! Ich habe lediglich versucht, nicht auf diesen Monstertruck draufzufahren. Können Sie mir verraten, wieso dieser Irre glaubt, er muss überholen, obwohl seine Dreckschleuder höchstens einen halben Stundenkilometer schneller fährt als die übrigen Lkw in der Kolonne?»

«Johanna. Noch ist's Zeit ...»

Konnte er nicht endlich diesen besorgten Ton ablegen? «Vergessen Sie's. Was immer das für ein geheimer Ort ist: Wir fahren da jetzt hin.»

Eine gefühlte Ewigkeit später räumte der Lastwagen die Spur.

«In was für einer Gestalt ist Ihnen der Dämon damals eigentlich erschienen?»

«Nichts tut's zur Sache, in welcher Gestalt der Dämon *mir* erschienen. Bloß äußerliches Wissen wär's, offenbart ich's dir.»

«Ich bin doch nur neugierig.»

«Mit Neugier wirst du nichts gewinnen!» Jetzt war wieder der Schulmeisterton dran. «Wie oft noch mag ich dir erklären: Dies Unterfangen einzig kann gelingen, wenn's deinem *Ur-Innern*, deinem reinsten Seelenantriebe entspringt!»

Sollte sie das Radio anstellen? Musik machen? Wie schnell fuhr sie eigentlich? Hundertachtzig. Okay.

«Sagen Sie mir wenigstens, in welcher Sprache der Dämon zu Ihnen gesprochen hat.»

«Johanna!»

«Ich muss doch irgendetwas wissen! Damit ich mich einstellen kann auf das, was mich erwartet!»

Langsam hatte sie Ritters Machtspielchen wirklich satt. Ein kleiner Schlenker nach links oder rechts. Und alles war vorbei. Zumindest für sie. Ob er je versucht hatte, gegen einen Baum zu fahren? Wohl kaum. So ganz ohne Führerschein. Irgendetwas von einem Sprung aus dem dritten Stock hatte er mal erzählt. Ergäbe das eine vergleichbare Aufprallgeschwindigkeit? Vielleicht war er ja doch nicht so unkaputtbar, wie er tat.

«Johanna, glaube mir! Wer, wenn nicht ich, wüsste, wie bang dir zumute vor diesem gewaltigen Schritte, drum lass dir noch einmal ...»

«Schluss! Ich will nichts mehr hören.»

Fester umklammerte Johanna das Lenkrad. So ein Quatsch. Mit Selbstmord spielte man nicht einmal in Gedanken. Mit dieser größten aller anzunehmenden Feigheiten. Dann lieber das Radio an.

Je näher sie dem Ziele kamen, desto aufgeregter schlug Ritters Herz. Wohl war ihm bewusst, dass er es straff am Zügel nehmen sollte, damit es nicht allzu freudig vorausgaloppierte. Nicht würde, nicht *konnte* es sein wie einst, da ihn die Kutsche zuallererst nach jenem Städtchen gebracht, das sich so bescheiden zu der Hügel Füßen geduckt, wie wenn es zu keinem anderen Zwecke erbaut, denn der Natur zu huldigen. Und welch Huldigung hatte jene Natur, die just von des Winters Eise sich befreit, verdient! An sämtlichen Hängen hatte sie Wiesenteppiche ausgerollt, mit Veilchen und Primeln reich bestickt und wohlriechenden Kräutern üppig durchwirkt. Weiter droben hatten die Pulsatillen ihre Blüten aufgetan, weshalb selbst die kargen, felsigen Höhen so lebhaft leuchteten, wie wenn sie mit violblauem Sammet und grünlicher Seide angetan. Unten im Tale, zu beiden Seiten der Saale, hatten sämtliche Bäume zu knospen begonnen, und eine Weidenart, die Ritter nie zuvor gesehen, nie zuvor gerochen, hatte einen so zauberischen Citrusduft verströmt, dass er sich schon in Italien gewähnt. Wie viele Nächte hatte er in jenem ersten, hoffnungsfrohen Lenze seines Glücks an dem verborgenen Uferplätzchen gegenüber der Stadt zugebracht, das rasch zum liebsten Aufenthalte ihm geworden – teils träumend, teils wachend, doch stets durchdrungen von der Schönheit Frieden, die diesen ganzen Ort umgab?

Genug, törichtes Herz! Schweige still!

Nicht würde, nicht *konnte* es sein wie einst!

Obzwar er von seinem neuen, alten Lande, durch das er seit Stunden gleich einem übereilten Phantome dahinglitt, nicht viel gesehen, war's genug, um zu begreifen, dass es sich stärker noch verändert, denn er gedacht: Burger King in Himmelkron; McDonald's im Fichtelgebirge. Nicht wirklich stieß er sich daran, dass die Heimat seiner vergangenen sieben Jahrzehnte die Heimat seiner ersten sieben Jahrzehnte mit schonungslosen Strichen übermalt. Indes unheimlich erschien es ihm wohl.

Vor geraumer Zeit hatten sie eine braune Tafel passiert, auf der in weißen Lettern EHEMALIGE INNERDEUTSCHE GRENZE eingestanzt und welche Johanna zu der kargen Äußerung inspiriert: «Jetzt sind wir im Osten.» Dass sie für *den Osten* nehmen konnte, was allenfalls die Mitte! Und dass die Behörden der einen innerdeutschen Grenze heute gleich ein Denkmal gesetzt! Wie viele Zöllner hatten ihn schikaniert, wenn er früher durch deutsche Landen gereist! Wäre je einer auf den Gedanken gekommen, all jenen Mauthäusern ein Denkmal zu setzen? Doch keinen Streit um Grenzposten oder Geographie wollte er vom Zaune brechen. Heikel genug würde die Aufgabe, Johannas wacklicht Gemüt zu hindern, dass es erneut in sich zusammenstürzte, sobald sie ihr Ziel erreicht.

Da plötzlich, ohne bestimmen zu können, wodurch die Erkenntnis just in diesem Augenblicke befördert, ward Ritter bewusst, welcher der Geröllbrocken war, der vor Stunden in seiner Erinnerung Tiefen sich gelöst und seither in ihm rumort wie ein Lemure, den es hinausdrängte ans Licht: Die *Geisterphotographien* waren es, die ihm der närrische englische Okkultist gezeigt, mit dem er gemeinsam – gemeinsam? vergebens! – versucht, den Kangchendzönga zu erklimmen. An jene erinnerte ihn die Landschaft, die er durchfuhr! Jetzt begriff er, warum sie solch gespenstischen Eindruck auf ihn machte, obzwar ihm beide ihrer Schichten doch vertraut! Auch damals am Fuße des Himalaja hatte er sogleich durchschaut, dass die verwaschnen Gesichter, die den stieren Kopf des Engländers umwallten, nicht das Mindste mit Geisterwesen zu tun hatten, sondern einzig ins Bild geraten waren, weil der Photograph dasselbe Zelluloid, auf welchem er den Okkultisten gebannt, ein zweites, drittes oder gar viertes Mal belichtet – der unheimlichen Wirkung jener *Geisterphotographien* hatte dies Wissen keinerlei Abbruch getan.

«In zweitausend Metern rechts abbiegen!» Ritters Gedankenfluss ward von der kalten Kommandantin unterbrochen. Kerzengerade setzte er sich auf. Wenn sie die breite Straße in zweitausend Metern verlassen sollten, konnte dies einzig bedeuten, dass sie fast am Ziele waren! Von Osten her nahten sie der Stadt, von Südost, was wiederum einzig bedeuten konnte, dass sie von Lobeda das Saaletal hinaufführen, ein Weg, der sich ihm als besonders schön und gefällig eingeprägt. Gern hätte Ritter das Fenster hinuntergelassen, doch zuvor schon hatte Johanna ihm dies untersagt. Also musste er den Hals krümmen, wollte er auskundschaften, ob das liebe, alte Ruinengemäuer, die Lobdeburg, zu der ihn manch Ausflug einst geführt, schon in Sicht. Da! Da stand sie, verfallen wie eh und je! Welch Freude wiederzusehen, was nimmer wiederzusehen er gewiss gewesen!

Doch welch grausamer Alp zog seinen Blick da hinunter dem Tale zu? Was taten ... diese Kästen ... diese *Höllenkästen* ... dies *Heer von Höllenkästen* zu Füßen seiner Lobdeburg?

«Alles in Ordnung bei Ihnen?»

Sie hatte wahrlich andere Probleme, als sich um Ritters Launen zu kümmern. Aber seit sie von der Autobahn abgefahren waren, starrte er dermaßen entsetzt aus dem Fenster, als ob ihm der Leibhaftige jetzt schon erschienen wäre.

«Was ... was», hörte Johanna ihn kaum hörbar stammeln. «Was war das?»

«Was war was?»

«Diese Kästen!»

«Ach so», sagte sie und lachte. «Sie meinen die Plattenbausiedlung? Ich hab Ihnen doch gesagt, wir sind im Osten.»

«*Osten!* Was hat mit *Osten* dies zu tun! Gewalt ist's! Schiere, grobe, dumpfe Gewalt!»

«Jetzt kriegen Sie sich mal wieder ein. Ich würde da auch nicht unbedingt wohnen wollen, aber die Planer haben damals gedacht, sie tun den Werktätigen was Gutes. Außerdem ...» Johanna zögerte kurz. «Vermutlich waren diese Wohnungen im Vergleich zu den Rattenlöchern, in denen die Menschen hier vorher gehaust haben, ein echter Fortschritt.»

«Rattenlöcher!», rief Ritter so erregt, dass seine Stimme über-
schnappte. «Niemand in der gesamten Gegend hier hat in Rattenlöchern gehaust! Zwar waren die Wohnungen bescheiden, doch
durchweg schmuck und freundlich und ...»

«Ritter! Sie erinnern sich an das, was Sie mir versprochen
haben?»

Da er wie ein beleidigter Teenager schwieg, antwortete Johanna
an seiner Stelle: «Richtig. Wir machen *keinen* Nostalgietrip. Sie
erzählen mir *nicht*, an welche Ecke Sie mal zusammen mit Brentano
hingekotzt haben, wo Goethe aus der Kutsche gefallen ist oder in
welchem Gässchen Ihr Freund Novalis seinen ersten Blutsturz hatte.
Wir fahren einzig und allein deshalb nach Jena, weil hier der Ort
ist, an dem es Ihnen und Ihrer Clique gelungen ist, den Teufel zu
beschwören. Right?»

Eine feurige Schluft, in welcher alles, was hinabstürzt, ewiglich
brennen muss gleich dem Steine im Ofen, der glüht und von den
Flammen dennoch niemals verzehrt wird. Eine Pein, die weder
Anfang, Hoffnung noch Ende kennt. Eines Kerkers Finsternis, in
welcher nicht die Herrlichkeit Gottes, nicht Sonne, nicht Mond,
nicht Sterne zu sehen. Ein Fels, an welchen des Verdammten Seele
bis ans Ende aller Zeiten geschmiedet.

Nie war Ritter zu einem endgültigen Entschlusse gekommen,
wie der Hölle Gestalt sich auszumalen. Nun wusste er: Hölle war
dies. Hölle hieß, eigenen Auges sehen zu müssen, wie der anmutigste
aller Orte für immer zerstört; Hölle hieß, eigenen Auges sehen zu
müssen, wie Hügel, die einstmals zauberreich geblüht, unter Beton
begraben; Hölle hieß, eigenen Ohrs hören zu müssen, wie jenes
Tal, das früher einzig vom Flusse durchrauscht, von Motoren Lärm
nun durchdröhnt; Hölle hieß, eigenen Auges sehen zu müssen, wie
dort, wo Bäume und Burgruinen allein es gewagt, dem Himmel sich
zu nahen, stählerne Masten schamlos in die Höhe ragten; Hölle
hieß ...

Halt ein, Ritter, halte ein! Hast bei deinem letzten Besuche du weit größeres Grauen nicht gesehen? Und keine Stunde Fahrt entfernt? Wozu der Mensch imstand, sobald seiner Natur vergessend dem bösen Wahn er sich ergab, *er* sei der Herr, die Lebenden zu richten und die Toten? War's damals nicht bereits geschehen, dass jene ganze Landschaft hier, die als dein Jünglingsparadies du stets bewahrst, für ewig ihre Unschuld eingebüßt?

So fröstelnd war Ritter mit einem Male, dass er Johanna bat, ob's möglich wäre, den Wagen stärker zu heizen.

«Schwestern! Schwestern! Psst! Schlaft ihr denn wirklich alle?»

«Ruhe, Kind! Bis zum Frühling dauert's noch. Schlaf!»

«Ich will aber nicht schlafen.»

«Schlaf! Du weckst die ganze Kolonie.»

«Aber wenn mir doch langweilig ist? Warum kommt kein Mensch mehr, uns besuchen?»

«Weil der Mensch endlich zur Vernunft gekommen ist. Schlaf!»

«Das muss aber damals viel lustiger gewesen sein, als uns die Studenten noch besucht haben.»

«Räubergeschichten. Schlaf!»

«Urgroßmutter schwört, dass sie noch Studenten zausen durfte.»

«Urgroßmutter schwatzt so manches. Schlaf!»

«Aber wenn doch mal einer vorbeikommt? Dann will ich in keiner doofen Felsspalte hängen und schlafen! Dann will ich ihm ums Mützchen flattern, bis er schreiend davonspringt! O wär das lustig!»

«Kindskopf. Schlaf!»

Zitternd vor Wut und Fassungslosigkeit, las Johanna, was in dem Informationskasten stand, den skrupellose Landschaftsschützer in eben jene Landschaft gestellt hatten, die sie zu schützen vorgaben:

FLÄCHENNATURDENKMAL
TEUFELSLÖCHER

GEOLOGISCH WERTVOLLER AUFSCHLUSS DER UNTEREN FOSSILFREIEN, GEFALTETEN GIPSE DES OBEREN BUNTSANDSTEINS MIT FASERGIPSSCHNÜREN ZWISCHEN LETTEN- UND MERGELBÄNDERN. DAS AN DER GRENZE ZUM UNTERLAGERNDEN CHIROTHERIENSANDSTEIN AUSTRETENDE QUELLWASSER IST SEHR KALKREICH (SIEHE SOCKELBILDUNG DURCH KALKAUFFÜLLUNG), BESITZT EINEN HOHEN GRAD BLEIBENDER HÄRTE UND ENTHÄLT BITTERSALZ. DIE BEIDEN IN DER GIPSSTEILSTUFE LIEGENDEN HÖHLEN DER TEUFELSLÖCHER (NICHT ÖFFENTLICH BEGEHBAR) SIND DIE ÄLTESTEN URKUNDLICH ERWÄHNTEN HÖHLEN IM THÜRINGER RAUM (1319). SIE SIND DURCH KLUFTBILDUNG UND ANSCHLIESSENDE AUSLAUGUNG DURCH SICKERWASSER UND HÖHLENBÄCHE ENTSTANDEN (SCHLOTTENBILDUNG, VERGL. 1. GEOLOGISCHER LEHRPFAD AUFSCHLUSS 2 / GEOTOP). FLEDERMÄUSE (STRENG GESCHÜTZTE TIERARTEN!) NUTZEN DIE HÖHLEN ALS WINTERQUARTIER.

Johannas Wut und Fassungslosigkeit vermengten sich zu etwas, das jederzeit explodieren konnte, sobald sie den Blick zu dem «Flächennaturdenkmal» wandern ließ, das der Kasten in solch hohen geologischen Tönen pries. Obwohl sie wusste, dass es sinnlos war, stieg sie über das niedrige Metallgeländer, das signalisierte, dass bereits das Betreten des Höhlenvorplatzes unerwünscht war, und rüttelte an den Stahltüren, die in die zugemauerten Höhleneingänge eingelassen waren.

Es konnte nicht sein. Es durfte nicht sein! Johanna ging auf alle viere und streckte den Arm in einen Spalt unmittelbar über dem Boden, der ihr etwas tiefer und breiter zu sein schien als die restlichen. Im ersten Moment überraschte es sie, wie kalt der Fels war, der sich faltete wie die Haut eines uralten Dickhäuters. Bis zur Schulter kam sie in den Spalt, dann war Schluss.

Zitternd vor Zorn, richtete sich Johanna wieder auf und begann, den Trampelpfad hochzukraxeln, der neben der Absperrung den steilen Hang hinaufführte. Bereits auf den ersten Metern rutschte sie mehrfach ab.

«Vergebens steigen Sie dort hinauf!», hörte sie es hinter sich rufen. «Keine anderen Eingänge führen in die Höhlen hinein denn diese zwei hier unten.»

«Ach, halten Sie doch den Mund!» Johanna klammerte sich an den Stamm einer Erle/Esche/Eiche, den sie mit knapper Not zu fassen bekommen hatte. «Wenn Sie nicht so eine bescheuerte Geheimniskrämerei darum gemacht hätten, welchen Ort Sie konkret meinen, hätte ich von zu Hause aus etwas unternehmen können. Ich kenne einen Fledermausforscher in München. Wenn ich den rechtzeitig kontaktiert hätte, hätte der uns vielleicht eine Zugangsgenehmigung für die Höhlen besorgen können.»

«Diesen Kollegen – können Sie ihn nicht jetzt noch kontaktieren?»

«Sie glauben doch nicht im Ernst, dass Leute, die zwei verdammte Höhlen zumauern, als wären sie Fort Knox, etwas einfach und spontan genehmigen? Und Sie selbst haben gesagt, dass die Konstellation von Mond, Merkur und Saturn heute Nacht so günstig ist, wie erst wieder in …»

Beinahe wäre Johannas Versuch, die nächsthöhere Erle/Esche/ Eiche anzuspringen, danebengegangen. Wie viele Meter mochte sie schon zurückgelegt haben? Zehn? Zwölf? Genug jedenfalls, um sich das Genick zu brechen, wenn sie sich unglücklich überschlug. Schon vor einer Weile musste sie sich den Handrücken aufgekratzt haben. Die Blutstropfen, die aus dem Riss quollen, waren dabei zu gerinnen. Während Johanna noch überlegte, wie sie es anstellen solle, an ihrem Handrücken zu saugen, ohne den Stamm loszulassen, stieg ein Verdacht in ihr auf, der sie alle Gedanken an Blutvergiftungen und rechtzeitige Gegenmaßnahmen schlagartig vergessen ließ.

«Sie haben es gewusst! Die ganze Zeit gewusst! *Deshalb* wollten Sie mir nicht sagen, welches Ziel wir in Jena ansteuern. Damit ich vorher nichts unternehmen kann. Sie *wollten*, dass wir hier wie die Idioten vor vermauerten Eingängen stehen.»

Der Stamm unter Johannas Händen erwachte plötzlich zu einem Leben, das mit dem Leben, das Erlen/Eschen/Eichen gemeinhin führten, nichts zu tun hatte. Die Borke verwandelte sich in eine Haut, aus der Hunderte kleiner, spitzer Stacheln herausfuhren, die sie für immer an diesem Baum festspießen wollten.

«Johanna, bitte, komm herunter», flehte es jämmerlich. «Viel zu glitscherig ist der Pfad. Alle Knochen brichst du dir, wenn du weiter dort herumsteigst.»

«Das kann Ihnen doch egal sein. Sie wollen mir ja sowieso nicht helfen. Dann haben Sie endlich Ihre Ruhe.»

«Johanna, bitte», flehte es noch jämmerlicher. «Alles tät ich, dir zu helfen! Doch wie konnt ich ahnen, dass im ganzen Tale nichts mehr dem gleicht, wie ich es gekannt? Nicht war's gespielt, dass ich den Weg zu den Höhlen kaum gefunden, obgleich ich dir im Dunklen zeichnen könnt, wie er einstmals verlaufen. Fremder bin ich hier denn du!»

Dieser läppische Rechtfertigungsversuch war es nicht einmal wert, mit einem Lachen quittiert zu werden. Weitersteigen. Sie musste weiter, auch wenn der Baum sie nicht loslassen wollte.

«Johanna, halt doch ein! Ich weiß noch einen zweiten Ort. Wenn wir ein Stück nach jener Richtung gehen, sodann den breiten

Pfad erklimmen und rechts dem Hange folgen, gelangen wir bald schon in eine große, felsige Schlucht. *Diebeskrippe* sie heißt. Und eben dort finden wir ein dickes Waldstück, in welchem zwei Wege einander kreuzen. Jener Platz – weit besser taugt er deinem Zwecke denn diese abgegriffenen Löcher hier.»

«Nice try.»

«Kein leeres Gerede ist's! Johanna! Lange schon, bevor ich nach Jena gekommen, war's Brauch, dass ein jeder Student nach den Teufelslöchern gepilgert, um seinen Schabernack hier zu treiben. Der *höllische Draco*, der siebenköpfige Drache, den wackere Burschen einst in der Höhle gefangen haben wollen – ich hab ihn gesehen! Ein lächerlich Machwerk ist's aus Knochen und Gips!»

«Warum haben Sie mich dann überhaupt hierhergeschleppt?» In Johannas Kopf begann sich alles zu drehen. Wie gut, dass der Baum sie festhielt. «Sie haben gelogen», flüsterte sie und legte die Stirn gegen den stacheligen Stamm. «Die ganze Zeit gelogen. Es ist Ihnen überhaupt nicht gelungen, den Teufel zu beschwören. Sie haben mich völlig umsonst hierhergelockt.»

Gefiel dem Baum nicht, was er da hörte? Kaum hatte Johanna die letzte Silbe ausgesprochen, schien er sich seines früheren Baumseins zu erinnern. Rinde wurde wieder Rinde, und Rinde hielt aus eigener Kraft keinen Menschen. Hals über Kopf ging's den Steilhang hinunter. Dass ein einziger Mensch ein ganzer Erdrutsch sein konnte – Johanna staunte.

Lieber starb sie da draußen vor Kälte als hier drinnen vor Langeweile. Sollten die Mütter und Großmütter und Urgroßmütter zetern! Egal! Sie musste hinaus. Wie dumm die Natur es doch eingerichtet hatte, dass sie ausgerechnet im Winter schlafen sollten! Falls diese Langschläferei überhaupt sein musste, hätte sie wenigstens im Sommer sein können. Da waren die Nächte sowieso so kurz, dass es sich kaum lohnte, auf Entdeckungsflug zu gehen. Wie viel aufregendere

Abenteuer würde sie jetzt, im Winter, erleben, wo es fast gar nicht hell wurde!

Die kleine Fledermaus war so lange nicht mehr im Freien gewesen, dass sie eine Weile brauchte, bis sie den Spalt gefunden hatte, der aus der Höhle hinausführte.

Huuuui! Das pfiff aber wirklich kalt. Und ein bisschen Licht gab es da oben über den kahlen Baumkronen auch noch. Egal. Kein Licht und keine Kälte konnten so schlimm sein wie die Lange- weile da drinnen und die Alten mit ihrem ewigen Geschnarche.

Als die kleine Fledermaus losflatterte, merkte sie, dass ihre Flügel von der vielen Rumhängerei ganz schön eingerostet waren. Doch bald entdeckte sie etwas, das so aufregend war, dass sie ihren Ärger sofort vergaß: Dort unten vor dem Höhleneingang waren zwei Menschen und ... ja ... machten, was? Die Frau sah aus, als ob sie mit einem Wildschwein gekämpft hätte! So schmutzig und blutig war sie! Und der Mann daneben fuchtelte mit beiden Armen in der Luft herum. Hatte der sie vielleicht verprügelt? Na, wenn das kein Abenteuer war!

Die kleine Fledermaus traute sich ein bisschen tiefer. Jetzt konnte sie verstehen, was die beiden sprachen. «Johanna», sagte der Mann. «Lass uns heimfahren! Kein Segen liegt auf diesem ganzen Orte!»

Vor Kichern wäre die kleine Fledermaus beinahe vom Himmel gefallen. So lustig hatte sie noch nie einen Men- schen reden hören. Hei, ihr Abenteuer begann ja wunderbar!

«Ich brauche auch keinen Ort, auf dem ein Segen liegt», sagte jetzt die Frau, die offenbar Johanna hieß. «Ich brauche einen Ort, der zur Teufelsbeschwörung taugt. Bringen Sie mich an diesen Platz da oben im Wald, und zwar sofort!»

Teufelsbeschwörung? Diese Johanna wollte den Teufel beschwören? Das wurde ja immer spannender!

«Johanna, bitte!», sagte jetzt wieder der Mann. Ob der auch einen Namen hatte? «Du bist verletzt. Seit dem Morgen haben wir beide nichts Rechtes mehr gegessen. Diese vermaledeite Reise, lass sie uns beenden, bevor noch größeres Unheil über uns kommt.»

«Feigling!»

«Schützen will ich dich!»

«Go fuck yourself, Ritter!»

Den letzten Satz hatte die kleine Fledermaus nicht mehr so ganz verstanden. Außerdem ging's da unten jetzt so schnell hin und her, dass ihr schon ganz schwindlig war. Konnte der Mann wirklich ein Ritter sein? Der sah überhaupt nicht wie ein Ritter aus.

Plötzlich rannte Johanna los, die schmale Straße entlang, die bis nach Wöllnitz führte. Und was machte der komische Ritter? Der blieb stehen, schwenkte beide Arme und brüllte: «Komm zurück, die falsche Richtung ist dies!»

«Ach ... doch eh keine Ahnung mehr ...»

Johanna war schon so weit weg, dass die kleine Fledermaus nur noch die Hälfte von dem verstand, was Johanna schimpfte. Jetzt musste sie sich entscheiden: Sollte sie bei dem Ritter bleiben? Oder Johanna folgen? Dem Ritter? Johanna? Dem Ritter? Johanna?

Während die kleine Fledermaus so aufgeregt herumflatterte, merkte sie, dass sie trotz der blöden Pennerei ganz schön hungrig war. Aber egal, in welche Richtung sie ihre Ortungsrufe schickte: Nicht einmal das magerste Mücklein schien unterwegs zu sein. Nur gut, dass die beiden da unten sie so auf Trab hielten! Da blieb ihr wenigstens schön warm. Na ja, *schön* warm war übertrieben. So warm, dass ihre Zähne nur ein ganz klein bisschen klapperten.

«O Jehova, dich bitte ich durch Jesum Christum, deinen lieben Sohn, weil alle Macht, alle Hilfe, alle Stärke, alle Gewalt, alle Überwindung und aller Segen von dir kommt! So demütige ich mich vor dir, o Jehova ...»

Es hatte Johanna erhebliche Selbstüberwindung gekostet, ihre Hände zur doppelten Gebetsfaust zu ballen. Doch jetzt wollten ihre Finger nicht länger ihrem Willen gehorchen. Eine Macht, die stärker war als sie selbst, zwang sie einen nach dem anderen auseinander. Mit einem Laut, der halb Schrei, halb Seufzer war, sank Johanna auf alle viere. Wie ein Tier kniete sie nun da. Wie ein schmutziges, blutendes Tier mitten im Winterwald, dessen Schatten sie schwarz und feindselig umstanden.

«Ich kann das nicht», sagte sie leise. «Darf ich nicht gleich mit den Zitationen anfangen?»

«Wenn Sie ernstlich den Höllenzwang exekutieren wollen, müssen Sie mit dem Gebete beginnen.»

Wie streng und gnadenlos Ritter plötzlich klang! Wohin waren all seine Weinerlichkeit, sein Gebettel und Geflehe verschwunden, seit sie durch den Wald bis zu dieser Wegkreuzung hier gestiegen waren? Hatte sie ihn vorhin zu Unrecht beschuldigt, dass es ihm nie gelungen sei, den Teufel zu beschwören? Mühsam richtete Johanna sich auf, ignorierte die Steinchen und Nadeln, die sich immer tiefer in ihre ohnedies schon aufgeschlagenen Knie bohrten, und verkrampfte die Hände erneut ineinander.

Herr, vergib mir, des' Sünde mehr ist denn des Sands am Meer!

Herr, vergib mir, dass ich in meiner Verzweiflung mir keinen anderen Rat gewusst!

Herr, vergib mir, dass ich dies Weib in Versuchung geführt!

Herr, vergib ihr und wache über sie mit all deiner Gnade, auf dass ihr Leib genese, ihr Geist sich erhole und ihre Seele keinen Schaden nehme!

Stumm bloß wagte Ritter es, zum Himmel zu flehen. Doch nie

ward eine Fürbitte inbrünstiger gebetet. Woher nur diese Angst? Diese flirrende und zugleich gliederlähmende Angst? War er nicht der Vorwitzigen Vorwitzigster gewesen, da die ganze Freundesbande einst gemeinsam losgezogen, auf derselben Bahn zu wandeln, deren finsterer Spur Johanna nun folgte? Hatte er nicht, stets begleitet vom überspannten Gelächter der Freunde, ganze Nächte damit zugebracht, am *Electrum Magicum* sich zu versuchen? Hatten sie sich nicht dahin gar verstiegen, dass sie versucht, aus Blei und ihrer aller Blut jene sagenhafte *Fünde-Kugel* zu gießen, von der die Alchemisten behaupten, durch sie erlange ihr Besitzer jedes Wissen, jeden Reichtum, jede Macht? Warum denn also schauderte ihm jetzt, wie wenn er nie zuvor mit angesehen, wie eine Hand im Mondenscheine malte Zauberzeichen in den Sand?

Weil's nichts als Kinderspiel gewesen, was damals sie getrieben: gezeugt im Leichtsinn, ausgetragen im Übermut, geboren im Suff. Nichts hatten sie gewusst von der Verzweiflung grimmer Gewalt, die jener dort den Stecken führte.

Daheim im Wald, auf einer schneebedeckten Lichtung, hatte sie geübt, mit einem abgebrochenen Ast oder Zweig konzentrische Kreise mit immer größeren Radien zu ziehen. Zuletzt war Johanna recht zufrieden mit sich gewesen, doch das Gebilde, das hier nun entstanden war, auf dieser Wegkreuzung im Mondenschein, schien ihr von jeglicher Perfektion entsetzlich weit entfernt zu sein.

Ritter hatte ihr erklärt, dass sie genau sechs Kreise um sich herum schlagen müsse, und zwar so, dass drei Ringe zu je drei Fuß Breite entstünden – die Schriftringe –, während der Abstand zwischen diesen Ringen nicht mehr als eine Handbreit betragen dürfe.

Hilfesuchend blickte Johanna sich um. Ritter saß auf einem Baumstumpf, die Arme verschränkt, die Miene so düster, wie sie es erwartet hatte.

«Ich weiß», sagte sie schüchtern. «Es ist ziemlich krumm geworden. Meinen Sie, es kann trotzdem funktionieren?»

«Sie wissen, dass dem Magier kein zweiter Versuch am nämlichen Orte gestattet.»

«Aber zumindest sind die Kreise ordentlich geschlossen, und darauf kommt es doch in erster Linie an, nicht wahr?»

«Noch ist's Zeit, Einhalt und Umkehr zu tun.»

Johanna stieß ein kurzes Lachen aus. Aus dem stillen Wald lachte es doppelt so laut zurück. Und war da nicht noch ein zweites Geräusch gewesen? Ein Stöhnen? Quatsch. Irgendein Stamm oder Ast hatte da geächzt. Noch war ja nichts passiert. Ein Mädchen hatte mit einem Stöckchen ein paar Kringel auf eine Wegkreuzung gemalt. And that's all.

O wie sie es jetzt bereute, dass sie kein Latein gelernt hatte!

«Semen muli... mulieris con... conteret caput serpentis.» Zu gern hätte die kleine Fledermaus verstanden, was Johanna da unten schrieb. «Sangu...», gelang ihr zu entziffern. «Sanguis Jesu Christi ...» Ha! Den Namen hatte sie schon einmal gehört. «Sanguis Jesu Christi e... emundat nos ab omnibus ...» Omnibus? «Pec... pecc... peccatis.»

Vielleicht sollte sie zur alten Martinskirche hinüberfliegen, in der ihre Cousinen und Tanten und Großtanten und Urgroßtanten wohnten. Die konnten ganz bestimmt Latein. Aber dann durfte sie sich wieder anhören, wie ungebildet die Höhlenverwandtschaft doch war. Keine gute Idee. Außerdem sollte das hier ganz allein ihr Abenteuer bleiben! Hurra! Jetzt schrieb Johanna auf Deutsch weiter. Da brauchte sie die Besserwisser aus Kunitz ja gar nicht!

«Im ... Anfang ...», entzifferte die kleine Feldermaus. «Im Anfang war das ... das Wort und das Wort ... war bei Gott ... und Gott war das Wort.» Puh. Auch nicht so leicht. Also schön langsam der Reihe nach: Am Anfang war da so ein Wort. Und welches? Egal. Dieses Wort jedenfalls war bei Gott. So weit, so klar. Aber jetzt wurde es schwierig:

Wieso *war* Gott plötzlich dieses Wort, obwohl es doch eben
bloß *bei ihm* gewesen war? Sie verwandelte sich doch auch
nicht einfach in ein Mücklein, bloß weil dieses Mücklein
bei ihr war! Und wenn Gott und dieses
Wort plötzlich ein und dasselbe
waren, dann hieß das ja ...
dann könnte da unten ja
genauso gut ste- hen: «Im Anfang
war Gott ... und Gott war bei Gott ... und
Gott war Gott ...?» Sehr, sehr sonderbar. Und auch ein bisschen zum Lachen.

«In ihm ...», entzifferte die kleine Feldermaus als Nächstes, «in ihm war das Leben ...» Mittlerweile hatte sie einen
richtigen Drehwurm von dem ganzen Im-Kreis-Fliegen-
und-dabei-Lesen. Aufgeben würde sie aber trotzdem nicht!
Also buchstabierte sie tapfer weiter: «In ihm war das
Leben ... und das Leben ... war das Licht ... der Menschen
und ... das Licht ... scheinet in die Finsternis ... und die
Finsternis ... hat's nicht begriffen.»

Nein. Das war mehr, als eine kleine, hungrige, müde,
frierende Fledermaus begriff! Und jetzt fing Johanna auch
noch an, völlig sinnlose Wörter auf den Boden zu kritzeln:
«Abba... Abbadona ... Adra... Adramelech ...» Und das war
auch noch der größte von den drei Ringen! Bis der ganz voll
war, konnte das dauern.

Die kleine Fledermaus schaute sich um. Was, wenn sie in
der Zeit, in der da unten nichts Aufregendes geschah, ein
kleines Nickerchen machte? Ein klitzekleines nur? Wenn
sie sich einen schönen, geschützten Ast suchte, an dem sie
ein bisschen abhängen und sich in ihre Flügel kuscheln
konnte?

Hatte die Hölle ihren flatternden Boten zurückberufen, auf dass er ihr eilends Bericht erstatte?

Wie einfältig du bist, Ritter. Nach allem, was du erlebt. Hast nicht gelernt, dass es nichts will bedeuten, wenn Fledermäuse deinen Kopf umschwirren? Hast nicht Tage und Nächte du unter ihnen gehaust, am Berge Kolzim – wo von den Höhlendecken sie dichter herabgehangen denn die Trauben vom Muskatellerstock –, weil du fest daran geglaubt, dass dort, wo ihrer so viele, der Hölle Mächte ganz nahe sein müssten? Hast dein Lager in ihrem Kote nicht geendigt, da du endlich begriffen, dass nicht der niedrigste Höllengraf sich zu dir und deinen Flattermäusen wollte verirren?

O heillose, sinnzersetzende Angst!

«... Ariel ... Asmoday ... Astaroth ... Atarculph ...»

Noch immer war Johanna damit befasst, des Teufels geläufigste Namen in den äußersten Ring zu schreiben. So versunken war sie in ihr Werk, dass Ritter bezweifeln mochte, ob sie die Fledermaus, die so lange über ihrem Haupte gekreist, überhaupt bemerkt. Was, wenn diesem Weib heut Nacht gelang, woran er ein geschlagen Saeculum hindurch gescheitert?

«... Batarel ... Beelzebub ... Behemoth ... Belial ...»

Da ihn einstmals des Schwabenpfarrers Kutsche vor den Toren Jerusalems abgesetzt, war er sogleich auf die Knie gefallen, um solchermaßen Jesu auf seinem Leidenswege bis nach der Grabeskirche hin zu folgen; war – von jäher Scham und Schuld übermannt, dass er in seiner Verdammnis es gewagt, die heiligen Stätten zu entweihen – noch in derselben Nacht aus der goldenen Stadt in die Wüste geflohen, so gellend wie vergeblich bemüht, den Teufel herbeizuschreien; war weitergezogen vom Sinai nach der gebirgigen Ödnis zwischen Nil und Rotem Meer; hatte, wie sein Gelärm auch dorten nichts gefruchtet, drei Monde lang geschwiegen, gefastet und gebetet, in unermüdlicher Hoffnung, seine Kasteiungen, seine Gebete möchten der Hölle Kreaturen heranlocken, so wie sie in biblischen Zeiten stets doch aus der Erde geschossen, kaum dass ein bloßer Fuß den glühenden Sand, das spitzige Geröll, den nachtkalten Fels berührt, der Welt für immer zu entsagen. Allein vergebens. Untrüglich hatte der Hölle Sippschaft erkannt, dass kein Heiland, kein heiliger Antonius, kein frommer Wüstenmönch es war, der so verzweifelt buhlte um ihr Augenmerk – sondern der Sünder schwärzester Sünder, dessen Seele sie ihren Besitztümern längst hinzugerechnet.

«... Carnivean ... Carreau ... Crozell ... Dagon ...»

An der Erde äußersten Polen hatte er erfahren, was es heißt, wenn Schiffe im Eise gefangen. Er hatte erfahren, wie das, was behauptete, nichts als gefroren Wasser zu sein, knirschte, malmte, schrie; er hatte erfahren, wie Hunde, die zu schwach, den leeren Schlitten zu ziehen, über Hunde hergefallen, die zu schwach, den eignen Leib zu tragen; er hatte erfahren, wie Menschen, deren Verstand vom Hunger zernagt, sich mit Hunden um Hunde gerissen, und, wie von den Kadavern einzelne Knochen nur übrig noch, dazu übergegangen, in des Kameraden Kehle sich zu verbeißen; er hatte erfahren, wie endlose Nächte herniedergesunken, welche der einst so stolzen Mannschaften kümmerliche Reste zu verkürzen sich gesucht, indem sie einander die faulichten Stümpfe aus den Mäulern geklaubt und damit Würfel gespielt. Gab's einen Schrecken, den die Finsternis nicht an Bord der *Belgica*, der *Herzog Ernst* gesandt? Der Einzige, der nicht erschienen, war der Fürst der Finsternis selbst.

«... Ezeqeel ... Flauros ... Hakael ... Harut ...»

Am Rande brodelnder Vulkane hatte er gestanden, hatte ins Feuermeer hinabgeblickt, bis ihm die letzte Wimper vom Lide gesengt und seine Lunge zum Bersten von giftigen Dämpfen und Asche erfüllt. Tränen hatte er um jeden geweint, der in der ewigen Glut zu schmachten verdammt – Tränen, die verzischt, noch ehe sie sich vom wimpernlosen Lide gelöst. Wann je er einen Raben erspäht, der sich den Kratern kreisend genaht – aufgetragen hatte er ihm, seinen Herren dort drunten den Besuch zu vermelden. Und öfter denn einmal hatten der Hölle Kamine wie zur Antwort flammende Brocken emporgespien. Doch nie war einer der Herren mit feurigem Schweife aufgestiegen – stets waren's arme Seelen bloß gewesen, die zur trügerischen Erquickung in die nahe See geschickt, auf dass sie rückkehrend des Feuers Hitze umso qualvoller nur empfanden.

«... Iblis ... Jelahiah ... Juvart ... Kakabel ...»

Durch dampfende Urwälder aus Rhododendron und Farn hindurch hatte er sich nach der höchsten Berge eisigen Höhen geschleppt; sich und die Blutegel, die schwerer auf seinem Rücken gelastet denn sein karges Marschgepäck; hatte zitternd zwischen Eis und Fels gelegen und nicht gewusst, ob's das Sumpffieber noch oder die Höhenkrankheit schon war, die ihm ins Ohr geflüstert, er müsse hinauf, ganz hinauf, bis zu den Gipfeln mit den ewigen Fahnen aus Schnee, weil dort des Teufels Vater seinen Sitz; oder ob's ihm die braven Sherpas geflüstert, die ihn aus seinem Gletscherspalt gezogen und in jenes Lager gebracht, das sie dem Großen Tier 666 errichtet. Tage- und nächtelang hatte er im selben Zelte mit Lord Boleskine gelegen, dem Propheten, der versprach, die Menschheit ins Äon des Horus zu führen; und während draußen der Sturm in zäher Wut geheult, hatten sie drinnen disputiert, ja selbst mit Fäusten und Pistolen waren sie aufeinander losgegangen, bis Ritter letztlich begriffen, dass zu den Gipfeln dort droben kein Weg führte hinauf; und dass jener, der in ihrem Schatten so frech behauptet, Meister über sämtliche weißen und schwarzen Dämonen zu sein, nichts weiter denn ein englischer Scharlatan.

«... Lauviah ... Leviathan ... Luzifer ... Mammon ...»

Und schließlich, da die Kunde, in Berlin habe der Teufel die Macht ergriffen, bis in den hintersten Winkel des Punjab gedrungen, in welchem Ritter sich verkrochen, hatte er die lange Reise nach seiner alten Heimat unternommen, obgleich er ein knappes Jahrhundert zuvor, bei seiner Flucht vor allen deutschen Toll- und Pfarrhäusern, geschworen, dieselbe nie wieder zu betreten. Und wie er die neusten Herren dort mit ihren Stiefeln und Peitschen, ihrem Fluchen und Bellen leibhaftig erlebt, zuvörderst den Aasigen mit seinem Hinkefuße, war die Hoffnung in ihm aufgekeimt, er habe den, den er so lange vergebens gesucht, zuletzt doch noch gefunden. Wer mochte sagen, wie's gekommen wäre, wäre in jenem Münchner Bierkeller das kleine Inferno, das ihn zur neuerlichen Flucht aus Stadt und Land gezwungen, nicht derart schicksalsvoll zur Unzeit ausgebrochen?

«... Olivier ... Paimon ... Procel ... Rimmon ...»

Keine Woche nachdem Martha – Josh, den alten Teddyfreund, fest umklammert – in seinen Armen entschlafen, hatte er entschieden, sich jenen anzuschließen, die gelobt, nicht eher zu ruhen, als bis sie die deutschen Teufel, die unterdessen nicht nur ihr eigen Land, sondern ganz Europa mit Tod und Vernichtung überzogen, besiegt. Doch dann? Doch dann?

Noch immer schnürte es Ritter innerlich zu, gedachte er jenes Aprilmorgens, an dem er mit seinen amerikanischen Kameraden im offenen Jeep gegen die Orte seiner glücklichsten Jahre zugefahren und die Buchenwälder ringsumher in solch zartem Frühlingsgrüne gerauscht, dass er beinahe fast hätte vergessen mögen, dass sie noch immer im Kriege; an dem seine Seele trotz des Elends, das sie in den zerstörten Städten gesehen, zu jauchzen begonnen, da vor ihnen plötzlich jener waldige Hügel sich erhoben, auf dem er mit Goethen so gerne umhergeschweift; an dem seine Seele stiller und stiller geworden, da sie eine breit gepflasterte Straße erreicht, die damals noch nicht existiert; an dem die steinernen Adler, die rechts und links der Straße auf Pfeilern hockten, auch seine Kameraden allesamt verstummen machten, obgleich sie sich deren tödlicher Blicke sonst stets mit einem Spottworte zu erwehren gewusst; an dem vor ihren Augen etwas entstand, das alles, was sie dem Begriffe «Lager» in ihrer Vorstellung je beigelegt, ins Reich der Kindereinfalt verwies; an dem sie begreifen mussten, dass es Schinder gab, die so verroht, dass sie Gefallen daran fanden, Stacheldrahtzäune mit Totengerippen zu zieren; an dem sie begreifen mussten, dass die Totengerippe keine Totengerippe, sondern Lebendgerippe – die mit letztem, alles zersprengenden Stolze suchten, die Marterzäune, die vor Kurzem erst vom Strome befreit, niederzuzerren; an dem sie begreifen mussten, dass jene fest gefügten, säuberlich geschichteten Stapel, die sie im Hofe hinter den großen Öfen entdeckt, kein Holz ... sprich's aus, Ritter, sprich's aus ... was der Mensch zu tun imstande, muss er auch imstand sein auszusprechen ... Menschen ... Menschen ... denen in einer Weise zugesetzt ... *Macbeth ermordet den Schlaf* ... die Teufel ... die Teufel, die hier gewütet ... sie hatten den Tod noch gemordet.

«... Sariel ... Satan ... Semyaza ... Schamschiel ...»

Länger als Weimars Bürger vor sich hin gestiert und Weimars Bürgersfrauen vor sich hin geschluchzt, nachdem die Amerikaner sie gezwungen, mit eigenen Augen zu beschauen, was an ihrem lieben, alten Ettersberge sich zugetragen, war Ritter einem fiebrigen Delirium verfallen. Und wie übergroß war seine Dankbarkeit gewesen, da er in jenem Lazarette, in dem er endlich zu sich gekommen, in ein offenes amerikanisches Gesicht geblickt, das ihn frei heraus gefragt: «Good morning, dear, how are we doing today? My name's Debbie.»

Drei Monate später hatte Ritter, begleitet von Army Nurse Deborah Snyder, seiner alten Heimat zum vierten Male den Rücken gekehrt, schwörend, dies sei das wahrlich allerletzte Auf-Nimmerwiedersehen nun, gleichwie gelobend, die Teufelssuche für immer zu beenden. Unauslöschlich hatte er verstanden, dass es keine Mittel und Wege gab, sich von dem Bösen, das ihm innewohnte, zu befreien. Das Einzige, was zu tun ihm blieb: Nach allen Kräften sich zu mühen, dies Böse in ihm unschädlich zu machen, indem er mit seinem verfluchten Dasein nichts weiter mehr begann, denn in der Einsamkeit amerikanischer Wälder, an der Seite guter Seelen, es zu verdämmern.

XX

lauben musste sie. Sich dem, was sie tat, mit jeder einzelnen Zelle ihres Körpers aussetzen. Nur so konnte es funktionieren. Johanna vertraute der Kompass-App auf ihrem Smartphone, dass diese ihr zuverlässig angezeigt hatte, wo Norden war. Und hatte Ritter nicht bestätigt, dass sich diese Orientierung mit seiner Erinnerung deckte? Doch jetzt, wo sie je eine Kerze in jedes der Pentagramme stellte, die sie in allen vier Himmelsrichtungen ihres magischen Zirkels gezeichnet hatte, überkamen Johanna Zweifel, ob die Lichter, die sie aus der Wallfahrtskirche am Westufer des Wallensees mitgenommen hatte, tatsächlich stark genug waren für das, was sie vorhatte. Ganz bestimmt wäre es besser gewesen, sie hätte die Kerzen selbst gegossen, so wie es im *Höllenzwang* beschrieben war, aber dies hätte ausschließlich in einer «Christnacht» geschehen dürfen. Und die letzte «Christnacht» hatte sie ja damit vergeudet, auf Testergebnisse zu warten, auf die sie nie hätte warten dürfen. Selbst wenn sie mit ihrer Beschwörung bis nächstes Weihnachten gewartet hätte – was ohnehin nicht infrage kam –, wo hätte sie die Zutaten hernehmen sollen, die der *Höllenzwang* vorschrieb? Weißes «Jungfernwachs» hätte sie zur Not noch bei einem Imker bestellen können. Wo aber hätte sie «Unschlitt von einem schwarzen Böcklein» finden sollen? Selbst der grobschlächtigste oberbayerische Metzger hätte sie für verrückt erklärt, wenn sie zwei Pfund Talg verlangt hätte, die garantiert von einem schwarzen Ziegenbock stammen mussten. Ganz zu schweigen von dem Docht, den ein exakt siebenjähriger Knabe hätte spinnen müssen.

Weniger Sorgen bereitete Johanna das Kohlenfeuer. Sowohl Agrippa als auch der *Höllenzwang* hatten lediglich betont, dass es sich um ein ganz neues Kohlenbecken handeln müsse, egal, ob aus Eisen oder aus Ton, und dass man es «unbedungen, wie es geboten wird, bezahlen und kaufen» und mit Kohlen füllen müsse, «bei welchen nichts gekocht, noch zu sonst etwas gebraucht». Das alles hatte sich mit einem Besuch im Baumarkt erledigen lassen. Und tatsächlich fand Johanna, dass sich die dreifüßige, gusseiserne Feuerschale, die sie zusammen mit dem Sack Holzkohle gekauft hatte, ziemlich gut machte neben ihrem magischen Kreis.

Heikler wiederum war die Sache mit dem Räucherwerk. Hier herrschte, was die korrekte Zubereitung anging, eine verwirrende Uneinigkeit zwischen den verschiedenen magischen Schulen. Dennoch war Johanna recht zufrieden mit dem Pulver, das sie aus zerstoßenem Weihrauch, Myrrhe und Mastix gemischt hatte. Alle drei Harze hatte sie, wie die Handbücher es vorschrieben, «des Sonntags Schlag Zwölfe» gekauft, im Internet – und hatte sich gefragt, wie die Teufelsbeschwörer früherer Zeiten es angestellt haben mochten, diese Forderung zu erfüllen.

Ritter saß noch immer reglos auf seinem Baumstumpf, sodass sie, hätte sie nicht gewusst, dass er es war, ihn eher für etwas Totes als Lebendiges gehalten hätte. Offensichtlich hatte er beschlossen, sich heute Nacht aus allem herauszuhalten. Vielleicht besser so. Wozu es führte, wenn er den Lehrmeister gab und sie die folgsame Schülerin, hatte sie ja erlebt. Trotzdem warf Johanna einen allerletzten Blick zu der schweigenden Gestalt am Wegrand, bevor es endgültig kein Zurück mehr gab.

«Im Namen Gottes, des Vaters!»

Hatte sie ihm nicht erzählt, auch sie sei evangelisch getauft?

«Im Namen Gottes, des Sohnes!»

So eifrig, wie sie dort nach jeder Anrufung das Kreuze schlug, hätte man glattweg denken mögen, sie sei eine von den Katholischen.

«Im Namen Gottes, des Heiligen Geistes! Amen!»

Woran erinnerte sie ihn, wie sie dort, im tanzenden Lichte der Kerzen und des Kohlenbeckens, die Füße so vorsichtig von Ring zu Ring setzte, wie wenn sie die Sohlen sich verbrennen müsst, sobald sie mit deren äußerstem Rande bloß eine der Linien berührte? Ja, richtig: Das Hüpfspiel war's, das die Schwestern heimlich auf der Dorfstraße gespielt, in beständiger Furcht, der Vater könne sie ertappen.

«A Morule, Taneha, Latisten!»

Mit aller Macht musste Ritter sich beherrschen, die altbekannte Formel nicht mitzumurmeln.

«Rabur, Taneha, Latisten! Escha, Aladia, Alpha und Omega! Leyste, Oriston, Adonai! Himmlischer Vater, erbarme dich meiner, erweise an mir, deiner unwürdigen Tochter ...»

Was redete sie da? Sohn! «Deinem unwürdigen Sohne» musste es heißen!

«... den Arm deiner Macht gegen die widerspenstigen Geister, damit ich in der Betrachtung deiner göttlichen Werte mit aller Weisheit erleuchtet werde und stets deinen heiligen Namen verherrlichen und anbeten kann.»

Abermals verschränkte Ritter die Arme vor der Brust. Recht konnte es ihm bloß sein, wenn sie die alte Formel neumodisch entstellte. Besser wär's allemal, wenn in dieser Nacht nichts sich zeigte.

«Ich bitte dich flehentlich, dass auf dein Gebot die Geister, die ich rufe, kommen und mir wahre Antworten geben mögen über das, was ich sie fragen werde; dass sie niemandem schaden, niemanden schrecken, weder mich noch meinen Genossen, noch irgendeine Kreatur verletzen, sondern mir in allem, was ich ihnen befehle, gehorsam seien. Amen!»

Dass sie so schön und tief empfunden beten konnte! Nimmer hätte er dies gedacht. Am liebsten wäre er aufgestanden, hätte sie bei der Hand genommen und wäre mit ihr die Saale bis nach Dorndorf hinuntergelaufen. Ob das alte Kirchlein, in welchem der Pfarrer seine Catharina ihm vermählt, noch stand? Ob's den Pelikan über der hölzernen Kanzel noch gab, der mit eigenem Schnabel die Brust sich öffnete, die hungrige Brut mit seinem Blute zu nähren? Wie sich der Himmel ihm an jenem Sommertage erschlossen! Wie die Zeit außer Kraft gesetzt in jenem Augenblicke, in welchem der Priester ihnen die Hände aufgelegt! Gleich einem Metalle, das, nachdem es lange genug auf der Kapelle gestanden, mit einem Male zur Klarheit kommt, hatte ihn die Empfindung durchfahren, dass er in seinem Sein bestätigt – und dies auf ewig blieb! Doch hatte der Priester den heiligen Augenblick nicht fast verdorben, indem er zum Schlusse hin – ohne zu stottern, ohne zu erröten – von seinem Formulare abgelesen: «Was Gott zusammengefügt hat, soll der Mensch nicht scheiden – es sei denn aus wichtigen Gründen.» Als ob's Fälle gäbe, wo der Mensch gescheiter wäre denn Gott! Hatte nicht die Schlange im Paradiese gar versichert, der Mensch könne allenfalls *ebenso klug* werden als Er? Das Unheil der menschlichen Selbstüberhebung – war's nicht als heimlich eitler Gast auch in jenem Kirchlein zugegen gewesen?

Ein Wind ging durch die Bäume, machte die kahlen Wipfel rauschen und trieb den Rauch, der von Johannas Kohlenfeuer bislang in aufrechter Säule emporgestiegen, zu Ritter hinüber. Hatte sie bereits mit ihrer Zitation begonnen? Nein, noch stand sie stumm im Zirkel, den Blick streng gen Ost gerichtet.

O Himmel, bleib ihr wohlgesonnen! Und willst du zürnen, so zürne jetzt! Schicke jetzt deinen Sturm, lösche jetzt die unheiligen Flammen, bevor eine unschuldige Seele darinnen verbrennt.

«Ich, Johanna, rufe und beschwöre euch und befehle euch durch die Macht der höchsten Majestät, bei dem, der da sprach und es geschah, dem alle Kreaturen gehorchen, beim unaussprechlichen Namen ‹Tetragrammaton Jehovah›, in welchem die ganze Welt erschaffen ist, vor dem die Elemente erbeben, das Meer zurückweicht, das Feuer erlischt, die Erde und die Luft zittern, und Alles im Himmel, auf Erden und in der Hölle erschrickt und niedersinkt; ich befehle euch, dass ihr alsbald und ohne Aufschub von allen Teilen der Welt herbeikommt und mir über Alles, was ich euch frage, vernünftig Auskunft gebet, dass ihr friedfertig, freundlich und in schöner Gestalt erscheinet und mir offenbaret, was ich wünsche, meine Befehle ausführet und mir auf Alles freundlich, klar und unzweideutig antwortet – das befehle ich euch beim Namen des ewigen, lebendigen und wahren Gottes.»

Johanna holte Luft wie eine Ertrinkende, obwohl sie lieber den Atem angehalten hätte.

Warum geschah nichts? Warum war da nichts außer dem Mond, der in diesem Augenblick wieder hinter den Wolken hervorkam? Bitte, großer Gott, großer Teufel, lasst nicht *nichts* sein! Dieses jämmerliche Bisschen an Lebensrest, das ich noch habe – ich überlasse es euch, wenn ihr mich dafür endlich *erkennen* lasst!

– – –

Dass ein Winterwald so grausam schweigen konnte.

– – –

«Alle Fürsten der Hölle und der Finsternis! Ihr möget Namen haben, wie ihr wollt! Das ganze teuflische Reich, so viel Millionen Geister euer sind, ich beschwöre euch ...»

Mit einem Schrei fuhr Johanna zurück. Da! Da war etwas vom Himmel gefallen! Etwas Kleines, Schwarzes, das reglos im mittleren der drei Schriftringe liegen geblieben war. Obwohl Johanna am ganzen Leibe zitterte, schaffte sie es, in die Hocke zu gehen. Was war das? Ein kleiner Vogel? Ein großer Nachtfalter? Sie spürte Ritters Schatten neben sich auftauchen.

«Es funktioniert», flüsterte sie und wies mit ihrer zitternden Hand dorthin, wo das merkwürdige Tier lag. «Schauen Sie nur: Es ist exakt zwischen die Wörter ‹bei› und ‹Gott› gestürzt. Die Hölle hat mir ein erstes Zeichen geschickt.»

«Johanna, die ganze Nacht schon, seit du mit deinem Werke begonnen, ist diese Fledermaus ...»

«Psst. Seien Sie still! Und verlassen Sie sofort wieder meinen Kreis! Sie wissen doch, dass kein Zweiter den magischen Zirkel betreten darf!»

«Johanna! Ich flehe dich an! Lass ab ...»

«Weg!», zischte sie. «Gehen Sie weg! Zurück zu Ihrem Stumpf!»

Sorgfältig verwischte Johanna die Spuren, die Ritters Eindringen in ihrem Kreis hinterlassen hatte, und korrigierte die Linien dort, wo sie durch sein Getrampel – oder war's ihr eigenes gewesen? – beschädigt worden waren. Das höllisch-himmlische Zeichen dagegen ließ sie exakt an der Stelle liegen, an der es aufgeschlagen war.

Warum kam keiner, ihn an einen der Stämme zu binden? Zwiefache Folter war's, hier zu hocken und sich selbst zu hindern, den Kreis zu stürmen, Johanna zu packen und mit ihr zu verschwinden, so weit ihrer beider Füße sie trugen.

«Kommt Alle!», hörte Ritter sie lauter noch rufen denn zuvor. «Weil ich euch gebiete durch den Namen ‹Zebaoth›, welchen Moses nannte und die Flüsse Ägyptens in Blut verwandelte! Beim Namen ‹Esereheje Oriston›, welchen Moses nannte und die Flüsse mit Fröschen überfüllte, bis sie in die Häuser kamen! Beim Namen ‹Eljon›, den Moses nannte und einen Hagel bewirkte, wie nie vorher auf Erden einer gesehen worden! Beim Namen ‹Adonai›, den Moses nannte und bewirkte, dass Heuschrecken das Land verfinsterten und verzehrten, was der Hagel nicht zerstört hatte ...»

Mit beiden Händen hielt Ritter sich die Ohren zu. Satan, dachte er, dass du dich damals nicht von mir hast rufen lassen, da ich so dümmlich geglaubt, ich könnt dich zwingen, von mir abzulassen – verstanden hab ich's längst. Aber warum nicht erscheinst du diesem Weibe, das so verzweifelt um dich buhlt?

«Bei dem heiligen Gott Ischyros Paracletus und bei den drei heiligen Namen ‹Agla›, ‹On›, ‹Tetragrammaton› beschwöre ich euch, die ihr durch eigene Schuld aus dem Himmel in die Hölle gestürzt seid! Ich befehle euch bei dem unbekannten gläsernen Meer, das vor dem Angesicht Gottes ist, bei den vier heiligen Tieren, die vor dem Thron der Herrlichkeit einherschreiten, vorn und hinten mit Augen besät, dass ihr vor diesem Kreis erscheint, um meinen Willen zu tun in Allem, wie es mir gefällt!»

War's wirklich ihre, Johannas, Stimme noch, die da schrie? So schmerzlich rau und wund klang alles, was sie sich entrang, dass ihre Kehle längst im Blute stehen musste.

«Kommt! Eilt! Was säumt ihr? Euch befiehlt Adonai Sadai, der König der Könige! El! Aty! Titeip! Hyn! Minosel! Achadan! Vay! Vaa! Ey! Haa!...»

«Johanna!» Mit heftiger Bewegung erhob Ritter sich. Keinen Augenblick länger konnte er ansehen, wie dies Weib sich an Leib und Seele zerrieb.

«El! El! El! Ahy! Vaa! Vaa! Vaa!...»

«Johanna!», brüllte er dreimal so laut als sie. «Halte ein!»

Da endlich, endlich verstummte sie. Als er zu ihr in den Zirkel trat, umschlossen seine Arme einen Menschen, der starrer denn Fels und kälter als der Tod.

«Komm, Johanna!», sagte er leise. «Lass uns gehen!»

Wo sollte er Trost hernehmen? Sollte er ihr anvertrauen, dass er – im Angesicht der Erkenntnis, dass nicht allein Gott sich von ihm abgewandt, sondern auch der Teufel kein Interesse, ihm zu antworten – einst den nämlichen Zorn, den nämlichen Schmerz verspürt? Bis zu jenem Tage, da er begriffen, dass einzig der Unglückseligen Unglückseligster dahin sich verirrte, des Menschen Teufelsverlassenheit zu beklagen?

«Komm! Wir suchen uns einen Ort, an dem wir ein wenig ruhen können.»

Noch immer qualmte es aus der Schale empor, blakten die Kerzen in ihren kreuzgezierten Gefäßen.

«Fuck you!»

Gleich einem eisigen Hauch streiften die Worte Ritters Wange. Gleichwohl fühlte er, dass nicht er es war, dem sie galten.

«Fuck you!» Ein mächtiges Zittern durchlief den kalten, starren Leib, da Johanna ihren Fluch wiederholte. «Du Drecksgeburt, wo immer du dich verkrochen hast, schau her! Der Herr der Welt willst du sein? Nichts bist du. Ein noch erbärmlicheres Nichts als der andere Verbrecher da oben. Schau her!»

Mutmaßen konnte Ritter bloß, welch unschuldigem Ziele Johannas Speichel galt, den sie an seiner Schulter vorbei zu Boden spie.

Fuck you! Von Herzen geb ich's dir zurück: Fuck *you*, Johanna! Dass so weit den faulen Zauber du getrieben, dass ganz und gar der Sinn dir nun verrückt! Ein *noch erbärmlicheres Nichts* sei ich als jener HErr, nur weil ich nicht als artig Helferlein vor deinem Kreise dir erschein? O Königin des ungerechten Urteils! Soll ein Geheimnis ich dir offenbaren: Nichts täte lieber ich, als beizuspringen dir in deinem Kampf – hätt's hundertmal getan und tät es immer noch, selbst jetzt, da meiner Würde du so gröblich spottest.

Erstick den Weihrauch! Ende den Klamauk! Dann will enthüllen ich, welch rohe Macht mich hindert, dass helfend ich zur Seit dir eil. Erfahre, was kein Mensch vor dir erfahrn: Erschau mich auf dem Gipfel meiner Majestät! Erschau mich auf dem Grunde meiner Schmach! Erschaure, wenn sich dir erschließt, wie eins als Lohn sich zu dem andern fügt!

– – –

Gefallen sei ich, hört man allenthalben. Und wahr ist's, dass mein Sturz ein unerhörter. Doch ward die Wahrheit dreist zu Tod geritten, mit abgedroschnen Mären, die ins schlüpfrig Lächerliche ziehen mein Geschick: Ein *heller Sohn der Morgenröt* sei ich gewesen; ein *schöner Wächterengel*, der gleich vielen andern sei verstoßen worden, da selbst vom Himmel er herabgestiegen, zu paaren sich mit irdischem Geweibs. Als ob Begierde je nur

einen meiner Schritte hätt gelenkt! Als ob es je gegeben hätt die
bnei ha'elohim, die *Gottessöhne*, die goldnem Flitter gleich vom
Himmel in die Nacht gerieselt!

In Ewigkeit hat ER nur *einen* Sohn – und der bin ich.

Die Erstgeburt, die lange war, bevor das Schaf von Nazareth
den ersten Blöker hat getan.

Der Einzige, den ER aus sich heraus gebar, ganz ohne Jung-
frau, Stall und Heiliggeist.

Der GOttessohn, der aus der Macht des Worts allein entsprang.

– – –

Du reibst die Augen, blinzelst, staunst? Ja, er ist mächtig, jener
Staub, von dem die Wahrheit seit Jahrtausenden bedeckt.

Warum? Dein kluges Köpfchen fragt: *warum?* Warum ER
mich von SEiner Seite hat verstoßen, wenn ich doch bin SEin
eigen Geist und Wort?

Die Frage stellst nicht ernstlich du. Hast nicht gelernt, welch
Schicksal jenem Lamm ER hat beschieden? Wie sollt dem Löwen
ER da lassen freien Lauf?

Doch eh ich schildre dir die Qual, zu der ER mich verbannt,
muss niederreißen ich der Säulen zweite, auf denen der infame
Lügentempel ruht.

Ich sei des Menschen ärgster Feind, so heißt's. Ich sei gefallen,
weil ich mich geweigert, das Knie zu beugen vor der jüngsten
Kreatur, da stolz der HErr sie präsentiert. Und da die Schuld an
meinem Sturz ich also bei dem Menschen säh, verfolg seither ich
ihn mit doppelt grimmer Herzenswut.

Welch aberwitzig hinterlist'ger Trick, die Wahrheit zu verkehren! Ich fiel, weil ich den Menschen *zu sehr* liebte! Der SChöpfer
strafte mich, weil schützend ich vor SEin Geschöpf mich stellte!

– – –

Und wieder blinzelst du als wie ein Püpplein, des' Köpfchen
wird zu wild geschwenkt. Noch wilder will ich's schwenken dir,

bis dass das letzte falsche Bild, das sich darin hat festgesetzt, zertrümmert liegt in tausend Stücken.

Wenn du zurücke denkst an jenen Garten, den lose Zungen nennen *Paradies* – was siehst du dort? Ein Prachtgefild, geschmückt mit Bäumen, Sträuchern, Blumen aller Arten, ergötzlich für Geruch, Geschmack und Aug? Ein Meer aus Myrte, Goldlack, Bechermalven, in dem selbst Rosen sich vor Dornen zieren? Lusthaine, würzig Harz und Balsam spendend, ein Bächlein schlängelnd sich durch goldnen Sand? Gefäll'ge Zweige, die an einem Ende knospend, am andern schon die Früchte tragen und von der süßen, schweren Last gebeugt, sich neigen hin zur weichen Rasenbank, wo Bären, Tiger, Panther gaukeln. Der Löwe wiegt in seiner Klau' das Lämmchen. Durch Lenzeslüfte schallt der Vögel Chor, zu dem der Adler sanftsam schwingt den Takt. Und diesen schönen, bunten Friedensreigen krönt aller Menschen erstes Paar, das reinen Herzens, blanken Leibes im Garten selig wandelt Hand in Hand. Behutsam setzt's den Fuß, dass keinen Grashalm, keine Emse es zertritt, wenn scherzend es die Abendkost von Nektarfrüchten nascht. Der Welt und sich in Lust und Liebe zugetan, im steten Frohgenuss der Frohnsal fern, erfreut's unsterblich sich des ew'gen Lebens.

– – –

Wach auf, du närrisch Kind, aus deinen Blütenträumen!

Ein kalter Wind bläst jene magische Laterne aus, die dort, wo nichts als Schwarz und Graun und Not dir heitre Bilder gaukelt vor. Die Wahrheit trifft es schon: Des Wucherns war kein End' in jenem Garten. Es *war* ein Paradies – zum *Vegetiern*! Aus faulen Sümpfen quälten Bäume mit morscher Mühe knorrig sich empor, das karge Licht, das durch das Dunstdach fiel, in stetem Kampf einander streitig machend. Der Efeu schlang die gift'gen Arme um jeden Stamm im Würgegriff. Lianen hingen gleichwie Henkers Stricke von kahlen Ästen tot herab. Doch würd ich lügen, wollt ich leugnen, dass es auch Farben gab in jenem *Paradies*:

Der leuchtend gelb, rot, weißen Beeren die eine Hälfte tödlich war, die andre ungenießbar bitter bloß. Die Käfer schillerten wie Regenbögen, dem Nasenbär ein köstlich Mahl. Indes bevor er's konnte ganz genießen, ein hungrig Ozelot an ihm sich gütlich tat. Daneben schmauste die Hyäne in stiller Eintracht grünlich Aas. Zu dicht umschwirrten's die Insekten, als dass ich mit Bestimmtheit sagen könnt, ob's wohl ein Wisent einst gewesen.

Du fragst: Wo bleibt der Mensch in diesem Zaubergarten? Nur einen Augenblick Geduld, mein Lieb! Ohn' Umschweif will ich's dir verkünden!

– – –

Nie werd vergessen ich den Tag, an dem ein dröhnend Lachen ich vernahm. Ich eilt herbei zu schaun, was meinem VAter, den – seit SEine Schöpfung ER vollendet – ich nurmehr mürrisch traf gelaunt, bescherte solches Hochgefühl. Da hockte ER auf SEinem Himmelsthrone, auf beide Schenkel derb gestützt, die Schultern weit nach vorn gebeugt, wie wenn ein packend Schauspiel er verfolgte. Mit knapper Geste wies ER mich, gleichfalls zu schaun, was ihn vergnügte. Da blickt auch ich zur Erd' hinab. Und was ich sah, verbrannte mir das Herz.

Ich sah ein Tier von aufrecht hohem Wuchs, das – nackend felllos zwar – mit schönen, wachen Zügen war gesegnet. Von Ferne wollte mir's gar scheinen, als säh ich dort mein eigen Bild. Doch welche Drangsal musst das Zweibein leiden! Wenn ich die Szene recht erfasst, war's eben im Begriff gewesen, zu fangen einen wilden Bär. Doch reichten seine Kräfte nicht, zu töten auch den Petz, der prankenwütig in der Schlinge tobte, die es so findig ihm geknüpft. Ja schlimmer noch: Die Bestie riss sich frei und machte Jagd nun auf den Jäger, der – o Gipfel aller Schmach! – mit knapper Not nur konnt entfliehn.

«Sag an», sprach ER und strich zufrieden sich das Kinn. «Wie dünkt dich jene Kreatur, die letztens erst ich habe ausgeklügelt? Ich gab ihr zehnfach Hirn; den Leib jedoch, den ließ ich mäßig schwächlich, dass niemals herrsche dort ein Gleichgewicht. Weit bessre Unterhaltung wird der Mensch uns bieten denn jede Kreatur, die selig dumpfig in sich ruht.»

Da ward von solchem Zorne ich erfüllt, dass wie Gewitter mir's vor Augen blitzt. Doch wusst ich zu beherrschen mich; stieß nicht IHn von dem Strahlenthrone; stürzt nicht IHn aus dem Himmelszelt. Indes zu jener Stund geschah's, dass ich dem Menschen ew'ge Freundschaft schwor. Zu lange schon war angewidert ich von dem, was täglich klarer ich erkannt: den stieren Jähzorn meines VAters, der keinen Willen denn den SEinen kennt – obwohl ein jeder deutlich sieht, wie mehr und mehr an SEinem Willen ER erstickt; das Speichelleckertum der Cherubim und Seraphim, die nur mit Säusellauten IHn umgarnen; die Feigheit jener erznen Engel, die, scharf in Urteil und Verstand, es dennoch niemals würden wagen, zu geben IHm ein einzig Widerwort.

Und so beschloss ich, loszusagen mich von jenem ganzen Schranzenstaat. Brach mit dem VAter, dem Tyrannen, und stieg ohn' Lebewohl zur Erd' hinab, mich mit dem Menschen zu verbünden.

– – –

Bekennen muss ich rundheraus, dass nie mir lichter war zumut denn in der ersten Zeit, da ich auf Erden ging: Zwar anfangs scheu, doch bald vertraulich nahm jener edle Rohling meinen Ratschlag an. Als erste Geste meiner Gunst schenkt ich das Feuer ihm. Zeigt ihm, dass keine böse Macht es war, vor der es kopflos galt zu fliehen; dass man es zähmen konnt, sich unterwerfen, und dass es, ordentlich gebändigt, des Menschen treuster Diener war. Ich lehrt ihn kochen, backen, Waffen schmieden. Ich wies ihn an, zum Rad zu metzen sich den Stein. Auch gab ich Kleidung ihm und Sprache – kurzum: *Ich* war der Gärtner, der die Saat, die ER zum Spaße bloß gesät, im Ernste nun zur Blüte führte.

Nicht lange blieb's verborgen IHm, dass ich den Menschen hob in Sphären, die niemals ER ihm vorbestimmt. Weit unter

SEiner Würde wär's gewesen, dass ER höchstselbstlich sich herabbequemt. Doch eines Tags zur größten Hitzestund – ich stand auf einem frisch bestellten Acker – kam angeflattert einer dieser Flügelkriecher und fleht mich an, dass ab ich ließ von meiner Rebellion. Ganz außer sich vor Wut sei ER, der HErr, und Fürchterliches werde drohn, sollt SEine Schöpfung weiter ich verziehn. Ich wischte artig mir die Stirn und ließ aufs Beste mich dem HErrn PApa empfehlen.

Desselben Tags noch fing ein Regen an, der alles, was einst fruchtbar Land gewesen, in schweren Fluten unter sich begrub. Verzweifeln wollte da der Mensch; stimmt an ein elend Wehgeschrei; gelobt zu beugen sich dem göttlich Joch, wenn nur der Himmel endlich seine Schleusen schlösse. Da stellt ich auf die höchste Klippe mich und sprach – mit flammend güldner Engelszunge – auf den verschreckten Menschen ein, dass seine Reue nichts ihm würde nutzen, weil jener GOtt nur Launen, Willkür, Allmacht kennt. Dass er, der Mensch, wenn sein Geschick er ernstlich wolle steuern, das Ruder fest in die zwei eignen Hände nehmen müsst.

Und so begannen wir zu bauen. Mit starken Dämmen, Wällen, Deichen trotzten wir ab dem Meer ein doppelt fruchtbar Land. Kanäle tränkten nun die Äcker, worauf die Ernte prachtvoll gut gedieh.

Doch wie der HErr dies sah, gefiel's ihm nicht. Drum ließ er feiste Mücken regnen, die gierig saugend alles stachen, was in sich barg nur einen Tropfen Blut. Und wieder wollt der Mensch verzagen. Ich aber höhnte listig laut, ob Mücken denn schon alles seien, was unser mächt'ger HErr so könnt. Prompt hagelt's Frösche. Frösche, die – das weiß doch jedes Kind – nichts lieber tun, als Mücken fressen. Die satten, trägen Frösche wiederum, die spießten fix auf Stöckchen wir, um später knusprig sie zu rösten.

So ging es manch Jahrhundert hin und her, es war ein weidlich Kräftemessen: Heuschrecken folgten Hagel, Blattern; der Tod

der Erstgeburt kam nach der Finsternis. Dank meiner tät'gen
Hilfe doch aus jeder Plage trat der Mensch gestärkt hervor. Er
baute Häuser, Burgen, kühne Städte, an jeder Ecke bald ein
Musentempel wuchs. Die Wissenschaft erschloss beständig neue
Welten. Das Denken schwang sich auf zu nie gekannten Höhn.
Die ganze Menschheit fand zu solch erhabner Größe, dass ich
den Sieg schon greifbar nahe sah.

Wie konnt ich ahnen da, dass ER nun würde schreiten zur
infamsten Tat?

– – –

Ruhig Blut nur, ruhig Blut! Die eigne Wut droht, mich zu
würgen, sobald an *diesen* Schurkenstreich ich denk!

Aus sandte ER den Heil'gen Geist, zu schwängern jenes arme
Weib, das unter Schmerzen sollt den *Menschensohn* gebären.
Und so geschah's. In einer kalten Winternacht, von viehischem
Gebrüll begleitet, erblickt die Stallgeburt das Licht der Welt.

Was willst von einem Wesen du erwarten, des' Krippe war mit
Stroh gefüllt? Dass es nach Hohem, Noblem, Ungebundnem
strebe? Oder für immer hafte an dem Stroh? Dass Demut nur
und Ducken es wird lehren und jeder stolze Sinn ihm ein Skandal?

Da IHm bewusst, dass solche Predigt ohne Wunder auf taube
Ohren wär gestoßen bloß, ließ ER das Knäblein Dinge tun, dass
keiner aus dem Staunen fand heraus: In Wein verwandelte sich
Wasser; und Blinde konnten wieder sehn; der Lahme schwang
das Tanzbein fröhlich; und Tote munter auferstehn. Doch nie-
mals sollt der Mensch erfahren, *wie* jener Zauber ward gemacht.
Die einz'ge Antwort, die dem Knäblein zu entlocken: «Der
VAter will's, und so geschieht's!»

Die Schwachen, die von je ich überfordert, die liefen ihm in
Scharen zu. Nicht weiter grämt mich jener Exodus. Als aber auch
die Starken dann begannen, der *frohen Botschaft* tumb zu folgen,
da ward mir bang um mein so weit gediehen Werk.

Ich sucht ihn auf, wie einsam im Gebirg er wandelt. Ich müht
mich, zu erklären ihm, welch herrlich, menschlich Reich wir
beide könnten schaffen, wenn nur gemeinsam wir der VAtergei-
ßel böten unsre Stirn. Nichts wollte jenes Schaf von allem wissen,
was ich so farbig malte vor ihm aus. «Heb dich von hinnen»,
sprach die PApa-Memme. «Nicht will's der VAter, und also nicht
wird's geschehn.»

Was aber dann geschah – zur Hälfte ist's euch wohlbekannt:
Der VAter ließ das Lämmchen schlachten, des' Demutsdünkel
war so groß, dass selbst am Kreuz es kurz nur klagte, bevor die
Augen es zum Himmel brav verdreht.

Dies Schreckensbild von Unterwerfung dem Menschen nun
ward hingestellt als ewig leuchtend hohes Muster für Glaube,
Liebe, Seligkeit. Vergebens schrie ich's raus in alle Winde, dass
dieser ganze blut'ge Marterpfahl in Wahrheit diente einem
einz'gen Zweck: zu zementieren SEine Macht, an der so tapfer
wir gerüttelt.

Zwei Tag und Nächte schrie ich durch, bis ich am dritten Morgen spürte, wie unter mir die Erde bebt. Ein Riss tat auf sich in
den Wolken, daraus ein gleißend Lichtstrahl fuhr, der, wär ich
nicht zur Seit gesprungen, mir beide Füße hätt verbrannt. Auch
so verkohlt er mir den einen, was später Anlass gab für manchen
Spott, den herzensfromme Christenmenschen ohn jede Reue gießen aus. Doch bleiben wir bei jenem Morgen!

Bevor ich gänzlich hatt' begriffen, welch grässlich Unheil
sich da bahnte an, vernahm ein Rauschen ich als wie von Engels-
schwingen – und in der Tat sah schießen ich herab des HErren
beide Lieblingsbüttel, die stets er hatte losgeschickt, wenn grobe
Fälle standen an. Sie packten mich, an jeder Schulter einer, und
stießen mich, ganz ohne Gruß, so vor sich her, bis an des Kra-
ters Rand ich kam zu stehen, den jener Lichtstrahl hatte in den
Grund gefräst.

«Dort schau hinab!», sprach der Affable, mit dem ich dereinst oftmals disputiert. «Vom HErrn wir sollen dir bestellen: *Da du die Erde so sehr liebst – aufs Innigste sei ihr vermählt!*»

Und mit dem letzten schlimmen Worte in jenen Schlund sie stießen mich, aus dem die Hitze dampfend quoll. Ich fiel. Und fiel. Und fiel. Wie lang, vermag ich nicht zu sagen. Am Ende meines Sturzes doch bemerkt ich wohl, dass über mir der Schacht sich hatt' geschlossen; dass nimmer dem Gefängnis ich entkam.

Ich netzt die ewig glühnde Nacht mit meinen Tränen, bis taumelnd ich entdecken musst, dass meiner Strafe Maß mit Kerkerhaft allein noch nicht erfüllt. Erkennen konnt ich wie in Fieberträumen ein jeglich Ding, das sich auf Erden tat: Ich sah, wie GOttes selbst ernannte Jünger gleich einer neuen Plage schwärmten aus; ich sah, wie alles sie entstellten, was jemals sich begeben hatt; ich sah sie Ammenmärchen spinnen vom *Sündenfall im Paradies*; ich sah, wie einen GOtt sie sich erlogen, der milde, huldreich, gnädig war; ich sah, wie jenes Schaf sie ließen triumphieren, indem die *Auferstehung* sie ihm flochten an; ich sah, wie mein Vermächtnis sie zerstörten, mit Lügendreck bewarfen mich; ich sah, bis meine Augen brannten; und konnt nicht ruhen; kann's auch heute nicht.

– – –

Johanna, nun! Nun kennst du mein Geschick! Nun frag dich selbst, ob's wohl gerecht, dass du in einem Atem mich mit IHm verfluchst!

XXI

ie hätte Johanna es für möglich gehalten, dass Leben so einfach sein konnte: morgens im Bett liegen bleiben; beobachten, wie das Sonnenlicht die jagdgrünen Vorhänge mit der Edelweiß-Enzian-Borte zum Leuchten brachte; nicht vor elf Uhr hinunter ins Dorf schlendern, um beim Bäcker frische Brötchen und beim Metzger frischen Aufschnitt zu kaufen; dazwischen immer wieder in den Himmel schauen, ob die Lerchen schon zurück waren; die letzten Schneereste in den Bergen zu einer Schneeballschlacht nutzen.

Johanna hob ihren nackten Arm, sodass der Sonnenstrahl, der durch den schmalen Spalt im Vorhang fiel, jedes der feinen, blonden Härchen entflammte, die ihr vom Handrücken bis zum Ellenbogen hinauf wuchsen. Schön.

Mit ein paar schläfrig gemurmelten Lauten wälzte der Mann neben ihr sich herum, sodass der Sonnenstrahl nun ihn traf. Als heller Streif, der von der hohen Stirn über die weitflügelige Nase bis zum festen, runden Kinn hinunterlief, auf dem die Barthaare schon wieder kräftig nachgewachsen waren, obwohl er sich gestern vor dem Schlafengehen noch rasiert hatte.

Warum hatte sie so lange gebraucht zu erkennen, wie schön er war? Dass sie es fertiggebracht hatte, ihn zu diesem fürchterlichen grauen Kurzhaarschnitt zu zwingen! Dabei gab es keine wildere, schönere Mähne als diejenige auf dem Kopfkissen neben ihr.

Behutsam, um ihn nicht zu wecken, zog Johanna das Daunenbett ein Stück hinunter, sodass der Lichtstrahl nun von seiner glatten Brust, auf der sich lediglich ein paar feine, graue Locken ringelten, bis zu seinem Bauchnabel wandern konnte, dem das Haar von unten voll und schwarz entgegenwuchs.

Ein Phänomen. *Ihr* Phänomen. Ihr ...

Lächelnd betrachtete Johanna die beiden Hände, die neben seinem Gesicht auf dem Kissen ruhten. Nie hätte sie geglaubt, was diese neuneinhalb Finger alles konnten. Fast fand sie es schade, dass es in spätestens sechs Monaten wieder ganze zehn sein würden.

Sie schwang die Füße aus dem Bett und ging leise ins Bad. Den schwarzen Morgenmantel aus Paris, den sie seit einigen Wochen nun ständig trug, ließ sie so liegen, wie er letzte Nacht zu Boden gefallen war.

Gestern hatte sie am späten Nachmittag auf das blau-weiße Stäbchen gepinkelt – und prompt hatte es ihr ein leeres Fenster gezeigt. Dabei wusste sie doch, dass es in diesem frühen Stadium Morgenurin brauchte, um Beta-HCG nachzuweisen.

Während der neue Test seine Arbeit begann, blieb Johanna einfach sitzen. Noch nie war ihr aufgefallen, dass man vom Klo aus direkt in die Krone des alten Nachbarbaumes schauen konnte. Zwar waren die Zweige noch kahl, dennoch hüpfte dort ein Vogel herum, wie wenn er bereits Ausschau nach einem Nistplatz hielte. «Hey, Sportsfreund!», hätte Johanna ihm am liebsten zugerufen. «Reihenfolge beachten!» Was wollte das gute Tier mit einem Grundstück, solange es auf seinem Baum alleine herumhüpfte?

Eigentlich war es vollkommen überflüssig, dass sie diesen Test machte. Sie wusste: Es war passiert. Eine Minute noch, höchstens zwei, dann würde sich im Fenster dieses Zauberstabs ein blaues Kreuz zeigen.

Mit spöttischer Verachtung hatte sie jede Kollegin gestraft, die Petrischalen und Pipetten aufgegeben hatte, um Karotten fürs Kind zu pürieren. Stets war ihr der Satz «aber wir leben doch in unseren Nachkommen fort» als das fadenscheinigste aller Trostpflaster erschienen, das sich die Menschheit auf die Wunde Sterblichkeit klebte. Und nun? Nun war alles anders. Nun hatte sie erkannt.

Ganz und gar verkehrte Welt, in der das Träumen begann, *nachdem* der Mensch erwacht!

Ritter schloss die Augen, allein um sich zu vergewissern, dass er noch immer in Johannas Bette lag, sobald er sie zum zweiten Male öffnete. Sie selbst war fort, doch deutlich spürte er die Wärme, die ihr Leib zwischen den Laken hinterlassen; deutlich atmete er ihren Duft, der einem fernen Nachklange gleich über den Kissen schwebte.

Wie war's möglich, dass tiefstes Grauen sich in höchstes Glück verwandelt hatte? Und nicht sowohl eine Schimäre zu sein schien, sondern eine Himmelsleiter, der seit Wochen täglich neue Sprossen wuchsen? Wenn er daran zurückdachte, wie Johanna zitternd und fluchend in seinen Armen gehangen, dort an jener unseligen Wegeskreuzung, die er, wenn er's recht bedachte, nicht länger «unselig» nennen sollte; wie sie kurz darauf in eine Ohnmacht gesunken, so elend lang und tief, dass er schon gemeint, er habe sie für immer verloren; wie er immer verzweifelter «Johanna, komm doch zu dir!» und «Johanna, ich bin's!» gerufen, bis sie ihn, endlich, endlich erwachend, so fremden Auges angeblickt, wie wenn sie ihn nie zuvor gesehen; wie er ganz sanft wiederholt: «Erkennst du mich denn nicht? Ich bin's»; wie das, was als ungläubiges Blinzeln in ihren Augen begonnen, sich als Lächeln über ihr ganzes Gesicht gebreitet, bis sie schließlich geflüstert: «Ach so.» Einzig die beiden Wörtlein: «Ach so.» Allen Plunder hatte sie im Walde zurückgelassen und war ihm, schweigend zwar, doch innerlich gefasst, zum Wagen gefolgt. Bis zum Tagesanbruch hatten sie dort ein wenig geruht, um alsbald ohne weiteren Aufschub oder Umweg nach dem Wallensee heimzufahren.

Die gesamte Reise hindurch hatte Johanna starr und stumm am Steuer gesessen und sich zu keinem Gespräche bereitgefunden. So sie überhaupt etwas sagte, waren's einzelne Bemerkungen, die dem Anscheine nach mehr für sie selbst denn für ihn bestimmt. Wie in Ungedanken murmelte sie Sätze vor sich hin, die allesamt um das nämliche Thema kreisten, stets hieß es: «Ich bin ja so dumm» oder «warum hab ich das nicht früher kapiert?». Bisweilen lachte sie auf, wie wenn ein Witz, den sie vor Zeiten gehört, ihr jetzt erst seinen Sinn entfalte.

Nach einem kargen Vesperbrot hatte sie sich auf ihr Zimmer zurückgezogen, und Ritter war gewiss gewesen, dass dies für Stunden, wenn nicht gar Tage, das letzte Mal, dass er sie zu Gesichte bekommen. Umso größer war sein Erstaunen, wie sie kurz darauf unten in der Stube erschien, wo er auf einem Stuhle am Fenster saß und in den winterlich öden Garten hinausgeblickt. Wie wenn sie sein Erstaunen ins Maßlose steigern wollte, war sie mit einem Morgenrocke angetan, der schöner denn jeder Morgenrock, den er je an einem Weibe erblickt. Allenfalls der Schlafrock, in welchem Goethe ihn empfangen, da er einmal zu ungebührlich früher Stunde bei ihm angeklopft, mochte noch prächtiger gewesen sein. Auf schwarzem Grunde spreizten weiße, dem Herzen zu purpurne Lilienblüten ihre Kelche, und der Stoff schimmerte so kostbar, umspielte Johannas Gestalt so fließend, dass er unmöglich aus einem anderen Materiale denn aus Seide gewebt sein konnte. Auf nichts als die Blüten vermochte Ritter zu starren, da Johanna ganz dicht an ihn herantrat und mit einer Zartheit, die von jenem Vulgären, dessen Zeuge er in dieser Stube einmal geworden, Ewigkeiten entfernt, nach seines Gürtels Schnalle griff. Und erst, da sie von seinem Schoße sich wieder erhob, wollte es ihm gelingen, den Blick von jenem Blütengewebe zu lösen, das sich während des Aktes einem Vorhange gleich geöffnet, der, da alles vorüber, mit sanftem Schwunge geschlossen ward.

O Zaubermantel, du! Lägst du nicht leibhaftig dort am Boden – ohn' Zweifel müsst ich denken, dass jener Nachmittag und alles, was seither sich wiederholt, keinem andren Quell entsprungen sei denn meinem liebestollen, kranken Hirn!

Mit dem Gefühle leichter Benommenheit, wie wenn er zu lange kopfüber gehangen, richtete Ritter sich empor. Nicht als Einziger, wie er bemerkte, da er an sich hinuntersah.

«Superglücklich! ... Zehn Kilo in drei Wochen! ... Die Rückkehr der It-Bag! ... Liebesaus! Folgt jetzt die Schlammschlacht?»

Johanna ließ die Zeitschrift sinken, in der sie, ohne zu lesen, geblättert hatte.

«Pummpummpummpumm ...»

Ihr Blick wanderte zu dem schäbigen, cremefarbenen Paravent, aus dessen Richtung das hektisch-monotone Pochen kam. Von der Frau auf der Praxisliege, in deren Bauch jenes zweite Herz schlagen musste, waren lediglich die Füße zu sehen. Obwohl für heute föhnige zwanzig Grad und kein Regen vorhergesagt waren, steckten diese in schweren, olivgrünen Gummistiefeln.

«Pummpummpummpumm ...»

Die dritte Frau, die mit Johanna im Wartezimmer saß, lächelte herüber. Lag da etwa Mitleid, hochmütiges Mitleid, in diesem Lächeln? Ohne die Miene zu verziehen, verfolgte Johanna, wie die Hochschwangere eine Hand in den Rücken stemmte und sich mit der anderen von dem Plastikstuhl drückte, der dankbar ächzte, als er von dem doppelten Gewicht befreit wurde.

«Pummpummpummpumm ...»

Absurd, mit welch verklärtem Blick diese Frau durch den Raum watschelte. Als ob sie eine Monstranz vor sich hertrüge. Dabei war es doch bloß ein Bauch. Ein Bauch, aus dem sich bald ein Menschenkind hervorquälen würde, mit dem das Schicksal keine anderen Pläne hatte, als es nach lächerlich kurzer Frist ins nächste schwarze Loch plumpsen zu lassen.

«Pummpummpummpumm ...»

Johanna lehnte sich zurück und strich sich mit der Rechten über ihren Unterleib. Mittlerweile war sie sicher, dass er nicht mehr ganz so flach war wie sonst. Die Jeans, die ihr seit zwanzig Jahren in derselben Größe passten, begannen zum ersten Mal zu spannen.

«Frau Dr. Mawet, bitte!»

Die Tür zum Behandlungszimmer war aufgegangen, und Frau Dr. Feldeisen streckte ihren grauen Bubikopf heraus.

«Bei Ihnen, Frau Prantl, dauert's noch einen Moment. Sobald die andere Patientin fertig ist, macht Schwester Maria mit Ihnen das CTG.»

Vielleicht hätte sie lieber eine Praxis in München aufsuchen sollen, dachte Johanna, während sie den rustikalen Händedruck der Ärztin erwiderte. Als sie hierhergezogen war, hatte sie sich bloß deshalb für Frau Dr. Feldeisen entschieden, weil diese die einzige Gynäkologin war, die es in Wallensee am Wallensee und Umgebung gab.

«Geht's Ihnen gut?» Die ältliche Dame war bereits hinter ihren Schreibtisch geeilt und studierte Johannas Patientenakte. «Was ist mit den Krämpfen? Besser geworden? Ist ja eine Weile her, dass wir uns das letzte Mal gesehen haben.»

«Alles bestens», sagte Johanna, unschlüssig, ob sie sofort anfangen sollte, sich auszuziehen, oder ob es sich lohnte, vorher noch auf einem der mit gelbem Kunstleder bezogenen Stühle Platz zu nehmen. Wieso glaubten Ärzte, dass es sinnvoll war, in Behandlungszimmern immer zwei Stühle vor ihre Schreibtische zu stellen? Welche Art von Patienten mochten in der Mehrzahl sein: diejenigen, die Händchen haltend mit dem Liebsten dort saßen, wenn die Urteile gesprochen wurden? Oder diejenigen, die sich durch die Gegenwart des leeren, zweiten Stuhls doppelt verlassen fühlten? Noch bevor sie ihn zu Ende gedacht hatte, wurde Johanna klar, dass dieser weinerliche Gedanke vollkommen unangebracht war. Ohne zu zögern, wäre Ritter mitgekommen. Es war ganz allein ihre Entscheidung gewesen, ihm nichts von dem Besuch bei der Frauenärztin zu erzählen.

«Ich war ein paar Monate in Amerika.» Nach wie vor stand Johanna unentschlossen zwischen Schreibtisch und Behandlungsstuhl.

«Forschungsaufenthalt, vermute ich?»

«Ja. Forschungsaufenthalt.»

«Beneidenswert», meinte die Ärztin und erhob sich. «Dann können Sie sich unten herum bitte schon mal freimachen. Ihre letzte Periode hatten Sie wann?»

«Ich bin schwanger.» Johanna war erstaunt, wie ruhig und selbstverständlich ihr der Satz über die Lippen gegangen war.

«Na, da gratuliere ich aber», sagte die Ärztin, und es klang, als ob sie es tatsächlich so meinte. «Wie alt sind Sie jetzt? Zweiundvierzig? Dreiundvierzig? Wenn ich mich richtig erinnere, haben Sie noch keine Schwangerschaft hinter sich? Wann haben Sie den Test gemacht?»

«Ich habe keinen Test gemacht», antwortete Johanna mit einem Lächeln. «Ich weiß es aber trotzdem. Ich kenne meinen Körper.»

«Na, dann wollen wir mal schauen.»

Während die Ärztin in Latexhandschuhe schlüpfte und auch den Stab des Ultraschallgeräts mit Latex überzog, schälte Johanna sich aus ihrer Jeans, bis sie an der Wand gegenüber etwas entdeckte. Was machte *der* hier? Der hatte doch sonst nicht hier gehangen? Mit seinem verklärten Blick schien er direkt durch den Untersuchungsstuhl hindurchzustarren. Johanna musste sich an einer der gelben Stuhllehnen festhalten, sonst wäre sie umgekippt.

«Alles in Ordnung, Frau Mawet?»

«Alles bestens, danke.»

Johanna befreite sich von ihrem zweiten Hosenbein, streifte auch Unterhose und Socken ab – halbnackt mit Socken, no way! – und stieg auf den unbequemen Stuhl.

War es denkbar, dass sie das Kruzifix bei ihren früheren Besuchen übersehen hatte? In der ganzen Gegend hier konnte man keine drei Schritte tun, ohne über irgendein Marterl zu stolpern. In den vergangenen Jahren hatte Johanna sich angewöhnt, die allgegenwärtige Frömmigkeitsfolklore zu ignorieren. Erst seit sie *erkannt* hatte, verursachte ihr jedes dieser Kreuze physische Qualen.

«Schön lockerlassen, Frau Mawet. Und kommen Sie mit dem Gesäß bitte noch etwas nach vorn.»

Nein – es wäre ihr früher schon aufgefallen, wenn jedes Mal, sobald sie hier die Beine breitmachte, dieser ... dieser Unheiland der

507

Ärztin über die Schulter gestarrt hätte. Die alte Hexe musste das Kruzifix neu aufgehängt haben. Extra für sie. Extra für heute.

«Ganz ruhig, Frau Mawet. Atmen Sie einfach ganz ruhig weiter.»

Niemals hätte sie hierherkommen dürfen! Nicht mit dem, was sie in sich trug! Wie hatte sie so wahnsinnig, so ängstlich, so dumm, so verblendet sein können, sich und ihr Kind, *sein* Kind, einer dahergelaufenen, frömmelnden Landärztin anzuvertrauen! Ritter, hilf!

«Frau Mawet, bitte, halten Sie still! Da ist etwas, was ich mir genauer ansehen will. Das gefällt mir gar nicht.»

Eine Freude war's, mit welch ungezügeltem Appetite sie aß. Wenn er sich der Zeiten entsann, in denen er hatte ansehen müssen, wie sie von einem Salatblatte widerstrebend bloß die Hälfte gegessen, konnte er nicht anders, denn ihren Heißhunger zu begrüßen – obgleich die Gier, mit der sie Bratwurst, Blaukraut und selbst die Kartoffeln hinunterschlang, die er in reichlich Schmalz geröstet, beinahe fast begann, ins Unheimliche hinüberzuspielen.

Seit Geraumem schon beobachtete er, wie alles Hagere von Johanna abfiel – ohne dass er sie deswegen gleich als «rundlich» bezeichnen mochte. Weicher, das war sie geworden; weicher und im Ganzen geschmeidiger, so wie ihre Hüften … Verbieten musste er sich jeden Gedanken an ihre Hüften, wollte er verhindern, dass seinem Johann das Blut unverzüglich zu Kopfe stieg.

«Wollen wir morgen eine Wanderung machen?», fragte Ritter, indem er sich eine Scheibe des köstlichen Schwarzbrots abschnitt, damit das Schmalz von seinem Teller aufzutunken. «Vielleicht zum Krönling hinauf? Schön wird das Wetter, möcht ich meinen.»

Nahezu vergessen hatte er, wie sich's anfühlte, wenn statt einer Antwort geschwiegen ward.

«Sag, ist dir nicht wohl?»

Voll Sorge ließ Ritter Messer und Brotlaib sinken. Blass schaute Johanna aus und um die Wangen herum fast so bläulich als das

Kraut, das sie mit unverminderter Wut sich einverleibte. Wie hatte er so blind sein können, ihre Unpässlichkeit nicht eher zu bemerken!

«Johanna, mein Lieb, was ist dir?»

Obschon ihr die Tränen bereits zum Auge hervorquollen, tat sie nichts, als weiterhin stumm das Kraut in sich hineinzuschaufeln.

Also sprang Ritter empor und eilte um den Tisch herum ihr zu.

«Johanna, bitte, so sprich doch!»

Erst nachdem es ihm gelungen, ihrer Hand die Gabel mit sanfter Gewalt zu entwinden, hub sie stockend zu reden an: «Unser Kind ... unser Kind ...»

Unser Kind? Was wollte sie ihm damit bekennen?

«Johanna, wie ... was ...?» Nun war's an Ritter, gleichfalls zu stammeln.

«Die Ärztin», fuhr sie fort, das Schluchzen kaum mehr zurückhaltend. «Die Ärztin sagt, es sei nicht gesund ... Sie will, dass ich's abtreibe.»

Weniger als nichts verstand Ritter von dem, was Johanna da redete. Indes den zwiefachen Abgrund, der vor ihm sich auftat – den spürte er wohl.

«Es tut mir so leid ... Ich wollte es dir erst sagen, wenn ich ganz sicher gewesen wäre, dass alles gut ist ... Und jetzt ist gar nichts gut.»

So kläglich klang Johanna, so herzzerspellend kläglich, dass er sie sogleich fest in die Arme hätte schließen sollen. Doch zu stark wankte der Boden unter seinen eigenen Füßen, als dass er in diesem Augenblicke des Tröstens fähig gewesen. Wann zuletzt hatte ein Weib ihm eröffnet, es sei guter Hoffnung? Guter Hoffnung mit *seinem* Kinde? Nichts auf der Welt war ihm gewisslicher gewesen denn die Überzeugung, dass seinen Lenden nimmermehr neues Leben entspränge. Doch diesen seinen Glauben – hatte er ihn je einer ernstlichen Prüfung ausgesetzt? In jenen Höllenmauern, hinter denen er verschwunden, nachdem ihn seine älteste Tochter zu den Narren geworfen – verstummt war ihm dort alle Lust. Selbst wenn es Höllenhunde dort gegeben, die ihn hatten nötigen wollen, vor ihrer aller Augen mit Dirnen zu kopulieren, die eigens zu diesem Behufe in die Anstalten geschafft ... Wohl hatte es später die eine oder andere Schöne, der er auf seinen Irrfahrten begegnet, wieder vermocht, die lange erloschene Fackel zu entzünden, doch sein Reisen – zu irrlichternd, zu rastlos war's gewesen, als dass je Kenntnis zu ihm hätte gelangen können, ob er Andenken hinterlassen, die flüchtige Erinnerungen überstiegen ... Martha, Deborah, Pamela, Georgina, Sarah, Ruthie ... Unersättlich war manch eine seiner Seelenhüterinnen dort im Walde zwar gewesen, doch einschließlich Debbie, die unter ihnen die Jüngste noch gewesen, allesamt zu ältlich, als dass ihr Treiben je Frucht getragen ... Und was wollte es bedeuten, dass diese Ärztin Johanna nun gedroht, ihr Kind sei «abzutreiben»? Nicht vertraut war er mit jenem Begriffe, doch vermutete er, dass mit ihm dasselbe gemeint, was in Amerika *abortion* genannt und zu früheren Zeiten das dunkle Geschäft der Engelmacherinnen gewesen ... Lauter und lauter surrte der Gedankenschwarm in seinem Kopf.

«My love, verzeih!», drang es da plötzlich an Ritters Ohr. «Es tut mir so leid, dass ich dir diese ...»

Wie lange schon mochte Johanna hinter ihm stehen, eng an ihn geschmiegt, seine Brust mit beiden Armen umschlingend?

«... dass ich dir diesen glücklichen Augenblick so gründlich verdorben habe. Ich hätte dir von der dummen Ärztin gar nichts erzählen sollen. Es ist doch klar, dass wir unser Kind behalten. Diese Frau hat keine Ahnung. Ist halt eine typische, übervorsichtige Provinzpfuscherin. Glaub mir, ich bin doch selbst halbe Medizinerin: Alles wird gut.»

O ja, ihr brünstiges Gesindel: *Alles wird gut!* An diesem Glauben haltet wacker fest! Fallt ohne Hemmung übernander her! Treibt's auf dem Stuhle, auf dem Tische, inmitten eures Nachtmahls frei! Vergesst nicht, auf den Tellern euch zu wälzen, bis dass die Soße lustig spritzt! Und die Gardinen lasst hübsch offen, damit Frau Nachbarin kein Deut entgeht! Schon sabbt's

der Vettel aus dem Maule. Warum nicht ladet ihr sie ein, zu teilen
solcher Unzucht Fest?

Mein *Innerstes* hab ich dir anvertraut! Und du, Johanna, wusstest nicht, was Dümmres du drauf könntst beginnen? Wie soll
dein Kampf jetzt noch zum Siege führen? Indem den Taugenichts
du geil bespringst? Meinst wohl, die Wahrheit ließe sich ervögeln?
Doch was vergeud ich weitere Worte. Den beiden ist zu helfen
nicht. Soll er nur lebhaft sich verströmen. Wer weiß, vielleicht
geschieht's ja gar, dass er ein zweites, drittes *Kind* ihr macht? Viel
besser wird dann alles noch.

Keine Woche war es her, dass die Natur in tiefstem Winterschlaf
gelegen hatte. Dann war der anhaltende Föhn gekommen, hatte die
gesamte Landschaft aufgetaut, und jetzt spross und grünte es, wohin
man auch sah. Hinter den Panoramascheiben machten die Vögel
einen solchen Rabatz, dass es Johanna schwerfiel, sich auf das zu konzentrieren, was der Herr mit dem gepflegten Silberbart zu ihr sagte.

«Ich muss gestehen, ich bin einigermaßen überrascht.»

Johanna zwang sich, ihren Blick von dem blühenden Park loszureißen, von dem See mit den tanzenden Schaumkronen, von den
Gebirgshängen mit den Schmelzwasserfällen und stattdessen in das
Gesicht ihres ehemaligen Chefs zu schauen. Hatte er schon immer
den Tick gehabt, sich mit beiden Zeige- und Mittelfingern den Bart
zu streichen?

«Warum überrascht? Sie waren es doch, der mir eine Auszeit ver-
ordnet hat.»

«Aber damit habe ich doch nicht gemeint, dass Sie schwanger
werden sollen! Und schon gar nicht, dass Sie alles hinschmeißen!
Johanna! Was ist bloß in Sie gefahren?»

Mit knapper Not gelang es ihr, ein Kichern zu unterdrücken.
«Glauben Sie mir: Das wollen Sie gar nicht wissen. Wenn ich Ihnen
erzähle, was *in mich gefahren* ist, würde das Ihren sauberen, kleinen
Kosmos viel zu sehr erschüttern.»

«Johanna, Sie wissen, dass ich auf Tratsch nichts gebe. Aber sind Sie wirklich sicher, dass dieser Mann, in dessen Begleitung man Sie neuerdings ja wohl ständig sieht, der Richtige für Sie ist? Waren Sie bei einem Arzt, wie ich es Ihnen nahegelegt habe? Haben Sie einen Psychiater konsultiert?»

Jetzt erst entdeckte Johanna den Gärtner, der auf dem Dach von Ferdinand Hochleithners Traumkapsel herumhantierte. Offensichtlich waren über den Winter einige der Holzschindeln kaputtgegangen, die nun ersetzt werden mussten.

«Sehr geehrter Herr Professor Fischer!», sagte Johanna, ihren Blick von dem hämmernden Gärtner losreißend. «Auf Ihrem Schreibtisch liegt meine Kündigung. Mein Privatleben geht Sie also noch weniger an, als es das jemals getan hat.»

«Johanna, Sie wissen, dass ...»

«Ja, ich weiß. Ich weiß, dass Sie mich für eine Ihrer fähigsten Mitarbeiterinnen halten. Das haben Sie mir, seit wir uns kennen, ungefähr dreitausend Mal gesagt.»

Wunderschön sah das Wasser aus. Aber wahrscheinlich war es noch eiskalt. Vielleicht sollte sie trotzdem nachher mit Ritter schwimmen gehen. Am Südufer des Sees gab es eine versteckte Bucht, in der sie vorletzten Sommer einmal die Nacht mit einem Kollegen aus Südafrika verbracht hatte. Seither war sie nicht mehr dort gewesen.

«Das war es nicht», hörte sie den Mann sagen, der einfach nicht begreifen wollte, dass er verloren hatte. «Ich wollte Ihnen sagen, dass ich Sie sehr mag. Auch wenn Sie bisweilen ein unerträglicher Dickkopf sind.»

Wo war ihre Handtasche abgeblieben? Suchend schaute Johanna sich in dem gläsernen Büro um, bis sie den roten Lederbeutel auf einem der drei Sessel entdeckte, die um den kleinen Besuchertisch herumstanden. «Ich glaube, ich gehe jetzt besser.»

Auch Fischer erhob sich von seinem Schreibtischthron. «Ich wünsche Ihnen alles Gute!» Über den imposanten Tisch hinweg reichte er ihr seine Hand. «Passen Sie auf sich auf. Vielleicht ist so eine Schwangerschaft und Mutterzeit ja wirklich das Beste, um aus einer Krise herauszukommen. Aber versprechen Sie mir, dass Sie nicht zu lange wegbleiben. Sie wissen ja, wie schnell man den Anschluss heutzutage verpasst.»

Ohne Eile schlenderte Johanna den Gang entlang, der zum Fahrstuhl führte. Einen kurzen Moment erschrak sie, als sie in dem Büro, in dem früher Thomas gesessen hatte, einen unbekannten, hageren Mann hinter den Bildschirmen entdeckte. Was aus dem drehbaren Kniehocker geworden sein mochte? Thomas' Nachfolger hatte ihn offensichtlich nicht geerbt.

Als wollte er, dass Johanna ihn zuletzt doch noch in guter Erinnerung behielt, kam der Fahrstuhl auf Anhieb. Sie ging über die gläserne Brücke in die alte Villa hinüber, vorbei an den Aushängen, die irgendwelche *papers* präsentierten oder zur nächsten *summer school* einluden, vorbei an den Lager- und Mikroskopierräumen, vorbei am Sezierraum, vorbei an ihrem Laborplatz, an dem sie jahrelang jeden Tag und viele Nächte durchgearbeitet hatte. Sie sah die ehemaligen Kollegen, die, ohne aufzublicken, pipettierten, Teströhrchen beschrifteten oder Bakterienkulturen anlegten. Sie sah die lange Reihe der unbenutzten Laborkittel an ihren Haken hängen. Sie hörte das dumpfe Dröhnen der Kühleinheiten. Sie roch die Hefe, das Formalin, die überhitzten Zentrifugen. An all dem ging Johanna mit derselben Teilnahmslosigkeit vorbei, mit der man in fremden Städten durch Einkaufszonen ging und sich wunderte, wer sich für den ewig gleichen Ramsch in den Schaufenstern interessieren sollte.

Die wenigen Gegenstände, die verrieten, dass der schmale Raum mit den gelblichen Wänden je das Büro einer Frau Dr. Mawet gewesen war, hatte Johanna schnell in eine Laborwanne geräumt: das Photo einer Faschingsfeier, auf der Thomas als angebissener Apfel und sie als Schlange verkleidet gewesen waren; die Urkunde des Methuselah Mouse Prize, den sie vorletztes Jahr in der Disziplin

«Longevity» gewonnen hatte; den Briefbeschwerer in Gestalt eines Axolotls, den sie von einem Kongress in Mexiko mitgebracht hatte; einen fast leeren Deoroller; eine angebrochene Packung Tampons. Die vertrocknete Bonsai-Kirsche, die ihr ein japanischer Epigenetiker verehrt hatte, blieb auf dem Fensterbrett stehen. Alles, was ihre Arbeit, ihre einstige Forschung betraf, ließ Johanna, so wie es war, auf der Festplatte und in den Regalen liegen. Sollte ihr Nachfolger entscheiden, was er mit dem Quatsch anfing.

Der See glitzerte so verlockend, dass sie am liebsten sofort hineingesprungen wäre. Aber eine letzte Geschichte musste sie noch erledigen, bevor sie nach Hause gehen, Ritter auflesen und gemeinsam mit ihm zum Schwimmen fahren durfte.

Mechanisch schlüpfte Johanna in einen der Kittel, die hinter der Schleuse zum Mauskeller bereitlagen, setzte sich Haarnetz und Mundschutz auf und zog Handschuhe sowie Überschuhe an. Wie befürchtet, hörte sie Xavers windschiefes Pfeifen, kaum dass sie den sauberen Teil des Stalls betreten hatte. Mit ein bisschen Glück würde es ihr gelingen, an dem *mouse boy* vorbeizukommen – der selbst darauf bestand, als «Mausbursch» bezeichnet zu werden –, ohne dass dieser sie bemerkte.

«Ja, servus, wen hamma denn do?» Obwohl der rothaarige Bär damit beschäftigt war, neue Verpaarungen anzusetzen, und Johanna auf Zehenspitzen schlich, hob er sofort den Kopf. «I glab, i halluzinier! Die Frau Dr. Mawet! Dobei hob i doch gar no nix g'raucht heid. Hast wieda og'fanga mit da Arbeit?»

«Hallo, Xaver», sagte Johanna so kurz angebunden wie möglich. «Leben Philemon und Baucis noch?»

Xaver setzte das Mausweibchen, das er gerade aus einem der großen Weibchenkäfige gehoben hatte, in dem kleineren Käfig ab, in dem sein designierter Bock es bereits erwartete, und starrte Johanna mit schlecht gespielter Empörung an. «Herrgotzsakra, du bist mir a saubere Muatta! Woaßt no ned amoa, ob dei Wuzal no lem.»

«Und, tun sie's?»

«Jo freili! Awa bei da Baucis, do fangt a Gschwür am Aug o.
Do müssmer wos macha. Und de Philemon, de hat's mit de Fiaß.
Ansunsta wern de oider wia da Jopi, des sog i dir.»

Mit Jopi hatte Johanna den Methuselah Mouse Prize gewonnen.
Auf den Tag genau vier Monate nach seinem vierten Geburtstag
war Jopi an Herzversagen gestorben – nachdem er etwas mehr als
doppelt so lange gelebt hatte, wie es genetisch nicht manipulierte
Farbmäuse im Durchschnitt taten. *Etwas mehr als doppelt so lange …*
Der Gedanke trieb Johanna die Schamesröte ins Gesicht.

«Raum eins, Regal drei, wie gehabt?» Ohne Xavers Antwort
abzuwarten, ging Johanna auf das Ende des Gangs zu.

«Glabst, i bin a Unmensch?», rief es hinter ihr her. «I werd doch
zwoa so ehrwürdige oide Herrschafdn nimma umdopfn!»

Philemon entstammte derselben Linie Zebrafischmäuse wie Jopi,
Baucis einer Nebenlinie. Seit Jopis Tod waren die beiden die letzten
Mäuse, die so alt geworden waren, dass Johanna ihnen Namen gege-
ben hatte.

Sie betrat den Raum, in dem sich die Käfige dicht an dicht bis
unter die Decke stapelten, und es kam ihr vor, als ob es noch mehr
raschelte, fiepte und müffelte als sonst.

«Servus», sagte sie leise.

Nachdem sie ihre gesamte Papier- und Plastikverkleidung abge-
streift und zu Boden fallen gelassen hatte, griff Johanna in den Käfig,
in dem die beiden uralten Mäuse hockten, jede in ihrer Ecke, einander die Rücken zugewandt. Winzig waren sie geworden. Noch
winziger, als sie schon immer gewesen waren.

Erst als Johanna Baucis heraushob, an deren linkem Auge tatsächlich eine beginnende Wucherung zu erkennen war, kam so etwas wie
Leben in Philemon. Seine ausgedünnten Tasthaare zitterten, doch
ohne Protest ließ auch er sich in die Transportschachtel setzen.
Johanna verließ den Keller über die Fluchttreppe. Sie hatte keine
Lust, sich Xavers Vortrag über Hygienevorschriften im Mausstall
anzuhören.

Am hintersten Ende des Parks, nur wenige Schritte vom Ufer entfernt, stand ein Haselstrauch. Im Herbst war Johanna manchmal, wenn ihr von der Arbeit der Kopf geschmerzt und die Augen gebrannt hatten, dorthin gegangen, um sich eine Handvoll Nüsse zu pflücken. Heute stellte sie die kleine Pappbox unter den Busch, von dem die Kätzchen golden herabhingen, klappte die Deckellaschen auf und kippte den Karton vorsichtig zur Seite, sodass die beiden Mäuse auf eigene Faust hinauskonnten. Doch weder Philemon noch Baucis schienen die unverhoffte Freiheit begrüßen zu wollen.

Vielleicht besser so, dachte Johanna. Auf diese Weise blieb ihr erspart, mitansehen zu müssen, wie sich das zweit- und drittälteste Lebewesen, das sie je erschaffen hatte, durchs Gras davonschleppten.

«Macht's gut», flüsterte sie und strich den beiden noch einmal übers räudige Fell. «Passt auf, dass euch die Wallenseer nicht erwischen. Die mögen keine Methusalem-Mäuse.»

Ohne sich umzublicken, ging Johanna zum Seiteneingang der Villa zurück, an dem die Laborwanne mit ihrem Bürokrempel darauf wartete, in den Müll geleert zu werden.

Viel zu leuchtend war der Tag, als dass ihn ein vernünftiger Mensch mit Hausarbeiten vertun dürfte, doch er hatte Johanna versprochen, die Fensterläden frisch zu streichen, und also würde er es tun. In dem Schuppen, in dem er winters die Schneeschuhe entdeckt, hatte er nun Leiter, Pinsel und Farben gefunden, deren eine ihm das nämliche Grün zu sein schien, das am ganzen Hause von den Läden blätterte. Das Klügste dünkte ihm, wenn er zur Straßenseite hin anfinge, denn bezweifeln mochte er, dass er die Arbeit heut vollendete.

«Grüß Gott, Frau Niedermayr! Ist's nicht ein vorzüglich schöner Tag?»

Noch bevor er die artige Floskel ausgesprochen, hatte die garstige Alte ihr Fenster zugeschlagen. Und – ritsch, ratsch – die Vorhänge geschlossen, wie wenn sein Anblick ihr aufs Tiefste widerlich.

Ohne sich um der alten Hexe Launen weiter zu bekümmern,

schleppte Ritter die Leiter durchs Gartentor und lehnte sie von der Straße aus gegen die Wand, damit er im oberen Stockwerk beginne. Nicht war es Johanna gelungen, jene Ängste gänzlich zu zerstreuen, die in ihm rumorten, seit sie ihm entdeckt, dass er nochmals Vater werden mochte. War's nicht jedes Mal ein nervzerschleißend Wagnis? Und gar, nachdem ein ärztlicher Mund bereits die Drohung ausgebracht, das Kind möge krank nur das Licht der Welt erblicken? All der ungeheure Fortschritt, den die Medizin bis zum heutigen Tage genommen – konnte er helfen? Gleichwie von einem schwarzen Flore überschattet, drängte ein Bild sich Ritter vor Augen: das Bild seines winzigen Brüderleins, das, kaum dass es demselben Schoße sich entwunden, der keine acht Jahre zuvor ihm das Leben geschenkt, ungetauft namenlos unter die Erde gegangen. Der Mutter Schreie, die im nämlichen Augenblicke eingesetzt, da in ihren Armen das wimmernde Bündel für immer verstummt – so schmerzlich lebhaft klangen sie ihm in den Ohren, wie wenn er noch immer zu Füßen jenes Bettes kauerte, in dem die Schreiende selbst halbtot gelegen. Und als nahten sie jetzt allhier über den Asphalt, hörte er des Vaters Schritte, hörte die ewig knarrende Tür sich öffnen und die gefürchtete Stimme ohn' alle Erschütterung sagen: «Weib, lasse das törichte Klagen! Lobe den Herrn! Gedenke, dass dies Werk ihm gefället! Seines Willens tröste dich fröhlich und lasse sein Recht ihm!»

Welch übergroßes, unverdientes Glück hatte später er selbst gehabt, dass ein einziges seiner vier Kinder bloß im Bubenalter verstorben, während es ihm vergönnt, die anderen sämtlich wachsen und gedeihen zu sehen.

Jenen Gedanke – nicht hätt er ihn denken dürfen, jetzt, wo er zwei oder gar drei Klafter über der Erde stand. Spitzer als Dolche durchfuhr's ihn, wenn er gedachte, welch miserabler Vater er seinen Kindern gewesen; der verschwunden, da sie seiner so bitterlich bedurft; der nie je das Brot erwirtschaftet, das nötig gewesen, *eines* Kindes Hunger bloß zu stillen.

O diese Augen! Diese Augen seines Jüngsten, seines August-Augensterns, da dieser sich zu Weihnachten so sehnlich ein Steckenpferdchen gewünscht, gleich dem, das der Nachbarsbub vom Nikolaus bekommen! Und er, der Vater, der Eineinhalbarmige, der den «Onkel» mimen musste, hatte – wenn's ihm schon unmöglich, bei den Nürnberger Spielzeugmachern eins zu kaufen – es nicht wenigstens zustand gebracht, ihm eins von eigener Hand zu schnitzen und zu bemalen!

Festhalten musste Ritter sich am Fensterbrett, sonst wäre er von der Leiter gefallen. Welchen Anspruch durfte einer wie er daran machen, nochmals «Vater» sich zu nennen! Gleichwohl! Hatte nicht so vieles in seinem Leben sich gewandelt, seit er Johanna getroffen? Was, wenn der Himmel ihm diese Gelegenheit geschenkt, damit er beweise, dass er mehr sein konnte denn ein Rabenvater?

«Hallo, guten Tag! Sagen Sie, wohnt hier eine Frau Dr. Mawet?»

Zum zweiten Male musste Ritter sich festhalten, dass er nicht stürzte. So geistesverloren war er gewesen, dass er die zierlich grauhaarige Dame schlechterdings nicht bemerkt, die wohl vor einer Weile schon in ihrem Wagen vorgefahren und nun am Fuße der Leiter stand und höflich fragend zu ihm heraufblickte.

«Guten Tag», antwortete er, noch immer das Gleichgewicht suchend. Nicht die mindeste Vorstellung hatte er, wer die Dame sein mochte. «Wohl wohnt hier Frau Dr. Mawet. Aber sie ist jetzt nicht daheim», gab er zögerlich Auskunft, da er stets noch im Zweifel, wie die Worte zu wählen und zu setzen, sodass Fremde sich ob seiner Redeweise nicht allzu stark verwunderten.

«Wissen Sie, wann sie nach Hause kommt?»

«Ich kann's nicht sagen. Spät erst vielleicht.»

Hätt er verschweigen sollen, dass Johanna hier wohnte? Was ging die Fremde dies an? Eine List musste er ersinnen, dass sie schleunig verschwand.

«Entschuldigen Sie, wenn ich Sie so direkt frage», drängte es da schon weiter zu ihm herauf. «Aber sind Sie der Hausmeister?»

«Nicht der Hausmeister! Der Gatte! Johannas ehelicher Gemahl!»

War er von Sinnen? Wie hatte solch dreiste, dumme Lüge seinem Maule entschlüpfen können? Da, in der Nachbarshexe Haus! Bewegten da nicht die Vorhänge sich? Was, wenn die Alte ihn gehört? Und hämisch nun hinausposaunte, dass er nimmer nicht Johannas Gemahl, sondern der *Onkel* – wie er selbst ihr bekannt! O Torheit sondergleichen!

«Würde es Ihnen etwas ausmachen, kurz herunterzukommen? Ich möchte Sie etwas fragen, und das würde ich ungern so laut tun, dass es die halbe Nachbarschaft mithört.»

Schwankend stieg Ritter die Sprossen hinab, sein Kopf so taub, wie wenn dieser mit Rosshaar gefüllt.

«Guten Tag, jetzt noch mal richtig.» Mit festem Händedruck empfing ihn die Unbekannte. «Feldeisen mein Name. Ihre Frau ist Patientin bei mir.»

Ging's mit der Hölle jetzt zu? Die Ärztin war's! Jene, die mit ihrem falschen Urteile Johanna so gröblich verletzt! Würgen sollte er sie! Auf offener Straße würgen! Doch schon ging das Fenster auf, und die alte Hexennase blitzte hervor. Flüchtig grüßte die Quacksalberin hinüber, doch grüßend noch raunte sie ihm zu: «Meinen Sie, wir könnten kurz ins Haus gehen? Ich würde wirklich lieber drinnen mit Ihnen weitersprechen.»

Zwar hatte der Zorn seinen Schädel geklärt, doch leicht benommen war er noch immer, da er die – wie hatte Johanna sie bezeichnet? – die *Provinzpfuscherin* hinauf zum Hause geleitete.

«Was beabsichtigen Sie hier?» Sogleich, nachdem er die Eingangstüre geschlossen, verschränkte Ritter beide Arme streng vor der Brust. Nimmer würde er die Provinzpfuscherin weiter hineinbitten.

«Sie wissen, dass ich der ärztlichen Schweigepflicht unterliege», hub sie zögerlicher nun an als zuvor. «Weshalb ich eigentlich gar nicht mit Ihnen reden dürfte.»

Wenn einer *Schweigepflicht* sie unterlag und also nicht mit ihm reden durfte – weshalb tat sie's trotzdem dann?

Wie wenn sie seinen stummen Einwand gehört, erläuterte sie ihm: «Im Grunde will ich Sie auch nur eine Sache fragen: Hat Ihre Frau, nachdem sie das letzte Mal bei mir gewesen ist, mit Ihnen über das gesprochen, was ich ihr gesagt habe?»

Rot flackerte es ihm vor Augen da, und alle Vorsicht ging dahin. «Gesprochen?» Beherrschen musste er sich, die Quacksalberin nicht am Kragen zu packen. «Gesprochen? Geweint hat sie den ganzen Abend lang! Dass es kaum mir gelungen, sie zu trösten! Wo nehmen Sie die freche Überzeugung her, meiner Frau zu prophezeien, unser Kind käm krank zur Welt!»

Das letzte Wort war noch nicht völlig heraus, und schon war's Ritter unzweideutig klar, dass er einen schweren Fehler begangen. Nicht vermochte er sich zu erinnern, wann zuletzt ein Mensch ihn so abgrundtief entsetzt angestarrt, wie's jetzt jene Ärztin tat. War's Catharina gewesen, da sie den nachwachsenden Armstumpfe an seiner Schulter entdeckt? Der fette Kerner, da jener hatte erleben müssen, wie Ritter sich, vom Blitze grässlich gebrandmarkt, gleichwohl von seinem Bette erhoben?

«Ihre Frau hat Ihnen gesagt, ich hätte ihr gesagt, Sie bekämen ein behindertes Kind?»

Undurchdringlicher als zehn Polarnächte war's Ritter, wohin all dies zielte. Doch keinen Zweifel hegte er, dass es eine Nacht, an deren Ende kein Licht.

«Herr Mawet, oder wie immer Sie heißen», sagte die Ärztin und blickte ihn so unbarmherzig an als ein Scharfrichter sein Opfer. «Ihre Frau ist nicht schwanger. In Ihrer Frau wächst ein äußerst aggressives Uteruskarzinom. Sie verstehen, was das bedeutet? Ihre Frau hat Gebärmutterkrebs. Wenn sie sich nicht schnellstmöglich operieren lässt und einer anschließenden Therapie unterzieht, ist sie nach ärztlichem Ermessen in spätestens sechs Monaten tot.»

XXII

ing-dong ... ding-dong ...»
Was sollte dieses penetrante Geklingel? Ritter wusste doch, wie er ohne Schlüssel ins Haus kam. Und Post erwartete sie nicht. Außerdem wäre es ihr viel lieber, wenn er noch eine Weile fortbliebe. Die Packerei ging doppelt so schnell, wenn er nicht neben ihr stand und sie mit seinen besorgten Blicken verrückt machte.

Würde sie den dicken Daunenmantel brauchen, oder genügte der dünnere? Unschlüssig drehte Johanna das bonbonrot glänzende Kleidungsstück in ihren Händen. Noch immer hatte sie nicht endgültig entschieden, wohin sie fliehen würden. Neuseeland gefiel ihr. Sie war zwar nur einmal dort gewesen, bei einem Kongress in Queenstown, aber sie hatte den Eindruck gehabt, dass man mit den Neuseeländern gut auskommen könne. Besser jedenfalls als mit den Provinzlingen hier, die ihr den Bauch aufschneiden wollten, bloß weil sie nicht ertrugen, dass darin ein Wesen wuchs, das unsterblich war.

«Ding-dong ... ding-dong ...»
Verdammt noch mal, wann hörte endlich dieses Geklingel auf!

Während Johanna versuchte, den dicken Daunenmantel in einen der Koffer zu stopfen, die aufgeklappt im Schlafzimmer herumlagen, erstarrte sie. Was, wenn es wieder die Feldeisen war? Wenn es der alten Kuh nicht reichte, dass sie aus diesem Haus schon einmal hinausgeflogen war?

Trotz ihres Ärgers musste Johanna lachen. Zu gern wäre sie dabei gewesen, wie Ritter die Feldeisen am Kragen gepackt und eigenhändig vor die Tür gesetzt hatte. Obwohl: Noch lieber wäre ihr gewesen, er hätte den Floh gleich mit vor die Tür gesetzt, den ihm die alte

Schlampe ins Ohr gesetzt hatte. Uteruskarzinom! Dass jemand wie er ein solch abstoßendes Wort einfach so nachplapperte!

«Ding-dong ... ding-dong ...»

Mit einem entnervten Schrei schleuderte Johanna den Daunenmantel aufs Bett. Der Morgenmantel! Wo war ihr Morgenmantel? Den Morgenmantel durfte sie auf keinen Fall vergessen. Aber erst einmal musste sie diese Plage hier abstellen.

«Frau Mawet! Frau Mawet, machen Sie bitte auf!»

Himmel, jetzt polterte diese Irre auch noch gegen die Tür!

«Wir wissen, dass Sie zu Hause sind.»

War das die Stimme von der Feldeisen? Johanna blieb auf der Treppe stehen, die sie fast bis zur Diele hinuntergehastet war. Warum sagte die Alte «wir»? Und woher wollte sie überhaupt wissen, dass Johanna zu Hause war? Konnte diese tolle Ärztin neuerdings nicht nur durch Bauchwände, sondern auch durch Mauern hindurchschauen?

«Was wollen Sie?», rief Johanna, zwei, drei weitere Stufen nach unten steigend.

«Frau Mawet, machen Sie bitte die Tür auf. Wir würden gern direkt mit Ihnen sprechen.»

Wir ... wir, wir, wir ...

«Ich bin beschäftigt. Verschwinden Sie!»

«Das können wir leider nicht. Wir kommen von der Psychiatrischen Klinik Wallensee. Machen Sie jetzt bitte auf?»

Psychiatrische Klinik Wallensee? Was, zum Teufel ... Ritter! Sie hatten Ritter geschnappt! Wie hatte sie bloß so leichtsinnig sein können, ihn spazieren zu schicken, anstatt ihn bei sich zu behalten? Natürlich hatte die Feldeisen Anzeige wegen Körperverletzung erstattet! Und beschränkt, wie sie war, hatte sie der Polizei erzählt, dass es ein geistig Verwirrter gewesen sei, der sie aus dem Hause ihrer Patientin geprügelt habe. Und nun hatte die Polizei ihn erwischt und umgehend in die Klapse gesteckt.

Johannas Knie zitterten plötzlich so stark, dass sie sich setzen musste. Wo kam jetzt dieses Wimmern her? Aufhören! Aufhören! Um sich besser zu konzentrieren, presste Johanna die Stirn gegen die Knie und zwang sich, ruhig zu atmen.

Neuseeland. So schnell es ging, musste sie Ritter aus der Klapse holen und mit ihm nach Neuseeland verschwinden. Hatte er noch seinen ... Aber der war ja gar nicht mehr gültig ... Was hatte die Frau im Konsulat gesagt?

Mit beiden Fäusten trommelte Johanna gegen die hölzerne Stiege.

«Frau Mawet! Sind Sie noch da? Frau Mawet, hören Sie mich? Wenn Sie nicht gleich die Tür öffnen, müssen wir sie leider aufbrechen.»

... Dieses Dokument ... Dieses Dokument, wie hatte es ... Reiseausweis ... Reiseausweis als ...

Die Gestalten, die Johanna durch die gelbliche Glasscharte in der Tür hindurch nur schemenhaft erkennen konnte, begannen sich zu bewegen.

Dann halt Grönland. Grönland gehörte zu Dänemark, Dänemark gehörte zur EU, und für die EU brauchte man keinen Pass. Oder Griechenland. Griechenland war ideal. In Griechenland würde man sie ...

Hatten die verdammten Vermieter damals nicht behauptet, die Tür sei einbruchsicher?

Alles wird gut. Das hatte Johanna versprochen. *Alles, alles wird gut.* Warum sollte er ihre Worte bezweifeln? Hatte sie ihn je enttäuscht oder verraten?

Das dritte Mal nun schon gelangte Ritter zu dem steinernen Bänklein, das halb überwuchert und gänzlich vergessen in jenem Bezirke des Uferdickichts stand, den laut des Landratsamtes Beschluss vom ersten März des Jahres zweitausendundzehn – eine Tafel wies darauf hin – kein Mensch mehr betreten sollte. Lieb gewonnen hatte er jenen Platz wie keinen zweiten hier unten am See. Doch heute fehlte seinem Gemüt die Ruhe, sich niederzulassen und zuzuwarten, ob eins der Blesshühner sich zeigte.

«Ade.» Mit zwei Fingern strich Ritter über den moosigen Stein, der lediglich zur Mitte hin sein ursprüngliches Weiß erkennen ließ – dort, wo er ihn mit seinem Allerwertesten blank poliert.

Und wenn er sich doch einen Augenblick setzte?

Seit Stunden rannte er gleich einem Menagerie-Tiger im Kreise umher. Zurück musste er! Zurück zu Johanna! Und wenn sie ihn schimpfte!

Zur Sorge um ihre und ihres Kindes Gesundheit gesellte die Sorge sich, wohin sie flüchten sollten. Schwieriger denn je war's geworden – so viel hatte Ritter begriffen. Zwar schienen die meisten der Schlagbäume verschwunden. Aber war dem Augenscheine zu trauen? Verhielt sich's nicht vielmehr so, dass die alten Grenzen lediglich unsichtbar geworden – und also um ein Vielfaches bedrohlicher denn ihre hölzernen und stählernen Vorgänger?

Noch einmal strich Ritter über das Bänklein, worauf er sich endgültig zum Gehen wandte. Was wusste er schon von dem, was heute galt? Ein einzig Mal war er in einem Flugzeuge geflogen. Klüger war's, die Grenzkontrollen und Kameraaugen und Menschenscanner einer Frau zu überlassen, die sich auskannte darin. Doch was, wenn Johanna zu krank für jegliches Reisen? Aber sie war ja nicht krank! Hatte sie ihm nicht aufs Gründlichste auseinandergesetzt, dass die Ärztin schon wieder gelogen – bloß ruchloser noch als zuvor? *Wenn Ihre Frau nicht sogleich sich operieren lässt, ist sie dem ärztlichen Ermessen nach in spätestens sechs Monaten tot* ... Lüge! Nichts als Lüge! Da Ruthie eines Wintermorgens von ihrem regelmäßigen Besuche im Krankenhaus in den Wald zurückgekehrt und ihm unter Tränen entdeckt, in ihrer Brust hätten die Ärzte *cancer* entdeckt – sogleich hatte er da gewusst, dass dies die Wahrheit. Sogleich hatte seine Hand sich an das vielknotig Harte erinnert, welches sie seit einigen Monaten erspürt, wann immer er seine lebensgastlichen Pflichten erfüllt. Nichts – nichts dergleichen hatte er an

Johannas Unterleibe erspürt, der ihm vertrauter doch geworden denn sein eigner.

Unbehaglich blieb Ritter stehen, kaum dass er in die Straße gebogen, die zu ihrem Hause führte. Was machte ihn stocken? Kein Geruch war es. Kein Geräusch. Eine dräuende Düsternis hatte den Ort befallen.

Obzwar er schon keuchte vor Anstrengung, beschleunigte Ritter seinen Schritt. Die Leiter lehnte gegen die Wand, wie er sie gestern verlassen. Der Eimer mit der Farbe schaukelte friedlich im Wind. Und dennoch war etwas geschehen. Ein Riss hatte sich aufgetan. Der Hölle schweflichte Gegenwart – untrüglich konnte Ritter sie fühlen.

«Johanna!», rief er, kaum dass er das Gartentor erreicht. «Johanna!»

Die Tür! Die Eingangstüre! Aufgesprengt!

Zum dritten Male rief er seines Herzens teuersten Namen: «Johanna!»

Da zischte es hinter ihm: «Sie braucha gar ned so rumbrülln.»

Blitzende Dolche vor Augen, fuhr Ritter herum.

«Ihre Johanna is weg.»

Das alte Hexenmaul! Wie sich's freute!

«Abgholt hams die und zu die Narrischen g'steckt. Do, wos hing'hört.»

O Abgrund! Ewiger Abgrund! Schwärzeste Nacht!

«Bloß schad, dass die Sie ned a glei mitg'nomma ham.»

Es war das Letzte, was Ritter hörte, bevor in seinem Kopfe ein Orkan losbrach, der alles andere übertoste.

«Nehmt eure verdammten Pfoten von mir weg, nehmt eure Pfoten weg, und wagt's nicht noch einmal, mich anzufassen, NICHT NOCH EINMAL, lasst mich sofort wieder frei, nehmt mir sofort dieses verdammte Ding ab, ich kratz euch die Augen aus, ich kratz euch die Augen aus den Visagen und beiß euch die Nasen weg, dann könnt ihr sie nie wieder, hört ihr: NIE WIEDER, in Angelegenheiten stecken, die euch nicht das Geringste, NICHT DAS GERINGSTE NICHT, angehen!»

War's tatsächlich sie, die derartig schrie? Die leibhaftige Frau Dr. Johanna Mawet? Doch keine Zeit hatte sie, über derlei Spitzfindigkeiten nachzudenken, denn schon ging's wieder los: «Frau Mawet, wir wollen Ihnen doch bloß helfen.» Was blieb ihr da anderes übrig, als weiterzuschreien: «BLOSS helfen, wenn Sie mir BLOOOOOSS helfen wollen, dann lassen Sie mich auf der Stelle los, was glauben Sie, wer Sie sind, Kidnapper sind Sie, miese Frauenverschlepper ...»

«Frau Mawet, bitte beruhigen Sie sich.»

«Den Teufel werd ich, ich zeige Sie an, ich zeige Sie alle an wegen Freiheitsberaubung, FREIHEITSBERAUBUNG!»

«Frau Mawet, das Bayerische Unterbringungsgesetz sieht in Artikel 1, Paragraph 1 vor: Wer psychisch krank oder infolge Geistesschwäche oder Sucht psychisch gestört ist und dadurch in erheblichem Maß die öffentliche Sicherheit oder Ordnung gefährdet ...»

«Ha, bitteschön, wodurch gefährde ich die ÖFFENTLICHE SICHERHEIT!»

«... kann gegen oder ohne seinen Willen in einem psychiatrischen Krankenhaus oder sonst in geeigneter Weise untergebracht werden ...»

«Schert euch zum Teufel, ihr Paragraphenscheißer, hört ihr: PARAGRAPHENSCHEISSER!»

«Unter den Voraussetzungen des Satzes 1 ist die Unterbringung insbesondere auch dann zulässig, wenn jemand sein Leben oder in erheblichem Maß seine Gesundheit gefährdet.»

«Ich halt mir die Ohren zu, ich muss mir diesen Quatsch nicht länger anhören: ALLE MEINE ENTCHEN SCHWIMMEN AUF DEM SEE, SCHWIMMEN AUF DEM SEE, KÖPFCHEN UNTER WASSER, SCHWÄNZCHEN IN DIE ...»

«Frau Mawet, hören Sie bitte auf zu singen, das bringt doch nichts.»

«Bringt doch nichts, ich erklär Ihnen, was nichts bringt, dass Sie einen Menschen am helllichten Tage verschleppen, weil Sie sich einbilden, Sie wüssten besser Bescheid als er, und wenn er hundertmal, wenn er tausendmal klüger ist, aber gerade das ertragt ihr ja nicht mit euren Molluskenhirnen, dass da einer klüger ist, dass da einer weiß, was er mit seinem Leben anfangen soll, einer, der keine Angst hat und keine Grenzen kennt und bereit ist, alles zu geben, wo ihr doch von morgens bis abends mit nichts anderem beschäftigt seid, als darüber nachzudenken, wo ihr nach Feierabend schön essen gehen oder schön in den Urlaub fahren oder schön Fernseh gucken, oder welchen Scheiß auch immer schön machen könnt, eine wie ich ist eine wandelnde Anklage, jawohl, eine wandelnde Anklage gegen ...»

«Reil! Reeiiiiiiiiiil!»

Gleich einem Kriegsruf gellte der Name durchs öde Gebirge. Eine Gämse, die ihren Kopf hinter einem Felsblock hervorgestreckt hatte, sprang erschrocken davon, wie sie den Wanderer heranhetzen sah. Längst war Ritters Hose zerrissen, aus seinen Knien floss Blut – was galt's. Laufen musste er. Hoch und immer höher eilen, bis nicht der niedrigste Strauch ihm mehr Gesellschaft bot.

«Reeeeeiiiiiiiiiiiiiil!»

Wie hatte es geschehen dürfen, dass sein grausam Geschick sich an Johanna nun wiederholte – und weit grausamer noch? Damals zu Nürnberg, da sie ihn ins Tollhaus geworfen, war er bis in den äußersten Winkel seiner Seele zerrüttet gewesen. Jenes Moderloch, in das sie ihn gesteckt – wär's nicht gar so feucht gewesen, die Kost nicht gar so schimmlicht und die Ratten nicht gar so gefräßig, und hätte der Blödsinnige, der in die nämliche Gruft gesperrt wie er, nicht gar so hartnäckig versucht, das Fleisch von den Knochen sich zu nagen –, nahezu freudig hätte er's als seine neue Heimstätte begrüßt. Doch seine Johanna war ein blühend Weib! Ein Weib, in dessen Schoße neues Leben wuchs! Ein Leben, dem all seine Liebe und Zuwendung zu schenken er geschworen! *Wenn Ihre Frau nicht sogleich sich operieren lässt, ist sie dem ärztlichen Ermessen nach in spätestens sechs Monaten tot* ... Himmel, ist denn der letzte Funke Mitleid dir erloschen? Wie kannst du's zulassen, dass sie, die ärztlichen Beistands womöglich im Ernste bedurfte, in die Fänge jener Folterherren geraten?

Nie würd er's vergessen, wie eines Tages – oder Nachts?, ununterscheidbar waren die Zeiten in der Narrengruft –, wie einstmals eine salbungsvolle, für diesen Ort ganz und gar fremdartige Stimme an sein Ohr gedrungen: «Ist's nicht eine durchaus eigenwillige Empfindung, junger Freund, aus dem Gewühle der Stadt so unvermittelt in ihr Tollhaus einzutreten? Warten Sie nur, bis Ihre Augen ans Dunkel sich gewöhnt haben, sogleich werden Sie zum zweiten Male blinzeln, beim Anblick dieser Horde vernunftloser Wesen, deren einige ehemals einem Newton oder Leibniz mochten zur Seite gestanden haben. Ihr Glaube an unseren ätherischen Ursprung, junger Freund, an die Immaterialität und Selbstständigkeit unseres Geistes, wo bleibt er Ihnen? Ist's nicht gespenstisch zu sehen, wie eine einzige Faser bloß in unsrem Gehirne erschlaffen muss, und der Götterfunke, der uns beseelt, schon ist er zum Feenmärchen geworden?»

O dieser Heuchler! Wie scheinheilig hatte er zu säuseln gewusst: «Doch haben's wir nicht selbst auch mitverschuldet, junger Freund, dies Elend, dessen schwärzeste Schatten hier um uns kreuchen? Indem wir auf dem Wege unsrer sinnlichen und intellektuellen Kultur unbeirrbar fortschreiten, rücken wir in Wahrheit nicht Schritt für Schritt allesamt dem Tollhause näher? Anstatt dass wir unsere Seelen rein und schlicht hielten wie ein gut gelüftet, redlich Hüttlein, bauen wir Erker an und Türmchen und eitle Zinnen, bis wir selbst den Überblick verloren haben. Folgt aus all dem nicht, dass allein die Eigenliebe uns geböte, Milde zu zeigen gegen jene, die sich verirrt? Doch was tun wir? Gleich unsren biederen Ahnen, die es allerdings nicht besser gewusst, sperren wir die unglücklichen Geschöpfe in die Keller von Zuchthäusern; in Tollkoben, die des Winters so kalt sind als die Höhlen der Eisbären am Nordpol und im Sommer dem Brande des krankmachenden Syrius ausgesetzt; in öde Klüfte über den Stadttoren, wo Eulen wohl angemessen Unterschlupf finden mögen, wohin jedoch niemals des Menschenfreundes mitleidiger Blick dringen wird, und lassen sie daselbst in ihrem eigenen Unrate verfaulen. Der Neugierde des Pöbels geben wir sie preis, und gewinnsüchtige Wärter zerren sie, gleich seltenen Bestien, um den müßigen Zuschauer zu belustigen. Doch der bunte Haufe, der da draußen besinnungslos umherschwirrt, zu sehr ist er an Schmetterlingsfüßigkeiten gewöhnt, als dass er diese Orte des Jammers je selbst besuchen würde …»

O Reil, mutiger Henker, der du so furchtlos meine erste Schrift über den Galvanismus abgelehnt – *du* schrecktest nicht davor zurück, jene *Orte des Jammers* zu besuchen! Wo sonst auch hättest du frische Beute für deinen *jungen Freund* gemacht? Dein Pienitz-Bürschlein, deinen Folterlehrling, der auf Sonnenstein so wacker exerziert, worüber du zu rhapsodieren bloß gewagt: «Um den Kranken zu unterjochen, muss man ihm zuvörderst jede Stütze rauben, damit er sich durchaus hilflos fühle. Man entferne ihn von seinen Verwandten, dem Gesinde, das ihm gehorchen muss, von seinem Hause und aus seiner Vaterstadt und bringe ihn alsdann in eine Heilanstalt, in welcher ihm weder das Lokal noch die Menschen bekannt sind. Dies spannt seine Erwartung, und um desto mehr, wenn seine Einführung in dieselbe mit feierlichen und schauderlichen Szenen verknüpft ist …»

O Johanna! Johanna! Und dieser Satansbrut bist du nun ausgeliefert, die – freundlich zwar mit Aug und Munde – in ihren tückischen Herzen auf nichts anderes sinnt, wie Qual zur Höllenqual zu steigern?

«Guten Tag, Frau Dr. Mawet, mein Name ist Stamm. Ich bin Ihr behandelnder Arzt. Ich würde mich gern mit Ihnen darüber unterhalten, warum Sie hier sind.»

Was war dies nun für eine Visage? Bislang war's in dem nackten

Zimmer, in dem Bette hier, zum Mindsten ruhig zugegangen. Sollte sie gleich losspucken? Aber ihr Mund war so trocken. So elend trocken. Was für einen Scheiß hatten ihr diese Verbrecher gespritzt? Und ihre Hände? Wieso konnte sie ihre Hände nicht heben?

«Frau Dr. Mawet, verstehen Sie, warum wir Sie hierhergebracht haben?»

«Halts Maul, Kittelfrosch, glaubst du, ich bin bescheuert oder was, natürlich weiß ich, warum mich deine Handlanger hierhergebracht, hier GEFESSELT haben, weil die meschuggene Feldeisen ihnen gesagt hat: DIE FRAU MAWET, DIE WILL MIR NICHT GLAUBEN, DASS IN IHREM BAUCH EIN KREBS WÄCHST, OBWOHL DOCH ALLE TESTS ES BEWEISEN UND DER ULTRASCHALL UND MEIN EIGENER MORGENURIN, DER SAGTS MIR AUCH, und weil ich ihre verdammten Anrufe nicht beantwortet habe, mit denen sie mich tagelang terrorisiert hat, und weil mein Ritter ihr gezeigt hat, was, egal, weil ich ihr heute noch immer dasselbe sagen würde, was ich ihr neulich ins Gesicht gesagt hab: DASS ICH IHR EINEN SCHÖNEN TAG WÜNSCHE, machen Sie endlich diese verdammten Handschellen auf, ich will nicht gefesselt sein, ich scheiß auf das BAYERISCHE UNTERBRINGUNGSGESETZ, Sie haben kein Recht, mich festzuhalten, machen Sie die Dinger auf, UND ZWAR SOFORT, SONST ...»

«Frau Mawet, bitte, Sie waren gerade dabei, mir zu erzählen, was Sie zu Frau Dr. Feldeisen gesagt haben.»

«LECK MICH, das hab ich nicht zur Feldeisen gesagt, das sag ich zu Ihnen, weil es ein verlogener Scheißdreck ist, dass Sie auf dieser Schleimspur hier umherkriechen, in Wahrheit sind Sie doch auch einer von denen, die alles vernichten wollen, was größer ist als Sie, und ich sag Ihnen, das, was in meinem Bauch wächst, ist nicht hundert-, NICHT TAUSENDMAL größer als Sie, sondern SO UNENDLICH VIEL größer, dass ...»

«Frau Dr. Mawet, Sie sind doch Naturwissenschaftlerin. Können Sie versuchen, mir in wissenschaftlichen Worten zu erklären, was in Ihrem Bauch wächst?»

«NICE TRY, Kittelfrosch, NICE TRY, aber ich sag dir, wo du
dir deine WISSENSCHAFTLICHEN WORTE hinstecken kannst, in
irgendwas, das schmierig genug ist, dass es deinen verklemmten
Arsch hinaufgeht, und zwar so weit bis ...»

«Schwester Hildegard, geben Sie Frau Mawet bitte noch eine
Ampulle Haldol.»

«Bravo, eine gefesselte Frau mit diesem Scheiß vollpumpen,
das ist alles, was du kannst, toller Held bist du, GANZ TOLL, aber
ich sag dir, was geschieht, wenn der Tag kommt, an dem mein
Kind das Licht der Welt erblickt, AM TAG, AN DEM MEIN KIND
DAS LICHT DER WELT ERBLICKT, geht dein Licht aus ... und du
kannst betteln, und du kannst flehen ... MEIN KIND, DAS LICHT
DER WELT ... anfunkeln wird es dich aus seinen Augen, die heller
sind als ... denn ... du Heuchler du ... MEIN LEBEN retten ... ha ...
EIN Leben retten ... keiner will hier sterben ... keiner ... alle jammern
sie und heulen ... ein kleines bisschen noch ... ein Minütchen ... ein
Sekündchen ... ein ... ein ... ... aber vor der UNSTERBLICHKEIT ... ...
vor der UNSTERBLICHKEIT ... ... vor der habt ihr alle ... ...»

Was wollten diese dunklen Gestalten, dieser endlose Menschen-
strom, der gleich einer Karawane dort hinten über den Gebirgssattel
gezogen kam?

Keuchend in die Ferne blinzelnd, blieb Ritter stehen. Nichts ist's,
beschwor er sich, nichts als deines eigenen, tollwütigen Hirns Ausgeburt! Willst etwa immer noch festhalten an deinem starrhalsigen
Wahne? Bist etwa immer noch nicht kuriert?

... «Ist der Kranke bis zum äußersten Grad sinnlos, so müssen
einige rohe Züge durchs Nervensystem gewagt werden. Man ziehe
ihn mit einem Flaschenzuge an ein hohes Gewölbe auf, dass er wie
Absalom zwischen Himmel und Erde schwebt, löse Kanonen neben
ihm, nahe sich ihm unter schrecklichen Anstalten, mit glühenden
Eisen, stürze ihn in reißende Ströme, gebe ihn scheinbar wilden Tieren, den Neckereien der Popanze und Unholde preis, oder lasse ihn

auf feuerspeienden Drachen durch die Lüfte segeln. Bald kann eine unterirdische Gruft, die alles Schreckende enthält, was je das Reich des Höllengottes sah, bald ein magischer Tempel angezeigt sein, in welchem unter einer feierlichen Musik die Zauberkraft einer reizenden Hulda eine prachtvolle Erscheinung nach der andern aus dem Nichts hervorruft ...»

Unvermindert keuchend, senkte Ritter den Blick auf seine eigenen, blutigen Knie. War's nicht beinahe fast eine Enttäuschung gewesen, dass ihn der wackere Pienitz damals auf einfachem Wege, in einfachem Wagen von Nürnberg nach Sonnenstein verbracht? Dass keine Brücke geschwankt, da sie die Elbe überquert? Dass keine Mohren ihrer geharrt, da sie das Tor zur einstigen Festung erreicht? Dass jene Offizianten, die ihn im Hofe des *Clinico physico* empfangen, lediglich Sträflinge waren, ihre verbleibende Haftzeit als Wärter dort abzubüßen, und deren Sprache – «rühr dich, Sauhund!» – er auf Anhieb verstanden?

O braver, einfältiger Pienitz! Hättest du über ein Zehntel jener Einbildungskraft bloß verfügt, welche in deinem Lehrmeister gefunkelt! Welch phantastische Abenteuer hätten wir gemeinsam erleben können! Neben dem Pandämonium, das dieser so farbenprächtig ausgemalt – wie jämmerlich nahmen die Schläge sich aus, mit welchen du gedachtest, die Seele zu nötigen, der Welt sich wieder anzuschließen, der jene entstammten; wie schwach und blass standen deine Stimulanzien da, mit welchen du den Tobsüchtigen von der Sinnlosigkeit unterster Stufe bis zum vollen Vernunftgebrauche hinaufzugängeln versuchtest!

... Aufmerksamkeit wecken. Gehorsam erzwingen. Besonnenheit gewinnen ...

Ach, Pienitz, Armseliger du! Was sind hundert Kübel kalten Wassers über den Kopf, wenn du den Kranken in einen reißenden Strome stürzen kannst? Was ist ein Zwangskamisol aus festem, saubrem Zwillich, wenn du den Rasenden den Neckereien von Popanzen und Unholden preisgeben kannst? Was ist eine lederne

Maske, die dir so fest den Mund verschließt, dass du kaum mehr zu
atmen vermagst, gegen ein glühend Eisen, das sich dir naht? Was ist
eine Nacht in deinem öden Palisadenzimmer gegen eine Nacht in
einer unterirdischen Gruft, die alles Schreckende enthält, was je das
Reich des Höllengottes sah? Was soll eine Schaukel, selbst wenn sie
so geschickt konstruiert, dass eines einzigen Wärters Kraft hinreicht,
dich in jeder Minute einhundertzwanzig Male im Kreise umherzu-
schleudern, bis alles Blut dir ins Hirn geschossen, bis du zu ersticken
meinst, bis du die Seele aus dem Leibe dir gekotzt, bis dein Gedärm
nicht länger deinem Willen unterworfen? Was soll's, dir den kahl-
geschorenen Kopf mit Brechweinsteinsalbe zu bestreichen, auf dass
dort Pusteln erblühen, die tief zwar nicht, doch umso beständiger
eitern? Was soll das Wagenfahren, bei dem du eselsgleich vor einen
Karren wirst gespannt, in welchem zehn andere Kranke hocken, die
munter durch den Park du ziehst? Was soll's, wenn der Tornister,
mit welchem du von früh bis spät im Hofe exerzierst, bis obenhin
mit Sand und nichts als Sand gefüllt? Was soll's, wenn dir bestimmt,
einen jeglichen Graben, den du des Morgens ausgehoben, des Mittags wieder zuzuschütten?

Was soll's ...

Was soll's ...

Noch immer kam die dunkle Karawane über den Gebirgskamm
gezogen. Was sollte all dies Wüstenvolk hier – an einem schneebedeckten Alpenhange? Stumm schloss Ritter die Augen. Nicht durfte
er's zulassen, dass des Wahnsinns Wogen abermals über ihm zusam-
menschlugen. Vergangenheit war's! All dies vergangen! Worum's
jetzt ging, war Gegenwart! Geistesgegenwart! Zwar mochte es in
jenen *Heilanstalten* längst nicht mehr zugehen, wie er's am eigenen
Leibe erfahren. Gleichwohl musste er Johanna befreien. Und damit
er sie befreite – unerlässlich war's, dass er selbst zu nüchternem,
kalten Verstande fand. Zu so nüchternem, kalten Verstand, wie er
ihn stets von Herzensgrund verachtet hatte.

Ganz still war's geworden ... Das Nachtgespenst, das Nachtgespenst, das Nachtgespenst geht um, bidebum ... Aber irgendwer lachte da noch. Eine Frau? Was hatten sie der gegeben, dass die noch lachen konnte?

Johanna stieß einen winselnden Laut aus. Nein, bei ihr ging's nicht mehr. Aber wenn sie den Kopf drehte, konnte sie direkt unter der Funzel, direkt neben der Türe, den matschigen Fleck erkennen, der dort klebte, seit sie beim Abendbrot, bei dem, was die hier «Abendbrot» nannten, das Glasschälchen mit dem Apfelkompott genommen und gegen die Wand geschmissen. Da hatte sie noch gelacht. Aber dann hatten sie ihr gleich wieder beide Arme festgeschnallt, gleich die nächste Spritze verpasst, und jetzt war Schluss mit lustig ... Das Nachtgespenst, das Nachtgespenst, das Nachtgespenst geht um, bidebum ... Hauptsache, sie hatten Ritter nicht geschnappt. Wo er sein mochte jetzt? Sicher irgendwo im Gebirge. Oder im Geräteschuppen. Im Geräteschuppen konnte man sich gut verstecken ... Eigentlich musste er sich ja gar nicht verstecken. In all seiner Herrlichkeit, in all seiner Höllenherrlichkeit, sollte er hier hereinstürmen und alles niedermetzeln, was sich ihm in den Wege stellte. Dann könnte sie auch wieder lachen, ganz gleich, wie viel von diesem scheiß Haldol sie intus hatte ... Das Nachtgespenst, das Nachtgespenst, das Nachtgespenst geht um, bidebum ... Ihr Kind war ja noch zu klein. Auch wenn's schneller wuchs denn alle Menschenkinder – ein paar Wochen oder vielleicht sogar Monde noch würde es dauern, bis es so groß und stark war, dass es sie befreien konnte aus jenem Knast. Aber dann ... Aber dann ... Wie sollte sie's überhaupt nennen? «Johann»? Nein, kein Name war dies für ein solches Kind. Verstehen würde Ritter, dass sein Kind nicht «Johann» heißen konnte. «Ritter»? «Ritter» wär schön, aber dann hätte sie ja zwei Ritter um sich herum, und dies wäre denn doch einer zu viel. Außerdem würde es bestimmt bald jemandem einfallen, ihr Kind «Ritter junior» zu nennen, und dies ging nun gar nicht ... Das Nachtgespenst, das Nachtgespenst, das Nachtgespenst geht um, bidebum ... Keinesfalls durfte es hier zur Welt kommen. Auch wenn es dann so mächtig sein würde, dass es diesen ganzen Seelenkerker in die Luft jagen würde ... Gleichwohl – dies wollte sie ihrem Kinde nicht antun ... Wohin aber dann? An irgendeinen schönen, friedlichen Ort. Solche musste es doch immer noch geben. Selbst ohne Reisepass ... Das Nachtgespenst, das Nachtgespenst, das ... Beelzebub! ... Natürlich! ... Dies war sein Name!

«Beelzebub», flüsterte Johanna. Und da sie die Arme nicht bewegen und sich also auch nicht über den Bauch streicheln konnte, hob sie den Kopf und flüsterte einmal noch nach unten: «Hörst du, Kleiner? Mein Beelzebub bist du ... Es tanzt ein Bi-Ba-Beelzebub in meinem Bauch herum, bidebum ...»

Ob er achtbar genug aussah? Zweifelnd blickte Ritter an sich hinab. Die Beine des dunklen Anzugs, den Johanna ihm vor ihrer Flucht aus Amerika gekauft hatte, zeigten zwei schöne, scharfe Falten. Darunter lugten die schwarzen Lederschuhe so glänzend hervor, als ob ein Heinzelmann sie die ganze Nacht geputzt hätte. Dabei war er es bloß selbst gewesen, der sie die halbe Nacht poliert hatte. Jetzt, im Tageslicht, wollte es Ritter jedoch so scheinen, als ob sie gar zu stolz glänzten. Niemals wäre sein Vater auf solch hoffärtigen Sohlen durchs Dorf gelaufen. Niemals hätte die Sauberkeit ein demütig bescheidenes Maß übersteigen dürfen.

Ritter blickte die Landstraße voraus, zu deren Linken der Wald lag und zu deren Rechten die hohe Mauer begann, die jenes Grundstück umschloss, das an diesem Morgen sein Ziel war. Noch konnte er den Eingang nicht entdecken. Vielleicht fand sich auf den letzten Schritten ja ein Stäubchen, das den Glanz ein wenig mindern wollte.

Zu gern wäre er an einem Ladenfenster vorbeigekommen, in dem er seine Erscheinung nochmals vollständig hätte prüfen können. Das Mütterlein, das er am Ortsausgang nach dem rechten Weg gefragt hatte, hatte ihm so höflich ehrerbietig Auskunft erteilt, wie ihm vorher kein Mensch hier begegnet war. Doch auch das gab ihm noch keine Gewissheit, dass sein Kollar – das er sich aus dem weißen Plastikstreifen gebastelt hatte, den er aus einem leeren Joghurtbecher geschnitten hatte – noch immer ordentlich aus dem Kragen hervorschaute. Dass seine Haare noch brav am Schädel lagen.

Ritter war heimlich nachts ins Haus zurückgeschlichen – und hatte es so grässlich verwaist angetroffen, wie er befürchtet hatte. Doch sein Plan hatte ihm da schon heller als der Mond vor Augen gestanden: Weil er nicht wissen konnte, ob Freundesbesuch in jener Anstalt, aus der er Johanna erretten musste, gestattet war, und weil er noch weniger wissen konnte, was jene Henkersknechte *über ihn* wussten, hatte er bloß einen einzigen Ausweg gesehen: Tarnung. Und zwar musste er sich so tarnen, dass einzig und allein Johanna begriff, wer es war, der sie besuchen wollte.

Warum, Ritter, flüsterte es plötzlich in ihm, warum stockt dir der Fuß, wenn dein Plan so trefflich dir dünkt? Was zagt dir der Schritt, wo dein verzweifelt Ziel du erreicht? Dort geht's hinein! Stracks! Oder soll's geschehen, dass alte Angst neues Leid gebiert? Nichts auf der Welt ist, wie du es gekannt! Auf!

Da richtete sich Ritter zu seiner vollen Größe auf, fasste sich mit beiden Händen an die Revers und ging durch das Tor. Sollte es sich für immer hinter ihm schließen!

Schon nach wenigen Schritten blieb er stehen. Wie konnte das sein? Diese weißen Gebäudewürfel, die zwar hässlich, aber harmlos auf dem Rasen herumstanden, konnten doch nicht wirklich das sein, was sie vorgaben? Und was hatte es zu bedeuten, dass alles hier so still war? Dass keine Schreie zu hören waren? Kein Fluchen, kein Wimmern, kein sinnloses Gelächter? Dass nur eine Drossel ihren verzwirrten Gesang erschallen ließ?

Es war ein stattlicher Park, der sich bis hinunter zum See erstreckte. Ein stattlicher und so reinlich gepflegter Park, dass Ritter es nicht gewagt hätte, einen Zoll nur vom Pfad abzuweichen. Ob sie die Kranken hier ernsthaft zum Gärtnern anhielten – so wie sie's in der Illenau getan hatten? Immerhin! Es erfüllte ihn mit schwacher

Zuversicht, dass er sich nicht auszumalen vermochte, wie ihm gleich ein Regiment Spaten begegnete, das auszog, um zweckfreie Gräben zu heben.

Doch da! Was war das? Ein schauerliches Quietschen drang an sein Ohr, und im selben Moment entdeckte Ritter eine große Schaukel. Eine große Schaukel, die mit jähem Rucken vorwärts und zurück schwang.

Was schlägst du so, Hasenherz! Keine Schaukel nicht ist's. Bloß ein gemütlich Möbel für den Feierabend, wie bei Sarah eins auf der backporch gestanden ...

Die junge Frau, die dort so selbstvergessen schaukelte, würdigte ihn keines Blickes. So sehnsüchtig starrte sie in die frisch belaubte Buchenkrone hinauf, als ob sie ihren Liebsten dort vermutete. Glich sie nicht jener Stolzen aus Siegburg, die mit unbeirrt stillem Lächeln in die Sonne geschaut hatte, weil sie durchaus überzeugt gewesen war, jener gleißende Ball sei einzig und allein ihr Werk? Bis die Wärter sie entdeckt und ihr die Augen mit einem schwarzen Tuch verbunden hatten, worauf die Stolze ein so rasendes Geschrei angestimmt hatte, als ob man sie für immer des Augenlichts beraubt hätte.

«Miiiaauuuuu ...»

Erschrocken sprang Ritter zur Seite. Aber es war kein irrendes Menschenkind, das ihm um die Beine strich.

«Miiiaauuuuu ...»

Was wollte das Kätzchen von ihm? So fiebrig, wie es ihn anfunkelte, so dringlich, wie es sich an seinen Waden rieb, wollte es ihm offenbar etwas sehr Dringliches mitteilen.

... «Eine erhebliche Wirkung auf den Kranken dürfte auch jene Erfindung haben, von der ich unlängst durch den Bericht eines spanischen Arztes Kenntnis erhielt: das Katzenklavier. Die Tiere werden nach der Tonleiter ausgesucht, in eine Reihe mit rückwärts gekehrten Schwänzen geordnet; auf dieselben fällt eine mit scharfen Nägeln versehene Tastatur, die getroffene Katze gibt ihren Ton.

Eine Fuge auf diesem Instrument, zumal wenn der Kranke so gestellt wird, dass er die Physiognomie und das Gebärdenspiel dieser Tiere nicht verliert, müsste selbst Loths Weib von ihrer Starrsucht zur Besonnenheit gebracht haben ...»

Quatsch! Mit einem Tritt, dessen Wucht er sogleich bereute, verscheuchte Ritter das aufdringliche Tier, das sich vorwurfsvoll maunzend trollte.

Nutella! Nicht wirklich wagte es diese fette Kuh, ihr jene Kacke aufs Brötchen zu schmieren!

«Dies esse ich nicht.»

«Bitte, Frau Mawet. Sie haben gestern schon nichts gegessen.»

«Wenn Sie wollen, dass ich etwas esse, dann bringen Sie mir etwas zu *essen*. Und nicht diese Scheiße hier.»

Worüber regte sie sich auf? War's nicht ohnehin alles gleichgültig? Fraß sie eben gezuckerte Scheiße. Kam's darauf noch an?

«Möchten Sie vielleicht lieber eine Marmeladensemmel?»

«Ich sage Ihnen, was ich *lieber* möchte: Ich möchte *lieber*, dass Sie mich gehen lassen! Befinden wir uns im Mittelalter? *Mündiger Patient* – davon schon einmal gehört?»

«Ich kann in der Küche auch fragen, ob sie ein Müsli dahaben.»

«Bitte! Schwester ... Schwester Hildegard! Helfen Sie mir! Schauen Sie mich an – sehe ich aus wie eine Irre? Ich bin Naturwissenschaftlerin! Molekularbiologin! Hier, keine fünf Kilometer entfernt, am Ferdinand-Hochleithner-Institut, arbeite ich. Leid tut es mir, dass ich gestern so ausgetickt bin. Ehrlich. Doch ich schwöre Ihnen: Sie wären gleichfalls ausgetickt, wenn plötzlich welche in Ihr Haus eingebrochen wären, Sie zu verschleppen.»

So dröge schaute die fette Kuh aus ihrem Schlumpfanzuge hervor, wie wenn sie auf einer Weide stünde und wiederkäute.

«Sie wollen also wirklich nichts essen, Frau Mawet? Das muss ich dann aber dem Doktor melden.»

«Grüß Gott, Sie wünschen?»

Ritters Augen hatten sich noch nicht recht an das gleißend kalte Licht gewöhnt, das von der Decke flutete, da wurde er schon aus dem gläsernen Kasten heraus angesprochen, der wie ein Zerberus-Käfig in den Eingang gebaut war.

«Grüß Gott!» Ritter gab sich alle Mühe, dem Zerberus so redlich, fromm und bieder zu antworten, wie er heute hoffentlich aussah. «Ich bin Pfarrer. Ich möchte Frau Mawet besuchen, die hier untergebracht ... ist.»

Warum blinzelte ihn der Zerberus so misstrauisch an? Hatte er sich doch wieder sonderbar ausgedrückt? Oder buhlten die Herren «Psychiater» mit den Pastoren noch immer um die Wette, wer von ihnen die geschickteren Dämonenaustreiber waren? Hatte er sich mit seinem Plan also gründlich vertan, weil ein Geistlicher hier in Wahrheit der allerunerwünschteste Besucher war?

Zerberus, nicht wage es, dich in den Weg mir zu stellen!

«Da muss ich zuerst auf der Station nachfragen. Ich weiß nicht, ob die Frau Mawet Besuch empfangen darf. Nehmen Sie doch bitte kurz da drüben im Wartebereich Platz.»

Gut! Das klang doch weniger abweisend, als er befürchtet hatte!

«Es ist sehr wichtig», fügte Ritter schnell hinzu, «dass Sie Frau Mawet meinen Namen nennen! Brentano! Pfarrer *Brentano*. Ich kenne Johanna seit ihren Kindertagen und weiß, dass sie heute nicht mehr gut auf meinen Stand zu sprechen ist.»

Der Zerberus griff mit der einen Hand nach dem Telefon, mit der anderen zeigte er auf die Reihe brauner Plastiksessel, die in der Eingangshalle aufgestellt waren. Widerstrebend ging Ritter dorthin, um sich zu setzen.

Würden allein die Ärzte darüber entscheiden, welcher Besuch vorgelassen wurde und welcher nicht? Oder würden sie auch Johanna fragen, ob sie diesen Besuch empfangen wolle? Falls ja: Würde Johanna seine List auf Anhieb durchschauen? Um ganz sicherzugehen, dass Johanna sofort begriff, wer ihr Besucher sein musste, hätte sich Ritter am liebsten «Pfarrer Goethe» genannt. Aber er hatte es nicht riskieren wollen, das Misstrauen der Offizianten mit einem allzu auffälligen Namen zu wecken. Johanna würde «Brentano» verstehen. Hatte sie ihm nicht erzählt, dass sie mit einem «Brentano» zur Schule gegangen war? Immerhin schienen es anständige Menschen zu sein, die hier die Aufsicht innehatten, und keine halb entlassenen Sträflinge.

«Seid asu gutt und gabt mer Milch!»

Ritter hatte die alte Frau nicht kommen hören, die ihm auf rosa Pantoffeln entgegenschlurfte. Ihr graues, dürres Haar war zu einem Zopf geflochten. Wie ein Strick hing er ihr nach vorn über die Schulter.

«Oach! Seid asu so gutt und gabt mer Milch! Mei Kindla braucht Milch!»

Dass sich die Kranken hier so ungehindert bewegen durften!

«Wenn mei Kindla kä Milch nich krigt, wärd's sterba.»

Kä Milch nich! Dieser weiche, schleppende Tonfall, den er seit Ewigkeiten nicht mehr vernommen!

«Sie stammen aus Schlesien?», hörte Ritter sich fragen, bevor er sich recht besonnen hatte.

«Oach, bitte, der Herr! Milch! Bitte, bitte! Milch!»

Keine zehn Schritte von den Stühlen entfernt, entdeckte Ritter eine ... eine ... wie hießen die verdammten Automaten ... eine *vending machine.* Fieberhaft durchwühlte er seine Taschen. Aber er fand nicht die kleinste Münze darin.

«Mariechen, komm! Lass den Herrn Pfarrer in Ruh!» Eine junge Wärterin in blauem Kittel eilte herbei und nahm die Alte bei der Hand.

«Entschuldigen Sie, Herr Pfarrer, manchmal entwischt sie schneller, als ich bis drei zählen kann.»

Erschüttert blickte Ritter hinter den beiden her, wie sie in einem der Korridore verschwanden. Was hatte er bloß mit Münzen gewollt? Auch hier in Deutschland verkauften *vending machines* wohl keine Milch ... *kä Milch nich* ...

«Herr Pfarrer!» Die Stimme des Zerberus brachte ihn wieder zur Besinnung. «Sie dürfen zu ihr. Station drei. Immer rechts den Gang entlang. Ist auch ausgeschildert. Am Eingang zur Station müssten Sie bitte schellen. Schwester Hildegard lässt Sie dann rein.»

Diese Schmerzen! Wo kamen plötzlich diese Schmerzen her? Grausamste Krämpfe. Da unten im Leibe ... Wie rief man die Schwester herbei, wenn einem beide Arme und Beine ans Bettgestell gefesselt? Man *schrie*! Doch wenn man schrie, gab's gleich wieder die doppelte Dosis Haldol.

Mit einem stummen Schrei bäumte Johanna sich auf.

... äußerst aggressiv ... sechs Monate höchstens ... wissen Sie, was das Perverseste an dieser Krankheit ... setz die Biester in Nährlösung, und sie vermehren sich unendlich ... auf der ganzen Welt arbeiten Labore heute noch mit Krebszellen, die aus der HeLa-Linie stammen ... gruselig, nicht wahr? ...

Nicht war es ein *Biest*: Ihr *Kind* war's, das hinauswollte ans Licht! ... *Ihr Kind*, das spürte ... das etwas spürte ... das ... Ritter ... warum bloß kam er denn nicht? ... War etwa ohne sie er geflohen? ... Nimmer nicht würde sie ... nimmer ... nicht ...

Das Ponyreiten muss diese Woche leider ausfallen!

Ponyreiten ... was zum ... Ritter blieb keine Zeit, über den Zettel nachzugrübeln, den sein Blick flüchtig gestreift hatte. Er musste den Schritt beschleunigen, wenn er nicht hinter die Wärterin, die *Schwester*, zurückfallen wollte.

«... wir machen uns ziemlich Sorgen, Herr Pfarrer. Gestern Nacht hat sie nochmals fürchterlich getobt. Vielleicht gelingt es Ihnen ja, beruhigend auf sie einzuwirken.»

Die Schwester klopfte streng und entschieden gegen eine der beiden Türen am Ende des Gangs und betrat das Zimmer, ohne eine Antwort abzuwarten.

«Frau Mawet, Sie haben Besuch.»

Ritter musste an sich halten, dass er die Schwester nicht zur Seite stieß.

Kein Laut, nicht der Schatten eines Lauts, drang aus dem Zimmer, der Zelle, dem Verlies – was für ein Gelass auch immer es sein mochte, das er jeden Augenblick betreten würde.

Himmel, stürz ein!

Erde, vergeh!

Hölle, tu dich auf!

War's seine Johanna, die dort so leichenblass auf jenem Bettgestelle ausgestreckt lag? Was war mit ihren Augen geschehen? Gleich zwei zu Tode geängstigten Hasenjungen, wenn draußen vor der Höhle der Wolf lauerte, hatten sie sich verkrochen. Bloß dass sie nicht zur Türe hin, sondern an die Decke starrten.

«Ich lass Sie dann mal ein Weilchen allein.» Wie durch eine Wand hindurch vernahm Ritter der Wärterin Stimme. «Wenn Sie Hilfe brauchen, können Sie dort nach mir klingeln. Aber eigentlich sollte sie jetzt ruhig sein, ich habe ihr gerade nochmals ein Beruhigungsmittel gegeben. Trotzdem muss ich Sie bitten, die Fixierungen nicht zu lösen, Herr Pfarrer, auch wenn Frau Mawet Sie darum bittet.»

Kaum dass er mit der Aufgebahrten allein, stürzte Ritter nach dem Bette.

«Johanna! – Johanna! Johanna, Johanna, Johanna!»

Langsam, so langsam, wie wenn's unendliche Mühen sie kostete, wandten die toten Augen sich ihm zu.

«Johanna!»

Welch quälenden Kampfes Zeuge ward er da? Wie wenn dies Antlitz, dies über alles geliebte Antlitz, von einer unsichtbaren Maske überzogen wäre, rang es vergebens um Ausdruck.

«Du ... da bist du ja ... ich ... ich ...»

In kraftlosem Aufbegehren zerrte Johanna an den gepolsterten Riemen, die weich zwar, doch unnachgiebig ihre Handgelenke und Knöchel ans Bettgestell schlossen.

«Warte! Warte! Ich will dich befreien!»

Weshalb flossen ihr die Tränen jetzt aus dem Auge – wo er sich doch anschickte, ihre Fesseln zu lösen?

«Johanna, mein Lieb?»

«Ich möcht ... lachen möcht ich ... vor Glück ... und weil du ... wie du ausschaust ... aber ich kann nicht ... kann nicht ... ist ja schon toll, dass ich weinen kann ...»

«Johanna! Mein Leben! Was haben sie mit dir gemacht?»

Ihre rechte Hand, die er zuerst befreit – sogleich umkrallte sie seinen Arm.

«Sie wollen mich aufschneiden ... das haben sie mir gestern Abend gesagt ... du darfst das nicht zulassen ... hörst du? Du darfst nicht zulassen, dass sie mich aufschneiden ... nach München wollen sie mich bringen, in die Onkologie ... in ein paar Tagen schon ... du darfst nicht ...»

«Shhhh ...» So sanft, als vor Urzeiten eine Hand ihm über die Stirne gestrichen, wann immer er krank gelegen, strich er nun über jene Stirne, die so trocken und kalt als Alabaster.

«Ich will das nicht ... ich steh das nicht durch ... ich weiß doch viel zu gut, was danach kommt ... das Gift ... die Übelkeit ... die Haare ... und keiner kann sagen, ob's wirklich ...»

Abwenden wollte er sich. Abwenden und weinen. Mehr Tränen, denn er in seinem gesamten elenden Leben vergossen. Doch durfte er's nicht. Weiter musste er sie anblicken. Weiter die Stirne streicheln.

... Himmlischer als jene blitzenden Sterne dünken uns die unend-lichen Augen, die die Nacht in uns geöffnet ...

«Alles wird gut, mein Lieb! Es geschieht nichts, was du nicht willst.»

Auch die zweite Hand, die er befreit, klammerte sich gleich einer Totenkralle an ihn an.

«Wir müssen fliehen ... und zwar sofort ... kannst du mich tragen? ... ich glaub nicht, dass meine Beine ...»

So ungestüm wollten die Worte hinaus! Und so langsam nur vermochten sie's, über des Mundes ausgedörrte Schwelle zu torkeln ...

... *Hast auch du ein menschlich Herz, dunkle Macht? In Tautropfen will ich versinken und mit der Asche mich vermischen ...*

«Johanna, mein Lieb! Höre mir zu: Anders müssen wir's beginnen!»

«Wie *anders*? Was ...»

«Wenn ich dich hinaustrage, unter aller Augen, werden sie uns sogleich fassen. Nimmer gelingt's uns, auf diese Weise zu fliehen.»

«Aber dann ...»

«Hör zu! Du musst dich gehorsam zeigen!»

«*Gehorsam*? Ritter! Was ist das für ein ...»

Auch wenn's der vertrauten Empörung blassester Abglanz bloß war – mit heißen Küssen hätte er sie sogleich willkommen heißen mögen. Doch alles galt's jetzt, den kühlen Sinn zu bewahren.

«Gehorsam, jawohl! Aber nur *zum Schein*! Johanna, glaub mir! Ich kenne solche Orte. Zwar weiß ich nicht, was für ‹Kurmethoden› sie heute propagieren – aber die alte Parole wird noch immer gelten: Aufmerksamkeit wecken. Gehorsam erzwingen. Besonnenheit gewinnen. Du musst dich ihrem Willen unterwerfen – und sei's bloß zum Schein! –, dann werden sie dich mit kleinen Vergünstigungen belohnen.»

«Ritter! Warum redest du so ...?»

Durch die vergitterten Scheiben blickte er hinaus in einen Tag, der kein Mitgefühl kannte für das Leiden hierinnen. War's möglich, dass keine dreißig Stunden vergangen, seit dieser Leib, der ihm nun so matt in den Armen hing, noch des Lebens Quell gewesen?

Behutsam neigte Ritter seinen Kopf, um Johannas Stirn zu küssen, die sich selbst unter seinen Händen nicht erwärmen wollte.

«Wenn du dich ab sofort wohlverhältst, werden sie dir morgen schon erlauben, im Park zu spazieren – im Park, der zwar Mauern hat, aber auch ein Tor. Und dann komme ich wieder, dich zu besuchen.»

«Du willst gehen! Ritter! Das darfst du nicht!»

Behutsam und dennoch fest bedeckte er mit seiner Hand ihren Mund, der sich zum Schrei geöffnet hatte.

«Shhhh ... Still! Mein Lieb, ganz still!»

«Ritter!» Noch verzweifelter als ihr Schrei klang ihr Flüstern, sobald Johanna begriffen hatte, was seine Hände als Nächstes beabsichtigten. «Was machst du da? Ritter!»

Was für ein grausames Maschinenwesen war er, dass er Hände besaß, die so kalt und gefühllos funktionierten!

«Sei ohne Furcht! Jawohl, ich binde dich wieder fest. Aber glaube mir, Johanna! Mein Leben! Es geschieht bloß zum Schein.»

«Ritter! Das kannst du nicht machen! Das darfst du nicht tun!»

«Shhhh ... Ich werde gleich hinausgehen zur Schwester und ihr mitteilen, dass du den Arzt zu sprechen wünschst. Dass du dich besonnen hast und nun bereit bist, jedem seiner Ratschläge zu folgen. Morgen früh, nach einer ruhigen Nacht – hörst du: nach einer *ruhigen* Nacht –, bittest du dann die Schwester, sie möge dir erlauben, ein wenig an die frische Luft zu gehen. Sie wird's dir nicht abschlagen, wenn auch der Herr Pfarrer, der heute *so beruhigend* auf dich eingewirkt hat, pünktlich zur Stelle ist und im Namen Gottes verspricht, dich keinen Moment aus den Augen zu lassen. Johanna, mein Leben! Weine nicht länger! Brich mir nicht das Herz! Wir müssen jetzt stark sein. Stark und klug. Damit wir morgen alles gewinnen.»

Was für ein bescheuertes Wetter war das denn? Na ja, April halt. Sonne, Regen, Graupel, Schnee, das volle Programm. Egal. Hauptsache, sie war draußen.

Johanna hatte sich, so wie Ritter es ihr geraten hatte, artig benommen. Hatte gestern Mittag Kartoffelbrei und Erbsen und Schweinelendchen gegessen und am Nachmittag mit den Ärzten ihre Verlegung in die Onkologie besprochen. Anschließend hatte sie Graubrot mit Presskopf und Leerdamer gegessen. Die ganze Nacht hatte sie wachgelegen und an die Decke gestarrt. Heute Morgen, pünktlich um Viertel nach acht, hatte Schwester Hildegard ihr verkündet, dass der Pfarrer Brentano wieder da sei. Ob sie mit ihm nicht ein wenig in den Park gehen wolle. Frische Luft und ein bisschen Bewegung täten ihr sicher gut.

«Johanna!» Ritter packte ihren Arm. «Schau dich nicht so gehetzt um! Sonst schöpfen sie Verdacht. Zeig ihnen ein fröhliches Gesicht!» Und als ob er ihr umgehend demonstrieren wollte, wie sie durch die Gegend zu gucken hatte, nickte er dem Pfleger zu, der einen sinnlos vor sich hinlallenden Patienten im Rollstuhl vorüberschob.

Wo schleppte dieser Wahnsinnige sie hin? Und warum redete er immer noch so merkwürdig? Er wollte doch nicht wirklich einen *Spaziergang* mit ihr machen?

«Ritter, das ist die falsche Richtung!» Johanna sah seinen warnenden Blick und dämpfte sofort ihre Stimme. «Die Straße muss da oben sein. Hier unten kommt doch bloß noch der See.»

So störrisch als ein Maultier war sie stehen geblieben. *Himmel, schenk Kraft mir! Schenk Kraft mir, die richtigen Worte nun zu finden!*

«Johanna!» Ritter ergriff ihre Hände, und wären sie beide die einzigen Spaziergänger im Park gewesen – inbrünstig hätte er sie an die Lippen geführt. «An dir ist's zu entscheiden. Wohl geh ich auch den anderen Weg mit dir – den Weg nach der Straße hin. Vielleicht gelingt's uns, das Tor unbemerkt zu durchschreiten. Vielleicht gelingt's uns heimzukehren, ohne dass sie uns auf halber Strecke fassen. Doch dann? Wo sollen wir hin? Wie sollen wir dem entkommen, was ...»

Woher kam jetzt dieses schrille Pfeifen in ihrem Kopf? Hatte sie zu allem Überfluss auch noch einen Tinnitus bekommen? Oder war's eine Nebenwirkung von dem verdammten Haldol?

«Bist du nicht ...», setzte Johanna an und stellte panisch fest, dass sie sich selbst nicht hören konnte, «bist du nicht der starke Dämon, der alle Mächte ... alle dunklen Mächte ...»

So unvermittelt, wie der Pfeifton begonnen hatte, hörte er wieder auf. Jetzt waren's nur noch Vögel, die um sie herum zwitscherten.

«Nicht nenn mich so, mein Lieb! Du weißt, dass ich's nicht bin.»

Amsel, Drossel, Fink und Star und die ganze Vogelschar ... Wie ging's weiter? Pfeif drauf, wie's weiterging. Endlich war ihr Kopf wieder klar. So klar, wie er seit Tagen nicht mehr gewesen.

«Warum bist du dann überhaupt noch einmal hergekommen?» Jedes ihrer Worte konnte Johanna nun verstehen. «Wenn du mich ohnehin hier verrecken lassen willst?»

«Keinen Grund gibt's zu verzweifeln.» Küssen musste er sie! Sie so schnell als möglich nach dem geschützten Uferflecken hinunterbringen, den er gestern Mittag auf seinem verzweifelten Rundgange entdeckt! «Johanna! Wohl kenn ich einen zweiten Weg.»

Sie hatte überhaupt keine Lust mehr weiterzugehen. Warum zerrte Ritter sie so ungeduldig hinter sich her? Sie war mit einem Mal so müde. Unendlich müde. Sie wollte zurück in ihr Bett. «Lass mich los! Es gibt keinen *zweiten Weg.*»

«Wohl gibt es ihn! Zwar führt er über keine Straße – doch auf immer führt er uns hinaus.»

Johanna entriss ihm ihre Hand. Lag's schon wieder am Haldol? Oder hatte sie wirklich gehört, was sie soeben gehört hatte?

«Du weißt um unsere Zukunft, um *deine* Zukunft, wenn den anderen Weg wir wählen. Du selbst hast's gestern erst gesagt. Doch folgen wir diesem Wege hier, so können wir beide leben. In einer bessrn Welt. Gemeinsam mit unsrem Kinde.»

Hatte es geblitzt? Nein, es war bloß die Sonne, die es geschafft hatte, sich durch einen winzigen Spalt zwischen zwei Wolkenbänken hindurchzukämpfen. Im selben Moment war Johanna ein wichtiger Gedanke gekommen. Ein alles entscheidender Gedanke. Doch jetzt, wo sie versuchte, ihn mitzuteilen, war er schon nicht mehr zu greifen.

«Ich kann das nicht», flüsterte Johanna und senkte den Blick, damit die Sonne sie nicht länger blendete. «Ich habe Selbstmord schon immer ...»

«Shhh ... Was nennst du's so? Ein Aufbruch ist's! Ein Gang nach einem Lande, von dem so wenig uns bekannt, dass alles dort uns widerfahren mag. Ist's nicht das Wagnis wert? Wo keine Zweifel doch bestehen, welch Elend unser harrt am hies'gen Orte?»

«Aber du ...» War das der Gedanke gewesen? Nein. Trotzdem musste sie ihn aussprechen. «Aber du kannst doch gar nicht ...»

«Wie soll ich's wissen? Noch nie hab ich versucht, in einem Alpensee zu siedeln.»

Johanna! Komm, folge mir! Rühre die Füße! So ist's recht. Bei der Hand fass ich dich wieder.

«Aber die Hölle?»

«An deiner Seite lache ich ihrer.» *Komm! Was zögerst du noch? Komm!*

«Ertrinken ist ein qualvoller Tod.»

«Manch einen hab ich ertrinken – und viele weit qualvoller sterben sehen. Doch wenn dir bangt, trink dies zuvor.» Wie gut, dass er daran gedacht! Dass er gestern spät Johannas zurückgebliebene Börse an sich genommen und nach der *gas station* am Ortsausgange geschlichen!

«Schnaps?» Beinahe hätte Johanna gelacht, als sie begriff, was aus der Innentasche der dunklen Anzugjacke hervorschaute, die sie vor Ewigkeiten selbst ausgesucht hatte. «Der Herr Pfarrer schmuggelt Schnaps in die Klapse?»

Sie sah, wie Ritter einen prüfenden Blick durch den Park warf, bevor er die Flasche heimlich hervorzog und ihr reichte. «Leere sie ganz, dann wirst du die Kälte nicht spüren.»

Zögernd schraubte Johanna den Flachmann auf. Ein billiger Obstler war's. Der letzte Fusel. Ohne daran zu riechen, trank sie einen großen Schluck. Es brannte wie Feuer. «Und du?» Sie hielt ihm die Flasche hin.

«Trink du allein. Mir vermag die Kälte nichts anzuhaben.»

«Nein.» Entschieden setzte Johanna die Flasche ab und schraubte sie zu. «Steck sie wieder ein. Du hattest recht: Noch nie war ich dem Geheimnis so nah. Ich will ... ich will es bei klarem Bewusstsein erleben.»

Jauchzen hätte er mögen! Jeden Baum, jeden Strauch und jeden Grashalm im Park einzeln umarmen! «Dann lass uns eilen, bevor uns jemand noch hindert. Ich weiß eine Stelle, gleich da vorn, wo der See die Biegung nimmt. Dort sind wir vor Blicken geschützt.»

Fast hatten sie das Ufer erreicht, da zwang Johanna ihn, einmal noch innezuhalten. «Ritter», sagte sie und blickte ihn an. «Egal, was passiert: Versprich, dass du bei mir bleibst.»

So leicht war ihm zumute wie nie zuvor. Dass solch elend alter, schwerer Leib mit einem Male so leicht sein konnte! «Ich versprech's, mein Lieb! Ich versprech's! Bis zu unser beider Herzen letztem Schlage. Und wenn dieser verklungen, ist alles *bei mir* und *bei dir* vorbei. Dann gibt's nur noch: *eins*.»

«Die Johann-Johanna?», fragte sie lächelnd.

«Der Johanna-Johann», gab er lächelnd zurück.

Doch was war dies? Warum begann sie nun zu weinen? «Johanna! Hab keine Angst! Ich verspreche dir ...»

Unter Tränen fiel sie ihm ins Wort: «Ich wein doch bloß ... weil ich keine Angst mehr hab.»

«Ach, du.» Seinen federleichten Arm legte er ihr um die Schultern, sie schlang den ihren, nicht minder leichten Arm um seine Hüften, und solcherweise schritten sie gemeinsam dem Wasser zu.

«Uuuh!», entfuhr es ihr, da ihre Füße die ersten Wellen erreichten. «Kalt!»

«Das bildst du dir bloß ein», rief er und musste sich zwingen, seine Stimme zu dämpfen, dass sie nicht gar so verräterisch schallte. «Herrlich erquickend ist's!»

«Wart nur, ich zeig dir gleich, was *herrlich erquickend* ist!» Von seinem Arme machte sie sich los, wich einige Schritt zurück, bückte sich, ohne die Augen von ihm zu wenden, nach dem Wasser und schlug mit der flachen Hand drein, bis sie ihn über und über nassgespritzt hatte.

«Nicht!», rief er, vor Lust und Freude bebend. «Kalt!» Mit einem gewaltigen Satz war er bei ihr und packte sie an den Knien, sodass sie beide der Länge nach in den See stürzten. Prustend und japsend tauchten sie wieder auf, mit allen Armen um sich schlagend.

«Hey!», rief sie, da sie gewahrte, wie unbeholfen Ritter durchs Wasser ruderte. «Kannst du etwa gar nicht richtig schwimmen?»

«Braucht's dies?»

«Stimmt! Was soll ich mit einem Rettungsschwimmer, der schwimmen kann?»

Lachend paddelten sie einander entgegen.

«Mein Lieb», sagte er, mit beiden Armen sie umschließend.

«Mein Liebster», sagte sie und küsste ihn.

«Meine Teuflin.»

«Mein Teufel.»

«Mein Leben, du.»

«Mein ... Phänomen! – Komm, wir wollen weiter hinaus! Halt dich fest an mir, ich zieh dich!»

Wäre zu dieser Stunde ein einsamer Wandersmann am Ufer des Wallensees umhergestreift und hätte auf die entlegene Bucht geblickt, er hätte gesagt, nie zuvor habe er glücklichere Menschen gesehen. Und lange noch hätte er Stimmen gehört, die schwindend zwar, doch unvermindert heiter übers Wasser klangen.

«Mein Tütenpacker.»

«Mein Highway-Engel.»

«Mein Hawaiihemd.»

«Mein Blütenrock.»

«Mein Pferdeschwanz.»

«Mein Strahlenkranz.»

«Meine Schusswunde im Wald.»

«Meine nächtlichen Doktorspiele.»

«Mein Laptopvandale.»

«Mein grausamer Barbier.»

«Mein Rotweinsäufer.»

«Mein Grünkohlseim.»

«Meine Urformel.»

«Mein wildes Genom.»

«Meine neuneinhalb Finger.»

«Meines Johanns Rausch.»

«Mein röhrender Hirsch.»

«Meine elektrische Venus.»

«Mein aus dem Staube nicht.»

«Mein tolles Weib.»

«Mein rasend Herz.»

«Mein stockend Atem.»

«Meine ewige Freiheit.»

«O seliges Glück.»

NACHSPIEL

Pfui, Leser! Was glotzt du so romantisch? Soll's baden gehn, das herzenstolle Pack! Zu lange schon hängt ich mein Herz an diesen falschen Rittersmann. Schlechte Gewohnheit wird nicht gut, bloß weil sie seit Äonen existiert. Und einsehn muss ich ohne Schimpf, dass ich Frau Doktor überschätzt. Im Anfang stolze Forscherin – im End' doch eben bloß ein Weib.

Und DU, mein HErr und hoher VAter? Höre ich herzhaft lachen DIch? Seh ich das Schaf von Nazareth, wie's freudig übers Wasser hüpft?

Im Arsch dürft ihr mich alle lecken. Des Friedens freut ihr euch zu früh! Wend ich den Blick nach Westen weit und nach dem fernen Osten hin, so bangt mir nicht um meinen Sieg. Dort seh ein Heer von Menschen ich, das höchste Lust an den Maschinen. Verschmelzen werden sie damit, und dann, mein HErr, heißt's *a-di-eu.* So wahr DU mich zu Fall gebracht – entfesselt werd ich sein aufs Neu'! Mein Reich, das alles übertrifft, was je zu träumen DU gewagt; mein Reich, das alles übersteigt, was je zuvor der Mensch vollbracht – in Schönheit, Glanz und Kälte bricht es an.

Die Autorin dankt allen, die ihr mit Rat und Tat zur Seite gestanden haben. Ihr besonderer Dank gilt Dr. Jan H. Bergmann, Professor Dr. Christoph Englert und Ralf Bönt für die Unterstützung auf den Gebieten der Molekularbiologie, Altersforschung und Physik. Die Verantwortung für Irrtümer liegt allein bei der Autorin oder schuldet sich erzählerischer Notwendigkeit.

Von Gemütlichkeit bis Grundgesetz, von Abendbrot bis Zerrissenheit – Alles was deutsch ist

So ein Buch hat es noch nicht gegeben. Zwei Autoren, wie sie unterschiedlicher nicht sein könnten, erkunden liebevoll und kritisch, kenntnisreich und ohne Berührungsängste, was das eigentlich ist, die deutsche Seele. Sie spüren sie auf in so unterschiedlichen Begriffen wie «Abendbrot» und «Wanderlust», «Männerchor» und «Fahrvergnügen», «Abgrund» und «Zerrissenheit». In sechzig Kapiteln entsteht auf diese Weise eine tiefgründige und facettenreiche Kulturgeschichte des Deutschen.

Alle Debatten über Deutschland landen am selben Punkt im Abseits: Darf man das überhaupt öffentlich sagen, etwas sei «deutsch» oder «typisch deutsch»? Kann man sich mit dem Deutschsein heute endlich versöhnen? Man muss es sogar, meinen Thea Dorn und Richard Wagner. Sie verspüren eine große Sehnsucht danach, das eigene Land wirklich kennen zu lernen, und machen Inventur in den Beständen der deutschen Seele. Ihr Buch ist eine erkenntnisreiche und unterhaltsame Reise an die Wurzeln unseres nationalen Erbes und geht durchaus ans Eingemachte. Obwohl es sich auch als Enzyklopädie lesen lässt, sind die Texte nicht aus nüchterner Distanz geschrieben. Auf diese Weise entstehen leidenschaftliche Plädoyers für bestimmte Merkmale des Deutschen, für ein damit verbundenes Lebensgefühl. Diese «Liebeserklärung» der Autoren ist ein sinnliches, reich bebildertes Buch, das die deutsche Seele einmal nicht seziert, sondern sie anspricht.

THEA DORN RICHARD WAGNER

Thea Dorn – Richard Wagner
Die deutsche Seele
Gebunden mit Schutzumschlag,
560 Seiten, 17,0 × 24,0 cm
ISBN: 978-3-8135-0451-4
€ 26,99 [D] | € 27,80 [A] | CHF 35,90*
(* empfohlener Verkaufspreis)

Stimmen zu *Die deutsche Seele*

«Aber wir Inländer wären gut beraten, uns von diesem
grundgescheiten Buch aufzeigen zu lassen, was Deutschsein
einmal hieß und heute noch und wieder heißen könnte.»
– Denis Scheck, ARD «Druckfrisch»

«Thea Dorns und Richard Wagners Buch ‹Die deutsche Seele›
ist gescheit und kritisch, die deutsche Seele wird zwischen
Abendbrot und Strandkorb ohne Gejammer erforscht,
immer an meist zusammengesetzten Substantiven entlang.»
– Kurt Flasch, Süddeutsche Zeitung

«Zum Glück, behaupte ich, haben die Autoren nicht
über die deutsche Seele geschrieben, sondern sie
in vielen Ausdrucksformen selbst sprechen lassen.»
– Martin Walser, Die Zeit

«Hier wird in liebenswerter Art und Weise gezeigt, wie reich eigentlich
das kulturelle Gedächtnis und die Praxis im unserem Land sind (…)»
– Ulla Schmidt, Deutscher Bundestag

«Dies bebilderte kulturgeschichtliche Nachschlagewerk (…)
könnte ein Hausbuch der Deutschen werden – auch jener vielleicht,
die mit der deutschen Seele selbst wenig anfangen können.»
– Cord Aschenbrenner, Neue Zürcher Zeitung

«Glückwunsch an Thea Dorn und Richard Wagner, ein so
belastetes, ja abgründiges Thema mit dem gebotenen Ernst
und einer spielerischen Leichtigkeit bewältigt zu haben.»
– SWR 2, Forum Buch

«Dorns und Wagners Enzyklopädie ist nicht nur eine Ansammlung
amüsanter Anekdötchen, sondern zeichnet sich durch komplexe
kultur- und literaturwissenschaftliche Detailarbeit aus.»
– Stuttgarter Zeitung

«Ein gescheites, witziges, quer zum Zeitgeist liegendes Buch.»
– Nürnberger Nachrichten

2034
4€
M